그림자를

만나는

시간

0

나는 그림자다. 한 사람에게 스며들어 그 사람의 그림자가 되었다. 내 의도는 아니다. 나를 밟고 간 죽음의 발걸음이 그렇게 될 수밖에 없는 운명으로 이끌었을 뿐이다.

내가 머물고 있는 그림자 시간이 조금씩 사라지고 있다. 그것은 내가 머물고 있는 주체의 삶의 시간이 사라지고 있다는 의미다. 머지않아 나는 그림자가 아닌 현실의 존재로 세상에 등장한다.

이제 다시 세상을 보고 느낄 수 있다. 눈부신 태양과 은은한 달빛, 좌락좌락 쏟아지는 비와 흩날리는 눈, 푸르른 하늘과 초록을 품은 산, 찰랑이는 호수와 철썩이는 바다, 이런저런 냄새와 다양한 소리 그리고 사랑까지. 생각만으로 가슴이 벅차오른다.

원치 않은 죽음으로 사라진 내 삶의 시간. 나뿐만 아니라 또 다른 존재에게도 새로운 삶의 기회가 주어진다. 그 존재가 어떤 삶을 살게 될지 자못 궁금하다.

나는 지금 차 안에 있다. 룸미러를 바라보는 여자의 얼굴이 흐릿하게 보인다. 내가 그림자로 머무는 주체다. 여자가 눈을 깜박일 때마다 조금씩 또렷하게 여자의 얼굴이 보인다. 두려움에 떨고 있는 여자의 얼굴이. 동시에 여자의 기억도 느껴진다. 여자가 죽음을 맞이하는 상황의 기억이다.

그 기억을 느끼며 고통스러워하는 여자의 얼굴이 안쓰럽지만 어쩔 수 없다. 내가 다시 태어나기 위한 과정이고 그녀 스스로 만든 운명이다. 기지개를 켤 시간이 다가오고 있다.

1

꿈이다. 아니 현실일지도 모른다. 침대에 누워있는 남자는 이런 생각을 하며 눈을 번쩍 떴다. 창문으로 들어오는 6월의 햇빛이 남자가 누워있는 침대를 가로질러 방 안 깊숙이 들어왔다. 침대에 누운 남자의 몸 위를 가로지른 햇살이 따뜻한 솜이불 같은 역할을 하고 있지만 남자의 몸은 다른 계절에 있는 것처럼 오한이 난 듯 버들거렸다.

침대에 누워있는 남자는 느끼고 있다. 다른 시간의 상황이 현실로 다가오고 있다는 것을. 그 결말도 예상하고 있다. 그 상황에서 벗어나기 위해 침대에서 일어나려고 몸을 뒤척였지만 마비가 온 것처럼 남자의 몸은 그의 생각대로 움직이지 않았다. 조릿조릿 마음만 타고 눈만 껌벅일 뿐이다. 남자의 눈이 스르르 감기며 다시 흑백의 시간으로 들어갔다.

남자는 계단을 오른다. 7층에 오른 남자는 계단을 타고 옥상으로 올라간다. 계단의 마지막에 다다름을 알리는 문은 남자를 환영하듯 떡하니 열려있다. 남자는 계단을 성큼 뛰어 옥상으로 올라간다.

남자를 맞이한 것은 반쪽의 희끄무레한 얼레달이 뜬 어스레한 하늘이다. 그 하늘 아래 난간을 잡고 있는 손이 보인다. 아슬아슬 난간을 붙잡고 있는 손이 금방이라도 미끄러질 듯 위태롭다. 남자는 난간으로 걸어간다.

옥상 난간으로 다가간 남자는 난간 아래를 내려다본다. 난간을 잡고 있는 남자는 내려다보는 남자 자신이다. 난간을 잡고 있는 손도 이제 한계가 왔음이 오만상을 짓고 있는 남자의 얼굴에서 고스란히 드러난다.

저 남자가 추락하면 나도 죽는다, 라는 생각에 침대 위의 남자는 안 돼, 안 돼… 라고 소리 높여 외치고 싶었지만, 벌어진 남자의 입은 어미 새가 물어온 먹이를 기다리며 좌악 벌린 아기 새의 주둥이처럼 까닥거릴 뿐 입 밖으로 제대로 된 소리가 나오지 않았다. 아… 아… 하는 허망한 감탄사만 간절한 마음을 대신해 입 밖으로 새어나올 뿐이었다.

지금 남자는 누워있는 침대에서 일어날 수만 있다면 자신의 신체 일부를 배고픈 들짐승에게라도 기꺼이 제물로 바칠 심정이었다. 그런 간절한 마음과 달리 꼼질거리는 손가락과 발가락, 먹이를 먹으려는 붕어처럼 뻐끔거리는 입만이 애달픈 몸부림의 전부였다.

아무것도 할 수 없는 답답함과 갈 곳 없는 치민 울화가 남자
의 얼굴에 송골송골 식은땀으로 맺혔다. 남자는 이 상황에서 벗
어나기 위해서 마지막으로 안간힘을 다해 온몸에 남아있는 힘을
모조리 끌어모았다. 죽음의 벽을 넘고자 온몸을 쥐어짜낸 폭발
할 듯한 에너지가 남자의 몸을 움직였다. 난간을 잡고 있는 자신
에게 구원의 손을 내밀려고 하는 것일까. 침대에 누운 남자는 허
공을 향해 한쪽 팔을 들었다. 깡그리 끌어모은 힘치고는 너무 보
잘것없는 마지막 저항이었다. 그 팔마저도 금세 침대로 풀썩 떨
어졌다.

남자의 얼굴이 이제 체념한 표정이다. 자신의 모든 것을 까
맣게 불태우고자 하는 의지마저 이제는 갈기갈기 해체되어 남자
의 꿈에 흩뿌려졌다. 모든 것을 포기한 남자는 고개를 돌려 손에
쥐고 있는 사진을 보았다. 대단한 진실을 발견한 듯 남자의 눈이
커졌다.

난간을 잡고 있는 남자는 더 이상 버티기 힘든 표정이다. 마
지막으로 고개를 들었다. 남자의 눈 역시 침대 위의 남자처럼 휘
둥그레진다. 눈앞의 존재에게 뭐라 중얼거린 후 서글픈 미소를
마지막으로 남기고 남자의 손은 난간에서 미끄러진다. 공기를
가르는 소리가 한겨울 찬바람처럼 귓불을 감싼다. 그 소리가 침
대에 누워있는 남자의 고막에 서늘함을 전한다.

안 돼, 안 돼… 침대에 누워있는 남자의 마음속 외침은 울부

짖음으로 방 안에 퍼졌고, 동시에 떨어진 남자가 보도블록과 맞닿는 순간의 충격이 침대에 누워있는 남자의 몸에서 그대로 살아났다.

추락의 순간이 전해주는 충격과 고통이 침대에 누워있는 남자의 온몸을 휘감았다. 틀에 갇혀있던 뼈가 부러지며 갑작스런 자유에 방향을 잃고 남자의 몸 안으로 사정없이 휘저으며 파고들었다. 뼈가 으스러지는 충격과 고통을 감내하지 못한 남자의 얼굴이 일그러졌고 침대에 붙어있던 상체가 꺾일 듯 휘며 가슴이 솟아올랐다. 입에서 쏟아져 나와야 할 비명 대신에 김빠진 탄산음료의 뚜껑을 여는 것처럼 탁한 한숨이 남자의 입에서 새어나왔다.

침대에 누워있는 남자의 눈에 옥상에서 자신을 내려다보는 존재가 들어왔다. 어렴풋이 보이는 여자의 실루엣.

'너는 도대체 누구야?'

그렇게 찾으려고 했던, 자신을 죽이려고 한 존재를 남자는 침대에 누운 채로 멀뚱멀뚱 바라보았다. 망막에 맺힌 존재를 세상에 알리고 싶지만 이제 그럴 방법은 없다. 어둠이 밀려왔다. 돌아올 수 없는 강을 건너는 남자에게 마지막 현실의 소리가 들렸다.

현관 밖에서 들리는 도어록의 비밀번호를 누르는 소리가 점점 흐려지며 이제는 다른 세상의 소리가 되었다.

2

하준은 눈을 떴다. 뿌연 시야에 흰색 천장이 들어왔다. 눈을 몇 번 더 깜박이자 천장에 흐릿하게 보이는 막대기 모양의 형광등이 또렷하게 보였다. 자신의 방 침대에서 몸을 일으킨 하준은 낯선 곳에서 잠을 깬 사람처럼 방 안을 머뭇머뭇 둘러보았다. 눈앞에 보이는 자신의 방이 신기하게 느껴지는 표정이다. 하준이 이러는 이유는 그에게 믿을 수 없는 기적이 일어났기 때문이다.

하준은 열두 살 때부터 스무 살이 된 지금까지 빛이 없는 어둠 속에서 살아온 시각장애인이었다. 그런데 며칠 전부터 거물거물하게 앞이 보이기 시작하더니 오늘에서야 비로소 완전하게 보이게 된 것이다. 기적과 같은 일이 아닐 수 없다.

침대에서 일어난 하준은 앞이 보이지 않을 때처럼 습관적으로 손으로 벽을 짚으며 거실로 나왔다. 반쯤 열린 거실 창문으로 선선한 바람과 함께 쓸려 들어온 6월의 햇살이 거실을 가득 채우고 있었다. 하준은 그동안 피부에 닿는 햇빛의 농도를 통해 자신이 일어난 시각을 짐작했지만 이제는 시계를 볼 수 있다. 대략 오전 10시는 족히 넘었을 듯했다.

거실 벽에 걸린 둥그런 벽시계를 보았다. 오랜만에 보는 시계. 건전지가 다 되었는지 시곗바늘은 멈춰있었다. 바늘이 가리키고 있는 시각은 정확하게 8시 30분. 언제부터 저 시각을 가리키고 있었는지 모르겠다.

하준은 세수를 하기 위해 화장실로 들어갔다. 세면기에 물을 받으며 거울을 보았다. 흐릿하게 보였던 어제와 달리 오늘은 자신의 창백한 얼굴이 또렷하게 보였다.

이게 내 얼굴인가. 하준이 기억하는 자신의 얼굴은 시력을 잃기 전인 열두 살 때 얼굴이 마지막이다. 오래전이라 그때 얼굴이 가물가물하다. 그래서일까 기억 속에 흐릿하게 남아있는 앳된 얼굴과 갑자기 성인이 된 얼굴 사이의 괴리감 탓인지 자신의 얼굴이 타인의 얼굴처럼 낯설게 느껴졌다.

길었던 어둠의 터널을 지나 기적처럼 빛이 찬란한 세상으로 돌아왔지만 하준은 마냥 기뻐할 수가 없었다. 앞이 또렷하게 보인들 의미가 없다. 하준은 다시 어둠의 시간으로 들어가고 있기 때문이다. 바로 죽음이 그것이다.

하준은 얼마 전까지 시내의 한 커피숍에서 일했다. 특수학교에 다닐 때 바리스타 과정을 수료한 덕분에 졸업 후 시내의 한 커피숍에 취직했다. 커피숍 사장도 시각장애인이라 하준이 취직을 할 수 있었고, 앞을 보지 못해서 일어나는 실수도 너그러이 넘어갔다. 뜨거운 물에 손을 데기도 하면서 조금씩 일은 익숙해져 갔다. 일을 할 수 있다는 생각에 미래의 희망도 생겼지만 한 달 전, 갑자기 쓰러지면서 막 뻗기 시작한 희망의 줄기는 허무하게 꺾여버렸다.

커피숍에서 쓰러진 하준이 병실에서 정신을 차렸을 때는 하루가 지난 후였다. 침대에서 일어나 병실을 나서려다 문 앞에서 의사가 동료 직원에게 하는 말을 엿들었다. 의사의 첫마디가 하준의 마음에 생채기를 내며 후벼 팠다.

"지금 상태가 아주 좋지 않습니다."

의사의 말에 놀란 동료가 무슨 말이냐고 물었다. 의사는 어처구니가 없다는 듯 헛웃음을 작게 지은 후 담담하게 말을 이었다. 하준이 자신의 인생에서 행운, 행복이라는 단어가 함께 할 수 없는 단어라는 것을 다시 한 번 절실하게 느낀 순간이었다.

"신체 기능이 심각하게 떨어져 있습니다. 쉽게 말해 죽음을 앞둔 노인의 몸 상태와 같습니다. 길어야 5개월입니다. 지금 당장 사망한다 해도 이상하지 않을 정도입니다."

의사의 말을 들으니 얼마 전부터 자신이 겪은 증세가 죽음의 세상에서 보내는 어서 오라는 손짓이었다는 것을 깨달았다. 음식을 먹은 직후 구토를 자주 했고, 계절의 구분이 사라진 듯 따뜻한 날씨에도 불구하고 몸은 한겨울에 벌거벗은 채 밖에 있는 것처럼 부들부들 떨렸다. 쓰러지기 며칠 전에는 갑자기 느낀 오한 때문에 겨울 패딩을 껴입고 보일러까지 켰다.

세수를 마친 하준은 거실로 나와 소파에 앉았다. 이제 6월 초인데 거실에 넓찍하게 자리 잡고 있는 햇빛의 기운은 여름의 한가운데 들어온 것처럼 예사롭지 않았다. 올해 여름도 푹푹 찌는 무더위에 시달릴 생각을 하니 벌써 걱정이 됐다. 아니다, 어쩌면 이번이 마지막 여름일 수도 있다. 죽을 만큼의 더위라도 감사히 받아들여야 한다.

소파에 앉은 하준은 신기한 표정으로 집 안을 둘러보았다. 처음으로 보는 자신이 살고 있는 집 안의 모습. 실제로 보니 상상한 것보다 훨씬 아기자기했다. 벽에 걸린 반 고흐의 초상화 모작 그림과 클래식한 분위기의 가구와 구석구석에 자리 잡고 있는 작은 소품들. 혼자 살기에 아깝다고 느껴질 정도의 멋진 공간이었다.

지금 하준이 살고 있는 집은 하준의 집이 아니다. 잠시 같이 살았던 아줌마의 집에서 살고 있는 것이다. 불행이라는 가시넝쿨에 휘감긴 채 쓸려 다니던 하준의 짧은 인생에서 그 아줌마를 만난 것은 유일한 행운이었다.

하준이 초등학교에 들어가기 직전, 이제는 얼굴마저 가물가물한 엄마는 하준을 친할머니에게 맡기고 사라졌다. 남편이 교통사고로 세상을 뜬 후 하준의 엄마는 어느 날 하준을 데리고 할머니 집으로 갔다. 엄마는 하준을 할머니에게 맡기며 다시 오겠다는 약속을 했지만 그것이 마지막이었다.

부모님과 함께 1년에 몇 번은 들렀던 할머니 집. 그 집에서 자신이 살게 될 줄은 꿈에도 몰랐다. 지금은 홀로 아들과 힘겨운 삶을 살았을 엄마의 선택을 이해 못 하는 것은 아니지만 어렸던 하준의 가슴에는 엄마에 대한 원망이 꽤 오래 머물러 있었다.

어린 하준을 맡았던 당시 할머니 건강은 좋지 않았다. 칼락칼락하는 마른기침도 잦았고 안방의 텔레비전 옆에 놓인 바구니에는 정체 모를 약봉지가 수북했다. 그렇게 할머니와 산 지 수개월이 지났을 무렵, 하준이 선잠에서 깨었을 때 술에 취해 중얼거리던 할머니의 넋두리가 지금도 생생하다.

"나쁜 년, 새서방 만나서 무슨 팔자를 고치려고 피붙이를 몸이 성하지도 않은 늙은이에게 맡겨. 어휴, 저 불쌍한 걸 어쩌나. 나마저 죽으면 저거 어떻게 살꼬."

소주를 마시며 신세 한탄하던 할머니의 말을 듣고 나서야 하준은 비로소 엄마가 다시 돌아올 거라는 바람을 구겨 접었다.

예정에도 없던 애물단지를 떠맡은 할머니는 성하지 않은 몸으로 시내에 있는 식당에서 일하며 하나뿐인 손자를 위해 최선을 다했다. 죽은 아들의 핏줄이니 어찌하지 못했을 것이리라. 그런 할머니의 노력을 어린 하준도 모르지 않았다. 보살핌이 필요한 나이에 너무 일찍 자신의 처지를 파악한 하준은 어리광을 부리고, 장난감을 사달라고 생떼를 쓰고, 반찬 투정도 마음껏 할 나이에 늙고 꾸부정한 할머니를 보면서 할머니가 돌아가시면 나는 어떡하지, 하는 생각을 가끔씩 했다.

하준의 그런 걱정과 반대로 불행은 할머니가 아닌 하준을 먼저 덮쳤다. 바로 하준이 세상의 빛을 뒤로하고 어둠의 세계로 들어간 것이다.

그날은 여름방학이 시작한 직후였다. 친구 집에서 동네 친구들과 모여 컴퓨터 게임을 하다 친구 엄마가 게임 그만하고 밖에 나가 놀라고 하는 성화에 못 이겨 밖으로 나왔다. 막상 밖으로 나왔지만 뜨거운 햇빛을 피해 시간을 보낼만한 곳은 산밖에 없었다.

그날 친구들과 산을 타고 내려온 곳은 폐가가 된 농장 집이 있는 곳. 농장 목조주택에 대한 소문은 하준도 익히 들어서 잘 알고 있었다. 농장 집에 가축을 키우며 살던 노인이 벌이가 신통치 않자 빚을 감당하기 힘들어 자살을 했고 이후 그 집에 귀신이 나타난다는 게 소문의 주 내용이었다. 그 내용이 사실인지는 정확하지 않다. 아마 많은 사람들의 입을 거치면서 각색되었을 것이다.

그날 하준과 두 명의 친구들은 농장의 목조주택에서 멀찍이 떨어져 그 집을 바라보았다.

"저 집에 진짜 귀신이 있을까?"

말랑말랑한 살집이 통통하게 오른 친구가 입을 뗐다.

"세상에 귀신이 어디 있냐? 다 어른들이 만든 거짓말이야. 너희들 저 집에서 귀신을 보았다는 사람 실제로 본 적 있어? 없지? 집주인이 저 집에 사람들 들어오지 못하게 하려고 낸 소문일 거야."

안경을 쓴 친구가 제법 설득력 있는 논리를 펼쳤다.

"그럼, 저 집에 진짜 귀신이 있나 없나 들어가서 확인해 보자."

통통한 친구는 친구들과 있을 때 같이 들어가 보고 싶었는지 농장 집에 들어가자고 꼬드겼으나, 방금 전 귀신이 어디 있냐고 힘주던 안경 쓴 친구는 내키지 않는지 심드렁한 얼굴로 집으로 돌아가자고 했다.

농장 집에 굳이 들어가고 싶은 마음이 없었던 하준도 집으로 돌아가자는 친구의 말에 동조했다. 결국 세 사람은 발걸음을 돌렸고 하준은 무심결에 고개를 돌려 농장 집을 돌아보았다. 그 순간 하준의 눈에 농장 집 거실 창문에 서 있는 존재가 훅 들어왔다. 여자였다. 하준이 서 있는 곳과 가까운 거리도 아니었고 하준이 목격한 직후 감쪽같이 사라져서 정확히는 보지 못했지만 하준과 비슷한 또래의 소녀 같았다.

짧은 순간 강렬한 끌림이 하준의 의지와 무관하게 발걸음을 농장 집으로 움직이게 했다. 내려가던 친구들과 반대로 하준이 농장 집으로 걸어가자 안경 쓴 친구가 따라와서는 하준의 팔을 잡으며 소리쳤다.

"야! 너 어디가?"

안경 쓴 친구의 목소리에 통통한 친구가 걸음을 멈추고 고개를 돌렸다.

"하준이 이 새끼가 저 집으로 가려고 하잖아."

하준을 잡은 친구가 안경을 매만지며 투덜거렸다.

"있잖아… 방금 저 집에서 어떤… 여자애를 봤어."

하준의 말에 무슨 개소리야, 웃기고 있네, 라고 안경 쓴 친구는 비아냥거렸지만 호기심 많은 통통한 친구는 정말? 하고 놀라며 하준에게 다가왔다.

"처녀 귀신인가? 아니다, 애라고 했으니 소녀 귀신이 맞겠네. 지금까지 그런 소문은 없었잖아. 한번 가보자. 같이 들어가면 덜 무서울 거 아냐. 가자. 어?"

통통한 친구는 하준의 손을 잡고 농장 집으로 발걸음을 옮겼고, 집으로 가자고 떠들던 안경 쓴 친구도 마지못해 뒤를 따랐다.

하준이 현관문 손잡이를 잡고 조심스럽게 당겨 열었다. 집 안으로 들어가니 바깥의 날씨와 다른 선선한 기운이 집 안에 가득했다. 집 안을 둘러보던 하준의 눈을 사로잡은 것은 넓은 거실과 부분 복층 구조로 된 확 트인 높은 천장이었다.

"와, 집 좋다. 그런데 집 안 모습이 왜 낯이 익지."

집 안 모습에 매료된 하준이 천장을 바라보며 혼잣말하는 사이 친구들은 하준이 말한 소녀를 찾으려고 집 안을 휘저으며 다녔다.

1층을 둘러보았지만 아무것도 없었다. 하준과 친구들은 2층으로 이어진 계단을 올랐다. 정신없이 집 안을 휘젓고 다니는 친구들과 달리 2층 거실의 가운데 선 하준은 멍한 표정으로 두리번거렸다. 1층 거실을 둘러볼 때 느낀 기시감이 2층에서도 이어졌기 때문이다.

"뭐야. 쥐새끼 한 마리 없네. 하준이 너 정말 여자애 본 거 맞아?"

겁을 잔뜩 먹고 집에 들어오길 주저한 안경 쓴 친구가 아무것도 없자 의기양양한 표정으로 하준을 구박했다. 싱겁게 끝난 유령 탐험에 실망한 친구들은 집으로 가자며 2층에서 내려갔고 하준은 소변을 보고 나가겠다며 화장실로 들어갔다. 소변을 보면서도 왜 이 집이 낯이 익은 걸까 하는 생각은 계속 이어졌다.

일을 마치고 거울을 보는데 하준의 윤곽을 따라 굵은 붓으로 칠한 듯한 거뭇한 흔적이 거울에 비쳤다. 하준은 손을 뻗어 거울을 만졌다. 거울에 묻은 것은 아니었다. 거울에 시선을 고정한 하준이 고개를 좌우로 돌리자 검은 윤곽도 따라 움직였다.

검은 틀에 갇혀있는 듯한 음습한 기분에 화장실에서 나가려고 하는데 발이 움직여지지 않았다. 발뿐만이 아니었다. 온몸 전체가 얼어붙은 듯 움직이지 않았다. 게다가 서늘한 추위가 벌레처럼 하준의 살갗을 꿈틀대며 기어 다니는 기분도 들었다. 하준은 그제야 공포에 와들와들 떨었다.

애들아, 나 좀 살려줘, 라고 간절히 친구들을 부르고 싶었지만 입 밖으로는 어- 어- 하는 의미 없는 감탄사만 흘러나왔다. 몸이 얼어붙은 하준이 할 수 있는 거라고는 마른 침을 억지로 삼키는 것뿐이었다. 목으로 넘어간 침 때문일까, 고개가 조금씩 움직이기 시작했다. 고개가 움직이자 옴짝달싹 안 하던 발도 서서히 풀렸다.

발이 풀린 하준은 화장실에서 뛰쳐나왔다. 화장실에서 본 검은 윤곽이 자신을 따라올 것 같은 예감에 등골이 오싹했고 마음은 불안하고 다급했다.

부랴부랴 계단을 내려가는데 계단 중간 즈음에서 누군가 뒤에서 손으로 앞을 가로막은 듯 갑자기 앞이 보이지 않았다. 그 때문에 균형을 잃은 하준은 기우뚱하다 발을 헛디뎌 반쯤 남은 계단을 구르며 거실 바닥에 널브러졌다. 바닥에 부딪친 무릎에서 욱신거리는 통증이 올라왔다. 아- 하는 신음이 입에서 튀어나왔지만 밖에서 빨리 나오라고 고래고래 소리치는 친구들의 목소리에 묻혀버렸다.

상체를 일으킨 후 손으로 바닥을 짚고 일어나는데 현기증이 핑 돌아 뒤뚱거리다 큰 대자 모양으로 다시 쓰러졌다. 창문으로 들어온 햇빛이 자신을 덮고 있는 상황이건만 서늘한 추위는 계속 느껴졌다. 변화는 추위뿐만이 아니었다. 개기 일식으로 해가 사라진 것처럼 순식간에 주위가 어둑해졌다. 햇빛을 등지고 우두커니 서서 자신을 내려다보는 검은 형체가 나타난 것이다. 하준은 자신이 검은 형체의 그림자가 된 기분이었다.

시커먼 망토를 뒤집어쓴 것 같은 검은 형체는 며칠 전 만화책에서 본, 죄를 짓고 죽은 자들의 목에 줄을 감고 질질 끌고 가는 저승사자의 모습을 떠올리게 했다. 검은 형체가 하준 얼굴 가까이 다가왔다. 하준은 살려주세요, 라고 벌벌 떠는 목소리로 애원했다. 검은 형체는 손을 뻗어 하준의 눈을 가렸다. 깜깜한 어둠이 눈앞을 가렸고 하준은 정신을 잃었다.

어둠에 잠긴 하준은 꿈을 꾸었다. 몇 주 전에 꾼 악몽이었다. 커다랗고 시커먼 형체가 자신의 몸에 올라타고 목을 조르는 꿈이었다. 그 악몽을 다시 꾸다 하준은 눈을 떴다. 눈을 떴지만 여전히 어둠 속이었다.

하준이 눈을 뜬 곳은 병원이었다. 하준이 집 밖으로 나오지 않자 다시 집 안으로 들어간 친구들이 정신을 잃은 하준을 발견하고 구급차를 부른 것이다. 손자가 병원에 실려 간 소식을 듣고 한달음에 달려온 할머니는 놀란 얼굴로 괜찮냐며 하준의 얼굴을 어루만졌다. 아픈 데는 없었지만 검은 천이 눈앞을 가로막고 있는 것처럼 앞이 보이지 않았다.

부랴부랴 정밀검사가 진행됐다. 할머니에게 결과를 설명하는 의사는 눈 상태는 정상인데 앞이 보이지 않는 원인을 알 수 없다며 난감해했다.

"하준아, 그 집에서 무슨 일이 있었던 거야? 친구들 말로는 네가 여자애 유령을 보았다고 하던데."

할머니의 질문에 하준은 유령을 본 것은 사실이라고 했지만 자신에게 일어난 일은 말하지 않았다. 말한다고 한들 할머니가 곧이곧대로 믿어주지 않을 거라는 것은 어린 하준도 잘 알고 있었기 때문이다.

며칠이 지나도 눈앞을 가로막고 있는 검은 장막은 사라질 기미가 보이지 않았다. 오히려 시간이 지날수록 점점 어두운 암흑으로 빠져들었다. 깊은 절망의 나락으로 떨어진 하준은 이불을 뒤집어쓰고 한참을 울었다.

눈물을 흘리며 자신을 이렇게 만든 모든 것들을 원망했다. 너무 빨리 세상을 뜬 아빠를, 자신을 버린 엄마를, 그날 그 집으로 들어간 자신을, 마지막으로 자신을 유혹한 정체불명의 소녀 유령을.

그날 본 소녀와 검은 형체는 뭘까? 이런 생각이 떠오를 때마다 고개를 내저으며 떨쳐 버리려고 했지만 치미는 울화는 어찌할 수가 없었다. 그렇다고 누군지도 모르는 존재가 던진 낚싯바늘에 꿴 채로 계속 끌려다닐 수는 없었다. 농장 집에서 경험한 것이 환영이었든 진짜였든 살아가려면 잊어야 했다. 언제까지 알지 못하는 존재를 원망하며 시간을 허비할 수는 없었다. 어른이 되면 눈앞을 가로막은 악마의 저주도 풀리지 않을까, 이런 위로를 해보기도 했지만 앞을 보지 못해 넘어지거나 장애물에 부딪쳐 고통에 몸부림칠 때면 누군지도 모르는 소녀 유령과 정신을 잃기 전 보았던 검은 형제가 하준의 의지와 상관없이 불쑥불쑥 떠올랐고, 그럴 때마다 마음속 밑바닥에 가라앉았던 분노가 휘휘 저으며 치밀어 올랐다. 이뿐만이 아니었다.

학교에 퍼진 하준의 기기괴괴한 미스터리는 급기야 인터넷을 타고 전국으로 퍼져나갔다. 농장 집에 있는 앞을 보지 못하는 소녀 귀신이 아이의 눈을 빼앗아 갔다더라, 아이에게 앞을 못 보는 귀신이 들어왔다더라 등등 재가공 된 이야기가 사실인 양 퍼졌고, 심지어 하준의 집까지 찾아와 어슬렁거리는 사람까지 있었다. 그런 사람이 보일 때마다 할머니는 "무슨 구경났다고 집까지 찾아와서 지랄들이야!"라고 성난 목소리로 내쫓았다.

사건 후 하준은 늘 붙어 다니던 친구들과도 멀어졌다. 하준이 앞을 보지 못하게 되면서 어쩔 수 없이 그렇게 된 것이지만 다른 이유도 있을 것이다. 실명하게 된 상황이 기이했던 탓에 하준에게 귀신이 붙어 그렇게 되었다는 어른들 사이의 수군덕거리는 소문도 친구들에게 영향을 미쳤을 테다. 게다가 하준이 특수학교로 전학을 가게 되면서 친구들과는 다른 세상에서 사는 다른 존재가 돼버렸다. 한 뼘 두 뼘… 조금씩 멀어지던 친구들과의 심리적인 거리가 어느 순간 소리를 질러도 돌아보지 못할 정도로 멀어졌고, 친구들을 만나지 않게 되자 밖으로 나가는 시간은 점점 줄어들면서 하준은 주춤주춤 세상에서 뒷걸음질 치는 아이가 되어갔다.

하준도 충격이지만 할머니가 느낀 충격 역시 그에 못지않았을 터. 오히려 더한 충격을 받았으리라. 안 그래도 하준을 책임

져야 한다는 부담감을 갖고 있던 할머니는 앞을 보지 못하게 된 손자를 보며 처절한 절망을 느꼈을 것이다.

얼마 남지 않은 것처럼 느껴지는 자신의 삶의 시간. 희망이 완전히 타버린 할머니의 빈 가슴에는 절망이라는 저주가 번지기 시작했고, 그 저주의 손아귀는 얼마 남지 않은 할머니의 삶을 움켜 부렸다.

할머니가 삶의 마지막을 결심한 그 날, 하준이 잠들었을 때 할머니는 술을 마시고 방 안에 번개탄을 피웠다. 마지막으로 자신은 농약을 마셨다. 차마 손자에게 농약까지 마시게 할 용기는 없었나 보다.

새벽녘에 쿨럭쿨럭 기침을 하며 잠에서 깬 하준은 불이 난 것 같다면서 옆자리에 누워있는 할머니를 흔들었지만 할머니는 미동조차 없었다. 방 안을 채우고 있는 보이지 않는 연기는 점점 하준의 숨을 조여 왔다. 한 손으로 입과 코를 막고 벽을 더듬더듬 손어림하던 하준은 방문의 손잡이를 잡았다. 문을 열면 살 수 있을 거라는 희망은 손잡이를 돌리자마자 고꾸라졌다. 할머니는 두 사람의 죽음을 말리지 말라는 작심이라도 한 듯 손잡이를 망가뜨려 헛돌게 했고 문을 열지 못하게 나무토막으로 못질까지 해버렸다.

필사적으로 문을 열려고 안간힘을 다하던 하준은 결국 포기한 채 이불로 입을 가리고 살려달라고 외쳤다. 사람들이 잠들었을 늦은 시각, 꽁꽁 닫힌 창문, 이웃집도 없는 상황에 하준의 처절한 울부짖음을 들을 사람은 없었다. 삶의 경계가 조금씩 무너지는 순간 구원의 목소리가 방문 너머에서 들렸다.

"하준아! 안에 있어?"

방바닥에 널브러져 있던 하준은 벌떡 일어나 문을 거세게 두드리며 살려달라고 울부짖었다. 그날 문을 부수고 하준에게 다시 생명의 기회를 안겨준 사람이 지금 하준이 살고 있는 집 주인인 서인아다.

하준이 인아를 처음 만난 것은 이 사건 발생 몇 주 전으로 거슬러 올라간다. 할머니가 시내에 있는 식당으로 일을 나간 사이 하준은 지팡이를 두덕거리며 가게에서 산 아이스크림을 핥으며 집으로 가고 있었다. 익숙한 길이었고 아이스크림의 달달함에 취해 무뎌진 경계심은 하준의 발을 헛디뎌 넘어지게 했다.

집 근처에서 벌쭉 넘어진 하준은 손에 쥐고 있던 아이스크림을 바닥에 내동댕이쳤다. 눈앞 어딘가에서 뭉개져 버린 아이스크림을 생각하며 하준은 엎어진 채로 눈물을 흘렸다. 앞이 보였던 때라면 아무 일도 아닌 척 옷을 툭툭 털고 일어나면 되는 일이었지만, 연이은 불행으로 위축된 하준은 자신과 단절되는 모든 것에 민감하게 반응했다.

"괜찮아?"

뭉개져 버린 달콤함과 처량한 신세에 서글퍼 훌쩍거리던 하준은 갑자기 들린 낭랑한 낯선 여자의 목소리에 창피했는지 울음이 쑥 들어갔다.

"어휴, 아까워라. 아줌마가 아이스크림 새로 사줄까?"

이게 웬 횡재. 하준은 눈물을 훔치며 자리에서 벌떡 일어났다. 그렇게 아이스크림으로 시작된 인연이 하준의 생명까지 구하게 되었다.

죽음의 고비에서 하준을 구한 인아는 하준의 후견인이 되어준다면서 자신과 함께 사는 게 어떠냐는 제안을 했다. 하준은 선택의 고민을 할 처지가 아니었다. 이미 보육시설에 짐을 풀 생각을 하고 있었는데 뜻밖의 인물이 손을 잡아줬다. 그것은 하준에게 처음으로 찾아온 행운이었다.

그렇게 시작된 인아와의 동거. 하준은 엄마에게서 받지 못한 사랑을 인아를 통해 느꼈다. 앞을 보지 못하는 자신을 돌봐주는 그녀는 완벽한 엄마였다. 맛있는 음식을 해줬고, 시내 복지관에 데리고 가기도 했고, 스쿠터로 등하교까지 책임졌다.

더할 나위 없는 행복한 와중에도 이런 행복이 언제까지 자신 옆에 있을까 하는 불안감은 불쑥불쑥 나타나 하준을 아슬아슬한 외줄에 떠밀어 세웠다. 하준에게 행복은 활시위에 걸린 활처럼 언제 자신에게서 튕겨 나갈지 모르는 단어였다. 친엄마로부터의 버림, 갑작스러운 실명, 할머니의 죽음으로 이어지는 계속되는 불행으로 인한 후유증이리라. 그렇게 위태롭게 활시위에 걸려있던 행복은 하준의 예상보다 빨리 튕겨 나갔다. 인아마저 세상을 뜬 것이다.

하준의 삶은 순식간에 피폐해졌다. 인아에게 의존하며 보낸 탓에 일상은 뒤죽박죽이었고 절망에서 벗어나려는 의지도 메말라 갔다. 결국 하준도 할머니가 선택한 마지막을 생각하는 지경에 다다르게 되었다. 그즈음 누군가 꿈에 나타나 그런 생각을 하지 말라고 하는 것처럼 등을 다독거렸다. 얼굴이 보이지 않았지만 그림자처럼 자신 옆에 머물며 위로하는 존재가 인아가 아닐까 생각했다.

　그렇게 꾸역꾸역 버텨왔는데, 다시 세상을 보게 되었는데, 이제 막 봄의 가운데로 발을 내디뎠는데 하준의 계절은 재채기 한 번 하지 못한 채 하루아침에 겨울로 변해버렸다.

　죽음으로 가는 길목에도 허기는 찾아왔다. 냉장고 문을 열었다. 배를 채울만한 것은 내용물이 뭔지도 모를 반찬통 옆에 놓인 말라비틀어진 식빵 조각 몇 개가 전부였다. 식빵 봉지를 열어 코를 봉지 입구에 들이밀었다. 미간이 찌푸려지지 않는 걸 보니 상하지 않았나 보다.

　마른 빵 조각을 입에 구겨 넣은 하준은 생수의 도움을 받으며 우걱우걱 씹어 삼켰다. 죽음이 다가오는 징후인 듯 얼마 전부터 하준의 몸은 음식을 거부했다. 온전히 몸 안에 남은 에너지를 전부 소모하고 떠나려고 하는지 음식을 먹으면 소화도 되기 전에 입 밖으로 걸쭉하게 게워 나오기 일쑤였다. 어제 낮에는 김치찌개와 밥을 먹었는데 식사를 한 후 한 시간도 지나지 않아 먹은 걸 왈딱 쏟아냈다.

　오후에 시내에서 약속이 있다. 토할 때 토하더라도 일단 배를 채워야 한다. 허기져서 길바닥에 주저앉을 수는 없다. 약속 시간까지 얼마가 남았나, 하준은 휴대전화로 시간을 확인했다.

커피숍에서 나오자마자 설희의 휴대전화가 울렸다. 선배 조 형사였다.

"예, 선배님. 방금 송혜정과 헤어졌습니다."

"그래? 나도 방금 병원에서 나왔어. 지난번에 돈가스 먹었던 가게 알지? 거기로 와."

설희는 방금 일주일 전 자신의 원룸 침대에서 시신으로 발견된 강준식과 동거를 했던 송혜정을 만났다. 사고가 난 직후 연락이 되지 않던 혜정은 수사팀이 강준식의 사망 사실을 알리며 수사협조를 부탁하는 문자를 보내자 비로소 연락이 왔다. 친구와 해외여행 중인 혜정은 한국에 돌아가는 대로 조사에 응하겠다고했다. 출입국 조회를 한 결과 그녀의 말은 사실이었다.

죽은 준식의 전 여자 친구인 혜정은 이틀 전에 입국했다. 설희와 조 형사가 약속 장소로 가는 길에 설희에게 전화를 한 혜정이 회사에 좋지 않은 일로 소문나는 게 걱정된다면서 회사 근처 커피숍에서 설희와 단둘이 만나면 안 되냐고 사정하는 통에 설희 혼자 혜정을 만났다. 그 바람에 같이 나온 조 형사는 어깨가 좋지 않다면서 물리치료를 받는다고 병원으로 향했다.

자신이 살고 있는 원룸의 침대에서 시신으로 발견된 31세의 강준식. 현장에 도착하자마자 설희가 속한 수사팀의 베테랑인 조 형사는 원룸의 침대에 누워있는 준식의 시신을 보고 고개를 갸웃거리며 말했다.

"추락사한 시신의 모습과 비슷한데. 머리 쪽에 있는 혈흔도 그렇고."

조 형사는 과거 아파트에서 투신자살한 사람의 시신을 본 적이 있는데 준식의 첫 느낌이 그것과 흡사하다며 지난 기억을 떠올리는 게 불편한지 인상을 찌푸렸다.

시신에는 특이한 점이 하나 있었다. 시신을 보자마자 수사팀 모두가 의아하게 생각한 부분이다. 누군가 흩뿌린 것처럼 준식의 몸 전체에 보드랍게 빻은 것 같은 검은 가루가 잔뜩 묻어있었다. 타살을 강력하게 의심할 중요 단서였다.

수사팀이 준식의 주변 인물들을 만나본 결과 그는 자살을 하거나 남들에게 악의를 살 만한 사람은 아니라는 평판이 대다수였다. 사망하기 한 달 전 즈음에 회사에서 쓰러져 병원에 갔었고, 건강이 좋지 않아서 직장을 그만둔 게 그나마 특이한 점이었다.

수사팀은 강준식 사건을 타살로 추정하고 수사를 시작했지만 타살을 입증할 단서는 좀체 찾을 수가 없었다. 준식은 죽기 하루 전 편의점에서 물과 컵라면을 구입한 후 집에서 나오지 않았다. 외부에서 준식을 살해한 후 집으로 옮긴 것은 아니라는 의미다.

준식이 살고 있는 빌라의 출입구를 바라보는 CCTV에는 처음 그를 발견하고 신고한 박규민이란 남자의 차가 도착하고 그가 빌라로 들어가는 장면 외에 준식이 사망한 것으로 추정되는 시각에 빌라에 방문한 사람은 없었다.

출입문이 아닌 창문을 통해 집 안으로 들어올 가능성도 희박했다. 준식의 원룸은 3층. 가스관을 타고 창문을 통해 들어오는 것도 쉽지 않은 이유는, 사망 추정 시간은 대낮이었고 창문이 있는 원룸 건물의 벽면은 사람의 통행이 적지 않은 보행로에서 바로 보이는 위치이기 때문이다. 대낮에 창문을 통해 누군가 들어왔다면 그런 상황을 목격한 목격자들이 한둘이 아니었을 것이다. 그러나 지금까지 그런 상황을 목격한 목격자는 없다. 수사팀이 현장에 왔을 때 창문의 잠금장치는 닫혀있었고 방범창도 그대로였다.

원룸 상태 역시 누군가와 다툰 흔적은 없었으며 사람이 살지 않았나 하는 생각이 들 정도로 방세간은 단출하고 깨끗했다. 감식반 조사 결과에서도 특별한 것은 없었다. 집 안에서 발견된 준식 이외의 흔적은 동거했던 혜정의 것으로 추정되는 모발 몇 개가 전부였다.

누군가 시신에 뿌렸을 검은 가루. 사건 정황상 분명 외부에서 침입해 살해했을 거라는 상식의 가설을 뒷받침할 만한 증거는 어디에도 없었다. 타살 흔적을 찾을 수 없게 되자 수사팀의 관심은 자연스레 동거를 했던 혜정에게 이동했지만 그녀는 한 달 전 준식과 헤어졌고, 사건이 일어나기 이틀 전에 친구와 해외여행을 떠났다. 믿기 힘들 정도로 아무런 타살 흔적이 없는 사건에 수사팀은 혼란스러울 수밖에 없었다.

혜정의 바람대로 그녀가 근무하는 회사 근처의 커피숍에서 두 사람이 만났다. 사건 발생 전에 헤어졌다고는 하지만 한때 사랑했던 연인이 죽었는데도 그녀의 얼굴은 특별히 어둡거나 슬퍼 보이지 않았다. 준식과 아무런 관계가 없는 사람처럼 무덤덤해 보였다. 이별 후유증의 치유는 시간의 덧쌓임이 아닌 감정 정리의 정도인가 보다.

"여름휴가를 일찍 다녀오셨네요?"

명함을 주고받은 후 인사치레로 던진 설희의 질문에 혜정은 용의자 취급을 당하는 기분이 들었는지 부루퉁한 표정으로 "그게 문제가 되나요?"라고 퉁명스럽게 대꾸했다.

"그냥 여쭈어 본 겁니다."

"몇 달 뒤에 친한 친구가 결혼을 하거든요. 친구가 결혼하기 전에 같이 여행을 가자는 말을 전부터 했었는데 그 친구 시간이 그때밖에 없어서 그런 거예요."

설희는 고개를 끄덕한 후 다음 질문으로 넘어갔다.

"강준식 씨 지인분들의 증언에 따르면 두 분이 동거를 했다고 하던데요."

"그랬죠. 헤어진 거는 한 달 전 즈음이에요, 짐도 그때 전부 뺐고요. 사실 헤어지려고 한 마음은 그전부터 있었어요. 동거를 한 기간은 1년이 좀 안 될 거예요."

사적인 부분이 탈탈 털리는 듯해서일까, 말하는 혜정의 표정에서 재수 없게 왜 이런 일에 자신이 엮였을까 하는 불쾌한 느낌이 물씬 풍겼다.

"실례가 안 된다면 헤어진 이유를 여쭈어 봐도 될까요?"

"헤어진 이유는… 뭐 여러 가지가 있는데 그 사람이 좀 이상해서 같이 살기 힘들겠다는 생각이 들더라고요."

"어떤 부분이 이상했다는 건지……."

설희는 조심스럽게 물었다.

"원래 그 사람 성격이 좀 까탈스러웠어요. 예민하기도 하고… 그 정도는 참을 수 있는데 다른 게 문제였죠. 작년 말에 도박하는 걸 제게 걸렸어요. 자기 말로는 돈 잃은 게 얼마 되지 않는다고 했는데 제 생각에는 적지 않은 거 같았어요. 반반씩 내던 생활비도 몇 달째 안 냈거든요. 사실은 그때부터 헤어지려고 마음을 먹었어요. 도박하는 사람 만나면 평생 고생한다고 하잖아요. 그러다 헤어지기 직전에는 건강하던 사람이 갑자기 몸이 좋지 않았어요. 허구한 날 술에… 게다가 툭하면 먹은 걸 토하고. 날도 따뜻한데 춥다고 밤새 보일러까지 튼 적도 있었어요. 가뜩이나 마음이 멀어지려고 하는데 점점 미운 짓만 하니까 더 정나미가 떨어진 거죠."

사건 현장에서 발견된 준식의 몸이 왜 야위었는지 알 수 있는 설명이었다.

"그런데… 준식 씨 타살인가요?"

혜정을 만나기 전 통화에서 타살 여부에 대해 말하지 않아서 그랬을까, 그 질문을 하는 혜정의 얼굴에서 호기심이 야릇하게 얼비쳤다.

"확실한 건 수사가 끝나봐야 알 것 같습니다. 혜정 씨는 타살로 생각하세요?"

혜정은 뭔가를 말하려는 듯 입을 씰쭉거렸다.

"그 사람이 죽고 나니까 헤어지기 전에 말했던 것들이 새삼 다시 생각나더라고요. 그때는 그냥 이상하다고만 생각했었는데."

설희는 준식의 이상한 점을 말하기 시작하는 혜정의 입을 주목했다. 혜정은 준식이 술에 취하면 혼잣말로 어떤 소녀를 찾아야 한다는 말을 자주 했다고 했다.

"그게 정확히 언제부터죠?"

"음, 정확히는 모르겠는데 헤어지기 보름 전부터 그런 거 같아요. 그 소녀를 찾아야 자기가 살 수 있다고."

'소녀'와 '자기가 살 수 있다'는 말이 설희의 귀에 콕콕 박혔다.

"그 소녀의 이름이나 나이 같은 걸 말한 적이 있나요?"

"아니요. 아니… 모르죠. 말했는데 제가 관심이 없어 흘려들었을 수도 있으니까. 그때는 준식 씨에게 마음을 접기 시작했던 시기라 그 사람이 하는 말이나 행동에 별 관심이 없었거든요. 지금 말하는 내용들은 여러 번 들었던 내용이라 그나마 기억하고 있는 거예요. 아, 한 명이 더 있어요."

설희는 수첩에 메모하는 손을 멈추고 혜정을 바라보았다. 혜정은 창밖을 바라보며 기억을 떠올리려고 눈을 빠르게 깜박거렸다.

"뭐라고 했더라… 하, 하준이라고 했나?"

"하준이요?"

남자로 추측되는 하준이란 이름 역시 준식 주변 인물들에게

서 처음 나온 이름이다.

"성까지는 모르겠어요. 그 사람을 만나야 소녀를 찾을 수 있다고 했던 거 같아요."

소녀와 하준. 두루뭉술하고 막연하다.

"그리고 하나가 더 있어요. 뭐라더라… 원장 부인이 죽지 않은 거 같다고 했나?"

"원장 부인이요?"

"예. 만취가 된 채 집에 온 날인데 침대에 누워 잠꼬대처럼 중얼거렸어요."

원장 부인이라… 원장이라면 병원, 유치원, 요양원, 어린이집… 또 뭐가 있지? 최초 신고자인 박규민도 학원 원장이긴 한데.

"제가 기억하고 있는 건 거의 다 말씀드린 거 같네요. 혹시라도 타살이라면 범인을 꼭 잡아주세요. 한때 사랑한 남자가 그렇게 돼서 마음이 좀 그렇거든요. 가뜩이나 헤어진 후에 일어난 일이라 더 착잡하고요."

자리에서 일어나기 직전에서야 혜정의 얼굴에서 슬픔보다 옅은 감정의 기운들이 서리서리 피어났다. 동정심, 애틋함, 아쉬움, 그런 감정이 뒤섞인 복합적인 감정이리라. 설희는 그렇게 하겠다는 약속을 하고 혜정과 헤어졌다.

혜정이 말한 하준과 소녀는 그동안 수사에서 나오지 않은 새로운 인물이다. 설희가 속한 수사팀은 사건 직후 준식의 휴대전화 통화 내역을 꼼꼼히 살펴보았다. 특히 그가 죽기 전 6개월간 통화와 문자를 주고받은 사람들을 집중적으로 조사했지만 특별히 의심 가는 사람은 없었다. 몇몇 친구들과 혜정, 회사 동료들이 전부였다. 그런 사람들과 별개로 전화통화를 한 사람이 한 명 있기는 했다. 준식의 휴대전화에 저장되지 않은 유일한 사람으로 준식이 죽기 전 단 한 번의 통화를 한 그는 준식의 집에 갔다가 시신을 처음 발견하고 신고한 박규민이라는 학원 원장이었다.

두 사람이 통화를 한 시간은 30초 남짓. 경찰 조사에서 규민은 준식의 집에 간 이유를 그가 학원에 다니는 문제 학생에 대해 말해주겠다는 연락을 해서 간 것이라고 진술했다. 그 학생이 누구고 무슨 문제가 있는지는 준식이 죽는 바람에 규민도 모른다고 말했다.

수사팀은 그의 진술에 의구심을 가졌다. 죽기 직전에 전화를 한 사람에게 말한 내용이라는 게 너무 이상했고, 게다가 두 사람은 그 전까지 아무런 관계가 없는 사이였다. 규민도 준식이 왜 자신에게 그런 전화를 했는지 의아하다고 했다.

돈가스 가게에 다다르자 가게 창문에 돈가스 조각을 입에 넣는 조 형사의 모습이 보였다. 가게 안으로 들어간 설희는 다녀왔다는 인사를 하며 조 형사의 맞은편에 앉았다. 짙은 갈색 소스가 반쯤 덮고 있는 노릇한 돈가스가 설희를 기다리고 있었다.

"때맞춰 잘 왔네. 음식 방금 나왔어."

허기진 설희는 나이프로 자른 돈가스 한 조각을 입에 넣었다. 미소된장국으로 입을 축인 조 형사가 쩝쩝대며 입을 열었다.

"강준식 동거녀는 뭐래? 특별한 거라도 있어?"

설희는 식사를 하면서 혜정에게 들은 내용을 풀어놓았다. 조 형사는 무심한 표정으로 중간중간 고개를 끄덕이며 설희가 말하는 내용을 들었다.

"의문의 소녀와 하준이라는 남자라. 휴… 그 둘은 또 어떻게 찾나."

조 형사는 혼잣말로 투덜거리며 돈가스 조각을 입에 넣었다. 우적거리며 음식을 씹던 조 형사가 최초 신고자인 규민을 입에 올렸다.

"처음 신고를 한 박규민 원장, 그 사람이 마음에 걸려. 혹시 예전 사건 알아?"

"예전 사건요?"

설희는 입을 오물거리며 조 형사를 바라보았다.

"유 형사가 경찰 되기 전에 발생한 사건인데, 그때 이 지역에서 꽤 시끄러웠던 사건이었지. 그 사건 수사했던 형사 중에 아는 사람이 있어 들었는데 강준식 사건을 보니까 예전 그 사건이 생각나. 우리 관할 옆의 ○○경찰서에서 수사했는데 몇 년 전에 박규민 원장 아내가 죽었어. 아내가 몸이 안 좋아서 외곽의 조용한 동네에서 요양 중이었는데 그 집에서 사망한 채로 발견되었지. 사인은 익사. 누가 봐도 타살이 의심되는 상황인데 타살을 입증할 증거를 찾지 못해 결국 의문사로 종결됐어. 강준식 사건과 비슷한 구석이 있는 거 같지? 타살 흔적 없이 집 안에서 사망한 의문의 시신. 공통으로 걸리는 사람이 박규민이라는 것도 그렇고."

설희는 조금 전 준식이 원장 부인이 죽지 않은 것 같다고 말했다는 혜정의 말이 생각났다.

"박규민 원장은 아무런 혐의가 없었나요?"

"형사들도 박 원장에게 의심을 품었지. 그런데 사건 추정 시간에 알리바이가 확실했다는군. 살인교사를 추정할 만한 정황도 없었고."

조 형사의 표정이 앞으로 강준식 사건의 수사 진도가 어떻게 될지 알 수 있을 정도로 칙칙했다. 조 형사가 물로 입가심을 할 때 휴대전화가 울렸다. 전화를 받은 조 형사의 표정이 금세 굳어졌다.

"아, 그래. 알았어. 바로 들어갈게."

"무슨 전화예요?"

"강준식 국과수 결과가 나왔대, 추락사라고. 참나, 침대에서 발견된 시신의 사인이 추락사라니. 정말 어이없네."

조 형사의 어처구니없어하는 표정을 보며 설희는 그동안 수사한 내용들이 꼬깃꼬깃 구겨지는 기분이 들었다.

＊

"원장님, 점심 식사 안 하세요?"

규민은 모니터 옆으로 목을 빼고 목소리가 들리는 출입문을 보았다. 문 앞에는 행정 업무를 담당하는 여직원이 환하게 웃으며 서 있었다. 규민이 입맛이 없다며 먼저 식사를 하라고 말하자 여직원은 옅은 미소를 지으며 다녀오겠다는 말을 하고 문을 닫았다.

자리에서 일어난 규민은 벽에 걸린 거울 앞에 섰다. 거울에 비친 푸석푸석한 자신의 얼굴을 보며 한숨을 길게 내쉬었다. 한숨을 내쉰 이유는 자신의 얼굴을 이렇게 만든 최근의 일들 때문이다. 선뜻하면서 휘휘한 느낌의 그림자가 한 걸음 한 걸음 자신에게 다가오는 것만 같다. 바로 몇 해 전 죽은 아내 서인아의 그림자가.

의문스러운 인아의 죽음은 규민에게도 충격이었지만 그렇다고 일상이 힘들 정도의 후유증은 없었다. 오히려 자신이 결혼을 했었나 하는 기억조차 하지 못할 정도로 완벽한 싱글의 생활로 돌아갔다. 물론 결혼생활 중에도 여자를 만나며 나름 자유롭게 지냈다. 그래도 최소한의 양심이 꿈틀거리는 가책마저 느끼지 못할 정도의 무뢰한은 아니었다. 바람을 피울 때마다 마음 깊은 곳에 숨은 죄책감이 병아리 눈물만큼 찔끔찔끔 솟아나기는 했다.

하지만 인아가 사라지자 구차한 핑곗거리를 만들 필요도, 따끔거리는 양심에 굽실거릴 필요도 없어졌다. 그렇게 자유로운 생활을 계속 이어갈 줄만 알았는데 얼마 전부터 인아의 흔적이 불쑥불쑥 튀어나왔다. 그 흔적의 시작은 보름 전에 등장한 인아의 물건이었다.

처음 등장한 물건은 인아가 즐겨 사용하던 향수였다. 그 향수가 드레스 룸의 탁자에 보란 듯 놓여있는 게 아닌가. 향수가 등장한 며칠 뒤에는 출근하기 위해 셔츠를 고를 때 인아가 즐겨 입었던 파란색 원피스가 규민의 옷걸이에 기세등등하게 걸려있었다.

규민은 인아의 장례식이 끝난 후 집 안에 있던 인아의 물건을 갈퀴질하듯 깡그리 모아 내다 버렸다. 다시 나타난 향수와 옷뿐만 아니라 화장품과 가방, 사용하지 않은 속옷과 스타킹, 지질구질한 잡동사니까지 전부 내다 버렸다. 그런데 자신의 물건을 왜 버렸냐고 시위를 하는 것처럼 규민의 눈앞에 인아의 물건이 버젓이 나타났다.

규민이 찜찜하게 느끼는 이유는 왜 하필 그 두 개의 물건이냐는 점이다. 그 두 개의 물건은 규민이 기억할 수밖에 없는 물건이다. 바로 규민이 인아에게 선물했던 물건들이기 때문이다. 그래서 규민은 누군가 의도적으로 남긴 것이라 생각하는 것이고, 그 때문에 더 예민하게 반응을 하는 것이다.

이러다 보니 얼마 전에는 환영까지 보았다. 최근 새로 만난 여자와 모텔에서 관계를 갖는데 침대 옆 벽면의 거울에 인아의 모습이 비쳤다. 인아가 규민의 몸 위에서 내려다보며 웃고 있는게 아닌가. 등골로 찬바람이 훑고 지나가는 것 같은 기분에 한껏 달아올랐던 흥분은 순식간에 수그러들었다.

비현실적인 일들이 현실 영역으로 파고들며 규민의 일상을 야금야금 갉아먹고 있던 중 급기야 이상한 상황의 절정이 일주일 전에 터졌다.

바로 강준식이라는 남자의 죽음이다. 그가 죽기 열흘 전, 뜬금없이 학원으로 전화를 한 그는 자신을 강준식이라고 밝히며 아내 죽음의 비밀을 알고 있다면서 규민을 만나고 싶다고 했다. 누구냐, 아내와는 어떻게 아는 사이냐고 묻자 그는 얼버무리며 그냥 아는 사람이라면서 전화로 설명하기에는 길다며 만나서 이야기를 하자고 했다. 말투에서 전해오는 불안한 목소리와 인아를 알고 있다는 남자의 말에서 진심이 느껴지지 않았던 규민은 전화를 끊었다. 경찰도 의문사라고 종결한 사건을 3년이 지난 지금 접근하는 모양새가 사기꾼 같았기 때문이다.

그는 뭐가 아쉬웠는지 며칠 뒤 학원에까지 찾아왔다. 그날은 규민이 약속이 있어 학원에 없을 때였다. 학원으로 돌아오니 강사들 서너 명이 규민을 둘러싸고 대단한 사건을 목격한 양 수선거렸다.

강사들이 전한 말에 따르면 술 냄새를 풀풀 풍기며 학원에 들어온 준식이 다짜고짜 규민을 만나야 한다면서 생떼를 부렸고, 그 소식을 듣고 올라온 경비원과 실랑이를 벌이다 경찰을 부르겠다는 으름장에 씩씩거리며 돌아갔다는 것이다.

이쯤 되면, 아내를 사랑했던 남자라면 의문의 죽음을 당한 아내의 비밀을 알고 있다는 남자를 호기심에라도 한 번쯤은 만나려고 했겠지만 규민은 그렇지 않았다. 굳이 인아의 죽음에 대한 비밀을 알고 싶지 않았을 뿐 아니라, 비밀을 안다고 해봐야 앞으로 규민의 인생에 하등의 도움 될 게 없다고 생각해서다.

규민에게 무엇을 알려주고 싶었는지 준식의 집착은 멈추지 않았다. 학원을 찾아온 며칠 뒤, 한 남자가 학원 건물의 지하주차장에서 퇴근을 하기 위해 출발하는 규민의 차를 가로막았다. 규민은 한눈에 그가 준식임을 눈치챘다. 규민을 바라보는 그의 퀭한 눈빛에는 무언가를 알리고 싶은 간절함이 절절하게 묻어있었다. 거부할 수 없는 간절한 눈빛에 규민은 무슨 말을 하려는지 들어보기나 하자는 생각으로 근처 맥줏집으로 동행했다.

술집에 마주앉은 준식은 온종일 쏘다닌 사람처럼 기진맥진한 모양새였다. 얼굴은 병자처럼 바싹 야위었고, 퀭한 눈 밑의 거무스름한 그늘이 창백한 낯빛 때문에 더욱 도드라져 보였다. 날렵한 턱선을 따라 꺼슬꺼슬 돋아난 턱수염도, 땀벌창이 된 것 같은 입고 있는 회색 티셔츠도 그를 추레하게 만들었다.

매가리 없이 한곳에 머물지 못하고 불안하게 움직이던 준식의 눈동자가 종업원이 테이블에 내려놓은 맥주를 보자 생기가 돌았다. 떨리는 손으로 병뚜껑을 딴 준식은 정신없이 맥주를 들이켠 다음 대뜸 규민에게 고개를 꾸벅 숙이며 사과를 했다.

"죄송합니다."

"뭐가 죄송하다는 건가요?"

갑자기 사과의 말을 툭 던진 준식은 잠시 우물쩍대다 황당하기 그지없는 말을 꺼냈다.

"사모님이 죽은 건 저 때문입니다."

뜬금없이 튀어나온 준식의 말에 규민은 내 아내를 아냐고 물었다.

"그건 아닙니다. 그러니까, 아내분… 미래의 아내분이 죽는데 제가 있었습니다."

준식의 어처구니없는 말에 규민은 이런 남자에게 혹해 술집까지 온 자신이 한심스러웠다. 그는 더욱 허무맹랑한 말을 내뱉었다.

"믿기지 않겠지만 사모님 죽음은 미래에서 일어난 일이 현재에서 재현된 겁니다."

거짓말이 아니라는 듯 준식은 확신에 찬 표정이었다.

"그럼, 내 아내가 미래에서 익사를 했다는 건가요? 그래서 현실에서 익사를 했다고?"

어이가 없는 규민은 피식 삐져나오려는 웃음을 참으며 준식의 말에 맞장구를 쳤다. 인아의 사인이 익사라는 말은 처음 들었는지 준식의 얼굴에는 의외라는 기색이 역력했다. 황당한 준식의 말에 흥미를 잃은 규민은 자리를 뜨기 전 맥주로 입을 축이며 그의 얼굴을 지그시 바라보았다. 뭔가를 알리고 싶은데 그것이 정리가 안 되는지 답답해하는 얼굴이었다. 한숨을 작게 내뱉은 준식은 맥주를 벌컥벌컥 들이켠 후 다시 입을 열었다.

"원장님이 제 말 믿지 않을 거라는 거 압니다. 제가 미친놈처럼 보이겠죠. 하지만… 분명한 것은 사모님 죽음은 다른 시간의 상황이라는 겁니다. 그리고 그런 일이 또 일어날 겁니다."

준식은 그런 일이 또 일어날 거라는 부분에 힘을 주어 말했다.

"또 일어난다? 누구한테 그런 일이 일어난다는 거죠? 나도 거기에 포함되나요? 그래서 나를 찾아온 건가? 나도 아내처럼 이상하게 죽을 수 있으니까 조심하라고."

더 이상 들을 말이 없다고 생각한 규민이 자리에서 일어나려고 하는 순간 준식은 규민이 흠칫 놀랄 만한 질문을 던졌다.

"원장님, 혹시 사모님과 관련된 기억이 생기지 않았나요? 사모님을 보았다거나… 그게 아니면 원장님이 죽는 기억이라던가."

다시 자리에 앉은 규민은 아무런 말없이 준식을 바라보았다.

"그렇다면 원장님도 무사하지 않을 겁니다."

준식은 다시 한 번 확신에 찬 표정으로 말했다. 규민은 또 다시 학원에 찾아오면 경찰을 부르겠다는 말을 마지막으로 자리를 박차고 나왔다.

그리고 일주일 전, 준식은 점심시간 무렵 전화를 했다.

"원장님, 아내분은 죽지 않았어요. 제가 사는 집으로 와주세요. 원장님이 알아야 할 게 있어요. 범인이 올 거예요. 빨리……"

준식은 달리기를 막 마친 것처럼 숨이 찬 목소리로 다급하게 말한 후 자신이 살고 있는 집 주소와 도어록의 비밀번호까지 알려주고는 일방적으로 전화를 끊었다.

준식의 전화를 무시하려고 했던 규민은 그가 한 말이 계속 거슬렸다. 특히 인아가 죽지 않았다는 말이 귓가에서 자분자분하게 맴돌았다. 내키지 않았지만 한 번 더 속아 주겠다는 생각을 하며 그가 살고 있는 집으로 향했다.

준식의 집에 도착한 규민은 도어록을 풀고 집 안으로 들어갔다. 원룸으로 들어가자마자 규민은 현관 앞에서 그대로 얼어붙었다. 붉은 핏자국이 선명한 침대에 ― 검은 가루를 덮은 채 ― 누워있는 준식을 본 규민은 한눈에 그가 죽었다는 것을 깨달았다.

조금 전 전화를 하던 준식의 목소리에서 다급함이 느껴지기는 했지만 설마 죽었을 거라고는 상상조차 하지 못했다. 선뜻 집 안으로 발을 들여놓지 못한 규민은 현관문 앞에서 나지막한 목소리로 준식을 불렀다.

"이봐, 이… 봐…"

규민은 대답이 없는 준식에게 천천히 다가갔다. 검은 가루가 얼굴을 덮고 있어 준식이 맞나 긴가민가했는데 그가 맞았다.

손님맞이를 이렇게 하나. 정말 최고의 서프라이즈 파티네. 그런데 이 시커먼 가루는 대체 뭐야.

규민은 검은 가루로 덮인 준식의 일그러진 얼굴을 유심히 바라보았다. 검은 가루에 가려져 표정이 정확하게 보이지 않았지만 죽음의 순간 준식이 느꼈을 고통이 일그러진 얼굴에서 고스란히 느껴졌다.

살풍경스러운 광경에 잠시 넋이 나갔던 규민은 창밖에서 들려오는 자동차 경적 소리에 정신이 돌아왔다. 경찰에 신고를 하지 않은 채 이 집에서 나가버리면 영락없이 용의자로 의심받을 상황이었기에 어쩔 수 없이 경찰에 전화를 하기 위해 재킷 주머니에서 휴대전화를 꺼냈다.

신고, 신고해야지. 그런데 내가 이 집에 온 이유를 경찰에게 뭐라고 설명해야 하나.

신고를 하기 전 경찰에게 말할 핑곗거리를 찾느라 바쁘게 움직이던 규민의 시선이 검은 가루가 덮고 있는 준식의 손에서 멈췄다. 움켜쥔 오른손에 작은 종이가 동그랗게 말려있었다. 규민은 검은 가루가 손에 묻지 않게 준식의 손에 말려있는 종이를 조심스럽게 빼낸 후 폈다. 준식이 쥐고 있던 종이는 사진이었다. 그 사진을 본 규민은 심장이 바닥으로 떨어지는 듯한 충격에 입이 쩍 벌어졌다. 사진 속의 인물이 바로 규민 자신이었기 때문이다.

아니, 이 친구가 왜 이 사진을 갖고 있는 거지?

사진은 규민의 학원 사무실에서 찍은 것으로, 벽을 등지고 어색한 미소를 짓고 있는 규민이 지금 자신을 보며 비웃는 것 같았다. 이 사진은 인아가 죽기 전 학원에 왔을 때 인아의 휴대전화로 찍은 것이다. 준식이 이 사진을 갖고 있을 이유가 없다.

사건 신고 후 규민을 조사한 경찰은 배가 적당히 나온 중년의 조 형사라는 남자와 초짜로 보이는 유설희라는 여자 형사였다. 질문은 주로 유설희 형사가 했고 조 형사는 팔짱을 낀 채 고개만 끄덕거리며 규민의 말을 듣기만 했다.

유설희 형사는 두 사람의 관계와 준식의 집에 간 이유를 물었다. 준식과 얽힌 과정을 솔직하게 설명하려면 꺼내고 싶지 않은 인아 이야기부터 시작해야 했다. 규민은 준식과는 잘 모르는 사이인데 학원에 다니는 문제 학생에 대해 말해주겠다는 연락을 했고 무슨 내용일까 궁금해 간 것이라고 둘러댔다. 준식이 쥐고 있던 사진은 입 밖으로 꺼내지도 않았다. 인아 사건 때처럼 경찰들에게 시달릴 줄 알았는데 이후 경찰의 연락은 없었다.

규민은 서랍을 열어 준식이 쥐고 있던 사진을 꺼냈다.

이 사진을 왜 그 친구가 갖고 있던 걸까. 아내 휴대폰은 경찰 조사 후 초기화해서 버렸는데. 이걸 보낸 사람은 누굴까. 분명 아내를 잘 알고 있는 사람일 텐데. 강준식이 이 사진을 들고 있던 이유는 범인이 올 거라는 말과 관련이 있는 걸까. 강준식은 나와 통화한 지 불과 이십여 분 만에 죽었다. 그렇다면 그 사이에 살인 사건이 일어났다는 말인데.

노크 소리가 다시 들렸고 문이 열렸다. 조금 전 식사 안 하냐고 물었던 여직원이 문 앞에서 햄버거가 들어있는 봉지를 흔들었다.

"햄버거 사왔는데 드시겠어요?"

규민은 들고 있던 사진을 서랍에 슬그머니 넣었다. 또각또각 구두 소리를 내며 걸어온 여직원은 햄버거가 들어있는 봉지를 규민의 책상 위에 올려놓았다.

"원장님, 입맛이 없더라도 식사는 거르지 마세요."

애교 섞인 웃음을 짓는 여직원에게 규민도 어색한 미소를 지으며 고맙다고 인사를 건넸다. 이 직원은 규민의 학원에서 근무한 지 1년 정도 되었는데 규민의 아내 이야기를 들었는지 어느 순간부터 규민이 무안할 정도로 챙긴다. 성형수술을 한 티가 조금 나는 얼굴과 늘씬한 몸매에 보통의 남자들은 혹하겠지만 규민은 관심이 없다.

꽉 끼는 치마를 입은 여직원은 엉덩이를 흔들며 출입문으로 걸어가다 뭔가 떠올랐는지 급하게 몸을 돌렸다.

"참, 원장님. 사탐 선생님 채용공고 언제 낼까요?"

최근 이상한 일로 정신줄을 놓고 있어 사탐 강사가 이번 달을 마지막으로 그만둔다는 걸 까맣게 잊고 있었다.

"아, 다음 주에 채용공고 내세요."

여직원이 닫고 나간 문 앞에 인아가 우두커니 서 있는 것 같았다.

3

집에서 나온 하준은 버스 정류장으로 걸어가며 하늘을 보았다. 참으로 오랜만에 보는 하늘이다. 파란색 도화지에 살짝 덧칠한 듯 흐르는 실구름의 하늘은 전형적인 초여름의 하늘이었다. 집에만 처박혀 있느라 계절의 변화를 제대로 느끼지 못하고 있었는데 계절은 늘 그렇듯 자신의 색깔을 뽐내고 있었다.

버스 정류장으로 이어진 길을 걷다 어렸을 때 할머니와 같이 살던 집을 무심코 보았다. 오랜만에 다시 보는 집은 으스스한 폐가로 변해있었다. 발걸음을 멈춘 하준은 잠시 망설이다 과거 자신이 살았던 집으로 발걸음을 옮겼다.

집 앞에 다가가자 주인 없는 집이라는 걸 증명이라도 하듯 한쪽 경첩이 떨어진 녹슨 대문이 기우뚱 주저앉아 있었다. 떨떠름한 기분을 뒤로하고 집 안으로 들어갔다. 차 한 대 정도 주차할 크기의 작은 마당은 기억 저편에 숨어있던 어렸을 때의 기분 좋은 일을 떠오르게 했다. 한여름, 큰 대야에 물을 받아 물장구를 치던 자신의 모습을.

마당을 둘러보던 하준의 시선이 흉물스레 변한 집으로 이동하자 얼굴은 이내 굳어졌다. 깨진 안방의 창문 구멍으로 예전 그 날 번개탄의 독한 연기와 냄새가 풀풀 흘러나올 것만 같아 발걸음이 멈칫거리며 집 쪽으로 움직여지지 않았다. 결국 집 안으로 들어가는 걸 포기한 하준은 마당을 한 번 더 둘러본 후 집에서 나왔다.

버스 정류장에 앉아 버스를 기다리며 어제 자신에게 문자를 보낸 의문의 존재를 생각했다. 오늘 시내에서 만나기로 한 사람이 바로 문자를 보낸 사람이다. 문자는 인아 죽음의 진실을 알려주겠다며 복지관에서 만나자는 내용이었다. 문자를 확인한 후 곧바로 휴대전화에 뜬 번호로 다시 전화를 했지만 기계 음성은 없는 전화번호라는 대답만 할 뿐이었다.

분명 장난으로 보낸 문자는 아니다. 하준은 인아의 죽음에 석연치 않은 부분이 있다는 의구심을 여전히 갖고 있다. 이것을 알고 있는 누군가가 문자를 보낸 것이다. 그런데 왜 지금에서야 문자를 보낸 것일까. 아줌마의 죽음에 대해 뭔가를 알고 있다면 그것은 무엇일까. 경찰도 밝혀내지 못한 것을 알고 있는 것일까. 오늘 그 비밀을 알 수 있을까.

흥분과 기대감을 안고 버스에 오른 하준은 자리에 앉자마자 창문을 열었다. 열린 창문으로 들어오는 시원한 바람이 기억의 바람개비를 과거로 돌렸다.

인아가 죽은 그 날은 여러 가지가 이상했다. 인아가 갑작스럽게 학교 앞으로 찾아와 저녁을 먹자고 한 것도 그렇고 목소리도 평소와 달리 움츠러든 목소리였다.

그날 수업이 끝난 직후 학교 근처에서 만난 두 사람은 시내의 피자가게로 향했다. 하준이 피자 한 조각을 다 먹는 동안 인아는 아무런 말이 없었다.

"오늘 무슨 날이에요?"

어색한 분위기를 하준이 먼저 흔들었다.

"아니, 그냥 하준이랑 같이 피자를 먹고 싶어서."

인아의 목소리에서 눈물이 그렁그렁 젖은 것 같은 촉촉함이 느껴졌지만 이유는 묻지 않았다. 인아의 입에서 튀어나올, 이제 헤어져야 한다는 그 말이 두려웠기 때문이다. 언젠가는 맞닥뜨릴 상황이었기에 인아의 목소리가 평소와 다르면 하준은 이 생각을 가장 먼저 할 수밖에 없었다.

조용한 식사가 끝난 후 두 사람은 마트로 이동했다. 인아는 하준이 좋아하는 군것질거리를 한가득 산 후 마트 밖으로 나왔다. 그리고 아무런 말없이 걸었다.

"하준아, 여기 벤치에서 잠시 기다릴래? 저쪽에 가서 잠깐 일 좀 보고 올게."

하준은 봉지를 들고 벤치에 앉아 인아를 기다렸다. 건물 앞 휴게공간의 벤치인 듯 담배냄새와 함께 얼근하게 취기가 오른 어른들의 혀 풀린 목소리가 주위를 맴돌았다. 그렇게 한 시간 남짓 지났는데도 인아는 돌아오지 않았다. 전화도 받지 않았다. 계속 기다려야 하는지 다른 사람의 도움을 받아 집으로 가야 하는

지 고민을 하던 그때, 걸걸한 목소리의 남자가 하준에게 말을 걸었다.

"하준이 맞구나. 아까부터 여기 앉아있는 거 같던데, 왜 혼자 있어?"

남자는 하준과 같은 동네에서 사는 아저씨였다. 하준이 앉아 있던 벤치는 그 아저씨가 일하는 부동산 사무실 앞에 있는 벤치였다.

"아줌마 기다리고 있어요."

"아, 그래? 어떡할래, 아저씨 퇴근하는 길인데 같이 집으로 갈까? 집에 가서 아줌마에게 전화하자."

마냥 기다릴 수 없던 하준은 결국 아저씨의 차를 얻어 타고 집으로 왔다. 하준은 현관까지 따라온 아저씨에게 고맙다는 인사를 한 후 집 안으로 들어갔다.

집 안으로 들어가자마자 평소와 다른 분위기를 직감했다. 초겨울 같은 서늘한 기운이 집 안을 가득 채우고 있는 느낌이었다. 거실을 걷던 하준의 발에 고깃덩어리 같은 묵직한 촉감이 턱 하니 걸렸다. 불길한 예감이 실제라고 느껴지자 가슴이 철렁했다.

아줌마? 하준의 목소리가 떨리기 시작했다. 무릎을 꿇고 거실에 널브러진 인아를 흔들며 아줌마! 아줌마! 하고 소리쳤다. 하준의 목소리를 들은 동네 아저씨가 집 안으로 들어왔고 곧바로 119에 전화를 했다. 봇물 터지듯 울음이 쏟아질 줄 알았는데 이상하게도 하준은 인아의 장례식이 끝나는 날까지 눈물 한 방울 흘리지 않았다.

"독한 애네. 같이 살던 사람이 죽었는데도 눈물 한 방울 흘리지 않아."

"쟤, 할머니가 죽었을 때도 안 울었잖아."

"어린 나이에 상처가 많아서 그런가 보지. 앞도 안 보이고 할머니도 죽고… 안됐어."

"아, 그 농장 집에서 눈먼 애가 쟤야? 정말 그 농장 집에서 귀신이 달라붙었나 보네."

"애 얼굴이 감정 하나 없는 로봇 같지 않아?"

장례식장의 구석에 앉아있을 때 하준의 귀에 슬금슬금 들려온 어른들의 쑤군덕거리던 말이었다. 하준이 유일하게 기대고 있던 벽이 와르르 무너졌다. 쏟아지는 슬픔은 감정의 한계를 넘을 정도로 넘쳐흘렀지만 하준 자신도 당혹스러울 정도로 눈 밖으로는 슬픔이 쏟아지지 않았다.

하준은 경찰 조사에서 사건이 일어난 날에 있던 일을 가감 없이 경찰에게 말했다. 경찰은 인아의 사인을 건강에서 찾으려고 했는지 인아의 건강에 대해 집중적으로 물었다. 하준은 아줌마는 건강했다고 힘주어 말했지만 경찰의 말투는 하준의 말을 믿지 않는 것 같았다.

경찰 조사에서 하준이 말하지 않은 게 하나 있었다. 경찰들이 자신의 말에 주목하지 않을 것 같아 말하지 않은 내용이다. 하준이 이상하다고 느낀 점이 있었는데 그것은 바로 인아의 손이었다. 자주는 아니었지만 앞이 보이지 않아 어쩔 수 없이 인아의 손을 잡고 다닌 적이 종종 있었다. 당연히 인아 손의 느낌을 기억하고 있다. 하지만 그날 죽은 인아의 손은 분명 하준이 기억하는 느낌과는 확연하게 달랐다. 바싹 마른 나뭇가지처럼 앙상한 손이 낯설게 느껴졌다. 이상하기는 했지만 하준은 그 이유를 죽은 사람에게서 느껴지는 차이라고만 생각했다.

물론 가장 큰 의문은 인아의 죽음이었다. 시내에서 같이 피자를 먹은 뒤 왜 인아 혼자 먼저 집에 와서 죽었냐는 점이다. 경찰도 이 부분을 하준에게 물었지만 하준도 모르기는 마찬가지였다.

인아가 죽은 그날, 동네에서 멀지 않은 곳에 있는 농장 목조 주택에서 불탄 시신이 발견되었다는 소문이 돌았다. 경찰은 농장 집에서 발견된 것은 불탄 시신이 아니라 검은 가루였다고 말했지만 사람들은 믿지 않았다. 인아의 의문스런 죽음과 연이어 터진 농장 집에서 발생한 이상한 사건은 흐지부지 마무리되는 바람에 억지스럽고 으스스한 소문들이 킬킬거리며 동네에 공포와 불안을 흩뿌리며 돌아다녔다.

인아가 집에서 익사한 이유가 물귀신에 씌었기 때문에 그런 거라는 소문부터 정체 모를 불탄 시신이 아줌마를 죽이고 농장 집에서 스스로 분신자살을 했다는 소문도 있었다. 덩달아 과거 하준이 앞을 보지 못한 일까지 다시 입에 오르내리며 인아의 죽음과 하준이 실명한 일이 귀신 때문에 그렇게 됐다는 허황된 말이 그럴싸한 진실로 포장됐다.

시간은 흘러 세상은 인아를 잊었지만 하준은 인아의 죽음에 대한 의문을 계속 갖고 있었다. 그리고 그런 의문을 들쑤시는 문자가 어제 왔다. 뭔가 이상한 일들이 다시 일어날 것만 같다. 어쩌면 벌써 시작되었는지도 모른다.

왜 복지관에서 만나자고 한 걸까?

버스에서 내린 하준은 장애인 복지관으로 걸어갔다. 인아와 자주 걸었던 길이지만 직접 보는 것은 처음이라 낯설었다. 소문으로만 듣던 여행지를 걷는 기분이었다. 인아와 함께 걸었던 느낌을 느끼고 싶어 하준은 잠시 눈을 감고 걸었다. 아무런 느낌이 없었다. 앞이 다시 보인 후 과거의 기억과 단절된 것일까, 아련한 추억이 땅속으로 파묻혀 버린 것만 같다.

복지관에 도착한 하준은 건물과 야외 휴게마당을 둘러보았다. 실제로 보니 생각한 것보다 아담했다. 휴게마당 한쪽의 그늘진 벤치에 앉은 하준은 휴대전화로 시간을 확인했다. 약속한 시각의 10분 전. 주위를 둘러보았다. 복지관 주변을 산책하는 사람들 몇 명만이 보일 뿐 벤치에 앉은 하준을 주목하는 사람은 없었다.

이곳에 앉아 있으니 예전 기억이 하나 떠올랐다. 하준의 기억 일부가 사라진 이상한 기억이다.

"너… 하준이 아니니?"

마당을 가로질러 가던 중년의 여자가 고개를 갸웃거리며 하준을 향해 걸어왔다. 오랜만에 들은 목소리지만 목소리를 들으니 누군지 금세 알았다. 하준에게 친절하게 대해줬던 복지관에 근무하는 하 팀장이었다. 목소리만 들었을 때는 작고 아담한 체격의 여자인 줄 알았는데 상상한 것과 달리 제법 큰 덩치여서 웃음이 나오려는 것을 참으며 벤치에서 일어나 정중하게 인사를 건넸다.

"어머, 뭐야. 너… 앞이 보이는 거야?"

하 팀장은 놀란 얼굴로 하준의 손을 덥석 잡으며 물었다. 하준을 알고 있던 사람들이라면 모두 하 팀장과 같은 반응일 것이다. 하준이 그렇다고 하자 하 팀장은 정말 잘됐다, 어떻게 된 거야, 하며 자신의 일처럼 기뻐했다. 두 사람은 손을 꼭 잡은 채 벤치에 나란히 앉았다.

"그래, 요즘 어떻게 지내니?"

"고등학교 졸업 후 잠시 일을 하다가 지금은 쉬고 있어요."

"아, 그래. 잘 커서 참 다행이다. 하준이 너 그 날 일 아직도 기억 안 나? 난 너만 생각하면 그날 일이 떠오른다. 고등학교 형들과 싸웠던 일."

"아, 그 일이요."

하 팀장은 조금 전 하준이 생각한 그 이상한 기억을 꺼냈다. 하준이 중학생이었을 때 휴게마당 구석에서 인근의 고등학생들과 싸웠던 일이다.

당시 하준은 중학교 2학년이었고 상대는 고등학교 1학년 남학생 세 명이었다. 왜소한 체격의 앞을 보지 못하는 시각장애인과 비장애인, 게다가 한 명도 아닌 세 명과 맞붙은 싸움의 결과는 뻔하다. 하지만 예상을 빗나간 결과이기에 하 팀장도 또렷하게 기억하고 있는 것이다. 이길 수 없는 싸움에서 어떻게 이겼는지 하준은 전혀 기억이 없다. 다만 싸움이 일어나기 전 고등학생이 자신에게 욕을 했던 것과 싸움을 지켜보던 중학생이 하준을 말렸을 때, 한 학생의 몸에 올라탄 채 주먹 크기의 돌조각을 들고 있는 자신을 발견한 것이 하준이 기억하고 있는 전부다.

복지관을 지나가다 싸움의 전 과정을 우연히 목격한 중학생의 말은 이랬다. 하준이 복지관에서 나왔을 때 휴게마당의 구석에서 인근 고등학교 1학년 3명이 담배를 피우고 있었다. 휴게마당을 지나치던 하준은 거친 욕설이 들리는 곳으로 아무 생각 없이 고개를 돌렸고, 고등학생 중 한 명이 욕설을 섞으면서 뭘 보냐고 따지듯이 말했다고 했다. 그때 또 다른 학생이 앞을 보지 못하는 병신이니까 신경 쓰지 말라는 말을 했고, 그 말을 들은 하준이 격분을 해 발길을 돌려 그들에게 달려들었다는 것이다. 하준이 기억하는 부분은 고등학생들에게 욕을 들은 것까지다.

목격한 학생의 말에 따르면 싸움을 하는 하준이 너무나도 멀쩡하게 그들의 주먹과 발길질을 피해가며 세 명의 학생들에게 주먹과 발을 날렸다고 했다. 액션 배우 같은 몸놀림에 놀란 두 명의 학생들은 먼저 도망갔고, 뒤늦게 그들의 뒤를 따라가던 한 명이 하준에게 뒷덜미가 잡혀 바닥에 쓰러졌다. 그 학생의 몸에 올라탄 하준은 두들겨 패기 시작했다. 영화를 보듯 흥미롭게 상황을 지켜보던 중학생은 하준이 옆에 있던 돌을 집어 들자 상황이 심각하게 흘러갈 것 같아 쏜살같이 달려와 하준을 말렸고, 그때 비로소 하준은 자신이 기억하는 마지막 상황과 마주했다.

거친 호흡과 흥분한 듯 쿵쾅거리는 심장 때문에 싸움이 있었다고 짐작을 할 뿐 하준은 왜 자신이 돌을 들고 고등학생 몸 위에 올라타고 있는지 의아했다. 하준이 땅바닥에 누워있는 고등학생의 몸에서 떨어졌을 때 복지관 직원들이 뛰쳐나왔다. 누워있던 고등학생은 하준을 가리키며 저 자식 장님 맞냐며 억울한 표정으로 말했다.

그날 또 다른 기억 하나가 더 있다. 그날 만났던 의문의 소녀.

"그런데 왜 이렇게 말랐어, 혼자 지내는 거야? 밥 좀 잘 챙겨서 먹지. 어디 아픈 것처럼 보이는데 정말 괜찮은 거니? 너 기억나니? 전에 복지관에서 말이야……"

하준의 야윈 팔을 만지며 건강을 걱정하는 말을 건네던 하 팀장은 하준이 복지관에 다닐 때 이야기를 주저리주저리 늘어놓기 시작했다. 하 팀장의 수다를 들으며 주위를 다시 훑었다. 여전히 하준을 의식하는 사람은 보이지 않았다. 하 팀장이 잠시 말을 멈춘 사이 이때다 싶어 입을 열었다. 방금 생각난 소녀에 대해서다.

"팀장님, 혹시 저 중학교 때 자원봉사하는 사람들 중에 중학생도 있었나요?"

"중학생? 그때나 지금이나 중학생은 거의 없어. 그런데 왜, 누구 찾는 사람이라도 있어?"

하준은 이름도 얼굴도 모르는 여자에 대해 설명할 방법이 없어 아니라고 둘러댔다.

"앞으로 어떻게 할 거니? 다시 취직할 거야? 아니면 대학에 진학할 거야?"

"뭐… 아직 특별한 계획은 없습니다."

하준은 자신의 삶이 얼마 남지 않은 것 같다는 허무맹랑한 말은 할 수가 없었다.

"그래, 꼭 미래 계획이 있을 필요는 없지. 하루하루 열심히 살다 보면 좋은 날이 있을 거야. 아무튼 앞을 다시 보게 되었다니 정말 잘됐다. 나는 이제 들어가야겠네."

자리에서 일어나기 전 하 팀장은 하준을 지그시 바라보며 마지막 말을 건넸다.

"하준아, 이제 앞도 보이니까 좀 웃어. 전에도 그랬지만 지금도 차가운 바람이 쌩쌩 불 정도로 얼굴 표정이 너무 딱딱해. 힘들더라도 자주 웃어, 알았지? 다음에는 점심시간에 한번 와, 같이 식사라도 하게. 건강 잘 챙기고."

하준은 예, 라고 대답하면서 억지 미소를 지었지만 입 주변의 근육이 정말 굳어졌는지 입꼬리가 올라가지 않았다.

하 팀장이 자리를 뜬 뒤 20여 분을 더 기다렸지만 문자를 보낸 사람은 결국 나타나지 않았다. 다시 집으로 돌아가는 버스에 오른 하준은 창밖을 멍하니 바라보며 문자를 보낸 사람이 누굴까 생각을 하다 하 팀장을 만났을 때 떠오른 소녀를 다시 생각했다.

누군지도, 얼굴도 모르는 소녀. 과거 기억을 찬찬히 생각하자 잊고 있던 기억이 어릿어릿 되살아났다.

다시 생각해도 이상한 기억이다. 당시에는 앞을 보지 못했는데 흐릿하게 소녀를 본 기억이 있다. 그날 복지관을 나서는데 먼발치에서 자신과 비슷한 또래로 보이는 소녀의 뒷모습이 보였다. 하준은 그 소녀를 따라갔다. 농장 집 창가에 서 있던 소녀를 보고 그 집으로 들어갔던 그때처럼 끌리듯 따라갔다. 이후 소녀와 이곳저곳을 다닌 기억이 있는데 정확한 내용은 떠오르지 않았다. 그때 갔던 곳이 호수와 술집 같은 공간 그리고 농장 집인 듯하다.

그날 진짜 이상했던 점은 하준이 눈을 떴을 때 병원 응급실이었다는 점이다. 복지관 직원들의 말에 의하면 하준은 고등학생들과 싸움 후 곧바로 정신을 잃어 구급차에 실려 병원에 갔다고 했다. 병원에서 깨어났을 때는 복지관에서 정신을 잃은 후 한 시간 남짓 흐른 뒤였다. 하준이 의문의 소녀와 함께 있던 시간이다.

어떻게 된 일인지 의아했던 하준은 병원에 온 인아에게 방금 전까지 어떤 소녀와 함께 있었다고 말했지만 인아 역시 믿지 않는 말투로 쉬라고만 했다.

버스에서 내린 후 동네 입구로 들어가는데 오래달리기를 한 직후처럼 다리에 힘이 풀려 그 자리에 풀썩 주저앉았다. 수일간 덧쌓인 피로로 인해 기진맥진한 것처럼 온몸에 힘이 없었다. 심장도 쉬자고 떼를 쓰는 것처럼 심하게 벌렁거렸다. 죽음을 앞두면 통과의례처럼 이런 징후들이 나타나는 것인가.

"총각, 어디 걸려 넘어진 거야?"

땅바닥에 손을 짚고 일어나려고 하는 찰나 하준의 등 뒤에서 걱정하는 목소리가 들렸다. 동네 입구에 위치한 가게의 주인아줌마였다. 몸을 돌려 일어나는 하준과 눈을 마주친 가게 아줌마는 깜짝 놀란 얼굴을 하며 입을 열었다.

"뭐야, 앞이 보이나 보네?"

"예. 그렇게 되었습니다. 익숙하지 않아서인지 발목이 접질렸네요."

아줌마는 앞이 다시 보여 잘됐다면서 조심하라는 말을 하고 다시 가게로 들어갔다.

집으로 돌아오자마자 늘쩍지근한 몸을 버틸 힘이 없는 하준은 그대로 소파에 몸을 던졌다. 창문으로 들어오는 늦은 오후의 기울어진 햇빛이 소파에 누운 하준을 이불처럼 덮었다. 눈이 절로 감겼다. 문자를 보낸 사람은 누굴까 하는 생각을 하다 까무룩 잠이 들었다.

*

조 형사와 설희가 사무실로 들어갔다. 인사를 건네는 팀원들의 표정이 얼결에 뒤통수를 맞은 것처럼 모두 황당하다는 표정이었다. 국과수의 부검 결과 사인이 추락사로 밝혀진 이상 타살이라고 할 수밖에 없는 명백한 상황이 되었다. 추락한 후 스스로 집으로 왔을 리는 없을 테니까.

현재까지 수사한 결과 타살을 뒷받침할 증거는 단 하나도 없다. 더 큰 문제는 앞으로도 나올 게 없을 거라고 예상되는 점이다. 실제 범인이 존재한다면 어디에서도 볼 수 없는 완벽한 완전범죄다.

"조 형사님, 강준식이 죽기 전 차를 끌고 간 날 행적을 찾았습니다. 특별한 건 없더라고요. 시내에서 조금 떨어진 동네에 가서 한 시간 남짓 있다가 다시 돌아온 게 전부입니다. 그리고 이건 부검 확인서입니다."

팀 동료 형사가 USB와 부검 확인서를 조 형사의 책상 위에 올려놓았지만 조 형사는 관심이 없는 듯 알았다며 무심하게 고개만 끄덕였다. 대신 설희가 USB와 부검 확인서를 집어 들었다. 자리로 돌아가던 동료 형사는 몸을 돌려 다시 입을 열었다.

"아, 국과수 결과 중에서 특이한 내용이 있습니다. 강준식의 신체 장기들이 나이에 비해 노화상태가 상당히 심각했다고 합니다. 시신에서 발견된 검은 가루도 특별한 점은 없습니다. 보통의 유기물이 완전연소 되고 남은 가루라고 합니다."

"그래, 알았어."

국과수 결과가 나온 후 조 형사는 사건에 별 관심이 없는 듯 후배 형사의 말에 무심하게 반응했다.

설희는 부검 확인서를 훑어 본 후 USB를 자신의 컴퓨터에 꽂았다. USB에는 차량 한 대의 움직임을 정리한 영상들이 들어있었다. 동료 형사의 말대로 늦은 오후에 집에서 나온 준식의 차량이 한적한 동네로 들어가는 입구에서 찍혔고, 한 시간 정도 경과한 후 다시 나와 집으로 돌아왔다. 특이한 점은 눈 씻고 찾아봐도 없었다. 그가 간 곳이 어디냐는 것이 유일한 궁금증이었다. 준식의 애인이었던 혜정의 말에 의하면 하준이라는 사람을 찾았다고 했는데 그렇다면 하준이라는 남자를 만나러 간 게 아닐까 하는 게 그나마 합리적인 추측이었다.

팀장이 머리를 긁적이며 사무실로 들어왔다. 자신의 의자를 거칠게 빼낸 후 털썩 주저앉은 팀장은 한숨을 길게 내뱉었다. 팀장이 자리에 앉자마자 기다렸다는 듯 조 형사가 팀장에게 고개를 돌리며 물었다.

"팀장님, 강준식 사건 어떻게 합니까?"

의자에 등을 기댄 팀장은 난감한 표정으로 입만 오물거렸다. 타살의 증거가 될 만한 것이 단 하나도 없는 상황에 계속 수사를 진행한다는 것은 사막에서 우물을 찾겠다고 삽질하는 것과 다를 바 없는 일이다. 그렇다고 바로 수사를 중단할 수도 없다.

"팀장님, 이 사건 사이즈가 뻔한데… 몇 년 전 발생한 학원장 아내 사건과 판박이 느낌도 나고. 이쯤에서 비공식으로 종결하는 게……."

조 형사는 사건을 종결하자는 말을 하기가 껄끄러웠는지 말꼬리를 흐렸다. 평소 같으면 이런 말에 형사의 자질을 내세우며 버럭 화를 낼 팀장이지만 수사 과정의 미래가 훤히 내다보였는지 팀장도 조 형사의 말에 수긍하는 표정이었다. 설희를 비롯한 팀원들은 귀를 세우고 팀장에게 시선을 던졌다.

"당장 그만둘 수는 없으니까 일단 수사는 좀 더 해보자고."

설희는 조금 전 만난 혜정이 말한 내용을 곱씹었다. 준식이 찾으려고 한 하준과 소녀… 문득 준식의 휴대전화에서 보았던 남자의 모습이 떠올랐다.

혹시… 그 남자가?

설희는 준식의 휴대전화에서 내려받은 몇 장의 사진이 들어 있는 폴더를 열었다. 준식의 휴대전화에는 다른 사진들과 이질감이 느껴지는 사진들이 몇 장 있었다. 여행지에서 찍은 풍경 사진을 제외하면 대부분의 사진에는 준식이 등장했다. 그런데 최근에 찍은 것으로 보이는 몇 장의 사진들은 그렇지 않았다.

정면에서 찍은 목조주택, 장애인 복지관, 술집으로 보이는 가게, 벤츠 차량, 옥상으로 보이는 장소. 그런 사진들 사이에 몰래 촬영한 것으로 보이는 한 남자의 사진이 있었다. 커피숍에서 일하는 10대 후반에서 20대 초반으로 보이는 남자의 사진이었다. 그 사진을 보고 있을 때 설희의 휴대전화가 울렸다. 이종사촌 오빠인 원 형사의 전화였다.

"잘 지내냐? 오랜만이다. 바쁘지?"

설희는 그럭저럭 지낸다며 원 형사에게 어색하게 인사를 했다. 짧은 인사를 주고받은 후 원 형사는 곧바로 자신이 전화를 한 이유를 꺼냈다.

"내가 전화한 건 말이야… 너희 서에서 강준식 사건 수사하지?"

설희는 자신의 팀이 그 사건을 수사한다고 말했다.

"그래? 잘됐네. 괜찮으면 오늘 저녁에 볼까? 사건에 대해 할 이야기도 있고."

"사건이요?"

조 형사가 돈가스 먹을 때 말한 박규민 원장의 아내 사건을 수사한 곳이 원 형사가 근무하는 경찰서라는 게 생각났다. 설희는 주저 없이 원 형사와 약속을 잡았다.

설희는 원 형사와 약속한 장소로 가기 위해 택시를 잡았다. 만나기로 한 이종사촌 오빠인 원 형사와 설희는 열 살 이상 나이 차가 있다. 그러다 보니 어렸을 때부터 친하게 지내기에는 거리감이 있었다. 설희가 기억하는 원 형사의 첫 기억은 초등학교 저학년 때다. 그때 원 형사가 대학교 졸업반이었으니 어린 설희에게는 친척 오빠라기보다 동네 아저씨 같은 존재였다.

원 형사와 약속한 고깃집에 도착하니 고기를 굽고 있는 펑퍼짐한 남자의 뒷모습이 보였다.

"오빠, 오랜만이에요."

고기를 굽고 있던 원 형사는 설희가 인사를 건네며 맞은편 자리에 앉자 비로소 눈을 맞췄다.

"어, 어서 와. 야, 제법 형사 느낌이 나는데. 근데 너… 점점 선머슴이 되는 거 같다. 안 좋은 징훈데."

원 형사는 장난 섞인 미소를 지으며 설희에게 농담을 건넸다.

"오빠는 몇 년 사이 살 많이 불었네요. 어휴, 저 배 좀 봐."

"하하하. 나이 먹으니까 살이 배로만 헤쳐 모인다. 그나저나 이게 얼마 만이지?"

설희 아버지가 세상을 뜬 게 6년 전, 이후 명절에도 만나지 않았으니 설희가 원 형사를 마지막으로 만난 건 아버지 장례식 날이다. 그리 길지 않은 시간이었지만 다시 만난 원 형사는 동년배들보다 시간이 빨리 가는지 전보다 부쩍 늙어 보였다. 탄력을 잃은 피부는 까칠했고, 머리숱도 많이 성글어졌다. 훤한 앞머리에 얼마 남지 않은 머리카락들이 대머리만큼은 되지 않겠다는 의지를 보이며 아슬아슬하게 매달려 있는 것 같았다.

"그런데 오빠, 강준식 사건 어떻게 알았어요?"

"계집애 급하기는. 일단 소주 먼저 받아. 그러고 보니 너랑 술 마시는 게 처음인 거 같네. 너 초등학생이었던 게 엊그제 같은데 벌써 이렇게 컸다니. 세월 참 빠르다."

설희는 원 형사가 따라주는 술을 두 손으로 공손하게 받았다. 잔을 부딪친 두 사람은 동시에 잔을 비웠다. 설희가 원 형사의 술잔을 다시 채우자 원 형사는 헛기침을 크게 한 후 입을 열었다.

"엊그제 국과수에 근무하는 후배랑 저녁을 먹었거든. 그 친구가 부검을 했는데 희한한 사건이라고 하더라고. 침대에서 발견된 시신인데 사인이 추락사라고 하면서. 담당 서를 물어보니까 네가 있는 경찰서라서 혹시나 하고 전화를 해 본 거야."

설희는 강준식 사건의 수사한 내용을 원 형사에게 설명했다. 고기를 씹으며 설희의 이야기를 듣는 원 형사의 표정은 자신이 수사하는 목격자의 진술을 듣는 것처럼 진지했다. 설희의 이야기를 다 들은 원 형사는 소주로 입을 축인 후 다시 이야기를 꺼냈다.

"3년 전 학원 원장의 아내가 죽은 사건이 있었어."

"박규민 원장이요?"

"어, 그 사건 알아? 아마 너 경찰 되기 전에 일어난 사건일 거야."

"선배한테 대충 들었어요. 강준식 시신을 처음 발견하고 신고한 사람이 바로 박규민 원장이에요."

"아, 그래. 희한한 일이네. 박 원장이 그 사건에도 등장하다니. 그 사건을 내가 속한 팀에서 수사했어. 박 원장 아내 사건도 강준식 사건처럼 이상한 사건이었지. 한적한 동네의 집 안에서 박 원장 아내 시신이 발견되었는데 사인이 익사였어. 전형적인 물 흡입성 익사."

"다른 장소에서 익사한 시신을 집으로 옮긴 건 아닌가요?"

"처음엔 그렇게 생각했지. 욕조도 아니고 집 안 거실에서 익사한다는 게 아무래도 말이 안 되니까."

강준식 사건과 너무나도 닮은 사건에 원 형사가 꺼낸 이야기는 시작부터 설희의 관심을 휘어 감았다. 원 형사의 입에서 흘러나오는 말들을 모두 담아가기라도 하려는 듯 설희는 눈을 부릅뜨고 원 형사의 입을 주목했다. 원 형사가 추억을 음미하는 듯 읊어대는 이야기의 주요 내용은 이랬다.

박규민 원장의 아내 사건이 접수가 된 후 원 형사의 수사팀은 현장을 둘러보았지만 특별한 것은 없었다. 수사팀은 처음부터 타살을 의심하지 않았다. 외부에서 침입한 흔적이 없었고 평소 건강이 좋지 않았다는 주변 사람들의 공통된 증언이 있어 심장마비 같은 갑작스러운 상황으로 숨진 게 아닐까 추측했다.

하지만 저수지나 호수에서 익사한 것이라는 의외의 부검 결과가 나왔다. 원 형사의 수사팀은 당혹스러울 수밖에 없었다. 그럴 수밖에 없는 게 처음 시신이 발견된 당시에 집 안 어디에서도 물의 흔적이 발견되지 않았기 때문이다. 시신을 집으로 이동한 후 닦아내었다고 해도 최소한 시신이나 입고 있는 옷에서는 물기가 발견되어야 했다. 하지만 시신에서도, 입고 있는 옷에서도 물기는 전혀 없었다. 사건이 발생한 계절이 초여름이었다고 해도 사망 추정 시간과 발견된 시간도 크게 차이가 없어 물기가 완전하게 증발될 시간적인 여유조차도 없었다.

박규민 원장 아내의 사망 추정시간은 저녁 8시에서 9시 사이. 그 시간대에 동네로 진입하는 입구를 바라보는 CCTV 영상부터 조사했다. 영상에는 8시 즈음 피해자가 탄 스쿠터가 동네로 들어가는 모습이 잡혔다. 이후 동네 주민들의 차량 몇 대 외에 외부인의 차량이 들어온 것은 없었다.

수사팀은 CCTV에 잡힌 차량 주인들을 조사했다. 동네 사람들 대부분은 이사 온 지 오래되지 않은 피해자와 각별한 사이가 아니었기에 왕래가 거의 없었다고 했다. 게다가 그녀는 평소 선글라스를 쓰고 스쿠터를 타고 다녀 그녀의 얼굴을 제대로 본 사람조차 없었다.

수개월째 수사가 진행되었지만 용의자를 찾을 수 없게 된 수사팀은 남편인 규민을 의심할 수밖에 없었다. 막대한 유산을 상속받은 여자와 결혼한 남자. 익숙하고 진부한 치정 드라마 속의 남자 주인공과 딱 어울리는 규민이 아내의 유산을 노리고 살인을 했을 가능성을 완전히 배제할 수 없었다. 하지만 규민은 사건이 발생한 시간에 완벽한 알리바이가 있었다. 아내의 사망 추정 시간에 당시 외도를 하던 여자와 함께 모텔에 있었던 것이다. 여자와 함께 들어간 모텔의 CCTV에 잡힌 시간이 아내의 사망 추정 시간과 정확하게 일치했다.

이후 수개월 동안 수사를 했지만 혹시라도 모를 규민의 청부 살인 증거도, 어떤 타살의 증거도 찾지 못한 채 의문사로 종결되었다. 원 형사의 이야기를 들은 설희는 강준식 사건의 미래가 어둡하게 그려졌다.

"박규민 원장 아내 이름은 뭐예요?"

설희는 고기를 입에 넣으며 아무 생각 없이 물었다.

"이름? 가만… 이름이 뭐더라? 서, 서… 인아였던가?"

"예? 서인아요?"

박규민 원장 아내 이름을 듣고 놀란 설희는 씹던 고기가 입 밖으로 튀어나올 뻔했다.

"왜 그렇게 놀라. 아는 사람이야?"

"아… 아니에요. 서인아라는 사람 외모는 어땠어요? 특징이나 그런 거 없었나요?"

"음, 좀 마른 체형이었고… 왼쪽이었나, 한쪽 다리가 좀 불편했다고 들었어."

"박 원장 아내는 왜 그 동네에서 살았던 거죠? 별거 중이었나요?"

"박 원장 말로는 아내가 원래 건강이 안 좋았대. 요양하려고 한적한 곳을 찾다 그곳에 간 거라고 하더군. 모르지, 별거 중이었을 수도. 네 생각은 어때. 강준식 사건과 박 원장 아내 사건이 비슷해 보이지 않아?"

작은 한숨으로 대답을 대신하며 술잔을 들던 설희는 혜정이 말한 하준이라는 이름이 생각나 술잔을 테이블에 다시 내려놓았다.

"강준식과 동거했던 전 여친이 한 말인데, 강준식이 하준이라는 남자를 찾아야 한다는 말을 했다고 하더라고요."

"하준? 성은?"

"성까지는 모른대요."

"흠, 정말 희한하네. 우연의 일치인가. 박 원장이 최초 신고자라는 것도 그렇고."

뭔가 알고 있는 듯한 원 형사의 말에 설희의 시선이 다시 원 형사의 입으로 쏠렸다.

"박 원장 아내 시신을 제일 먼저 발견한 사람이 하준이라는 애였어, 김하준. 그때 그 애가 중3이었나. 앞을 보지 못하는 시각장애인이었지. 당시 하준이라는 애는 죽은 박 원장 아내와 같이 살고 있었어. 그 동네에 살았던 애인데 어렸을 때 같이 살던 할머니가 죽고 나서 박 원장 아내가 하준이를 가엾게 여겨서 같이 살았다고 했지. 입양을 한 거는 아니고 후견인 정도였을 거야."

"그 집 위치가 어디죠?"

원 형사는 서인아가 살았던 동네의 위치를 설명했다. 원 형사가 설명하는 길을 따라가다 보니 설희 머릿속에는 준식이 차를 운전하고 갔던 영상이 떠올랐다.

"박 원장 아내 부검에서 특이한 점은 없었나요? 신체 노화 상태 같은 거라든가. 아, 혹시 시신에서 검은 가루 같은 거는 없었어요?"

"노화 상태가 나이에 비해 안 좋기는 했어. 검은 가루 같은 거는 없었고. 강준식 시신에 그런 게 있었나?"

설희는 고개를 끄덕였다. 원 형사는 심상치 않은 표정을 지으며 조용히 입을 뗐다.

"검은 가루는 다른 곳에서 등장했어."

물을 마신 원 형사는 검은 가루와 관련된 새로운 사건 이야기를 꺼냈다.

"박 원장 아내 사건이 터진 그날이었지. 현장 조사가 마무리될 즈음 불탄 시신이 발견되었다는 신고가 들어왔다는 연락이 왔어. 그 동네에서 조금 떨어진 곳에 폐가로 남아있는 농장 집이 있는데 그곳에서 시신이 발견되었다는 신고였지. 그래서 박 원장 아내 집에서 나와 부랴부랴 그곳으로 갔어. 미리 말하는데 시신은 아니었어."

"시신이 아니라니 그게 무슨……"

"그 농장 집에서 몰래 술을 마시던 고등학생들이 처음 발견하고 신고를 했어. 그런데 내가 도착했을 때는 시신은 없고 거실 바닥에 사람 형태의 검은 가루만 있더라고. 집 밖에서 형사를 기다리던 학생들도 다시 들어가 보고는 놀라더군, 분명 사람 형태의 검은 시신이 있었다고 하면서. 일단 그 검은 가루를 불탄 시신이라고 칭할게.

박 원장 아내가 죽고 곧이어 불탄 시신까지 발견되니까 동네 분위기가 아주 한겨울이었어. 경찰들이 계속 들락날락하지, 방송국에서도 찾아오지, 뭘 물어보기가 무서울 정도로 동네 사람들이 예민했어.

불탄 시신이 발견된 집은 동네 사람들 말로는 전에 농장을 운영하던 사람이 떠난 뒤에 빈집으로 남아있다고 하더라고. 주인은 서울에 사는 50대 남자인데 선친에게 물려받은 산이래. 농장은 선친이 살아있을 때 친한 사람에게 세를 주었다고 하고. 야산이고 개발될 일도 없어서인지 주인은 별 관심이 없어 보였어. 원래 그런 빈집들이 생기면 이상한 소문들이 돌잖아. 귀신을 보았다거나 하는 이야기들. 그 집도 그랬지. 불탄 시신을 신고한 고딩 애들은 세 명이었는데 그들 중 한 명은 조사하는데 뭔가에 홀린 듯 정신이 나간 표정이었어. 그 사건도 참 이상한 사건이었지."

원 형사가 말하는 불탄 시신 사건도 인아 사건 못지않게 논리적으로 설명하기 힘든 사건이었다. 첫 번째 이상한 점은 그 집에서 술을 마시다 불탄 시신을 발견한 고등학생들의 진술이었다. 그 집은 부분 복층형 구조로 당시 고등학생들은 2층 거실에서 술을 마시고 있었다. 학생들의 말에 의하면 술을 마시는데 1층에서 갑자기 여자의 외마디 비명 소리가 들렸고 그 소리에 놀란 학생들은 1층으로 내려왔다. 처음 학생들이 그 집에 들어갔을 때 거실에는 아무것도 없었는데 여자 비명 소리가 들린 후 내려와 보니 거실에 불에 탄 것 같은 검은 시신이 있었다는 것이다. 그야말로 불탄 시신은 하늘에서 툭 떨어진 것이라고 말할 수밖에 없는 상황이었다.

두 번째 이상한 점은 놀란 세 명의 학생들이 그 집에서 나오는데 마지막으로 나온 학생의 등에 난 상처였다. 동전보다 작은 동그란 형태의 붉은 반점 같은 상처가 학생 등에 셀 수 없을 정도로 많이 생겼는데 몇 시간 지나지 않아 사라졌다고 했다. 상처가 난 학생의 말로는 집에서 나오는데 누군가 등을 송곳으로 찌르는 듯한 통증이 있었다고 했다. 마지막으로 이상한 점은 원 형사가 도착했을 때 학생들이 목격한 불탄 시신 대신 사람 형태의 검은 가루만 남은 것이다.

"정신없지. 마치 미스터리 영화 속에서나 나올 법한 이야기니까."

원 형사는 족집게 강의를 듣는 수험생 같은 표정으로 자신을 바라보는 설희를 보며 빙긋 웃었다. 이게 끝이 아니라는 의미의 미소였다.

"자, 이제 불탄 시신의 마지막 미스터리를 말해줄게. 방금 말했듯이 고등학생들이 처음 시신을 발견했을 때는 검게 탄 시신의 모습이었어. 등에 상처 난 학생이 휴대폰으로 찍은 사진을 보고 확인했지. 국과수 의뢰를 하려고 검은 가루를 쓸어 담았는데 바닥 어디에도 불에 그을린 흔적조차 없더라고. 막말로 그냥 어딘가에서 툭 떨어진 거지. 그리고……"

원 형사는 말을 잇기 전 손가락 두 개를 펴 V자 모양을 만들었다. 설희는 원 형사의 손가락을 보며 그게 뭐냐는 표정을 지었다.

"둘이야, 둘."

"뭐가 둘이라는 거예요?"

"검은 가루, 즉 불탄 시신이 둘이라고."

원 형사의 말에 설희의 입이 벌어졌다.

"바닥 위에 있는 사람 모양의 검은 가루를 치웠는데 그 아래 또 다른 검은 가루가 있었어. 검은 가루가 뒤섞이지 않은 것도 이상하지. 밑에 있던 검은 가루는 위에 있던 가루보다 작았어. 초등학교 고학년이거나 중학생 정도 될까. 유골이 남아 있는 것도 아니고 검은 가루다 보니 여자인지 남자인지 알 수도 없었지."

"그 사건은 어떻게 됐나요? 수사는 했어요?"

"피해자가 있어야 수사를 하지. 현장에 남은 거라고는 검은 가루가 전부인데. 검은 가루도 사람의 피부나 근육조직이 아닌 그냥 뭔가가 타고 남은 가루라고 국과수 결과가 나왔으니 수사를 할 이유가 없었지."

원 형사의 입에서 흘러나오는 미스터리에 설희는 자신도 모르게 한숨을 길게 내쉬었다.

"이야기만 들어도 미칠 것 같지? 그때 그 두 사건 때문에 경찰서 전체가 난리였어. 지금도 그 사건만 생각하면 머리가 지끈거린다니까. 한 번도 경험하지 못한 미증유의 사건이지.

그래서 국과수 후배한테서 강준식 사건을 들었을 때 바로 느낌이 오더라고. 외부 침입 흔적이 없는 집 안의 침대에서 발견된 추락사한 시신. 내가 수사한 사건과 비슷한 느낌이 드는데⋯ 어때, 네 느낌은?"

원 형사의 질문에 설희는 대답 대신 가만히 눈을 내리깔고 불판 위에 시커멓게 탄 고기 몇 점을 바라보기만 했다.

"두 사건이 연관성은 없나요?"

"내 느낌은 있다는 쪽이야. 그런 이상한 사건이 동시에 발생하는 게 이상하잖아. 그런데 그걸 입증할 증거가 있어야지."

사건 이야기가 끝난 후 원 형사는 설희에게 남자 친구가 있냐고 물었다. 설희는 피식 웃으면서 누가 자기 같은 여자를 좋아하겠냐며 푸념하듯 말했다. 이후 왕래가 뜸해 잠시 잊고 있던 서로의 가족 이야기를 나누다 자리에서 일어날 분위기가 되었다. 물로 입가심을 한 원 형사는 지갑을 꺼내며 말을 건넸다.

"사건 수사하다가 필요한 거 있으면 전화해. 도울 게 있을까 모르겠지만."

식당 밖으로 나온 설희가 근처에 보이는 커피숍을 가리키며 자기가 커피를 사겠다고 말하자, 원 형사는 지금 커피를 마시면 잠을 못 잔다면서 다음에 하자는 인사를 하고 등을 돌렸다.

원 형사와 헤어진 후 집으로 가는 택시를 탄 설희의 머릿속에는 원 형사가 말한 이야기가 다시 재생되고 있었다.

*

점심시간, 규민은 커피숍에서 유설희 형사를 기다리고 있었다. 오전에 유설희 형사에게 만나고 싶다는 전화가 왔다. 거절한 다 해도 막무가내로 학원에 들이닥칠 것 같아 규민은 어쩔 수 없이 약속을 잡았다.

비록 여자 형사라고 해도 학원 안에서 콤콤한 냄새를 풀풀 풍길 것 같은 형사를 만나고 싶지는 않았다. 과거 인아 사건이 발생했을 때 예고도 없이 형사들이 학원에 들락날락하는 바람에 학원 분위기가 엉망이 되었다.

학원에 찾아오는 형사들을 본 아이들은 자기들 멋대로 상상한 이야기를 만들었다. 인아가 규민과 따로 살게 된 이유가 규민의 외도 때문이네, 그 이유로 인아가 자살했네 등의 이야기가 돌았고, 당연히 그런 소문은 부모들의 귀에도 들어갔다. 별것 아닌 것에도 민감하게 반응하는 유별난 학부모 몇 명에서 시작된 학원생들의 이탈 움직임이 점점 커지려는 분위기가 감돌아 전해들은 소문은 잘못된 내용이라는 호소문을 부랴부랴 메일과 문자로 학부모들에게 보내며 한동안 진땀을 빼야 했다. 그때 일을 생각하면 지금도 머리가 지끈거린다. 당시는 규민이 인아의 남편이었기 때문에 감수할 수밖에 없었지만 이번에 죽은 준식과는 아무런 관계가 없는 사이다. 괜히 형사들을 학원에 발을 들여놓으면 눈치 빠른 아이들이 또 다시 어떤 상상력을 발휘해 애먼 규민을 골탕 먹일지 알 수 없는 일이다. 그래서 오늘 약속 장소도 학원에서 한 블록 떨어진 커피숍으로 정했다.

유설희 형사는 전화통화에서 준식이 아닌 인아 사건에 대해 물어볼 게 있다고 했다.

왜, 이제 와서 이미 종결된 아내의 사건을 들추려는 걸까. 규민은 그게 마음에 걸렸다. 안 그래도 인아의 흔적들이 불쑥불쑥 튀어나와 머리가 아픈데 형사는 어떤 말로 규민의 마음을 들쑤실지 내심 두려웠다.

사실 규민이 무엇보다 두려운 것은 이런 것들이 끝이 아닌 시작일지 모른다는 것이다. 사랑이 없는 결혼을 하면서부터 이미 이런 미래가 예정되었던 것일지도 모른다. 하지만 어쩌겠는가, 이미 엎질러진 물이고 인아가 남긴 거액의 유산을 품었으니 감수해야 한다.

규민이 인아를 처음 만난 것은 그가 학원에서 강의를 시작한 지 3년 남짓 지났을 무렵이다. 유명 강사가 되겠다는 꿈을 갖고 시작한 학원 강사. 억대 연봉을 받는 강사가 되는 꿈을 갖고 시작했지만 3년이 지난 후 규민의 위치는 강남도, 목동도 아닌 서울 변두리의 학원에서 강의하는 그저 그런 보통의 강사였다.

그러던 어느 날, 역시 학원 강사를 하는 친구와 만나 술을 마시던 중 친구가 뜬금없이 소개팅 제안을 했다. 자신이 전에 일했던 학원이라면서 그 학원 원장 병문안을 갔을 때 원장이 괜찮은 남자 소개를 해달라는 부탁을 받았다고 했다.

결혼 생각이 절실하지 않았던 규민은 결혼을 전제로 한 만남을 제안 받으면 대부분 거절했다. 규민에게 결혼은 다른 세상 사람들의 삶의 방식이라고 생각하며 관심을 두지 않았다. 하지만 친구의 제안은 규민의 관심을 끌었다. 그동안 만났던 여자들과 비교할 수 없는 집안의 딸이었기 때문이다.

"일단 만나나 봐. 너 같은 놈은 감히 만날 수 없는 집안의 외동딸이야."

친구의 말에 자존심이 상한 규민은 불편한 얼굴로 술을 입안에 털어 넣었다.

"그런데…"

화제를 전환하며 다시 입을 연 친구의 입에서 옅은 미소가 번졌다. 친구가 무슨 말을 하려는지 대충 짐작되었다. 예쁘지 않다는 말을 할 거라는 것을.

"외모는 큰 기대를 하지 마. 못생긴 건 아닌데 네가 좋아하는 섹시하고 글래머러스한 스타일은 아니야. 여자는 특수교육을 전공하고 특수학교에서 교사로 일하고 있어. 그 여자 아버지는 사업을 하셨는데 그 여자가 초등학교 6학년 즈음에 교통사고로 돌아가셨다고 하더라고. 갖고 있는 부동산도 적지 않을 거야. 내가 얼핏 들은 것만 해도 상당해. 어머니는 시내에서 대형학원을 운영하고 있고. 아마 그 지역에서 제일 큰 학원일 거야.

그 여자 어머니가 건강이 안 좋아. 암 말기라는 거 같던데. 그래서인지 사위를 빨리 보고 싶어 하더라고. 학원을 운영할 사람으로. 흠이라면… 그 여자가 어렸을 때 한쪽 다리를 다쳐서 좀 불편한 게 흠이긴 해. 나이는 우리보다 두 살 어리고.

솔직히 너 내세울 거 뭐 있냐? 반반한 얼굴? 그거 유통기한 얼마나 될 거 같아? 얼굴로 먹고살려면 아예 제비족으로 나가던가. 그리고 너 모아둔 돈은 있어? 만날 여자들하고 노느라 정신이 없었지."

　정곡을 찌르는 친구의 말에 규민은 술잔을 입으로 가져가며 친구를 흘끔 노려보았다. 친구는 다시 규민의 허영심을 자극했다.

　"야, 그 여자 잡으면 한방에 네 인생이 바뀌는 거야. 빌빌한 학원 강사에서 대형학원 원장으로. 나야 이미 결혼한 몸이라 자격도 되지 않지만 내가 너라면 말이야……"

　친구는 규민에게 거수경례를 하면서 "충성! 최선을 다하겠습니다. 여자를 만나자마자 이렇게 경례할 거다."라고 말하며 키득키득 웃었다.

　친구의 제안을 받은 후 규민은 며칠 동안 고민했다. 그 여자와 잘된다면 집이 좀 산다고 뺀질대는 버릇없는 애들과 말씨름할 일도 없고, 분필 가루 날리는 강의실에서 목소리 높여 강의할 이유도 없다. 다리 한쪽 불편한 거, 그게 뭐 대순가. 가진 것 없는 우울한 인생이 장애지. 일단 만나보자.

　친구의 소개팅 제안을 받아들인 규민은 호텔 커피숍에서 인아를 만났다. 커피숍에 먼저 도착한 규민은 헐렁한 정장 바지를 입고 불편한 걸음걸이로 커피숍에 들어오는 여자를 보자마자 만나기로 한 여자라는 것을 한눈에 알았다.

　친구가 사전에 공지한 것처럼 외모는 규민의 취향과는 거리가 먼 수수한 스타일이었다. 전체적으로 마른 체형이었고, 선한 얼굴이 가뜩이나 창백하고 화장기마저 없어 더 착하게 보였다.

　대화는 잘 통했다. 두 사람 모두 아이들을 가르치는 일을 하고 있으니 대화의 주된 소재는 아이들이었다. 특수학교에서 근무하는 것을 자랑스러워한 인아는 장애가 있다는 이유로 차별을 받는 이야기를 할 때는 세상의 야박한 시선에 강한 불만을 털어놓기도 했다.

그렇게 시작된 두 사람은 보통의 연인들처럼 데이트를 시작했다. 여자들과 데이트에 도가 튼 규민은 큰 고민 없이 전에 만났던 여자들과 다녔던 곳을 다시 찾아다녔다. 분위기, 음식 등이 여자들이 좋아할 만한 장소여서 인아도 좋아했다.

인아는 전에 만났던 여자들과는 분명 달랐다. 차분한 성격과 도덕주의자 같은 생활태도 때문만은 아니었다. 독특한 생각을 하는 여자가 아닌가 하는 생각을 처음 한 것은 결혼 전 인아가 가자고 해서 함께 갔던 호수에서였다. 호수 주변을 거닐다 벤치에 앉았을 때 보통 여자들은 좋다, 시원하다, 멋있다, 같은 반응이었겠지만 인아는 달랐다. 호수를 멍하니 바라보며 이런 말을 했다.

"여기는 영혼들이 머무는 곳 같아요."

그날 인아는 한 펜션을 가리키며 하룻밤 머물고 가자고 했다. 예정에 없던 일이었다. 데이트할 때 규민은 인아를 모텔로 유인하려고 몇 차례 시도했지만 인아의 단호한 거절에 뒤돌아섰던 적이 있던 터라 먼저 한 인아의 제안이 놀라웠다.

그날 펜션에서 두 사람은 처음으로 사랑을 나누었다. 인아와의 첫날밤은 섹스에 능숙한 여자들과 보냈던 것과는 다른 새로운 경험이었다. 그렇다고 색다른 오르가즘을 느낀 건 아니다. 규민은 침대에 누운 인아에게서 과거의 자신을 발견했다. 서툰 인아의 행동과 예민한 반응에 규민은 자신이 첫 경험을 했던 고등학생 때로 돌아간 것 같은 기분이 들었다.

두 번 다시 이런 조건의 여자를 만날 수는 없을 거라는 생각에도 좀체 사랑의 감정이 생기지 않아 고민을 하는 사이 반년 정도 시간이 흘렀다. 규민은 자신의 이성과 감성에 계속 저 여자를 사랑할 수 있냐는 질문을 던졌지만 규민의 가슴에서 사랑의 떨림은 좀체 일렁거리지 않았다. 그렇다고 언제 생길지도 모르는 사랑의 감정을 마냥 기다릴 수도 없었다. 몸이 좋지 않은 인아의 어머니가 결혼을 서둘렀기 때문에 규민도 결정을 해야만 했다.

규민은 마지막으로 두 선택지를 비교했다. 먼저 인아와 헤어지는 선택. 그 선택 이후 자신의 모습은 우울한 것들뿐이었다. 변변찮은 푼돈 같은 월급, 갈수록 꼴 보기 싫어지는 애들. 높은 담벼락에 꽉 막혀 갈피를 잡을 수 없는 비루하고 답답한 미래가 팔 벌려 규민을 기다리고 있을 뿐이었다.

대신 결혼을 선택했을 때 불행은 단 하나였다. 사랑이 없는 결혼생활. 그러나 그 선택에는 아이가 생긴다는 또 다른 결과가 기다리고 있다. 아이를 빨리 낳아서, 딸이라면 더할 나위 없이 좋다. 아이가 생기면 답답한 결혼생활은 충분히 버티고도 남을 거라는 생각이 들었다. 규민은 대형 학원 원장이 되는 흐뭇한 상상을 하며 결국 결혼의 선택지를 집어 들었다. 마음의 결정을 한 규민은 인아와 갔던 호수에 다시 가서 반지를 건네며 프러포즈를 했다.

결혼의 첫 과정은 상견례였다. 병원에 입원 중이었던 장모는 병문안으로 상견례를 대신하자는 규민의 제안을 단칼에 거절했다. 딸의 결혼이 죽기 전 자신의 마지막 사명인 듯 장모는 당당하게 휠체어를 타고 상견례 자리에 나왔다. 양가의 화기애애한 분위기 속에 무사히 상견례를 마친 후 규민의 어머니는 규민과 헤어지기 전 농담 섞인 진심을 전했다.

"어디서 저런 집안 여자를 꼬셨니? 여자 후리는 재주는 네 애비를 닮아 타고났구나. 명심해, 여자 집안 돈 탐하지 마라. 네 돈 아니야. 주제넘은 짓 하다 인생 종친 사람들 주변에서 여럿 봤어."

규민은 속으로 뜨끔했지만 택시에 오르는 어머니에게 그게 아니라고 손사래를 치는 것으로 작별인사를 대신했다. 가족인 어머니도 이런데 다른 사람들은 오죽했겠는가. 결혼식장으로 들어갈 때 자신을 향한 시기와 의심의 눈초리가 사방에서 날아오는 것을 느낄 정도였다.

사랑 없는 결혼 생활이 순탄하지 않을 거라는 것은 규민도 각오한 일이었지만 막상 현실에서 맞닥뜨리니 생각한 것처럼 녹록지 않았다. 다른 생활방식에서 부딪치는 갈등은 충분히 감내할 수 있었다. 문제는 규민 자신과의 갈등이었다.

하나는 무너진 자존감으로 인한 허탈함이었다. 인아는 학원 경영에 있어 규민에게 전권을 주지 않았다. 규민은 명함만 학원장이었지 인아의 비서 역할을 하는 정도였다. 학원 운영도, 경제권도 규민의 뜻대로 할 수 있는 건 하나도 없었다. 도둑질하러 무턱대고 집 안으로 들어가는 구덩이를 파며 기어들어가다 더 이상 일어설 수 없는 지경이 돼버린 꼴이었다. 구덩이를 더 처절하게 파서 훔칠 물건이 있는 곳에서 당당히 일어나거나 다시 돌아나오는 길밖에 없지만, 되돌아가기는 싫었고 처절하게 구덩이를 팔 의지도 없었다. 화려한 삶에 반쪽 어깨라도 걸친 쾌감을 계속 느끼기 위해서는 허리를 굽히고 지내야 했다.

다른 하나는 본능이 감당해야 하는 부분이었다. 돈과 학원 운영이야 욕심을 버리면 될 일이지만 인아와의 스킨십을 거부하는 본능은 규민이 어찌할 수 없는 부분이었다. 바로 잠자리가 문제였다.

잠자리는 거의 고문과 다름이 없었다. 얼굴이 보기 싫으면 눈을 질끈 감으면 될 일이지만 관계할 때 몸이 부딪히는 것은 어쩔 수 없는 일이다. 특히 흉터가 심한 인아의 왼쪽 다리에 규민의 몸이 닿을 때마다 껄껄한 마른 나뭇가지가 몸을 훑고 지나가는 것 같아 옴칫옴칫 놀라기 일쑤였다. 시간이 흘러도 그것은 적응이 되지 않았다.

결혼 생활 중 그나마 다행인 것은 인아가 규민의 사생활에 어떠한 간섭도 하지 않은 점이다. 친구를 만난다고 해도 어떤 친구냐, 언제 들어오느냐, 등 아내들이 흔히 묻는 질문을 하지 않고 자유를 줬다. 하지만 그런 자유도 진정한 자유는 아니었다.

신혼 초 친구들을 만난 규민이 자정을 훌쩍 넘어 새벽에 귀가한 적이 있었다. 인아에게 늦는다는 전화도 하지 않은 규민은 집에 도착해 도어록을 눌렀지만 비밀번호가 바뀌었는지 문이 열리지 않았다. 인아에게 전화를 했지만 그녀는 전화를 받지 않았다. 화가 치밀어 문을 거세게 두드리며 문을 열라고 소리치는 규민의 입을 닫게 한 사람은 현장에 출동한 경찰이었다. 인아가 신고한 것이다. 규민이 자초지종을 설명하자 경찰은 인아에게 전화를 했고 닫혀있던 현관문은 열렸다.

"좀 늦었다고 이렇게까지 해야 돼? 이럴 거면 처음부터 일찍 들어오라고 하든가."

잔뜩 화가 난 규민이 집 안으로 들어와 씩씩거리며 말하자 인아는 별일 아니라는 듯 나지막하게 대꾸했다.

"그걸 꼭 말해야 하는 거야?"

무표정한 얼굴로 차분하게 말하는 인아의 목소리가 그 어떤 날카로운 고함 소리보다 서늘하게 느껴졌다. 이 사건 이후 규민은 알아서 인아의 룰에 자신의 자유를 맞춰야 했다. 고개를 숙이고 굽실거리는 자들이 어쩔 수 없이 해야만 하는 복종의 메커니즘을 인아는 잘 알고 있었던 것이다.

꽉 막힌 결혼 생활의 돌파구가 될 거라고 생각했던 아기 역시 규민의 계획과 어긋났다. 하루빨리 아이를 갖고 싶었지만 몇 년이 지나도 임신의 기별은 없었다. 인아와 함께 병원에도 갔지만 두 사람에게 특별한 문제는 없었다. 아이를 포기해야 하나, 시험관 시술을 받아야 하나 아니면 입양을 할까 고민이 많던 시기, 아침 식사를 할 때 인아가 헛구역질을 했다.

"생리도 멈춘 게 아무래도 임신한 거 같아."

인아의 말을 들은 규민은 곧바로 인아와 함께 병원으로 향했다. 임신 소식을 기대하고 병원을 간 규민은 의사의 말을 듣고 큰 실망을 했다. 상상 임신이었다.

결혼의 감옥에서 벗어날 마지막 희망마저 사라진 규민에게 감옥에서의 탈출은 뜻밖에도 인아가 만들어 줬다. 상상 임신 해프닝이 있은 후 두 달 정도 지났을 무렵, 인아는 건강이 좋지 않다면서 한적한 시골에서 잠시 지내고 싶다고 했다.

"자기가 그렇게 하고 싶으면 해."

규민은 두 손을 들고 환영하고 싶었지만 애써 섭섭한 말투로 인아의 의사를 존중하는 척했다. 건강의 이유도 있었겠지만 인아 역시 일상에서 벗어나고 싶었는지 모른다.

인아가 집에서 나가게 된 후, 규민은 홀가분한 마음으로 결혼 전 싱글의 자유를 누렸다. 그렇게 몇 년이 흐른 어느 날, 뜬금없이 전화를 한 형사는 걸쭉한 목소리로 인아의 죽음을 전했다.

형사의 전화를 받은 날, 규민은 여자와 모텔에 있었다. 나른한 쾌락의 여운을 느끼는 규민을 안개 자락 같은 잠이 스르르 덮쳤다. 이날 규민은 형사의 전화를 받기 전 이상한 꿈을 꾸었다. 교복을 입은 소녀가 물속에 있는 꿈이었다. 애절한 눈빛으로 규민을 바라보던 소녀의 모습은 휴대전화 벨소리와 함께 사라졌다. 짧지만 강렬한 꿈. 형사의 전화가 없었다면 깨어나서도 꽤 오랜 시간 잔영이 남았을 꿈이었다.

인아가 사라졌으면 하는 악의적인 상상을 전혀 하지 않은 것은 아니지만 형사가 전하는 인아의 죽음이 현실적으로 다가오지 않았다. 형사와 통화 후 곧바로 모텔에서 나와 인아가 살던 집으로 갈 때도 정말, 정말 죽었나? 하는 의심을 계속했다. 오랜 시간 갈망하던, 현실이 되기에는 너무 큰 간격이 있던 바람이 진짜 현실로 되었을 때처럼 믿기지 않았다.

인아가 죽자 마지막으로 그녀를 본 날이 생각났다. 인아가 죽기 두 달 전 즈음으로 바로 죽은 준식이 손에 쥐고 있던 사진을 찍은 날이다. 그날 인아는 자신의 죽음을 알고 있었던 것처럼 말했고 뭔가에 홀린 듯한 모습도 보였다.

규민은 학원 근처의 식당에서 인아와 식사를 했다. 두어 달 만에 다시 만난 인아의 모습은 병자처럼 얼굴이 핼쑥했다. 우묵 들어간 볼, 가라앉은 눈두덩과 도드라진 광대뼈에 가녀린 얼굴선. 안 그래도 마른 몸은 이파리가 떨어진 을씨년스러운 초겨울 나무처럼 더 꼬치꼬치 말라 앙상했다.

"몸이 좋아지기는커녕 더 안 좋아 보이네. 병원은 가봤어?"

"좋아지려면 극도로 안 좋은 상태를 지나야 되는 거야. 나아질 테니까 걱정 안 해도 돼."

괜찮다면서 미소를 짓는 인아를 보며 규민은 그대로 죽어도 좋겠다는 생각을 했다. 스스로 잔인하다고 생각하면서도 마음 한편에서는 그랬으면 좋겠다는 바람이 스멀스멀 일었다.

"어떤 아이랑 같이 산다고 했지?"

같은 동네에 사는 고아가 된 아이와 잠시 같이 살게 되었다는 말을 들었던 규민은 식사를 하면서 슬쩍 물었다.

"어, 당신 그 애 한 번도 안 봤지. 지금 복지관에 있는데 식사하고 같이 가서 볼래?"

"됐어, 굳이 볼 필요 있나. 그 애랑은 언제까지 같이 지낼 거야?"

"오랫동안 같이 있을 건 아니야."

식사를 마칠 무렵 인아는 뜬금없이 이런 말을 했다.

"당신, 나 사랑하지 않지?"

자신의 마음을 꿰뚫어보는 듯한 말에 놀란 규민은 들고 있던 숟가락을 놓칠 뻔했다.

"그, 그게 무슨 말이야."

"당신이 다른 여자를 사랑한다고 해도 이제는 이해할 수 있을 것 같아. 결혼했다고 해서 두 사람의 사랑이 꼭 일치할 필요는 없잖아. 어차피 인생은 각자 주어진 시간이고, 그 시간 안에 일어나는 일들은 각자의 몫인 거니까."

마치 결혼의 정의를 깨달은 철학자 같은 말을 하는 인아의 얼굴을 규민은 무심하게 바라보았다. 초췌한 얼굴에서 모든 것을 초연한 성인의 성스러움이 느껴졌다. 분명 자신의 죽음을 예감하고 있었기에 할 수 있던 말일 것이다.

식사를 마친 후 두 사람은 학원으로 들어갔다. 엘리베이터가 규민의 사무실 층에서 멈췄고 규민이 먼저 내렸다. 인아가 내리지 않아 돌아보았는데 인아는 당황스러운 표정을 한 채 선뜻 내리지 못하고 머뭇거렸다.

"왜 그래? 안 내려?"

당황스런 표정을 한 인아 시선의 끝은 규민의 등 뒤를 향하고 있었다. 아무도 없는 규민의 사무실 앞을. 머뭇머뭇 엘리베이터에서 내린 인아는 뭔가에 홀린 듯이 주위 사람들의 인사도 무시하며 사무실로 들어갔다.

커피를 들고 탕비실에서 나온 규민은 살짝 열린 사무실 문틈으로 흘러나오는 인아의 나지막한 목소리에 멈칫하고 귀를 기울였다. 누군가와 통화를 하는 듯 했지만 문틈으로 보이는 인아는 의자에 앉아 벽을 응시한 채 혼잣말을 하고 있었다.

"아빠를 닮았구나. 네가 원하는 게 뭐야?"

이후 인아는 아무 말 없이 조용히 벽만 응시했다.

"누구랑 말하는 거야?"

사무실로 들어간 규민이 인아에게 커피를 건네며 물었다.

"어? 아니야. 그냥⋯⋯."

인아는 당황한 얼굴로 말끝을 얼버무렸다. 커피를 마시며 규민은 이런저런 말을 건넸지만 인아는 골똘하게 생각하는 듯 규민의 하는 말에 대꾸도 하지 않더니 사무실에서 나가기 전 뜬금없이 규민을 벽에 서보라고 하면서 자신의 휴대전화로 사진을 찍었다. 바로 죽은 준식이 쥐고 있던 그 사진이다.

그날을 마지막으로 시신이 된 인아를 다시 만났고, 여자아이처럼 예쁘장한 하준을 장례식장에서 처음 보았다.

경찰은 인아의 사인을 건강상의 문제로 추측했는지 규민에게 인아의 건강에 대해 집중적으로 물었다. 규민 역시 인아의 사인은 건강상의 문제라고 생각했다. 하지만 국과수 부검 결과는 이런 예상을 완전히 뒤집었다.

경찰을 통해 국과수 부검 결과를 들었을 때 규민은 어이가 없었다. 아무도 없던 집 안에서 타살의 흔적도 없이 발견된 익사체. 논리적 구성이 뒤틀린 결과는 누가 들어도 이해 불가한 사건이었다.

사건이 쉽게 해결되지 않을 거라는 규민의 예상대로 형사들의 수사는 미적거렸고, 답을 찾지 못한 형사들은 결국 처음부터 의심의 눈초리로 쏘아보던 규민을 용의자로 의심하는 단계에 이르렀다.

규민도 형사들이 용의자를 특정하지 못하면 자신에게 의심의 화살을 겨눌 거라고 짐작하고 있었다. 규민은 형사들의 그런 의심에 꺼릴 게 없었다. 여자와 모텔에 있었던 부끄러운 알리바이가 결국 용의자 신분에서 벗어나게 해주었다. 규민은 그렇게 인아와 엮인 인연을 끊고 자유를 얻었다.

완전한 자유, 마음으로만 탐했던 인아 집안의 재산. 죽은 인아가 선물한 이 두 가지를 얻는데 형사들의 의심이나 외도의 창피함은 얼마든지 감수할 수 있었다. 형사들뿐이겠는가. 결혼으로 팔자를 고친 '남자 신데렐라'라는 주위 사람들의 조롱도 기꺼이 받아들일 마음도 있었다. 규민을 아는 사람들은 지금도 술자리에서 자신을 안주 삼아 씹으며 제비도 아니고 불알 달린 사내놈이 그렇게 살아야 하냐며 비아냥거릴 것이다.

내 처지가 되면 더 할 놈들이. 그런 조롱과 비난은 내 앞에서 해도 얼마든지 들을 준비가 되어있다. 세상에 공짜가 어디 있겠어. 그 정도쯤은 앞으로도 얼마든지 받아주마.

커피숍 출입문이 열리고 유설희 형사가 들어왔다. 가볍게 인사를 건네고 자리에 앉은 설희는 규민이 미리 준비한 커피를 보자 고마워하는 표정을 지었다.

"원장님 아내분 사건에 대해 몇 가지 여쭤어 볼게요. 괜찮으시죠?"

커피로 입을 축은 설희는 곧바로 본론으로 들어갔다.

"갑자기 왜 아내 사건을 묻는 거죠? 강준식 사건과 무슨 관계가 있나요?"

"강준식 씨 사인이 추락사로 밝혀졌습니다."

"추락사요?"

규민의 입에서 어이없다는 듯 헛웃음이 흘러나왔다. 설희가 왜 인아 사건에 관심을 갖는지 이유를 알만했다. 미스터리한 두 사건, 그 사건에 공통으로 존재하는 자신.

"원장님은 강준식 씨와 죽기 직전 통화를 했던 분이니까 추락사라는 사실을 믿지 않으시겠죠?"

"그래서 저를 의심하는 건가요?"

"그건 아닙니다. 강준식 씨의 죽음이 원장님 아내분과 유사해 보이는데 원장님 생각은 어떠세요?"

"그 이유 때문에 제 아내 사건을 다시 수사하겠다는 건가요?"

날이 선 규민의 반응에 설희는 엷은 미소를 지었다.

"재수사는 아닙니다. 두 사건이 비슷한 부분이 있는 거 같아서 원장님께 몇 가지 여쭤어 보려고 연락드린 겁니다. 강준식 씨가 죽기 전 하준이라는 남자를 만나려고 했다고 합니다. 아내분과 같이 살았던 사람이 김하준이라고 하더군요. 맞나요?"

"아, 그 애요. 제 아내와 몇 년간 같이 살았죠. 그런데 그 애가 왜……"

"죽기 전 강준식 씨가 김하준이 살고 있는 동네에 간 것으로 보입니다. 원장님께서는 아내분이 돌아가신 후 김하준을 만난 적이 없으신가요?"

"그 애를 따로 볼 일이 있나요, 나와는 상관이 없는 녀석인데. 아내와는 각별한 사이였던 거 같습니다."

"각별한 사이요?"

"하준이와 같이 살던 집을 그 애 명의로 해놨더군요. 뭐… 아들처럼 생각했을 수도 있고, 아니면……."

설희는 규민이 생략한 뒤의 말을 눈치챘는지 옅은 미소를 지었다.

"아내분 주변 사람들 평은 순수하신 분이었다고 하는데 이상한 관계는 아니겠죠."

"글쎄요, 사람이 겉으로 보이는 것과 속이 같다고 할 수는 없죠. 게다가 꼭꼭 숨겨놓은 사랑의 감정이라면 겉으로 드러나지도 않았을 테고."

"아내분을 신뢰하지 않으셨나요?"

"이제 와서 죽은 사람을 신뢰하네, 안 하네, 그런 게 무슨 의미가 있겠습니까. 그건 그렇고 강준식 사건은 어떻게 되고 있습니까?"

규민은 비아냥거리는 표정으로 물었다.

"범인이 존재한다면 범인을 잡을 거고 그렇지 않다면 어떻게 사망했는지 밝혀낼 겁니다."

설희는 단호한 말투로 대답한 후 다시 공손하게 질문을 이었다.

"원장님 휴대폰에 아내분 사진 있나요?"

규민은 설희의 질문에 살짝 당황했다. 결혼 후 인아 사진을 찍은 기억이 없어 휴대전화에 사진이 있는지 가물가물했다. 인아가 세상을 떠난 지 3년의 시간이 흘러 아내 사진이 없는 게 큰 흠이 되지는 않겠지만 그래도 죽은 아내 사진 한 장 없다면 너무 매정한 사람으로 보일 것이다.

"전에 찍은 사진이 있는지 모르겠네요. 그런데 왜……"

"얼굴을 볼 수 있을까 해서요."

규민은 별걸 다 확인하려는 설희를 힐끗 본 후 휴대전화의 사진 폴더를 뒤적거렸다. 최근에 만난 여자들과 찍은 사진들을 손가락으로 한참을 내리다 인아 사진을 한 장 발견했다. 예전 펜션에 갔을 때 찍은 사진이었다. 펜션의 입구 앞에서 환하게 웃고 있는 인아를 보니 반갑기보다 섬뜩한 기분이 들었다. 형사에게 보여주고 바로 삭제해야겠다는 생각을 하며 휴대전화를 설희에게 건넸다. 휴대전화를 받은 설희는 인아의 얼굴을 확인한 다음 규민에게 휴대전화를 돌려줬다.

"사실 제가 경찰 시험 준비할 때 원장님 아내분을 만난 적이 있습니다."

"아, 그래요? 제 아내와 아는 사이였나요?"

"아뇨, 전혀 모르는 분이었습니다. 제게는 누구보다도 고마운 분이죠. 지금의 저를 있게 한 분이니까요. 마지막으로 한마디

하고 일어나겠습니다. 믿지 않으셔도 돼요. 사실 저도 크게 믿기 지 않으니까."

그게 뭐냐고 묻는 규민의 표정을 보며 설희는 입을 열었다.

"강준식 씨의 여자 친구였던 분이 그가 죽기 전에 원장 아내 가 죽은 거 같지 않다는 말을 했다더군요. 그리고 아내분께서는 지금 일어날 일들을 알고 있었던 거 같습니다."

4

시커먼 물속에서 하준이 허우적거린다. 아무리 몸부림을 해 도 몸이 떠오르지 않는다. 숨이 막히고 힘이 다한 몸이 버드나무 가지처럼 흐느적거린다. 눈을 질끈 감은 하준이 다시 눈을 뜨자 건물의 옥상에 서 있다. 주위를 둘러보던 하준은 난간을 잡고 있 는 손을 본다.

하준은 난간으로 다가간다. 한 남자가 위태롭게 매달려 있 다. 안간힘을 다해 난간을 붙잡고 있는 남자의 모습이 오래 버티 기 힘들어 보인다. 처음 보는 얼굴이다. 하준을 향해 뭐라고 말 하던 남자는 결국 지상으로 추락을 한다.

남자의 추락과 동시에 하준의 눈이 번쩍 떠졌다. 동시에 소 파에 누워있던 하준을 누군가 잡아당긴 것처럼 상체가 벌떡 일 어났다. 악몽의 충격파 때문인지 잠에서 깬 하준의 표정이 멍했 다. 무슨 꿈이지? 알지도 못하는 남자가 왜 내 꿈에……

추락하는 남자의 꿈 때문에 자신이 물에 빠져 허우적대던 꿈은 기억에도 없었다. 물에 빠져 허우적거리는 꿈은 최근에 자주 꾸는 꿈이라 하준에게 새롭지도 않은 꿈이다.

하준은 선하품을 하며 창밖으로 시선을 옮겼다. 창밖 풍경에서 시간이 훌쩍 건너뛴 기분이 들었다. 분명 늦은 오후에 잠을 잤다. 소파에 누웠을 때 얼굴을 덮었던 햇빛의 농도는 짙은 따뜻함이었는데, 지금 창문으로 들어오는 햇빛에는 신선함이 가득했다.

휴대전화로 날짜를 확인했다. 하준은 자신의 눈을 의심했다. 잠과 함께 하루의 절반이 날아가 버렸다니. 그렇다고 몸이 개운하지도 않았다. 찌뿌드드한 몸은 그대로이고 소파는 하준의 등을 다시 잡아당길 것만 같았다. 점점 시간이 사라지는 기분이다. 죽음이 다가오는 징후이리라. 앞으로 삶의 시간이 얼마나 남았을까.

이런 생각을 하는 하준의 생각 끝에는 방금 꿈에서 본 남자가 매달려 있었다. 그의 얼굴을 다시 떠올려 보려고 했지만 얼굴은 떠오르지 않았다. 정말 이상한 꿈이네.

*

규민을 만난 설희는 하준이 살고 있는 집으로 향했다. 아내가 죽은 지 몇 년의 시간이 지나서일까 규민에게서 아내를 향한 그리움은 전혀 느껴지지 않았다.

원 형사를 만났을 때, 규민 아내의 이름이 서인아라는 말을 듣고 설희는 까무러칠 뻔했다. 그 이름이 원 형사의 입에서 나올 줄은 상상도 못 했고, 게다가 고인이 되었다는 것에 무척 당황스러웠다. 동명이인일지도 몰라 인아의 특징을 물었다. 원 형사가 말한 마른 체형과 한쪽 다리가 불편했다는 말을 듣는 순간 설희는 한때 자신이 찾으려고 했던 인아가 분명하다는 걸 알았다. 그리고 조금 전 규민의 휴대전화로 인아의 얼굴을 확인했다.

설희가 규민에 말한 것처럼 설희는 인아와 한차례 만났던 적이 있었다. 고마웠던 사람이라 경찰 시험에 합격한 직후 백방으로 그녀를 찾으려고 했다.

설희가 처음이자 마지막으로 인아를 만난 것은 경찰공무원 시험을 앞두고 있을 때였다. 그때의 인연이 없었다면 아무런 단서가 없는 강준식 사건에 지금과 같은 관심이 없었을지도 모른다. 단 한 번 만남이 설희에게 인아는 지금 일어나는 일들을 알고 그랬을까 하는 의문을 들게 했다. 인아를 만난 그날 정황이 그랬다. 그래서 규민에게도 인아가 지금의 일들을 알고 있는 것 같다는 황당한 말을 한 것이다.

경찰공무원 시험을 준비하던 당시 설희의 집은 경제적으로 좋지 않았다. 아버지는 지병으로 돌아가시고 사업을 하는 오빠는 아버지의 남은 연금에 손을 댔다. 경제적인 궁핍에 시달리게 되자 설희는 돈을 잡아먹는 대상을 쳐내야만 했다. 첫 대상이 대학이었다. 당시 설희에게 시계추처럼 왔다 갔다 하는 대학은 아무런 의미 없는 곳이었다. 전공인 경제학에는 이미 흥미를 잃은 상태였고 졸업 후의 진로도 막막했다. 그래서 엄마의 반대에도 불구하고 대학교를 중퇴하고 경찰공무원 시험에 뛰어들었다.

쉽지 않을 거라는 각오를 하고 시작했지만 시험에 합격하는 것은 녹록지 않았다. 시간은 후다닥 지나갔다. 엄마와 약속한 3년의 시간은 다 되었고 마지막이라는 각오로 시험 준비하고 있었다. 그때는 더 힘들었다. 얼마 남지 않은 시험 준비에 틈틈이 하던 아르바이트도 그만두고 엄마가 보내주는 약간의 용돈으로 근근이 버티고 있었던 때라 마지막 총정리 강의는 등록하지도 못했다.

"유설희 씨?"

가방을 메고 털레털레 학원 문을 나서는데 등 뒤에서 자신을 부르는 여자 목소리가 들렸다. 이곳에서 자신의 이름을 부를 사람이 없었기에 설희는 잘못 들었나 하는 생각을 하며 목소리가 들린 곳으로 고개를 돌렸다.

머리를 뒤로 묶은 30대 중반 정도로 보이는 마른 체형의 여자가 학원 입구에 서 있었다. 옅은 화장의 수수한 얼굴, 어딘가 아픈 환자 같은 느낌이 드는 외모였다. 입고 있는 파란색 원피스는 한눈에 봐도 고급스러워 보였고 들고 있는 가방도 명품이었다. 전체적인 분위기는 세련되고 우아한 느낌이었다.

"아직 저녁 식사 전이죠? 같이 식사할까요?"

한쪽 다리가 불편한지 여자는 절뚝거리며 설희에게 다가와 물었다.

"누구… 세요?"

"저는 서인아라고 해요. 설희 씨 엄마와는 잘 아는 사이죠. 어렸을 때 설희 씨 엄마와 같은 동네에서 살았거든요. 간만에 언니랑 통화를 했는데 설희 씨가 이쪽에 있는 학원에 다닌다고 해서 지나가는 길에 잠시 들렀어요. 언니가 부탁을 하더라고요, 설희 씨 저녁 좀 사 먹이라고."

"아, 그래요."

인아의 말에 썩 믿음이 가지 않았지만 풍기는 이미지에서 께름칙한 느낌이 없었고 점심을 컵라면으로 때워 배가 고팠던 터라 저녁 한 끼나 얻어먹으려는 가벼운 생각으로 처음 보는 인아를 따라갔다.

인아는 소고기가 어떠냐며 고깃집으로 설희를 데리고 들어갔다. 고기의 불그스름한 빛깔이 조금씩 날아가자 마주앉은 두 사람 사이의 어색함도 옅어졌다.

"얼추 익은 거 같은데 어서 들어요. 술 할까요?"

얻어먹는 처지의 설희는 미안한 표정으로 맥주… 라고 얼버무리며 말했다. 인아는 설희에게 맥주를 따라주었고 잘 먹겠다는 인사를 한 설희는 입안으로 고기를 정신없이 밀어 넣었다.

허기가 어느 정도 가라앉은 설희는 의심의 눈초리로 인아를 보며 자신의 엄마와 정말 잘 아는 사이냐고 물었다. 엄마와 나이 차도 제법 있고, 아무리 생각해도 엄마와는 어울리지 않는 사람 같아 보였다.

"어렸을 때 친했던 언니였어요. 동네에 살던 다른 친구에게서 설희 씨 엄마 소식을 들었거든요."

아, 그러세요, 라고 말하며 인아의 정체를 묻는 질문을 마무리했다. 굳이 엄마의 지인이 맞는지 캐물어야 할 이유는 없었다. 오랜만에 단백질을 보충한 것만으로 흐뭇했으니까.

인아는 무슨 시험을 준비하느냐, 공부는 잘되느냐는 형식적인 질문들을 했고, 설희 역시 형식적인 대답을 했다.

그날 식사를 하는 중에 인아는 이상한 행동을 했다. 식사를 하는 설희를 빤히 보던 인아가 눈물이 그렁그렁한 상태로 화장실로 급하게 뛰어간 것이다. 잠시 후 다시 돌아온 인아는 아무 일 없었다는 듯 태연하게 자리에 앉았다. 무슨 일이 있냐고 묻기도 애매해 설희는 그냥 모른 척했다.

식사를 마치고 식당에서 나온 설희는 고개를 꾸벅 숙이며 잘 먹었다고 인아에게 정중히 인사를 했다.

"설희 씨는 꼭 합격할 거니까 걱정 말아요."

격려의 말을 건넨 인아는 그만 가봐야겠다고 말하면서 설희에게 지금 몇 시냐고 시간을 물었다. 지금도 이해가 되지 않는 인아의 행동이다. 인아는 분명 빨간 가죽 밴드의 손목시계를 차고 있었고 식당에서도 흘끔흘끔 손목시계를 보았다. 굳이 설희에게 시간을 물어볼 이유가 없었다.

"8시 30분인데요."

설희는 자신의 손목시계를 보고 시간을 알려줬다. 인아는 자리를 뜨기 전 잠시 머뭇거리다 입을 열었다.

"그 시간 잘 기억해요, 설희 씨를 지키는 시간이니까. 그럼 공부 열심히 하세요."

그게 무슨 말이지? 나를 지키는 시간이라니. 이런 의문을 물어볼 새도 없이 말을 마친 인아는 쌩하니 몸을 돌려 자리를 떴다. 설희는 절룩거리며 걸어가는 인아의 뒷모습을 잠시 물끄러미 바라보다 고시원으로 돌아왔다. 고시원 입구의 프런트를 지나 계단을 오르는데 프런트에 앉아있던 총무가 작은 창문을 열고 고개를 내밀었다.

"야, 유설희. 아까 어떤 여자 분이 와서 네 고시원 월세 몇 달치를 내고 가셨어."

누구냐는 설희의 질문에 총무가 설명하는 외모는 방금 식사를 같이한 인아였다. 이뿐만이 아니었다. 시험 전에 수강할 학원비도 계산을 했고, 설희가 자주 가는 식당에도 몇 달 치를 선결제한 상태였다. 눈물이 날 정도로 고마웠던 터라 인아의 정체가 궁금했던 설희는 엄마에게 전화로 물어보았지만 엄마는 그런 여자는 알지도 못한다면서 되레 설희에게 인아에 대해 물었다.

인아 덕분에 설희는 시험 보는 날까지 걱정 없이 공부에 집중할 수 있었고 시험에도 합격했다. 시험에 합격한 후 가장 먼저 생각난 사람은 당연히 인아였다. 감사를 전하고 싶어 백방으로 그녀를 찾으려 했지만 달랑 이름 하나 갖고 사람을 찾는 것은 불가능했다.

한때 그렇게 찾으려고 했던 사람을 원 형사를 통해, 그것도 이미 고인이 되었다는 말을 듣게 될 줄은 꿈에도 몰랐다.

설희는 규민을 만났을 때 자리에서 일어나기 전 준식의 여자 친구였던 혜정이 말한, 원장의 아내가 죽지 않은 것 같다는 준식의 말을 전했다. 분명 준식이 말한 원장의 아내는 규민의 아내인 인아를 칭하는 것이다. 준식이 규민에게 전화를 하고 자신의 집으로 부른 이유도 아내가 죽지 않았다는 것을 알려주려고 그랬을 확률이 높다.

설희의 지레짐작이 맞는 듯 규민은 아내가 죽지 않은 것 같다는 말에 흠칫 놀라는 표정 대신 이미 알고 있었다는 듯 담담한 표정이었다. 오히려 설희가 과거 인아를 만났다는 말과 지금 일어날 일들을 그녀가 알고 있었던 같다는 말에 놀라는 반응을 얼핏 보였다.

인아가 죽지 않았다는 것은 준식의 망상일 테지만, 그의 의문스러운 죽음 때문인지 설희는 그런 망상이 예사롭지 않게 느껴졌다.

준식과 인아의 두 미스터리한 사건에 공통으로 등장하는 규민과 하준. 규민은 강준식 사건의 최초 발견자이고, 인아의 남편이다. 하준은 서인아 사건의 최초 발견자이고 그녀와 함께 살았던 인물이다. 관계가 있는 듯 없는 듯 묘하다. 준식의 휴대전화에 저장된 사진 중 젊은 남자의 사진, 분명 하준일 것이다.

하준이 자신을 죽인다는 망상에 그가 일하는 커피숍에 갔던 것일까, 농장 집 사진은 왜 남겼을까. 그곳은 원 형사가 말한 검은 가루가 된 불탄 시신이 발견된 목조주택으로 추정된다. 설희는 하준을 만난 후 그 농장 집에도 가볼 생각이다.

설희의 차가 하준이 살고 있는 동네 근처에 도착했다. 준식의 차가 잡혔던 감시카메라 영상에서 본 동네로 진입하는 입구가 도로 건너에 보였고, 입구에는 최근 리모델링한 것으로 보이는 작은 가게가 자리하고 있었다.

가게 앞에서 차를 멈춘 설희는 하준에게 줄 과일도 사고 몇 가지 물어볼 겸 차에서 내렸다. 가게 앞에 서자 높지 않은 산으로 둘러싸인 고즈넉한 동네의 풍경이 한눈에 들어왔다. 논에 촘촘하게 박혀 고개를 빳빳하게 쳐든 벼 이삭들이 이곳에서 내려다보니 잘 정리된 잔디처럼 보였다. 초록의 잔디는 산들바람에 파도처럼 바람에 쓸려가며 고개를 뉘었다가 다시 일어났다. 집들은 찰랑거리는 초록 물결 주변을 가르는 완만한 회색의 내리막길을 따라 성글게 위치하고 있었다. 원 형사가 말한 ― 야산을 등진 곳에 위치한 ― 하준이 사는 파란색 지붕의 집이 멀찍이 보였다.

설희가 가게 안으로 들어가자 인상 좋은 중년의 아줌마가 친근한 미소를 지으며 인사를 했다.

"안녕하세요, 사장님. 혹시 김하준이라는 젊은 남자가 저쪽에 보이는 집에 사는 거 맞나요?"

"김하준? 아, 그 총각. 예, 맞아요. 그런데 그 총각 아는 사람인가?"

설희가 가리키는 손끝을 보던 가게 주인은 의심의 눈초리로 설희를 보며 되물었다.

"예, 먼 친척이에요. 연락이 안 되다 최근에 연락이 닿아서 만나러 왔어요."

아, 그러세요, 라고 말하는 가게 주인은 미덥지가 않은 듯 설희를 다시 흘끔 쳐다보았다.

"저 수박 주세요. 사장님, 혹시 하준이에 대해 잘 아시나요?"

"알긴 뭘. 전에 같이 살던 여자가… 그 여자 소식은 알죠? 친척이라면……"

"아, 예. 혼자 잘 지내나 봐요?"

"잘 몰라요, 동네 사람들과 잘 어울리지 않아서. 할머니가 죽고 나서 그 죽은 여자와 다른 세상에 사는 사람처럼 단둘이 붙어다녔으니까. 그런데 그 총각 앞을 다시 보게 된 건지 멀쩡하게 다니더라고요. 어제 시내에 나갔다 오는 거 같던데."

"그래요?"

설희는 가게에서 나오기 전 농장 집에 대해서도 물었다. 가게 주인은 거기는 왜 묻냐며 의심의 눈초리로 설희를 쏘아보았다. 설희가 잠시 대답을 미적거리자 가게 주인은 도로를 지나서 가도 되고, 하준의 집 앞을 지나는 길을 따라가도 된다면서 그 집에는 귀신이 붙어있으니 절대 들어가지 말라고 신신당부를 하며 한마디를 덧붙였다.

"그 총각도 어렸을 때 거기 들어갔다가 앞을 못 보게 되었다니까요. 그때 귀신에 씐 게 분명해요. 그리고 전에……"

가게 주인이 과거 사건을 계속 이어가려는 듯해 설희는 서둘러 인사를 하고 가게에서 나왔다.

하준의 집 옆 전봇대가 서 있는 작은 공터에 주차를 한 후 차에서 내린 설희는 자신의 어깨 정도 높이의 시멘트 벽돌담 위로 보이는 집 안 모습을 휙 둘러보았다. 오래된 집인 듯 외관은 허름했다. 집을 둘러싼 담도 자잘한 금들이 교차하며 생긴 모양들이 금세라도 넘어질 듯한 담을 지탱하는 그물처럼 보였다. 대문 앞에는 길고양이들을 위한 먹이와 물이 담긴 그릇이 놓여있었고, 담 모서리 끝에는 밥그릇의 주인으로 보이는 얼굴과 몸에 검은색 털이 섞인 고양이가 설희가 사라지기를 기다리는 듯 하품을 하며 웅크린 자세로 앉아 있었다.

대문을 조심스레 밀었다. 녹슨 쇠가 갈리는 마찰음이 대문 앞에 부서지며 떨어졌다. 설희가 내딛는 발을 맞이한 것은 작은 마당이었다. 현관으로 걸어가며 마당을 둘러보았다. 듬성듬성 난, 누글누글해진 잔디 사이로 노출된 황토 빛깔의 흙이 현관까지 안내하듯 이어졌고, 담을 따라 자리한 텃밭에는 채소를 심었던 흔적이 군데군데 남아있었다. 거실 앞의 테라스에는 파라솔을 사이에 두고 간이 의자 두 개가 마주보고 있었고, 마당의 한쪽 구석에는 터줏대감처럼 자리 잡은 사철나무가, 그 옆에 빨간색의 스쿠터가 아직 쓸 만하다는 본새를 드러내며 땅을 짚고 서 있었다. 담 밖에서 보는 것과 달리 담 안쪽의 모습은 잘 꾸민 민박집처럼 아늑하게 느껴졌다. 마당을 둘러본 설희는 현관문을 두드렸다.

*

규민은 인아가 죽은 후 처음으로 하준이 살고 있는 집으로 가는 길이다. 유설희 형사를 만난 후 그녀가 한 말들이 신경에 거슬려 가만히 있을 수가 없었다. 특히 인아가 지금의 상황을 알고 있었던 것 같다고 한 그 말.

유설희 형사는 왜 그런 말을 했을까. 형사가 되기 전에 아내를 만났다고 했는데 그때 아내가 무슨 말을 했었나, 그리고 강준식은 왜 하준을 만나려고 했을까. 죽기 전 강준식은 아내가 죽지 않은 것 같다는 말을 했다. 그것을 확인하려고 아내와 같이 산 하준을 만나려고 했던 걸까. 아니면 자신을 죽이려고 하는 사람이 하준이라고 생각해서?

규민의 머릿속에서 떠오른 의문들이 얼마 전 등장한 인아의 향수와 원피스를 다시 끄집어 올렸다.

대체 누가 그런 짓을 했을까. 장난이라 치부하기에는 분명 선을 넘었다. 내가 아내의 재산을 거저먹은 것에 대해 질투하고 시기하는 사람인가? 아무리 생각해도 주변에 그런 일을 할 사람은 없다. 그렇다면 정말 아내가… 아니야, 절대 그런 일은 일어날 수 없어.

규민은 말이 안 된다는 생각에 고개를 가로저었다. 인아 생각을 치우자 그 자리에 하준이 들어왔다. 이제 와 생각해 보니 하준도 이상한 존재다. 규민은 인아에게 관심이 없어서 같이 살았던 하준에게 별 관심을 두지 않는데, 분명 인아가 하준과 같이 산 다른 이유가 있을 것이라는 생각이 들었다. 할머니가 죽는 바람에 갈 곳 없어 함께 살았다는 말이 이제 와서 생각하니 이상하기 그지없다.

규민이 아는 인아는 예민하고 까탈스러운 사람이다. 외동딸로 곱게 자랐고 학창시절 대인관계에서도 애를 먹었다고 했다. 선한 사람은 맞지만 사람들과 어울려 부대끼며 사는 게 익숙하지 않은 사람이다. 그런 사람이 혈육도 아닌, 잘 알지도 못하고 아무 관계가 없는 남자애를 애잔하다는 이유 하나로 같이 산다는 게 분명 이상하다. 인아의 성향이라면 그 아이가 클 때까지 후원을 했을 것이다. 그렇게 후원해 온 아이들이 몇 명 있다는 것은 규민도 알고 있다.

그렇다면 인아가 하준과 같이 산 이유는 두 가지 경우밖에 없다. 그 애의 엄마거나, 사랑하는 사이거나. 두 추측 모두 억지스러운 것을 규민도 알지만 그것 말고 다른 이유는 찾을 수가 없었다.

인아와 하준의 관계를 의심하는 망상의 줄기가 설희에게 이어졌다. 설희는 경찰 시험을 준비할 때 인아를 만났다고 했다. 인아가 유설희 형사를 만난 데도 이유가 있을 것이다.

알지도 못하는 유설희 형사를 왜 만났을까. 유설희 형사의 말처럼 정말 지금의 상황을 아내가 전부터 알고 있었을까. 어떻게 그럴 수가 있지.

이런 생각이 규민의 기억에 고이 접어둔 상황 하나를 들춰냈다. 규민에게는 인아의 죽음 못지않게 충격적이었던 일이었다.

인아 사건이 발생한 날, 인아가 살던 집에 갔을 때 규민이 놀란 것은 주방의 싱크대 문짝에 검은 가루로 쓴 것 같은 이름이었다. 규민만이 알고 있는 '소윤'이란 이름. 규민은 결혼하기 전부터 딸이 생긴다면 어떤 이름이 좋을까 하는 상상을 자주 했다. 그런 상상을 하면서 떠오른 여러 이름들 가운데 규민이 선택한 이름이 소윤이었다. 이것은 인아뿐 아니라 그 누구에게도 말한 적이 없었다. 그런데 그 이름이 싱크대에 떡하니 있으니 규민이 놀랄 수밖에 없었던 것이다. 그 집에서 이름을 쓴 사람은 누굴까. 인아조차도 모르는 이름인데. 혹시 인아가 죽던 날 그 꿈 때문에… 말도 안 된다.

5

집 안에서 들리는 들어오라는 말에 설희는 조심스레 현관문을 열었다. 청바지와 흰색 티셔츠를 입고 있는, 한눈에 봐도 야윈 남자가 거실에 서서 설희를 맞이했다. 준식의 휴대전화 속 사진과 동일한 인물이었다. 재빠르게 하준의 머리부터 발끝까지 살폈다. 키는 175센티미터 전후, 귀를 약간 덮은 헤어스타일. 전체 분위기는 순정 만화에서 볼 법한 예쁘장한 미소년이었다. 교복을 입었다면 이제 막 고등학교에 입학한 학생이라고 해도 믿을 정도의 앳된 외모였다. 하지만 야위고 창백한 모습 때문인지 환자복을 입고 있어도 별다른 거부감이 느껴지지 않을 정도로 건강은 좋아 보이지 않았다.

"안녕하세요, 김하준 씨 되시죠? 저는 ○○경찰서 강력계 유설희 형사입니다. 여쭤 볼 게 있어 들렀습니다."

설희는 가볍게 목례를 하며 신분증을 제시했다. 거실에 서 있는 하준은 들어오라며 어색한 손짓을 했다.

"여자 분이 강력계 형사라서 좀 놀랐습니다. 이쪽으로 앉으세요."

앳된 외모와 어울리지 않는 중저음의 목소리다. 설희는 거실로 들어가며 수박을 하준에게 건넸다. 수박을 건네받는 하준은 옅은 미소를 지으며 고맙다고 말했다. 창백한 얼굴에 번지는 착하디착한 미소는 사랑의 감정이 말라버린 여자라고 해도 숨어있는 보호본능을 흔들어 깨우기에 충분해 보였다.

하준은 설희가 건넨 수박을 들고 주방으로 들어갔다. 지금까지 하준의 행동을 보니 가게 주인의 말처럼 앞을 보지 못한다는 것은 과거의 일인 듯했다.

"형사님, 주스 드릴까요?"

거실의 소파에 앉아 집 안을 두리번거리던 설희는 주방을 보며 예, 라고 말했다.

"그런데 형사님께서 무슨 일로 저를 찾아오셨나요?"

주스가 담긴 컵을 설희에게 건넨 하준은 소파의 끝에 걸터앉으며 물었다. 주스로 입을 축인 설희는 입안에 고인 침을 삼킨 다음에야 인사치레 말을 꺼냈다.

"앞이 보이시나 봐요? 시각장애가 있다고 들었는데."

"예, 어떻게 된 일인지 얼마 전부터 갑자기 다시 보이더라고요. 저도 신기해요. 다시 앞을 보게 될 줄은 몰랐는데."

설희는 다행이네요, 라고 말한 후 본격적으로 궁금한 것들을 꺼냈다.

"혹시 커피숍에서 일하셨던 적 있으세요?"

"예, 얼마 전까지 잠시 일을 했습니다. 그런데 그건 왜……"

"강준식이라는 사람을 아시나요?"

"강준식… 처음 듣는 이름인데요. 제가 아는 사람이 별로 없거든요, 그래서 아는 사람을 물어보면 금방 알 텐데. 그런데 왜 제게 그 사람에 대해 묻는 거죠?"

설희는 휴대전화를 꺼내 준식의 얼굴을 보여줬다. 하준은 사진을 보자마자 주저 없이 처음 보는 사람이라고 말했다.

"강준식 씨가 한 달 전 즈음에 하준 씨를 만나러 이 동네에 왔던 정황이 있습니다."

"혹시 그분이 죽었나요?"

하준은 고개를 살짝 갸웃거리며 물었다.

"왜 그렇게 생각하시죠?"

"형사님이 찾아온 걸 보면 좋은 일로 온 거는 아닐 테니까요."

"예, 사망했습니다."

"아…… 그런데 그분 죽음과 제가 무슨 관계가 있나요?"

"강준식 씨가 죽기 전 하준 씨 이름을 언급했다고 합니다. 찾아야 하는 사람이라고 했다고 하네요. 강준식 씨가 죽기 전 이 동네에 온 것을 보면 단정할 수는 없지만 하준 씨를 만나러 왔을 거라는 추측이 들어서 이렇게 찾아왔습니다."

하준은 이해할 수 없다는 표정을 지으며 준식의 사인을 물었다. 하준의 질문에 설희가 선뜻 대답하지 못하자 하준은 혹시, 추락사냐, 하고 되물었다.

"정말 모르는 사람 맞아요? 대충 눈치로 맞힐 수 있는 내용이 아닌 거 같은데."

"그냥 느낌이 그래서요."

하준은 당황하는 티를 내지 않으려는 듯 웃으며 말했다.

설희는 강준식 사건에 대해서는 더 이상 말하지 않고 여자 친구가 있냐는 질문을 던졌다. 준식이 말한 소녀와 하준과의 관계를 알아보기 위한 질문이었다.

"여자 친구요? 없어요. 그것도 수사와 관련이 있는 질문인가요?"

"조금은요."

"학교 다닐 때 친구들 말고는 없어요. 졸업한 후에는 거의 연락을 안 하고 있지만."

설희는 인아의 이름을 꺼냈다.

"서인아 씨 잘 아시죠?"

서인아라는 이름에 하준의 얼굴이 순식간에 얼어붙었다.

"아줌마 사건을 재수사하는 건가요?"

"아뇨, 그런 건 아니고……"

설희가 강준식 사건과 유사성을 설명하려 잠시 어물쩍대는 사이 하준이 말을 이었다.

"그런데 왜 이제 와서 아줌마 사건을… 뭐, 제가 알고 있는 거는 다 말씀드릴게요. 처음 아줌마 시신을 발견한 것은 저예요. 이미 알고 오셨겠지만."

"그때의 상황을 자세히 말씀해 주실 수 있으세요?"

하준은 불편한 그날의 기억을 담담하게 다시 끄집어냈다. 대부분이 원 형사에게 들은 내용의 반복이었다.

"밖에 스쿠터가 있던데 누가 타는 건가요?"

"전에 아줌마가 타시던 거예요."

"실례가 되지 않는다면 집 안을 둘러봐도 될까요?"

"…뭐, 그렇게 하세요."

하준은 그렇게 하라고 허락을 했지만 달가워하는 표정은 아니었다. 설희는 먼저 주방으로 향했다. 식사를 하지 않는 것인지 방금 정리를 한 것인지 개수대는 물기 하나 없이 깨끗했고, 수저통에는 한 세트로 보이는 숟가락과 젓가락이 외롭게 담겨있었다.

설희의 시선이 냉장고로 이동할 때 싱크대 문짝 아랫부분에 검게 탄 것 같은 시커먼 글씨가 눈에 들어왔다. 글씨는 손가락 한 마디 정도 되는 크기로 뭉뚝한 물건으로 쓴 것 같은 여자 이름으로 보이는 '소윤'이었다. 설희는 상체를 숙인 후 검지를 펴서 글씨를 만졌다. 검은 가루가 묻어나올 것 같았는데 그렇지 않았다. 그때 등 뒤에서 하준의 질문이 들렸다.

"형사님, 아줌마 죽음에 비밀이 있을 거란 생각은 하지 않으세요?"

"왜 비밀이 있다고 생각하죠?"

설희는 하준에게 고개를 돌리며 물었다.

"돌아가신 상황이 이상하잖아요. 저는 아줌마 죽음의 진실을 알고 싶어요."

주방에서 나온 설희는 문이 잠긴 안방의 손잡이를 잡았다.

"거기는 아줌마 방이에요. 특별한 건 없어요."

"아, 그래요."

하준의 말은 방문을 열지 말라는 의미였지만 설희는 개의치 않고 문을 열었다. 한눈에도 여자가 사용한 방이라는 느낌이 드는 화사하고 깔끔한 방이었다. 화장대와 침대, 소박해 보이는 작은 수납장이 전부였다. 인아의 방을 둘러본 후 하준의 방으로 보이는, 문이 열린 작은 방으로 걸음을 옮겼다. 하준이 사용하는 방도 인아의 방과 크게 다르지 않았다. 침대와 책상, 작은 옷장이 벽의 모서리에 각각 자리 잡고 있었다.

방 안을 둘러보던 설희의 시선이 책상 옆의 책꽂이에서 멈췄다. 책꽂이에는 많지 않은 책들이 비스듬히 기대어 있었다. 그중에서 설희도 학창시절 보았던 참고서가 눈에 들어왔다. 참고서 중에서 하나를 뺀 후 엄지손가락으로 참고서를 차르륵 넘겼다. 공부한 흔적이 전혀 없는 새 책이었다.

"수능 준비하세요?"

"예? 아, 예."

주방에서 얼버무리는 하준의 대답이 방금 마신 주스 잔을 씻는 듯 물소리와 함께 들렸다. 참고서를 다시 책꽂이에 넣을 때 설거지를 마친 하준이 티셔츠에 손을 문지르며 방문 앞에 섰다.

"별거 없죠? 찾으시는 게 있으시면 말씀하세요. 나중에라도 알려 드릴게요."

"하준 씨 연락처 알려주시겠어요?"

방에서 나온 설희는 자신의 명함을 하준에게 건넨 후 하준의 전화번호를 휴대전화에 저장했다.

"싱크대 문짝에 사람 이름처럼 보이는 게 있던데. 혹시 아세요?"

"그런가요? 제가 앞을 다시 본 게 얼마 되지 않아서요."

하준은 처음 듣는 말인 듯 고개를 갸웃거렸다. 설희는 하준에게 건강이 좋지 않아 보인다며 병원에 가보라는 말을 마지막으로 건네고 현관문을 열었다.

설희는 대문을 열고 하준의 집에서 나왔다. 그 사이 고양이 간식이 담긴 그릇은 말끔하게 비어있었다. 차에 오른 설희는 가속페달을 지그시 밟았다. 초여름 햇빛을 벗 삼아 담 위에서 졸고 있는 고양이가 사이드미러에 잠시 머물다 사라졌다.

준식이 남긴 사진 속 인물은 하준이 맞았다. 자신을 죽이려고 한다는 망상에 사로잡힌 준식은 하준이 일하는 커피숍을 어떻게 알게 된 후 그곳에 갔을 것이다. 그런데 준식은 하준에게 아무런 행동도 하지 않았다. 시각장애인이라는 것을 알고 그냥 둔 것일까, 아니면 단지 하준이 누군지 확인만 하려고 한 것일까.

하준 집 앞의 길을 따라 십여 분을 달리자 야산을 등진 목조주택 지붕이 보이기 시작했다. 준식이 남긴 휴대전화 속 사진과 같은 집이었다.

목조주택으로 이어지는 완만한 경사 길을 오른 후 집 앞의 공터에 주차를 했다. 차에서 내리며 주위를 둘러보았다. 집에서 꽤 떨어져 있는 축사는 골조만 앙상하게 남은 황량한 모습이었다. 지붕은 반 이상이 떨어져 나갔고 남은 지붕도 간지게 매달려 당장이라도 후드득 떨어질 것 같았다. 반대로 농장 집의 겉모습은 이렇게 방치하는 게 아깝다는 생각이 들 정도로 멀쩡했다.

집의 현관 앞에 서서 문을 당기자 힘없이 문이 열었다. 원 형사에게 들은 미스터리한 내용이 설희의 마음을 바짝바짝 조이고 있어서일까, 집 안으로 들어가기 전부터 머리카락이 쭈뼛거리는 기분이었다.

헛기침을 크게 하고 집 안으로 들어갔다. 거실의 큰 창문을 통해 들어온 햇빛이 집 안을 가득 채우고 있어 실내의 모습은 공포영화에 나올 듯한 폐가의 모습은 아니었다. 그래도 오랜 시간을 비워둔 탓인지 이 집에 대한 선입견 때문인지 휘휘한 느낌이 들었고, 퀴퀴하고 눅눅한 실내 공기에는 기분 나쁜 뭔가가 가득 차 있는 것 같았다.

집 안의 모습은 전반적으로 양호했다. 전에 살던 사람이 사용하던 물건들 — 거실에 자리 잡고 있는 가구며 인테리어 소품들 — 상태가 너무 멀쩡해 바로 짐을 풀고 산다고 해도 큰 불편함이 없어 보였다.

설희가 마음에 든 것은 거실이었다. 부분 복층형 구조라서 높은 거실의 천장고는 탁 트인 시원함을 주었고, 천장에 매달린 샹들리에는 밤에 불을 밝힌다면 지금도 은은한 분위기를 충분히 연출할 것 같았다. 거실의 창문을 따라 자리 잡은 검은색 카우치 소파는 털썩 앉으면 먼지가 풀썩 날 것처럼 골고루 흩뿌린 것 같은 먼지가 내려앉아 있었고, 주방에 정면으로 보이는 양문형 냉장고는 주인 외에는 속을 보여주지 않겠다는 절개를 지키려는 듯 굳게 닫혀있었다.

집 안을 둘러보던 설희 시선이 벽에 걸린 시계에서 잠시 멈췄다. 멈춘 시곗바늘이 12시를 가리키는 동그란 모양의 시계가 벽의 중심을 잡는 것처럼 정확하게 가운데에 위치해 있었다. 양호한 집 안 분위기를 깎아내리는 것은 바닥에 난잡하게 어질러진 음료 캔과 과자봉지, 술병과 담배꽁초 등의 쓰레기들이었다.

거실에 서서 집 안을 둘러보던 설희는 바닥을 내려다보았다. 원 형사가 말한 검은 가루가 된 불탄 시신이 있던 자리에 설희가 서 있었다. 나무재질의 거실 바닥에 불탄 시신이 누워있던 자리를 표시한 수사 흔적이 연하게 남아있었다. 검은 뭔가가 솟아날 것 같은 기분에 설희는 불탄 시신의 영역에서 두 발을 뺐다.

1층을 훑어본 후 2층으로 이어진 계단을 올랐다. 발을 내디딜 때마다 삐걱대는 소리를 밤에 들었다면 으스스했겠지만 대낮인 지금은 정겹게 들렸다.

2층 거실도 1층 거실처럼 바닥에 널브러져 있는 쓰레기들이 주인이었다. 2층 거실 가운데에는 2인용 소파가 탁자를 사이에 두고 마주보며 놓여있었고, 벽 한쪽에는 묵직해 보이는 텅 빈 장식장이, 그 옆으로 화장실을 사이에 둔 두 개의 방이 있었다. 한쪽 방문 옆의 벽에는 작은 돌멩이에 맞았는지 모서리 근처가 깨져 퍼진 금이 반을 차지하고 있는 거울이 걸려있었다. 거울 앞에 서자 설희의 얼굴이 초현실주의 그림처럼 조각난 유리면에 흩어졌다. 그때 휴대전화가 울렸다. 조 형사 전화였다. 설희는 몸을 돌려 통화를 했다.

"예, 선배님. 지금 강준식이 갔던 동네에 왔습니다. 회식이요? 예, 곧 들어가겠습니다."

조 형사와 통화를 마친 후 휴대전화를 재킷 주머니에 넣으며 다시 거울을 보았다. 조각난 거울에 뭔가 살짝 보였다가 사라졌다. 2층 거실의 탁자를 밟고 올라서 있는 여자의 모습이었다. 고개를 돌려 소파가 있는 곳을 보았을 때는 당연히 아무도 없었다.

이상한 집인 게 확실해. 빨리 나가야겠다.

몸을 돌려 걸음을 옮기려는 찰나 얇은 재킷을 뚫고 들어온 통증이 등판을 파고들어 왔다. 헉, 하는 비명과 동시에 놀란 설희의 발이 잰걸음으로 걷다가 계단 앞에서 멈췄다. 날카로운 송곳이 찌르는 것 같은 통증이 한꺼번에 등판에 쏟아지는 느낌이었다.

원 형사에게 들은 고등학생의 이야기가 떠오르며 몸은 움츠러들었고 공포의 전율이 통증을 타고 온몸에 퍼졌다. 등골이 오싹해진 상황에 심장은 감당 되지 않을 정도로 빠르게 뛰었고 이마에 송골송골 맺힌 땀방울도 순식간에 증발되었다.

등 뒤에서 날아온 통증의 근원을 확인하고 싶은 설희는 마른침을 삼키며 천천히 몸을 돌렸다. 등 뒤에 뭔가 서 있을 것 같았는데 아무것도 없었다. 닫혀있는 방문을 열고 누군가 튀어나올 것만 같은 공포에 설희는 계단 난간을 잡고 잽싸게 계단을 내려가 와다닥 집 밖으로 뛰어나갔다. 후들거리는 걸음으로 차 안으로 들어간 후에야 설희는 안도의 한숨을 길게 내쉬며 농장 집을 보았다.

집에 들어가기 전과 달리 지금 보이는 농장 집은 검은 안개에 휩싸인 영화 속 폐가의 모습처럼 느껴졌다. 설희는 시동을 걸자마자 가속페달을 힘껏 밟았다. 사이드미러에 보이지 않는 존재가 계속 달라붙어 따라오는 기분은 시내로 들어설 때까지 계속 이어졌다.

경찰서에 도착한 설희는 곧바로 화장실로 뛰어들어 갔다. 거울 앞에 서서 재킷을 벗고 상의를 걷어 올리며 몸을 돌려 거울에 등을 비췄다. 원 형사가 말한 고등학생의 등에 난 상처와 같은 동그랗고 작은 붉은 반점이 브래지어 끈을 제외한 등판 전체에 가득했다. 따갑거나 쓰라린 통증은 없었고 반점의 색도 벌써 흐릿하게 바랜 상태였다. 설희는 휴대전화로 거울에 비친 자신의 등을 촬영했다.

＊

거실 창문에 기댄 하준은 설희의 차가 사라질 때까지 지켜보았다. 강준식이라는 남자가 한 달 전 자신을 찾으러 이 동네에 왔다는 것과 그의 죽음을 말한 설희의 말에 하준은 당황스러웠다. 한 달 전 즈음이라면 하준이 일하던 커피숍에서 쓰러져 병원에 입원했던 시기와 얼추 겹친다.

유설희 형사가 보여준 강준식의 사진을 보았지만 분명 처음 보는 사람이었다. 설령 아는 사람이라고 해도 최근에 다시 앞을 보게 되었으니 얼굴만으로 모르는 사람이라고 단정할 수는 없다. 하준은 설마 하는 생각으로 유설희 형사에게 준식의 사인이 추락사냐, 라는 질문을 했다. 사실인 듯 유설희 형사는 부정하지 않았다.

정말 내 꿈에서 추락한 남자가 강준식일까, 너무 비약인가.

하준은 꿈속의 남자 얼굴을 떠올리려 했지만 얼굴은 여전히 떠오르지 않았다. 설령 얼굴이 비슷하다 해도 꿈에서 추락한 남자의 얼굴과 닮은 것 같다는 황당한 답변을 하는 것도 우스워 설희에게 꿈 이야기는 꺼내지 않았다.

죽은 강준식이라는 남자가 죽기 전 나를 찾아왔을 거라는 유설희 형사의 추측이 사실이라면 그는 죽기 전 왜 나를 만나러 왔던 것일까. 가만, 전에 병원에서 횡설수설하던 그 남자가 혹시……

커피숍에서 쓰러져 입원한 병원에서 퇴원하던 날, 로비를 지날 때 하준의 등 뒤에서 달려들었던 남자가 한 명 있었다.

"김하준, 나 알지! 말 좀 해봐, 내가 살 수 있는 방법을!"

남자의 목소리는 사정을 하는 듯 간절한 목소리였다. 동행했던 커피숍 직원과 병원 직원들이 말리면서 별다른 사고 없이 병원을 나왔다.

그 사람이 강준식이라면 그는 왜 병원까지 찾아온 걸까. 자신이 살 수 있는 방법을 말해 달라고 했는데 그게 무슨 의미일까. 상황을 유추해 보면 그는 자신의 죽음을 알고 있었다. 그런데 자신이 사는 방법을 왜 내게…… 유설희 형사는 아줌마의 사건에도 관심이 있는 것 같다. 두 사건에 어떤 연관성이 있는지 조사를 하는 건가.

하준은 설희가 말한 이름이 떠올라 주방으로 갔다. 앞을 다시 본 게 얼마 되지 않아 싱크대 문짝에 그런 이름이 있는지도 몰랐다. 고개를 숙여 싱크대 문짝을 보았다. 검은색 가루로 쓴 것 같은 엄지손가락 정도 크기의 '소윤'이라는 두 글자가 선명하게 남아있었다. 검지를 뻗어 만져보았다. 글씨 표면에 코팅된 것처럼 지워지지 않았다.

이게 언제부터 있던 거지? 아줌마가 한 건가. 굳이 왜 여기에. 그런데 소윤은 누굴까.

다음은 수능을 준비하느냐고 물은 설희의 말을 확인하러 자신의 방으로 들어가 책꽂이 앞에 섰다. 수험생들이 보는 참고서 몇 권이 꽂혀있었다. 하준은 참고서 한 권을 꺼냈다. 연필이나 볼펜으로 끼적거린 흔적이 없는 깨끗한 새 책이었다.

인아는 하준에게 기회가 되면 공부를 더 하라고 말했었던 적이 있었다. 하지만 그런 꿈을 꾸기에 하준의 현실은 전에도 그렇고 지금도 녹록하지 않다. 등록금을 감당할 자신도 없고 공부해야 하는 목적도 의지도 없다. 참고서를 책꽂이에 다시 꽂아 넣을 때 책상 위에 놓여있는 작은 종잇조각이 눈에 들어왔다. 은행 대기표였다.

이게 왜 여기에 있지?

하준은 은행 대기표를 구겨 휴지통에 버린 후 책상 의자를 빼고 앉았다. 형사의 갑작스런 방문을 계기로 자신에게 일어나는 일을 골똘히 생각했다.

인아의 죽음에 대한 비밀을 알려주겠다는 의문의 문자, 나를 찾으려고 했다는 강준식이라는 남자의 죽음, 그로 추측되는 추락하는 남자의 꿈, 그가 찾으려고 했다는 소녀. 뭔가 이상한 흐름이 나에게 밀려오고 있는 느낌이다.

그 느낌을 재차 확인시켜 주는 또 다른 차가 집 앞에서 멈추는 소리가 들렸다.

*

인아가 죽던 날 규민이 꿈속에서 본 교복을 입은 소녀. 얼굴은 정확히 기억나지 않는다. 물속에서 마주한 소녀는 아주 짧은 순간 규민을 바라보다 몸을 돌렸다. 형사의 전화에 울린 벨소리와 함께 어둠으로 사라지는 소녀를 향해 규민은 저도 모르게 소윤이란 이름을 외쳤다. 규민이 유일하게 소윤의 이름을 부른 순간이다. 그것도 현실이 아닌 꿈속에서. 왜 그 소녀를 보고 소윤이라는 이름을 외쳤는지 지금도 의아하다.

내가 그 이름을 부른 건 그날 꿈속뿐인데, 아내가 그 이름을 들었을 리가 없잖아.

규민의 차가 하준이 살고 있는 집 앞에 도착했다. 차에서 내린 규민은 대문을 밀고 안으로 들어갔다. 오랜만에 둘러보는 안마당. 텃밭에 가득했던 채소들이 사라진 것을 제외하면 마당의 모습은 인아가 살았을 때와 달라진 것은 없었다. 사철나무도, 스쿠터도 그 자리에 그대로 있었다.

현관을 두드리자마자 들어오라는 하준의 목소리가 들렸다. 현관문을 열고 들어가는 규민에게 거실에 서 있는 하준이 정중하게 목례를 했다. 성인이 되었지만 인아의 장례식에서 보았던 깡마른 미소년의 모습 그대로였다. 달라진 거라면 자신을 뚫어져라 바라보는 눈과 건강이 좋아 보이지 않는 모습. 죽기 전 인아의 모습과 너무 닮았다.

"오랜만이다. 잘 지냈어? 나 누군지 알아?"

규민은 집 안으로 들어가며 하준에게 인사를 건넸다.

"예, 덕분에 잘 지냈습니다."

"덕분은 무슨, 내가 뭘 한 게 있다고. 그런데 앞이 다시 보이는 거야?"

"예. 갑자기 그렇게 되었습니다."

규민은 멀쩡하게 자신을 바라보는 하준이 낯설었다. 하준 역시 처음 보는 규민을 신기한 표정으로 바라보았다.

"뭐, 이유야 어떻든 다시 앞을 볼 수 있다니 다행이군. 그런데 얼굴은 안 좋아 보이네. 밥은 제때 챙겨 먹는 거야?"

하준은 예, 라고 머뭇머뭇 말하며 어색한 웃음을 지었다. 규민은 주방으로 걸어가며 집 안을 둘러보았다. 인아가 살았던 당시 모습 그대로라 지금이라도 방문이 열리며 인아가 나올 것만 같았다. 주방 가운데에 선 규민은 싱크대 문짝을 보았다. 문짝에는 소윤이란 이름이 그대로 남아있었다.

"커피 드릴까요?"

규민은 됐어, 라고 말하며 주방에서 나와 거실의 소파에 앉았다.

"너도 그렇게 서 있지 말고 옆에 앉아."

"오늘은 무슨 날인지 여러 분들이 찾아오네요."

하준이 소파 끝에 앉으며 말했다.

"나 말고 누가 왔는데?"

"조금 전에 여자 형사분이 다녀갔습니다."

"유설희 형사?"

"예. 아는 분이세요?"

"우연히 알게 된 사람이야. 그 형사가 뭘 물어보던?"

하준은 규민과 시선을 마주치지 않고 앞을 보며 입을 열었다.

"어떤 남자가 죽었다면서 그 사람을 아냐고 물었습니다. 저는 모르는 사람이었습니다."

"그리고?"

"그리고… 제게 여자 친구가 있냐고 물었습니다."

"여자 친구? 그래서 뭐라고 했어?"

"없다고 말했습니다."

"있는데 없다고 한 거야?"

"아닙니다. 원래 없습니다. …원장님은 강준식이라는 사람을 아세요?"

하준이 고개를 돌려 규민을 바라보며 물었다. 이번에는 규민이 하준의 시선을 피했다.

"나도 그 사람이 누군지는 몰라. 죽었다는 말은 들었지. 집 안의 침대에서 발견되었는데 사인이 추락사라고 하더라고. 희한하지?"

"타살인가요?"

"그거야 나는 모르지. 그런데 상식적으로는 타살이 맞지 않겠어? 혼자 집 안에서 그렇게 죽을 수는 없는 일이잖아. 또 다른 거는 안 물었나?"

하준은 음, 하는 소리를 내며 아줌마라는 단어를 조심스레 꺼냈다.

"…아줌마에 대해서 물었습니다."

여기 와서도 아내에 대해 물었나 보군. 규민은 유설희 형사가 인아 사건과 준식의 사건이 연관이 있다고 생각하는 것을 다시 확인했다.

"그런데 왜 갑자기 두 분이 저를 찾아와서 이러시는지…… 원장님도 제게 궁금한 게 있으셔서 오신 건가요?"

"아니야. 지나가는 길에 너 어떻게 사나 볼 겸 해서 온 거야."

"이 집에서 계속 살 수 있게 해주셔서 정말 감사합니다."

"나한테 고마워할 거 없어. 죽은 내 아내한테 고마워할 일이지. 아무튼 잘 지내고, 다음에 또 보자. 참, 너 돈은 있어?"

"학교 졸업하고 잠시 일을 했거든요. 그때 받은 월급이 아직 남아서 괜찮습니다. 돈 쓸 일도 별로 없고요."

규민은 지갑에서 5만 원 지폐를 몇 장 꺼내 하준에게 쥐여줬다. 괜찮다며 사양하는 하준에게 친척 아저씨가 건네는 용돈으로 생각하라는 말을 하고 서둘러 집에서 나왔다.

강준식과 유설희 형사가 찾는 여자애가 누굴까. 하준은 전혀 모르는 눈친데.

6

규민이 떠난 후 하준은 거실 앞 테라스의 의자에 앉아 커피를 마셨다. 약속이라도 한 듯 연이은 형사와 규민의 갑작스러운 방문으로 이상한 흐름이 자신에게 밀려오는 것 같은 불길한 예감이 혼자만의 착각이 아니라는 확신이 들었다.

하준을 찾아온 규민은 준식이 침대에서 죽었고 사인이 추락사라며 설희보다 구체적으로 그의 죽음에 대해 말했다. 추락사라는 사인, 하준은 자신이 꾼 꿈이 다시 한 번 예사롭지 않게 느껴졌다.

억지스럽지만 꿈속에서 추락한 남자가 강준식이라고 하자. 그렇다면 왜 내가 그런 꿈을 꾼 걸까? 한 번도 본 적이 없는 사람인데.

꿈에서 이어진 상상은 다른 존재를 끌어들였다. 학창시절 복지관에서 보았던, 아니 본 기억이 있는 소녀를. 하준은 죽은 준식이 찾으려고 했다는 소녀가 혹시 그 여자애가 아닐까 하는 생각이 들었다. 이유는 없었다. 지금 상황에서 끌어들일 존재는 그 소녀가 유일하니까.

하준은 소녀를 만난 기억을 다시 생각했지만 소녀를 만난 기억만 흐릿하게 있을 뿐 그녀의 얼굴도 기억의 내용도 전혀 떠오르지 않았다. 뭐 하나라도 번쩍하며 답이 떠오르면 좋으련만. 꼬리에 꼬리를 물며 이어지는 궁금증과 생각나지 않는 소녀의 기억까지 뒤엉킨 머릿속은 검불덤불 배꼬인 실타래 같았다.

긴 한숨을 내뱉는 하준과 담에 앉아 하품을 하는 고양이의 눈이 마주쳤다. 하준과 눈이 마주친 고양이는 담 아래로 풀쩍 뛰어 내려갔다. 처음으로 보는 길고양이. 고양이가 하준의 기억에 있는 한 페이지를 활짝 펼쳤다.

*

테이블에 둘러앉은 팀원들에게 팀장은 일일이 소주를 따랐다. 막내인 설희는 마지막으로 팀장이 따라주는 술을 받았다. 팀원들은 일제히 잔을 들고 강력1팀 파이팅을 외치며 단번에 잔을 들이켰다.

모처럼 갖는 회식이라 팀원들은 정신없이 술과 고기를 입안으로 밀어 넣었다. 시끌벅적한 동료들과 달리 농장 집에서 이상한 경험을 한 설희는 아직도 그 집에 갇혀 버둥대고 있는 것 같은 기분에 멍한 얼굴로 앉아있었다.

"유 형사, 오늘 컨디션 안 좋아? 정신을 다른 데 팔고 온 얼굴이야."

팀장의 말에 설희는 멋쩍은 웃음으로 대답을 대신했다. 팀장은 다시 질문을 이었다.

"그런데 유 형사는 강준식 사건에 왜 그리 열심인 거야? 모르는 사람이 보면 가족이 그렇게 된 줄 알겠어."

"그냥 마무리하기에는 너무 이상한 점들이 많아서요. 제 능력이 다하는 한 수사를 계속하고 싶습니다."

준식 사건에 집착하는 이유를 설명하려면 과거 인아와 있었던 일까지 꺼내야 할 거 같아 상투적인 대답을 했다. 설희 옆자리에 앉아있던 조 형사가 그 말을 듣고 미간을 찌푸리며 불평을 늘어놓았다.

"유 형사, 네가 뭘 어떻게 하려고. 네 의욕은 알겠는데 타살을 입증할 증거는 더 이상 나오지 않을 거야. 말 그대로 강준식은 하늘에서 툭 하니 떨어져 죽은 거라니까. 그 사건의 진실은 오직 신만이 알아. 아니, 신도 모를 거야. 우리는 뭐 하기 싫어서 그러냐? 내가 그 사건 말했잖아, 박규민 원장 아내 사건. 그 꼴 날 거라고. 의. 문. 사. 로 종결."

조 형사의 다그치는 듯한 말에 팀장은 웃으며 그만하라고 하며 설희를 격려했다.

"유 형사, 열심히 해봐. 신참이 물고 늘어지는 맛도 있어야지. 혼자 하기 힘들 테니 조 형사가 좀 도와줘. 누군가 그 사건을 더 수사하긴 해야 하잖아."

설희를 제외한 팀원들은 시간 가는 줄 모르고 술을 들이켰다. 바닥이 마른 술병이 테이블 위에 넘쳐나 바닥에까지 쌓이기 시작했고, 하나둘 튀어나오는 팀원들의 혀꼬부랑이 소리가 테이블 위를 굴러다녔다.

혼자만 멀쩡해 외톨이 신세가 된 설희는 주뼛주뼛 자리에서 일어나 화장실로 갔다. 거울 앞에 선 설희는 재킷을 벗어 티셔츠를 걷어 올린 후 몸을 돌렸다. 경찰서로 돌아온 직후 보았던 작고 붉은 반점들이 빨간 색연필로 연하게 동글동글 칠한 것처럼 확연하게 흐릿해졌다. 이걸 어떻게 해석해야 하나. 정말 희한한 일이다. 그리고 2층 거실의 거울에 아주 잠깐 보였던 여자는 또 뭐고.

화장실에서 나온 설희가 자리로 돌아가는데 비틀거리며 일어난 팀원들은 맥주를 더 하자는 의견일치를 봤다. 너나없이 알코올에 흥건히 젖은 동료들과 함께하기에는 설희가 너무 메마른 상태라 먼저 들어가겠다는 인사를 하고 팀원들과 헤어졌다.

집으로 가는 버스에 오른 설희는 창밖을 내다봤다. 처음 만났던 때의 인아 얼굴이 창밖의 풍경과 겹치며 떠올랐다.

정말 그녀는 지금 일어날 일들을 알고 있었을까, 내가 이 사건을 수사하는 것까지. 그렇지 않고서야 경찰도 아닌 수험생이던 나를 찾아올 이유는 없어. 왜 나를 찾아온 걸까. 자신이 죽을 것을 알고 부탁을 하려고 한 걸까? 그렇지는 않을 것이다. 자신이 죽는다는 것을 알았다면 예전 그날 자신의 죽음에 대해 뭐라도 한마디 언급했을 것이다. 아니, 자신이 뭐라도 해서 죽음을 피하지는 않았을까. 그것은 할 수 없었던 건가. 그날 그녀가 말한 그 시간의 의미는 대체 뭘까. 나를 지킬 시간이라는 8시 30분.

*

퇴근을 한 규민은 학원에서 멀지 않은 단골 술집으로 향했다. 지금 기분으로 집에 간다면 오만가지 생각에 밤새 시달리다 잠을 이루지 못할 것이다. 복잡하고 착잡한 기분은 알코올로 달래주면 어느 정도 가라앉는다. 임시방편이지만 지금 상황에서 다른 방법은 없다.

규민의 단골 술집은 학원 길 건너 건물의 지하에 있는 작은 바인데 북적거리지 않고 사장이 규민과 비슷한 또래의 이혼한 여자라 말도 잘 통하고 해서 자주 들르는 곳이다.

바에 들어가니 진한 화장을 한 사장이 환한 미소를 지으며 오랜만에 오셨다면서 반갑게 규민을 맞이했다. 규민은 바텐더 테이블의 빨간 스툴에 앉았다.

"원장님, 지난번에 키핑하신 술 드릴까요?"

"예. 그리고 속을 채울 만한 안주도 좀 주세요."

"이렇게 살 바엔 차라리 이혼하는 게 나아!"

부르르 떠는 것 같은 굵직한 남자의 목소리가 잔잔하게 바를 채우고 있는 재즈 선율을 비집고 규민의 등 뒤에서 들렸다. 규민은 목소리가 들린 곳으로 고개를 살짝 돌렸다. 바의 한쪽 구석에 50대로 보이는 중년의 남자 두 명이 앉아있었다. 등을 보인 남자가 아내와 이혼을 해야 하나 말아야 하나 하는 하소연을 하고 있었다. 얼핏얼핏 들리는 핏대를 올리며 말하는 남자의 하소연은 아내에 대한 불만이었다. 규민의 입장에서 남자의 불만은 그리 대단해 보이지 않는 내용들이었다.

아편네가 애들에게 무관심하고…… 나이를 봐서는 애들이 다 큰 거 같은데.

명절에 시댁에 안 간다면서 자신의 집안에 홀대를 하는 기분이 든다고…… 평생 아내가 자기 집안을 챙기길 바라나.

남편인 자신에게 전혀 신경을 안 쓴다는…… 그건 더 좋은 일이 아닌가. 어린애야, 언제까지 아내가 챙겨줘야 하는데.

정작 남자는 사랑에 대한 불만은 토로하지 않았다. 사랑이 사라진 것은 더 이상 불만이 아닌가 보다. 그게 본질인 거 같은데. 나지막하게 들리는 중년 남자의 한숨 소리와 함께 튀김 안주가 담긴 접시를 든 사장이 주방에서 나왔다.

"전에도 튀김 좋아하셔서 준비했는데 괜찮으시죠?"

"물론이죠. 여기 튀김은 최고인걸요."

사장은 규민에게 술을 따르며 그동안 바쁘셨냐면서 오랜만에 가게에 들른 아쉬움을 눈웃음에 섞어 말했다. 규민은 이런저런 일로 바빴다고 둘러댔다.

"원장님은 여전히 재혼 생각 없으세요? 아직 젊으신데. 제가 괜찮은 돌싱 소개할까요? 아니 미혼을 추천해야겠구나."

사장은 인아 사건을 알고 있다. 그 사건은 뉴스에도 나왔던 터라 당시 지역에서 꽤나 유명했던 사건이었고, 규민이 술에 취해 용의자로 몰려 억울하다며 사장에게 하소연한 적도 있었다.

"한 번 해봤으면 됐죠, 뭘 또 하나요."

고민 가득한 규민의 얼굴을 본 눈치 빠른 사장은 슬그머니 자리에서 빠졌다. 규민은 스트레이트 잔을 연달아 비웠다.

갑자기 나타난 인아의 물건들, 죽은 준식이 전해준 아내가 죽지 않은 것 같다는 말과 그것을 증명이라도 하듯 인아가 촬영한 규민의 사진을 쥔 채 죽은 준식, 그리고 유설희 형사가 말한 인아가 지금 일어날 일을 예전에 알고 있었던 것 같다는 이야기.

생각이 거듭될수록 규민의 머리는 더 복잡해져 술에 취하기는커녕 오히려 술기운을 풀풀 날려 보냈다. 반쯤 남은 술병을 다 비웠지만 정신은 술집에 들어오기 전과 다름없이 말똥말똥했다. 위만 알코올로 달군 채 바에서 나온 규민은 택시를 탔다.

집으로 가는 길에 위치한 쇼핑몰 근처에서 택시가 신호에 걸려 멈췄다. 차창 밖을 보던 규민의 눈이 갑자기 휘둥그레졌다. 어? 아내 옷이랑 같은 옷인데.

얼마 전 집에서 발견한 인아의 푸른색 원피스와 똑같은 옷을 입은 여자가 길을 걷고 있는 게 아닌가. 뒤로 묶은 헤어스타일도, 여자가 메고 있는 옅은 갈색의 백팩도 인아가 아끼던 가방과 같은 디자인의 가방이었다. 무엇보다도 규민의 눈을 사로잡은 것은 절뚝거리며 걷는 여자의 왼쪽 다리였다.

여자는 불편해 보이는 걸음으로 쇼핑몰 안으로 들어가고 있었다. 규민은 서둘러 택시에서 내린 후 여자가 사라진 쇼핑몰로 뛰어갔다. 쇼핑몰 안은 많은 사람들로 북적거려 방금 목격한 여자를 찾는 것은 쉽지 않아 보였다. 이곳저곳 정신없이 움직이던 규민의 시선 끝에 푸른색 원피스 입은 여자의 뒷모습이 다시 잡혔다. 여자는 에스컬레이터를 타고 위층으로 올라가고 있었다. 에스컬레이터에 오른 규민은 앞에 선 사람들을 비집으며 위층으로 올라갔다. 에스컬레이터에서 내린 규민의 시선이 다시 바삐 움직였다.

걸음이 왜 이렇게 빨라. 멀리 가지 않았을 텐데.

인아와 닮은 여자의 모습이 좀체 규민의 시선에 걸리지 않았다. 이리저리 훑던 규민의 시선 끝에 여자의 뒷모습이 다시 잡혔다. 먼발치에 보이는 여자는 한 가게로 들어가고 있었다. 규민은 사람을 밀치며 달려 여자가 사라진 가게 앞에서 멈췄다. 그곳은 아기용품 매장으로 예전 인아와 쇼핑할 때 같이 들렀던 곳이었다.

매장 안으로 들어갔지만 신출귀몰한 능력이 있는지 여자의 모습은 다시 사라졌다. 규민이 서 있는 매장 출입구 맞은편에 또 다른 출입구가 있었다. 반대쪽 출입구로 나온 규민은 다시 구석구석으로 시선을 던졌지만 어디에서도 파란색 원피스를 입은 여자의 모습은 걸리지 않았다. 혀를 차며 대체 누구야, 라고 혼잣말을 내뱉을 때 출입문 앞의 휴게의자에 앉아있는 한 남자와 눈이 마주쳤다. 선글라스와 검은색 페도라로 멋을 낸 남자가 바나나맛 우유를 빨대로 빨며 규민을 빤히 쳐다보고 있었다.

집으로 돌아오자마자 규민은 소파에 몸을 던졌다. 술기운을 빌려 잠을 청하려 한 계획은 인아와 닮은 여자를 목격하면서 이미 물 건너가 버렸다. 잠이 문제가 아니다. 인아가 죽지 않은 것 같다는 준식의 허무맹랑한 말이 점점 현실이 되면서 인아 유령이 규민의 허리춤을 끌어 잡고 구렁텅이 속으로 끌고 가려 하고 있다. 정말 그런 상황으로 규민을 끌고 갈 것 같은 예감이 담긴 물건이 소파 앞의 탁자에 떡하니 놓여있었다.

몸을 일으킨 규민은 상자를 덮고 있는 분홍색 포장지를 거칠게 뜯었다. 포장을 벗기자 상자 겉에는 방금 전 들렀던 아기용품점의 상호명이 나타났다. 상자를 열었다. 상자 안에는 앙증맞은 흰색 갓난아기 옷이 들어있었다. 옷을 보니 몰랑몰랑한 아기의 손과 발이 움직이는 모습이 눈앞에 선하게 그려짐과 동시에 과거 인아와 함께 그 아기용품점에 갔던 인아의 얼굴도 같이 떠올랐다. 상상 임신 해프닝이 있은 며칠 후 그 매장에 들러 아기 옷들에 눈을 떼지 못하고 연신 예쁘다, 라고 혼잣말을 하던 창백한 인아의 얼굴이.

규민이 상자를 덮기 위해 덮개상자를 드는 순간 덮개상자 안에 테이프로 붙어있는 작은 카드가 눈에 들어왔다. 규민은 카드를 떼어 펼쳤다. 낯익은 인아의 필체였다.

'소윤이를 위해'

카드에 적힌 문장이 자신을 조롱하는 듯 속삭이는 것 같아 규민은 카드를 갈기갈기 찢어버렸다. 걸쭉한 욕지기라도 내뱉고 싶을 만큼 불쾌감이 차올랐다.

분명 쇼핑몰에서 본 그 여자가 집에 들어온 거야. 버린 인아의 물건이 다시 나타난 것도 그 여자가 장난을 치는 거고. 그런데 비밀번호는 어떻게 알고 들어왔지?

집에서 나온 규민은 엘리베이터를 타고 관리사무실로 내려갔다.

"아저씨, 저희 집 앞을 촬영한 영상 좀 봅시다. 누군가 제 집으로 들어온 거 같아서요."

관리사무실 문을 열고 들어가자마자 흥분한 얼굴로 목소리를 높인 규민에게 머리가 희끗한 직원도 도둑이 들은 거냐며 덩달아 흥분했다. 관리사무실 직원은 규민의 집으로 이어진 복도를 촬영하고 있는 영상을 되돌렸다. 30여 분 과거로 시간을 돌리자 영상 속에 규민의 집 앞에 서 있는 여자가 나타났다.

"아저씨, 거기요!"

규민의 외침에 관리사무실 직원은 여자가 엘리베이터에 오르기 직전의 영상 부분부터 재생했다. 규민은 관리사무실 직원과 함께 모니터를 들여다보았다. 쇼핑몰에서 본 여자와 같은 옷차림을 한 여자가 쇼핑백을 들고 엘리베이터에 올랐다. 여자는 카메라를 의식한 듯 검은색 야구모자와 선글라스를 쓰고 있어 얼굴은 제대로 보이지가 않았다. 엘리베이터에서 내린 여자는 주저함 없이 도어록의 비밀번호를 누르고 집으로 들어간 후 금세 다시 나왔다.

"이 여자분 돌아가신 사모님이랑 비슷한 거 같은데요. 왼쪽 다리가 불편한 것도 그렇고. 원장님, 경찰에 신고할까요?"

규민은 관리사무실 직원의 말에 대꾸도 하지 않은 채 멍하니 모니터만 보았다. 비밀번호를 어떻게 알았을까? 인아가 죽지 않았다는 준식의 말이 귓가에서 다시 맴돌았다.

7

설희는 시무룩한 표정으로 사무실의 책상 앞에 앉아 생각에 잠겨있었다. 회식 자리에서 능력이 다하는 한 수사를 계속하고 싶다고 의기양양하게 큰소리쳤지만 수사의 진도는 조 형사의 말처럼 한 발짝도 나가지 못하고 있다. 타살을 입증할 증거가 더 이상 나올 기미가 없어 무엇을 해야 할지 막막했다.

새로 나타난 단서라고 해봐야 준식의 전 여자 친구인 혜정이 말한 하준과 소녀 그리고 설희가 농장 집에서 경험한 오컬트 현상이 전부다. 변죽만 울릴 뿐 사건의 본질로 파고들어 갈 만한 것은 아니다. 농장 집에서 일어난 황당한 일은 수사할 수도 없다. 하루 만에 감쪽같이 사라진 등판의 상처를 들이밀며 호들갑 떨어봐야 액운을 쫓으라며 무당을 불러 푸닥거리하라는 놀림만 받을 것이다.

강준식이 그 농장 집을 촬영한 이유가 뭘까. 자신의 죽음을 예감한 망상에 그 집도 어떤 역할이 있는 것 같은데.

입을 쫙 벌려 하품을 한 설희는 뻑뻑한 눈을 비비며 책상 위에 있는 인스턴트커피를 들이켰다. 무엇을 해야 할지 갈피를 잡지 못하고 우왕좌왕하다 수사가 끝나버릴 것 같은 예감에 지난밤 잠도 설쳤다. 커피를 마시면서도 시선은 모니터에 떠 있는 준식이 남긴 다른 사진들을 보고 있었다. 복지관, 벤츠 차량, 술집으로 보이는 가게, 옥상으로 보이는 사진.

커피 잔을 책상에 내려놓을 때 설희의 휴대전화가 울렸다.

혜정의 전화였다. 설희는 직감적으로 뭔가 새로운 것을 알려주는 전화라고 생각했다.

"혜정 씨. 무슨 일이에요?"

설희는 새로운 소식에 대한 기대감을 안고 반갑게 인사를 건넸다.

"형사님, 말씀드릴 게 있어서요."

혜정의 목소리는 목감기에 걸린 것처럼 잠겨있었다. 반면 그래요? 라고 말하는 설희의 목소리는 자신의 예상이 들어맞은 반가움에 들떴다. 혜정은 말을 잇기 전 저… 저…를 반복하며 머뭇거렸다. 빨리 말하라고 재촉을 하고 싶었지만 설희는 애써 감정을 누르고 편하게 이야기하라며 혜정을 달랬다. 혜정은 조심스럽게 말을 이었다.

"제가 여행을 갔을 때 준식 씨가 보낸 음성메시지가 있었는데 형사님 만나고 난 후 확인했어요. 전에 헤어지고 나서 준식 씨가 다시 잘해보자는 음성메시지를 보낸 적이 있어서 그런 메시지라고 생각했는데 보낸 시간을 보니 죽기 전날에 보낸 거더라고요. 그런데 그 내용이……"

"무슨 내용인데요?"

"그게 너무 황당한 내용이라서 형사님께서 직접 듣는 게 나을 거 같아요. 제가 바로 음성메시지 보낼게요."

통화가 끝난 후 혜정은 곧바로 음성메시지를 보냈다. 설희는 이어폰을 귀에 꽂은 후 음성메시지를 실행했다. 준식의 목소리가 들리기 전 길게 내뱉는 한숨 소리가 먼저 들렸다. 설희는 볼

률을 높였다. 가늘게 떨리는 준식의 가라앉은 목소리가 흘러나
왔다.

"헤어진 마당에 이런 메시지를 보내서 미안해. 주위에 말할
사람이 없어서…… 혹시 내가 잘못되면 이 음성메시지를 꼭 사
건 담당 형사에게 전해줘. 좀 황당한 내용이겠지만 내가 지금 느
끼고 있는 감정을 말할게. 음, 내가 사람을 죽인 거 같아. 물론 지
금이 아니야. 정확히는 모르겠는데 가까운 미래 같아.

그냥 내 기억이 그래. 내가… 죽인 사람은 박규민이란 학원
장의 아내인 거 같아. 농장 집에서 그런 기억이 흐릿하게 있어.
그리고 누군가 나를 죽이려고 하는 것 같아. 내가 전에 말한 여자
애 기억해? 날 죽이려는 사람이 그 여자애 같은데, 이상한 게 그
여자애가 현실에는 존재하지 않는 거 같아. 마치 귀신처럼.

자기한테 정말 미안해, 잘해주지 못해서. 도박은 절대 하지
말았어야 했는데…….

이 메시지를 듣는 형사님. 말도 안 되는 소리라고 하겠지만
박규민 원장의 아내가 살아있는 거 같아요. 그리고 장대영, 그
놈이 나쁜 놈입니다. 내가 그놈에게 엮여서 지금 이렇게 된 거
예요. 내가 무슨 말 하는지 잘 이해가 안 되시겠죠. 나도 그러니
까…….

형사님, 제가 죽었다면 그건 분명 타살입니다. 현재가 아닌
다른 시간에서. 저도 이렇게 말할 수밖에 없네요. 정말입니다.
믿어주세요. 그리고 앞으로 저처럼 몇 명 더 죽을 겁니다. 저를

죽인 범인을 꼭 잡아주세요. 부탁드……"

부탁한다는 말을 잇지 못한 준식은 흐느낌을 마지막으로 음성메시지를 끝냈다. 죽음을 앞두고 아무것도 할 수 없었던 무기력하고 절망적인 준식의 목소리를 설희는 몇 번을 되돌려 가며 들었다. 그러자 옴짝달싹 못 하던 설희의 사고 범위가 조금 넓어졌다.

설희 예상대로 준식은 죽기 전 자신의 죽음을 예감하고 있었고, 규민의 아내인 인아의 존재도 알고 있었다. 준식이 규민에게 전화한 이유가 학원 학생과 관련된 내용이 아니라 인아와 관련된 내용을 말하려고 한 게 아닐까 하는 추측이 확실해졌다.

농장 집 사진을 찍은 이유는 준식이 직접 말했다. 미래의 인아를 자신이 죽였다고 하는데 그 농장 집에서 살해한 기억 때문일 것이다. 그리고 자신과 같은 또 다른 죽음이 있을 거라고 했다. 음성메시지 마지막에 자신이 이렇게 된 게 그 때문이라면서 장대영을 언급했다. 찾아야 할 사람이 한 명 더 늘었다.

준식의 음성메시지가 새로운 정보를 준 것은 분명한데 그렇다고 수사 방향을 정확하게 가리키지는 못했다. 음성메시지 내용은 하나같이 현실성이 없는 내용이다. 실제 본 것도, 일어난 것도 아닌 준식의 기억에 의존한 내용이다. 기억은 당연히 과거의 사실이어야 하는데 준식의 말에 의하면 그의 기억은 미래 또는 다른 시간의 기억이다. 죽음을 앞둔 남자의 이상증세나 과대망상이라고 해석할 수밖에 없는 내용들이다. 인아가 살아있다고 한 말도 그런 과대망상 중 하나일 것이다.

그럼에도 불구하고 설희는 몇 가지 내용에 주목했다. 먼저 자신을 죽이려고 하는 소녀가 귀신처럼 현실에 존재하지 않는 것 같다는 내용. 소녀의 정체에 상당히 접근하고 스스로 내린 결론일 것이다. 다음은 가장 중요한 부분으로 자신의 죽음은 다른 시간에서 일어난 타살이라는 내용이다. 설희가 가장 의아하게 느낀 부분이다.

다른 시간과 타살. 다른 시간에서 일어난 죽음이 현실에서 일어났다는 말인가, 그래서 현실에 타살의 증거가 없는 건가.

분명한 것은 준식은 자신의 죽음을 예감하고 있었고 실제로 죽었다. 준식의 음성메시지를 단순히 망상이라고만 치부할 수 없는 이유다. 그렇지만 수사에 딱히 도움이 될 만한 것은 없었다. 다른 시간에서 일어난 죽음이 현실에서 일어났다는 황당한 가설 하나가 늘었을 뿐이다. 혜정의 전화를 받으며 잠깐 품었던 기대가 금세 수그러들었다. 설희는 준식이 남긴 사진을 다시 확인했다.

저 사진을 남긴 이유가 있겠지. 먼저 복지관에 가보자.

장애인 복지관에 도착한 설희는 2층 사무실로 들어갔다. 목례를 하고 신분을 밝히자 직책이 높아 보이는 중년의 인상 좋은 여자가 설희에게 다가왔다.

"무슨 일로 오셨나요?"

형사의 등장에 여자의 목소리에서 긴장감이 묻어났다.

"확인할 게 있어서 들렀습니다. 저 혹시 이 사람……"

"형사님, 죄송한데 휴게실로 가서 말씀하시죠."

설희 말이 끝나기도 전에 여자는 설희를 밀다시피 하며 사무실 밖으로 데리고 나왔다. 여자가 안내한 곳은 복도 끝에 위치한 휴게실이었다.

"누구를 찾아오셨다고요?"

자신을 하 팀장이라고 밝힌 여자는 주위 사람이 없어서인지 목소리에서 홀가분함이 느껴졌다.

"혹시 이 남자분 보신 적 있으세요?"

미간을 찌푸리며 준식의 사진을 본 하 팀장은 고개를 살짝 끄덕였다.

"한 달 전 즈음인가 다짜고짜 사진을 보여주면서 사진 속 남자 아냐고 그러더라고요. 그 남자애와 친한 여자를 찾는다고."

"사진요? 혹시 김하준 씨 사진인가요?"

"예. 어떻게 아세요?"

하 팀장은 놀란 듯 눈을 동그랗게 뜨며 물었다. 설명하기에 시간이 걸릴 것 같아 설희가 그냥 넘어가려는데 하 팀장이 혼잣말하듯 중얼거렸다.

"그러고 보니 하준이도 어떤 여자를 찾는다고 했는데."

"김하준 씨가 왔었나요? 언제요? 어떤 여자를 찾았는데요?"

"하준이가 어떤 사건에 개입되기라도……"

다그치듯 묻는 설희의 연이은 질문에 하 팀장은 위축이 된 듯 기어들어가는 목소리로 되물었다.

"그건 아닙니다."

"그 남자가 물은 거랑 비슷한 걸 물었어요. 엊그제 와서는 예전에 봉사 활동하는 사람들 중에서 자기 또래 여자애가 있냐고. 그게 전부예요."

"그런 여학생이 있나요?"

"간간이 학생들이 참여하기는 하는데 전에도 그렇고 지금도 학생들이 많지는 않아요. 제 기억에 하준이 찾았던 중학생은 없었어요."

하준도 소녀를 찾고 있다. 집에서 만났을 때는 아무것도 모르는 것 같았는데. 두 사람이 찾는 소녀가 혹시 같은 인물인 걸까.

＊

하준은 대문 앞에 있는 고양이 밥그릇에 사료를 채워주고 다시 자리에 앉았다. 방금 담에 웅크리고 앉아있다 사라진 고양이는 노란 털이 섞인 고양이였다. 자연스레 길고양이를 처음 본 날의 기억이 떠올랐다. 하준이 중학교 3학년 때로 주말에 거실 앞의 파라솔에 인아와 마주 앉아있을 때였다.

"어? 길고양이인가 보네. 앞으로 우리 집에 자주 올 것 같은데 내일은 고양이 사료를 사와야겠다."

담에 앉아 있는 길고양이가 예뻤는지 인아는 들뜬 목소리였다.

"어떻게 생긴 고양이예요?"

"음, 얼굴이랑 몸 중간중간에 검은 털이 난 고양이야. 귀엽게 생겼어."

"제 기억에도 고양이가 있어요. 어렸을 때 본 고양이인가? 왜 고양이 기억이 있는지는 모르겠어요."

"어떤 고양이인데?"

"털이 노란 고양이요. 울음소리가 좀 특이한 거 같아요."

길고양이에서 시작된 인아와의 기억이 계속 이어졌다.

"하준이는 좋아하는 여자 친구 없어?"

"없어요. 목소리만으로는 마음이 움직이지 않나 봐요."

"꼭 얼굴을 봐야 좋아할 수 있는 건 아니지 않을까? 하준이는 아줌마 안 좋아해? 아줌마 얼굴 볼 수 없잖아."

"그렇기는 한데……"

인아의 말에 하준은 달리 할 말이 없었다. 인아의 얼굴을 모르고 볼 수도 없었지만 인아를 좋아했으니까.

"좀 더 크면 좋아하는 사람이 생길 거야. 그런 사람이 생기면 사랑의 추억을 많이 만들어. 추억이 많은 것도 행복한 일이니까."

"좋아하는 감정이 어떤 거예요?"

"그 사람을 생각하면 설레고 기분이 좋아지고 또 보고 싶기도 하고 그렇지. 물론 가슴이 아프고 슬픈 때도 있겠지만. 하준이는 커서 좋은 사람과 많은 사랑을 해."

"앞을 보지도 못하는 저에게 그런 날은 오지 않을 거예요."

"아니야, 그런 날은 꼭 올 거야."

그날 하준이 말한 것처럼 삶이 얼마 남지 않은 상황에 그런 감정을 느낄 기회는 이제 없을 것이다.

"아, 앨범."

하준의 입에서 앨범이라는 단어가 툭 튀어나왔다. 그날 기억의 마지막은 앨범이었다. 하준은 의자에서 벌떡 일어나 집 안으로 들어갔다. 그날 인아는 오늘 같은 날이 올 줄 알았다는 듯 이런 말을 했다.

"하준이는 다시 앞을 볼 수 있을 거야. 나중에 앞을 다시 보게 되면 내 방 침대 옆에 있는 탁자 서랍을 열어봐. 거기에 너에게 보여줄 게 있으니까."

"그게 뭔데요?"

"하준이가 꼭 봐야 할 거야. 넌 아무런 이유 없이 앞을 보지 못한 거니까 또 아무런 이유 없이 앞을 볼 수 있을지도 모르잖아. 서랍에 앨범 둘 테니까 나중에 그걸 꼭 찾아봐."

하준은 다시 앞을 볼 거라는 생각조차 하지 않았고, 다시 앞을 보게 되었지만 건강도 좋지 않은 상황에, 게다가 이상한 문자에 신경을 쓰다 보니 인아와의 추억을 꺼낼 여유가 없었다.

인아의 방으로 들어간 하준은 침대 옆에 있는 목재로 만든 2단 수납장의 위 서랍을 열었다. 아무것도 없었다. 아래 서랍을 열었다. 서랍 안에는 인아가 말한 작은 앨범이 하나 있었다. 하준은 방바닥에 엉덩이를 붙이고 앉아 앨범을 넘겼다.

앨범의 시작은 인아와 같이 살기 시작한 무렵에 찍은 사진이었다. 마당에 텃밭을 만들 때 찍은 사진을 시작으로 대문에 페인

트를 칠하며 손가락으로 V포즈를 한 사진, 소파에 누워 낮잠을 자는 사진 등이 앨범을 채우고 있었다.

앨범의 사진은 모두 하준의 사진일 뿐 인아의 사진은 한 장도 없었다. 어렸을 때 자신의 행복한 모습을 남긴 인아의 배려에 고마웠지만 내심 인아의 사진을 기대했던 하준은 적지 않은 실망을 했다.

기억 날 듯 말 듯한 사진을 넘기던 하준의 손과 눈이 마지막 장에서 멈췄다. 하준으로 도배된 앨범과 어울리지 않는 사진들이었다. 복지관, 펜션, 술집으로 보이는 가게 입구, 농장 집.

하준의 시선이 펜션 사진에 머물렀다. 사진 속에는 중학생이던 하준이 펜션 간판 옆에서 환하게 웃고 있었다. 호수 근처에 있는 펜션으로 인아와 갔던 곳이다.

아줌마가 이 사진들을 남긴 이유가 있을 거야. 내가 앞을 다시 볼 거라는 걸 정말 알고 사진들을 남겼다면 내가 무엇을 알기를 바라고 그랬을까. 앨범에 꽂혀있는 사진의 순서도 그래. 첫 사진이 복지관. 복지관에서 만나자는 문자가 이 사진 속 기억들을 떠올리라는 메시지일까. 술집과 농장 집 사진은… 예전에 소녀와 간 곳이야. 소녀와 처음 간 곳은 호수. 펜션은 호수 근처에 있던 곳이고. 일단 저 펜션부터 가보자.

*

사무실 책상 앞에 앉은 규민은 컴퓨터 모니터로 집 안을 확인하고 있었다. 정체는 모르지만 인아 흉내를 내는 여자가 존재하는 것은 확인되었다. 인아의 물건을 집 안에 둔 것도 분명 그 여자다. 도어록의 비밀번호를 바꿀까 생각했지만 여자를 잡으려면 그대로 두는 게 나을 것 같아 비밀번호는 바꾸지 않았다. 대신 집 안에 감시카메라를 설치했다.

인아 유령이 등장하자 헛소리라고 생각하며 거들떠보지도 않은 준식의 말들이 자꾸 생각났다. 아내는 죽지 않았다. 아내의 경우와 같은 사건이 또 일어난다.

터무니없는 강준식의 말이 인아 유령의 등장으로 점점 현실성 있게 느껴졌다. 지금 일어날 일들을 인아가 알고 있었던 것 같다는 유설희 형사의 말도 신빙성이 높아졌다.

아내는 정말 지금 일어나는 일들을 알고 있었을까? 그럼 내 사진을 준식에게 보낸 이유는 뭘까? 다음 희생자를 알리는 힌트? 아니야, 그럴 일이 없어. 내가 왜 죽어. 무슨 잘못을 했다고.

키들키들 터지는 헛웃음으로 불길함을 부정하려 해도 마음 한구석에서는 정말 그럴까 하는 질문이 계속 메아리쳤다.

어느덧 왁자하게 시끄럽던 학원이 조용해졌다. 규민은 게임 폐인처럼 하루 종일 모니터를 들여다보느라 시간 가는 줄 몰랐다. 오늘 인아 유령은 끝내 나타나지 않았다.

컴퓨터를 끄려고 하는데 마지막으로 퇴근을 하는 여자 강사 한 명이 노크를 하고 문을 열었다. 퇴근 안 하냐고 묻는 강사에게 규민이 먼저 하라고 하자 강사는 인사를 하고 다시 문을 닫았다.

규민도 퇴근을 하기 위해 사무실에서 나왔다. 문을 닫는데 복도 끝 강의실에서 불빛이 새어나오고 있었다. 규민은 불을 왜 안 끈 거야, 라고 투덜거리며 강의실로 걸어가 문을 열었다. 아무도 없었다. 스위치를 누르는 순간 칠판에 낙서처럼 뭔가 쓰여 있는 느낌에 곧바로 다시 불을 켰다. 분필로 쓴 문장이 큼지막하게 적혀있었다.

'소윤이 보고 싶지 않아?'

규민은 강의실로 뛰어들어가 지우개를 집어 들고 칠판에 쓴 글을 떼어내기라도 할 것처럼 힘을 다해 벅벅 지웠다. 그때 강의실 밖에서 인기척이 났다. 규민은 지우개를 집어 던지고 강의실에서 뛰어나왔지만 복도에 인기척의 주인공은 보이지 않았다.

규민은 엘리베이터 홀로 뛰어갔다. 그곳에도 사람의 흔적은 없었다. 엘리베이터도 현재 하준이 있는 7층에 머물러 있었다. 인아 유령이 이곳에 나타났다. 비상계단으로 내려갔으리라. 비상계단 쪽으로 발걸음을 옮기려는 찰나 교무실에서 조금 전 퇴근 인사를 한 여자 강사가 다시 나왔다.

"원장님, 퇴근하시는 건가요?"

"예? 예. 아직 퇴근 안 하셨어요?"

"책상 서랍에 차 키를 두고 나와서 다시 올라왔어요."

"혹시 어떤 사람 보지 않으셨나요?"

"사람이요? 아무도 못 봤는데… 왜 그러세요?"

"아, 아닙니다. 먼저 내려가세요."

다시 사무실로 들어온 규민은 7층 엘리베이터 홀을 비추는 감시카메라를 확인하기 위해 컴퓨터를 켰다. 시간을 얼마 되돌리지 않아 모니터에 교복을 입은 학생의 뒷모습이 나타났다. 어깨에 닿는 생머리를 한 여자가 엘리베이터 홀을 지나 비상계단이 있는 문을 열고 유유히 사라지고 있었다.

영상을 확인한 후 학원 건물 밖으로 나왔지만 영상 속의 여학생은 보이지 않았다. 분명 그 교복을 입은 여자가 인아 유령이고 강의실 칠판에 낙서를 했다. 허탈한 마음으로 길에 서서 멍하니 하늘을 보았다. 별 하나 보이지 않는 어두컴컴한 하늘이 지금 규민의 마음 같았다. 긴 한숨이 절로 나왔다. 한숨을 내뱉으며 마음속으로 하소연했다.

정말 당신이 사주한 거야? 있지도 않은 딸을 이용해서 당신이 얻는 게 뭐야? 원하는 게 대체 뭐냐고!

지하주차장으로 내려온 규민이 주차된 자신의 차로 털레털레 걸어가는데 가는 길 앞에서 뿌연 담배 연기가 흩어졌다. 걸음을 멈추고 담배 연기가 날아오는 곳으로 고개를 돌렸다. 한 남자가 벽에 기대 담배를 피우고 있었다.

"여기는 금연구역입니다."

"아, 그런가요?"

쏘아대는 듯한 규민의 말투에 남자는 담배를 바닥에 비벼 끈 후 천천히 규민이 서 있는 곳으로 걸어 나왔다. 낯이 익은 남자다. 바로 어제 쇼핑몰의 아기용품점 앞에서 본 검은색 페도라와 선글라스를 쓴 남자. 키는 규민과 비슷한 180센티미터 정도, 체격은 운동을 많이 한 듯 다부져 보였다. 선글라스에 얼굴 반이 가렸지만 나이는 규민과 비슷한 또래 같았다. 가까이에서 보니 남자가 몸에 걸치고 있는 재킷과 벨트, 손목에 찬 시계와 구두에서 규민이 알고 있는 고급 브랜드 이름들이 줄줄이 떠올랐다.

규민의 차 옆으로 걸어간 페도라 쓴 남자는 차 안을 이리저리 살폈다.

"당신 뭐요?"

"원장님, 요즘 이상한 일들이 일어나죠?"

말하는 남자의 시선은 여전히 차 안을 뒤적거렸다.

"당신 뭐냐니까!"

규민의 호통에 페도라를 쓴 남자는 그제야 선글라스로 가려진 시선을 규민에게 돌렸다.

"원장님 얼굴을 보니까 근심이 가득한 거 같은데. 혹시 요즘에 죽은 사람이 보이지 않나요?"

페도라 쓴 남자는 히죽거리며 물었다. 예의 바른 듯하지만 조소하는 것 같은 말투와 뭔가를 알고 있는 듯 웃는 모습이 규민의 눈과 귀에 거슬렸다.

"원장 선생, 가까운 데 가서 술이나 한잔하며 이야기 좀 할까요?"

죽은 사람이 보이지 않느냐며 규민의 호기심을 자극한 남자의 말에 규민은 어쩔 수 없이 페도라 쓴 남자를 따라 술집까지 동행했다. 페도라 쓴 남자는 자신이 주도권을 쥐고 행동했다. 주뼛거리던 준식과 달리 주차장에서 나와 술집으로 향하는 남자는 사전에 준비한 것처럼 주저함 없이 행동했다.

페도라 쓴 남자의 페이스에 이끌려 술집까지 따라온 규민은 장난하면 가만두지 않겠다는 표정으로 입을 열었다.

"일단 당신이 누군지 먼저 말하시죠?"

"아직 제 소개를 안 했군요. 제 이름은……"

선글라스를 벗지 않은 남자는 다리를 꼰 채 의자에 기댄 거만한 자세로 테이블 위의 잭 다니엘을 흘끗 보았다.

"제 이름은 잭, 잭이라고 합니다."

규민은 남자가 시작부터 장난을 치는 것 같아 화가 치밀어 올랐지만 애써 눌렀다. 잭은 규민의 표정을 읽은 듯 자못 진지한 말투로 말을 이었다.

"장난하는 거 아니고 원장님께 조언을 하려고 왔습니다. 저 그렇게 한가한 사람 아닙니다. 우리 어제 만났죠? 애기들 물건 파는 매장 앞에서."

규민은 대답 대신 스트레이트 잔을 들어 입안에 술을 털어 넣었다.

"거기 왜 가셨죠?"

잭의 질문에 규민은 그런 거까지 말해야 되냐고 되물었다.

"아내분 보았죠? 죽은 아내분. 맞죠?"

제법 많은 것을 알고 있다.

"내 아내를 아십니까?"

"뭐… 조금 안다고 해두죠."

불량스레 꼰 한쪽 다리를 푼 잭은 몸을 당겨 테이블에 양쪽 팔꿈치를 대고는 두 손을 깍지 꼈다. 본격적인 대화를 하자는 자세였다.

"원장님, 지금 일어나는 일들 솔직하게 말하시죠. 제가 도와
드릴 테니까."

"뭘 말하라는 거요? 그리고 당신이 뭘 도와준다는 거고."

규민은 곱지 않은 시선을 잭에게 떼지 않았다.

"너무 부정적으로 사람을 대하시네. 원장님, 살다 보면 생각
지도 못한 의외의 인물들이 도움을 주는 경우가 있답니다."

"당신 사기꾼이지? 어디서 내 정보를 주워듣고 와서는 돈이
라도 뜯어내려고 수작 거는 거 아냐?"

"아, 사람을 뭐로 보고 그러시나. 돈이라면 나도 있을 만큼
있다니까."

규민의 반말에 잭도 반말로 응수했다. 규민의 계속되는 무시
와 하대에 기분이 상했는지 잭은 깍지 낀 손을 풀고 등받이에 다
시 등을 기댔다. 작은 한숨을 내쉰 잭은 대화를 이어가기 불편하
다는 기색을 내비치며 퉁명스럽게 말을 이었다.

"박 원장, 내가 아는 거 몇 개만 풀어볼게. 강준식이라는 남
자가 죽었지? 그 사람이 죽기 전에 당신에게 이상한 말을 했을
거야. 죽기 전에 알려줄 게 있으니까 자신이 살고 있는 원룸으로
와달라고 했고. 맞나?"

쉽게 알 수 없는 것까지 알고 있는 잭의 말에 규민은 내심 놀
랐다. 놀란 티를 감추려 규민은 더욱 굳어진 표정을 지었다. 잭
은 말문이 막힌 규민을 보며 살짝 미소를 지었다.

"형사가 찾아와서 박 원장 아내의 죽음에 대해서도 물었지?"

"날 미행했나? 그래서 어제 그 쇼핑몰에 간 거였어?"

기껏 뱉은 말이 유치하기 짝이 없어 규민 자신도 머쓱했다.

"미행? 내가 왜 당신을 미행해. 내가 좀 전에 말했잖아, 나 그렇게 한가한 사람 아니라니까. 쇼핑몰에서 박 원장을 만난 건 정말 우연이라고."

잭은 규민의 냉소적인 반응을 예상이라도 한 듯 주저함 없이 조곤조곤 받아쳤다. 자신의 잔에 술을 따라 마신 후 잭은 다시 입을 열었다.

"우리가 몰라서 그렇지 세상에는 우리가 상상도 하지 못할 일들이 많이 일어나. 논리적으로, 과학적으로 설명이 불가능한 일들 말이야. 박 원장, 당신은 지금 그걸 겪고 있는 거야. 처음에는 당황스럽지, 이게 대체 뭔 일인가 하고. 모르는 사람이 갑자기 이상한 말을 하고 나서 의문스러운 죽음을 당하고, 아내도……"

규민의 아내를 언급하려던 잭은 선을 넘었다고 생각했는지 말꼬리를 흐린 후 술로 입을 채웠다.

"잭, 당신이 알고 싶은 게 뭐야?"

"박 원장 당신에게 일어나는 일들 전부. 먼저 강준식이 죽기 전에 뭐라고 말했는지 말해줄 수 있나?"

"당신이 뭘 궁금해하는지 모르겠는데 번지수 잘못 짚었어. 당신이 나에게 궁금해하는 그런 일은 없어. 그리고 이상한 일이 일어난다고 해도 당신에게 말하고 싶지도 않고. 나에게 무슨 사기를 치려고 그러는지 모르겠지만 나 그렇게 어수룩한 사람 아니야."

좀체 바뀔 것 같지 않은 규민의 뻐딱한 태도에 잭은 더 이상의 대화는 힘들겠다고 생각했는지 잠시 곧추세웠던 상체를 다시 의자에 기댔다.

"박 원장, 일어나기 전에 한마디만 더 할게."

잭은 말을 잇기 전 마지막 술잔을 비웠다.

"음… 박 원장 현재 심정 이해해, 혼란스러울 거라는 거. 그런데 이제 시작이야. 앞으로 박 원장에게 비현실적인 일들이 계속 일어날 거야. 강준식도, 당신 아내도 죽기 전에 그랬어. 당신을 도와줄 사람은 세상에 나밖에 없다는 걸 빨리 인지하라고. 더 늦으면 당신도 위험할 거야."

잭은 술집 직원에게 메모지와 볼펜을 부탁했다. 직원에게 메모지와 볼펜을 받은 잭은 자신의 휴대전화 번호를 적은 메모지를 규민 앞으로 밀어놓은 후 자리에서 일어났다.

"지금은 내가 헛소리하는 것처럼 들릴 거야. 마음 바뀌면 언제든 전화해."

8

머리 위의 태양이 서쪽으로 샐기죽 기울어진 시각, 버스에서 내린 하준은 펜션을 향해 걷고 있다. 멀리 사진 속 펜션이 보이자 하준의 걸음보다 설렘이 먼저 펜션으로 달려갔다.

펜션 앞에 도착한 하준은 물끄러미 펜션을 바라보았다. 펜션 입구에 서 있는 간판은 바뀌어 사진 속 간판과 달랐지만 흰색 건물은 그대로였다. 펜션에 도착하면 뭔가 새로운 기분이 들 것 같았는데 막상 펜션 앞에 서 있어도 특별한 감흥은 없었다.

펜션 안으로 들어갔다. 40대 중후반으로 보이는 사장이 하준의 이름을 확인한 후 예약한 방 키를 건넸다. 인아와 왔던 방은 아니다. 오래전이라 그때 묵었던 방이 몇 층인지, 몇 호인지 기억에 없다.

방 안으로 들어와 커튼을 열었다. 오후의 햇빛이 호수 위에서 눈부시게 일렁거려 눈을 감았다. 눈을 감자 예전 인아와 왔던 기억 하나가 생각났다. 펜션에 짐을 푼 후 산책을 했던 기억이다. 방에서 나온 하준은 예전 인아와 함께 왔던 기억을 따라 펜션 위로 이어진 완만한 언덕길을 올랐다. 산책로와 연결된 길이다.

산책로에는 호수를 바라보고 띄엄띄엄 자리 잡은 벤치들이 있었다. 인아와 왔던 그때도 산책로에 있는 벤치에 인아와 나란히 앉았다. 그때 인아와 앉았던 벤치는 아니겠지만 하준은 호수가 내려다보이는 벤치에 앉았다.

오래전 그때처럼 옆에 인아도 앉아있는 기분이 들었다. 인아는 살아있던 그때나 세상에 없는 지금이나 하준에게는 보이지 않는 존재다. 그래서 더욱 인아가 세상에서 사라지지 않은 것 같은 느낌이 드는지도 모른다.

"호수에서 물놀이할 수 있어요?"

하준이 벤치에 앉았을 때 인아에게 이런 질문을 했다.

"호수는 위험해서 안 돼. 여기는 구조대원도 없거든. 아, 하준아 너 수영 배우자. 물놀이를 하거나 배를 타고 가다 위험한 일이 생겼을 때 자신도 지킬 수 있고 다른 사람 목숨도 구할 수 있으니까. 말 나온 김에 돌아가면 바로 스포츠 센터에 가서 수영강좌 등록하자."

집으로 돌아온 다음 날, 인아는 하준을 데리고 시내에 있는 스포츠센터의 수영강좌에 등록했다. 하준은 처음에는 물에 들어가는 것이 두려웠지만 금세 물에 적응을 했고 언제 그랬냐는 듯 수영강좌 시간을 기다렸다.

앞을 보지 못하는 사람에게 땅 위의 세상은 언제 위험이 닥칠지 모르는 무서운 곳이다. 현대화가 된 도시가 더욱 그렇다. 많은 사람과 자동차와 오토바이, 계단과 차량 진입을 막는 볼라드 등, 인간의 편의를 위한 것들 모두가 시각장애인에게는 장애물일 뿐이다. 그러나 물의 세상은 달랐다. 몸을 가로막는 것이 없다. 오히려 물이 몸을 보호하는 안전장치처럼 느껴졌다.

하준은 한동안 수영에 빠져 지냈다. 그렇게 열심히 배운 덕분에 선수급의 실력은 아니지만 물에 빠져도 자기 몸 정도는 충분히 간수할 정도의 실력은 갖추게 되었다.

호수를 바라보면서 하준은 많은 추억을 자신에게 남긴 인아에게 다시 한 번 고맙다는 생각을 했다. 스무 살 짧은 인생의 추억들 대부분이 인아와 연결된 것들이 아닐까 싶다.

*

집 안을 비추는 규민의 모니터에 아내 유령의 모습은 좀처럼 나타나지 않았다. 대신 어제 만난 시건방진 잭의 얼굴이 불쑥 떠올랐다.

나를 도와준다고? 어떻게? 그리고 나를 도우면 자기에게 무슨 이익이 있는데. 쇼핑몰에서 우연히 나를 보았다는 말도 믿음이 가지 않아. 꽤 오래전부터 내 뒤를 캐왔던 놈일 거야. 내게 이상한 일들이 일어나는 걸 알고 적절한 타이밍에 접근을 한 거지, 내가 혹하게… 그런데 내게 이상한 일들이 일어나는 건 어떻게 알았을까. 강준식과 내 아내도 알고 있는 눈치고. 잭은 어떤 사람일까.

규민은 한눈에 어떤 부류의 사람인지 쉽게 결론을 내리는 편인데 잭은 그런 결론을 쉽게 내릴 수 없는 부류의 사람이었다. 표정과 말투는 건방져 보였지만 진지한 구석이 없는 사람 같지는 않았다.

어찌 됐든 규민은 잭에게 전화할 일은 없을 거라고 다짐하며 커피 잔을 들었다. 그때 모니터에 움직임이 잡혔다. 인아 유령이 나타난 것이다. 규민은 잔을 다시 내려놓고 모니터에 집중했다.

인아 유령은 집주인인 양 거실을 돌아다니고 있었다. 옷차림은 쇼핑몰에서 보았던 날과 같았다. 규민은 곧바로 사무실에서 뛰쳐나와 지하주차장으로 내려갔다.

지금은 도로가 막힐 시간이 아니니까 집까지 십여 분이면 도착한다. 유령이 집에서 바로 나가지만 않는다면 충분히 잡을 수 있다.

이런 바람을 안고 쏜살같이 달려 집에 도착했지만 인아 유령은 이미 감쪽같이 사라지고 없었다.

정말 유령 같네. 그냥 가지 않았을 거야. 분명 뭔가 남겨두었을 텐데.

규민은 인아 유령이 남긴 흔적을 찾으려고 방과 드레스 룸, 서재와 주방을 정신없이 돌아다녔지만 유령이 남긴 흔적은 보이지 않았다.

"젠장, 어디다 남긴 거야!"

규민은 소파에 털썩 주저앉으며 자신을 가지고 노는 것 같은 인아 유령의 행동에 분노가 치밀어 머리를 쥐어뜯었다. 허탈함을 뒤로하고 소파에서 일어나 현관 쪽으로 걸어가다 인아 유령이 남긴 흔적을 발견했다. 현관문에 붙어있는 작은 종이가 혀를 내밀고 조롱하듯 매달려 있었다. 규민은 구두를 신으며 현관에 붙어있는 종이를 떼어냈다. 명함이었다. 예전에 아내와 갔던 호수 근처의 펜션 명함.

규민은 학원에 급한 일이 있다는 핑계를 대고 펜션으로 향했다. 차창 밖의 세상은 아름답기 그지없었다. 기분 좋게 쏟아지는 햇살과 초록의 산을 품고 차 안으로 들어오는 바람은 여행자의 가슴을 설레게 하기 충분하지만, 인아 유령 때문에 규민의 기분은 군에 입대하던 때보다도 더 착잡했다.

펜션 명함은 왜 붙여놨을까. 그 여자는 대체 누군데 나에게 이러는 걸까. 내 쪽에는 그런 짓을 할 사람은 없어. 그럼 아내 쪽의 사람인데……

인아와 가까웠던 사람들을 생각해 봤지만 규민이 아는 범위에서 선뜻 떠오르는 사람은 없었다. 인아는 결혼 전 친한 친구라고 소개해 준 사람도 없었고, 결혼식에도 인아와 비슷한 또래의 여자들도 거의 없었다. 가깝게 지낸 사람들은 학원에서 일하는 강사들이 전부였다.

그렇다면 누굴까. 아내에게 내가 모르는 가까운 사람이 있었나? 그래, 있다고 치자. 그런데 그 사람이 내게 왜? 돈을 목적으로 하는 것 같지는 않다. 돈이 목적이었다면 내 치부를 들먹이며 협박했겠지. 그럼 아내가 그 유령에게 나를 괴롭히라는 유언이라도 남겼단 말인가. 내가 무슨 잘못을 했다고, 사랑 없는 결혼 때문에?

명함 속 펜션에 도착한 규민은 방으로 들어와 커튼을 열었다. 호수 면에 부서지며 날리는 눈부신 물비늘이 규민의 눈을 찌푸리게 하며 과거 기억을 흔들었다.

결혼 전 장모는 본인의 삶이 얼마 남지 않았다는 것을 느꼈는지 규민을 따로 병원으로 불러 딸을 잘 부탁한다는 말과 함께 인아의 특별한 부분을 언급했다.

"인아가 좀 특별한 구석이 있는 아이라네."

"특별한 구석이요?"

"그래, 내가 하는 이야기를 자네가 얼마나 믿을지 모르겠네. 사실, 나도 아직까지 긴가민가하니까. 자네도 알고 있는 게 좋을 것 같아 말하는 거야. 혹시라도 인아가 이상한 행동을 하더라도 자네가 이해하라고."

장모는 인아가 초등학교 6학년 때 겪은 교통사고 이야기를 먼저 꺼냈다. 규민도 인아에게 대충 들었던 내용이다. 아빠와 함께 여행을 하고 돌아오던 길에 교통사고를 당해 아빠는 죽고 인아만 산 이야기. 이날 장모는 인아가 말하지 않은 이야기를 했다.

"그때 인아가 일주일 넘게 혼수상태였어. 의사는 마음의 준비를 하라는 말까지 했었지. 그런 인아가 기적적으로 깨어난 거야. 정신이 돌아온 인아는 눈 뜨기 전 시커먼 뭔가가 자신을 덮쳤다고 하더라고. 그 사고 이후부터 인아가 조금 이상해진 거 같기는 해."

장모는 이어서 인아가 중학교 때 일어난 사건과 고등학교 때 왼쪽 다리를 다친 이야기를 꺼냈다. 인아의 중학교 때 일화는 공포영화에서 나올 법한 이야기였다. 인아가 중학교 2학년이던 봄, 인아는 식사하는 자리에서 장모에게 동네 세탁소 아줌마 이야기를 했다.

"엄마, 세탁소 아줌마 돌아오신 거 같던데요. 제가 봤어요."

그 세탁소는 장모의 단골 세탁소로 40대 부부가 같이 운영을 하는 세탁소였는데, 당시 세탁소 아줌마가 가출한 뒤 소식이 끊겨 이런저런 소문들이 무성했을 때였다. 세탁소 사장은 아내의 소식을 묻는 손님들에게 아내가 바람이 나서 집을 나갔다고 했지만, 소문은 늘 그렇듯 사람들이 만든 각기 다른 날개를 달고 술렁술렁 떠돌아다니게 마련이다. 이혼을 한 게 창피해 세탁소 사장이 거짓말을 한 거다, 사장이 바람을 피우다 걸린 걸 아내에게 덤터기 씌운 거다, 등등.

그런 소문이 돌던 시기에 인아는 아침 식사를 하는 자리에서 장모에게 세탁소 아줌마를 보았다는 말을 했다. 언제 아줌마를 보았냐는 장모의 질문에 인아는 똑 부러지게 말을 하지 못하고 그냥 보았다는 말로 얼버무렸다.

며칠 후, 장모가 세탁물을 들고 세탁소에 들렀다. 장모에게 인사를 하는 세탁소 사장의 얼굴은 전과 달리 며칠 잠을 못 잔 듯 눈은 퀭했고 얼굴도 피곤해 보였다.

"혹시 사모님 돌아오셨어요?"

장모의 질문에 세탁소 사장은 한숨을 내쉬며 여전히 깜깜무소식이라고 말했다. 장모는 딸이 잘못 봤겠지 생각하고 지나갔다. 며칠 뒤 장모는 인아의 담임교사 전화를 받았다. 어떤 아저씨가 학교에 찾아와서 인아를 붙잡고 한바탕 난리를 폈다며 경찰서로 오라는 것이었다.

전화를 받은 장모는 부리나케 경찰서로 갔다. 경찰서에는 기진맥진한 표정의 세탁소 사장이 어깨가 축 처진 채 의자에 앉아 있었다. 술에 취한 그는 경찰의 질문에 제대로 답을 하지 못하고 횡설수설했다.

담임교사와 경찰, 인아를 통해 들은 그날 벌어진 사건은 이랬다. 술에 취한 세탁소 사장이 학교에 찾아와서는 다짜고짜 인아를 붙잡고 자신의 아내를 만났냐면서 한바탕 소란을 피웠다는 것이다. 큰 사고가 없어 유야무야 끝났지만 비극은 며칠 뒤 일어났다. 세탁소 사장이 세탁소에서 목이 졸린 채 사망을 한 것이다. 세탁소 사장의 시신을 처음 발견하고 경찰에 신고한 사람은 인아였다.

경찰 조사에서 인아는 학원을 마치고 집으로 가던 길에 세탁소 사장이 쓰러진 것을 보고 신고했다고 진술했다. 세탁소 사장의 휴대전화 통화 내역을 조사한 경찰은 세탁소 사장이 죽기 전 인아에게 문자를 보냈다는 것을 알아냈다. 문자는 세탁소 사장과 인아 모두가 삭제하는 바람에 경찰은 그 내용을 알 수 없었다. 문자 내용을 추궁하는 경찰에게 인아는 며칠 전 학교에서 있었던 일에 사과하는 문자였다고 답했다.

이 사건의 충격적인 부분은 세탁소 사장이 남긴 유서였다. 유서에는 자신이 아내를 살해했고 세탁소 건물 뒷마당에 아내를 묻었다는 내용이었다. 실제 그 장소에서 세탁소 사장 아내의 시신이 발견되었다. 아내는 가출한 게 아니라 남편인 세탁소 사장이 말다툼 후 살해하고 암매장한 것이었다. 경찰은 백방으로 수사를 했지만 세탁소 사장을 살해한 범인은 결국 잡히지 않았다.

장모의 이야기는 인아의 다친 다리 내용으로 이어졌다. 규민은 인아의 불편한 왼쪽 다리가 왜 그렇게 된 건지 궁금했지만 본인이 말하지 않는 걸 먼저 묻기 곤란해 여러 번 주저하다 그만두었다. 사고로 그랬겠거니 하고 추측만 했었는데 장모의 말을 듣고 나니 인아의 불편한 왼쪽 다리는 단순한 사고로 인한 것이 아니라 특별한 사연이 있었다.

인아가 고등학교 2학년이던 여름방학 직전, 인아는 늦은 밤 학원의 옥상에서 정신을 잃은 채 발견되었다. 인아가 발견된 당시 옥상에는 인아 혼자 있었고, 왼쪽 다리는 심한 폭행을 당한 것처럼 골절이 심해 수술까지 받아야 했다. 수술 후 마취에서 깨어나기 전 인아는 잠꼬대를 하는 것처럼 이런 말을 중얼거렸다고 했다.

"내게 원하는 게 뭐야, 원하는 게 뭐냐고."

마취에서 깬 후 장모는 인아에게 옥상에서 일어난 일을 물었지만 인아는 기억이 없다는 말만 할 뿐이었다. 현장에 나온 경찰도 별다른 소득 없이 돌아갔다. 피해 당사자인 인아는 아무런 기억이 없고 확실한 증거인 학원에 설치된 CCTV 영상에도 해답은 없었다. 사건 발생한 시각 옥상으로 올라간 사람은 인아밖에 없었으니까.

시간이 흘러 인아가 대학생이 된 후 장모는 학원 옥상에서 일어난 일을 슬그머니 물었지만 인아는 무슨 일이 있었는지 전혀 기억이 나지 않는다는 말만 반복했다. 그렇게 인아의 왼쪽 다리 장애는 당사자도 모르는 미스터리가 되었다.

"내가 알고 있는 건 이게 전부인데 아마 내가 모르는 게 더 있을 수도 있을 거야. 내 딸이 좀 이상한 행동을 하더라도 자네가 이해하길 바라네."

규민은 그때 장모의 말을 한 귀로 흘려들었지만 지금은 장모의 생각에 동의한다. 분명 인아에게 더 많은 비밀들이 있을 것이다. 규민이 알려고 하지 않았을 뿐. 생각해 보니 규민은 인아에 대해 알고 있는 게 거의 없다. 이제는 알고 싶어도 알 수가 없다.

최근 지리멸렬한 상황에 처해있어서일까, 규민은 인아가 살아 있을 때 좀 더 관심을 가질 걸 하는 후회가 들었다. 속물처럼 인아 집안 재산의 동그라미 개수가 몇 개인지, 그 동그라미들을 줄줄이 끼워 어떻게 자신의 몸에 감을 건지가 관심의 대상이었다.

펜션에서 나온 규민은 예전 인아와 걸었던 산책길을 걸었다. 주위 풍경들을 보니 어쩔 수 없이 예전 이곳에 함께 왔던 인아와의 기억이 생각났다. 애잔하고 아름다워야 할 추억이건만 규민에게는 빨리 벗어버리고 싶은, 몸에 맞지 않는 거추장스런 옷과 같을 뿐이다.

이런 기분을 느끼게 하려고 펜션 명함을 남긴 건가. 기분 되게 꿀꿀하네. 이왕 온 거 술이나 진탕 마시고 잠이나 푹 자고 가야겠다.

규민은 술을 사기 위해 편의점으로 향했다. 편의점으로 가는 길, 벤치에 앉아있는 낯익은 남자의 모습이 보였다.

＊

설희는 모니터를 보며 준식의 휴대전화에 저장되어 있던 사진들을 다시 확인했다. 준식이 자신의 목소리로 직접 말한 장대영이라는 남자, 새로운 인물이 등장했지만 그를 찾을 길은 막막했다. 장대영과 관련이 있을 거라 짐작이 가는 사진은 벤츠 사진 정도.

또 다른 사진은 건물 옥상으로 보이는 사진이다. 그늘막 아래 등을 맞댄 벤치 두 쌍이 나란히 놓여있었고 가운데에는 동그란 쓰레기통이 자리 잡고 있었다. 휴게공간으로 이용하는 장소로 보인다. 한 벤치 등받이에 낙서로 보이는 검은 글씨가 희미하게 보였다. 그 부분을 확대했다. 'ㅇㅇ학원 다니기 싫어' 라고 검은색 펜으로 쓴 문장이었다. ㅇㅇ학원은 규민이 운영하는 학원이다. 바로 규민에게 전화를 했지만 그는 받지 않았다.

설희는 규민이 운영하는 학원으로 향했다. 준식이 규민에게 무슨 말을 했는지 다시 확인해야만 한다. 학원 건물의 지하주차장에 주차를 한 후 안내데스크에서 규민을 찾았지만, 직원은 원장님이 일이 있어 자리를 비웠다고 했다. 설희는 학원 옥상으로 올라갔다. 문을 열고 나타난 옥상의 모습은 준식이 남긴 사진과 같았다. 준식이 옥상 출입문 앞에서 찍은 사진이었다.

설희는 벤치에 앉았다. 그때 옥상으로 올라온 고등학생으로 보이는 남학생과 여학생이 설희를 힐끗 보더니 쭈뼛거리며 벤치로 왔다. 설희와 멀찍이 떨어져 앉은 두 사람은 담배를 물었다.

"늦기 전에 담배 끊어. 나중에 끊으려면 힘들다."

"누구신데 그러세요? 여긴 학원에서 담배 피우라고 만든 곳이에요."

눈이 마주친 여학생이 아니꼬운 표정으로 투덜거리며 말했고 옆에 있는 남학생은 여자꼰대, 재수 없어, 라고 키득키득 웃으며 수군덕거렸다.

"언니는 꼰대가 아니고 경찰이란다."

설희가 신분증을 흔들며 보여주자 멋쩍은 표정을 한 학생들은 서둘러 가려는 듯 담배를 쪽쪽 빨았다.

"여긴 왜 오신 거예요? 예전 그 아저씨 때문에 오신 건가요?"

입술이 빨간 여학생이 연기를 뱉으며 물었다. 강준식을 말하는 것이다.

"그 아저씨가 언제 여기 왔는데?"

설희 질문에 여학생 옆에 앉아있는 남학생이 답했다.

"열흘 전인가, 어떤 아저씨가 옥상에 올라와서는 뛰어내리려고 했나 봐요. 그때 고3 형이 올라왔다가 난간에서 뛰어내리려고 하는 아저씨를 잡았거든요."

"그 아저씨 봤어?"

남학생을 보며 물었는데 여학생이 답을 했다.

"보진 않았고 전해 듣기만 했어요. 비쩍 마르고 술에 취했다는 정도."

설희는 학생들에게 전해 들은 그 날의 일을 더 물었지만 방금 말한 게 전부였다. 학생들은 정중하게 수고하시라는 말을 남기고 사라졌다.

학생들이 말하는 인물은 분명 강준식이다. 그가 왜 여기에서 자살시도를 하려고 했을까.

설희는 벤치에서 일어나 난간으로 걸어가 아래를 내려다보았다. 순간 준식의 국과수 부검결과가 생각났다. 7, 8층 높이에서 추락한 것으로 추정된다는 내용. 이 학원 건물은 7층이다. 강준식이 이곳을 찾은 이유가 자신이 이곳에서 추락하는 기억 때문이라면.

설희는 곧바로 원 형사에게 전화를 했다.

"오빠, 서인아 씨 수사한 내용 볼 수 있을까요?"

9

호수가 내려다보이는 편의점 앞의 테이블에 앉은 하준은 규민이 건넨 캔 커피를 받았다. 하준은 이곳에서 규민을 만날 줄은 생각도 하지 못했다. 그건 규민도 마찬가지였는지 벤치에 앉은 하준이 자신의 이름이 들린 곳으로 고개를 돌렸을 때 규민은 못 볼 것을 본 사람처럼 어안이 벙벙한 표정이었다.

"술을 같이 하려고 했는데 아쉽네. 이제 성인인데 술도 못 마셔? 요즘은 고딩 놈들도 술을 제법 마시던데. 학원에 오는 애들 중에는 강사들한테 술 사달라고 조르는 애들도 많아."

"마셔본 적은 있는데 별로 맛이 없더라고요. 지금은……"

하준은 건강이 좋지 않다는 말을 꺼내려다 굳이 말할 필요가 없어 말꼬리를 흐렸다.

"그런데 네가 여기 웬일이야? 놀랐어. 널 여기서 만날 줄은 정말 몰랐거든."

규민은 커피를 마시며 어떤 대답을 할지 궁금해하는 표정으로 하준을 바라보았다. 하준은 어떻게 말해야 좋을지 고민하다 솔직하게 말했다.

"여기가 전에 아줌마랑 같이 왔던 곳이거든요. 예전 사진을 우연히 보다가 직접 보고 싶어서 왔습니다."

"그래? 그럼 내 아내가 생각나서 온 거네?"

하준은 고개를 살짝 끄덕였다.

"아저씨는 여기 웬일이세요? 바쁘지 않으세요?"

"바빠도 쉴 때는 쉬어야지. 나도 너처럼 죽은 아내 생각이 나서 왔어. 나도 아내랑 여기 왔었거든. 죽은 아내가 우리를 여기로 불렀나 보다."

하준은 정말 그럴까, 하는 생각을 하며 커피로 입을 축였다.

"넌 아직도 내 아내 죽음에 다른 비밀이 있다고 생각하니?"

느닷없는 규민의 질문에 하준은 눈을 껌벅이며 규민을 쳐다보았다.

"네 생각을 말해봐."

"저는… 분명 다른 비밀이 있을 거라고 생각합니다."

"왜 그렇게 생각하는데?"

하준은 최근 자신에게 일어나는 일들을 말해봐야 믿지도 않을 이야기라서 "그, 그냥요. 이유는 없어요."라고 얼버무렸다.

"그냥? 그래, 이상한 죽음이긴 하지. 타살인지 자살인지도 밝히지 못했으니까."

"아저씨도 저랑 같은 생각인가요?"

호수를 바라보던 규민은 대답 대신 황당한 질문을 던졌다.

"너 혹시 내 아내하고 특별한 사이 아니었냐?"

규민의 질문 의도를 이해하지 못한 하준은 잠시 굳은 표정을 짓다 규민의 웅큼한 표정을 읽은 후에야 어처구니없다는 헛웃음을 짧게 흘렸다.

"웃을 줄은 아나보네. 그냥 물어본 거야, 인마."

규민은 가벼운 농담을 한 것처럼 아무렇지 않은 표정으로 히죽거렸다.

어떻게 저런 농담을 할 수 있을까, 하준은 자리에서 일어나 규민의 얼굴에 주먹이라도 한방 날리고 싶은 심정이었다.

"아저씨 눈에는 세상이 다 그렇게만 보이나요? 남자와 여자가 만나면 그렇고 그런 관계가 전부라고. 아줌마는 제게 엄마와도 같은 분이셨어요. 그런 모욕적인 말씀 하지 마세요!"

규민은 분노에 찬 하준의 말이 우스웠는지 더 큰 웃음을 터뜨렸다.

"하하하, 뭘 그리 심각하게 받아들이냐. 난 그저 아주 작은 상상력을 발휘해서 말한 것뿐이야. 넌 아직 어려서 모르는 거 같은데, 내가 추측한 그런 관계가 절대 불가능한 일이 아니야. 현실에서 얼마든지 일어나는 일이라고. 그리고 남자랑 여자가 사랑하는 마음 갖는 게 무슨 큰 죄냐? 나이 차가 좀 나면 어때. 요즘 여자가 나이 많은 커플들 많아. 너랑 내 아내가 그렇고 그런 사이라고 해도 난 아무렇지도 않아. 자식 무섭네."

규민의 뻔뻔한 태도에 하준의 분노는 수그러들지 않았다. 인아와 자신의 과거가 추잡한 포르노처럼 둔갑해 버린 것 같은 불쾌함에 당장이라도 자리를 박차고 일어나고 싶었다. 규민은 하준의 불쾌한 표정에도 아랑곳하지 않고 다시 말을 이었다.

"하긴, 장례식 때 너를 보면 그럴 가능성은 없었을 거야. 너,

내 와이프 죽었을 때 눈물 한 방울 흘리지 않았잖아. 너무 한 거 아니냐? 짧지 않은 시간 동안 같이 산 사람이 죽었는데 말이야."

그건 아저씨도 마찬가지 아닌가요, 라고 되받아치고 싶었지만 하준은 굳게 입을 다물었다. 규민이 한 말은 사실이었고 달리 변명할 거리도 없었다. 보여줄 수도 없는 당시의 슬픈 감정을 이제 와서 구구절절하게 설명한다 한들 무슨 의미가 있겠는가.

"널 보고 있으면 죽은 아내를 보고 있는 것 같은 기분이 들어."

하준에게 하고픈 말들이 계속 떠오르는지 규민은 쉬지 않고 말을 이었다. 자신을 보면 아내를 보고 있는 것 같다는 말에 하준의 표정이 분노에서 호기심으로 슬쩍 바뀌었다.

"너랑 있으면 로봇과 마주 앉아있는 기분이거든. 내 아내도 그랬어. 감정이 없는 로봇과 함께 있는 것 같은 기분. 둘이 닮았어. 창백한 얼굴, 차가운 눈빛, 감정이 없어 보이는 건조한 표정. 너랑 내 아내는 둘 다 로봇과라서 같이 살 수 있었나 보다. 후후후."

아줌마가 나를 닮았다고? 말도 안 돼. 나야 그렇다고 해도 그렇게 다정하고 상냥한 분이…….

순간 하준은 인아의 얼굴이 보고 싶었다. 사진 속의 인아라도 보고 싶은 마음이 간절했다. 규민은 남편이었으니 휴대전화에 아내의 사진 한두 장은 있을 것이다. 하준은 휴대전화 속에 있는 인아 사진을 보여 달라는 말을 하고 싶었지만 지금의 분위기에서 그 말이 도저히 입 밖으로 나오지 않았다.

"넌 여기 언제까지 있을 거냐?"

"내일 오전에 집으로 갈 겁니다."

"그래, 내일 내 차로 같이 갈래?"

"아닙니다, 괜찮습니다."

규민은 자리에서 일어나기 전 황당한 질문을 하나 던졌다.

"혹시 말이야."

규민은 말하기 곤란한지 잠시 뜸을 들였다.

"너… 최근에 내 아내 본 적 있냐?"

하준은 그게 무슨 말이냐는 표정을 지었다. 규민은 피식 웃으며 아무것도 아니라고 하면서 자리에서 일어났다.

*

설희가 원 형사에게 인아 사건의 자료들을 부탁한 이유는 그녀도 준식처럼 죽음 직전 뭔가를 남기지 않았을까 확인하기 위해서다. 준식은 죽기 전 학원 옥상에 가서 사진을 찍었고 그곳에서 자살을 시도하려고 했다. 그곳이 자신의 마지막 장소라는 것을 알고 있었을 거라 추측이 되는 점이다. 인아도 자신의 죽음을 앞두고 어떤 흔적을 남겼을지 모른다.

서로 닮은 두 사건. 어느 쪽에서든 먼저 실마리가 풀린다면 사건의 진실에 조금 더 가까이 갈 수 있을 것이다.

설희가 원 형사 사무실에 도착했을 때 책상 위에는 인아의 수사 자료들이 놓여있었다.

"왜 서인아 수사 내용을 보고 싶은 건데?"

원 형사는 수사 자료를 정신없이 뒤적거리며 휴대전화로 촬영하는 설희를 물끄러미 바라보며 물었다.

"두 사건이 연관이 있는 것 같은 예감이 들어서요."

"예감? 21세기에 무슨 예감 타령이야. 예감 믿고 덤비다가 네 무덤 파는 일이 생길 수가 있어. 조심해. 그리고 이거는 서인아 휴대전화에 있던 사진이야."

원 형사는 수사 자료를 뒤적거리는 인아에게 USB 하나를 건네고 자리를 피했다. 자료 검토를 마친 설희가 나갈 채비를 할 때 원 형사가 돌아왔다.

"고마워요, 오빠. 나중에 필요한 거 있으면 또 부탁할게."

"그래. 건강 챙기면서 일해. 무리하지 말고."

"뭐 새로운 거 찾았어?"

외근을 마치고 들어오는 조 형사가 주차장에서 마주친 설희에게 장난스러운 말투로 물었다. 설희는 아직요, 라고 퉁명스럽게 대답하고 사무실로 들어왔다.

설희는 휴대전화로 촬영한 인아의 사건 자료를 컴퓨터로 이동한 후 내용을 꼼꼼하게 확인하며 정리했다. 수사 자료들 중에서 설희의 관심을 끄는 것은 인아의 휴대전화에 있었던 사진들이었다. 이유는 준식이 남긴 사진과 같은 장소의 사진이 있기 때문이다. 흰색의 펜션 건물 사진을 제외하면 복지관과 농장 집, 술집으로 보이는 가게는 준식이 남긴 사진과 동일한 장소였다.

두 사람 휴대전화 속에 같은 장소의 사진이 있는 걸 보면 두 사건이 어떤 연관이 있는 건 분명한 거 같은데…….

설희는 모니터에 떠 있는 인아 관련 자료들을 전부 닫았다. 그러자 모니터에는 정지된 영상이 나타났다. 준식의 집 앞을 촬영한 영상으로 경찰서를 나가기 전에 보았던 영상이었다. 화면을 물끄러미 들여다보던 설희는 이전에 인지하지 못한 것을 하나 발견했다.

준식이 살던 빌라 앞의 주차장에서 움직이는 검은색 벤츠 차량이 그것이었다. 영상을 반복하며 몇 번을 다시 보았다. 벤츠 차량은 규민의 차가 도착한 후 규민이 차에서 내려 빌라로 들어간 직후 주차장에서 빠져나갔다. 준식의 집에 누가 들어가는지 확인 후 자리를 떴다고 추측할 수 있는 상황이다.

이 차는 준식의 차량 동선을 녹화한 영상에서도 등장했다. 준식의 차가 동네 입구로 들어간 직후 검은색 벤츠 한 대가 뒤이어 나타났다. 준식의 차를 미행했을 거라는 추측이 가능한 장면이다. 저 벤츠가 바로 준식의 휴대전화에 있던 사진 속 차다.

하준의 동네 입구에 찍힌 영상에서는 차량 번호가 명확하게 보이지 않았지만 준식의 집 근처 영상 속 벤츠의 차량 번호는 식별이 가능했다. 그 번호가 준식의 휴대전화에 저장된 차량의 번호와도 일치했다.

10

강준식의 휴대전화에 저장되어 있던 벤츠 차량의 소유주는 예상대로 장대영이었다. 갑자기 등장한 이름 하나가 꽉 막힌 사건을 뚫어줄 구세주처럼 느껴졌다. 설희는 곧바로 장대영의 주소지로 찾아갔다.

오래된 빌라가 모여 있는 주택가에서 장대영의 집을 찾은 설희는 현관문을 두드렸다. 잠시 후 누구세요, 하는 목소리가 들리며 문이 열렸다. 검은색 트레이닝 바지와 헐렁한 흰색 티셔츠를 입은 노년의 남자가 허리가 불편한지 꾸부정한 자세로 설희를 올려보았다.

"장대영 씨 집 아닌가요?"

"장대영? 그건 모르겠고 여기서 내가 3년 넘게 살고 있소만. 전에도 어떤 형사가 찾아와서 그 사람 찾았던 거 같은데."

"아, 그래요. 죄송합니다."

설희는 다시 주차된 차로 털레털레 걸어갔다. 뭐하나 딱 부러지게 해결되는 게 없어 짜증이 밀려오는 찰나 원 형사의 전화가 왔다.

"지금 어디냐? 지나가는 길에 점심이나 같이 하려고 경찰서에 들렀는데 너 외근 나갔다고 하네."

"지금 어떤 사람을 만나러 나왔는데 그 집에 그 사람이 없어서 허탕 쳤어요. 아, 정말 이 사건에서 손을 떼야 하나 봐."

설희는 방금 전 노인이 전에도 찾아왔다는 형사가 혹시 원 형사가 아닐까 하는 생각에 장대영을 아냐고 물었다.

"허, 불길하네. 너 내 전철을 그대로 밟는 거 같다. 박 원장 아내가 죽기 전에 만난 사람이 장대영이었어. 나도 그 남자 주소지를 찾아갔는데 그 집에 노인네 혼자 살고 있더라고. 그런데 네 사건에도 장대영이 등장해?"

설희는 감시카메라 영상에서 발견한 벤츠 차량에 대해 설명했다.

"오빠, 장대영 연락처 모르세요? 그리고 무슨 일을 하는지."

"음… 내가 장대영을 만나려고 한 그때도 힘들게 만났어. 장대영 누나를 통해서 연락처를 알아냈었거든. 그 당시에 장대영이라는 남자는 특별하게 하는 일이 없는 거 같았어. 하고 다니는 거 봐서는 돈이 꽤 있는 거 같아 보였는데."

"그때 장대영이 무슨 이야기를 했어요?"

원 형사의 말은 이랬다. 서인아가 죽기 전 행적에서 한 레지던스 호텔을 간 것을 확인한 원 형사는 그 호텔을 찾아갔다. 그곳에서 확인한 내용은 서인아가 그 호텔에 투숙 중이던 장대영을 만났다는 것이다. 장대영은 경찰 조사에서 나이트클럽에서 서인아를 만났고, 그날 다시 만나서 커피 한 잔 마신 게 전부라고 진술했다.

"그때는 별다른 혐의가 없어서 그냥 넘어갔는데, 지금 돌이켜 보면 그때 장대영이 거짓말을 한 것 같은 기분이 들어. 물론 서인아 죽음이 장대영과 관계는 없겠지만. 장대영 연락처는 지금 없어. 아마 번호도 바뀌었을 거야, 그 호텔에 있지도 않을 테고. 장대영 누나가 하는 가게 위치 알려줄게. 학교 근처에서 분식점을 했었는데 지금도 장사를 하는지는 모르겠네."

원 형사가 말한 가게 이름이 중학교 근처에 다다르자 멀찍이 보였다. 중학교 정문 근처에 위치한 분식점이었다. '○○이네'라는 가게 이름은 아마도 장대영 누나의 딸 이름인 듯했다. 점심을 건너뛰어서인지 가게로 들어가기 전부터 설희의 배 속에서는 왁작박작 아우성이 시작됐다.

"어서 오세요."

설희가 문을 열고 들어가자 주방에서 일하는 40대 초중반 정도로 보이는 여자가 설희에게 인사를 했다. 테이블 5개가 옹기종기 모여 있는 작은 분식집은 점심시간이 끝나서인지 한산했다. 가게 벽에는 학생들의 장난스런 낙서가 가득했다. 낙서들을 보니 설희가 학창시절 문이 닳도록 드나들던 학교 앞 분식집이 생각났다.

설희는 주방과 가까운 자리에 앉으며 떡볶이와 김밥을 1인분씩 주문했다. 설희는 가게 안을 둘러보는 척하며 머리를 뒤로 질끈 묶은 여자를 힐끗 보았다. 화장기 없는 얼굴은 또래의 여자들에 비해 고생한 흔적이 적지 않게 묻어있었고, 앞치마를 둘러맨 허리는 하체와 그대로 연결된 통통한 몸매였다.

맛있게 드세요, 라고 말하며 여자는 떡볶이와 김밥을 설희 앞에 내려놓은 후 다시 주방으로 들어갔다. 음식은 맛있었다. 배가 고팠던 설희는 김밥과 떡볶이가 절반 넘게 사라질 때까지 아무 생각 없이 음식을 입안으로 밀어 넣었다. 어느 정도 허기를 채운 후 물을 마시며 여자를 보았다. 여자는 오후에 팔 음식을 준비하느라 분주했다. 설희는 슬그머니 질문을 던졌다.

"사장님, 혹시… 동생분이 장대영 씨인가요?"

바쁘게 움직이던 여자는 동작을 멈춘 후 설희에게 고개를 돌렸다. 치켜뜬 여자의 눈초리가 매서웠다.

"누구신데 제 동생을 찾는 거죠?"

설희를 경계하는 것인지 동생에 대한 불편함 때문인지는 모르겠으나 말투에서 찬바람이 솔솔 불었다. 신분을 밝히지 않고 동생에 대한 질문을 더 한다면 당장 나가라고 하면서 손에 잡히는 아무 집기라도 던질 것 같은 분위기였다.

설희는 공손하게 자신의 신분을 밝히고 사건 조사 때문에 동생을 만나야 한다며 장대영이 살고 있는 집 주소나 연락처를 알 수 있냐고 조심스레 물었다. 형사라고 신분을 밝히자 경계하는 표정이 수그러들긴 했지만 금방이라도 시름에 절은 깊은 한숨이 튀어나올 것만 같은 표정이었다. 여자는 한숨 대신 혀로 위아래 입술을 축인 후 걸쭉한 단어를 시작으로 입을 열었다.

"그 새끼는 대체 뭔 지랄을 하고 다니기에… 혹시 누굴 죽이기라도 했나요? 몇 년 전에도 어떤 형사들이 찾아와 대영이를 찾았는데."

"그런 건 아니고 뭐 좀 물어볼 내용이 있어서요. 장대영 씨와 연락은 계속 하시죠?"

"연락은 무슨, 연락 끊긴 지 한참이에요. 원래도 연락을 잘

안 하던 녀석인데 휴대폰 번호도 바꿨더라고요."

여자는 생수병을 들고 물을 벌컥벌컥 마신 후 다시 말을 이었다.

"그 녀석이 무슨 짓을 했는지 모르겠는데 돈을 엄청 번 거 같더라고요. 제가 사정이 좀 어려웠던 적이 있었거든요. 돈을 조금 빌려달라고 하니까 아주 냉정하게 가라고 하더라고요. 돈을……"

거적에 오랫동안 덮여있던 불만이 때를 만난 듯이 툭툭 튀어올라오던 여자의 말이 잠시 멈췄다. 과거 생각에 감정이 북받쳤는지 여자는 잠시 말을 잊지 못했다. 이어지는 말에 그 이유가 있었다.

"돈을 빌리러 간 게… 그때 제 남편이 아파서 수술을 해야 했거든요. 수술비가 부족해서 돈을 빌리러 갔는데 그냥 가라고 하더라고요. 그놈이 그렇게 매정하게 나올 줄은 몰랐어요. 빌린 돈을 안 갚는다는 것도 아니고… 아니, 내가 돈 여유가 있으면 힘들어하는 형제들에게 그냥 주겠어요. 갖고 있는 재산의 반을 떼어달라는 것도 아닌데, 안 그런가요?"

여자의 신세한탄을 조용히 듣던 설희는 갑작스런 여자의 질문에 예… 그렇죠, 라고 얼떨결에 편을 들었다. 설희가 자기편을 들어주는 것처럼 느꼈는지 신세한탄은 계속 이어졌다.

"뭐, 대영이 그놈도 불만이 많을 거예요. 저희 남매가 어렸을 때 아버지가 노름을 하다 집안을 시원하게 말아먹었거든요. 그 바람에 대영이는 공부도 제대로 못 했죠, 공부도 곧잘 하던 애였는데. 대학도 못 가고 고등학교 졸업 후 공장에 바로 취직했으니까 그거에 대한 분노가 컸을 거예요. 아무리 그래도 그렇지, 내가 자기 뒤치다꺼리를 얼마나 해줬는데. 누나인 내게 매정하게 하니까 서럽더라고요. 자기는 온갖 명품을 두르고 살면서."

그동안 쌓였던 불만이 어느 정도 해소가 되었는지 여자는 설희가 듣고 싶었던 말을 드디어 꺼냈다.

"걔 연락처는 정말 몰라요. 휴대폰 번호 바꾼 후로는 제게 연락을 한 적이 없으니까. 이사를 한 후 호텔에서 사는 것까지는 아는데 이후는 몰라요."

여자가 동생과 관련된 질문에 퉁명스럽게 말한 이유가 충분히 이해됐다. 가족 간에 생긴 서운함을 오랜 시간 마음 한구석에 남겨둔다면 남에게 느낀 서운함보다 더한 썩은 냄새가 진동하는지도 모르겠다.

여자에게서 더 이상 들을 이야기는 없었다. 장대영과 연락이 닿을 방법을 기대했지만 헛물만 켰다. 설희는 남은 음식을 마저 먹은 후 자리에서 일어났다. 설희는 계산을 하며 동생의 사진이 있냐고 물었다. 여자는 그런 게 있나 모르겠네, 혼잣말을 하면서 휴대전화를 한참 뒤적거렸다.

"오래전에 찍은 사진이 하나가 있긴 하네요. 예전 제 딸 생일에 피자가게에서 함께 찍은 사진이에요."

여자의 휴대전화에 있는 사진은 피자를 앞에 두고 어린 조카와 단둘이 활짝 웃으며 찍은 사진이었다. 웃고 있어서 그런지 장대영의 얼굴이 여자가 말한 내용들과 어울리지 않게 선해 보였다. 설희가 문을 나서기 전 여자는 동생을 만나면 말 좀 전해달라며 부탁을 했다.

"대영이 만나게 되면 다른 날은 몰라도 어머니 기일에는 집에 오라고 전해주세요."

설희는 그렇게 하겠다고 말한 후 가게에서 나왔다. 월척을 기대했던 낚싯대의 입질은 반나절도 지나지 않아 잔챙이도 건지지 못한 채 빈손으로 마무리됐다.

경찰서로 돌아가는 길에 설희는 곰곰이 생각했다.

서인아는 죽기 전 장대영을 만났다. 장대영이 인아를 나이트클럽에서 만났다는 진술은 거짓일 것이다. 두 사람이 만난 이유는 뭘까, 장대영이 뭔가를 알고 있는 걸 확인하기 위해 만났을까, 아니면 반대로 서인아가 그에게 뭔가를 알려주려고 그랬을까.

장대영의 차는 강준식이 죽은 날 집 근처의 주차장에서, 강준식이 하준의 동네로 가는 영상에도 등장했다. 장대영은 분명 강준식을 주시하고 있었다. 혹시 장대영이 서인아가 한 말을 확인하기 위해서 그랬던 걸까.

만약 장대영이 뭔가를 확인하기 위해서 강준식 주변을 맴돌았다면, 그가 확인하려고 한 것은 강준식의 죽음과 그를 찾아올 사람밖에는 없다. 또 다른 죽음의 대상자를 확인하려고 그런 걸까. 아무튼 하나의 결론은 나왔다. 장대영 그는 분명 뭔가를 알고 있다.

*

펜션으로 돌아와 침대에 누운 하준은 규민이 자리를 뜨기 전한 말을 다시 곱씹었다. 최근에 자신의 아내를 본 적이 있냐는 그의 질문이 예사롭지 않게 느껴졌다.

왜 아줌마를 본 적 있냐고 물었을까, 아저씨도 나처럼 이상한 일을 겪고 있나, 이곳에 온 이유가 아줌마 생각이 나서가 아니라 다른 이유 때문일까. 며칠 전 불쑥 찾아온 것도 이상하긴 해.

침대에 누운 채 텔레비전 채널을 돌렸다. 빠르게 휙휙 넘어가던 채널이 멈춘 곳은 코미디 프로그램을 방송하는 채널이었다. 푹신한 베개에 머리를 파묻자 눈이 저절로 감겼다. 텔레비전에서 흘러나오는 소란스러운 대화들이 조금씩 멀어져 갔다. 텔레비전 소리가 의식 너머로 사라지기 직전 휴대전화 벨소리가 감기려던 눈꺼풀을 잡아당겼다. 하준은 눈을 씀벅거리며 머리맡에 둔 휴대전화를 집어 들었다. 유설희 형사의 전화였다. 헛기침을 하고 전화를 받았다.

"예, 형사님."

"하준 씨 지금 어디예요?"

뭐라고 둘러대지, 꼬치꼬치 캐물을 거 같은데. 잠깐 고민을 했지만 둘러댈 마땅한 핑곗거리가 떠오르지 않아 그냥 펜션에 왔다고 말했다.

"펜션? 혹시 ○○펜션에 간 건가요?"

"예. 이 펜션을 어떻게 아세요?"

"거긴 왜 간 거죠?"

설희는 미리 질문을 준비를 한 듯 하준의 대답이 끝나기가 무섭게 질문을 이었다.

"그냥… 바람 쐬러 왔어요."

"하준 씨, 혹시 장대영이라는 남자 알아요?"

장대영, 처음 듣는 이름인데. 하준은 그 사람이 누구냐고 되물었다. 설희는 다음에 알려주겠다고 하면서 다른 질문을 이었다.

"하준 씨, 복지관에 가서 어떤 소녀에 대해 물었다면서요? 하준 씨가 찾는 그 소녀가 누군가요?"

"아, 그게……"

하준은 어떻게 말해야 될지 몰라 잠시 우물쭈물했다. 그럴싸하게 꾸며댈 내용도 없고 그럴 이유도 없었던 하준은 얼마 전 자신이 받은 의문의 문자에 대해 말했다.

"서인아 씨 죽음의 비밀을 알려주겠다는 문자가 와서 복지관에 갔고, 과거 거기서 만난 소녀 기억이 떠올라 그냥 한번 물어본 거다, 그리고 그 소녀의 기억은 전혀 없다는 거죠?"

설희는 하준이 한 말을 재차 확인하더니 잘 쉬다 오라는 인사를 끝으로 전화를 끊었다.

유설희 형사는 이 펜션을 어떻게 알았을까, 그리고 장대영은 또 누구야.

소녀와 강준식에 이어 장대영. 유설희 형사가 묻는 사람이 한 명 더 늘었다.

무슨 일이 일어나는 것은 분명한데. 아줌마는 여기 사진을 왜 남긴 걸까.

하준은 예전 인아와 펜션에 왔던 날을 생각하며 눈을 감았다. 그날 인아는 자신이 없어도 잘 지내라는 위로의 말을 했다.

"내가 하준이 옆을 떠나더라도 아주 가는 건 아니니까 기분 상할 필요는 없어."

인아가 자신을 완전히 떠날까 하는 두려움이 있었던 당시 하준은 인아의 말에 위로를 느꼈다. 지금도 그때처럼 인아의 위로를 받고 싶었다.

아줌마 좀 더 살고 싶어요. 5년… 아니 1년만이라도 더 살고 싶어요. 이제 다시 앞이 보이는데 이대로 죽기에는 너무 억울해요.

몇 시간이 지났을까, 혼곤히 잠을 자던 하준은 귀를 간질거리는 소리에 눈을 떴다. 살려줘요… 살려줘요… 하는 희미하게 들리는 남자의 다급한 목소리가 하준의 귓등을 타고 넘어왔다.

꿈인가. 몸을 뒤척이며 다시 눈을 감았지만 살려달라고 외치는 남자의 목소리는 계속 하준의 귓가에서 윙윙거렸다. 결국 침대에서 일어난 하준은 잠이 어린 눈으로 어름어름하며 창문에 섰다. 잠에서 완전하게 깨어나지 못한 눈을 비비며 창문을 열었다.

호수면을 훑으며 날아온 새벽녘의 시원한 바람이 하준의 얼굴을 세수하듯 씻기며 들어왔다. 덕분에 잠이 덜 깨 게슴츠레 떴던 눈이 떠지고 초점도 살아났다. 초점이 살아나자 망막에 한 남자가 순식간에 날아와 맺혔다. 호수에 빠진 남자가 허우적거리고 있는 게 아닌가.

물에 빠진 남자의 머리가 호수면 위로 들락날락하고 있었다.

하준은 곧바로 방에서 뛰어나갔다. 프런트를 지키고 있던 펜션 사장은 잠을 자러 내실로 들어갔는지 보이지 않았다.

아, 119에 전화를 해야 되는데, 라는 생각을 했을 때는 이미 호수에 도착한 후였다. 하준은 주저하고 말고 없이 호수로 뛰어들었다. 6월이긴 하지만 새벽의 호수는 차가웠다. 서늘한 기운을 밀어내며 팔을 저었다.

남자가 자맥질하던 곳은 멀지 않은 거리였지만 쉽게 다다르지 않는 기분이었다. 물에 뛰어든 지 몇 분 지나지도 않았는데 숨은 금세 가빠왔고, 물을 쳐내는 팔과 다리 역시 천근만근이었다. 없는 힘까지 짜내며 남자가 허우적거리던 근처에 도착한 후 주위를 둘러봤다. 조금 전까지 삶과 죽음의 경계에서 외줄타기를 하고 있던 남자는 보이지 않고 물에 잠긴 희끄무레한 달빛만이 움질대며 흔들렸다.

이쯤인 거 같은데, 벌써 물속으로 가라앉은 건가.

숨을 깊이 들이마신 하준은 고개를 쑤셔 박고 호수 안으로 들어갔다. 호수에 스며든 달빛만으로는 어슴푸레한 호수면 아래에 있는 사물을 눈으로 식별하기는 쉽지 않았다. 참은 숨이 바닥을 드러내기 전 매서운 시선으로 물속을 헤집었지만 엉기정기 난 물풀들이 어둠 속에서 괴물스레 흔들리는 모습만 보일 뿐 사람의 모습은 보이지 않았다. 참았던 숨이 다해 물 밖으로 고개를 내밀었다. 거친 숨을 수차례 내쉰 후 다시 숨을 머금고 물속으로 들어갔다.

두리번거리던 하준의 시선에 드디어 남자가 걸렸다. 어두운 물속이라 남자의 모습은 제대로 보이지 않았지만 보고 싶었던 사람을 만난 것처럼 반가웠다.

남자와의 거리는 땅에서라면 대여섯 걸음 정도 떨어진 가까운 거리. 움직임이 없는 남자는 물풀처럼 선 채로 있었다. 남자에게 다가가려 팔과 다리를 저었지만 급격하게 힘이 소진된 상태라 좀체 앞으로 나가지 않았고 숨도 막혔다. 일단 나부터 살아야 한다. 물 밖으로 올라가자.

얼굴을 물 밖으로 내밀어 숨을 쉬려는 찰나, 누군가 물속에서 하준의 한쪽 다리를 잡아당겼다. 그 바람에 하준은 숨도 제대로 쉬지 못하고 물을 한 움큼 들이마신 채 물속으로 잠겼다. 숨은 막히고 몸에 남은 힘이 바닥을 드러내기 직전의 정신없는 상황, 뿌연 형태의 존재가 하준의 눈앞에 보였다. 방금 전 허우적거리던 그 사람인가, 미안하지만 나는 지금 당신을 구할 힘이 없어.

하준은 물 밖으로 나가기 위해 얼마 남지 않은 힘을 끌어모아 발버둥을 쳤다. 사력을 다한 하준의 격렬한 몸부림에도 몸은 좀체 떠오르지 않았다. 특히 누군가 잡아당긴 한쪽 다리는 무거운 돌이 매달린 것처럼 움직일 수 없었다.

힘이 빠진 흐물흐물한 팔과 다리는 점점 의지의 범위에서 벗어났다. 끝에 다다른 숨도 더 이상 버틸 여력이 없는지 앙다문 입이 조금씩 벌어졌고 거무죽죽한 호수 물이 입안으로 들어오기 시작했다. 이렇게 죽는 건가, 이 호수에서.

모든 것을 포기하려는 순간 두 개의 상황이 동시에 하준에게 일어났다. 눈앞에는 희끄무레한 남자의 얼굴이 보였고, 어디선가 나타난 단단한 팔이 하준의 목을 감쌌다. 목을 감은 팔뚝에 끌려 물 밖으로 고개가 나오자마자 하준은 입을 크게 벌렸다.

푸- 헉- 푸- 헉-

시원한 공기가 폐로 들어왔다. 공기에서 맛이 느껴졌다. 스파클링 음료 같은 청량감이 폐를 통해 온몸에 퍼지는 기분이었다. 동시에 쌍욕을 하는 것 같은 남자의 굵고 거친 목소리가 출렁이는 물소리와 섞여 하준의 귀로 들어왔다. 축 늘어진 하준은 자신을 끌고 나가는 사람에게 몸을 맡긴 채 하늘을 보았다. 거친 숨을 내쉬며 오랜만에 보는 밤하늘의 별이 참 예쁘구나 하는 생각이 스쳐 지나갔다.

남자는 땅바닥에 하준을 벌러덩 눕혔다. 드러누운 하준은 컥컥대며 입으로 들어왔던 물을 다시 쏟아냈다.

"괜찮아요? 이 학생이 미쳤나, 왜 새벽에 호수에 들어가고 지랄이야!"

하준을 구한 남자는 숨을 헉헉대며 거칠게 불만을 내뱉었다.

"남자… 남자… 못 보셨어요?"

바닥에 드러누운 하준은 숨을 고르며 물었다.

"남자? 남자는 무슨 남자! 학생밖에 없었는데. 귀신이라도 봤어?"

남자는 하준의 말이 황당했는지 버럭 화를 냈다. 하준의 숨을 고르는 소리가 정상으로 돌아올 즈음, 두 사람이 있는 곳으로 남자 한 명이 달려왔다. 하준이 머물고 있는 펜션의 사장이었다. 사장은 어떻게 된 거냐고 하준을 구한 남자에게 물었다. 하준을 구한 남자는 근처 다른 펜션의 주인인 듯했다.

"담배 피우러 나왔는데 호수에서 이 학생이 허우적거리더라고요. 아이, 씨팔. 왜 새벽에 호수에 들어가서 사람을 개고생시켜! 어휴, 힘들어 죽겠네."

하준을 구한 남자는 돌아가면서도 계속 투덜거렸다.

하준은 펜션 사장의 부축을 받으며 자신의 방으로 돌아왔다.

"손님, 정말 괜찮으세요? 지금이라도 구급차 부를까요? 아니, 왜 새벽에 물에 들어가서…… 큰일 날 뻔했네."

방에 들어가는 하준에게 펜션 사장은 걱정 어린 말을 건넸다.

"괜찮습니다. 정말 죄송합니다."

하준은 방으로 들어오자마자 욕실로 들어가 욕조에 뜨거운 물을 받았다. 갑자기 몸이 주체하지 못할 정도로 부들부들 떨렸고 시야마저 요동치듯 흔들려 지진으로 건물이 흔들리는 것 같은 착각마저 들었다.

욕조에 물이 절반도 차기 전에 하준은 옷을 입은 그대로 욕조 안으로 들어갔다. 보통의 사람이라면 들어갈 엄두가 나지 않을 뜨거운 물이었지만, 덜덜 떠는 하준의 몸은 물을 빨아들이는 스펀지가 된 것처럼 금세 물의 온도와 하나가 되었다.

수증기가 안개처럼 욕실을 가득 채울 즈음 와들와들 떨리던 몸이 진정되면서 부서질 정도로 위아래 치아가 부딪치는 소리도 잦아들었다.

체온으로 적당히 데워진 이불을 끌어 앉고 있는 것 같은 기분이 들었을 때, 그제야 잔뜩 웅크렸던 몸이 조금씩 펴졌고 추위를 버티려고 꽉 쥐고 있던 손도 펴졌다. 혼이 빠진 듯했던 정신도 서서히 현실과 아귀를 맞췄다. 그러자 물에 빠져 허우적거리던 남자가 다시 생각났다.

하준을 구한 인근 펜션의 사장은 남자를 보았냐는 하준의 말을 주정뱅이 헛소리쯤으로 여기는 것 같았지만, 하준은 분명 물속에서 끌려나오기 직전에 흐릿한 남자의 얼굴을 보았다.

분명 남자를 보았어. 확신할 수는 없지만 나를 닮은 거 같았는데.

하준이 본 게 헛것이 아니라는 것을 증명이라도 하려는 듯 작은 조각 하나가 물에 떠올랐다. 꽉 쥐고 있던 하준의 손에서 빠져나온 조각이었다. 티셔츠에서 찢겨져 나온 것으로 보이는 천 조각. 물 밖으로 나올 때 손가락에 뭔가 걸리는 느낌이 들기는 했다.

티셔츠 조각은 어렸을 때 복지관 앞에서 만난 흐릿한 소녀의 기억으로 이어졌다.

*

펜션 방으로 돌아온 규민은 안주 몇 개를 테이블 위에 깔고 텔레비전 소리를 친구삼아 맥주를 들이켰다.

하준에게도 분명 나처럼 뭔가 이상한 일이 일어나고 있는 거야. 갑자기 앞을 보게 된 것도 그렇고. 이곳에 온 것도 내 와이프 생각이 나서 그런 게 아니라 뭔가 확인하고 싶은 게 있어서 그런 걸지도 몰라. 그런데 강준식은 어떤 여자애를 만나야 한다면서 왜 저 녀석을 언급했을까. 저 녀석은 모르는 눈치인데.

마음 같아서는 정신을 잃을 때까지 마시고 싶은데 막상 술과 마주하니 입안으로 들어가는 술이 맹물처럼 느껴져 술술 들어가지 않았다. 게다가 최근 며칠간 잠을 설친 탓인지 눈꺼풀도 무거웠다. 캔맥주 하나를 간신히 비운 뒤 침대에 누운 규민은 스르륵 잠에 빠져들었다.

얼마가 지났을까, 베개 옆에 둔 휴대전화 벨소리가 규민의 꿀잠을 방해했다. 잠결에 더듬더듬 휴대전화를 집어 귀에 가져간 후 여보세요, 라고 말하자마자 통화는 끊어졌다.

단잠에서 깬 규민은 눈을 비비며 벽에 걸려있는 시계를 보았다. 밤 11시를 조금 넘은 시각. 몸을 일으킨 후 잠을 달아나게 한 번호를 확인하기 위해 통화목록을 확인했다. 방금 걸려온 전화번호는 이곳 지역번호로 시작하는 번호였다. 누가 이 시간에 전화를 한 거지.

규민은 침대에서 일어나 냉장고에서 생수를 꺼내 마셨다. 물을 마신 후 침대로 돌아가는데 창밖 멀리 젖은 옷이 몸에 착 달라붙은 남자 두 명이 호수에서 처벅처벅 걸어 나오고 있는 모습이 보였다. 체격이 건장한 남자의 부축을 받으며 나오는 축 처진 남자에게 규민의 시선이 집중됐다. 하준이었다.

무슨 일이야, 저 녀석이 물에 빠졌나?

방에서 나온 규민이 호수로 나왔을 때 남자의 부축을 받으며 펜션으로 가는 하준의 뒷모습이 저만치 보였다. 하준을 구한 남자가 혼잣말을 구시렁거리며 규민이 있는 쪽으로 걸어왔다.

"저기요, 무슨 일 있었나요?"

"어떤 학생이 호수에 빠져서요. 이 시간에 호수에는 왜 들어가고 지랄인지."

남자는 짜증 가득한 얼굴로 투덜거렸다.

"그 학생이 왜 호수에 들어갔답니까?"

"어떤 남자가 물에 빠졌다고 하더라고요. 정신이 오락가락하는 학생인지. 술 취한 거 같지는 않던데."

남자는 더 이상 질문은 받지 않겠다는 듯 서둘러 발걸음을 옮겼다.

남자가 물에 빠져서 들어갔다고? 환영을 본 건가.

방으로 돌아온 규민은 침대에 벌러덩 누웠다. 다시 잠자기는 글렀다. 텔레비전을 켜기 위해 리모컨을 들었다. 순간 규민의 시선이 텔레비전 옆 탁자로 이동했다.

탁자 위에는 옅은 감색 재킷이 단정하게 접힌 채 놓여있었다. 방금 전까지 없던 물건이다. 규민은 침대에서 일어나 탁자로 다가갔다. 반듯하게 접혀 놓여있는 것은 교복이었다. 규민은 '박소윤'이란 이름이 선명하게 박혀있는 명찰을 물끄러미 바라보았다.

교복은 얼마 전 학원 감시카메라에 잡혔던 여자 기억으로 규민을 안내했다. 그 여자가 입고 있던 교복의 색깔도 이 교복과 같았다. 펜션 안내데스크에 가서 감시카메라를 확인할 것도 없다. 인아 유령이 여기까지 온 것이다. 가만, 방금 펜션에서 나갈 때 로비 한구석의 자리에 어떤 여자가 앉아 있었는데 그 여자가 혹시.

곧바로 방에서 나와 로비로 내려왔지만 여자는 사라지고 없었다. 여자가 앉아 있던 자리 뒤의 벽에 공중전화가 걸려있었다.

11

펜션에서 나온 규민은 차에 올랐다. 시동을 걸기 전 인아 유령의 행동에 대해 생각했다. 처음에는 인아의 물건이 등장했고 조금씩 소윤이라는 존재를 드러내고 있다. 의도적으로 소윤이라는 존재를 내게 각인시키려는 듯하다. 목적이 뭘까. 내게 딸이 있다는 걸 알려주려고 그러는 건가. 갑자기 있지도 않은 딸의 존재부터 시작하면 내가 믿지 않을 것 같아서 자신의 물건부터 등장시킨 것인가. 그렇다면 하준과 살았던 집의 싱크대 문짝에 남긴 이름도 그 유령이 남겼단 말인가.

아내는 죽었을 때 임신을 하지 않았다. 임신을 했다면 당연히 부검결과에서 나왔을 것이다. 나를 이곳에 오게 한 이유가 교복 때문만은 아닐 것이다. 인아 유령은 하준이 이곳에 오는 것을 알고 펜션 명함을 남겼다. 나를 깨우려고 한 전화 역시 목적이 있을 것이다. 그렇다면 하준에게 일어난 일을 보여주려고 한 것밖에 없는데.

인아 유령의 의도를 생각하던 규민의 머릿속에 잭이 했던 말이 불쑥 끼어들었다.

'이제 시작이야. 아마 앞으로 당신에게 비현실적인 일들이 계속 일어날 거야. 강준식도 그랬고, 당신 아내도 그랬어. 당신 도와줄 사람은 세상에 나밖에 없다는 걸 빨리 인지하라고.'

잭이라는 놈은 뭘 알고 있기에 나에게 와서 그런 말을 했을까.

잭에게 전화할 일이 없을 거라고 다짐했지만 규민은 차 안에 구겨 버린 잭이 건넨 메모지를 두리번거리며 찾았다. 꼬깃꼬깃 뭉쳐진 작은 종이뭉치가 조수석 밑에 숨어 있었다.

한 시간 남짓 달린 규민의 차가 멈춘 곳은 시내의 한 오피스텔 지하주차장. 출발하기 전 늦은 시간이라 망설이다 전화를 했는데 잭은 지금 시간이 자신에게는 한낮이라며 자신이 있는 곳을 알려주며 오라고 했다.

잭이 말한 오피스텔의 문에 노크를 하자 선글라스를 벗은 잭이 미소를 지으며 문을 열었다. 선글라스를 벗으니 제법 호남형의 얼굴이었다.

"들어오시게, 박 원장."

오피스텔 안으로 들어간 규민은 실내의 모습을 보고 보통의 장소가 아니라는 것을 직감했다. 한쪽에는 파티션으로 만든 내실로 보이는 공간이 있었고, 한쪽 벽에는 컵라면과 음료들이 들어있는 박스가 쌓여있었다. 실내의 주인행세를 하는 것은 오피스텔 가운데 덩그러니 위치한 둥근 테이블이었다. 보통의 테이블은 아니었다. 이런 테이블이 한두 개 더 있었을 것이다. 규민은 이곳이 불법 도박장이 아니었을까 생각했다.

"날 사기꾼 취급하던 원장 나리가 어쩐 일로 늦은 시간에 전화까지 하셨나?"

잭은 비아냥거리는 말투로 말하며 의자를 내주었다.

"박 원장, 커피 줄까?"

"아니, 됐어."

두 사람은 도박을 하는 사람처럼 둥근 테이블을 사이에 두고 마주앉았다.

"박 원장, 여기가 뭐하던 곳인지 궁금하지? 이미 눈치챈 거 같기는 한데."

"뭐, 대충은."

"불법 도박장이었어. 도박으로 돈을 벌어보겠다고 생각하는 정신 나간 놈들이 은근히 많거든. 한동안 쏠쏠히 재미를 보다 몇 달 전에 그만뒀어. 이 바닥도 이제 인터넷이 대세라서. 게다가 경찰 단속도 심해지고. 회원제로 운영했는데도 힘들어. 돈 잃은 놈들이 찌르는 거 같아."

잭은 뭐가 그리 기분 좋은지 싱글벙글 웃으며 주저리주저리 말을 이었다.

"이제는 좀 착하게 살려고. 이 오피스텔은 팔려고 부동산에 내놨어. 어때? 박 원장이 이 오피스텔 사는 게."

"내가 오피스텔 사서 뭐하겠어. 그럴 돈도 없고."

"왜 그래, 다 아는데. 아내가 죽고 나서……"

잭은 내민 혀를 재빠르게 입안으로 넣으며 쓰-읍 하는 소리를 냈다. 인아가 남긴 유산을 규민이 날름 먹었다는 의미의 표현이었다.

"내가 유명인산가 보군. 나에 대해 잘 알고 있네."

기분이 상할 잭의 행동에도 규민은 화를 내는 대신 담담하게 농담으로 받아쳤다.

"하하하, 그것도 박 원장 능력이고 복이지 뭐. 다들 부러워서 뒤에서 그러는 거라고 생각하시게. 그나저나 오늘은 지난번과 다르게 좀 진지하게 대화가 되겠군."

잭은 도움을 원해 자신을 찾아온 규민보다 자신이 위에 있다는 생각에 자신감이 넘쳤다. 잭은 어서 말하라는 표정으로 규민을 바라보았다. 규민은 헛기침을 크게 두 번 하고 입을 열었다.

"내가 오늘 잭을 만나러 온 이유는 전에 말한 강준식과 내 아내에 대해 당신이 알고 있는 걸 알고 싶어서야."

"왜 갑자기 그게 궁금해졌지?"

"잭이 지난번에 말한 것처럼 요즘 내게 이상한……"

규민이 겪은 일을 설명하려는 순간 열쇠 꽂는 소리가 들린 후 문이 열렸다. 출입문을 비스듬히 등지고 앉은 규민은 출입문 쪽으로 고개를 돌렸다. 문을 열고 들어온 남자는 예정에 없던 손님을 보고 자못 놀라는 표정을 지으며 잭에게 가벼운 목례를 했다. 문 앞에 선 남자는 규민과 비슷한 키에 짧은 헤어스타일을 한 건장한 체격의 남자였다. 조폭이라고 해도 고개가 끄덕여질 만큼 그쪽 분위기가 물씬 풍겼다.

"신 일병, 최 사장 만났어?"

잭은 다소 신경질적인 말투로 물었다.

"저… 그게…"

문 앞에 서 있는 신 일병은 규민이 있는 자리에서 말하기가 곤란한지 머뭇거리며 규민을 흘끗 쳐다보았다.

"박 원장, 잠깐 실례."

잭이 먼저 내실로 들어가자 신 일병이 따라 들어갔다. 내실로 들어가는 두 사람의 분위기가 심상찮게 돌아갈 것 같은 규민의 예감이 내실 문이 닫히자마자 맞아떨어졌다.

"야, 신 일병! 내가 진즉에 최 사장 그 새끼 만나서 조지라고 했어, 안 했어!"

파티션 너머로 분노가 가득한 잭의 목소리가 우렁차게 들렸다. 게다가 잭이 남자를 신 일병이라고 부르는 탓에 군대 선임이 후임에게 훈계를 하는 것처럼 느껴졌다. 잭은 화가 가라앉지 않은 듯 똑바로 못하냐며 고함을 질러댔고 물건을 집어 던지는 소리가 몇 차례 들린 다음 폭행을 하는 듯 퍽퍽 하는 소리가 이어졌다. 죄송하다고 말하는 신 일병의 목소리가 두어 차례 들렸을 뿐 잭의 목소리는 들리지 않았다.

저러다 사람 잡는 거 아닌가, 들어가서 말려야 하나, 하는 생각에 좌불안석일 때 내실의 문이 열렸다. 페도라를 매만지며 잭이 먼저 나왔고, 얼굴이 벌겋게 상기되고 풀이 죽은 신 일병이 뒤따라 나왔다. 신 일병은 잭과 규민을 향해 꾸벅 목례를 하고는 출입구로 총총히 걸어간 후 밖으로 나갔다. 내실에서 바나나 두 개를 들고 나온 잭은 어휴, 속 터져, 하는 혼잣말을 하며 껍질을 벗긴 바나나를 크게 한 입 베어 물었다.

"박 원장, 바나나 줄까?"

"아니, 됐어. 그런데 저 친구는 누구야?"

"군대 있을 때 후임. 내가 병장 때 저 친구가 신병으로 들어왔지. 알고 보니 중학교 후배더라고. 그래서 잘 챙겨줬어. 내가 전역할 때 저 친구가 일병이었거든. 저놈도 병장으로 전역했지만 내가 그걸 본 적이 있나, 저 녀석은 나에게 영원한 일병이지.

도박장 시작할 즈음 우연히 술집에서 저 친구를 만났어. 빌빌거리고 있기에 내가 거두어 줬지. 처음에는 빠릿빠릿하게 일했는데 요즘은 갈수록 물러 터져서 돌아버릴 지경이야. 이 오피스텔 팔리면 그동안 고생한 수고비 좀 던져주고 바이바이 해야지."

"그런데 뭐 때문에 그렇게 혼낸 거야?"

"여기 정리하면서 그동안 내 돈 선불로 당겨서 도박한 놈들 수금을 했어. 거의 다 정리를 하고 단 한 명 남은 게 단란주점 운영하는 최 사장이라는 놈인데, 그놈이 잠수를 탔는지 연락이 안 돼. 원래도 얍삽한 놈이라 믿음이 안 가서 내가 신 일병에게 최 사장을 잘 살피라고 신신당부를 했는데…… 최 사장 그 새끼, 잠수 타면 내가 포기할 줄 아나 봐. 난, 내 돈 날로 먹으려고 하는 놈들 절대 가만 안 둬."

가만두지 않는다고 말하는 잭의 얼굴에서 서늘한 살기마저 느껴졌다.

"아까 어디까지 얘기했지? 박 원장이 이상한 뭐가 어떻다고 한 거 같은데?"

잭은 두 번째 바나나 껍질을 벗기며 물었다.

"아, 사실……"

규민은 쇼핑몰에서 처음 잭을 만난 날에 보았던 인아 닮은 여자와 인아 유령을 목격한 이야기를 시작으로 갑자기 나타난 향수와 원피스, 인아 유령이 남긴 아기 옷과 조금 전 펜션에서 있었던 일까지 조곤조곤 말했다. 잭은 바나나를 먹으며 흥미진진한 표정으로 규민의 말을 들었다.

"희한한 일이군. 혹시 아내가 죽기 전에 임신을 했었나?"

잭의 질문에 규민은 고개를 가로저었다.

"박 원장에게 딸의 존재가 특별했나 보군."

"난 딸을 갖고 싶었어. 딸이 태어났다면 아마 내 삶이 달라졌을지도 모르지."

"소윤이라는 이름을 아는 사람은 누가 있지? 아내를 제외하고."

"그건 아내도 몰라. 어느 누구에게도 말한 적이 없으니까."

"그래? 그럼 그 아내 유령이 박 원장의 속마음까지 알고 있다는 거네."

"그게 불가사의한 일이야. 아니, 아내가 살았던 집에 소윤이란 이름의 흔적이 있으니까 그 유령이 그걸 보았다면 딸 이름이라고 추측했을 수도 있겠지."

잭은 옅은 미소를 지었다. 뭔가를 알아냈다는 의미처럼 느껴지는 미소였다.

"강준식과 박 원장 아내처럼 그 아내 유령도 이상한 기억이 있나 보군."

"그게 무슨 말이야?"

"죽은 강준식과 박 원장 아내는 이상한 기억이 있었어. 두 사람처럼 아내 유령도 그럴 가능성이 있다는 말이야. 아마 죽은 박 원장 아내의 기억을 갖고 있을 수도 있겠군."

"그 여자가 내 아내의 기억을 갖고 있다고?"

"추측일 뿐이야. 그렇지 않고서는 불가능한 일이잖아. 박 원장 외에 아무도 모르는 딸 이름을 알고 있다는 게 이상하기는 하지만."

"정말 궁금한데, 잭은 그런 걸 어떻게 알지? 잭도 이상한 기억이 있나?"

"나야 박 원장 아내와 강준식, 두 사람을 만났으니까 알지."

12

다음 날 눈을 뜨자마자 하준은 짐을 챙겨 펜션에서 나왔다. 전신만신이 욱신거리는 하준은 쓰러지기 직전이었다. 몸을 추스를 때까지 펜션에서 더 머물 수도 있었지만 한시바삐 그곳을 벗어나고 싶었다. 호수 위에 찰랑이는 눈부신 물비늘도 하준에게는 다시 눈을 멀게 할 것만 같은 두려운 대상일 뿐이었다.

버스에 오른 하준은 쓰러질 듯한 몸을 좌석에 던지듯 앉았다. 하준은 간밤에 한숨도 못 잤다. 알 듯 말 듯한 소녀의 기억이 계속 머릿속에서 맴돈 것도 있지만, 몸살감기에 걸린 듯 오르락내리락하는 몸 상태가 쏟아지는 잠을 툭툭 치며 털어냈다.

소녀의 기억은 욕조에서 몸이 풀렸을 때 살아났지만 희끄무레한 달빛에 비친 야밤의 풍경을 보는 것처럼 또렷한 기억은 아니었다. 소녀도, 그녀와 있었던 상황도 부끄러운 듯 확실한 모습을 드러내지 않았다. 기껏 떠오른 기억은 하준이 물에 빠진 기억, 그것 하나였다. 최근 자주 꾸었던 물에 빠져 허우적거리던 꿈이 과거의 기억과 관련이 있나 하는 생각이 스치듯 지나갈 뿐 어떻게 물에 빠졌는지, 물속에서 무슨 일이 있었는지는 떠오르지 않았다.

알 듯 말 듯한 예전 기억이 재회의 기쁨을 알리고 싶었는지 밤새 하준의 머릿속에서 뱅뱅 돌며 어지럽게 했다. 소녀의 기억을 치우고 잠에 빠지려고 하자 지독한 감기몸살에 걸린 것처럼 으슬으슬 몸이 떨렸다. 뼈마디를 쑤시며 괴롭히는 통증으로 잠을 잘 수가 없었다. 다리가 풀려 주저앉은 것과는 다른 차원의 고통이었다.

하준은 자신의 삶이 본격적으로 무너지기 시작하고 있다는 것을 다시 한 번 느꼈다. 그렇다고 뚜벅뚜벅 다가오는 죽음을 마냥 기다리고 싶지는 않았다. 어금니를 바서져라 맞씹으며 저항했다. 하준의 강한 의지에 고통이 잠시 자리를 비켜주기도 했지만, 잠이 설핏 들기라도 하면 감기몸살 같은 증상은 고문하는 것처럼 사라지지 않고 밤새 오르내림을 반복했다. 펜션에서 나오기 전 소녀의 기억으로 안내한 욕조에 떠올랐던 천 조각을 다시 찾으려고 했지만 천 조각은 물에 녹은 듯 사라지고 없었다.

집에 도착한 것은 정오 무렵, 하준은 집에 들어오자마자 침대에 그대로 쓰러졌다. 펜션에서와 달리 아무런 방해 없이 죽은 듯 잠에 몸을 맡겼다. 잠을 자면서 살아있다는 확인을 하려는 듯 이따금씩 눈이 저절로 떠졌다. 그때마다 자신에게, 신에게, 또 다른 누군가에게 바라는, 사정하는, 불평하는 말들이 피뜩피뜩 떠올랐다.

이제 겨우 스무 살인데… 이제 막 세상을 다시 보게 되었는데…

내게 조금만 더 시간을 주면 안 되나. 아줌마 죽음의 이유를 알 때까지만이라도.

대체 내게 왜 이러는 거야, 내가 무슨 잘못을 했다고.

긴 시간 동안 잠에 빠졌으리라. 긴 잠은 꿈으로 이어졌고, 꿈은 현실에서 갈 수 없는 시간으로 하준을 안내했다. 꿈이 다다른 시간은 어린 시절 하준이 감기에 걸렸던 날이었다. 까맣게 잊고 있던 기억으로 이 또한 이상한 기억이다. 왜 지금 이 기억이 꿈에 나올까. 하준은 이런 생각을 하며 꿈속의 자신으로 들어갔다.

감기에 걸려 하루 종일 콜록거리던 하준은 약을 먹고 잠이 든다. 웅크린 채 잠을 자고 있는 하준을 뒤에서 안으며 인아가 옆에 눕는다. 약을 먹고 잠에 빠진 하준은 엄마, 엄마 하며 칭얼대면서 인아에게로 몸을 돌린다. 하준의 손이 인아의 가슴을 더듬는다. 티셔츠 위로 봉긋 솟은 인아의 작은 가슴을 만지던 하준은 자신이 인아의 가슴을 만지고 있다는 것을 인지하고 놀란다. 동시에 인아에게 무슨 말을 건넨 기억이 있다. 당황한 하준은 모른 척 칭얼거리며 몸을 돌린다.

복지관에서 고등학생들과 싸운 일처럼 이날 인아에게 무슨 말을 했는지 기억이 나지 않았다. 당시에는 인아의 가슴을 만졌다는 무안한 상황에 인아에게 무슨 말을 했는지 물어볼 수도 없었다. 그날 인아는 조용히 흐느꼈다.

하준은 가늘게 눈을 떴다. 눈을 떴지만 하준을 꿈속에 좀 더 묶어 놓으려고 하는지 옅어진 꿈은 현실에 비비적거리며 떠나기를 주저했다. 그 바람에 하준의 의식에는 인아의 흐느끼는 소리가 사라지지 않고 계속 치근거렸다.

그날 아줌마는 왜 울었을까, 내가 가슴을 만져 수치스러워서 그랬을까, 아니면 내가 한 어떤 말 때문에 상처를 받은 걸까. 나는 그날 무슨 말을 했던 걸까.

몸을 뒤척이며 다시 눈을 감으려는데 창문 앞에서 검은 실루엣이 얼씬거렸다. 하준은 창문 쪽으로 눈동자를 굴렸다. 손가락으로 창문을 만지고 있는 커다란 실루엣. 긴 잠을 잔 여파 때문인지 얼비친 실루엣 모습이 꿈인지 현실인지 구분이 가지 않았다. 이런 고민을 끝내라는 듯 강한 불빛이 하준의 눈을 때렸다.

하준은 미간을 찡그리며 불빛을 노려보았다. 의자에 앉아 있는 남자가 침대에 누워있는 하준에게 손전등을 비추고 있었다. 저 남자는 누군데 내 방에 있는 거지? 도둑인가?

"일어나지 말고 그대로 누워있어."

무게감이 느껴지는 위협적인 목소리에 하준은 일으키려던 머리를 다시 베개에 슬그머니 내렸다. 눈을 내리깔고 손전등을 비추는 남자를 보았다. 어둑한 어둠 때문에 남자의 얼굴은 제대로 보이지 않았다. 보이는 거라고는 다리를 꼰 채 의자에 앉아있는 자세와 머리 위에 있는 페도라 뿐이었다.

"누, 누구세요?"

"네가 김하준이지?"

하준은 그렇다고 대답을 하며 곁눈질로 방 안의 상황을 살폈다. 창문에 스며든 가로등 불빛과 함께 짙은 어둠도 같이 느껴졌다. 늦은 밤이거나 새벽인가 보다.

"제게 무슨 일로……"

"내가 묻는 것만 대답해, 묻지는 말고. 알았어?"

하준은 주눅 든 작은 목소리로 예, 라고 대답했다. 남자의 위압적인 목소리만으로도 자신의 배 위에 올라타고 짓누르는 것처럼 느껴졌다. 마른침을 삼키며 이어질 남자의 질문을 기다렸다.

"요즘 네게 일어나는 일을 말해봐."

저 남자는 누군데 저런 질문을 하지?

"잔머리 굴리지 말고 솔직하게 말하는 게 좋을 거야."

무엇을 알고 싶어서 그러는 걸까. 하준은 무슨 말로 시작해

야 할지 난감했다. 그렇다고 정체로 모르는 상대에게 솔직하게
자신에게 일어나는 모든 것을 말할 수는 없는 노릇이다. 일단 시
작은 유설희 형사를 꺼내기로 했다. 남자의 정체가 뭔지는 몰라
도 공권력에 쉽사리 뭔가를 할 수는 없을 테니까.

"형사가 찾아왔습니다."

"유설희 형사?"

이 남자는 유설희 형사도 알고 있다. 강준식 사건을 알고 있
는 사람인가.

"그 형사가 왜 너를 찾아왔지?"

"강준식이라는 남자가 죽었다면서 찾아왔습니다."

"그리고 또."

"또… 여자애에 대해 물었습니다."

"여자애? 누군지 넌 알아?"

여자애라는 단어에 반응하는 목소리에서 호기심이 잔뜩 묻
어있다. 이 남자도 그게 궁금한 건가.

"그건 저도 모르겠습니다. 아는 여자애들이 없거든요."

"그래? 오늘, 아니 어제 어디에 갔다 왔지?"

내가 펜션에 간 것을 알고 묻는 게 틀림없다.

"펜션에 갔습니다."

"거기는 왜 간 거지?"

"그냥, 아줌마가 생각나서 갔습니다."

"같이 살았다던 아줌마?"

나에 대해 모르는 게 없다.

"너, 요즘 이상한 기억이 떠오르지?"

아니, 그건 또 어떻게 아는 거지. 내 기억까지 추적하는 능력이 있는 사람인가, 이 남자 정체가 정말 뭐야.

"이상한 기억이요?"

"모른 척하지 말고 최근 떠오른 네 기억에 대해 말해봐."

하준의 머릿속이 다시 바쁘게 움직였다. 어떤 내용을, 그리고 어디까지 말해야 할지 감이 오지 않았다. 펜션에 간 게 아줌마 때문이니까, 아줌마 이야기를 하는 게 제일 무난하다. 죽은 사람에게 어떻게 하지는 못할 테니까.

하준은 아줌마가 자꾸 꿈에 나타난다고 말했다. 펜션에 같이 갔던 꿈을 꾸어서 그곳에 간 거라고 둘러댔다.

"그래? 음… 또 다른 기억은?"

이 남자는 집요하게 내 기억을 묻는다. 원하는 정보가 따로 있나.

"그러니까… 누군가 너를 죽이려고 한다거나 하는… 그런 기억 말이야."

하준이 선뜻 입을 열지 않자 남자가 콕 집어 말했다. 하준은 그렇지 않아도 실제 죽어가고 있다고 말하고 싶었다.

"그런 기억은 없는데요."

하준은 호수에서 죽을 뻔한 일은 말하지 않았다. 그건 기억이 아닌 실제니까. 남자의 표정을 볼 수 없으니 자신이 한 말을 믿는지의 여부를 가늠할 수가 없었다. 남자는 기억에 대한 질문이 아닌 다른 질문을 던졌다.

"너 혹시 최근에 같이 살았던 아줌마 본 적 있어?"

저 질문은 원장 아저씨가 했던 질문인데.

"아줌마는 돌아가셨습니다."

하준은 더 이상 말하고 싶지 않다는 의지를 담아 단호하게 말했다. 시종일관 건조한 말투로 질문을 하던 남자는 하준의 마지막 말에 피식하고 웃으며 더 이상 들을 이야기가 없다고 판단했는지 의자에서 일어났다. 창문으로 스며든 가로등 불빛에 남자의 전체 윤곽이 보였다. 여전히 얼굴은 제대로 볼 수 없었지만 전체 실루엣은 건장한 체격이었다. 하준의 몸이 정상이라고 해도 쉽게 대들 수 없는 상대였다. 의자에서 일어난 남자는 창문 앞에 서서 다시 창밖을 바라보았다. 창밖에 뭐가 있나.

"다음에 우리가 다시 만나게 된다면, 그때 우리 둘 중 한 명은 아마도 죽게 될 거야."

창밖을 바라보던 남자는 무시무시한 협박조의 말을 남기고 방에서 나갔다.

남자가 방에서 나갔지만 하준은 그대로 침대에 누워 있었다. 남자의 뒤를 따라가고 싶은 용기도 의지도 없었다. 침대에 누워 남자가 나가기 전에 한 말을 다시 곱씹었다.

다시 만나면 둘 중 한 명은 죽는다니 그게 무슨 말일까, 그 대상은 내가 될 확률이 높은데…… 하는 생각을 하다 다시 스르르 잠에 빠졌다.

다시 눈을 뜰 때까지 얼마의 시간을 잠에 허비했는지는 모른다. 눈을 뜬 하준은 앞을 보지 못하던 예전처럼 침대에 누운 채

195

오감을 통해 시간을 추측했다. 방 안에 들어온 햇빛의 농도를 보니 오후의 절반이 지나갔을 것 같다.

힘겹게 몸을 일으킨 후 침대에서 내려왔다. 비틀거리며 방에서 나온 하준은 주방의 냉장고에서 생수를 꺼내 정신없이 들이켰다. 몸의 메커니즘이 고장 났는지 텅 빈 위장으로 내려간 차가운 기운이 느껴지지 않았다.

거실로 나오는데 하준의 몸이 갑자기 균형을 잃고 기우뚱거렸다. 주방이었다면 식탁 의자라도 잡고 몸을 추슬렀겠지만 주위에 잡을 게 없는 거실 가운데에서 휘청한 하준은 균형을 잃고 맥없이 거실에 쓰러졌다. 그래도 의식은 살아있어 일어나야 한다는 명령을 몸에 내렸지만 마비가 온 듯 몸은 움직여지지 않았다. 그때 방에서 휴대전화 벨소리가 울렸다. 몇 걸음만 가면 되는 얼마 되지 않는 거리지만 지금 하준에게는 다른 세상처럼 멀게 느껴졌다.

하준의 의식이 점점 희미해졌다. 띄엄띄엄 들리는 휴대전화 벨소리가 아스라이 멀어지려는 찰나, 거실 바닥으로 밀려오는 현관문 열리는 소리가 의식의 마지막에 걸렸다.

내 이름을 부르는 것 같은데. 아, 그 형사 누나구나.

*

설희가 경찰서에서 출발할 때도, 하준이 사는 동네에 도착하면서도 전화를 했지만 신호만 울릴 뿐 하준의 답은 없었다.

펜션에서 하룻밤을 자고 집에 올 거라고 했는데 아직 집에 도착하지 않은 걸까. 아니면……

불길한 예감에 설희는 주차를 하자마자 하준의 집으로 뛰어 들어갔다. 현관문은 열려 있었다. 문을 열며 하준의 이름을 부르려고 하는데 거실에 정신을 잃은 하준이 자신의 방을 바라보며 가로누워있었다. 신발을 벗는 것도 잊고 집 안으로 들어간 설희는 하준의 이름을 부르며 흔들었지만 하준은 아무런 반응 없이 축 처진 채 흐느적거릴 뿐이었다. 손을 코끝에 댔다. 다행히 숨은 쉬고 있었다.

진료실에서 설희와 마주앉은 의사는 하준의 상태를 묻는 설희의 질문에 지난번에 왔던 환자라고 하면서 이야기를 시작했다.

"지난번에도 왔었다고요?"

의사는 한 달 전 즈음에도 하준이 병원에 실려 왔다고 했다.

"잊을 수가 없는 환자죠. 그때 환자분을 보고 많이 놀랐으니까요."

의사의 이어지는 말에 놀란 설희의 입이 살짝 벌어졌다.

"그때도 환자분이 일하던 커피숍에서 정신을 잃고 쓰러졌다고 했거든요. 정밀검사를 했는데 저도 처음 보는 특이한 증세였어요. 흔히 조로증이라고 하죠. 이 환자분 같은 경우는 베르너 증후군이라는 성인 조로증으로 보였는데, 일반적인 성인 조로증 환자들의 증세와는 좀 달랐습니다. 일반적인 조로증 환자들은 외모도 같이 늙는데 이 환자분 같은 경우는 얼굴은 그대로예요.

특이한 케이스죠. 지금 상태는… 이걸 다행이라고 해야 하나, 그 때보다 더 나빠지지는 않은 것 같네요. 이 환자분과 비슷한 분이 또 한 명 있었어요. 그분도 이 환자가 오기 전에 직장에서 쓰러져 병원으로 실려 왔죠. 연이어 그런 환자를 본다는 게 흔한 일이 아니라 기억할 수밖에 없죠."

"혹시 강준식?"

설희의 말에 의사는 어떻게 아냐는 표정으로 맞아요, 라고 말했다.

"형사님이 그분을 어떻게 아세요?"

"얼마 전에 사망했습니다."

"아, 그렇군요. 조로증으로 돌아가셨나 보네."

"아뇨, 추락사예요."

의사는 아, 하며 더 놀란 표정으로 입을 벌렸다. 추락사라고 하니 의사는 준식이 자신의 처지를 비관해 자살한 것이라 생각 하는 눈치였다.

의사를 만난 후 설희는 응급실로 돌아왔다. 침대 옆의 간이 의자에 앉아 누워있는 하준을 무심히 내려다보았다. 이제 스무 살밖에 되지 않은 남자가 죽음을 앞둔 노인의 시간을 살고 있다 니. 그의 인생이 한없이 측은해 보였다. 흘러내린 앞머리 몇 올 이 하준의 눈과 볼을 가로질렀다. 흘러내린 머리카락을 정리하 려고 무심결에 설희의 손이 하준의 얼굴로 다가갔다. 그때 하준 이 작은 신음 소리를 내며 눈을 떴다.

"괜찮아요?"

하준은 괜찮으냐고 묻는 설희를 바라보며 고개를 끄덕인 후 고맙다는 말을 했다.

"형사님, 그만 가죠. 이런 링거 맞아봐야 아무런 효과도 없는데."

"그래도 좀 쉬는 게……"

설희의 말이 끝나기도 전에 상체를 일으킨 하준은 링거 바늘을 뽑고 몸을 돌려 침대에서 내려왔다.

설희는 조수석에 앉아 창밖을 내다보는 하준에게 정말 괜찮냐고 물었다. 하준은 설희의 질문이 귀찮은 듯 예, 라고 짧게 대답했다. 설희가 뭐부터 물어봐야 하나, 하는 고민을 하준이 눈치챈 듯 그가 먼저 입을 뗐다.

"저희 집에는 왜 오셨어요? 단순히 전화를 받지 않아서 오신 거 아니죠?"

"그것도 있고, 하준 씨에게 물어볼 게 있어서요. 그런데 현관문은 왜 안 잠그고 다녀요?"

"그래야 제게 무슨 일이 생기더라도 누군가 집에 들어와서 와서 확인하잖아요. 오늘 형사님처럼."

설희는 자신의 죽음을 예감하고 있는 하준을 슬쩍 본 후 다시 앞을 바라보며 질문을 던졌다.

"하준 씨, 혹시 이상한 기억이 떠오르지 않았나요?"

설희는 준식이 죽기 전 죽음의 기억이 있었다는 말은 하지 않았다. 하준은 얼버무리며 없다고 대답했지만 설희는 그 반대로 생각했다.

"강준식 사건에 대해 말씀해 주시겠어요?"

하준의 질문에 설희는 침대에서 발견된 추락사라고 간단하게 설명하며 준식이 남긴 음성메시지 내용 중 하나를 꺼냈다.

"강준식이 죽기 전 다른 시간을 언급했다고 해요. 자신의 사건은 다른 시간에서 일어난 사건이라고. 그리고 죽기 전에 소녀를 보았나 봐요."

하준은 '다른 시간'과 '소녀'라는 단어를 번갈아가며 혼잣말하듯 중얼거렸다.

"펜션에는 왜 간 거죠? 단순히 바람 쐬러 간 거 아니죠?"

"아줌마가 남긴 사진이 있어요."

설희는 인아 휴대전화에 있던 사진이 생각났다.

"제게 아줌마가 남긴 사진과 연관된 기억이 있어요."

"펜션, 술집, 농장 집 그런 사진들이죠?"

하준은 설희의 정보력에 놀랐는지 설희를 힐끗 쳐다보았다. 설희는 수사 자료에 있는 인아의 휴대전화에 있던 사진을 보았다고 하면서 하준이 간 펜션도 그 사진 중 하나였다고 말했다.

"하준 씨, 사진과 연관된 기억은 어떤 기억인가요?"

"특별한 것은 없어요. 그냥… 그곳에 갔던 기억이 전부예요."

생각한 것보다 김빠지는 대답에 설희는 고개만 끄덕였다.

"펜션에 가서 떠오른 기억은 없어요?"

하준은 대답을 하지 않았다. 말하기 곤란한 것인지 어떻게 말해야 하나 정리가 되지 않아서 인지는 하준이 고개를 돌려 창밖을 보고 있어 그의 표정을 확인할 수는 없었다. 하준의 고개가 다시 정면을 향했다.

"아줌마는 뭔가를 알고 있었던 거 같아요."

"서인아 씨가? 뭘요?"

"아줌마가 제게 무언가를 말하려고 하는 것 같아요. 그런데 그게 뭔지 모르겠어요."

"누군가 서인아 씨 죽음의 비밀을 알려주겠다는 문자를 보냈다던데 이후 다른 문자나 연락은 없었나요?"

"그게 처음이자 마지막이에요. 형사님, 지난번에 아줌마 사건은 왜 물어보신 건가요?"

"확실하지는 않지만 강준식과 서인아 씨 사건이 서로 연관이 있는 것 같아요. 비슷한 의문의 죽음도 그렇고 공통으로 등장하는 인물도 그렇고."

"그 사람이 혹시 장대영인가요?"

설희는 고개를 끄덕였다.

"그 사람도 죽었나요?"

"아뇨. 그 사람도 뭔가를 알고 있는 것 같아요. 하준 씨, 서인아 씨가 사망한 날 근처 농장 집에서 불탄 시신이 발견된 거 알아요?"

"예, 전에 들었어요. 그 사건도 연관이 있다고 생각하시는 건가요?"

"확실하지는 않지만 이상하기는 해요. 서인아 씨 사건과 비슷한 시간에 발생한 걸 보면. 하준 씨가 앞을 보지 못한 게 어렸을 때 그 농장 집에 가서 그렇게 된 거라고 하던데. 그때 일을 말해 줄 수 있나요?"

하준은 그날 이야기를 머뭇머뭇 말했다. 검은 형체를 만나 앞을 보지 못하게 되었다고 마무리할 즈음 설희의 차가 동네 입구에 들어섰다. 불그스레한 노을이 깔린 동네의 모습은 가을이 서둘러 찾아온 것 같은 착각을 불러일으켰다.

"하준 씨, 본인 건강에 대해 알고 있어요?"

하준은 고개를 끄덕였다. 설희는 살아있을 때 인아의 건강 이야기를 꺼냈다.

"예전에 수사한 내용을 보니까 서인아 씨가 건강이 좋지 않았다고 하던데요."

"제 기억에 아줌마는 건강하셨어요. 물론 앞이 보이지 않을 때라 제가 착각했을지도 모르지만."

설희의 차가 하준의 집 앞에 멈췄다.

"오늘은 고양이가 안 보이네요."

"노란색 고양이요?"

하준은 창밖의 담을 쳐다보며 답했다.

"노란색? 아닌데. 내가 본 건 얼굴과 몸에 검은색 털이 섞인 고양이인데. 대충 이만한 크기 정도."

설희는 양손을 벌려 고양이 크기를 보여줬다. 그럼 두 마리인가? 하준은 혼잣말로 중얼거렸다.

"하준 씨, 무슨 일이 생기면 바로 제게 전화해요."

하준은 고맙다는 인사를 건네고 차에서 내렸다. 느릿느릿 힘

없이 걸어가는 하준의 뒷모습은 영락없이 기력이 다한 노인의
모습이었다.

＊

규민은 점심을 때우러 햄버거 가게에 들렀다. 햄버거를 크게
한 입 베어 문 규민은 입을 오물거리며 생각했다.

소윤이가 정말 내 딸이라면 누가, 언제 그 애를 낳았다는 건
가. 예전에 만났던 여자들 중에서 혹시 누군가가 임신을… 지금
중학생이라면 내가 20대 중반 때라는 건데… 그럴 일은 없어, 항
상 콘돔을 사용했으니까.

꺄르르 웃는 여학생들의 웃음소리에 규민의 시선이 그쪽으
로 이동했다. 방금 전 갔던 그 학교 교복을 입은 세 명의 여학생
들이 무슨 이야기를 하는지 웃음이 끊이지 않았다.

규민은 방금 전 펜션에서 인아 유령이 가져다 놓은 교복을
입는 중학교에 갔다. 그 학교 교사 중에 규민과 친분이 있는 남자
교사가 있다. 그 교사의 두 아들이 초등학교 때부터 규민의 학원
에 다니고 있어서 오래전부터 잘 알고 있는 사이다.

두 사람은 상담실에서 마주 앉았다. 교사는 오렌지주스를 건
네며 규민이 부탁한 것을 말했다.

"2학년 학생 중에 홍소윤이라는 학생은 있는데 박소윤이란
학생은 없더라고요."

규민은 애당초 기대를 하지 않아서 실망하지도 않았다. 오히

려 박소윤이라는 학생이 있는 게 이상할지도 모른다.

"그런데 그 학생이 누군데 원장님이 찾으시는 건가요?"

"며칠 전 저희 학원을 다니는 학생 중의 한 명이 학원 화장실에서 교복 상의를 주웠다면서 가져왔더라고요. 이 학교 교복이라서."

교사는 규민의 말을 곧이곧대로 믿는 눈치는 아니었다. 그렇다고 더 자세히 파고들려는 생각도 없어 보였다. 교사는 자신의 큰아들 이야기를 꺼냈다. 규민의 학원 덕분이라며 고등학교에 들어와서 성적이 많이 올랐다면서 만족스러운 웃음을 지었다. 교사는 자식의 대학진학에 대한 고민을 주저리 늘어놓았다. 규민은 별로 듣고 싶지 않았지만 어쩔 수 없이 교사의 말이 끝날 때까지 마주 앉아 있어야만 했다.

학원 건물 지하주차장에 주차를 한 규민은 차에서 내리지 않고 의자를 뒤로 젖힌 후 휴대전화를 꺼내 들었다. 감시카메라가 비추는 집 안을 확인한 후 의자에 기대 눈을 감았다. 인아 유령 때문에 규민의 일상은 유령의 손아귀에 놀아나는 신세가 되었다. 수시로 감시카메라가 비추는 집 안을 확인하는 자신을 볼 때마다 죽은 인아가 여전히 자신의 멱살을 움켜잡고 있는 기분이었다.

잭의 말대로 인아 유령은 정말 인아의 기억을 갖고 있는 사람일까? 황당하지만 그럴듯한 추측이다. 그런데 소윤의 존재를 내게 계속 보여주는 의도가 뭘까. 아내는 소윤의 이름조차 모르는데.

어제 잭은 준식과 인아가 죽기 전 자신을 찾아온 이야기를
했다.

"두 사람은 죽기 전 나를 찾아왔어. 박 원장 아내는 죽기 보
름 전 즈음 만났지. 박 원장이 경찰에게 들었을지 모르겠지만 박
원장 아내를 호텔에서 만났어."

호텔이라는 단어에 규민의 표정이 순간 불편해지는 것을 느
낀 잭은 멋쩍은 미소를 지으며 말을 이었다.

"호텔 커피숍에서 박 원장 아내를 만났는데 내게 이상한 말
을 하더군."

뜬금없이 잭을 찾아온 인아가 한 말을 정리하면 이랬다.

인아는 잭의 기억에 대해 물었고 앞으로 몇 명의 사람들이
의문의 죽음을 당할 거라고 했다. 잭은 정신 나간 여자가 하는 말
이라 생각해 신경 쓰지 않았지만 얼마 후 인아가 의문의 죽음을
당한 것을 알게 되었다.

"강준식도 마찬가지였어. 죽기 일주일 전 즈음에 왔었나, 그
친구도 박 원장 아내와 비슷한 말을 내게 하더라고."

"왜 두 사람이 당신을 찾아가 그런 말을 한 거지?"

"나야 모르지. 추측해 본다면 나도 앞으로 죽을 사람들 중 한
명이 아닐까 하는 정도? 굳이 알지도 못하는 나를 찾아올 이유가
그거 말고는 없잖아."

잭은 자신도 죽을지 모른다는 말을 별일 아닌 듯 태연하게

말했다.

"박 원장, 강준식이 죽기 전에 무슨 말을 했지?"

"그게… 자신을 죽이려는 범인이 온다고 했어. 그래서 그 집에 간 거야."

"자신을 죽일 범인이라……"

잭은 잠시 뜸을 들이며 입술을 작게 실룩거렸다.

"박 원장, 내 상상인데 분명 두 사람은 어떤 기억이 떠올랐을 거야. 죽음과 관련된 거겠지. 그들의 기억에 내가 있었던 거고. 그래서 전혀 본 적이 없는 나를 찾아왔을 거야. 나에게 경고나 주의를 주기 위해서. 아내 유령도 마찬가지일 거야. 그 유령은 아마도 박 원장 아내의 기억이 있을 거야. 그렇다면 그 아내 유령도 죽을 날이 얼마 남지 않았겠군."

"어떻게 그런 기억이 생길 수가 있지?"

"난들 알겠어. 막말로 귀신이라도 달라붙었나 보지. 박 원장은 이상한 기억 같은 거 떠오른 게 없어?"

"왜, 나도 이상한 기억이 떠올라 죽기를 바라는 건가?"

규민은 불쾌한 표정을 지으며 퉁명스럽게 말했다.

"하하하, 그냥 물어본 거야. 농담 받을 여유도 없는 걸 보면 요즘 박 원장이 예민한가 보네. 일단 박 원장 아내의 유령을 먼저 찾아야겠군. 그 여자 정체와 왜 그런 짓을 하는지 알아내야지. 그 유령을 찾는 거 내가 도와줄게. 박 원장, 너무 걱정하지 마. 당신은 아무런 기억이 없잖아. 그것만으로 다행으로 생각해."

"잭, 당신은 이상한 기억 없어?"

"나도 이상한 기억을 한번 느껴보고 싶네. 대체 어떤 기억인지."

"그런데 잭은 왜 나를 도우려고 하는 거지?"

"그게 궁금해? 아무런 조건도 없이 도와준다고 해서? 나중에 알게 될 거야."

규민은 지난밤 잭이 자신에게 말하지 않은 게 있을 거라는 느낌을 지울 수가 없었다.

잭도 뭔가 꿍꿍이가 있어. 쇼핑몰에서 우연히 나를 보았다는 그의 말도 의심이 가. 뭔가를 알고 그 쇼핑몰에 온 거야. 잭도 나처럼 이상한 경험을 하고 있는 걸까, 아니면 강준식처럼 기억이 있던가. 그건 아닐 거야, 기억이 있으면 죽는다고 하는데 잭의 표정은 너무 태연해. 나를 돕는 이유를 나중에 알게 될 거라는 말도 왠지 찝찝하고.

잭이 한 말 중에 그나마 규민이 동의하는 부분은 유령이 인아의 기억을 갖고 있을 수도 있다는 추측이었다.

그 추측이 사실이라면 나를 괴롭히려는 목적인 거 같은데. 그 유령이 어떤 존재이기에 아내의 기억이 생겼을까. 유령에게서 벗어나려면 아내와 강준식처럼 유령이 죽을 때까지 기다려야 하나. 잭의 말처럼 정말 아내 유령이 죽기는 할까.

운전석 의자를 다시 세우고 룸미러를 보았다. 피곤함에 찌든 자신의 얼굴을 보며 언제 이 지리멸렬한 상황이 끝날까 하는 생각에 한숨이 절로 터졌다.

한숨이 끝나는 순간, 가는 빨랫줄이 규민의 목에 감기며 헉 하는 소리와 함께 목이 뒤로 꺾였다. 갑작스런 상황에 놀란 규민은 발버둥을 치며 양손으로 목에 감긴 줄을 잡으려 안간힘을 다했지만 뜻대로 되지 않았다. 컥컥거리며 살기 위한 몸부림을 치면서도 규민은 자신을 죽이려는 사람이 누군지 확인하려고 눈을 부릅뜨며 룸미러를 보았다. 흔들리는 룸미러에 보일 듯 말 듯하던 뒷자리 존재가 아주 짧게 잡혔다. 그 사람은 다름 아닌 잭이었다. 잭은 룸미러를 바라보는 규민을 서늘한 미소를 지으며 노려보고 있었다.

너, 왜 이래! 하고 소리를 치면 목을 조여 오는 줄이 풀어질 것 같았지만 소리는 목울대를 넘지 못하고 입안으로 미끄러져 들어갔다. 규민은 온몸의 힘을 목으로 모았다. 조금만 더 힘을 낸다면 부푼 몸 안의 에너지가 조여 오는 목을 뚫고 입 밖으로 나올 것 같았다. 조금만 더… 조금만 더…

아- 아- 악!

규민은 소리를 지르며 눈을 떴다. 꿈이었다. 실제처럼 너무 선명한 상황이라 눈을 뜬 현실에서도 심장이 벌렁거리고 숨이 가빴다. 꿈에서 감긴 빨랫줄이 실제로 목에 감겨있는 것 같아 손으로 목을 어루만지며 룸미러를 보았다. 목에는 손으로 저항했던 붉은 흔적이 옅게 남아있었다. 순간 번쩍하는 생각이 뇌리를 스쳤다.

잠깐, 이게 꿈일까 아니면 기억일까. 그리고 왜 이렇게 추운거지.

13

집 안으로 들어온 하준은 허기진 배를 채우기 위해 주방으로 들어가 찬장의 문을 열었다. 모처럼 식욕이 솟아났다. 지금이라면 뭐든 위에 채울 수 있을 것 같았다. 찬장 안의 그릇들이 달그락거릴 정도로 거칠게 문을 여닫다가 구석 찬장에서 동작이 멈췄다. 밥그릇이 앙그러져 놓여있는 구석에 오래전에 산 것으로 보이는 컵라면 두 개가 누워있었다.

라면을 앞에 두고 식탁에 앉은 하준은 라면이 익기도 전인데도 김이 모락모락 피어나는 면발을 들어 올리는 상상을 하며 입맛을 다셨다. 오랜만에 느껴보는 식욕. 고작 컵라면을 앞에 두고 살아있다는 것을 느꼈다.

형사님이 내게 이상한 기억이 떠올랐냐고 물은 이유는 죽은 강준식이라는 사람이 그랬기 때문일 거야. 내게 그런 기억은 없는데. 아니, 있다. 최근 자주 꾸는 물에 빠져 허우적거리던 꿈. 그게 혹시 형사님이 말한 기억의 일종일까. 일단 배부터 채우자.

컵라면 하나를 말끔하게 해치운 후 두 번째 컵라면도 남김없이 먹어치웠다. 고급 요리를 먹은 것 같은 기분 좋은 포만감을 참으로 오랜만에 느꼈다. 국물마저 깨끗하게 비우려고 컵라면 용기를 들어 국물을 마실 때 푸- 훅, 하는 소리와 함께 입안으로 들어간 국물이 식탁 위로 쏟아졌다.

음식물 거부반응이 아니었다. 무방비상태에서 갑자기 뒤통수를 가격당한 것처럼 뜬금없이 불쑥 튀어나온 기억에 놀란 반응이었다. 손이 부들부들 떨려 들고 있던 라면 용기를 조심스레 식탁에 내려놓았다.

기억은 하준을 기억 속 상황으로 몰아붙였다. 식탁의 의자에 앉아있는 하준은 자신이 지금 기억 속의 상황에 있는 것처럼 눈동자가 좌우로 바쁘게 움직였고 심장도 빠르게 뛰었다.

하준의 기억 속 장소는 어둠이 자욱하게 깔린 야산이다. 몰이를 당하는 토끼처럼 남자가 달아난다. 그 남자를 따라가는 또 다른 남자의 흔들리는 시선도 느껴진다. 쫓고 쫓기는 두 개의 상황이 하준의 기억 속에서 교차하고 있었다.

이상한 점은 달아나는 남자도, 그 남자를 쫓는 또 다른 남자도 하준 자신인 것 같다는 점이었다. 두 개의 상황이 교차하며 생기는 두 개의 감정도 같이 느껴졌다. 살고자 하는 간절함과 죽여버리겠다는 분노. 완전히 다른 두 개의 감정이 엇갈렸다 만났다를 반복하면서 하준의 감정은 극과 극의 정점을 오르내리며 출렁거렸다.

왜 이런 기억이 떠오르는 거지. 서로 다른 두 사람이 왜 모두 나처럼 느껴지는 걸까.

서로 다른 두 감정의 충돌 때문일까, 지근지근 쑤시는 두통 때문에 하준은 두 손으로 머리를 움켜잡았다. 두통으로 깨질 듯한 머릿속에 진통제 역할을 하는 것이 튀어 오르며 두통이 진정됐다. 바로 뒤를 쫓는 남자의 흔들리는 시야에 잡힌 앞서 달리는 남자가 입고 있는 티셔츠였다. 흰색과 검은색 줄무늬의 스트라이프 반팔 티셔츠. 하준이 호수에서 나온 후 욕실에서 보았던 천

조각과 유사한 디자인이었다.

자리에서 일어난 하준은 자신의 방으로 가서 여름 티셔츠를 모아둔 서랍을 열었다. 옷을 꺼낼 때 스트라이프 티셔츠를 얼핏 보았던 기억이 있었다. 서랍 안쪽에 반듯하게 접혀있는 스프라이트 티셔츠가 하나 있었다. 분명 펜션 욕실에서 본 천 조각과 같은 모양이었다.

이것은 무엇을 의미하는 것일까, 그냥 우연일까. 방금 갑자기 튀어 오른 기억 속의 도망가던 남자가 입고 있는 티셔츠도 이 티셔츠와 같아 보인다. 그럼 그 도망가는 남자가 나란 말인가. 그럼 나를 쫓아가던 또 다른 남자는 누굴까, 그 남자에게서도 분명 나라는 느낌이 든다. 하나가 맞으면 다른 게 틀리는 상황이 쳇바퀴처럼 돌고 있다. 그래도 새로운 기억이 생긴 것만큼은 의미가 있다.

하준은 책상 옆에 놓여있는 가방에서 사진들을 꺼냈다. 펜션 사진 다음은 어둑한 골목에서 찍은 술집 사진이다. 술집 뒤로 시내에 있는 쇼핑몰 건물이 보였다. 위치가 어디쯤인지 대충 짐작됐다.

이곳도 소녀와 갔던 장소일 거야. 아줌마가 이런 걸 알고 사진을 남긴 거라면 저곳에서 분명 다른 기억이 생길 거야.

집에서 나온 하준은 마당 구석에 서 있는 스쿠터를 보았다.

한번 타볼까, 자전거와 별다르지 않겠지.

하준은 스쿠터의 연료부터 확인했다. 연료는 충분했다. 의자를 젖히자 그 안에 열쇠 하나가 들어있었다. 손잡이에 걸려있는 하프페이스 헬멧을 쓴 다음 열쇠를 꽂았다. 걸릴 듯 말 듯 쿨럭이는 소리가 몇 차례 난 후 시동이 걸렸다. 오랜만에 부르릉거리는 소리를 들으니 인아 뒤에 타고 등하교를 하던 기억이 떠올랐다. 예전 등하교 할 때 빰을 스치던 바람과 인아의 화장품 냄새가 다시 느껴졌다.

스쿠터를 끌고 대문 밖으로 나온 후 스쿠터에 올라탔다. 액셀을 살짝 당기며 땅에서 발을 뗐다. 잠깐 균형을 잡지 못해 비틀거리던 스쿠터가 반듯하게 서며 앞으로 달렸다. 빠른 속도도 아닌데 얼굴을 스치고 지나가는 바람이 죽음의 기운을 날려버릴 것처럼 시원했다.

*

설희는 경찰서로 돌아가지 않고 하준의 집에서 멀지 않은 곳에서 하준을 기다렸다. 뭔가를 찾으려고 움직일 거라는 예상 때문이다.

설핏하게 서산마루에 드러누운 해가 초록색의 마을에 붉은색을 덧칠하고 있었다. 차 안의 의자에 기댄 설희는 퇴직 후 이런 곳에서 사는 것도 좋을 것 같다는 생각을 하며 퇴직까지의 시간을 생각하다 그만뒀다. 너무 먼 미래다. 지금도 확실한 게 없는 마당에 손에 잡히지도 않는 먼 미래의 일을 생각하는 게 우스웠다.

까마득하게 느껴지는 미래의 시간도, 외면하고 싶은 죽음의 순간도 언젠가는 맞닥뜨리겠지. 만약 어쩔 수 없는 죽음의 순간이 다가오는 걸 알고 있다면 나는 어떻게 할까. 아등바등 용을 쓰며 어떻게든 살려고 난리를 쳤을까, 아니면 포기한 채 다가올 운명을 기다리고 있을까. 강준식은 살려고 몸부림을 쳤고 서인아는 그런 정황이 없어. 서인아는 다가오는 죽음을 피할 수 없다는 것을 알고 있었기 때문이었나.

인간은 직접 맞닥뜨려 경험을 해봐야 비로소 느낀다. 누군가 자신의 경험을 진정성 담아 말을 한들 경험하지 못하면 겉으로만 돌 뿐 가슴으로 느낄 수 없다. 죽음처럼 경험할 수 없는 것이라면 더욱 그렇다.

강준식처럼 하준도 죽음의 기억을 갖고 있을지 몰라. 하준이 현재 겪고 있거나 알고 있는 것을 나에게 온전히 말하지 않는 것도 내가 이해할 수 없을 거라는 생각 때문일 거야.

설희는 지금까지 드러난 정황을 바탕으로 조금 억지스러운 상상을 해봤다.

서인아도, 강준식도 어떤 기억이 있었다고 추측되고, 현재 하준도 그렇다. 강준식처럼 하준의 건강 상태 역시 좋지 않다. 하준은 아니라고 했지만 서인아 역시 죽기 전 건강이 좋지 않았다.

어떤 기억이 생긴 후 죽음의 상황으로 이어진다. 강준식 경우를 보면 기억은 죽음의 기억일 것이다. 학원 옥상에서 뛰어내리려 한 것과 휴대전화에 남긴 사진, 여자 친구에게 음성메시지를 남긴 게 그 증거다. 강준식의 기억은 옥상에서 추락하는 기억일 것이다. 그 기억이 현실에서 이루어졌다. 침대에 누워있던 상태로.

서인아의 경우를 보자. 그녀는 익사의 기억이 있었을 것이다. 그녀는 하준에게 남긴 사진과 같은 사진을 자신의 휴대전화에 남겼다. 내가 자신의 사건에 관심을 가질 거라는 걸 알고 사진을 남긴 것은 아닐까. 형사도 아니던 시기 생면부지의 나를 찾아온 이유가 그것을 반증한다. 기억 속 죽음의 상황이 실제 현실에서 일어났다는 가정이 사실이라면, 그런 기억은 어디에서 온 걸까. 이 부분은 일단 넘어가자.

강준식은 죽기 전까지 소녀를 찾으려고 했다. 하준도 정확히 말은 안 했지만 소녀의 기억이 있다. 그 소녀가 동일인물인지 확실하지는 않지만 그럴 확률이 높다. 그 소녀는 누구고, 왜 강준식과 하준의 기억에 등장한 걸까.

현재 그 소녀를 알고 있는 사람은 하준밖에 없다. 하지만 하준도 그 소녀의 정체를 모른다. 그 소녀가 실제 존재하기는 하는 건가. 강준식은 음성메시지에서 소녀는 귀신같다며 현실에 존재하지 않는 것 같다고 말했다. 잠깐, 하준의 집 싱크대 문짝에 있던 이름. 소윤, 그 이름이 예사롭지 않다. 그리고 서인아 죽음의 비밀을 알려주겠다는 문자를 하준에게 보낸 사람이 있다. 실체 없는 그림자들만 돌아다니는 것 같다.

이런 생각을 반복하는 사이 슬그머니 내려온 땅거미가 주위를 촘촘히 채워 어스름해졌다.

오늘은 피곤해서 그냥 자려고 하나?

마냥 기다릴 수 없는 설희는 시동을 걸었다. 그때 덩치를 가늦하기 충분한 다르랑거리는 오토바이 소리가 흐릿하게 들렸다. 설희는 창밖으로 보이는 길을 내려다보았다. 오토바이 소리가 점점 가까이 들렸다. 흰색 헬멧을 쓴 하준이 짧은 헤드라이트를 쏘는 스쿠터를 타고 동네 초입을 향해 달리고 있었다.

*

하준이 탄 스쿠터가 네온사인이 들어오기 시작한 시내로 들어섰다. 먼저 사진 속에 있는 쇼핑몰을 찾았다. 쇼핑몰을 찾자 사진 속의 위치가 어딘지 대략 파악이 됐다. 공영주차장을 지나자 골목 입구가 보였다.

천천히 스쿠터를 몰며 골목 안으로 들어갔다. 골목 중간 지점에 다다르자 사진 속 가게가 나타났다. 사진처럼 가게 뒤로 쇼핑몰 상층부가 보였다. 바처럼 보이는 가게인데 가게 이름을 내건 간판은 없고, 창문도 검은색 블라인드로 가려져 있는 걸로 봐서는 영업을 하지 않는 것 같았다.

하준은 가게의 맞은편 건물 앞에 스쿠터를 세웠다. 가게 출입문을 바라보며 이곳은 어떤 비밀이 있을까 하는 생각을 할 때 가게 문이 열렸다. 하준은 재빠르게 건물 모퉁이에 몸을 숨겼다. 페도라를 쓴 말끔한 캐주얼 정장 차림의 남자가 문 앞에 서서 담뱃불을 붙였다. 남자를 보자마자 하준의 뇌리에 늦은 밤 불쑥 자신의 집에 쳐들어와 창문 밖을 바라보던 남자의 실루엣이 번득 떠올랐다. 키와 페도라를 쓴 모습이 얼추 비슷했다.

남자는 하준이 들어온 맞은편 길로 걸어갔다. 남자가 골목을 빠져나간 것을 확인한 하준은 주위를 두리번거리며 가게 앞에 섰다. 문에는 도어록이 달려있었다. 굳이 들어갈 마음은 없는데 페도라 쓴 남자를 보니 가게 안이 궁금했다. 하지만 비밀번호가 막고 있다.

0, 5, 2, 7.

누군가 하준의 마음을 읽은 듯 두더지 잡는 게임기에서 두더지 머리가 튀어나오는 것처럼 네 개의 숫자가 하나씩 머리를 내밀었다. 하준은 기억에 떠오른 숫자를 중얼거리며 도어록의 뚜껑을 열어 번호를 눌렀다. 거짓말처럼 도어록이 해제가 되면서 문이 열렸다. 하준은 재빨리 가게 안으로 들어갔다.

＊

하준의 스쿠터 뒤를 밟으며 시내로 들어온 설희는 갑자기 불어난 차들로 인해 하준이 타고 있는 스쿠터와 어쩔 수 없이 멀어졌다. 설희는 조수석 쪽으로 고개를 빼고 하준의 스쿠터를 찾았다. 신호대기를 하고 있는 하준의 뒷모습이 멀찍이 보였다. 신호등이 바뀌자마자 하준은 차선을 바꾸었고, 시선 너머로 사라지는 하준의 스쿠터 꽁무니를 집중하며 다시 뒤를 따라갔다.

하준이 들어선 길로 들어가자 빨간색 스쿠터는 이미 사라진 뒤였다. 주위를 빙빙 돌며 하준의 스쿠터를 찾던 설희는 주차를 하고 차에서 내렸다. 길 건너 쇼핑몰 건물이 보였다. 인아가 남긴 사진에서 본 건물이다. 하준은 분명 그 사진 속 장소를 가는 것이다. 그가 멀리 가지는 않았을 거란 생각에 고개를 바삐 움직이며 주변을 돌아다녔다. 그러다 들어선 골목.

골목으로 들어간 설희의 시선이 골목 중간지점에서 멈추었다. 하준의 스쿠터와 동일한 기종으로 보이는 빨간 스쿠터가 건물 모퉁이에 비스듬히 서 있었다. 핸들 손잡이에 걸려있는 흰색 헬멧도 하준의 것으로 보였다. 이 근처에 있다는 건데.

그때 스쿠터 맞은편 건물에서 문이 열리며 페도라 쓴 남자가 나타났다. 문 앞에 선 남자는 담뱃불을 붙였다. 라이터 불에 확연히 드러난 남자의 얼굴이 대영의 누나가 보여준 사진 속 인물과 겹쳤다. 장대영이다. 이렇게 만날 줄이야. 대영은 설희가 있는 반대편 골목으로 걸어갔다.

설희가 대영을 따라가려고 하는 찰나 하준이 불쑥 튀어나왔다. 가게 앞으로 달려간 그는 문 앞에서 잠시 고민을 하더니 문에 달린 도어록의 비밀번호를 거침없이 누른 후 가게 안으로 들어갔다.

뭐야, 비밀번호까지 알고 있네. 둘이 아는 사이인가? 장대영을 모른다고 했는데.

어느 쪽으로 가야 할까 잠시 고민하다 하준이 들어간 가게를 향해 가려는데 대영이 전화통화를 하며 사라졌던 반대편 골목 입구에 다시 나타났다. 설희는 건물 옆으로 몸을 숨겼다. 통화를 하는 대영은 방금 하준이 들어간 문 앞에 서서 비밀번호를 눌렀다.

＊

　엘리베이터에서 내려 몸을 움츠린 채 사무실로 걸어가는 규민에게 얼마 전 점심에 햄버거를 사들고 왔던 여직원이 인사를 하며 다가왔다.

　"원장님, 얼굴에 뭐가 묻었네요."

　여직원은 자신의 재킷 주머니에서 손수건을 꺼내 규민의 한쪽 얼굴을 쓱 문질렀다. 노란 손수건에 검은색 가루가 묻어나왔다. 규민은 머쓱한 표정으로 고맙다는 인사를 하고 사무실로 들어와 거울 앞에 섰다. 귀밑 턱에 검은 가루가 조금 남아있었다.

　언제 묻은 거지? 가만, 검은 가루라면…….

　검은 가루를 덮어쓴 채 침대에 누워있던 준식의 모습이 자신의 얼굴과 겹치며 거울에 비쳤다. 불길한 기분이 들었다. 그런 기분을 부채질할 것 같은 휴대전화 소리가 재킷 주머니 안에서 울렸다. 휴대전화를 꺼내 본 규민의 눈이 휘둥그레졌다. 낯이 익은 번호, 인아의 휴대전화 번호였다.

　설마 와이프 목소리가… 그런 말도 안 되는 일이…….

　규민은 천천히 휴대전화를 귀에 가져갔다.

　"나야, 오랜만이네."

　설마 하며 전화를 받은 규민의 귀에 들린 목소리는 분명 인아의 목소리였다. 소스라치게 놀란 규민의 몸에는 소름이 돋았고 머리카락은 왁스를 발라 세운 것처럼 쭈뼛대는 기분이었다. 게다가 말문까지 막혀 떡 벌어진 입은 다물어지지 않았다.

"정말… 당신… 맞아?"

이렇게 물었지만 머릿속에서는 말도 안 돼, 말도 안 돼, 라는 문장이 규민의 뇌를 사정없이 두드렸다.

"놀랐어? 내가 정말 죽었다고 생각해? 호호호."

조롱하는 듯한 웃음이 규민의 신경을 벅벅 긁어댔다.

"당신… 대체 누구야!"

"간단하게 말하고 전화 끊을게. 소윤이가 누군지 궁금하지? 당신 딸이 맞아. 앞으로 태어날 딸이지. 그 애가 죽었어. 장대영에게 전해, 내가 한 말 기억하라고. 그리고 머지않아 나를 만날 거니까 기대해."

전화가 끊길 것 같은 분위기에 "여보, 잠깐 내 말 좀 들어봐!"라고 끼어들었지만 인아는 자신의 말을 마친 후 일방적으로 통화를 끊었다.

인아의 전화에 충격을 받은 규민은 순간 다리에 힘이 풀려 기우뚱하다 의자를 잡고 간신히 걸터앉았다. 통화를 끊기 직전에 들은 인아의 웃음소리가 날벌레 떼들의 윙윙거리는 소리처럼 귓속에서 멈추지 않고 쟁쟁거렸다.

지하주차장에 내려온 규민은 차에 오르기 전 잭에게 전화를 했지만 받지 않았다. 규민은 잭의 오피스텔로 향했다.

아내가 말한 장대영은 잭일 거야. 아내 목소리는 아내 유령이 녹음된 목소리를 틀었거나 아니면 목소리를 모사했겠지. 그리고 소윤이 미래의 내 딸이라는 말을 믿으라는 거야! 정말, 어처구니가 없군. 장대영에게 자신이 한 말을 잘 기억하라 전하라고? 무슨 말일까. 중요한 말이겠지. 나에게 말하지 않은 내용일거야.

죽은 사람과의 통화라는 믿기지 않는 상황이 규민의 마음을 들쑤셔 놓아서일까, 운전대를 잡은 손이 파르르 떨렸고 인아의 마지막 말이 자꾸 귓속에서 웅웅거렸다.

'머지않아 나를 만날 거니까 기대해.'

얼마 전에 왔던 대영의 오피스텔 앞에 다시 선 규민이 노크를 하려고 할 때 복도에서 규민 쪽으로 다가오는 발걸음 소리가 들렸다. 이삿짐용 박스를 들고 오는 신 일병이었다. 문 앞에 서 있는 규민을 알아본 그가 꾸벅 인사를 했다.

"형님 만나러 오셨어요?"

규민이 그렇다고 하자 지금 안 계신다면서 안에서 기다리라고 하며 문을 열었다.

14

페도라 쓴 남자가 나온 가게 안으로 들어간 하준은 남자가 바로 돌아오지 않을 거라는 생각을 하며 문 옆에 있는 스위치를 눌러 형광등을 켰다. 불이 켜지자 실내의 모습은 술집의 그것과는 달랐다.

하나의 공간을 다른 분위기의 조명이 둘로 나누어 비추고 있었다. 출입구의 오른쪽은 술집처럼 은은한 분위기의 조명이었고 왼쪽은 일반 형광등이었다. 출입문 앞에는 낱개로 포장된 작은 초콜릿이 가득 담긴 바구니와 바나나 한 꾸러미가 놓여있는 탁자가 있었다. 탁자 옆으로는 PC방에 있을 법한 대형 모니터 두 대가 나란히 놓여있었고, 한쪽 벽에는 다양한 와인과 양주들이 가득 진열되어 있었다.

출입문 앞에 선 하준은 술집 분위기가 풍기는 오른쪽으로 발걸음을 옮겼다. 홀에는 술집에서 흔히 볼 수 있는 탁자가 두 개 있었고, 벽 쪽은 커튼으로 가리는 테이블 세 개가 있었다. 구석의 칸에는 테이블 대신 간이침대가 놓여있었고, 뚜껑이 없는 휴지통에는 퀴퀴한 냄새가 날 것 같은 쓰고 버린 콘돔 몇 개가 휴지와 엉겨붙어 있었다.

장사하려고 한 것은 아닌 것 같고 친한 사람들과 놀기 위해 만든 아지트인가. 돈이 정말 많은 사람인가 보네.

하준의 발걸음이 반대쪽으로 움직였다. 출입문 앞의 탁자 위에 갈색 지갑이 놓여있었다. 지갑에서 신분증을 꺼냈다. '장대영'이란 이름이 눈에 크게 들어왔다.

신분증을 다시 지갑에 넣을 때 어디선가 갑자기 나타난 노란색 고양이가 탁자 위로 뛰어올라왔다. 그 바람에 깜짝 놀라 움찔한 하준의 팔에 부딪힌 바구니가 바닥으로 떨어졌다. 지갑을 원래 있던 탁자 위에 내려놓은 후 바닥에 떨어진 작은 초콜릿들을 바구니에 다시 담았다. 그때 통화를 하는 것 같은 남자의 목소리가 문밖에서 들렸다.

"지갑을 놓고 나와서 다시 아지트로 가는 길이야. 금방 돌아갈게."

이런 제길. 하준은 초콜릿을 담은 바구니를 다급하게 원래 있던 탁자 위에 올려놓았다. 바닥에 떨어진 초콜릿 몇 개가 눈에 들어왔지만 지금은 어쩔 수 없이 몸을 숨겨야 했다. 도어록을 누르는 소리가 들렸다. 하준은 커튼으로 가리는 테이블로 재빨리 뛰어가 벤치 형태의 의자 밑으로 몸을 숨겼다. 야윈 몸 덕분에 좁은 틈 사이로 쉽게 몸이 들어갔다.

아차, 형광등을 꺼야 하는데.

문을 열고 들어온 대영은 여전히 통화 중이었다. 아지트 안의 불이 켜진 것과 출입구 앞의 바닥에 떨어진 초콜릿을 당연히 보았을 것이다.

"잠깐만."

출입문 앞에 서 있는 대영은 문 옆에 기대어 있던 야구방망이를 쥔 채 바닥을 툭툭 치고 걸으면서 통화를 했다. 또각거리는 대영의 구두 굽 소리가 하준의 입안을 바싹바싹 마르게 했다.

"어, 박규민 원장이 찾아왔다고?"

박규민 원장? 원장 아저씨와 이 남자가 아는 사이인가?

실내를 어정어정 돌아다니던 대영이 하준이 숨어있는 테이블 앞에 멈췄다. 그는 야구방망이로 하준이 숨어있는 의자를 툭툭 치며 통화했다.

"금방 갈 거야, 박 원장한테 잠시 기다리라고 해."

통화를 마친 후에도 대영은 하준이 숨어있는 의자를 계속 툭

툭 쳤다. 너를 찾았으니 이제 나오라는 신호처럼 느껴졌다.

어떻게 하지? 어떻게 여기로 들어왔냐고 하면 뭐라고 말해야 하나. 핑계 댈 마땅한 말이 떠오르지 않았다. 이런 고민을 잠시 접으라는 듯 노크 소리가 들렸다.

"이 시간에 누구야. 올 사람이 없는데."

혼잣말을 하며 출입문 쪽으로 발걸음을 돌린 대영이 문을 열었다. 하준의 위치에서는 문밖에 서 있는 사람의 다리만 보였다. 청바지를 입은 여자로 보이는 다리.

"안녕하세요. 장대영 씨 되시죠? 저는 ○○경찰서 강력계 유설희 형사라고 합니다."

구세주처럼 등장한 유설희 형사. 저 형사 누나가 어떻게 여기에… 나를 미행했나? 어쨌든 고맙다. 제발 저 남자를 데리고 나가줬으면 좋겠는데.

"무슨 일입니까?"

대영의 질문에 답하는 설희의 목소리가 작게 들렸다.

유설희 형사가 나를 미행했다면 분명 저 남자를 데리고 갈 거야. 그게 아니라면 정말 큰일인데. 하준의 두근거리는 심장은 늦은 밤 찾아왔던 페도라 쓴 남자가 한 말을 다시 상기시켰다. 다시 만나게 되면 우리 둘 중의 한 명이 죽는다는 말을. 지금 그 상황이 벌어진다면 요단강을 건널 사람은 당연히 하준이다.

설희와 이야기를 나누던 대영은 문을 닫고 다시 들어왔다. 대영의 구두 앞꿈치 방향이 하준이 숨어있는 곳을 향했다. 대영은 출입문 옆의 탁자 위에 놓여있는 지갑을 집으며 한마디 했다.

낮게 깔리는 목소리가 바닥을 기어와 하준 앞에서 흩어졌다.

"너, 오늘 운 좋은 줄 알아라."

＊

설희는 하준과 장대영이 함께 있는 가게 앞으로 걸어갔다. 인아와 준식이 남긴 사진 속 가게였다. 문에 귀를 댔다. 안에서 아무런 소리가 들리지 않았다. 노크를 했다. 잠시 후 문이 열리며 페도라를 쓴 대영이 나타났다.

설희가 신분증을 보여주며 인사를 건네자 대영은 달갑지 않은 표정으로 설희를 위아래로 훑어본 후 무슨 일이냐고 입을 열었다.

"이곳이 장대영 씨께서 장사를 하는 곳인가요?"

설희는 질문을 하면서 문을 막고 선 대영과 문틈 사이로 보이는 실내 안을 둘러보았지만 하준의 모습은 보이지 않았다.

"그런 걸 말해야 됩니까? 저를 찾은 이유가 뭐죠?"

대영은 귀찮다는 표정으로 따지듯 물었다.

"잠시 이야기를 나눌 수 있을까요? 여기도 좋고요."

설희가 안으로 들어가려고 하자 대영은 손으로 설희를 막았다.

"공무원이 이렇게 막 하시면 안 되죠. 뭐 때문에 그러시는지 먼저 말씀을 하세요."

"강준식 씨 아시죠?"

"강준식? 그 사람이 누군데요?"

"정말 모르세요? 그럼 영장이라도 가지고 올까요?"

설희가 세게 나오자 대영은 어쩔 수 없다는 표정을 지었다.

"여기는 그렇고 다른 데로 가시죠. 저 건물 돌면 커피숍이 있습니다. 안에 정리하고 바로 나오겠습니다."

두 사람은 커피를 앞에 두고 마주 앉았다. 대영은 무표정한 얼굴로 설희를 노려보았다.

"형사님, 빨리 본론으로 들어가시죠. 아니 먼저, 거기는 어떻게 알고 오셨나요?"

대영은 빈정거리는 말투였다. 설희가 말을 꺼내려고 하는데 대영의 휴대전화가 울렸다.

"지금 손님이랑 있으니까 카톡으로 보내."

통화를 마친 대영은 설희에게 시작하라는 손짓을 했다. 커피로 입을 축인 설희는 거짓말로 대화를 시작했다.

"그곳은 우연히 지나가다 알게 되었습니다."

대영은 믿을 수 없다는 표정을 하며 입을 비죽거렸다.

"제가 장대영 씨를 만나려고 한 이유는 최근에 일어난 사건에 대해 물어볼 게 있어서 그렇습니다."

"사건이요? 무슨 사건을 말하는 거죠?"

"얼마 전 강준식이라는 남자가 사망했습니다. 그리고 서인아 씨 아시죠?"

"강준식은 누군지 모르겠고 서인아는 조금 알고는 있습니다만… 그런데 왜 저를… 혹시 저를 용의자로 생각하는 겁니까?"

"장대영 씨가 용의자라면 이렇게 커피숍에서 마주 앉아 대화하지 않죠."

설희는 강한 어투로 대영과 맞섰다.

"몇 년 전 장대영 씨가 서인아 씨를 만났다고 들었습니다."

설희는 무표정한 대영의 얼굴을 살피며 말을 이었다.

"그때 두 분이 무슨 대화를 나누셨나요?"

큰 기대를 하지 않은 질문이었다. 원 형사가 했던 말을 다시 할 게 뻔했다. 역시나 대영은 원 형사가 했던 말을 다시 반복한 후 불쾌하다는 말투로 질문을 이었다.

"그 사건 재수사하는 건가요? 왜 지금 와서 그때 일을 다시 묻는 겁니까? 저는 그 사건과 아무런 관련이 없는 사람입니다."

"강준식 씨는요?"

대영은 설희가 가지고 온 내용을 확인하고 싶은지 준식을 모른다는 말은 또 하지 않았다.

"수사팀에서 강준식 씨가 살고 있는 빌라 근처를 촬영한 영상을 확인했습니다. 주차한 장대영 씨 차가 출발하는 장면이 찍혔더군요."

대영은 설희가 말도 안 되는 소리를 한다는 듯 미소를 지으며 입을 열었다.

"그 사람이 어디 사는지 저는 잘 모르겠고, 그곳을 지나가다 졸려서 잠시 주차를 하고 다시 출발했을 겁니다. 그게 뭐 문제라도 되는 건가요?"

"그럼 이건 뭐죠? 강준식 씨 휴대전화에 저장되어 있던 사진입니다."

설희는 자산의 휴대전화의 화면을 대영에게 보여주었다. 고개를 내밀어 자신의 차 사진을 본 대영의 표정이 순간 움찔하는 것을 설희는 느꼈다.

"그거야 나도 모르죠. 지나가다 제 차가 마음에 들어 찍었을 수도 있고… 아, 잠시만요."

대영은 테이블 위에 놓인 휴대전화를 집어 내용을 확인한 후 손가락으로 화면을 빠르게 두드리고 다시 설희를 쳐다보며 입을 열었다.

"그 사진이 무슨 문제가 있다는 겁니까?"

"제가 알고 싶은 것은 장대영 씨가 강준식 씨를 만났는지 여부와 만났다면 무슨 이야기를 나눴냐는 겁니다. 그것만 확인하면 됩니다."

"아니, 모르는 사람과 무슨 이야기를 나눴다고 자꾸 그러세요."

모르쇠로 일관하는 대영의 눈앞에 설희는 자신의 휴대전화를 다시 꺼내 보였다.

"이건 강준식 씨가 죽기 전 어느 동네에 갔을 때 찍힌 장면입니다. 강준식 씨 차량이 동네에 들어간 후 뒤를 따라온 장대영 씨 차량이 잡혔습니다. 흐릿하지만 장대영 씨 차량 번호 보이죠?. 강준식 씨를 미행한 거 아닌가요?"

고개를 빼고 설희가 내민 휴대전화를 들여다본 대영은 커피를 마신 후 헛기침을 했다. 대영은 설희가 보여준 휴대전화 영상에 대한 적당한 핑계를 찾으려는 듯 눈동자가 좌우로 바쁘게 움직였고, 말하려는 내용을 정리하려는 듯 입술을 입안으로 말아 오므렸다 풀었다를 몇 차례 반복했다. 애써 태연한 척했지만 얼굴에 나타나는 불편한 기색까지 완벽하게 감추지는 못했다.

"저 때 차를 운전한 건 제가 아니라 아마도 제 후배일 겁니다. 후배가 제 차를 가끔 사용하거든요. 후배가 그 강준식이라는 사람을 알 수도 있는 거 아닙니까? 그 후배 지금 연결해 드릴까요?"

대영은 꾸며낸 핑계가 자신이 생각해도 너무 억지라고 느꼈는지 설희의 눈을 마주치지 못하고 커피를 마시며 창밖으로 시선을 옮겼다. 설희가 대영을 만났을 때 하려고 준비한 말은 다했다. 마지막으로 묻고 싶었던 질문을 던졌다.

"장대영 씨, 혹시 이상한 기억 같은 거 없으신가요?"

"이상한 기억이요? 무슨 기억을 말씀하시는 건가요? 형사님이 제 기억까지 알아야 하나요?"

"그럼, 김하준 씨 아시나요?"

"그 사람은 또 누군데요?"

대영은 이제 그만하자는 듯 신경질적인 말투로 삐딱하게 답변했다. 더 이상 대화를 잇기 힘들 것 같아 설희가 자리에서 일어나려는데 대영의 누나가 한 말이 떠올랐다. 모른 척하려고 했으나 분식집에서 본 대영의 누나 얼굴이 자꾸 생각나 말하지 않을 수가 없었다.

"그리고… 주제넘은 말인 거 같은데 어머님 기일에는 집에 가보세요."

"누나 만나셨어요? 주제넘은 말씀은 맞네요."

빈정거리는 대영의 말에 설희는 시간을 내줘 고맙다는 인사를 생략하고 자리에서 일어났다. 머그잔을 반납하고 돌아서는 설희의 등 뒤에서 대영의 목소리가 작게 들렸다.

"어, 그래. 잘 밟아."

＊

규민은 신 일병과 함께 오피스텔로 들어갔다. 오피스텔 안은 지난번에 왔을 때보다 한산했다. 원탁 테이블이 사라진 내부는 훨씬 넓어 보였고, 한쪽 구석에는 짐을 가득 담아 배가 터질 듯 부푼 박스 몇 개가 쌓여있었다.

"여기 앉으세요."

신 일병은 규민에게 접이식 의자를 내주며 전화를 했다.

"형님, 지난번에 오셨던 분이 오셨습니다. 예, 예. 알겠습니다."

통화를 마친 신 일병은 형님이 곧 온다고 하면서 짐을 정리해 드릴 게 없다며 다시 밖으로 나갔다. 의자에 앉아있던 규민은 자리에서 일어나 창밖을 내다보았다. 자신의 얼굴이 얼비친 창에 자동차 룸미러에서 본 대영의 얼굴이 겹쳤다. 규민은 자신의 목덜미를 쓰다듬었다. 그 꿈을 꾼 이후 계속 목에 줄이 감겨있는 기분이다.

노크 소리가 들린 후 신 일병이 다시 들어왔다. 신 일병은 편의점에서 사온 식혜음료를 규민에게 건넸다.

"이거 내가 좋아하는 건데."

"그러세요? 커피보다는 그게 나을 거 같아 사왔습니다. 그럼 저는 이만."

신 일병은 멋쩍은 웃음을 지으며 가벼운 목례를 하고 돌아섰다.

"잠깐 얘기 좀 할까요?"

규민의 말에 다시 몸을 돌린 신 일병은 아, 예, 라고 말한 후 접이식 의자를 하나 들고 와서 규민 앞에 앉았다.

"어떻게 불러야 하죠?"

"그냥, 신 일병이라고 부르세요."

"짐을 빼는 걸 보니 오피스텔이 팔렸나 보네요?"

"예. 전에 보고 간 분인데 마음에 들었나 봐요. 어제 계약을 했습니다."

신 일병의 말투와 자세는 우락부락한 겉모습과는 달리 예의 바르고 겸손했다. 가까이에서 보니 통통하게 살이 오른 얼굴이 제법 귀여워 보이기까지 했다.

"언제부터 형님과 같이 일했습니까? 아니 먼저, 형님 이름이 장대영입니까?"

"예, 장대영 맞습니다. 형님은 제가 군대 있을 때 선임이었습니다. 전역한 후에 우연히 술집에서 형님을 만났습니다. 때마침

제가 일이 없었는데 형님이 같이 일하자고 해서 지금까지 같이 있게 되었습니다."

"그래요. 형님은 어떤 사람인가요?"

"예? 그게 무슨……"

"성격이나 뭐, 그런 부분이 어떤 분인가 해서요."

"칼 같은 성격입니다. 뒤끝도 없고. 특히 돈 문제만큼은 철두철미하죠. 심하다 싶을 정도로요."

신 일병의 말을 들으니 지난번 내실에서 폭행을 하던 상황이 이해가 갔다.

"형님이 돈이 많은가 보네요. 이 지역 오피스텔 가격이 만만치 않을 텐데."

"자세히는 모르는데 꽤 있는 거 같습니다. 어떻게 벌었는지는 잘 모르겠고요. 전에 한번 어떻게 돈을 벌었냐고 물었는데 알 필요 없다고 말을 안 해서."

규민은 신 일병의 말을 들으며 고개를 살짝 끄덕였다.

"저, 혹시……"

신 일병은 무슨 말을 하려는지 조심스러운 얼굴로 말을 얼버무렸다. 규민은 어서 말하라는 얼굴로 신 일병을 바라보았다.

"원장님, 혹시 이상한 꿈꾸시나요?"

"꿈이요?"

"꿈인지 기억인지 잘 모르겠는데. 얼마 전에 술을 마시는데 형님이 누군가가 자신을 죽이려고 한다는 말을 하더라고요. 원장님도 그럴 거라면서."

"그래요? 자신을 죽이려는 사람이 누구라고 말하지는 않고요?"

"예, 제가 누구냐고 물어도 말하지 않았습니다."

말을 마친 신 일병이 주머니에서 휴대전화를 꺼냈다. 대영이 보낸 문자인 듯 신 일병은 문자를 다시 보낸 후 자리에서 일어났다.

"형님 연락인가요?"

"예, 할 일이 있어서 먼저 가봐야 될 거 같습니다. 형님은 금방 오실 겁니다. 그리고 조금 전에 제가 드린 말씀… 형님에게 하지 않았으면 좋겠습니다. 제가 말했다고 하면 또 맞을 거 같아서요."

"예, 그럴게요. 약속 꼭 지키겠습니다."

신 일병은 고맙다고 하면서 정중히 목례를 하고 오피스텔에서 나갔다.

15

대영이 나간 후 의자 밑에서 엉금엉금 기어 나온 하준은 엎드린 자세로 안도의 숨을 내쉬다 테이블에 앉아있는 고양이와 눈이 마주쳤다. 고양이가 우스꽝스러운 자신의 모습을 한심하다는 표정으로 바라보고 있는 것 같았다.

문을 열고 빼꼼히 고개를 내밀었다. 골목 끝 건물 모서리를 돌고 있는 대영과 설희의 뒷모습이 보였다. 대영의 아지트에서 나온 하준은 스쿠터에 올라탄 후 서둘러 골목에서 빠져나왔다.

장대영, 분명 새벽에 집에 왔던 그 남자가 틀림없어. 그런데 무슨 이유에서 나를 찾아와서 그런 질문을 한 걸까. 내 기억에 그가 알아야 할 것이 있나? 그리고 원장 아저씨와도 잘 아는 사이 같은데.

하준은 주유소에 들러 주유를 한 후 다시 달렸다. 스쿠터가 횡단보도 앞에 멈췄다. 달달거리는 스쿠터의 진동에 맞춰 허기진 배를 채워달라며 위가 하소연을 했다. 배가 고파서일까, 하준은 아지트에서 본 바나나가 떠올랐다. 바나나는 인아와의 추억을 갖고 있는 유일한 과일이다.

인아는 허약한 하준을 위해 식사만큼은 꼭 챙겼다. 인아가 한 음식들은 대체로 하준의 입에 잘 맞았다. 그런 음식들 중에서 유독 기억에 남는 음식은 바나나가 들어간 김밥이다. 밥 대신 반죽처럼 으깬 바나나 위에 채소와 햄을 넣어 만든 바나나 김밥은 맛은 좋았지만 태생적으로 위가 좋지 않은 하준에게 바나나 김밥을 먹는 것은 버거운 일이었다.

인아가 바나나 김밥을 했을 때 하준은 엄지를 치켜세우며 최고라고 말하면서 바나나 김밥을 먹었다. 그렇게 먹은 후면 소화불량에 시달려 인아 몰래 화장실에 가서 구토를 했다. 그렇다고 바나나가 들어간 음식을 하지 말라는 불평을 할 수는 없었다. 갈 곳 없는 자신을 받아준 사람에게 가끔 해주는 음식이 싫다며 투정을 하는 것은 예의가 아니었다.

다시 그 바나나 김밥을 먹을 수 있다면 정말 맛있게 먹을 수 있을 것 같은데. 그건 그렇고 두 번째 사진의 의미는 뭘까. 바나나는 아닌 것 같은데. 갑자기 떠오른 도어록 비밀번호와 연관이 있나? 내가 그곳의 비밀번호를 기억하고 있다는 것은… 그렇다면 강준식이 말했다는…….

하준이 의문을 정리할 때, 무게감이 느껴지는 소리를 내며 오토바이 한 대가 하준 옆으로 슬그머니 들어와 멈췄다. 하준은 별생각 없이 오토바이 쪽으로 고개를 돌렸다. 흰색 헬멧을 쓴, 덩치가 제법 큰 남자가 하준을 쳐다보고 있었다.

두 사람의 눈이 마주쳤다. 옅은 갈색의 헬멧 유리를 통해 어렴풋이 보이는 남자의 눈빛은 뭔가를 말하려고 하는 듯 하준에게 고정된 시선을 거두지 않았다. 남자의 덩치와 눈빛에 주눅이 든 하준이 시선을 돌리려고 할 때, 남자가 손가락으로 한곳을 가리켰다. 앞에 보이는 갓길에 스쿠터를 대라는 의미였다. 순간 신호등이 바뀌었고 하준은 액셀을 당기며 냅다 달렸다. 덩치도 곧바로 하준의 뒤를 따랐다. 하준의 스쿠터와는 비교도 되지 않는 월등한 성능의 오토바이를 탄 덩치는 금세 하준 옆에 붙었다. 덩치는 갓길에 멈추라는 수신호를 계속 보냈다. 당신이 뭔데 멈추라는 거야.

덩치의 멈추라는 신호를 무시하고 달리던 하준은 얼마 가지 못해 어쩔 수 없이 브레이크를 잡았다. 자신의 지시를 무시한 것에 화가 났는지 덩치가 속도를 높여 하준을 추월한 후 앞을 가로막았기 때문이다. 급제동을 하며 핸들을 돌린 하준은 가속도를 이기지 못한 스쿠터와 함께 미끄러졌다. 다행히 도로 옆 평지에 미끄러져 큰 사고로 이어지지는 않았다.

　오토바이에서 내린 덩치는 하준을 향해 터벅터벅 걸어왔다. 주저앉아 올려다보는 하준의 눈에 걸어오는 덩치의 모습은 거대한 공룡이 성큼성큼 다가오는 것처럼 보였다. 덩치와 하준의 거리가 몇 걸음 남지 않았을 때 급정지를 한 자동차의 헤드라이트 불빛이 덩치를 삼켰다.

　덩치의 십여 미터 앞에 멈춘 차에서 내린 사람은 설희였다. 차에서 내린 설희와 덩치가 잠시 서로를 노려보았다. 두 사람 사이 긴장의 끈이 팽팽했다. 설희가 형사라는 낌새를 알아챘는지 덩치가 먼저 팽팽한 끈을 끊고 몸을 돌렸다. 오토바이에 오른 덩치는 하준과 설희를 흘끗 쳐다본 후 현장을 떴다.

　설희가 또 한 번 위기에서 하준을 구했다. 하지만 이번은 전혀 고맙지 않았다. 처음에는 덩치가 무서워 멈추지 않고 달렸지만 급정지를 하며 땅바닥에 미끄러질 때 모든 것을 포기했다. 저 남자가 누군지, 자신을 왜 따라왔는지 묻고 싶었다. 얼마 남지 않은 인생, 이제 궁금한 것은 알고 싶다.

＊

　잘 밟아? 누군가의 뒤를 밟으라는 말인가.

　커피숍에서 나올 때 대영이 통화를 하며 내뱉은 말이 설희의 귀에 거슬렸다.

그곳으로 들어간 하준은 몸을 숨기고 있던 건가. 조금 전 장대영이 말한 잘 밟으라는 대상이 혹시 하준인가. 그렇다면 장대영은 하준이 술집 안에 있다는 걸 알았다는 건데.

대영과 헤어진 설희는 대영의 아지트로 뛰어갔다. 대영의 아지트 건너편 건물에 있던 스쿠터는 이미 사라진 후였다. 설희는 출발하기 전 하준에게 전화를 했지만 받지 않았다. 스쿠터를 타고 있다면 소음으로 못 받을 수 있다.

묵직한 소리를 내는 오토바이가 설희 차를 추월하며 질주했다. 오토바이를 타고 있는 사람은 흰색 헬멧을 쓴 체격이 건장한 남자였다.

신호등에 걸린 설희의 차가 멈췄다. 방금 설희의 차를 추월한 오토바이가 먼발치에 서 있고 그 옆에는 스쿠터를 타고 있는 하준의 뒷모습이 보였다. 신호등이 바뀌며 하준의 스쿠터가 먼저 빠르게 튀어 나갔다. 이어 흰색 헬멧의 오토바이도 출발했다. 설희도 가속페달을 밟았다.

설희의 차 수십 미터 앞에 오토바이 두 대가 나란히 달리고 있었다. 무슨 이유인지 덩치는 하준에게 갓길에 멈추라는 듯한 수신호를 보냈고, 하준은 그것을 무시한 채 달렸다.

저 남자는 누군데 하준에게 저러지? 혹시 장대영이 잘 밟으라고 한 게 저 사람에게 한 말인가.

수신호를 하던 덩치는 속도를 높여 하준의 스쿠터를 추월하며 오토바이를 틀어 길을 막았다. 갑작스레 오토바이가 길을 막자 하준의 스쿠터는 방향을 급하게 틀다 갓길에 쓰러졌다.

오토바이에서 내린 덩치가 갓길에 쓰러진 하준에게 뚜벅뚜벅 다가갈 때 설희의 차가 두 사람 앞에 멈췄다. 전조등 불빛에 잠긴 덩치는 고개를 돌려 설희 쪽을 바라보았다. 설희는 덩치와 싸우는 시뮬레이션을 머릿속에 그리며 차에서 내렸다.

덩치와 마주한 설희는 짐짓 긴장됐다. 격투훈련을 많이 했지만 실전에서 남자와 붙어본 적은 없다. 만약 저 덩치와 몸싸움을 하게 된다면 자신보다 곱절이나 큰 남자를 제압하기는 쉽지 않은 일이다. 먹힐지 모르지만 믿을 거라고는 형사 신분증뿐이다.

신분증을 꺼내려고 재킷 안주머니에 손을 넣으려고 할 때, 덩치는 갑자기 몸을 돌리더니 자신의 오토바이로 돌아갔다. 오토바이에 오른 덩치는 하준과 설희를 흘끗 본 후 현장을 떴다. 멀어지는 오토바이 소리를 들으며 설희는 안도의 한숨을 짧게 내쉬었다.

"하준 씨 괜찮아요?"

아무런 대꾸도 없이 못마땅한 표정의 하준은 자신을 도우려고 팔을 잡은 설희의 손을 뿌리쳤다.

"거기는 왜 간 거예요? 장대영에 대해 알고 있죠? 하준 씨, 기억하고 있는 거 제게 말해줘요."

"저를 그냥 놔두세요! 제가 뭘 기억하든 그게 형사님과 무슨 상관인데요. 제가 말한다고 강준식이라는 사람이, 아줌마가 왜 죽었는지 밝혀낼 수 있을 거 같아요?"

옷을 털며 일어난 하준은 덩치에게 당한 화풀이를 하는 듯 부루퉁하게 말했다. 말을 마친 하준은 설희에게 화를 낸 게 미안

했는지 곧바로 죄송합니다, 라고 고개를 숙여 사과한 후 스쿠터를 일으켜 세웠다.

"하준 씨, 그 가게 비밀번호는 어떻게 알고 있는 거죠?"

"그건… 저도 몰라요. 그냥 생각이 난 것뿐이에요."

설희는 아무 말 없이 스쿠터를 끌고 가는 하준의 등을 바라보았다. 스쿠터를 끌고 가던 하준이 걸음을 멈추고 고개를 살짝 돌리며 입을 열었다.

"형사님, 지금 수사하는 사건 형사님이 해결할 수 있는 사건이 아니에요. 강준식의 말처럼 다른 시간에서 일어났을 것 같은 사건인데 현실에서 해결할 수 있을 거 같아요?"

＊

규민은 오피스텔 창밖으로 보이는 도시를 바라보고 있었다. 반짝이는 보석들을 흩뿌려놓은 것 같은 야경이 오늘따라 적적하게 느껴졌다. 저 불빛 안에는 사람들이 있을 것이다. 가족, 친구, 연인과 식사를 하고, 술을 마시고, 대화를 나누는 사람들이.

나는 지금 뭘 하고 있는 거지. 누군지도 모르는 유령에 맞장구를 치며 허우적거리고 있는 꼴이 정말 우습군. 대체 언제까지 이래야 하나.

신 일병이 조금 전에 한 말, 대영에게 죽음의 기억이 생겼다는 말은 거짓이 아닐 것이다. 그가 나에게 거짓말을 할 이유가 없다. 대영은 어떤 죽음의 기억일까. 내가 차에서 꾼 꿈, 정말 그것이 죽음의 기억이라면… 그런데 그런 기억을 어떻게, 누가 만든 걸까.

이런 생각을 하며 규민이 의자에 다시 앉을 때, 문이 열리고 대영이 들어왔다.

"박 원장, 우리 너무 자주 만나는 거 같네. 이러다 정들겠어."

싱글벙글 웃는 대영은 창가에 기대며 담배를 입에 물고 불을 붙였다.

"박 원장, 오늘 찾아온 이유는 뭐야?"

"확인할 게 있어서 왔어."

"확인? 뭘 확인한다는 거지?"

"나에게 숨기는 거 있지?"

"내가 박 원장에게 숨길 게 뭐가 있어. 혹시 그 아내 유령에게 뭔가를 들은 거야?"

대영은 히죽거리며 담배 연기를 내뱉었다.

"장대영, 내가 모르는 뭔가를 알고 있지? 그걸 말해. 네가 알고 있는 걸 말하라고!"

규민이 자신의 이름을 말하자 대영은 살짝 놀라는 표정을 지었다.

"박 원장, 뭔가 대단한 걸 알고 온 거 같군. 말하지 않은 게 있기는 하지. 내가 아는 걸 말하면 박 원장 넌 미칠 거야. 내가 당신 생각해서 참고 있는……"

말을 끝내기도 전에 대영의 고개가 돌아갔다. 대영이 고개를 숙이고 잠시 바닥을 내려다보며 말을 하는 사이에 규민이 잽싸게 의자에서 일어나 주먹을 날린 것이다. 그 바람에 물고 있던 담배가 바닥으로 떨어졌다.

"이 새끼가 어디서……"

갑작스런 규민의 공격에 화가 치민 대영도 재빠르게 주먹을 날렸다. 규민의 얼굴에 제대로 꽂힌 대영의 주먹에 규민은 두어 발짝 비실비실 뒷걸음질을 하다 나자빠졌다.

"씨팔, 담배 반도 못 피웠는데."

대영은 바닥에 떨어진 담배를 집어 창가에 놓인 빈 종이컵에 버린 후 다시 담배를 꺼내 물었다. 규민은 끙 하는 신음 소리를 내며 상체를 일으켰다.

"아내와 통화를 했어. 정말이라고. 통화기록 보여줄게."

규민은 재킷 주머니에서 휴대전화를 꺼내 통화목록을 확인했다. 이게 어떻게 된 거지. 통화 목록을 아무리 올리고 내려도 분명히 있어야 할 인아와 통화한 기록이 없었다.

"왜, 아내와 통화한 기록이 없어?"

대영은 한심하다는 표정으로 규민을 내려다보았다. 담배 연기를 내뿜는 대영의 입가에 미소가 번졌다.

"박 원장, 당신도 드디어 그 시간을 경험했군. 그림자 시간과 연결된 걸 환영해. 하하하."

16

늦은 시각, 설희는 동료들이 퇴근한 썰렁한 사무실의 책상 앞에 앉아 커피를 마시고 있다. 설희는 조금 전 하준의 특별한 모습을 처음으로 목격했다. 하준은 자신의 기억에 비밀번호가 떠올랐다면서 대영의 술집 도어록의 비밀번호를 눌렀다. 인아가 남긴 사진 중 한 곳. 그곳에서 하준의 기억이 반응한 것이다.

서인아가 남긴 사진, 분명 김하준에게 어떤 기억을 알리기 위한 것 같은데.

문이 열리며 퇴근한 줄 알았던 팀장이 피곤한 얼굴로 사무실에 들어왔다.

"퇴근 안 하셨어요?"

"서랍에 차 키를 놓고 나왔지 뭐야. 나이 먹으니까 자꾸 깜박깜박하네. 유 형사, 수사는 잘 되어가고 있는 건가?"

설희는 마땅히 할 말이 없어 입술만 실룩거렸다. 서랍에서 키를 꺼낸 팀장은 사무실을 나가려던 걸음을 멈추고 설희를 바라보며 입을 열었다.

"유 형사, 그 사건 이제 마무리해. 전에 학원장 아내의 익사 사건을 인근 경찰서에서 수사한 적이 있었어. 그 사건 어떻게 됐는지 알지? 고생하는 거 잘 아니까 죽이 되든 밥이 되든 이번 주 안에 마무리하라고. 해결 못 해도 뭐라고 할 사람 없으니까. 그럼 수고해."

팀장은 설희에게 손을 들어 인사를 한 후 사무실에서 나갔다. 팀장이 결국 데드라인을 정했다. 안 그래도 설희 역시 팀장과 팀원들에게 미안한 마음이 많았다. 설희 혼자 유난 떨며 따로 노는 것 같았고, 마주치는 팀원들의 시선에서 밖에서 놀고 다니는 게 아니냐는 듯한 느낌도 수차례 느꼈다.

오늘은 수요일. 지금까지의 상황을 보면 이번 주 안으로 사건을 마무리하지 못할 것은 분명하다. 사건 해결은커녕 아무것도 알아내지 못한 채 흐지부지 마무리될 것이고, 결국 강준식 사건도 서인아 사건처럼 의문사로 종결될 것이다.

하준은 조금 전 준식을 언급하며 다른 시간에서 일어난 사건이라면서 현실에서 해결할 수 있을 것 같으냐고 말했다. 하준이 그런 생각이 든 것이다. 강준식이 그런 것처럼 하준도 조금씩 죽음의 기억이 완성되어가고 있는 걸까. 본인이 느끼고 있는 걸 말해주면 좋으련만, 내가 이해하기 어려운 부분이라서 말하지 않는 걸까. 그리고 불탄 시신은 서인아 사건과 어떤 관련이 있는 걸까. 연관이 있기는 한 걸까.

설희는 원 형사에게 받은 불탄 시신이 발견되었던 당시 사진들을 모니터에 띄웠다. 여러 위치에서 농장 집 거실을 촬영한 사진들이다. 거울 바닥에 있는 사람 형태의 시커먼 가루를 촬영한 사진이 아닌 다른 사진 하나가 설희의 시선을 붙잡았다. 그 사진은 현관 쪽에서 농장 집 거실의 전체 모습을 찍은 사진으로 사진 구석에 거실 벽에 걸려있는 벽시계가 보였다.

어, 시간이 다르네?

시계 부분을 확대했다. 사진 속의 시계는 8시 30분을 가리키고 있었다. 설희가 농장 집에 갔을 때 벽에 걸린 시계의 시각은 12시였고 시곗바늘은 분명 멈춰있었다. 설희는 곧바로 원 형사에게 전화를 했다. 원 형사가 전화를 받자 시끄러운 소음이 먼저 설희의 귀에 들어왔다.

"아이고, 유 형사. 이 시간에 웬일이야."

원 형사의 취한 목소리가 설희의 코끝에 술 냄새를 풍기는 착각을 일으켰다.

"오빠, 불탄 시신 발견된 농장 집에 갔을 때 거실 벽에 있는 시계 확인했어요?"

"벽에 걸려있던 시계? 그 시계… 움직이지 않았었지. 내가 현장에 갔을 때가 내 시계를 보면서 거실 시계도 같이 확인을 했었거든. 그때 알았지, 시계가 움직이지 않는 걸. 그런데 뜬금없이 그 시계는 왜?"

"12시는 아니었죠?"

"12시? 정확한 시각은 기억이 안 나는데 분명 12시는 아니었어."

"늦게 전화해서 미안해요. 그리고 술 적당히 마셔요, 몸 상해."

"안 그래도 이제 일어날 거야. 너도 쉬면서 해, 젊다고 오버하다가 나중에 골병든다."

불탄 시신이 발견된 당시에도 거실 벽에 걸린 시계가 멈춘 것은 분명하다. 그런데 어떻게 시간이 다를 수가 있지.

설희는 인아를 만났을 때 그녀가 시간을 물었던 상황이 다시 떠올랐다. 8시 30분, 설희를 지키는 시간이라며 그 시간을 잘 기억하라고 했던 말을. 인아는 분명 풀기 힘든 문제를 내준 게 분명하다.

＊

집으로 돌아온 하준은 침대에 벌러덩 누웠다. 유설희 형사에게 화를 내지 말았어야 했는데. 하준은 설희에게 불만을 터뜨린 것을 후회했다. 어찌 됐든 자신을 도운 사람이다. 현재 유일하게 하준의 편에 설 수 있는 사람일지도 모른다. 그러나 지금 자신에게 일어나는 믿기 힘든 상황을 설명하는 것은 또 다른 것이다. 설령 자신 편에 설 수 있는 사람이라고 해도 지금 하준의 상황을 듣는다면 말도 안 된다며 콧방귀를 뀔 뿐 믿지는 않을 것이다. 지금 하준에게 일어나는 일을 믿을 사람은 세상 어디에도 없다. 하준 자신조차 믿음이 가지 않는데 누가 믿겠는가. 같은 처지에 있지 않은 이상 그 누구도 하준의 어깨에 위로의 손을 뻗지 않을 것이다.

하준은 신호등에 걸려 멈췄을 때, 덩치의 오토바이가 옆으로 오기 전 술집의 비밀번호가 떠오른 상황을 되짚으며 하나의 가설을 생각했다.

강준식으로 추정되는 남자가 추락하는 꿈, 소녀를 만나 호수로 간 기억, 갑자기 떠오른 술집 도어록의 비밀번호, 추격하는 남자와 도망가는 남자의 기억까지. 이 모두가 현재에서 경험한 기억이 아니라는 것. 그렇다면 결론은 현재가 아닌 다른 시간의 기억이라는 것이다. 준식이 그런 것처럼 하준도 다른 시간의 기억이라고 추측했다.

그 기억은 나 외에 더 있다. 그 오토바이 덩치. 덩치도 강준식처럼 나에게 뭔가를 알아내려고 그랬을 것이다. 아니면 의뢰를 받았거나. 그렇다면 장대영이겠지.

하준은 덩치가 길을 가로막아 스쿠터와 함께 넘어질 때 자신이 만든 가설이 진실이라고 확신했다. 그래서 설희에게 다른 시간에서 일어난 사건이라면서 현실에서 해결하지 못할 거라고 말했다. 그런데 왜 내게 그런 기억들이 생긴 걸까. 아무리 생각해도 알 수가 없다.

이런 생각을 하며 하준은 잠에 빠졌다. 얼마나 지났을까, 잠결을 파고드는 날카로운 소리에 눈을 떴다. 새벽이었다.

살짝 열린 창문으로 캭캭거리는 길고양이 소리가 들어왔다. 가끔 집 안 마당에 들어와 울던 소리와 지금 우는 소리는 달랐다. 나긋하게 아양을 떠는 소리가 아닌 목구멍 깊은 곳에서 타고 올라온 간절한 울음이었다. 죽기 전 하소연하는 울음소리 같았다. 농약이나 제초제를 먹은 것일까.

좀처럼 멈출 기색이 없는 고양이 울음소리는 누군가에게 도움을 청하기라도 하는 듯 격정적이었다. 죽음의 절정을 향해 치달리는 듯 울음의 강도는 점점 강해졌다. 삶의 마지막에 다다른 짐승이 아직은 갈 때가 아니라며 억울해하는 한이 서려 있는 울음 같았다.

왜 내 집에서 그러는 거야, 제발 좀 나가. 하준은 이불을 뒤집어쓰고 귀를 막았다. 하준의 바람과 달리 고양이는 자신을 위한 진혼곡을 스스로 부르는 것처럼 쉬지 않고 울음을 이어갔다. 어서 나와서 나 좀 살려줘, 하는 애절한 부탁을 하는 것 같았지만 하준은 마당으로 나갈 수 없었다. 아니, 나가기 싫었다. 죽어가는 고양이를 보면 삶의 마지막 끈을 힘들게 부여잡고 있는 자신의 의지가 흐물흐물 녹아버릴 것 같았기 때문이다.

십여 분이 지나자 고양이도 힘이 다했는지 울음소리가 조금씩 잦아들었다. 대신 벽을 갉작거리는 소리가 들렸다. 마지막 몸부림이리라. 벽을 긁는 소리도 얼마 지나지 않아 시들시들 사라졌다.

고즈넉이 흐르는 고요한 정적이 흐트러진 하준의 감정을 긁어모았다. 한곳으로 모인 감정은 또렷한 슬픔의 윤곽을 드러냈다. 죽음을 기다리는 자신이 고양이 처지와 별반 다를 게 없다는 생각이 들어서일까 울컥 울음이 북받쳐 올랐다. 터져 나오려는 울음을 참으려고 아랫입술을 깨물고 참았지만 이미 가슴 깊숙한 곳에서 솟아올라 온 감정을 막을 수는 없었다. 죽기 전 울던 고양이처럼 하준의 흐느낌도 점점 거세졌다.

슬픔일까, 억울함일까. 뭐가 녹아있는지 모를 무거운 눈물이 하준의 볼을 타고 미끄러졌다. 하준은 어깨를 들썩이며 흐느끼는 자신의 모습이 낯설게 느껴졌다. 메마른 가뭄에 두 손을 든 논처럼 갈라져 버린 줄 알았던 자신의 감정이 애정도 없는 길고양이의 죽음 앞에서 요동치는 것이 의아했다.

내가 언제 이렇게 울었지? 할머니와 아줌마가 돌아가셨을 때도 눈물이 나지 않았었는데. 김하준, 너는 고양이가 죽은 게 슬퍼서 그런 거니? 아니면 너도 곧 저 고양이처럼 죽는 게 억울해서 그러는 거야?

하준은 다음 날 오후가 되어서야 눈을 떴다. 고양이 때문에 잠을 설칠 것 같았는데 늘 그렇듯 잠은 푹 잤다. 중간에 현실처럼 선명한 꿈을 꾸기는 했다. 어두운 방 안에 들어온, 수정처럼 빛나는 눈빛을 한 고양이가 자신에게 달려드는 꿈이었다.

눈을 뜨자마자 생각한 것은 당연히 고양이였다. 분명 마당 어딘가에 쓰러져있을 것이다. 현관을 열고 마당으로 나왔다. 마당 한쪽 구석에 고양이가 옆으로 누워있었다. 마당에 누워있는 고양이는 설희가 말한 흰색 털 중간중간에 검은 털이 섞여 있는 고양이였다. 고양이 입 주변에는 죽기 전에 쏟아낸 토사물이 엷게 퍼져있었다.

하준은 고양이에게 다가가 한쪽 무릎을 꿇고 등을 쓰다듬었다. 메마른 수건을 만지는 것 같은 건조한 느낌이었다. 죽은 고양이와 마주하면 어젯밤처럼 주체할 수 없는 눈물이 쏟아질 것 같았는데 지금 하준의 마음은 너무 평온했다. 너무 무덤덤해 슬픔을 주체 못 했던 어젯밤의 자신이 정말 나였을까 하는 의문이 들 정도였다. 순간 어젯밤에 꾼 꿈이 생각났다. 하준에게 달려든 고양이 꿈. 왜 내 꿈에 고양이가 나타난 걸까.

텃밭 구석에 고양이를 묻고 집 안으로 들어온 하준은 책상 앞에 앉았다. 고양이의 죽음이 심적 변화를 가져왔는지 짧은 인생의 마지막을 정리하려는 생각에 볼펜을 잡고 흰 종이를 바라보았다.

유서라고 하기엔 거창하고 자신이 사라진 세상에 뭔가를 남기고 싶었지만, 삶의 길이가 짧아서인지 글을 남길 대상이 없어서인지 첫 문장부터 어떻게 시작해야 할지 막막했다. 설희에게 남기는 글을 쓸까 하다 주제넘은 짓 같아 손가락에 끼고 있던 볼펜을 연필꽂이에 넣고 짐 정리를 시작했다.

인아의 물건은 나중에 하기로 하고 자신의 물건부터 정리했다. 먼저 옷장의 옷을 꺼내 상자에 담았다. 몇 벌 되지 않아 보였는데 막상 정리를 하다 보니 상자 하나로는 부족했다. 정리를 하던 옷 중에서 티셔츠 하나를 집었다. 스트라이프 티셔츠. 하준은 입고 있는 티셔츠를 벗고 스트라이프 티셔츠로 갈아입었다.

옷을 정리한 후 책장으로 이동하는 시선이 창문에서 턱 걸렸다. 창문 한쪽에 거무스름한 뭔가가 있었다. 창문으로 다가갔다. 검은색 유성펜으로 쓴 엄지손가락 정도 크기의 글자가 하준의 눈높이보다 조금 높은 곳에 스티커처럼 붙어 있었다.

자연스레 떠오르는 기억이 있다. 페도라 쓴 남자, 장대영이 집에 왔던 날 그는 손가락으로 창문을 만지는 동작을 했다. 그러고 보니 글씨의 위치가 그의 눈높이와 얼추 비슷한 것 같다. 혹시 그도 이것을 본 것일까? 창문에 스티커처럼 붙어있는 글자는 '킹콩'이었다.

킹콩… 이게 언제부터 있던 거지? 누가 쓴 걸까.

책장에 있는 책들을 상자에 담기 전 옷을 담은 상자를 스카

치테이프로 봉인하기 위해 바지 주머니에 손을 넣었다. 책상을 보며 주머니에서 커터 칼을 꺼낼 때 두 개의 물건이 동시에 하준의 눈에 들어왔다. 하나는 처음 보는 — 책상 위쪽 모서리에 놓여있는 — 스프링 달린 작은 노트였고, 다른 하나는 주머니에서 칼과 함께 딸려 나와 바닥으로 떨어진 종잇조각이었다. 먼저 바닥에 떨어진 종잇조각을 집었다. PC방 영수증이었다.

하준은 무심코 영수증에 찍혀있는 이용 시간을 보았다. 이용 시간은 오늘 오전 9시에서 정오. 그 시간은 하준이 자고 있던 시간이다. 하준은 지난번에 보았던 은행 대기표가 생각나 휴지통을 뒤져 은행 대기표를 꺼냈다. 은행 대기표 역시 하준이 문자를 보낸 의문의 존재에게 바람맞고 돌아와 잠에 빠져있던 시간이 찍혀있었다. 자신이 아닌 누군가 사용했을 은행 대기표와 PC방 영수증. 하준은 두 종잇조각을 구겨 휴지통에 버린 후 책상에 놓여있는 스프링 달린 작은 노트를 집어 들었다.

*

규민은 인아 유골이 보관된 납골당에 왔다. 장례식 후 처음 온 것이다. 인아 물건들이 등장했을 때 흠칫했던 불안감은 이제는 거뭇거뭇한 얼룩이 묻은 불길함으로 변했다. 더 두려운 것은 거뭇한 얼룩들이 머지않아 자신을 뒤덮을 시커먼 죽음의 그림자로 변하지 않을까 하는 점이다. 이러다 보니 규민은 지푸라기라도 잡고 싶은 마음에 염치도 없이 인아의 흔적이 남아있는 납골당에 왔다. 인아의 영정사진에 살려달라는 사정이라도 하면 뭔가 달라질까 하는 마음에서다.

당신이 원하는 게 뭐야. 원하는 대로 해줄게. 대신, 나 좀 살려주면 안 될까.

단단한 돌처럼 움직이지 않을 것 같던 규민의 마음이 흔들린 것은 역시 죽음의 기억 때문이다. 그 기억이 대영과 준식의 허무맹랑한 말들을 사실로 만들었다.

어제 오피스텔에서 들은 대영의 이야기를 어디까지 믿어야 할지 규민은 도통 종잡을 수 없었다. 거짓이라고 하기에 대영의 말은 상당히 구체적이었다.

대영에게 제대로 한방 얻어맞은 규민은 힘겹게 일어나 의자에 털썩 주저앉았다.

"박 원장, 주먹질은 아무나 하는 게 아니야. 상대를 봐가면서 주먹을 써야지. 이래 봬도 나 특전사 출신이야. 지난번에 말하지 않은 거 마저 이야기할게. 박 원장은 아내가 뭘 알고 있었는지 궁금하지?"

대영은 담배를 종이컵에 비벼 끈 후 구석에 있는 의자를 집어 규민 앞에 한쪽 다리를 꼬며 앉았다. 짧은 한숨을 내쉰 대영은 인아가 자신을 찾아왔던 날의 이야기를 시작했다.

"지난번에 말한 것처럼 박 원장 아내를 호텔 커피숍에서 만났어. 당신 아내는 나에 대해 상당히 많이 알고 있는 거 같더라고. 내가 어떻게 돈을 벌었는지까지 알고 있는 것 같았지. 무척 놀랐어. 사실 내가 큰돈을 번 건 전부 기억 때문이야. 그 내용은 지금 중요한 게 아니니까 생략하지."

지난번 이야기보다 좀 더 구체적인 내용에 규민은 진지한 표정으로 대영을 바라보았다.

"그날 박 원장 아내는 내게 앞으로 이상한 기억이 떠오를 거라고 하더군. 나는 무슨 기억이냐고 물었지. 죽음의 기억이 떠오르면 기억과 같은 상황으로 현실에서 죽게 된다는 거였어. 그 말을 듣고 피식 웃었지. 처음 보는 여자가 와서 그런 헛소리를 하는데 안 웃을 수가 있나.

박 원장 아내는 계속 이상한 이야기를 늘어놓는 거야. 뭐라더라, 죽은 사람의 영혼이 살아있는 사람의 영혼에 그림자처럼 연결이 된다고 했던가. 그렇게 연결된 그림자가 겪은 죽음의 기억이 현실로 이어져 현실의 존재가 죽는 거라고. 박 원장은 당신 아내가 한 말 어떻게 생각해? 믿어져?"

빨리 대답해 보라는 표정으로 묻는 대영의 질문에 규민의 입은 열리지 않았다. 지금까지 대영이 전한 인아의 말은 솔직히 전부 헛소리였다.

"박 원장도 믿기 힘들지? 그런 허무맹랑한 말을 누가 믿겠어. 박 원장 아내는 시큰둥한 내 반응을 무시하고 계속 말을 이어갔어. 내가 믿든 안 믿든 자신의 말을 다 하고 자리를 뜨려는지 꿋꿋하게 계속 말을 하더라고."

그날 인아가 그랬던 것처럼 대영도 규민의 반응에 별 관심을 두지 않고 자신의 말을 계속 이었다.

"나는 박 원장 아내가 한 말에 별 관심이 없었어. 워낙에 터무니없는 내용이라서 금방 잊어버렸지. 얼마 후 박 원장 아내가 죽었다는 소식을 듣게 됐어. 그제야 조금 이상한 느낌이 들더라고. 게다가 강준식마저 이상하게 죽고 나니까 박 원장 아내가 한 말, 죽은 사람의 영혼이 그림자로 연결되어서 죽었다는 게 어쩌면 사실일 수도 있겠구나 하는 생각이 들기 시작했지. 침대에서 추락사로 죽은 강준식과 집에서 익사로 죽은 박 원장 아내를 보면 그때 박 원장 아내가 한 말은 꽤 설득력이 있어.

난 박 원장 아내와 강준식이 어떤 그림자와 연결이 되어 죽었는지 궁금했지. 박 원장 아내가 익사를 했다면 익사로 죽은 누군가의 영혼과 연결이 되었다는 거잖아. 강준식도 누군가 추락사한 사람이 있다는 거고. 그 대상이 누군지 궁금하지 않아?"

규민은 대영의 황당한 이야기에 멍한 상태라 대답할 여유가 없었다. 솔직히 그 대상이 누군지 궁금하지도 않았다. 대신 왜 아내가 장대영을 만나서 그런 이야기를 했는지, 신 일병이 말했던 대영에게 떠오른 죽음의 기억이 더 궁금했다.

"내 아내가 왜 당신을 만나서 그런 이야기를 한 거지?"

"나도 박 원장 아내가 죽기 전 왜 나를 찾아와서 그런 말을 했는지 정말 궁금했지. 지금은 왜 그랬는지 대충은 알 거 같아."

"장대영 당신도 이상한 기억이 떠오른 거지?"

대영은 잠시 뜸을 들였다.

"이상한 기억이라… 당연히 있지. 지금부터 내가 하는 이야기를 잘 들어보라고. 박 원장이 들으면 놀랄 내용이니까 듣기 전에 마음의 준비부터 하고."

대영의 죽음과 관련된 내용일 거라는 규민의 예상과 달리 대영의 입에서 나온 이야기는 앞서 말한 것보다 더욱 믿기 어려운 내용이었다. 마음의 준비를 하라는 이유가 있었다. 머지않은 미래에 일어날 상황이라고 하면서 시작한 대영의 이야기는 이랬다.

대영은 불법 도박장에서 규민을 만난다. 그곳에서 규민이 먼저 대영에게 인사를 건넸고 그렇게 안면을 트고 얼마 후, 규민은 대영에게 인아의 뒷조사를 의뢰한다. 이혼 과정에서 우위를 선점하기 위해 인아의 귀책사유를 찾기 위함이었다. 주식으로 빚을 져 돈에 쪼들리던 대영은 도박장에서 알게 된, 역시나 도박 빚에 시달리던 준식을 끌어들였고, 둘은 인아를 미행했지만 그녀에게서 특별히 의심할 만한 것은 없었다.

이후 두 사람은 돈을 뜯어낼 목적으로 인아를 납치할 계획을 세운다. 준식은 누군가를 만나기 위해 약속 장소로 향하는 인아를 납치했고 의도치 않게 그녀를 살인하게 된다. 준식은 이 사실을 대영에게 전화로 알린다. 대영은 준식에게 자살로 위장하라고 하고 규민에게 거액을 제시하며 이미 죽은 인아의 살인을 제안한다. 이미 벌어진 사건을 이용한 뻔뻔한 사기였다. 인아의 죽음을 모르는 규민은 대영의 제안을 받아들이고 펜션 근처에서 만나기로 한다. 이 과정에서 사건의 진실을 알게 된 하준도 죽임을 당한다.

"그게 장대영 당신이 기억하는 내용이라고? 지어낸 이야기가 아니고?"

규민은 믿을 수 없다는 표정으로 대영을 보며 물었다.

"왜, 믿기지 않아? 뭐가 믿기지 않지? 당신이 아내를 살해하자는 내 제안을 받아들인 거? 지금으로부터 그리 머지않은 미래의 상황이야. 아니, 지금일 수도 있어. 박 원장, 상상을 해봐. 만약 지금 당신 아내가 죽지 않았다면 어쨌을까. 박 원장 당신은 아내를 사랑하지 않았잖아. 내가 이런 걸 어떻게 알겠어. 다 기억에서 얻은 박 원장 정보 때문에 알지. 현재 아내가 죽지 않았다면 분명 박 원장 당신은 내 기억 속 박 원장처럼 했을 거 같은데. 아닌가?"

대영의 말에 규민은 자신이 그랬을 가능성이 농후함을 스스로도 인정했는지 정색을 하며 아니라고 부정하지 않았다.

"도박을 좋아하지도 않는 박 원장이 왜 도박장에 왔을까. 빚에 쪼들린 사람을 찾으려고 온 거겠지. 단순히 아내의 외도를 찾으려고 한 건 아닐 거야. 살인까지도 가능한 사람을 찾으려고 했을지도 모르지. 내가 박 원장의 계획에 적합한 사람이라 생각하고 접근했을 거야. 내 뒷조사까지 미리 하고서."

규민은 일어나지도 않은 일을 가지고 이런 대화를 나누는 자체가 어이없었다. 할 말이 없는 규민은 대답 대신 대영의 기억 속 상황을 물었다.

"사건 이후의 기억은 없나?"

"없어. 계획대로 그렇게 끝나서 그런 것인지는 모르겠지만.

중요한 것은 왜 이런 기억이 생겼냐는 거지."

"어떻게 그런 기억이 생겼다고 추측하는데?"

"내가 좀 전에 박 원장 아내가 나를 찾아와서 했다는 그 말. 그 말이 사실일 가능성이 있지."

"다른… 그림자가 연결되었다는 그 말?"

대영은 고개를 끄덕였다.

"장대영 당신도 죽음의 기억이 있지? 그럼 자신의 그림자가 누군지 알고 있나?"

대영이 대답하려고 할 때 그의 휴대전화가 울렸다.

"어, 신 일병. 뭐? 형사가 나타나서 놓쳤다고? 어휴 답답한 놈. 그래, 알았어."

통화를 마친 잭은 한심하다는 표정으로 휴대전화를 보면서 멍청한 놈이라고 혼잣말을 했다.

"무슨 일인데 그래? 형사가 나타났다니."

"별일 아니야, 오늘 하준이를 잡았으면 삼자대면하기 딱 좋은 날인데."

"하준이를?"

"그 녀석도 무슨 기억이 있는지 여기저기 파고 다니는 것 같더라고. 머지않아 그 녀석은 익사로 죽을 거야."

사실 여부를 떠나 하준이 그런 상황에 처할지도 모른다는 상상을 하니 규민의 기분이 그리 좋지는 않았다.

"가만, 어디까지 이야기했더라?"

대영은 휴대전화를 재킷 주머니에 다시 넣으며 물었다.

"장대영 당신과 연결된 그림자와 죽음의 기억."

"아, 그랬지. 난 아직 죽음의 기억은 없어."

뭐야, 신 일병은 분명 장대영이 죽음의 기억이 있다고 했는데. 신 일병이 내게 거짓말할 이유는 없고. 저 자식 분명 뭔가를 감추고 있어.

규민은 그 의문은 일단 접고 인아 죽음에 대해 물었다.

"당신 말대로라면 내 아내는 익사한 기억이 있다는 건데. 아까 말한 미래 기억에서 아내가 익사를 한 건 아니잖아."

대영의 기억 속 일들이 사실이라고 한다면 아내의 익사는 분명 이상하다. 대영도 이 부분을 짚었다.

"박 원장 아내의 사인이 익사라고 했을 때 나도 그 부분이 이상했어. 내 기억에 따르면 당신 아내는 목이 졸려 사망했어야 되거든. 기억 속 강준식이 그렇게 했으니까. 추측해 본다면 박 원장 아내는 다른 그림자와 연결되었을 거야."

"다른 그림자?"

"그래, 익사한 다른 사람. 박 원장 아내의 그림자는 하준일 거야. 박 원장 아내가 아무런 연고가 없는 하준과 같이 산 것부터 이상하잖아. 미래의 죽은 하준의 그림자가 박 원장 아내와 연결되었다면 익사로 죽은 이유가 설명되지. 하준의 기억이 있었을 확률도 높고. 같이 산 이유도 그런 거 때문이지 않을까? 자신 때문에 죽은 하준을 위해서 뭔가를 해주려고. 이런 추측을 한 이유 역시 내 기억 때문이야. 내 기억 속에 박 원장 아내의 다리는 현실과 달리 멀쩡했어. 하준은 호수에서 죽기 전 한쪽 다리를 심하게 다쳤지. 내가 그렇게 했거든. 어때, 내 추측이? 합리적인 추리 같은데.”

규민은 준식의 죽음도 추락사 기억 때문이냐고 물었다.

“그럴 거야. 그 친구는 자신의 그림자 기억을 만난 거지.”

“어떻게 그게 현실에서 가능하지? 죽음의 기억이 어떻게 현실에서.”

대영은 그건 자기도 모르겠다고 말했다.

“누가 그런 걸까?”

규민의 말에 대영은 그 누군가를 아는지 빙긋 웃었다.

“장대영, 누군지 아는 표정인데?”

“대충은 짐작하고 있어. 아, 박 원장 아내가 전화해서 뭐라고 했지?”

“장대영에게 자신이 한 말을 잘 기억하라고 전하라 했어.”

대영은 심각한 표정으로 고개를 끄덕였다.

“장대영, 강준식에 대해 내가 모르는 게 더 있지?”

“죽기 전 나를 찾아온 그 녀석도 자신이 죽을 거라는 기억을 갖고 있었지. 당신 아내와 달리 그 친구는 죽는 게 두려웠는지 호들갑을 떨더라고. 어떤 여자애가 자신을 죽인다며 나를 찾아와서는 난리법석이었어. 강준식은 그 여자애를 찾으려고 백방으로 다니는 거 같았어.”

“그 여자애가 누군지 알아?”

“나도 누군지는 몰라. 내 기억에 여자애와 비슷한 존재는 없어. 분명 강준식은 나와 기억이 달랐어.”

규민은 그게 뭐냐는 표정으로 대영을 바라보았다.

"강준식이 죽은 후에 내 기억과 그 친구의 기억이 다르다는 걸 알게 됐지. 강준식이 죽기 전 내게 했던 말 중에서 내가 기억하는 사건과 관련된 말을 하지 않았어. 모르는 것 같더라고. 오직 자신이 죽는다는 기억만 있었지. 기껏 아는 거라고는 내가 자신을 끌어들인 것과 박 원장 아내를 자신이 죽인 거 같다는 정도. 그것도 확실하게는 기억하지 못하는 것 같았어."

규민이 준식을 만났을 때도 그는 사건에 대한 말은 하지 않았다. 기억이 있었다면 자신의 기억 속에 있는 사건에 대해 조금이라도 말했을 것이다.

대영은 박수를 두 번 치며 규민의 관심을 집중시켰다.

"자, 이제 결론을 내려 보자고. 박 원장 아내와 강준식이 한 말이 모두 사실이라는 가정을 하고 추측을 해보자고. 말도 안 되는 이야기라고 섣부터 긋지 말고 상상을 해보란 말이야. 강준식과 박 원장 아내는 기억을 갖고 있었어. 그리 머지않은 미래의 기억을. 바로 지금일 수도 있는 시기야. 두 사람 모두 자신의 죽음을 예감하는 기억이 있었을 거야. 그리고 박 원장 아내 흉내를 내는 유령은 박 원장에게 딸의 존재를 각인시키고 있고.

누군가 지금 현재에서 복수를 하는 것 같은 느낌이 들지 않아? 이 말도 안 되는 게임을 시작한 게 사람이든 귀신이든 분명 있을 거야. 어떻게 이런 일들이 가능한지는 모르겠지만. 박 원장 아내가 전화로 했다는 말, 나에게 자신이 한 말을 잘 기억하라고. 그게 무슨 의미일까. 대충 답이 나오지 않아? 지금의 상황을 처

258

음 시작한 사람이, 아니 영혼이 누군지."

대영은 지금 벌어지는 사건의 범인을 인아라고 확신하고 있었다. 규민도 인아가 이런 이상한 상황을 시작했다는 대영의 말이 전혀 거부감 없이 느껴졌다.

"내 아내가 지금 일어나는 일들을 하고 있다……."

"박 원장 아내 외에 또 한 사람이, 아니 사람이 아니고 영혼이겠군. 한 존재가 더 있어."

"그 소녀? 내 아내와 그 소녀가 현실에서 우리들을 괴롭히고 있다는 거야?"

"소녀는 아니야. 소녀는 박 원장 아내가 만든 가상의 존재일 거야. 박 원장의 마음을 흔들기 위한 미끼 정도겠지. 다른 존재야. 나와 박 원장도 죽은 두 사람처럼 되지 않을 거라는 보장이 없어. 어떻게 살아남을 건가를 고민해야 하는 게 우리가 할 일이란 말이야."

"살 방법이 있기는 한 건가?"

규민의 질문에 대영은 빙긋 웃으며 입을 열었다.

"원인이 없는 현상은 없어. 지금의 이런 뭣 같은 현상을 만드는 원인을 찾아야지. 그 원인을 찾아서 없애버리면 돼."

대영은 그게 뭔지 알고 있는 표정이었다.

"박 원장. 그렇게 의기소침할 필요 없어. 나랑 거래할까? 내가 살 수 있는 방법을 알려줄 테니 학원을 나에게 넘기는 거 어때? 아니면 매출의 절반이라도."

규민은 수작 부리지 말라고 소리치고 싶었지만 일단 꾹 참았다. 지금 대영을 건드려 봐야 득이 될 게 없다. 대영은 규민의 대답을 듣지도 않고 피식 웃으며 질문을 던졌다.

"박 원장, 당신 죽음의 기억은 뭐야?"

규민은 굳이 대영이 자신을 죽이는 기억이라고 말할 필요까지는 없다고 생각했다.

"누군가 빨랫줄로 내 목을……"

"혹시 나 아니야?"

규민은 놀란 감정을 들키지 않으려 애써 담담한 표정으로 대영을 바라보았다. 대영은 웃으며 농담이라고 하면서 자리에서 일어나 창가로 향했다. 규민은 창밖을 바라보고 있는 대영의 등을 보며 물었다.

"내가 아내와 통화를 한 거는 뭐지? 환영인가?"

"정확히 말하자면 다른 시간, 즉 죽음의 그림자 시간에 박 원장이 연결된 징후라고나 할까. 강준식 그 친구도 죽기 전 이상한 환영을 자주 보았으니까."

규민은 차에서 목이 졸리는 환영이 다시 떠올랐다.

"박 원장, 신기하지 않아? 죽음의 기억이 현실에서 그대로 일어난다는 게. 살인을 한다면 정말 완벽한 완전범죄야."

대영은 몸을 돌려 혼이 나간 듯 멍한 표정으로 앉아있는 규민에게 번쩍 정신이 돌아올 한마디를 던졌다.

"나는 박 원장 아내 유령이 누군지 알아."

그토록 찾고 싶었던 대상이 누군지 알고 있다는 대영의 말에 규민은 그 여자에 대해 알려달라고 했다.

"박 원장 사정은 알겠는데 아직 알려줄 수는 없어. 그리고 그 여자는 우리에게 중요한 존재도 아니야. 그저 심부름꾼 같은 존재일 뿐이지."

장대영은 어제 지금 일어나는 일들은 아내와 또 다른 존재가 하는 거라고 했어. 농담이라고 했지만 내 기억 속에서 나를 죽이려고 한 존재가 자신인 것도 눈치채고 있는 것 같고. 그럼 아내 이외의 존재가 장대영 자신이라는 건데.

일단 하준이 알고 있는 내용부터 알아야 한다. 인아가 현재 일어날 일을 알고 있었다면, 하준을 각별히 생각했으니 분명 하준에게 뭔가를 남겼을 것이다. 죽기 전 알지도 못하는 장대영까지 만났는데 하준에게 그 방법을 남기지 않았다는 것은 말이 안 된다. 아마도 살 수 있는 방법을 남겼을 가능성이 가장 크다. 하준이도 그걸 찾으려고 하는 것이다. 강준식도 그걸 알고 하준을 찾으려고 했던 거고.

납골당 주차장에 주차한 차에 오르자마자 규민은 하준에게 전화를 걸었다.

17

책상 앞에 앉은 하준은 노트의 하늘색 겉장을 넘겼다. 아무 것도 없는 흰 종이였다. 종이에는 글자가 아닌 올록볼록 튀어나온 점들이 가득했다. 점자였다. 하준은 의자에 앉아 책상 위에 펼친 노트에 눈을 감고 손을 가져갔다.

하준은 손가락 끝에서 전해오는 첫 문장을 읽자마자 놀라 감았던 눈을 떴다. 손끝을 타고 전해오는 인아가 자신을 부르는 소리가 환청처럼 들렸다.

하준아, 지금 혼란스럽지. 여러 가지 일들이 너에게 일어나고 있을 거야.

지금 넌 알고 있겠지, 네가 죽음으로 가고 있다는 것을.

너를 처음 보았을 때가 생각난다. 아이스크림을 먹다 넘어진 너를 처음 본 그때가.

나도 어렸을 때 이해할 수 없는 일들을 겪었단다.

그때 나도 혼란스러웠지.

무엇을 해야 할지, 왜 내게 이런 일들이 일어나는지 혼란스러웠어.

이 글을 쓰는 지금은 알고 있단다.

너에게 일어났던 불행들이 모두 나로 인해 일어났다는 것을.

이 글을 읽는 즉시 ○○학원으로 가서 내 남편과 함께 호수로 가거라.

남편에게는 호수에서 내가 기다리고 있다고 전해줘.

지금 네게 일어난 불행은 그림자 시간 때문이란다.

너는 지금 다른 그림자가 연결되어 있어. 그 그림자에게

서 벗어나려면 호수로 가야 돼.

그곳에 네가 다시 살 수 있는 희망이 있으니까.

그게 뭐냐고 묻지는 마라. 설명한다고 한들 이해를 할 수 없을 거야.

직접 네가 느껴야만 해. 선착장에 허름한 배 하나가 있을 거야.

하준은 길지 않은 인아가 남긴 글을 읽고 노트를 덮었다. 놀랍게도 점자를 남길 당시 인아는 미래인 지금 하준의 상황을 정확하게 인지하고 있었다.

지금 내게 일어난 일이 아줌마 때문이라니, 그게 무슨 말이지? 호수에 내가 살 수 있는 희망이 있다… 내가 직접 느껴야 한다… 아줌마는 지금의 내 상황을 어떻게 알고 있었던 걸까. 그리고 이 노트는 누가 가져다 놓은 걸까.

중요한 사실 하나는 알았다. 하준을 호수로 자꾸 몰고 가는 듯한 이유가 그곳에 자신의 희망이 있기 때문이라는 것을.

그렇다면 지난번 호수에 남자가 빠졌던 상황도 내가 다시 사는 과정 중 하나였던 건가? 그때 희망은커녕 죽을 뻔했는데.

인아가 남긴 글 중에 가장 이상한 말은 하준에게 다른 그림자가 연결되어 있다는 내용이었다. 그것은 그동안 있었던 일들을 하준의 머릿속에 한꺼번에 펼쳤다. 은행 대기표와 영수증. 추격자와 도망자의 감정이 동시에 느껴졌던 기억, 대영 아지트에 갔을 때 떠오른 비밀번호. 그리고 준식의 추락하는 꿈과 어릴 때 인아 가슴을 만졌던 일까지. 분명 자신에게 다른 존재가 있음을 의심할 수 있는 정황들이었다.

＊

설희는 불탄 시신이 발견된 사진 속 벽시계를 확인하기 위해서 다시 농장 집으로 향했다. 농장 집 벽시계는 현재 두 개의 시간을 보여주고 있다. 같은 장소와 두 개의 다른 시간. 그것은 다른 시간의 존재를 의미하는 것일까.

농장 집에 도착한 설희는 현관문을 천천히 열었다. 전에 이상한 경험을 했던 터라 집 안으로 두 번째 들어가는 설희의 마음은 처음보다 더 긴장됐고, 지난번에 느낀 아릿한 통증이 등판에 다시 맴도는 기분도 들었다.

집 안으로 들어가자마자 벽에 걸린 시계를 보았다. 이곳에 처음 왔을 때 보았던 것과 같은 12시였다. 정말 이곳에 두 개의 시간이 존재하는 건가.

설희는 장식장을 밟고 올라가 벽에 걸린 시계를 떼어냈다. 시계 뒷면의 건전지 넣는 자리는 텅 비어있었다.

농장 집에서 나온 설희는 하준의 집으로 향했다. 하준의 건강 상태를 본다면 지난번처럼 집 안에 쓰러져 있을지도 모를 일이다. 하준의 집 앞에 주차를 한 후 집 안으로 들어갔다. 현관문은 여전히 열려있었다. 문을 열고 들어가며 하준의 이름을 불렀다.

집 안은 썰렁했다. 거실에 서서 두리번거리다 문이 열린 하준의 방으로 들어갔다. 짐 정리를 한 듯 몇 개의 상자가 바닥에 가지런히 놓여있었다. 방 안에 있는 물건들은 모두 상자 안으로 들어간 것 같은데 책상 위에 있는 작은 노트 하나만 주인 잃은 물건처럼 홀로 놓여 있었다. 노트를 들어 겉장을 넘겼다. 흰 종이에 올록볼록 솟아 있는 점자가 가득했다.

무슨 내용이지? 이걸 보고 집에서 나간 건가?

페이지를 넘겨보니 몇 페이지 되지 않는 분량이었다. 하준에게 전화를 했지만 받지 않았다. 이걸 누구한테 맡길까? 아, 복지관. 거기 가면 이걸 해석해 줄 사람이 있을 거야,

노트를 들고 하준의 집에서 나오는 길에 현관 옆에 놓여있는 고양이 밥그릇을 보았다. 물과 사료가 가득했던 그릇은 비어있었고, 올 때마다 담장 위에서 졸고 있던 고양이도 보이지 않았다.

복지관에 도착한 시각은 퇴근을 조금 지난 시각이었다. 아직 일이 끝나지 않았는지 출입구 문은 열려있었고 2층 사무실도 불빛이 환하게 밝았다. 건물 안으로 들어간 설희가 로비를 지나가는데 화장실에서 여자가 나왔다. 어깨까지 내려온 생머리에 검은색 뿔테안경을 쓴 20대 중후반으로 보이는 여자였다.

"안녕하세요. 여기 직원이신가요?"

설희가 인사를 건네자 여자는 예, 하며 고개를 끄덕였다.

"저기… 점자를 해석하려고 하는데 이곳에 점자 해석이 가능한 분 계시나요?"

"점자는 저도 조금 읽을 줄은 아는데."

"그래요? 잘됐네요. 저, 이거 몇 장 되지 않는데 이 노트에 있

는 점자 해석 좀 해주세요. 최대한 빨리요."

때마침 등장한 구세주 같은 여자에게 설희는 노트를 건넨 후 재킷 주머니에서 지갑을 꺼냈다. 지갑 안에 있는 만 원권 네 장을 꺼내 명함과 함께 여자의 손에 쥐여줬다.

"지금 갖고 있는 돈이 이게 전부라서… 수고비가 더 필요하면 나중에 드리겠습니다. 해석을 다 하시면 명함에 있는 제 메일로 보내주세요. 언제까지 가능할까요?"

노트를 펼쳐본 여자는 분량이 많지 않아서 내일 오전이면 가능할 것 같다고 말하며 설희가 건넨 돈은 괜찮다고 되돌려 주려 했다. 설희는 여자의 손을 거두며 부탁드린다는 말을 몇 차례 더 한 후 서둘러 복지관에서 나왔다. 설희는 차에 오르며 하준에게 다시 전화를 했다.

*

하준이 타고 있는 스쿠터가 학원 건물 앞에 섰다. 7층 건물 중 1, 2층은 은행이, 3층부터는 학원이 사용하고 있었다. 네온사인들이 하나둘씩 불을 켜자 교복을 입은 학생들이 학원으로 몰려왔다.

하준은 학창시절 학원을 다녀본 적이 없다. 그래서일까, 가끔은 학원을 다니는 아이들이 부러웠던 적도 있었다. 그런 아이들은 그래도 부모는 있을 테니까.

학원 출입구 근처의 자전거 거치대 옆에 스쿠터를 세워둔 하준은 학생들과 섞여 학원 안으로 들어갔다. 교복만 입지 않았을 뿐이지 외모는 고등학생들과 크게 다르지 않아 학생들과 섞여도 이질감은 없었다.

하준은 학생들과 함께 엘리베이터에 탔다. 학생들은 각자의 휴대전화를 보느라 여념이 없어 하준을 의식하는 시선은 없었다. 3, 4층에서는 중학생들이 내렸고, 위층에서는 고등학생들이 내렸다. 고등학생들과 함께 7층에서 내린 하준은 비상계단으로 이어지는 문이 있는 곳으로 조심스레 걸어갔다.

규민은 전화통화에서 7층 자신의 사무실에서 기다리라고 했지만 하준은 옥상으로 올라갔다. 강준식이란 남자의 죽음이 연상되는 꿈이 생각나서다.

옥상의 문을 열자 어둠에 어스러지기 직전 진홍빛 노을에 물든 풍경이 펼쳐졌다. 그 풍경의 끝에 비를 한가득 머금은 시커먼 매지구름이 밀려오고 있었다.

난간으로 걸어가며 벤치가 있는 휴게공간을 슬쩍 보았다. 휴게공간을 덮고 있는 지붕 끝에 달린 두 개의 조명등이 땅거미가 깔리기 시작한 옥상을 은은하게 밝혀주고 있었다.

난간 앞에 선 하준은 아래를 내려다보았다. 자전거 거치대 근처에 널브러져 있던 강준식의 모습이 떠오름과 동시에 기억이 등장했다. 강준식이 떨어지기 직전 이곳에서 내려다보던 존재의 기억이었다. 그 존재의 시각에서 바라보던 상황이 영화의 한 장면처럼 그려졌다. 준식은 죽기 전 옥상에 있는 존재를 향해 이런 말을 했다.

'너는 대체 누구야?'

여기서 그를 지켜본 사람의 기억이다. 아줌마 말처럼 내 안에 존재하는 그림자의 기억이다.

순간 눈앞이 아찔하면서 현기증이 일었다. 난간을 잡고 잠시 숨을 고른 후 비틀비틀 벤치로 걸어갔다. 벤치에 기대앉아 고개를 좌우로 돌리며 심호흡을 했다. 어지러움이 다소 진정된 것 같아 벤치에서 일어나는 순간, 다시 한 번 눈앞이 핑 돌면서 더 아뜩한 현기증이 났다. 둔기로 머리를 얻어맞은 것 같은 아찔한 충격에 하준은 휘청거리며 그 자리에 쓰러졌다. 소용돌이가 이는 것처럼 세상이 휘말리며 눈앞에서 옴지락거렸다. 눈동자를 움직일수록 하준의 망막에 맺힌 세상의 모습은 더욱 어지럽게 흔들렸다.

옥상 바닥에 드러누운 하준은 몸을 일으키려고 했지만 몸은 의지와 따로 놀았다. 기껏 할 수 있는 거라고는 고개를 살짝 드는 정도였다. 하준은 자신의 삶이 얼마 남지 않은 것을 더욱 절실하게 느꼈다.

호수로 가야 하는데. 여기서 이렇게 주저앉으면 안 되는데.

그때 휴대전화가 울렸다. 하준이 위험에 처할 때마다 등장하는 설희의 전화였다. 다행히 휴대전화를 손에 쥐고 있어 손가락으로 간신히 통화버튼을 터치했다.

"하준 씨 지금 어디예요?"

"호, 호수로 가야… 돼요."

힘을 다해 호수로 가야 한다는 말을 마지막으로 하준은 정신을 잃었다. 휴대전화에서는 하준 씨, 하준 씨, 라고 말하는 설희의 외침이 흘러나왔고, 동시에 정신 차리라고 소리치는 규민의 목소리가 뒤섞이며 하준의 귀에 스며들었다.

＊

규민의 차가 학원 앞을 지나 지하주차장으로 들어가는데 낯익은 스쿠터가 자전거 거치대 옆에 서 있었다. 엘리베이터를 타고 올라와 사무실 문을 열었는데 약속한 하준은 없었다.

어디 간 거지. 혹시 강준식처럼 옥상으로 갔나.

사무실에서 나온 규민은 옥상으로 올라갔다. 옥상 문을 열자 벤치 앞에 쓰러져있는 하준이 보였다. 규민은 하준에게 달려가 옆에 한쪽 무릎을 꿇고 볼을 툭툭 쳤다.

"야, 정신 차려!"

의식이 없었다. 축 처진 하준을 부축하고 계단을 내려오는데 하준이 혼잣말하듯 작게 중얼거렸다.

"호수로… 호수로…"

"뭐? 호수? 지난번 그 호수 말하는 거야?"

"아줌마… 그곳으로……"

"내 아내가 거기로 가라고 했다고?"

하준은 다시 의식을 잃었다. 규민은 하준을 부축한 채 지하주차장으로 내려왔다. 조수석에 하준을 태운 규민은 출발하기 전 시체처럼 널브러져 의자에 기대있는 하준을 다시 흔들었다.

"야! 정신 차려봐!"

고개가 돌아갈 정도로 거칠게 흔들었지만 하준은 작은 신음소리만 내는 게 전부였다. 규민은 하준의 삶이 얼마 남지 않았다는 것을 직감했다. 인아와 준식처럼 하준에게도 죽음이 닥칠 것이다. 어떡하지, 병원으로 가봐야 손을 쓰지도 못할 텐데.

이 상태로 호수로 가는 도중 차에서 죽는다면 경찰에게 괜한 의심을 받을 수도 있다는 생각이 들자 마음이 초조해졌다.

"야, 내 말 들려? 호수에 가면 뭐가 어떻다는 거야? 정말 내 아내가 거기로 가라고 한 거야?"

대답이 없을 걸 알면서도 규민은 하준에게 싸움을 걸듯 쏘아붙였다. 규민은 호수로 가는 결정을 하고 가속페달을 밟았다.

"어쩌다가 내가 이런 상황에……."

운전을 하는 규민은 한숨을 푹푹 내쉬며 투덜거렸다. 미친 짓인 것을 알면서도 할 수밖에 없는 상황에 놓인 자기 자신이 한없이 처량했다. 그렇다고 아무것도 하지 않고 자신을 향해 다가오고 있을지 모를 죽음을 손 놓고 기다릴 수도 없었다.

분명 아내가 호수로 가라고 했다는 거 같은데. 거기에 뭐가 있기에 그러는 걸까.

규민은 다시 인아와 살았던 시간으로 돌아간 기분이 들었다. 꼭두각시처럼 인아의 손에 이리저리 휘둘려 살던 시간으로. 언제쯤 인아의 손아귀에서 완전하게 벗어날 수 있을까.

불길한 생각 때문인지 목에 줄이 감겨있는 것 같은 느낌이 들어 한 손으로 목 앞뒤를 만졌다. 목에 줄이 감겨 있는 느낌이 조금씩 문신처럼 피부에 새겨지는 것 같은 기분이다.

18

하준은 정신을 잃었지만 규민이 투덜거리며 차에 자신을 밀어 넣는 상황은 인지했다. 아직까지 하준의 의식은 간신히 붙어 있었다. 호수에 가면 뭐가 어떻게 되냐고 흥분한 채 말하는 규민의 다급한 목소리를 들으며 하준은 규민도 자신과 비슷한 상황에 처해 있는 게 아닐까 생각했다.

그래서 아줌마는 아저씨와 함께 호수로 가라고 메모를 남겼구나. 아저씨는 지금 어떤 상황일까. 아저씨도 나처럼 죽음이 다가오고 있는 걸까. 호수에는 무엇이 기다리고 있을까. 다시 살 수 있는 희망이 있는 거라면 그것은 무엇일까. 내 안에 존재하는 그림자를 지우는 것일까. 내 그림자는 누굴까. 어릴 때 보았던 시커먼 형체일까, 아니면 나를 호수로 데리고 갔던 의문의 소녀일까. 그 그림자가 내 죽음을 원하는 건가. 아, 점점 현실에서 멀어진다.

차창에 떨어지는 빗소리를 마지막으로 현실과 연결된 하준의 의식은 단절됐다. 현실과 단절된 하준은 어둠 속을 달리고 있었다. 쫓고 쫓기는 두 감정이 충돌하던 그 상황이었다. 컵라면을 먹을 때 느꼈던 것과는 조금 달랐다. 지금은 감정이 분리가 되는 느낌이었다. 조금씩 조금씩 하준은 앞서 달리는 도망자에게 동질감이 느껴졌다.

도망가는 남자가 돌부리에 발이 걸려 넘어진다. 쫓아오던 남자는 제법 큰 돌을 들고 쓰러진 남자의 왼쪽 다리를 내려친다. 다리가 부서지는 고통이 차 안에 있는 하준에게 전해졌지만 입에서는 신음 대신 탄식이 흘러나왔다.

돌을 집어 던진 남자는 다리를 붙잡고 고통에 몸부림치는 남자의 목을 조른다. 꼴깍꼴깍 숨이 넘어가려고 하는 남자는 결국 정신을 잃는다. 쓰러진 남자가 죽은 것으로 생각한 다른 남자는 점퍼를 벗어 그 안에 돌을 넣은 후 쓰러진 남자의 다리에 묶어 호수 쪽으로 민다. 짧고 완만한 비탈을 미끄러져 내려간 남자는 호수에 빠진다.

하준은 자신이 죽음으로 이어지는 추격의 완전한 기억과 마주했다.

*

푸슬푸슬 내리는 비가 규민의 차 앞 유리에 떨어지기 시작했다.

이 녀석은 대체 무슨 기억이 떠오른 걸까, 뜬금없이 호수로 가자는 이유는 뭘까.

규민이 두려워하는 것은 이제 인아도 인아의 유령도 아니다. 언제 찾아올지 모를 죽음이다. 규민도 이제 비현실적인 상황들을 현실로 받아들이기 시작했다. 그래서일까, 호수가 가까워질수록 운전대를 잡고 있는 규민의 얼굴에는 두려움보다 설렘의 기운이 퍼졌다.

그래, 아무런 일도 일어나지 않는 게 더 두려운 건지도 몰라.

호수 근처에 다다르자 굵은 빗줄기가 사납게 쏟아져 내렸다. 주차장에 들어가며 규민은 호수를 힐끗 보았다. 두꺼운 먹구름을 품고 내려앉은 하늘, 그 하늘이 스며든 호수는 죽음의 독기를 품은 것 같은 검은빛을 출렁거렸다. 썰렁한 주차장에 주차를 한 규민은 조수석에 널브러져 있는 하준을 보았다.

"야, 김하준!"

시체처럼 의자에 기대있던 하준은 잠에서 깬 아기가 칭얼거리는 듯한 소리를 내더니 슬그머니 눈을 떴다.

"야, 호수에 왔어. 저 호수에 뭐가 있는 거야?"

멍한 표정의 하준은 힘겹게 안전벨트를 풀더니 대답도 하지 않고 차에서 내렸다.

"야! 뭐하려고 그래? 일단 말 좀 해봐!"

차에서 내린 하준은 선착장으로 비실비실 걸어갔다. 규민도 차에서 내려 하준이 무엇을 하려는지 지켜보았다. 하준은 관광객들이 타는 배들이 모여 있는 선착장으로 술에 취한 사람처럼 비틀거리며 걸어갔다. 걷는 모습이 장대비를 맞고 있는 것조차 힘에 버거워 보였다. 하준은 출렁이는 물결에 견디지 못할 것 같은 작은 배 앞에 섰다.

"야! 지금 그 배를 타겠다는 거야?"

빗소리 때문에 규민의 말이 들리지 않는지 하준은 규민의 말에 아랑곳하지 않고 기우뚱거리는 배 위에 오른 뒤 풀썩 주저앉았다. 저 배를 타고 호수로 나가는 것이 하준이 기억하는 내용이라고 생각한 규민은 어쩔 수 없이 하준이 탄 배 위에 같이 몸을 실었다. 자기 몸 간수하는 것도 힘겨운 하준은 엎드리다시피 한 자세로 배에 붙어있어 노를 젓는 것은 규민이 해야 할 몫이었다.

출렁이는 물이 배에 부딪치는 찰싸닥거리는 소리와 수런거리며 떨어지는 빗소리에 규민의 고막이 아릿했다. 장대비에 젖어 풀죽은 리넨셔츠는 더 이상 명품이 아닌 추레한 거적때기와 다름없었고, 빗물이 흥건하게 스며든 구두 안은 질벅거렸다. 게다가 얼굴을 때리는 비 때문에 눈을 제대로 뜨지 못해 앞을 제대로 보는 것조차 힘들었다. 모든 게 규민을 짜증 나게 했다.

비를 맞아서인지 몸이 부들부들 떨리기 시작했다. 계절은 여름의 중심을 향해 가고 있지만 호수의 중심으로 가는 지금의 상황은 비발디 사계 중 겨울 1악장의 날카로운 바이올린 소리처럼 서늘하기만 했다.

노를 젓던 규민은 등을 보이고 쓰러져 있는 하준을 보자 화가 치밀었다.

"너, 나에게 장난하는 거면 그냥 호수에 빠뜨려 버릴 거다! 알았어!"

하준은 대꾸도 없이 같은 자세로 엎드려 있었다.

대체 이 호수에 뭐가 있다는 거야.

규민은 노를 젓는 것을 멈추고 가쁜 숨을 내쉬었다. 육지에서 꽤 멀어졌다.

"야, 얼마나 더 가야 하는데!"

규민은 엎드린 채로 있는 하준을 향해 소리쳤다. 죽은 듯 웅크려 있던 하준은 천천히 몸을 일으킨 후 배 주위를 둘러보았다.

"왜, 뭐가 보여?"

하준은 뱃머리 쪽으로 엉금엉금 움직이더니 갑자기 호수로 뛰어들었다. 하준의 갑작스런 돌발행동으로 출렁하고 배가 기우는 바람에 규민은 엉거주춤한 자세로 중심을 잡고 하준이 뛰어든 곳을 들여다보았다.

짙은 어둠이 깔린 숲을 보는 것처럼 호수 아래도 검은 어둠만이 출렁거릴 뿐 방금 물속으로 뛰어든 하준의 모습은 보이지 않았다. 초조하게 몇 분을 기다렸지만 하준은 호수 밖으로 나오지 않았다.

이 자식 어떻게 된 거야. 왜 나올 생각을 안 해.

이렇게 호수에 계속 있을 수만은 없었다. 쏟아지던 빗줄기가 수그러들기는 했지만 조금 더 있으면 배에도 물이 찰 것이다. 돌아가서 하준이 호수에 빠졌다는 신고도 해야 한다. 이런 날씨에 배를 타고 나간 이유를 묻는다면 무슨 핑계를 대야 하나.

어쭙잖은 고민을 할 때 거짓말처럼 비가 그쳤다. 하늘을 뒤덮었던 검은 구름도 순식간에 사라지고 둥실한 달이 환한 빛을 호수에 뿌렸다. 규민의 시각만 변화를 감지한 것은 아니었다. 아무런 소리가 들리지 않는 고요한 정적이 규민을 감쌌다. 빗소리와 출렁이는 물소리에 고막이 얼얼하던 방금 전과는 완전히 다른 세상이었다.

지금 이 상황은 뭐지? 다른 세상에 툭 떨어진 것처럼 어리둥절해 있는 규민을 유혹하는 물체가 호수면 위에서 나타났다. 작고 영롱한 불빛이었다. 불빛은 검은색의 도화지에 흰색 실선을 남기듯 배 주위를 움직였다.

이건 환영이야. 정신 차려, 박규민.

이런 생각을 하면서 규민의 시선은 불빛의 움직임을 좇았다. 이리저리 바쁘게 움직이던 불빛이 하준이 뛰어든 곳에서 멈췄다. 규민은 배 밖으로 조심스럽게 얼굴을 내밀어 불빛에 좀 더 가까이 다가갔다. 그 불빛의 정체는 반지였다. 규민이 인아에게 청혼하면서 건넨 결혼반지. 뜰채가 옆에 있다면 떠올리고 싶었다.

작은 다이아몬드가 뿜어대는 유혹의 빛을 물끄러미 바라보던 규민은 저 반지가 마지막으로 등장하는 인아의 물건이 아닐까 생각하며 반지를 꺼내기 위해 손을 뻗었다. 순간 검은 물낯을 뚫고 손이 불쑥 튀어 올라왔고, 그 손은 규민의 손을 날쌔게 낚아채며 호수로 끌어당겼다.

*

호수로 뛰어든 하준은 그대로 물속에 가라앉았다. 하준은 호수로 뛰어들기 전 자신의 목소리를 들었다. 지난번 남자를 구하러 호수에 뛰어들었을 때 물속에서 마음속으로 외쳤던 소리였다. '이렇게 죽는 건가, 이 호수에서.'

이 목소리가 하준을 물속으로 잡아당긴 것이다. 하준은 물속에서 자유를 느꼈다. 살갗에 닿는 호수의 물이 공기처럼 아무렇지 않게 느껴졌고 숨도 막히지 않았다. 팔과 다리는 물의 저항 없이 땅 위를 걷듯 자유롭게 움직였다. 죽음의 족쇄에서 완전히 해방된 기분이었다.

자유에 잠시 취해있는 하준에게 지난번 호수에 빠졌을 때의 느낌이 파고들었다. 그 느낌은 물에 빠진 남자를 바라보고 있는 얼마 전 자신의 시선이었다. 그때의 상황이 이어지는 느낌이었다.

멀지 않은 곳에 남자가 서 있었다. 하준은 남자에게 천천히 다가갔다. 그 남자도 자신과 같은 스트라이프 티셔츠를 입고 있었다. 남자와 거리가 점점 가까워지자 얼굴 윤곽이 제대로 보였다. 그 남자는 하준 자신이었다.

지난번에 만난 남자가 정말 나였어. 그럼 기억에 있는 호수에서 죽은 나란 말인가. 어떻게 죽은 나를 만날 수가 있는 거지?

맞은편에 서 있는 남자를 자신으로 인지한 순간 변화가 일었다. 서로를 바라보는 두 시선이 동시에 느껴진 것이다. 이 느낌은 점점 하나로 모였고 마침내 하준의 맞은편에 있던 자신의 모습은 보이지 않았다. 곧이어 눈앞에서 빛이 번쩍하더니 익숙한 장소가 나타났다. 어둠이 자욱한 농장 집 거실. 거실 가운데 하준이 서 있었다.

어린 시절 하준의 시력을 앗아간 곳이자 인아가 사진으로 남긴 마지막 장소다. 그곳에는 하준 외에 또 다른 한 명이 더 있었다. 거실 바닥에 교복을 입고 무표정한 얼굴로 반듯하게 누워있는 소녀. 하준은 소녀를 물끄러미 내려다보았다.

혹시, 네가 예전에 나를 호수로 데리고 온 그 소녀야?

하준의 마음속 질문에 농장 집에 가득한 어둠이 반응하는 듯 하준을 덮쳤다. 갑자기 숨이 막혔다. 꽉 막힌 호흡이 하준에게 물속에 있다는 것을 상기시켜 줬다. 동시에 살고자 하는 의지가 온몸에 힘을 불어넣었고, 다시 생길 것 같지 않았던 힘이 팔과 다리에 쭉쭉 퍼지며 근육을 움직였다.

하준은 물 밖으로 나가기 위해 팔과 다리를 휘저었다. 포르르 몸이 솟기 시작했다. 하늘로 날아오르는 풍선처럼 하준의 몸은 가볍게 물 위로 솟아올랐다.

호수면 밖으로 얼굴을 내민 하준은 거친 호흡을 내쉬었다. 폐로 들어온 시원한 공기가 온몸에 생명의 기운을 빠르게 퍼뜨렸다. 팔과 다리에 가득 찬 힘은 하준의 몸이 물 밖으로 솟아올라 하늘을 날게 해줄 정도로 넘쳤다. 다시 태어난 기분이었다. 얼굴로 떨어지는 빗줄기가 살아 돌아온 것을 축하하는 샴페인 세례를 받는 것처럼 느껴졌다.

아- 악, 하준은 기분 좋은 고함을 내지르며 웃었다. 난생처음으로 느끼는 표현할 수 없는 짜릿한 기분이었다. 지옥과 같았던 긴 어둠의 터널을 뚫고 나온 후 느끼는 환희였고 카타르시스였다. 잠깐의 황홀함에 젖어있던 하준은 아무도 없이 둥실둥실 떠 있는 배를 보고 나서야 규민이 생각났다. 아저씨는 어디로 간 거지? 물에 빠진 건가?

호흡을 크게 들이마신 하준은 물속으로 다시 들어갔다.

의문의 손에 끌려 물속으로 빨려 들어간 규민은 물 밖으로 나오기 위해 팔과 다리를 움직이려고 했지만 팔과 다리는 규민의 의지를 무시한 채 흐느적거렸다.

여기가 내 인생의 마지막 종착지인가. 삶의 마지막을 인정하는 그때 교복을 입은 소녀의 뒷모습이 눈에 들어왔다. 인아가 죽던 날 꿈에서 본 것처럼 소녀는 등을 보이고 있었다. 인아가 죽던 날처럼, 아니 그때보다 더 규민은 소녀를 딸로 받아들였다. 규민의 의지와 상관없이 눈물이 핑 돌았다.

미안해, 소윤아. 네가 원하는 거 뭐든 할게. 나 좀 살려줘!

환영이라는 것을 인지하고 있음에도 규민의 구구절절한 마음은 지극히 현실적이었다. 규민은 소녀에게 다가갔다. 소녀의 얼굴이 보고 싶었다. 손을 뻗어 소녀의 어깨에 올렸다. 소녀가 고개를 돌렸다. 소녀의 얼굴을 본 규민은 화들짝 놀랐다. 인아의 얼굴이었기 때문이다. 지금껏 한 번도 본 적이 없는 증오와 분노로 뒤범벅된 표정으로 자신을 노려보고 있었다.

그 모습에 놀란 순간 숨이 막혔다. 다시 현실인 물속으로 돌아온 것이다. 하지만 물 밖으로 나갈 수 없는 현실도 환영 못지않게 악몽이었다. 규민의 쪼그라든 생명을 다시 펴기에는 시간도 부족했고 힘도 없었다. 규민의 의식은 이내 어둠 속으로 녹아들었다.

*

　물속 구석구석을 훑던 하준의 시선에 뭔가가 덜컥 걸렸다. 거무칙칙한 저편에 명을 다한 해파리처럼 축 처진 규민이 바닥으로 가라앉고 있었다.

　규민에게 다가간 하준은 자신의 팔로 규민의 목을 감은 후 물 밖으로 고개를 내밀었다. 규민의 입에서 푸우, 푸우, 하는 소리가 들렸다. 하준은 팔과 다리를 힘차게 저으면서 규민을 이곳으로 함께 가라고 한 인아의 의도를 생각했다.

　아줌마는 이곳에서 아저씨를 죽이려고 한 건가.

　규민을 부축한 채 헉헉대며 호수를 빠져나온 하준은 바닥에 눕힌 규민에게 CPR을 했다. 규민이 물을 토해내는 모습을 확인한 하준은 규민의 옆에 벌러덩 드러누웠다. 몸은 물먹은 솜처럼 무거웠고 몸 전체에 덕지덕지 덧바른 것 같은 피로감으로 녹초가 되었지만 기분 좋은 노곤함이 싫지 않았다. 마사지를 해주는 듯한 비를 맞으며 하준은 다시 눈을 감았다.

　방금 호수에서 일어난 일은 내 죽음의 상황에서 새로운 시간이 연결된 거야. 어쩌면 지난번 물에 빠졌을 때 되어야 했던 일이겠지. 그때 펜션 욕실에서 사라진 티셔츠 조각도 물에 빠진 남자처럼 다른 시간의 환영이었을 거고. 그런데 아줌마는 이런 것들을 어떻게 알고 있던 걸까. 일단 그런 의문들은 다음에 생각하고 지금은 새로운 기분을 만끽하자.

　엷은 안개 자락 같은 졸음이 하준에게 밀려왔다.

*

설희는 내비게이션에 펜션 주소를 설정하고 가속페달을 밟았다. 하준은 방금 통화에서 절박한 목소리로 호수로 가야 한다고 말했다. 지난번 하준이 갔던 펜션이 있는 곳이리라. 하준의 상태는 좋지 않다. 마지막을 앞두고 있는지도 모른다. 통화가 끊어질 때 정신을 차리라는 아주 짧게 들린 목소리는 규민의 목소리였다.

두 사람은 왜 같이 있는 것일까. 두 사람이 같이 호수로 가는 걸까. 호수로 가려고 하는 내용이 점자 노트에 있었던 걸까.

다급한 마음 때문인지 한참이나 남은 목적지인 호수의 모습이 눈앞에서 아른거렸다. 그런 설희의 마음을 진정시키려는 듯 빗방울이 후두두 차장으로 떨어졌다. 하루 종일 우중충하더니 해가 떨어지자마자 기다렸다는 듯 빗방울이 떨어지기 시작했다. 빗방울의 굵기를 보니 내릴 비의 양이 대단할 것 같다.

정신없이 달린 설희의 차가 호수 근처에 도착했다. 어둠은 깊어졌고 세상을 쓸어버릴 듯 사납게 쏟아지던 빗줄기가 조금씩 잦아들고 있었지만 여전히 매서웠다. 폭우 때문에 호수 주변에 사람들의 모습은 보이지 않았다.

우산을 쓰고 호숫가로 내려온 설희는 목청 높여 하준의 이름을 불렀다. 자연의 시간에 끼어들지 말라고 침묵을 강요하는 것처럼 촘촘히 떨어지는 빗줄기가 설희의 목소리를 삼켜버려 멀리 퍼지지는 못했다.

장대 같은 빗줄기를 비집고 둘러보는 설희의 시야에 호수 한 가운데 사람도 없이 홀로 떠 있는 작은 배가 들어왔다. 먹구름이 가득한 하늘과 그 하늘을 그대로 빼닮은 검은 호수. 스산한 풍경의 중심에 외롭게 떠 있는 배 한 척은 어쩔 수 없이 불길한 생각을 떠오르게 했다. 두 사람이 저 배를 타고 호수로⋯ 내가 너무 늦게 온 건가.

그런 불길한 생각을 하지 말라는 듯 아- 악 하는 소리가 빗소리를 뚫고 어렴풋이 들려왔다. 설희의 시선이 외마디 소리가 들린 곳으로 재빠르게 이동했다. 작은 배가 떠 있는 근처의 호수면 위로 남자의 머리가 솟아올라 왔고, 남자는 기쁨에 찬 소리를 연신 질렀다. 하준이었다. 그를 보자 설희는 안도의 한숨을 내쉬었다.

호수면 위로 고개를 내민 채 숨을 고른 하준은 다시 물속으로 들어갔고 잠시 후 규민을 끌어안고 호숫가를 향해 헤엄쳐 왔다. 믿을 수 없는 광경이었다. 본인 몸도 지탱하기 힘겨워 보였던 하준이 다른 사람을 끌고 나오다니.

규민을 부축한 채로 철벅거리며 걸어 나온 하준은 바닥에 눕힌 규민에게 CPR을 한 후 그대로 호수 변에 쓰러졌다. 넋을 잃고 그 모습을 바라보던 설희는 부랴부랴 두 사람이 쓰러져 있는 곳으로 뛰어갔다.

두 사람이 누워있는 곳에 도착한 설희는 먼저 두 사람이 숨을 쉬는지부터 확인했다. 다행히 두 사람 모두 숨을 쉬고 있었다. 두 사람 모두에게 괜찮냐고 말을 걸었지만 답을 하는 사람은 없었다. 대신 하준은 누구에게 보여주려는 것인지 쏟아지는 빗줄기를 맞으면서 행복한 미소를 짓고 있었다.

19

하준은 잡다하게 뒤엉킨 웅성거리는 소리에 눈을 떴다. 고개를 들어 주위를 둘러보았다. 최근 단골가게처럼 들르는 병원 응급실이었다. 상체를 일으켰다. 몸을 일으키는데 전과 다르게 티끌만큼의 찌뿌드드한 느낌도 없었다. 침대 옆의 옷걸이에는 어제 입었던 옷이 걸려있었다. 비에 젖었던 옷은 거의 말랐다.

옷걸이에 걸려있던 스트라이프 티셔츠를 입은 하준은 기지개를 크게 켰다. 만족스러운 작은 신음이 저도 모르게 입에서 흘러나왔다. 무기력함은 물에 씻겨간 것처럼 사라졌고, 몸 구석구석에는 성난 기운이 모세혈관을 타고 신나게 돌아다니는 것 같았다. 하준은 양손을 꼭 쥐었다. 사과를 쥐어짤 수도 있을 만큼 주먹에 힘이 가득 차 있는 것이 느껴졌다.

침대에서 내려오기 전 옆자리를 보았다. 잠을 자는 것처럼 규민이 누워있었다. 다행이다, 죽지 않아서. 침대에서 내려온 하준을 주목하는 사람은 없었다. 하준은 조용히 응급실을 빠져나왔다.

병원 밖으로 나오니 하늘에 떠 있는 태양이 하준에게 축하의 꽃을 흩뿌리는 것처럼 찬란히 빛나고 있었다. 인간이 광합성을 할 수 있다면 지금 이 느낌이 아닐까 하는 상상을 하면서 눈을 감고 고개를 들어 깊게 숨을 들이마셨다. 어제와 다른 오늘이다. 하룻밤 사이에 죽음의 독촉장이 축하파티 초대장으로 바뀌었다. 잠깐. 뭐지 이 기분은……

새로운 삶을 선물 받은 흥분된 마음 한구석에 알 수 없는 감정이 달라붙어 있는 기분이 들었다. 구체적으로 정의할 수는 없지만 지금 느끼는 기쁨의 감정과는 분명 다른 감정이었다. 그것도 하나의 감정이 아니었다. 뒤섞인 여러 감정들이 일시에 폭발하듯 하준의 심장을 흔들었다.

*

눈을 뜬 규민은 눈을 껌벅거리며 흰색 천장재를 멀뚱히 바라보았다. 여기가 어디지? 하는 의문은 고개를 돌리자마자 해소되었다. 천천히 몸을 일으켰다. 몸 전체가 찌뿌드드했고 지난밤 환영에서 아직도 깨어나지 않은 것처럼 정신은 몽롱했다. 응급실이 아닌 자신의 방에서 눈을 떴다면 어젯밤 일을 꿈이라고 생각했을지도 모른다.

내가 어떻게 여기까지 온 거지? 하준이가 날 구한 거는 흐릿하게 기억나긴 하는데.

규민의 앞을 지나가던 간호사가 침대에 걸터앉아 있는 규민을 보며 괜찮냐고 물었다. 규민은 괜찮다고 고개를 끄덕이며 어제 같이 온 하준에 대해 물었다.

"어? 조금 전까지 옆에 계셨는데."

간호사가 바라보는 옆자리는 비어있었다.

"같이 온 친구는 괜찮은가요?"

"예, 특별한 건 없었어요."

"누가 저희를 여기로 데리고 왔죠?"

"여자 형사님이 구급차를 불렀어요. 밤새 여기 계셨는데 잠시 어디 가셨나 보네요."

유설희 형사군. 그 여자는 어떻게 알고 따라온 거야.

설희와 마주치는 게 껄끄러운 규민은 서둘러 응급실에서 나와 계산을 하고 병원 밖으로 나왔다.

규민은 택시를 타고 호수에 다시 왔다. 불과 수 시간 전 바람에 날리는 검은 악귀의 옷자락처럼 출렁거리던 호수가 오늘은 천국으로 이어진 카펫처럼 은빛 물결을 찰랑거렸다. 어제 주차한 곳에 있는 자신의 차에 오른 규민은 호수를 빨리 떠나고 싶은 마음에 시동을 걸자마자 가속페달을 깊게 밟았다.

규민은 어제 일을 찬찬히 다시 정리했다. 간호사 말에 따르면 하준은 멀쩡한 상태로 병원을 나갔다. 하준은 죽음의 그림자에서 벗어난 게 분명하다. 그렇다면 호수로 가라고 한 것은 죽음의 그림자를 지울 방법이 호수에 있었다는 의미다. 처음 호수에 하준이 빠졌던 이유가 어제 했던 일을 하기 위함이었나. 인근 펜션 사장이 구해주면서 그 계획이 완성되지 못한 것인가. 하준은 호수 안에서 어떤 일이 있었던 걸까.

나는 어떤가. 물에 빠지기 직전 갑자기 바뀐 날씨와 물에 빠진 후 본 아내의 얼굴을 한 소녀는 분명 환영이다. 호수에서 환영을 본 뒤 하준과 달리 나는 몸이 더 안 좋은 기분이다. 아내가 나를 이곳에 오게 한 이유는 나를 죽이려는 목적이었나. 그게 아니면 다른 이유가 있을까. 아내 유령이 펜션 명함을 현관에 붙인 이유도, 하준이 물에 빠졌을 때 내게 전화를 한 이유도 어제 일의 의미를 보여주기 위한 것이었다면, 그것은 다른 시간이 존재한다는 것을 알려주려고 한 것인가?

환영은 아내가 죽던 날 꾸었던 꿈의 연장인 것 같은데… 왜 그런 환영을 보여준 걸까. 내게 무슨 변화를 바라고. 변화가 없는 것은 아니다. 딸과 아내와 가까워진 느낌이다. 좋다고 말할 수 없는 찝찝한 기분이다.

운전을 하던 규민은 급하게 핸들을 틀어 갓길에 차를 멈췄다. 지난밤 일을 골똘히 생각해서였을까, 규민의 몸이 어제의 시간으로 다시 되돌아갔는지 입안으로 들어왔던 거무죽죽한 호수 물이 위 속에서 출렁거리는 것 같아 속이 메슥거렸다. 차에서 내린 규민은 갓길의 배수구에 쭈그려 앉아 웩웩 헛구역질을 했다. 먹은 게 없어서인지 걸쭉한 물만 토했다.

몸을 일으켜 차로 돌아가려는데 순간 핑 도는 현기증이 일었다. 휘청거린 규민은 그 자리에 다시 주저앉았다. 몸 상태가 현저하게 나빠진 것이 느껴졌다.

하준은 분명 죽음의 그림자에서 탈출한 거 같은데. 나는 왜 이렇지.

다시 헛구역질이 올라왔다.

규민은 떨리는 손을 진정시키며 힘겹게 운전대를 잡고 집까지 달려왔다. 지하주차장에 주차를 한 후 지친 몸을 운전석 의자에 기댔다.

딸로 추측되는 소녀와 인아, 현재에 실존하지 않는 두 존재와 가까워진 느낌도 불안한데 이런 불안함을 더 증폭시키는 준식의 말이 불쑥 떠올랐다. 규민을 꼭 집어 가리키는 듯한 그의 말.

'사모님 죽음은 다른 시간의 상황이라는 겁니다. 그리고 그런 일이 또 일어날 겁니다.'

준식이 사진을 쥐고 있던 이유가 정말로 다음 대상자를 가리키는 의미인 건가.

집 안으로 들어온 규민은 냉장고에서 꺼낸 생수를 벌컥벌컥 들이켰다. 시원한 기운을 느낄 새도 없이 가뜩이나 예민해진 규민을 자극하는 소리가 현관 쪽에서 들렸다.

띠띠띠… 띠띠띠… 도어록을 누르는 소리였다. 아내 유령이다.

지금 상황은 현실이 아닌 환영이라는 것을 알려주려고 하는 듯 비밀번호를 누르는 소리는 계속 이어졌다.

아내 유령이 아니라면 이건 환영이야. 정신 바짝 차리자, 라고 자신에게 충고하며 마른침을 삼킨 후 현관으로 걸어가려고 하는데 규민의 다리가 얼어붙은 듯 움직여지지 않았다. 빠르게 반복되며 울리는 도어록을 누르는 소리가 땅바닥에 떨어진 낟알을 쪼아 먹는 참새의 부리처럼 규민의 고막을 콕콕 쪼아댔다. 규민은 두 손으로 귀를 막았다.

"제발 날 좀 내버려 둬!"

규민의 고함 소리에 현관의 도어록 버튼을 누르는 소리가 멈췄다. 바스락거리는 작은 소리도 또렷하게 들릴 정도로 적막감이 가라앉은 집 안의 분위기가 곧이어 뭔가 일어날 것 같은 공포를 불러일으켰다.

적막한 분위기를 깨고 현관문이 열렸다. 예닐곱 살 정도 되는 여자아이가 후다닥 집 안으로 뛰어들어왔다. 재빠르게 들어온 탓에 규민은 아이의 얼굴을 제대로 보지 못했다.

"아빠, 이거. 유치원에서 아빠 얼굴 그린 거야."

아이는 스케치북을 규민의 발 옆에 던졌다. 스케치북에는 색연필로 그린 남자의 얼굴이 담겨있었다. 자신과 전혀 닮지 않은 얼굴이었지만 규민은 그 얼굴을 자신의 얼굴로 받아들였다. 규민은 몸을 돌려 등 뒤에 있는 아이를 보고 싶었다. 세상에 존재하지 않는 딸을 보고 싶은 간절한 마음이 규민의 감정을 거칠게 흔들었다. 환영이라며 정신 바짝 차리자고 다잡았던 마음은 이미 뭉개졌다. 마음의 경계가 허물어지자 마비된 듯 뻣뻣하게 서 있던 다리도 흐물흐물 풀려 무릎을 꿇었다.

규민에게 환영과 현실의 벽은 무너졌다. 의심을 품고 일말의 저항을 하던 이성은 가슴 안에서 차오른 감정을 감당하지 못해 납작 엎드려 버렸는지 더 이상 고개를 쳐들지 않았다. 규민은 지금껏 느껴본 적이 없는 죄책감이 가슴을 타고 올라와 눈물로 흘러나왔다. 딸이 죽었다는 감정이 규민의 가슴 깊은 곳을 벅벅 긁어댔다. 규민에게 딸은 오래전부터 존재해 온 것과 다름없었다.

"아빠, 나를 따라와."

아이의 목소리가 아닌 성숙한 소녀의 목소리였다. 환영은 규민의 감정을 움켜잡은 채 이동했다. 규민의 눈앞에 호텔이 나타났다. 호텔 입구에는 교복을 입은 소녀가 등을 보이고 서 있었다.

*

병원 대기실 의자에서 쪽잠을 자던 설희는 부산하게 들려오는 소음에 눈을 떴다. 낯선 곳에서 잠을 설치기 일쑤인 설희가 불편한 의자에서 긴 시간 잠을 잔 걸 보니 꽤 피곤했나 보다. 의자에서 몸을 일으키며 벽에 걸린 시계를 보았다. 오전 11시가 훌쩍 넘었다. 하품을 길게 하며 기지개를 켤 때 간밤에 하준과 규민을 치료했던 간호사가 지나가고 있었다.

"저기… 두 사람은 깨어났나요?"

의자에서 일어난 설희는 머리를 매만지며 간호사에게 물었다.

"젊은 분은 일찍 나가신 거 같고 다른 한 분도 조금 전에 계산하고 나가셨어요."

"아, 그래요."

이럴 때는 참 부지런해. 속으로 투덜거리며 병원을 나가려고 로비를 지나가는데 조 형사의 전화가 왔다. 설희는 출입구 옆의 창가 앞에 서서 전화를 받았다.

"예, 선배님."

"유 형사, 너 지금 어디야? 출근도 안 하고."

자신이 있는 곳을 말하며 간밤에 있었던 일들을 대충 추려서 설명하려고 하자 조 형사는 더 이상 들을 말이 없다고 생각했는지 설희의 말을 끊고 끼어들었다.

"너도 대단하다. 알았어, 조심해서 와."

조 형사와 통화가 끝나는 순간 병원 앞을 지나가는 차량의 운전자가 설희의 눈에 들어왔다. 입을 쫙 벌리고 하품을 하는 운전자는 장대영이었다. 병원에서 뛰어나온 설희는 주차장으로 달려갔다. 저 사람이 여길 어떻게 알고 온 거지?

대영이 주차장에서 나간 뒤 얼마 지나지 않아 출발했지만 그의 차는 보이지 않았다. 대영의 차를 쫓는 걸 포기하자 허기가 느껴졌다. 설희는 지나가는 길에 보이는 편의점 근처에 주차를 한 후 편의점 안으로 들어갔다.

도시락을 먹으며 점자 노트를 해석한 메일이 도착했는지 확인하기 위해 휴대전화로 메일에 접속했다. 스팸메일이 몇 개 있을 뿐 설희가 기다리는 메일은 없었다. 그 여자 연락처라도 받았어야 했는데. 급할수록 차분하게 했어야지, 라고 자책을 하면서 밥을 한가득 입안에 밀어 넣었다.

20

규민의 차에 시체처럼 실려 호수로 갈 때와 달리, 집으로 가는 버스에 몸을 실은 하준의 얼굴은 생기가 넘쳐흘렀다. 인아가 남긴 점자 노트의 내용처럼 호수에는 하준의 희망이 기다리고 있었다.

호수에서 경험한 환영으로 죽음을 향해 곤두박질치던 시간이 날개를 달아 방향을 틀면서 하준은 새로운 삶의 시간을 얻었다. 덩달아 새로운 감정도 생겼다.

병원에서 나왔을 때 느낀 그 감정들은 뭘까. 격렬하게 뛰던 심장박동에서 느낀 감정은 증오와 미안함과 애틋함이었다. 전혀 다른 세 감정. 그 감정의 대상이 누군지, 한 명인지 여러 명인지조차 명확하지 않았다. 호수에서 또 다른 뭔가가 연결된 게 틀림없다.

병원에서 나왔을 때 격렬하게 뛰던 심장박동이 남긴 여운은 마음의 문을 열어달라는 것처럼 지금도 하준의 가슴에 가벼운 노크를 계속하고 있었다. 하준도 할 수만 있다면 마음의 문을 열어 감정의 정체를 알고 싶었다.

하준은 버스의 창밖을 바라보며 자신의 가슴에 머물고 있는 새로운 감정을 곰곰이 생각했다. 각기 다른 세 감정과 어울리는 사람은 누굴까. 증오, 미안함, 애틋함…… 정확하게 한곳을 가리키지 못하고 이리저리 흔들리던 화살표가 하나를 가리켰다. 주방 싱크대 문짝에 있는 소윤이라는 이름. 그 이름을 떠올리자 심장이 반응했다.

심장이 전해주는 느낌은 증오였다. 하준의 가슴에서 이글거리는 감정이 살아나며 이를 악물게 했다. 너를 지워버리겠다는 다짐을 강요하는 것 같은 감정이었다. 누군지 알지도 못하는 이름에 왜 증오의 감정이 느껴지는 걸까.

아슴푸레하게 내리덮었던 안개가 사라졌지만 보고 싶은 산봉우리는 여전히 또렷하게 보이지 않았다.

집에 도착한 하준은 거실로 들어가자마자 앞을 보지 못했던 때의 느낌이 다시 재생되는 것을 느꼈다. 누군가 다녀간 느낌이다.

거실에 선 하준은 먼저 자신의 방으로 시선을 던졌다. 짐을 담은 박스는 그대로고 책상 위에 있던 점자 노트는 사라졌다. 유설희 형사가 다녀갔으리라. 지금 느낌은 유설희 형사에 반응하는 게 아니다.

인아의 방에도, 거실에도 특별히 하준의 시선에 걸리는 것은 없었다. 마지막은 주방. 누군가 다녀간 흔적이 그곳에 또렷하게 남아있었다. 식탁 위에 놓여있는 음식이 하준을 기다리고 있었다.

하준은 음식에 시선을 떼지 않고 식탁으로 다가가 의자를 꺼내 앉았다. 바나나 김밥과 바나나가 들어간 샌드위치, 바나나 맛 우유. 말 그대로 바나나 파티다. 한동안 뜸했던 인아의 유령이 다시 방문한 것이다.

인아가 세상을 뜨고 한 달 정도 지났을 때였다. 학교에서 돌아온 하준은 집 안에 배어있는 은은한 화장품 냄새를 맡았다. 익숙한 인아의 화장품 냄새였다. 그럴 일이 없다는 걸 알면서도 정말 인아가 살아 돌아온 것 같은 기분에 흥분되었다.

아줌마… 아줌마… 하준은 실성한 듯 중얼거리며 집 안을 더듬으며 돌아다녔다. 인아가 없을 줄 알면서도, 자신의 행동이 바보 같다는 걸 알면서도 하준은 그렇게 집 안을 돌아다녔다. 그날 확인한 것은 방 안에 있던 빨래를 한 것과 집 안 청소와 개수대에 있는 설거지할 식기들이 깨끗하게 닦여 정리된 것이었다.

이후 수개월에 한 번씩 인아 유령이 찾아왔다. 그때마다 청소와 빨래뿐 아니라, 텅 빈 냉장고에 반찬과 생수가 채워졌고, 가스레인지에 찌개가 놓여있던 적도 있었다. 하준은 자기 주변에 이렇게 해줄 사람이 없었던 터라 정말 인아 유령이 찾아오는 게 아닐까 하는 생각을 할 수밖에 없었다.

인아 유령을 직접 만난 적도 있었다. 몸이 좋지 않은 하준이 조퇴를 하고 일찍 집으로 돌아온 날이었다. 현관문을 열었을 때 익숙한 화장품 냄새가 코끝에서 가물거렸다. 게다가 전과 달리 누군가 거실에 서 있는 느낌에 온몸에 소름이 돋았다.

"아… 줌마?"

현관 앞에선 하준은 거실에 서 있는 존재에게 물었다. 상대방은 갑자기 들이닥친 하준을 보고 놀랐는지 대꾸도, 움직임도 없었다. 하준은 누군가 서 있는 곳으로 천천히 걸어가며 아줌마가 맞냐고 재차 물었다. 인아의 유령에게 다가갈수록 하준은 인아가 확실하다는 느낌을 받았다.

"아줌마… 가지 마세요."

말이 끝나기가 무섭게 인아 유령은 하준 옆으로 빠르게 지나친 후 집에서 나갔다. 인아 유령을 뒤쫓아 따라가던 하준은 대문에 발이 걸려 고꾸라졌고, 멀어져가는 유령의 발소리를 들으며 다시 찾아오기를 바랐지만 그것이 마지막이었다.

오늘 그 유령이 다시 찾아왔다. 예전처럼 화장품 냄새는 없지만 오늘 방문한 존재가 인아 유령이라고 생각하며 식탁 앞에 앉아 바나나 김밥 하나를 집어 입안에 넣었다. 달달한 바나나가 혀에서 녹으며 하준을 그리움으로 물들였다.

오늘은 소화가 되지 않아 구토를 한다고 해도 그것은 곤욕이 아닌 행복한 자극이리라. 핑그르르 돌기 시작한 뜨거운 눈물이 코허리를 타고 흘러내렸다. 인아를 향한 그리움이 북받쳐 오르기가 무섭게 시샘이라도 하는 듯 찬물을 끼얹는 다른 감정이 등장했다. 하준은 드디어 자신 안에 존재하는 그림자가 등장하는 것을 느꼈다.

이제야 모습을 드러내는 건가. 아줌마가 오늘 이 음식을 준비한 게 내 안에 있는 다른 존재를 끌어내려고 한 것이었을 거야. 그래, 어렸을 때 허겁지겁 바나나 김밥을 먹었던 건 내가 아니었어. 그 존재를 불러내려고 아줌마가 이 음식을 준비한 거야.

자리에서 일어난 하준은 거실 벽에 걸린 거울 앞에 섰다. 으슬으슬 몸이 떨리기 시작했다.

*

규민은 굳은 얼굴로 자신의 차에 앉아 있다. 규민은 이제 현실에 존재한 적 없는 딸을 실제로 기억하고 있다. 이 모든 게 인아의 계획이다. 호수로 부른 이유가 이 때문일지 모른다. 호수에서 분명 뭔가와 연결된 기분이다. 대영이 등장하는 죽음의 기억이 떠오를 때와 달리 이번 환영을 볼 때는 추위도 느껴지지 않았다.

규민이 본 환영의 마지막 장소인 호텔은 시내에 위치한, 규민도 여자들과 몇 차례 갔던 호텔이었다. 등을 보인 소녀가 호텔 안으로 들어갔고 규민도 뒤를 따라 호텔 안으로 들어갔다. 소녀가 오르는 계단을 따라 올랐다. 한 객실 앞에서 멈춘 소녀는 그 방의 문을 열고 안으로 들어갔다. 소녀가 들어간 객실 호수를 확인한 규민도 문을 열고 안으로 들어갔다.

고급 스위트룸이 눈앞에 펼쳐질 거라는 예상과 달리 규민 눈앞에는 술집으로 보이는 낯선 공간이 펼쳐졌다. 대영은 벽에 걸린 거울을 보고 있었고, 그의 뒤에는 또 다른 대영이 대영의 목에 감은 줄을 당기고 있었다. 거울에 비친 대영의 살려달라는 듯한 절박한 표정이 규민의 눈에 들어왔다. 그 모습을 마지막으로 환영은 미적지근하게 끝났다.

규민이 환영에서 깨어났을 때는 해가 저문 저녁이었다. 어둠이 밀려들어온 거실에 누워있던 규민은 몸을 일으켰다.

환영 속 내용의 진실 여부는 더 이상 규민에게 의미가 없었다. 딸의 존재에 대한 의심도 마찬가지다. 환영은 규민의 기억을 통째로 주물렀는지 규민의 기억에 아주 오래전부터 존재한 것처럼 딸은 꼿꼿하게 자신의 존재를 드러냈다.

장대영의 말에 따르면 환영을 보는 게 죽음의 시간에 연결된 징후라고 했어, 강준식도 죽기 전에 이상환 환영을 보았다고. 그런데 방금 환영은 죽음의 환영은 아니야. 다른 의도가 있는 환영이겠지. 아내는 왜 이런 환영을 남긴 걸까.

어찌 됐든 아내가 무대는 만들었고 나는 꼭두각시 인형처럼 아내의 조종에 춤을 추어야겠지. 그런데 어떤 춤을 추어야 하나. 환영을 본 후 장대영에 대한 증오와 분노가 더 커졌다. 아마 딸의 죽음 때문이겠지. 모든 것을 알고 있던 아내라면 지금 내게 일어나는 일도 알고 있었을 거야. 내가 장대영을 증오하는 마음까지도. 그런 내 마음을 알고 그런 환영을 남긴 거라면 장대영을 죽이라는 것밖에 없는데. 아내도 장대영을 죽이고 싶을 거야. 자신을 납치한 공범이니까.

환영 속 장대영 뒤에 있던 사람도 분명 장대영이었어. 그게 장대영의 그림자라면… 혹시 현실의 장대영을 죽이면 그림자도 사라지는 건가. 그게 자연의 섭리잖아. 그럼 내 죽음의 기억도 사라지지 않을까. 아내는 이걸 내게 알려주려고 한 건가. 그렇게 해야 내가 살 수 있는 거라면 얼마든지 그렇게 해줄게. 어차피 돌아갈 수 없는 막다른 길에 서 있는데.

규민은 자신 안에 자리 잡고 있는 대영에 대한 증오와 분노를 해소할 칼을 가슴에 품고 호텔로 향했다.

21

샤워를 마친 대영은 가운을 걸친 채 탁자에 놓여있는 페도라를 집어 들고 거울 앞에 섰다. 흉물스러운 자신이 얼굴이 보였다. 오른쪽 이마에서 정수리까지 넓게 자리 잡고 있는 쭈글쭈글하고 검붉은 흉터가 나무랄 데 없는 대영의 얼굴을 추레하고 볼썽사나운 몰골로 만들었다.

대영은 거울을 보며 살짝 미소를 지었다. 자신의 얼굴이지만 고개가 절로 돌아갔다. 페도라를 벗고 웃으면 대영의 의도와 다르게 살벌하게 보인다. 반대로 분노의 표정과는 너무 잘 어울린다.

대영의 이마에 생긴 흉터는 어느 날 갑자기 생겼다. 현실의 대영 이마에 생긴 흉터지만 기원은 현실에서 생긴 상처가 아니다. 흉터가 생긴 이유 역시 알 수 없는 기억 때문이다. 그런 이상한 기억의 시작은 대영이 회사에 다닐 때 시작되었다.

대영은 실업계 고등학교를 졸업한 후 건축자재를 생산하는 회사에서 일했다. 유복하지 않은 어린 시절이 남긴 구김살이 그대로 남아서인지 대영은 돈에 대한 집착이 유별났다. 어묵꼬치 먹을 돈이 없어 분식점 앞을 기웃거리는 비렁뱅이 같았던 어린 시절, 허기진 배고픔을 채우기 위해 악다구니를 부리는 정도로 소박했던 욕망의 크기가 사회생활을 하면서 점점 커져갔다.

대영이 회사 다니던 시기, 친한 회사 선배가 가끔 들른다는 시내에 있는 불법 도박장에 함께 간 적이 있었다. 도심의 번화가에 그런 곳이 버젓이 있다는 것을 그때 처음 알았다. 그곳은 정신 나간 사람들이 모여 헌금하듯 돈을 꼬라박는 곳이었다. 소심한 선배는 깨작거리는 정도로 게임을 했지만 그곳에는 눈을 부라리고 카드를 노려보는 멍청한 인간들이 수두룩했다. 그런 넋 나간 사람들을 보며 대영은 나중에 저런 도박장을 한번 해볼까 하는 막연한 상상을 했다.

카드와 화투로 하는 모든 게임을 알고 있는 대영은 선배와 함께 간 날 구경만 했을 뿐 도박은 하지 않았다. 도박판에 들어가 봐야 손에 쥐는 게 없다는 것은 대영이 초등학생이던 시절에 도박으로 집안을 말아먹은 아버지로부터 제대로 배웠기 때문이다.

도박 대신 대영이 한 것은 주식이었다. 주식도 도박판과 별다를 게 없는 곳이었지만 여기저기서 주워들은 정보들이 왠지 대영의 쌈짓돈을 몇 배로 부풀게 해줄 것만 같았다. 하지만 현실은 늘 계획을 비켜 돌아간다. 돈이 가득 차는 꿈을 갖고 월급을 쥐어짜서 만든 주식 잔고는 부풀어 오르기는커녕 얼마 지나지 않아 바싹 말라버렸다.

그렇게 끝냈어야 했는데, 날려버린 돈을 복구하겠다는 섣부른 욕심에 은행 대출과 사채까지 끌어 쓴 게 화근이었다. 본전이라도 하겠다는 대영의 작은 바람을 알 바 없는 주식판은 결국 대영을 인생의 바닥으로 떠밀었다.

돈을 갚으라며 전화로 협박을 하던 건달 비슷한 사람들이 결국 회사까지 찾아오는 지경에 이르렀을 때, 대영은 누군가 거액을 주고 살인청부를 한다면 기꺼이 칼을 들 수 있었을 정도로 피폐해졌다. 결국 도박으로 망가진 생을 스스로 마감한 아버지처럼 되지 않으려고 했던 대영도 점점 아버지가 걸었던 길로 들어서는 조짐이 보이기 시작했다.

그런데 끝이 보이지 않던 비루한 대영의 인생에 믿을 수 없는 일이 일어났다. 결론부터 말하자면 짧은 기간 적지 않은 돈을 벌었다. 아니, 벌었다는 표현보다는 횡재를 했다는 것이 정확하다. 아무런 노력 없이 거액을 손에 쥐었으니까.

횡재의 시작은 기억이었다. 어떤 기억인지, 왜 그런 기억이 생겼는지 처음에는 의아했지만 굴러온 행운의 기쁨에 취한 대영은 기억의 근원을 굳이 알려고 하지 않았다. 행운은 원래 그런 것이지 않은가. 꽁지발로 살금살금 다가와 느닷없이 빽 소리를 질러 놀라게 하는 장난처럼 그냥 웃어넘기면 끝나는 것.

행운의 폭죽이 터지기 전, 그날은 퇴근 후 회사 근처에서 건달 냄새가 풀풀 풍기는 빚쟁이들에게 호되게 시달린 날이었다. 우울한 마음에 월세방에서 새벽까지 진탕 술을 마신 후 잠이 들었다. 다음 날은 출근을 하지 않는 토요일이어서 오후 늦게 부스스 일어나 지끈거리는 머리를 두드리며 생수를 정신없이 들이켰다. 그때 책상 위의 전단지 뒷면에 펜으로 흘려 쓴 숫자가 눈에 들어왔다.

대수롭지 않게 생각한 대영은 숫자가 적혀있는 종이를 구겨 휴지통에 버렸다. 매슥거리는 속을 컵라면으로 달래며 텔레비전을 켰다. 때마침 로또추첨 방송이 막 시작하고 있었다. 대영은 매주 월요일마다 로또를 샀다. 알을 품는 어미닭의 심정으로 토요일에 알에서 깨고 나올 행운을 바라며 일주일을 보냈다. 빈털터리가 된 대영이 누리는 유일한 낙이었다.

대영은 지갑에서 복권 영수증을 꺼내 텔레비전에서 발표하는 숫자와 맞춰보았다. 언제나 그렇듯 꽝 소리가 울렸다. 복권 영수증을 거칠게 구겨 책상 옆에 있는 휴지통에 던질 때 조금 전 버린 전단지 뒷면에 있던 숫자가 생각났다. 자리에서 벌떡 일어난 대영은 휴지통을 뒤져 구겨진 전단지를 폈다. 텔레비전 화면의 로또 번호와 종이에 적혀있는 숫자를 번갈아가며 확인했다. 이게 웬일인가, 그 번호는 당첨 번호였던 것이다.

숙취로 지끈거리던 두통이 삽시간에 사라지며 정신이 번쩍 들었다. 밤새 방 안에 있었던 사람은 자신밖에 없다. 구겨진 전단지를 들고 선 채로 희미한 간밤의 기억을 되살렸다. 잠을 자다 한 번 깬 기억이 있다. 몸을 뒤척이다 침대에서 떨어졌고, 그때 책상 위에 있던 생수병을 집어 들어 물을 마셨다. 그다음 펜을 잡고 뭔가를 끼적거린 기억이 어렴풋이 떠올랐다.

이 숫자는 내가 쓴 거야. 꿈을 꿨나? 아- 씨팔, 이런 행운을 놓치다니. 그런데 정말 내가 쓴 게 맞아? 어떻게 그럴 수가 있지.

이날 일은 며칠 동안 대영을 괴롭혔다. 벌벌 떨며 아껴 모은 전 재산을 눈앞에서 도둑에게 털린 기분 이상으로 미칠 듯이 속이 쓰렸다. 밥도 꺼칠한 모래 같아 입안으로 들어가지 않았다. 쫄쫄 굶은 상태로 집에 돌아와 밥을 먹다가도 로또 생각만 하면 부아가 치밀어 들고 있던 숟가락을 수차례나 집어 던졌다.

일주일이 지난 월요일 낮, 점심을 먹고 휴게실에서 잠시 낮

잠을 자고 있을 때 꿈을 꾸었다. 숫자가 보이는 꿈이었다. 악몽을 꾼 것처럼 벌떡 일어난 대영은 숫자를 잊어버릴까 중얼거리면서 메모지에 숫자를 적었다. 기억이 정확하지 않은 몇 개의 숫자가 있었다. 5인지 6인지, 17인지 19인지. 33인지 38인지, 헷갈리는 번호까지 모두 기입해서 번호를 완성한 후 눈이 빠지게 토요일을 기다렸다.

드디어 토요일 저녁. 로또 추첨에 생사가 걸린 사람처럼 로또 추첨방송을 뚫어져라 보던 대영은 자신의 번호와 일치하는 것을 확인한 후 방 안에서 환희의 함성을 지르며 방방 뛰었다. 정말 자신에게 일어난 일인지 믿기지 않았다. 흥분과 설렘에 잠도 제대로 못 잤다. 더 이상 건달 같은 사채업자들에게 시달릴 일도 없고, 한동안은 돈 걱정 없이 살 수 있다는 생각을 하며 밤새도록 복권 영수증을 애지중지 매만지며 실없이 웃었다.

로또의 폭죽은 세 번 연속으로 터졌다. 월요일 오후가 되면 어서 잡으라는 듯 여섯 개의 숫자가 머릿속에서 둥실둥실 떠다녔고, 통장에는 상상한 적도 없는 엄청난 돈이 쌓였다. 회사는 처음 로또가 당첨된 후 그만두었고, 대영의 멱살을 움켜잡고 있는 빚도 단번에 모두 갚았다.

그렇게 돈벼락을 안긴 숫자의 뜬구름은 한순간 사라졌다. 더 이상 숫자의 기억이 떠오르지 않는 게 아쉬웠지만 그것만으로도 충분했다. 3주 연속 당첨자가 탄생했다는 뉴스가 나오는 바람에 누군가 자신을 미행하는 게 아닌가 하는 망상도 들었고, 그만둔 회사에 누군가 찾아와서 대영을 찾았다는 동료의 전화도 받았다. 불안한 마음에 이사까지 했다.

어떻게 돈을 굴릴까 고민하는 동안 새로운 기억이 다시 떠올랐다. 그 기억들도 숫자였다. 이번에는 어떤 행운일까. 새로운 기억의 등장에 대영은 흥분됐다.

다시 떠오른 숫자는 주식이었다. 불과 몇 달 전 대영의 돈과 미래를 쪽쪽 빨아서 뭉개버린 주식이 새로운 횡재의 바다가 되어 대영을 부르고 있었다. 기억이 제공하는 숫자는 회사 번호와 사고파는 시점으로 추측되는 날짜였다. 기억과 정확하게 대영이 산 주식은 급등을 했고 판 이후 주가는 폭락했다. 투자한 돈은 다시 두 배, 세 배로 불어났다. 입이 쩍쩍 벌어지게 횡재를 안겨준 주식 관련 기억도 일 년이 채 지나지 않아 바람처럼 사라졌다. 말도 안 되는 횡재로 쌓인 돈은 평생을 써도 부족함이 없을 정도가 되었다.

대영의 삶은 구질구질하던 과거와는 완전히 다른 신세계로 들어갔다. 이전에 엄두도 못 내던 비싼 술을 마시고, 명품 옷과 고급 승용차를 샀다. 언감생심이었던 여자들도 만나고, 매물로 나온 술집을 사서 비밀 아지트까지 꾸미는 등 한동안 흥청망청 돈을 썼다.

돈만 많으면 하루하루가 유토피아일 줄 알았는데, 태생이 비천한 하류인생들에게 일확천금의 쾌감도 오래 지속되지 않는지 그런 생활도 금세 싫증 났다. 무료함을 달래고 돈도 벌 수 있는 게 뭐가 있을까 생각하다 예전에 직장 선배와 갔던 불법 도박장이 떠올랐다. 그래서 시내에 있는 오피스텔을 구입해 도박장을 개설했다. 혼자서 도박장을 운영하기 벅차 일을 도울 사람이 필요했다. 때마침 우연히 들른 술집에서 군대 후임이었던 신 일병을 만났다. 그 당시 신 일병은 일이 없어 빌빌거리던 때였다. 도박장 관리를 해보겠냐는 대영의 제안을 신 일병은 노는 것보다 낫다면서 고민 없이 대영의 제안을 수락했다.

신 일병에게 도박장 관리는 제격이었다. 누가 봐도 조폭 같은 신 일병의 외모는 살짝 인상이라도 쓰면 대영도 흠칫 겁먹을 정도로 위압적이었다.

그렇게 일상을 보내던 어느 날, 호텔에서 쉬고 있을 때 어떤 여자가 대영을 찾는다며 안내데스크에서 연락이 왔다. 누군지도 모르는 여자가 자신이 호텔에 있는 걸 알고 찾아온 게 께름칙했다.

"제가 모르는 사람 같은데 그냥 보내세요."

호텔 직원이 대영의 말을 전하자 전화를 가로챈 여자는 이렇게 말했다.

"돈 버는 기억이 사라지지 않았나요?"

여자의 이 한마디에 대영은 방에서 나올 수밖에 없었다.

나를 어떻게 알고 찾아온 거지. 나와 비슷한 기억을 갖고 있는 사람인가.

호텔 커피숍으로 들어가자 30대 초중반 정도로 보이는 여자가 대영을 보며 가볍게 손을 들었다. 창백한 얼굴이 눈에 띄는 처음 보는 여자였다.

"저를 아시나요?"

대영은 여자의 맞은편에 앉으며 물었다.

"뭐, 조금은……."

여자는 엷은 미소를 지으며 자신을 서인아라고 소개했다.

"기억 덕분에 돈을 많이 버셨죠?"

대영은 애써 침착한 표정으로 그걸 어떻게 아냐고 물었다.

"몰라도 되는 기억이 떠올라 불행한 사람도 있고, 행운을 갖게 된 사람도 있네요. 인생이 참 묘한 거 같아요."

"이상한 이야기 하지 말고 나를 찾아온 이유나 빨리 말해보세요. 왜 나를 찾아온 겁니까? 아니, 나를 어떻게 아는 거죠?"

"그쪽을 어떻게 알았냐는 그리 중요한 게 아닌 것 같네요. 내가 장대영 씨를 찾아온 이유는 전해드릴 말이 있어서예요."

그날 인아가 한 이야기는 대영이 규민에게 한 이야기였다. 죽은 영혼이 그림자처럼 연결되어 죽음의 기억이 떠오르면 머지않아 현실에서 죽는다는 내용. 대영은 이날 인아가 자신에게 한 말 중에서 규민에게 말하지 않은 내용이 하나 있다.

"죽음의 기억이 떠올랐을 때 죽음에서 벗어나는 방법이 있기는 해요. 그 답은 나중에 김하준이란 사람을 통해서 알 수 있을 거예요."

그 말을 끝으로 더 이상 질문을 받지 않겠다는 듯 인아는 쌩하니 자리를 떴다.

얼토당토않은 황당한 말이었다. 처음 보는 여자가 하는 이런 해괴망측한 말을 귀담아들을 사람이 어디 있겠는가. 대영은 인아가 한 말을 대수롭지 않게 생각해 금세 잊어버렸다. 평화로운 일상이 이어지던 어느 날, 이상한 기억들이 하나둘씩 떠올랐다. 행운을 가져다준 이전 기억과는 전혀 다른 기분 나쁜 기억으로, 납치와 살인과 관련된 기억들이었다. 대영이 규민에게 말한 인아와 하준의 죽음이 얽혀있는 사건의 기억이었다. 실제 일어났던 것 같은, 과거에 자신이 실제 한 것 같은 기억에 소스라치게 놀랐다.

불길한 기억들이 떠오르자 비로소 인아가 생각났다. 그녀를 찾아 자신에게 한 말의 의미가 뭔지 묻고 싶었지만 그녀는 이미 이 세상 사람이 아니었다. 특히 그녀의 의문스러운 죽음이 더욱 충격이었다.

그녀의 죽음이 정말로 그녀가 말한 죽음의 기억 때문일까. 내게 그런 기억이 생긴다는 걸 어떻게 알고 그런 걸까.

대수롭지 않게 생각했던 인아의 말이 어쩌면 사실일 수도 있겠다는 생각이 들자 두려움이 조금씩 움트기 시작했다. 그런데 의아한 점이 하나 있었다. 그녀가 호텔로 찾아왔을 때 죽음을 피할 방법이 분명 있다고 했다. 그걸 알고 있는 사람이 왜 자신의 죽음을 피하지 못했을까, 하는 점이었다.

사건의 기억에 등장하는 준식이 도박장에 나타난 것도 그 무렵이었다. 기억에만 있던 존재를 현실에서 직접 보게 되자 두려움은 다시 꿈틀거렸다. 대영은 준식에게 아는 체를 하지 않았고 그도 대영에게 관심이 없어 보였다.

이 시기에 대영은 신 일병에게 인아의 주변을 조사시켰다. 신 일병은 인아가 죽기 전 한적한 동네에서 김하준이라는 남자애와 같이 살았다고 했다. 그 이야기를 듣고 그 동네에 직접 갔다. 학교를 마치고 집으로 가는 하준을 보고 대영은 흠칫 놀랐다. 기억에서 자신이 죽였던 남자의 얼굴이 고등학생인 하준의 얼굴에서 고스란히 살아난 것이다.

하준을 따라가기 위해 차에서 내리려고 하는데 대영의 몸이 순간 얼어붙었다. 마비가 온 것처럼 몸을 움직일 수가 없었다. 이후 하준의 집 근처에서 기다리다 그를 만나려고 하면 마치 하준에게 가지 말라는 경고라도 하는 것처럼 같은 증상이 반복됐다. 그런 증상을 느낄 때마다 시커먼 뭔가가 자신의 뒤에서 끌어안고 있는 듯한 기분이었다.

한동안 보이지 않던 준식이 도박장에 온 날이었다. 그날은 할 말이 있다면서 준식이 도박장 내실로 불쑥 들어왔다. 그가 죽기 보름 전 즈음이었다. 준식의 얼굴은 처음에 보았던 때와 다르게 몰라볼 정도로 변해있었다. 백지처럼 파리한 얼굴에는 불안감이 찐득하게 달라붙어 있었고 몸은 갈대처럼 수척했다.

"형님, 저를 미쳤다고 생각해도 좋은데요, 제 이야기 좀 들어주세요."

준식은 다짜고짜 자신의 기억을 주저리주저리 꺼냈다. 준식은 누군가 자신을 건물 옥상에서 밀어 죽이려고 한다면서 실제 일어날 일인 양 호들갑을 떨었다.

"형님은 저 같은 기억이 없나요? 누군가 자신을 죽이는 기억이?"

"내가 왜 그런 기억이 있어야 하는데?"

"제 기억에 어렴풋이 형님이 있거든요."

"네 기억에 내가 있다고? 어떤 기억인데?"

"그건… 잘 모르겠어요."

대영은 쓸데없는 소리 하지 말라고 하면서 내실에서 준식을 내쫓았다. 기억이 생겼다며 달려드는 준식이 전염병 환자처럼 가까이 있는 게 두려웠다. 물론 그의 기억을 자세히 듣고 싶은 마음이 없었던 것은 아니지만 알아봐야 두려움만 더 커질 것 같았다.

그런 대영에게 두려움을 부추기는 기억까지 등장했다. 누군가 자신을 폭행하는 ― 이마를 둔기로 내리치는 ― 기억이 반복적으로 떠오른 것이다. 대영을 폭행하는 가해자의 모습은 보이지 않고 시커먼 형체만 보였다. 결국 잠을 자던 시간에 자신의 이마를 내리치는 기억이 꿈처럼 떠올랐고 실제로 이마에 상처가 났다. 기억의 공포를 현실에서 제대로 체감하는 경험이었다. 이마의 상처는 대영의 얼굴을 추하기 그지없는 얼굴로 만들었다.

준식을 마지막으로 만난 것은 그가 죽기 며칠 전으로, 대영이 아지트에 있을 때 준식이 그곳으로 찾아왔다. 문 앞에 서 있는 그의 얼굴에는 시커멓게 변질된 죽음의 공포가 덕지덕지 묻어있는 듯했다.

"무슨 일이야?"

대답 없는 준식은 눈을 치켜 올려 대영을 쳐다보았다. 대영은 퀭한 그의 눈빛에서 도발적인 행동을 직감했다. 그가 뒤로 감춘 오른손이 그것을 증명하고 있었다. 대영의 예상대로 문 앞에 선 준식은 뒤로 숨긴 손에 든 칼을 들고 대영을 향해 달려들었다. 가까스로 칼을 피한 대영은 죽음을 앞둔 노인처럼 힘없이 흐느적거리는 준식을 손쉽게 제압했다.

"뭐야! 너 이 새끼, 나한테 왜 이러는데?"

대영은 바닥에 쓰러진 준식의 멱살을 부여잡고 흔들며 물었다.

"장 사장, 당신 알고 있지? 죽음을 피하는 방법!"

준식은 간절한 눈으로 대영을 바라보며 말했다.

"이 새끼가 무슨 소리를 하는 거야!"

"왜 나만 이래! 당신은 아무렇지도 않은데!"

대영은 준식을 일으켜 의자에 앉게 한 후 테이블을 사이에 두고 마주 앉았다. 풀 죽은 채 앉아있는 준식에게 위스키를 건네자 그는 위스키를 벌컥 들이켠 후 긴 호흡을 수차례 내뱉으며 안정감을 찾아갔다.

"제 삶이 조금씩 사라지고 있어요. 곧 죽을 거예요. 그게 다 형님 때문이라고요!"

준식은 금방이라도 눈물이 터질 듯 울먹였다.

"나 때문에? 내가 너에게 뭘 했는데."

대영은 기억 속에 있는 준식의 상황을 대충 알고 있었지만 그의 기억을 확인하고 싶었다.

"내가… 박 원장 아내를 납치해서 죽인 거 같아요. 그 일을 제게 제안한 게 형님이고요."

준식은 알고 있는 모든 것을 쏟아내려는 듯 계속 주절거렸다.

"처음에는 김하준이라는 놈이 나를 죽이려고 한다고 생각했어요. 건물 옥상으로 나를 부른 게 그 녀석 같거든요."

이 내용은 대영에게는 없는 기억이라 준식의 말에 관심이 갔다.

"제가 옥상 난간을 잡고 있다 떨어지는 기억이 계속 반복해서 떠올라요. 시도 때도 없이. 그러다 최근에 내가 떨어지는 기억에서 나를 바라보는 존재를 봤어요. 어떤 여자애를."

"여자애? 그 여자애 얼굴은 기억해?"

"아뇨, 얼굴은 잘 떠오르지 않아요. 그 소녀가 귀신인지 뭔지 모르겠는데 반드시 찾아서 없애야 해요. 김하준이라는 놈은 분명 그 소녀를 알고 있을 거예요."

미친 사람처럼 떠드는 준식의 모습이 대영의 눈에는 분명 정상으로 보이지 않았다. 그럼에도 대영은 준식의 말에 계속 귀를 기울였다.

"얼마 전에 이상한 걸 보았어요."

준식은 하준이 일하는 커피숍을 찾아갔던 날의 이야기를 했다. 커피숍에서 일하던 하준이 쓰러져 병원으로 실려 갔고 준식도 그 병원으로 갔다. 퇴원하는 하준에게 말을 건네다 제지를 당한 후 하준이 출입구를 나갈 때 이상한 그림자를 보았다는 것이다.

"그림자가 이상했어요. 하준의 그림자가 아니었어요. 분명 다른 남자의 그림자였어요. 그 그림자는 내가 자신을 인지하는 걸 아는지 내게 손을 흔들었어요."

준식은 자신의 말이 사실이라고 호소하는 얼굴로 대영을 쳐

다보았다. 준식의 넋두리가 있은 며칠 후, 그는 추락사라는 사인
으로 집에서 발견되었다. 준식은 자신이 알고 있는 죽음의 기억
처럼 현실에서 죽었다.

대영은 준식이 한 말을 곰곰이 되짚다 중요한 부분을 발견했
다. 죽기 전 말한 준식의 기억과 대영의 기억에는 확실한 차이가
있다는 것을. 사건 전체를 기억하는 대영과 달리 준식은 사건의
일부, 인아를 납치한 후 살해했다는 것과 대영이 자신을 사건에
끌어들였다는 기억만 있었다. 그것도 정확하게 기억하지 못했다.

대영이 기억하는 사건의 전 과정은 이랬다.

규민에게 의뢰를 받아 인아를 미행하던 대영은 인아에게 별
다른 이상한 점이 없음을 확인한 후 마무리하려고 하는데 준식
이 먼저 대영에게 인아를 납치하자는 제안을 한다.

대영은 납치한다고 해서 이혼하려고 하는 규민이 돈을 주겠
냐며 시큰둥하게 반응하자 준식은 자신의 계획을 말한다. 아내
를 납치한 후 규민에게 자신과 이혼을 해주면 돈을 납치범에게
건네겠다는 말을 아내와 통화할 때 하라고 하면 어떠냐는 계획
을. 준식은 규민이 그 계획을 받아들일 것이라 자신한다. 자신들
은 뒤로 빠진 상태에서 규민 부부가 해결하면 되는 일이다. 납치
하고 돈을 받은 후 아내는 풀어주면 끝이다.

대영은 나름 괜찮은 계획이라고 생각하고 준식의 계획에 동
의한다. 준식은 이미 준비를 마쳤다면서 자신만만해 한다.

준식은 인아를 납치한 후 농장 집으로 향한다. 규민에게 자

신들의 계획을 말하기도 전에 그곳에서 예정에 없던 불상사가 일어난다. 대영에게 전화를 한 준식은 도망가려는 인아를 잡는 과정에서 우발적으로 살해했다고 말한다. 규민과 통화 후 풀어 주려는 생각에 결박을 느슨하게 했는데 그게 화근이라면서 울면서 전화를 한다.

대영은 준식이 전화로 전하는 이 내용을 자신이 운영하던 술집에서 듣는다. 대영은 자살로 위장하라고 한 후 규민에게 전화한다. 대영은 규민에게 아내를 살해할 방법을 제안하고 규민과 만나기로 한다. 규민은 펜션에 있다며 그곳으로 오라고 한다.

대영은 약속 장소로 출발하기 전 술집 안에서 드르륵하는 소리를 듣는다. 구석에서 들리는 휴대전화 진동소리. 대영은 의자 밑에 숨어있던 하준을 발견한다. 대영과 준식이 인아를 미행하던 시기 하준은 대영의 차를 여러 차례 보았고, 그날 우연히 대영의 차를 미행하다 술집까지 따라온 것. 대영이 길고양이들 밥을 주러 술집 밖으로 나간 사이, 하준이 술집 안으로 들어온 것이다. 대영은 어쩔 수 없이 하준을 청테이프로 결박해 차에 태운 후 규민과 약속한 펜션으로 향한다.

펜션으로 가면서 준식과의 대화를 모두 들은 하준을 어떻게 할 것인지 고민하던 대영은 규민을 만나기 전 살해하기로 결정을 한다. 자신이 살기 위한 어쩔 수 없는 선택이라고 위로하면서.

어두운 밤, 호수가 내려다보이는 한적한 곳에 정차를 한 대영은 진동소리가 계속 울리는 하준의 휴대전화를 확인한다. 하준에게 전화한 사람은 유설희 형사. 문을 열자 결박한 테이프를 끊은 하준은 대영을 밀치고 도망간다.

숲속으로 도망치는 하준을 쫓는 대영. 도망가던 하준이 돌부리에 걸려 넘어진다. 대영은 근처에 있던 큼지막한 돌로 하준의 한쪽 다리를 내리친 후 목을 조른다. 대영은 재킷을 벗어 돌을 담아 정신을 잃은 하준의 다리에 묶은 후 호수에 빠뜨린다.

아무 일 없었다는 듯 규민을 만난 대영은 인아를 자살로 위장하는 살인계획을 설명하며 거액을 제안한다. 이야기를 담담하게 듣던 규민은 그 제안을 받아들인다.

이것이 대영이 기억하는 사건 기억의 전모다. 이후의 기억도 있다. 준식의 죽음과 관련된 기억이다. 기억 속 준식은 인아를 죽였다는 죄책감과 경찰의 수사망이 좁혀오는 시기, 누군가 자신을 옥상에서 밀어 죽이는 꿈을 자주 꾼다면서 괴로움을 토로한다. 얼마 뒤 준식은 규민의 학원 옥상에서 투신한다. 기억 속의 미래 준식도 현실의 준식 기억과 동일한 꿈을 꾼 것이다.

대영과 달리 준식은 이런 사건의 기억이 전혀 없었다. 준식이 아지트로 찾아왔던 그 날 자리를 뜨기 전 한 말을 확인해야 했다. 쇼핑몰에서 죽은 인아를 보았다는 그의 말을.

준식은 쇼핑몰 근처 자주 가는 술집이 있는데 술을 마시고 나온 후 목격한 인아를 따라 쇼핑몰에 갔다고 했다. 인아가 간 곳은 아기용품을 파는 매장. 준식은 두 번이나 인아를 목격했지만 아기용품 매장 앞에서 그녀를 놓쳤다고 했다.

이제 대영도 팔짱 끼고 무대를 바라보는 구경꾼이 아닌 무대

위에 직접 올라가야 하는 상황이 되었다. 인아에 이어 준식까지, 두 사람 모두 자신을 찾아온 것은 분명 불길한 방향을 가리키는 화살표가 자신을 향하고 있다는 징후였다.

늦은 시각 쇼핑몰 근처와 아기용품 매장을 수차례 배회하면서 인아를 닮은 여자를 찾았지만 그런 여자는 찾을 수 없었다. 그러던 어느 날, 그날도 쇼핑몰 주변을 배회하다 지쳐 쇼핑몰 안의 아기용품 매장 앞의 휴게의자에 앉아 준식이 한 말들을 곱씹고 있었다.

준식이 쇼핑몰에서 인아를 목격했다는 것이 어쩌면 의문의 기억에서 떠오른 살인에 대한 죄책감과 현실이 뒤섞이며 기억과 현실을 구분하지 못해서 생긴 착각이지 않을까, 하는 결론을 냈다. 바로 그때, 아기용품 매장 입구 앞에서 당황하는 얼굴을 한 규민이 나타났다. 규민은 못 볼 것을 본 표정으로 누군가를 찾는 듯 시선이 어수선했다.

규민도 준식과 같은 상황에 처해 있을 거라 생각한 대영은 규민에게 일어나는 일이 궁금해 그에게 접근했다.

규민의 말을 들었을 때, 그 역시 준식처럼 헛것을 보았을 거라 생각했다. 아기용품 매장 앞에 있던 대영은 출입문으로 나오는 인아를 보지 못했다. 또 하나, 규민은 아내 유령 때문에 괴로워하고 있었다.

인아 유령이 실존하는 존재인지 규민의 환영인지 확인하기 위해 대영은 규민의 아파트 근처에서 죽치고 기다렸다. 그렇게 며칠을 기다리던 어느 날, 대낮에 규민이 말한 여자가 나타났다.

규민의 아파트에서 인아와 비슷한 옷차림의 여자가 나온 것이다. 인아 유령은 실존하는 존재였다.

대영은 규민이 살고 있는 아파트에서 나온 여자의 뒤를 밟았다. 택시를 타고 내린 여자는 한적한 주택가에서 내렸다. 여자는 미행당하는 것을 눈치챘는지 건물 모서리를 도는 순간 순식간에 사라졌다. 그렇게 그날은 여자를 놓쳤다.

펜션에 갔다가 대영을 찾아온 규민은 펜션에서 만난 하준도 어떤 기억이 있을 거라고 했다. 그렇지 않아도 하준을 만나려고 했던 대영은 늦은 밤 하준의 집으로 갔다. 과거 하준을 만나려고 했던 날 몸이 마비가 되는 이상한 경험 때문에 집으로 가는 기분이 찜찜했는데 그날은 별다른 일이 없었다.

잠을 자다 깬 하준은 솔직하게 말하는 것 같지 않았지만 소녀에 대한 존재는 정말 모르는 것 같았다. 그 어느 누구도 그 소녀를 정확히 아는 사람은 없었다. 오직 준식만이 그 소녀를 느꼈다.

대영은 준식과 규민에게 일어난 일들을 정리했다. 준식은 자신을 죽이려고 한다는 의문의 소녀를, 규민은 존재하지도 않는 딸의 존재를 언급했다. 두 사람이 언급한, 현실에 존재하지 않는 소녀와 딸. 대영은 두 존재가 동일한 사람이 아닐까 추측했다.

마지막으로 남은 인아 유령 역할을 하는 여자. 그녀의 수상한 행동에는 분명 비밀이 있을 터. 규민의 말을 들어보면 그녀는 분명 인아의 기억이 있다고 추측할 수밖에 없었다. 인아 유령 역할을 하는 여자가 사라진 주택가에서 그녀를 기다렸다. 캐주얼 복장에 백팩을 멘 여자가 나타났다. 여자는 주위를 경계하며 택시에 올랐다.

택시가 도착한 곳은 하준의 집 앞. 택시에서 내린 여자는 하준의 집으로 들어간 후 얼마 지나지 않아 다시 나왔다. 택시에 다시 오른 여자가 향한 곳은 시내의 복지관. 여자가 들어간 후 얼마 지나지 않아 유설희 형사가 건물로 들어갔고 곧바로 나온 유설희 형사는 그곳을 떠났다.

유설희 형사가 떠난 뒤 십여 분 남짓 지났을 때 복지관에서 여자가 나왔다. 규민은 여자를 납치할 생각으로 버스 정류장으로 걷는 여자에게 천천히 다가갔다. 주위에 사람은 없었지만 감시카메라가 노려보고 있는 상황에서 여자를 어떻게 차로 유인을 할까 고민을 할 때 앞서 걷던 여자가 갑자기 몸을 돌렸다.

"이제 끝이죠?"

이게 무슨 소리지, 뭐가 끝이라는 거야. 나를 다른 누군가로 착각하는 게 분명해. 일이 쉽게 풀리는군.

규민은 공손한 말투로 차로 들어가서 이야기하자고 했다. 여자는 순순히 차에 올랐다. 차에 오르자마자 대영은 주머니에서 잭나이프를 꺼내 여자를 위협했다.

"내가 하라는 대로만 하면 다치는 일은 없을 거야. 알았어?"

놀란 여자는 겁을 먹은 얼굴로 고개를 끄덕였다.

"그쪽은 누구죠? 인아 언니와 아는 분 아닌가요?"

여자는 떨리는 목소리로 대영의 정체를 물었다.

"네가 말하는 인아 언니랑 모르는 사이는 아니지. 그런데 나를 누구와 착각한 거 같은데? 그게 누구지?"

"그건… 저도 몰라요. 그런데 지금 어디로 가는 건가요?"

"조용한 곳."

농장 집에 도착하자 이곳이 자신의 마지막 장소라고 생각했는지 여자의 얼굴은 더욱 겁에 질렸다. 농장 집 2층 방으로 들어가 여자를 결박한 대영은 먼지가 내려앉은 의자를 툭툭 털고 앉아 여자의 백팩을 뒤졌다. 먼저 지갑을 꺼내 안에 들어있는 신분증을 보며 질문을 시작했다.

"당신 누구야? 솔직하게 말해."

"뭘… 요…"

잔뜩 주눅 든 여자의 얼굴은 금방이라도 울음이 터질 듯 눈에는 물기가 그득했고, 모깃소리처럼 움츠러든 목소리는 오들오들 떨렸다. 대영은 입을 다문 채 여자를 노려보았다. 대영의 부리부리한 눈빛에 눌린 여자는 시선을 돌렸다. 잠깐의 침묵이 이어졌다. 이런 경우 말보다 침묵이 더 무섭게 다그친다. 여자는 점점 공포에 짓눌린 얼굴로 변하고 있었다.

"살려… 주세… 요."

대영은 여자에게 자신의 얼굴을 가까이 들이댄 후 또박또박 힘을 주어 물었다.

"해치지 않을 테니까, 묻는 질문에 대답이나 해. 당신이. 누군지. 똑바로. 말해."

"…저는…"

겁에 질린 여자는 쉽게 말을 잇지 못했다.

"답답해 죽겠네. 당신이 서인아와 무슨 사이고, 박 원장에게 왜 서인아 유령 행세를 했는지 말하라고!"

대영의 호통에 겁을 먹은 여자는 울먹거렸다.

"저는 그냥… 인아 언니가 하라는 대로 한 것뿐이에요. 죽기 전 언니 부탁이었어요. 자신이 죽은 뒤 제가 할 일을 어떤 남자가 알려 줄 거라고."

"기억이 생긴 게 아니라 누군가 시켜서 한 거라고? 그래서 좀 전에 나를 그 남자로 착각한 거군."

여자는 정말 아무것도 모른다는 표정으로 고개를 끄덕였다.

"혹시 쇼핑몰에 가라는 지시도 받았나?"

여자는 쇼핑몰이요? 라고 되물으며 고개를 가로저었다.

"복지관에는 왜 간 거지? 거기서 유설희 형사와 만나기로 한 건가?"

"아니에요. 어떤 여자가 그곳에 갈 거라는 연락이 와서. 그분이 형사인지도 몰랐어요."

여자의 말을 들으며 가방을 다시 뒤적거리던 대영은 작은 노트를 꺼냈다. 유설희 형사가 복지관에 들어갈 때 손에 들고 있던 노트 같았다. 유설희 형사가 하준의 집에 가서 발견했을 것이다.

"이 노트 그 형사가 건넨 거지?"

여자는 고개를 살짝 끄덕였다. 노트를 펼쳤다. 점들이 가득했다.

"이거 서인아가 김하준에게 남긴 건가?"

여자가 대답을 하지 않아도 인아 주변에 점자를 읽을 사람은 하준밖에 없다. 뜻밖의 수확이었다.

"무슨 내용이야?"

"그… 건… 저도 몰라요."

"그런데 왜 유설희 형사가 이걸 당신에게 건넸지?"

"저를 거기 직원으로 착각했나 봐요. 점자 해석을 해달라고 하더라고요."

인아가 하준에게 남긴 것이라면 분명 중요한 내용일 터, 속으로 쾌재를 부를 때 휴대전화가 울렸다. 신 일병의 전화였다. 여자를 미행하기 전 신 일병에게 하준을 감시하라고 했는데 그 답을 주는 전화였다.

"형님, 김하준이 박규민 원장 학원으로 들어갔습니다. 계속 미행할까요?"

"아냐, 내가 그쪽으로 갈 테니까 잠시만 기다려."

통화를 마친 대영은 의자에서 일어났다.

"지금 내가 바빠서 먼저 일어나야 돼. 당신에게 궁금한 게 아직 남았거든. 다시 보자고."

규민의 학원 근처에서 신 일병을 만난 대영은 노트를 건네며 아는 사람들 총동원해서 최대한 빨리 점자 노트를 해석하라는 부탁을 했다. 규민과 헤어진 후 곧바로 농장 집에 도착한 신 일병은 여자가 사라졌다는 전화를 했다. 여자는 솜씨도 좋게 결박을 풀고 사라졌다.

호텔 문을 두드리는 소리가 들렸다. 벌써 룸서비스가 올 시간은 아니고 다른 누군가가 온 건데. 찾아올 사람이 없는 이 방을

누군가 찾아온 거라면 이제 끝이 멀지 않았다는 의미다. 대영은
출입문으로 다가갔다.

22

규민은 환영 속에서 본 호텔의 방문 앞에 서서 노크를 했다.
가운을 입은 대영이 수건을 목에 두른 채 규민을 맞이했다. 규민
이 올 거라는 것을 예상하고 있었는지 크게 놀라지 않는 표정이
었다.

"박 원장이 이 시간에 웬일이야? 일단 들어와."

규민은 호텔 방 안으로 들어갔다.

"박 원장, 내가 여기 있는 거 어떻게 알았어?"

대영은 냉장고에서 캔맥주를 꺼내며 물었다.

"지난번에 당신이 말했잖아."

"그랬나? 앉아. 캔맥주 하나 줄까?"

규민은 응접세트 의자에 앉으며 괜찮다는 손짓을 했다. 대영
은 규민 맞은편 자리에 앉았다.

"박 원장이 이 시간에 나를 찾아온 이유는 뭐야? 중요한 일인
가 본데."

"너, 내 딸 기억에 있지?"

딸이라는 말에 짜증이 나는지 대영은 얼굴을 살짝 찡그렸다.

"또 그 소리야, 박 원장. 답답하네."

자리에서 일어난 대영은 규민을 등지고 창밖의 야경을 바라보며 "그렇게 집착하면 정말 있지도 않은 딸이 어디선가 살아나겠어"라고 말하며 맥주를 마셨다. 대영의 빈틈을 노리던 규민은 이때다 싶어 재킷에 품고 있던 칼을 들고 재빠르게 소파에서 일어나 대영에게 달려들었다. 호텔로 가는 내내 상상하던 칼의 마지막 종착지가 정확하게 안착하길 바라면서.

대영의 등에 붉게 피가 번지는 규민의 음산한 상상과 달리 대영은 악의에 찬 눈빛으로 규민을 보며 웃고 있었다. 자신의 목에 걸려있던 수건을 툴툴 말아 규민의 칼을 품은 채로. 이런 상황을 이미 예상한 대영은 일부러 등을 보인 채 창밖을 보고 있던 것이다. 틈을 보인 후 창에 비친 규민의 행동을 보기 위해서였다.

대영은 두 손으로 움켜쥔 수건을 밀었다가 다시 당겼다. 그 바람에 규민은 손잡이를 놓쳤다. 재빠르게 칼을 구석으로 던진 대영은 곧바로 규민의 턱에 주먹을 날렸고 규민은 오피스텔에서처럼 다시 바닥에 나가곤드라졌다.

"미친놈, 똑똑한 줄 알았는데. 박 원장, 너도 답이 없는 건 강준식하고 다를 게 없네."

규민의 가슴에 차올랐던 분노와 증오는 힘을 제대로 써보지도 못한 채 주저앉았다. 대영은 차분하게 캔맥주를 들이컨 후 소파에 앉았다.

"박 원장, 당신 기억은 내가 당신을 죽이는 거였지? 그래서 날 죽이려고 한 거야? 날 제거하면 네가 살 거라고 생각한 건가? 지난번 내가 한 말을 벌써 잊은 거야? 지금 일어나는 사건들은 현실에서 일어나는 게 아니라고. 이 등신아!"

바닥에 널브러져 있던 규민은 몸을 일으킨 후 주저앉은 채 대영을 쳐다보았다.

"박 원장, 기억해? 호수에 빠져서 하준에게 끌려 나온 후 병원에 있을 때 당신이 한 말?"

규민은 대영이 거기까지 따라왔다는 것에 놀랐다. 게다가 자신이 기억하지 못하는 말도 했다니.

"박 원장이 혼잣말로 미안해, 미안해, 라고 말한 거. 박 원장, 호수에 빠졌던 날 그곳에서 무슨 일이 있었지?"

"그게 왜 궁금하지? 너도 두렵지? 죽음의 기억이 떠올라서."

"호수에서 아내의 환영이라도 봤나?"

규민은 대영의 말에 대답하지 않았다.

"이봐, 박 원장. 난 박 원장 너와는 달라. 난 내 기억의 근원을 알고 있어. 난, 당신 아내나 강준식처럼 당하지 않을 거라고."

"후후후, 웃기고 있네. 너도 두렵잖아. 네 자신이 너를 죽이는 기억이 생겨서. 안 그래?"

규민의 말에 대영의 얼굴이 굳어졌다. 소파에서 일어난 대영은 규민의 멱살을 움켜잡으며 무섭게 노려보았다.

"박 원장, 네가 그걸 어떻게 알지? 환영에서 보았나 보군."

"그래, 환영에서 보았다. 너도 곧 이 세상에서 사라질 거야."

규민의 험담에 화가 날 법도 한데 대영은 침착함을 잃지 않았다. 빙긋 웃는 얼굴을 한 대영은 규민의 얼굴에 수차례 주먹을 꽂았다. 그만하라고 규민이 외치려고 할 때 때맞춰 대영의 휴대전화가 울렸다. 규민을 두들겨 패던 대영은 동작을 멈추고 씩씩거리며 일어나 전화를 받았다.

"어, 그래. 집에 도착했어? 알았어."

통화를 마친 대영은 서둘러 옷을 입었다.

"박 원장, 나는 강준식이나 당신 아내처럼 죽지 않을 거야. 박 원장, 너는 네가 살 수 있는 방법을 모르지? 내가 말하지 않은 게 하나 있어. 당신 아내가 나를 찾아왔을 때, 당신 아내는 내가 살 수 있는 방법을 알려줬거든. 넌 그냥 죽음의 그림자를 맞이할 준비나 하고 있으라고."

바닥에 앉아있는 규민을 씁쓸한 미소를 지으며 내려다보던 대영은 방에서 나갔다. 대영이 나간 후 규민은 숨이 막히고 몸이 부서지는 듯한 고통에 바닥에 드러누웠다. 근육이 푸슬푸슬 분해되고, 골격의 마디마디에 날카로운 얼음조각이 파고들어 오는 것처럼 아리고 쑤셨다. 죽음의 기억이 가까이 온 징후이리라. 미간이 찌푸려지는 고통 속에도 의문은 고개를 들었다. 정말 아내가 저놈에게 살 방법을 알려준 거야? 왜?

*

하준은 거울 속의 자신을 바라보았다. 한쪽 눈에서는 눈물이 흐르고, 다른 한쪽 눈은 감시하는 보초병의 눈빛처럼 매서운 눈초리를 하고 있는 자신이 거울 밖 자신을 노려보고 있었다.

서로 다른 두 개의 시선과 함께 이질적인 두 감정도 하준 안에서 맞서고 있는 상황. 북받치는 감정과 쿡쿡하며 비웃고 조롱하는 감정이 섞이지 못하고 따로 놀고 있었다. 하준은 자신 안에 달라붙어 있는 다른 존재를 오롯이 인지했다.

'나 어렸을 때 바나나 김밥을 먹어 치운 게 당신이야? 누군데 그림자처럼 나에게 붙어있는 거지?'

'네 말처럼 나는 네 그림자야. 하지만 이제 곧 내가 네 주인이 될 거다.'

바로 옆에서 말하는 것처럼 굵은 목소리가 하준의 고막에 생생하게 울렸다.

'당신이 사람들을 죽였나?'

'다 자신의 운명에 따른 거야. 넌 서인아가 어떻게 죽었는지 궁금하지? 내가 죽이지 않았어. 그 여자는 네가 죽인 거야.'

'그게 무슨 말이야? 내가 죽였다니.'

'아직 그 기억은 없나 보군. 네가 이 이상한 세상을 만들었어. 복수와 증오가 가득한 세상을. 네 그림자 역할이 거의 다 끝나가고 있었는데 이상하게 네가 호수에 들어갔다 나온 후 꼬여버렸어. 너도 자유롭고 싶지? 나도 자유롭게 살고 싶다. 우리는 함께 공존할 수 없는 운명이야. 다른 그림자를 품고 살 수는 없잖아. 이곳으로 얼른 오라고.'

남자의 말이 끝나자 거울에 희뿌연 형태의 뭔가가 보였다. 하준의 얼굴과 겹쳐 보이는 것은 남자의 얼굴이었다. 그 얼굴을 보자마자 하준의 입에서 '장대영'이라는 이름이 툭 튀어나왔다. 잠시 넋을 잃고 그 모습을 보는 사이, 하준의 오른쪽 눈동자가 한

쪽으로 치켜 올라갔다. 하준이 아닌 그림자의 움직임이었다. 하준 뒤의 인기척에 반응하는 움직임.

하준이 누군가 집 안으로 들어온 것을 인지한 순간, 어둠이 뒤덮으며 하준은 정신을 잃고 그 자리에 주저앉았다.

*

복지관에 도착한 설희는 사무실로 들어갔다. 퇴근을 하려는 듯 직원들은 자리에서 일어나 책상 정리를 하고 있었다. 창문을 등지고 서 있는 하 팀장이 왜 또 왔냐는 표정으로 설희를 바라보았다. 설희는 사람을 찾으러 왔다고 하면서 어제 만났던 여자의 인상착의를 설명했다.

"그런 사람은 없는데. 그런 사람 본 적 있어요?"

"그런 사람 본 적 없는데."

"착각하신 거 아닌가?"

설희의 말을 들은 하 팀장과 직원들은 자신들끼리 질문과 대답을 주고받았다. 설희는 눈앞에서 도둑에게 지갑을 털린 것 같은 기분에 허탈했다. 명색이 형사인데 이런 어처구니없는 일을 당했다는 게 부끄러워 복지관 직원들에게 머쓱한 표정으로 목례를 하고 사무실에서 나왔다. 그럼 그 여자는 누구야. 이런 곳에서도 사기를 치는 사람들이 있나.

설희는 차에 오르기 전 하준과 규민에게 전화를 했다. 두 사람 모두 휴대전화가 꺼져있었다. 두 사람이 호수에 갔을 때처럼 심상치 않은 느낌이 들었다.

설희는 먼저 하준의 집으로 향했다. 집 안으로 들어가자 주방 식탁 위에는 식사를 한 흔적만 남아있을 뿐 하준은 없었다. 다시 발을 돌려 규민의 학원으로 향했다.

학원에 도착한 설희는 안내데스크로 가서 규민을 찾았다. 여직원은 원장님이 몸이 좋지 않아 출근을 하지 않았다며 별일 아닌 듯 시큰둥하게 말했다. 건강이 좋지 않다는 직원의 말에 호수에서 나왔을 때 본 거무죽죽한 그의 얼굴빛을 떠올랐다. 만약 하준처럼 집 안에서 쓰러져 사경을 헤매고 있다면…….

설희가 급하다면서 규민의 집을 알려달라고 했지만, 직원은 누군데 그러냐며 불쾌한 표정으로 집을 알려주려고 하지 않았다. 설희가 신분을 밝히며 급한 일이라고, 원장님이 잘못되면 책임질 거냐며 협박조로 다그치자 직원은 당황스런 얼굴로 규민의 집 주소를 알려줬다.

설희의 차가 규민이 살고 있는 주상복합 아파트 입구 근처 횡단보도에서 멈췄다. 그때 규민의 차가 아파트 입구를 빠르게 빠져나가고 있었다. 잠시 후 신호등이 바뀌었고 설희는 차를 돌렸다.

오늘은 어디로 가는 걸까? 그 역시 이상한 기억이 생긴 게 분명해.

시내를 달리던 규민의 차가 멈춘 곳은 호텔이었다. 규민의 차가 호텔의 지하주차장으로 들어갔고 줄지은 차들을 따라 설희도 주차장으로 들어갔다. 규민의 차를 확인하기 위해 고개를 좌우로 정신없이 움직였다. 멀리 차에서 내리는 규민이 보였다. 주차를 한 후 설희가 차에서 내렸을 때, 규민이 탄 엘리베이터는 문이 닫히고 있었다.

엘리베이터 앞에 서서 숫자를 확인했다. 엘리베이터가 멈춘 곳은 3층과 5층. 엘리베이터 문이 닫힐 때 다른 사람이 타고 있는 게 얼핏 보였다.

3층에서 내린 설희는 잰걸음으로 복도를 돌았다. 복도에는 사람의 모습도, 발걸음 소리도 들리지 않았다. 비상계단을 통해 5층으로 올라갔다. 조용한 복도에 뭔가 굴러가는 소리가 들렸다. 모서리를 돌자 멀리서 서빙카트를 밀고 오는 여직원이 보였다. 여자는 한 객실 앞에서 멈춘 후 노크를 하며 식사를 가져왔다고 말했다. 대꾸가 없는지 여자는 노크를 몇 번 더 한 후 살짝 열려 있는 문을 열었다. 객실로 들어간 직후 여자의 어머, 하는 놀라는 소리가 들렸다. 설희는 그 객실로 뛰어갔다. 안으로 들어가자 벌겋게 얼굴이 부은 규민이 바닥에 쓰러져 있었다.

"무슨 일이죠?"

설희는 호텔 직원에게 신분증을 보여주며 물었다.

"투숙한 손님이 식사를 주문했는데… 손님은 안 계시고…"

"투숙한 손님이 혹시 장대영인가요?"

직원은 놀란 얼굴로 고개를 끄덕였다.

"구급차를 불러……"

설희가 규민을 일으켜 세우며 호텔 직원에게 구급차를 불러 달라고 하려 하자 규민이 설희의 손을 잡으며 "됐…어…요"라고 힘겹게 말했다.

"정말 괜찮아요?"

규민은 인상을 찌푸리며 몸을 일으켰다. 안절부절못하던 호텔 직원은 규민이 몸을 일으키자 후다닥 방에서 나갔다.

"괜찮습니다, 형사님. 빨리 가야 합니다."

"어디를…"

"하준이… 집으로."

조수석에 규민을 태운 설희의 차가 호텔에서 빠져나왔다. 조수석에 힘없이 기대앉은 규민의 모습은 누아르 영화 속 장렬한 최후를 맞이하는 주인공처럼 비장미가 흘러넘쳤다.

"이 시간에 장대영은 왜 만난 거죠?"

"그게……"

규민은 말꼬리를 흐리며 말을 잇지 못했다.

"그리고 장대영은 왜 이 시간에 하준 씨 집으로 가는 건가요?"

규민은 역시 대답을 하지 않았다.

"호텔에서 무슨 일이 있었던 겁니까? 말씀 좀 해보세요!"

호통에도 규민의 대답이 없자 설희가 고개를 살짝 돌렸다. 고통스러운 듯 규민의 얼굴이 일그러졌다.

"원장님, 괜찮으세요? 안 좋으면 병원으로 갈게요."

"아니에요! 그냥 가세요. 조금 불편한 것뿐입니다."

병원에 가자는 말에 규민은 눈을 부릅뜨며 설희가 움찔할 정도로 목소리를 높였다. 그리고 언제 그랬냐는 듯 다시 죽어가는 듯한 목소리로 말을 이었다.

"장대영이 하준이에게 무슨 짓을 하려고 하는 것 같아요."

무슨 짓? 설희의 머릿속에서 생각하기 싫은 불길한 단어가 떠올랐다.

"장대영에게 어떤 기억이 떠오른 거죠? 그리고 원장님도……"

창문에 머리를 기댄 규민은 기어들어가는 목소리로 아내에게 뜬금없는 사과를 했다.

"제가… 아내에게 잘못했어요."

설희는 흘끗 눈을 돌려 규민을 보았다. 창밖을 내다보는 규민의 쓸쓸한 얼굴이 창문에 얼비쳤다. 당당하고 거만하게 보이던 모습은 온데간데없고 모든 것을 포기한 듯 풀이 죽은 얼굴이었다.

"믿기 힘든 이야기겠지만 머지않은 미래에, 아니 지금일지도 모르겠네요. 제가 아내를 죽이려고 했나 봅니다. 그때 아내가 임신을 했었던 거 같아요. 그래서 그 아기가 죽었……"

현재 존재하지 않지만 차마 자신의 아기가 죽었다는 표현을 하고 싶지 않은지 규민은 말끝을 흐렸다.

"신기하게 지난번 호수에서 나온 뒤로 딸의 환영을 봤어요. 강준식과 저는 아내에게 벌을 받는 겁니다."

규민은 최근에 자신이 경험한 환영과 자신에게 일어난 일들을 주저리주저리 늘어놓았다. 죽음의 기억이 생기면 죽는다는 것이 그가 한 이야기의 마지막이었다. 규민의 이야기에 등장한 아내 유령은 규민의 말처럼 자신에게 딸의 존재를 각인시키려고 하는 것처럼 느껴졌다. 세상에 없는 인아가 규민에게 복수하려는 의도가 다분해 보였다.

"그 딸 이름이 소윤인가 보군요."

"형사님도 주방 싱크대 문짝을 보셨군요. 제 아내를 만나셨다고 했는데 그때 이야기 들려주시겠어요?"

설희는 인아가 헤어지기 전에 말했던 8시 30분을 제외하고 그녀를 만났던 날의 상황을 간략하게 설명했다.

"원장님은 장대영이 어떤 일을 꾸미는지……"

설희가 고개를 살짝 돌려 말하는데 창문에 고개를 기대고 있는 규민의 모습이 영락없이 죽은 사람의 모습이었다. 규민의 뺨에는 검은 가루가 보슬보슬 묻어나기 시작했다.

설희는 갓길에 차를 멈췄다. 하준의 집까지 얼마 남지 않은 거리였다. 원장님! 하며 규민을 흔들었지만 그는 아무런 반응이 없었다. 목에 손을 대보았다. 죽은 것은 아니었다. 그때, 아- 악 하는 외마디 비명이 규민의 입에서 흘러나왔다. 누군가 자신의 목을 조르는 것처럼 규민은 두 손으로 자신의 목을 움켜쥐고는 고개를 좌우로 돌리며 몸을 비틀었다. 규민의 상태는 한눈에 봐도 심각했다.

"안 되겠어요, 병원으로 가요."

설희가 다시 핸들을 잡자 규민은 그냥 가자고 사정하듯 말했다. 말하는 순간에도 규민의 얼굴은 고통에 일그러졌고 입에서는 짧고 가쁜 숨이 불규칙적으로 새어나왔다.

"이러다 잘못되면 원장님이……"

"형사님도 아시잖아요. 병원에 가봐야 의미가 없다는 거. 그냥 가세요. 형사님, 어차피 난……"

두 사람 모두 마지막 말을 삼켰다. 자신의 마지막을 감당하겠다는 규민의 의지를 읽은 설희는 어쩔 수 없이 다시 가속페달을 밟았다.

23

대영이 야구방망이를 들고 하준의 집에 들어갔을 때, 거울 앞에 서 있는 하준은 거울을 뚫어져라 노려보고 있었다. 거울의 위치상 현관을 열고 집 안으로 들어가는 대영을 볼 수밖에 없는 상황이지만 거울을 보며 골똘히 생각에 빠진 것 같은 하준은 대영이 집으로 들어온 것을 인지하지 못했다. 조심스레 하준에게 다가가 들고 있는 방망이를 치켜드는 순간 하준은 그대로 정신을 잃고 쓰러졌다. 덕분에 방망이를 휘둘러야 하는 수고는 덜었다.

대영은 정신을 잃은 하준을 농장 집의 2층 거실에 결박한 후 1층 거실로 내려왔다. 밖에 주차된 자신의 차에서 뻗어 나오는 헤드라이트 불빛이 집 안을 비추고 있어 실내는 제법 환했다.

대영에게도 이미 죽음의 기억이 자리 잡고 있었다. 호텔에 찾아온 규민이 말한 것처럼 대영 자신이 자신을 죽이는 기억이다.

준식이 죽은 뒤 일주일 정도 지났을 무렵, 대영은 자신이 장사를 했던 기억 때문에 산 술집을 개조한 아지트에서 혼자 술을 마셨다. 준식까지 죽게 되자 대영도 뭔가 준비를 해야 했다. 이런저런 생각을 하다 제법 취한 대영이 아지트에서 나가기 전 거울을 보며 옷매무새를 고칠 때였다.

거울에 흑백의 광경이 펼쳐졌다. 흑백의 광경 속에 누군가 대영의 목에 줄을 감고 목을 조이는 게 아닌가. 목이 졸려 버둥거리며 저항하는 자신의 모습이 고스란히 거울 속에서 살아났다. 대영의 목을 조르며 조롱하는 표정으로 거울 밖 현실의 대영을 바라보는 존재는 다름 아닌 자신이었다. 그동안 베푼 행운을 이제 거두어 가겠다는 듯 웃고 있는 자신의 얼굴이 죽이고 싶을 정도로 혐오스러웠다.

대영을 조롱하는 얼굴을 마지막으로 거울 속 상황은 사라졌다. 스멀스멀 피어나던 두려움에 마지막 종지부를 찍은 기억. 준식이 죽음의 기억이 생겼다면서 부들부들 떨며 말할 때 코웃음 치던 자신에게도 그런 기억이 생긴 것이다. 실제 경험한 것처럼 소름이 돋는 생생한 기억이었다. 이런 상황을 몇 번 더 겪는다면 준식이 경험했던 현실이 무너지는 기분이 충분히 들 것만 같았다.

자신을 죽이려고 하는 또 다른 자신. 그런 존재가 실제 존재하고 하준에게 그림자처럼 달라붙어 있다는 사실은 하준의 집에 갔을 때 확인했다. 준식이 죽기 전 말했던, 병원에서 하준을 만났을 때 다른 그림자를 보았다는 그 말이 사실이었다니. 상상조차

하지 못했던 일이었다.

펜션을 다녀온 규민을 만난 후 하준의 집에 갔던 날이었다. 그날 가로등 불빛이 들어오는 하준의 방 창문에 붙어있는 글자를 발견했다. 바로 '킹콩'이라는 단어. 소윤이라는 이름을 규민만이 알고 있는 것처럼 킹콩 역시 대영만이 알고 있는 특별한 사연이 있는 단어였다.

킹콩은 대영이 다녔던 고등학교 선생님의 별명이었다. 대영이 고등학생 때 대변이 급해 1층 교직원 화장실에 몰래 들어갔던 적이 있었다. 그때 누군가 화장실에 들어왔다. 문틈으로 밖을 내다보니 큰 체격에 눈도 부리부리한 무서운 외모 때문에 킹콩이라고 불리던 선생님이 거울 앞에 서 있었다. 거울 앞에서 선 킹콩 선생님이 가발을 벗자 휑하고 반드러운 이마가 드러났다. 그때 킹콩 선생님이 대머리라는 것을 처음 알았다. 변기에 앉아 입을 틀어막은 규민은 키득키득 비집고 나오는 웃음을 참느라 힘들었다.

대영이 이마에 상처가 생긴 후 거울을 보았을 때 떠오른 인물이 바로 그 킹콩 선생님이었다. 화장실 문틈으로 엿보았던 킹콩 선생님의 얼굴이 자신의 흉측한 얼굴과 겹쳐 보였던 것이다. 그때 느낀 감정을 알고 있는 누군가가 대영이 하준의 집에 올 것을 알고 하준의 방 창문에 써놓은 게 틀림없었다.

대영의 기억에 행운과 축복의 숫자를 뿌린 존재인 또 다른 자신이 바로 하준의 그림자로 세상에 존재하고 있었다는 것을 킹콩이라는 단어로 확인했다. 그 존재는 얼마 전 자신의 계획을 대영에게 당당히 드러냈다. 대영에게 안긴 행운을 모조리 빼앗아 버린 채로.

죽음의 기억이 생긴 후 대영은 인아가 찾아왔을 때 한 말이 떠올랐다. 죽음을 피하는 방법은 김하준이란 사람을 통해서 알 수 있을 거라는 말을. 호수에서 규민을 구하며 당당하게 걸어 나오는 하준을 보기 전까지는 그 말의 의미를 몰랐다. 그래서 선택한 방법은 한국을 떠나는 것이었다. 해결책이 아니라는 것을 대영도 알고 있었지만 불안을 해소할 방법은 그것뿐이었다.

대영은 오피스텔이 팔리면 한국 생활을 정리하고 동남아로 이민 갈 준비를 했지만, 그 계획은 시작조차 하지 못하고 틀어졌다. 하준의 그림자가 제대로 재를 뿌렸기 때문이다. 바로 행운의 숫자들이 가져다준 돈이 감쪽같이 사라져 버린 것이다.

대영은 이민을 준비하면서 갖고 있는 재산을 정리했다. 주식 계좌를 해지한 돈은 별도의 통장에 보관했다. 대영은 신 일병에게 오피스텔을 팔면 그동안 고생한 수고비로 매매대금의 4분의 1을 주는 것과 아지트의 명의도 이전해 주겠다고 약속했다. 오피스텔이 팔린 날 대영은 아지트에서 신 일병과 술을 마셨다. 두 사람의 마지막 술자리였다. 이날 아지트의 명의 이전한 등기를 신 일병에게 건네줬다.

"신 일병, 이 카드로 이백, 아니 삼백만 원 뽑아 와라. 너하고 마지막 밤인데 좋은데 가서 코가 삐뚤어지게 놀아보자. 오피스텔 잔금 들어왔으니까 약속한 돈은 내일 네 통장으로 쏴줄게."

카드를 받고 나간 신 일병이 잠시 후 어두운 얼굴로 돌아왔다.

"표정이 왜 그래? 돈은?"

"이백만 원은 고사하고 이십만 원도 없던데요."

"그럴 리가 있나. 그 통장에 최소 오백은 들어있을 텐데."

대영은 휴대전화로 잔액을 확인했다. 신 일병의 말대로 통장 계좌에는 십만 원 남짓밖에 없었다. 더욱 놀라운 사실은 사라진 돈이 김하준 이름의 계좌로 갔다는 점이었다.

어떻게 이런 일이… 다른 통장은……

대영은 곧바로 전 재산이 들어있는 계좌도 확인했다. 그 계좌의 돈도 여러 번 나눠 하준 명의의 계좌로 이체된 상태였다.

"형님 뭡니까? 돈이 사라진 겁니까?"

대영 앞에서 우두커니 선 신 일병은 휴대전화를 멍하니 바라보는 대영을 보며 물었다.

"어? 어, 그러네. 이게 어떻게 된 거지?"

"형님, 저에게 돈 안 주려고 쇼하는 거 아니죠? 돈에 발이 달린 것도 아닌데 어떻게 사라집니까."

신 일병은 의심하는 눈초리로 대영을 노려보았다. 안 그래도 감쪽같이 사라진 돈 때문에 황당해하던 대영은 신 일병의 조롱하는 듯한 말에 울컥 화가 치밀었다.

"뭐? 이 새끼가 나를 뭐로 보고."

"솔직히 형님 돈에 환장한 사람 아닙니까."

그동안 대영에게 고분고분했던 신 일병은 자기 몫이 사라졌다고 하자 눈을 부라리며 대영에게 대들었다.

"야! 너 지난번 최 사장 일 때문에 그러는 거야? 아무럼 내가 네 돈을 떼먹겠냐?"

"그걸 어떻게 압니까. 솔직히 형님은 그러고도 남을 사람이죠. 누나한테도 그리 매정한 사람인데."

"이 새끼가 말이면 다인 줄 아나."

가뜩이나 사라진 돈 때문에 정신이 없는 대영은 신 일병이 자신의 신용까지 들먹이자 화를 참지 못하고 자리에서 벌떡 일어나 신 일병에게 달려들며 주먹을 날렸다. 대영의 주먹을 살짝 피하며 중심을 잃은 신 일병은 뒤에 놓여있는 의자를 부술 듯 밀치며 쓰러졌다. 한바탕 요란하게 주먹다짐이 일어날 것 같은 분위기에 대영은 신 일병의 반격을 준비했다. 바닥에 주저앉은 신 일병은 치밀어 오른 화를 억누르는 듯 입술을 깨물었다. 부르르 떨리는 주먹을 꼭 쥔 채 한숨을 내쉰 신 일병은 쓰러진 의자를 다시 세운 후 앉았다. 책상으로 돌아온 대영은 서랍을 열어 비상금으로 갖고 있던 두툼한 봉투를 꺼냈다.

"지금 내가 가진 돈이 이것밖에 없다. 일단 이거라도 받아. 돈 찾으면 반드시 보내줄 테니까 걱정은 하지 마. 그리고… 방금 때린 거 미안하다."

대영은 봉투를 책상 위에 올려놓으며 좀처럼 하지 않는 미안하다는 말을 건넸다. 지금 대영을 도울 사람은 신 일병밖에 없다. 좋든 싫든 자신이 계획한 일을 마무리할 때까지는 신 일병과 함께해야 했다.

"약속은 지키세요."

신 일병은 책상 위 봉투를 낚아채듯 집어 들고서는 아지트에서 나갔다.

대영의 돈이 간 곳은 김하준. 물론 김하준이 한 짓은 아니다. 아지트의 비밀번호도 알고, 대영의 모든 것을 알고 있는 존재. 그 존재가 이제는 대영까지 세상에서 지우려고 한다. 그런데 어떻게 또 다른 자신이 하준의 그림자가 된 걸까. 대영은 그 점이 가장 궁금했다.

서인아의 말처럼 죽은 영혼이 하준과 연결된 거라면 또 다른 나는 어떻게 하준의 그림자가 된 걸까. 그 존재는 어디서 온 걸까. 죽은 영혼이라는 것은 말이 안 된다. 난 이렇게 멀쩡하게 살아 있는데. 한 가지 경우는 있다. 말도 안 되는 거지만 미래에 죽은 영혼이라면 가능하다. 강준식도 그런 경우다. 하지만 미래에 내가 죽은 기억은 없다.

인아와 준식이 간 길을 대영도 따라가야 할 운명이지만 손을 놓고 죽음을 기다릴 수는 없었다. 사라진 돈을 다시 찾고 죽음의 공포에서 자유로워질 수 있는 방법을 찾아야 했다. 하준과 규민을 따라 호수에 간 날, 인아가 죽음을 피할 수 있다며 하준을 통해서 알 수 있을 거라는 그 말의 의미를 이해했다. 그 의미는 설희가 복지관에서 인아 유령인 여자에게 건넨 노트에도 있었다.

호수로 가는 규민을 따라가기 전, 신 일병에게 점자 노트를 건네며 최대한 빨리 점자 해석을 하라는 부탁을 했다. 호수에 빠진 하준과 규민이 나올 때 때맞춰 전화를 한 신 일병은 점자 해석한 내용을 읊었다.

핵심은 호수에 하준이 살 수 있는 희망이 있을 거라는 내용이었다. 인아가 남긴 점자 내용이 사실이라는 것이 대영의 눈앞에 그대로 보이고 있었다. 금방이라도 죽을 것 같던 하준이 너무나 멀쩡하게 규민을 부축하고 호수에서 나오고 있는 게 아닌가. 호수에서 나온 하준의 모습은 이전과 다른 모습이었다. 새로 태어난 사람처럼 그의 얼굴에서 생기가 흘러넘쳤다.

구급차를 따라간 대영은 하준과 규민을 치료한 간호사와 유설희 형사가 복도에서 나누는 대화를 엿들었다. 간호사는 설희에게 하준의 건강에 아무런 이상이 없다고 했다. 호수에서 분명 무슨 일이 있었던 것이다. 상상력을 동원해 추측해 본다면 하준은 죽음의 순간 호수에서 새로운 삶의 시간을 얻은 것이다.

인아가 자신을 찾아와서 했던 살 수 있다는 말의 의미를 하준의 행동을 통해 비로소 알았다. 하준이 호수에서 그랬던 것처럼 스스로 죽음의 시간, 즉 그림자 시간으로 들어가라는 것을.

하준이 호수 안에서 어떤 일이 있었는지는 알 수 없지만 새로운 삶을 얻은 것만은 분명했다. 이상한 것은 규민이었다. 규민은 반대로 건강이 좋지 않은 모습이었고, 호수에서 나온 이후 환영을 보았다. 소녀의 모습과 대영이 기억하는 죽음의 순간을. 그런 흔적을 남긴 것은 당연히 인아다.

왜 인아는 규민에게 그런 환영을 보여준 걸까. 규민은 자신이 죽는 죽음의 기억에 존재하는 대영에게 안 좋은 감정을 갖고 있다. 그 환영을 본 규민은 대영을 없애라는 의미로 받아들였을 것이다. 대영이 죽으면 대영의 그림자도 죽고 그러면 자기는 살 거라고 생각한 것이다. 하지만 실제는 규민의 심리를 이용해 인아가 대영에게 보낸 메시지였다. 대영에게 살 수 있는 방법을 시작할 때라는 의미였다.

인아가 남긴 흔적은 또 있었다. 규민이 아내와 했다는 통화, 준식과 규민이 쇼핑몰에서 목격한 인아. 모두 현실의 존재가 그림자 시간에 연결되는 순간을 인지할 수 있게 인아가 남긴 흔적이었다.

서인아는 왜 내게 살 수 있는 방법을 알려 준 걸까. 미래 자신을 살해한 공범인 나를 알고 있을 그녀가 굳이 나를 찾아와 그런 말을 할 필요는 없다. 게다가 살 수 있다는 그 방법은 대영이 하준을 공격하는 것이다. 그녀가 살 방법이 있다고 말한 다른 의도가 분명 있지만 그걸 모르겠다. 아니, 의도가 있다고 해도 지금 그게 중요한 게 아니다. 나는 살기 위해서 뭐라도 해야 한다. 기억 속 미래의 나처럼 나는 다시 빈털터리가 되었고, 다시 하준을 죽여야 한다. 하준과 나는 그런 운명인가 보다.

하준의 정신이 돌아왔는지 2층에서 부스럭거리는 소리가 들렸다. 이제 본격적으로 생존을 위한 게임을 시작할 시간이다. 속절없이 사는 따라지 목숨. 어차피 막다른 절벽 끝에 서 있다. 뛰어내리거나 다시 돌아가야 하는 두 선택지지만 결과는 하나다. 일단 들어가 보자, 그 그림자 시간으로.

24

하준의 의식이 돌아왔다. 아직 어둠 속이다. 하준은 조금 전 상황을 되짚었다. 으슬으슬 서늘한 추위를 느낌과 동시에 눈앞이 시커먼 어둠으로 채워지더니 순식간에 정신을 잃었다. 정신을 잃기 전 아주 잠깐 거울에 비친 소녀의 모습을 보았다. 호수에 빠졌을 때 본 환영 속의 소녀 같았다. 소녀의 등장과 함께 어둠이 덮치며 정신을 잃었다. 준식이 죽기 전에 보았다는 소녀와 같은 존재일까. 짙은 어둠을 후후 불어내는 것 같은 빛이 조금씩 스며 들어 왔다.

하준은 가늘게 눈을 떴다. 뿌연 눈앞에 빛이 펼쳐져 있었다. 카펫처럼 펼쳐진 연한 주홍 빛깔 위로 알롱달롱한 구슬을 수놓은 듯한 그림이었다. 예상 밖의 광경에 하준은 꿈속에 머물러 있는 것 같았다.

눈을 몇 번 더 깜빡이자 몽롱한 정신이 현실과 맞물렸다. 천장에 달라붙어 있는 빛의 예술, 그것은 집 밖에서 들어온 불빛이 샹들리에와 부딪치며 만든 예술작품이었다. 하준은 눈동자를 굴려 주위를 둘러보았다. 어렸을 때 왔던 농장 집이다.

벽에 기대있는 하준이 몸을 움직이려 하는데 팔과 다리 어느 하나 제대로 움직여지지 않았다. 두 손은 뒤로 결박되어 있었고, 벽 한쪽에 자리 잡고 있는 묵직한 장식장의 다리 부분에서 기어 나온 줄은 하준의 한쪽 발목에 연결되어 있었다. 목에서도 서늘한 감촉이 느껴졌다. 하준의 목을 감은 줄의 끝은 천장을 가로지르는 통나무 보를 지나 저만치에서 축 처진 뱀처럼 늘어져 있었다.

누군가 계단을 오르는 소리가 들렸다. 삐거덕거리는 소리가 부서지기 직전 굴러가는 고물 수레바퀴 소리처럼 들렸다. 하준은 계단이 있는 곳을 보았다. 2층 거실 바닥에서 페도라가 솟아오르며 대영의 얼굴로 이어졌다. 담배를 물고 터벅터벅 하준에게 걸어온 대영은 한쪽 무릎을 바닥에 접고 앉았다.

"휴, 정말 세상 살기 힘들다. 너도 그렇지?"

대영은 담배 연기를 하준에게 내뱉으며 말을 이었다.

"내 돈 어떻게 빼돌린 거냐?"

"무슨 돈… 이요?"

"모르는 척하기는. 얼마 전부터 인터넷 뱅킹으로 내 돈을 여러 차례 나눠 빼돌렸던데, 바로 네 통장으로."

하준은 방에서 보았던 PC방 영수증과 은행 대기표가 떠올랐다. 하준을 노려보던 대영은 재킷 주머니에서 잭나이프를 꺼내 하준의 바지 뒷주머니에 넣은 후 다시 일어났다.

"그래, 너는 몰랐을 거야. 지금 그게 중요한 건 아니지. 너는 네 그림자를 알지?"

"……"

"뭐, 지금 그런 거 주저리주저리 읊어봐야 별 의미 없는 일이고. 네가 지금 알고 있는 건 뭐야?"

"당신이 나를 죽인 걸 기억해요."

하준의 말에 대영은 짧은 미소를 지었다.

"그래, 그 기억에서도 지금처럼 너는 내 계획에 끼어들었지. 너랑 나랑은 운명적으로 그런 관계인가 보다. 이제 그만 그 관계를 끝내자. 오늘 너랑 만남이 그 이유니까. 전에 내가 네 집에 갔을 때 한 말 기억나니? 다시 만나게 되면 둘 중 하나는 죽는다고 했던 말. 오늘이 그날이야."

규민은 바닥에 버린 담배를 구두로 비벼 껐다. 본격적인 행동을 시작하려는 준비동작이다.

"마지막으로 하나만 묻자. 너 호수에서 무슨 일이 있었지?"

"그게……"

하준은 말을 이을 수가 없었다. 본인도 어떻게 말해야 할지 알 수 없었기 때문이다. 그곳에서 일어난 일은 한마디로 표현할 수 있는 단순한 상황이 아니었다.

"그만두자. 나도 곧 경험할 텐데."

나도 곧 경험할 거라는 대영의 말을 하준은 무슨 말인지 이해하지 못했다. 대영은 의아한 표정을 하고 있는 하준을 보고 피식 웃으며 보에 걸쳐 내려온 줄을 당겨 머리가 들어갈 만한 고리를 둥글게 말았다.

"김하준, 너랑 내가 기억하는 그 시간에서도 지금도 나에게는 돈이 생명이고 인생이고 전부야. 그렇게 소중한 걸 그냥 다른 놈에게 뺏길 수는 없지. 나를 원망하지는 마. 네 그림자를 원망해. 이제 너도 네게 붙어있는 그림자와 작별하자."

하준은 자신을 보며 말하는 대영을 물끄러미 바라보았다. 대영은 굳은 얼굴로 마지막 말을 꺼냈다.

"어이, 그림자! 이제 끝이다!"

하준을 바라보는 대영의 얼굴에 서늘한 미소가 번졌다. 하준이 아닌 하준의 그림자를 향한 미소이리라. 네 생각대로 되지 않을 거라는 필사즉생의 결연한 의지가 감도는 서늘한 미소였다. 미소를 거둔 대영은 무표정한 얼굴로 2층 난간으로 터벅터벅 걸어가더니 고리를 자신의 목에 건 후 난간을 넘어 뛰어내렸다.

예상치 못한 상황에 하준은 놀랄 새도 없이 허공으로 몸이 붕 떠올랐다. 목에 걸려있는 줄이 하준의 목을 뽑을 기세로 팽팽해졌다. 하준의 발목에 묶인 줄도 마찬가지. 하준의 한쪽 발목과 장식장에 연결된 줄은 몸무게가 가벼운 하준을 허공에 고정하기 위한 줄이었다.

손과 발이 묶여있는 하준은 줄 건너에서 덜렁덜렁 흔들리는 대영의 무게를 저항할 방법이 없었다. 대영이 바지 주머니에 넣었던 잭나이프를 꺼내려고 뒤로 묶은 손을 움직였지만 마음처럼 움직여지지 않았다. 목을 압박하는 줄이 하준의 삶의 시간을 빠르게 조여 왔다. 동시에 서늘한 추위도 살갗을 타고 온몸으로 퍼져나갔다.

*

설희가 하준의 집에 도착했을 때 집에는 아무도 없었다.

집이 아니면 마지막은 사진 속 장소인 농장 집이겠지.

하준의 집에서 냅다 달린 설희의 차가 농장 집에 도착했다. 집 앞에 주차된 대영의 차가 집 안을 향해 헤드라이트를 비추고 있었다. 차가 멈추자 조수석 의자에 널브러져 있던 규민이 언제 정신이 돌아왔는지 안전벨트를 풀고 흐느적거리며 차에서 내렸다.

농장 집으로 걸어가는 규민은 술에 취한 사람처럼 균형을 잡지 못하고 비틀거리며 몇 걸음을 걷다가 고꾸라졌다 다시 일어났다. 그는 추운 듯 몸을 움츠리며 재킷을 여미고 비틀비틀 농장 집으로 들어갔다.

차에서 내린 설희는 집 안으로 들어가기 전, 혹시라도 발생할지 모를 미스터리한 상황을 증거로 남기기 위해 휴대전화를 꺼내 동영상 녹화를 시작했다.

집 안으로 들어가자 살풍경스런 장면이 눈앞에 펼쳐졌다. 허공에서 흔들리고 있는 두 사람. 거실 위에는 대영이, 2층 위에는 하준이 매달려 있었다. 집 밖에서 들어온 헤드라이트 불빛 때문일까, 설희의 눈에는 허공에서 컥컥거리며 죽음에 저항하는 두 사람의 모습이 조명을 받으며 현실감 넘치는 연기를 하는 배우처럼 보였다.

설희는 잠시 넋을 잃고 두 사람이 매달려 있는 천장에 휴대전화를 고정한 채 서 있었다.

"형사님, 뭐 하세요! 빨리 2층으로 가세요!"

설희의 행동이 못마땅했는지 규민은 불만 가득한 목소리로 소리쳤다. 그 소리에 정신을 차린 설희는 집 안의 상황을 휴대전화에 담으며 계단을 빠르게 올랐다. 2층에 오른 설희는 휴대전화를 장식장 한쪽에 기대 세워놓고 하준의 발목에 묶여있는 줄을 잡았다. 너무 팽팽해 손으로 매듭을 풀기에는 역부족이었다.

"원장님! 거실이나 주방에 칼이나 가위가 있나 찾아보세요!"

설희는 장식장의 서랍을 뒤적거리며 1층에 있는 규민을 향해 큰소리로 외쳤다. 장식장 서랍 안에는 아무짝에도 쓸모없는 쓰레기만 가득할 뿐 줄을 자를만한 날카로운 물건은 없었다. 버둥대던 하준의 발 움직임이 조금씩 수그러들고 있었다. 1층에 있는 규민에게서 아무런 답이 없었다.

"하준 씨, 조금만 기다려요."

설희는 난간으로 와서 1층을 내려다보았다. 조금 전까지 그래도 멀쩡했던 규민이 의식을 잃고 거실 가운데에 쓰러져 있는 게 아닌가.

"원장님! 정신 차려보세요!"

죽은 듯 누워있는 규민은 설희의 외침에 아무런 반응이 없었다.

아, 벽에 걸려있는 깨진 거울. 거울 유리조각으로 자르면 되겠다.

벽에 걸려있는 거울이 생각나 몸을 돌리는 순간, 설희의 가슴으로 강한 충격이 날아왔다.

＊

하준은 눈을 떴다. 눈앞은 온통 흑백의 세상이었다. 거짓말처럼 목이 조여 오는 느낌은 사라졌고 몸은 허공이 아닌 바닥에 누워있었다. 하준은 직감적으로 현실이 아닌 다른 시간이라는 것을 알았다.

"Welcome!"

중저음의 남자 목소리에 몸을 일으키려고 했지만 몸이 바닥에 달라붙어 있는 것처럼 움직일 수 없었다. 자유로운 것은 눈동자뿐. 어둠에 스며든 거무스레한 남자의 모습이 보였다. 대영이었다. 그가 우두커니 서서 하준을 내려다보고 있었다. 이 상황이 낯이 익었다. 친구들과 농장 집에 갔을 때, 계단에서 구른 후 누워있는 자신을 검은 형체가 내려다보던 상황.

"당신은 장… 대…"

"잭이라 불러. 그 친구와 나는 엄연히 다른 존재니까."

"다른 존재?"

"엄연히 다른 시간에 존재하니까 장대영과는 다르다고 해야겠지."

"여기가 그림자 시간… 당신은 내 그림자?"

"왜, 내가 네 그림자라니까 끔찍하니? 그래, 여기는 그림자 시간이야. 네가 거울을 볼 때 내가 말한, 미래의 네가 만든 복수와 증오의 시간."

내가 만들었다고? 어떻게…….

하준은 몸을 일으키려고 발버둥을 쳤지만 방금 전 현실에서 결박되었던 것처럼 몸은 말을 듣지 않았다.

"헛수고하지 마. 이곳은 내 시간이야. 내가 원하는 대로 할 수 있어. 너는 그렇게 누워 있다가 조용히 사라지면 돼. 이렇게 있으니까 예전 너를 처음 본 그 날이 생각나네. 너도 기억하지? 네 눈이 안 보이기 시작한 날."

"그것도 당신이 한 거예요?"

"그래, 살짝 장난을 좀 쳤지. 나를 죽이려고 한 너에게 작은 복수를 한 거야."

"그때 내가 본 소녀는 누구죠?"

"소녀? 아, 그 소녀. 너를 농장 집으로 유혹하려고 미인계를 썼어. 사내들은 애나 어른이나 다 똑같으니까. 네가 나를 죽이려고 한 이곳에서 내 존재를 알려주고 싶었거든. 그때부터 나는 지금 이 순간을 기다리며 살았어."

"당신은 어떻게 내 그림자가 된 거죠?"

"그건 기억에 없나 보네. 말로 설명하기에는 어려워. 날 네 그림자로 만든 것도 다름 아닌 너라는 것만 알아둬. 신기하지? 다른 누군가의 그림자가 된다는 거."

"그게 어떻게 가능하죠?"

"그 시간을 만든 네가 모르는 걸 내가 어떻게 알겠어. 그 시간에서 네가 나를 죽이려고 했고 여차저차 해서 내가 네 그림자로 태어나게 됐어. 내 의지는 하나도 없었지. 눈을 다시 뜨니까 내가 네 그림자가 되어 있었어. 네 그림자에서 벗어나려고 하는데 네가 호수에 들어갔다 나온 후 이상하게 꼬여버렸지. 누군가가 고춧가루를 뿌렸어. 그것도 아주 매운 고춧가루를. 누가 그랬는지 너는 모르냐?"

하준은 눈만 껌벅거렸다.

"그 존재가 너에게 새로운 삶을 선물하려고 하는 거 같은데 그렇다고 뭐가 달라질까? 시간만 조금 더 걸리는 것뿐이지. 지금은 네가 나를 죽이려고 했던 그 시간과 완전히 달라. 그때 나는 아무것도 몰랐지만 지금 나는 그림자 시간에서 뭐든 할 수가 있거든. 여기서는 내가 신이라고. 다 네 덕분이야."

"장대영이란 남자는 어디에 있는 거죠?"

"그 친구? 어딘가에 있겠지, 죽음을 기다리면서. 사실 내가 그 친구를 부른 거야. 너를 이 시간으로 데리고 오게 하려고. 그 친구도 목적이 나와 같거든. 그런데 안 그래도 될 뻔했어. 무슨 말인지 몰라? 바나나가 너랑 나를 다시 연결해 주는 바람에 그 친구 도움이 필요 없게 됐다는 말이야."

"내 눈을 멀게 한 것도, 어릴 때 꿈에서 내 목을 조른 것도, 장례식 때 눈물을 막은 것도, 복지관에서 싸운 것도, 강준식이란 남자의 죽음도 당신이 한 건가요?"

"강준식? 내가 그 친구를 죽일 이유가 있나. 그 친구는 자기 미래의 운명을 자연스럽게 만난 것뿐이야. 너도 원래 그랬어야 하는데 안 된 거지. 자, 이제 우리의 관계를 끝낼 시간이다. 나를 원망하지는 마. 이 이상한 세상을 만든 너 자신을 원망하라고. 너도 다른 그림자를 달고 사는 게 고통이잖아. 우리는 운명적으로 함께 할 수 없는 사이야. 나는 너로. 너는 원래 있어야 할 죽음의 시간으로 가자고. 사실, 지금까지 너를 있게 해준 게 나야. 서인아가 죽고 나서 자살까지 생각한 너를 위로한 게 다름 아닌 나라고. 나도 네 삶에 어느 정도 지분은 있으니까 나를 원망하지는

마. 후후후."

　몸을 돌린 잭은 현실의 하준이 매달려 있을 시커먼 천장을 올려다보았다. 천장을 바라보고 있는 잭은 곧 다가올 순간의 기대감으로 입가에 미소가 맴돌았다. 잭의 몸이 떠오르기 시작했다. 그 순간 어둠 저편에서 누군가 달려오는 실루엣이 어렴풋하게 보였다.

＊

　규민은 눈을 떴다. 눈앞이 침침했다. 어둠에 서 있는 이곳이 죽음의 시간이라는 생각이 들자 서늘한 기분이 들었다.

　농장 집에 들어올 때 몸 상태는 죽음으로 들어가기 직전의 상황이라는 것을 느낄 정도로 최악이었다. 농장 집 안에는 무엇이 기다리고 있을까 궁금했다.

　대영이 호텔에서 나가기 전 집에 도착했냐는 신 일병과의 통화는 하준의 집을 가리키는 것이었다. 어떻게 알고 호텔에 왔는지 모르겠는 설희에게 하준의 집으로 가자고 했다. 죽음의 그림자에서 벗어나는 방법을 알고 있다고 말한 대영의 계획이 보고 싶었기 때문이다.

　농장 집에 들어왔을 때 허공에 뜬 두 사람을 보고 대영이 한 행동의 의도를 알았다. 스스로 그림자 시간으로 들어가려고 한 것을. 대영은 왜 하준과 같이 죽음의 시간으로 들어가려고 한 걸까. 하준과 함께 목을 맨 이유가 하준의 그림자가 되려고 한 건가.

348

어둠과 하나가 되자 규민이 서 있는 거무스레한 주위가 눈에 들어왔다. 벽에는 술병들이 즐비하고 반대쪽은 테이블 몇 개가 놓여있는 술집 같은 공간. 환영에서 호텔 방 안으로 들어갔을 때 본 그 공간이었다.

대영이 눈을 뜬 장소는 농장 집이 아닌 자신의 아지트였다. 바로 대영이 기억하고 있는 죽음의 장소다. 농장 집일 거라는 예상과 달리 자신이 기억하는 죽음의 기억 속 장소에, 게다가 하준도 보이지 않자 생각한 대로 되지 않을 거라는 불길함이 대영을 엄습했다.

서인아가 나를 속인 건가.

순간 인기척이 느껴졌다. 먼발치에 한 남자가 서 있었다. 규민이었다.

박 원장, 저 친구가 왜 이곳에.

이런 생각을 할 때 목이 조여 오기 시작했다. 죽음의 기억이 시작된 것이다. 다가오는 죽음에 저항할 수 없었다. 조각상처럼 굳은 몸으로 죽음을 받아들여야 하는 상황. 이 상황이 곧 현실의 자신에게 이어질 것이다.

"살…려줘. 박… 원장……"

규민의 눈앞에는 환영에서 본 상황이 펼쳐지고 있었다. 그 장면을 물끄러미 바라보다 대영에게 천천히 다가갔다.

저 상황으로 현재의 장대영이 죽는다는 거군. 자기 계획대로 되지 않았나 보지? 내가 뭘 어떻게 도와줄 수 있다고 그래. 아니, 도와줄 필요는 없어. 나를 죽이려고 하는 건 어찌 됐든 저 녀석이야. 저 녀석이 사라지면 나를 죽이려고 한 기억도 사라질지 몰라.

숨이 막혀 컥컥거리는 대영은 두 손으로 목을 조르는 줄을 떼어내려는 동작을 하면서 바람 빠지는 듯한 목소리로 살려달라고 중얼댔다.

굳은 듯 몸을 움직이지 못한 채 자신의 목을 잡고 살려달라고 사정하는 대영의 모습을 보며 규민은 왠지 모를 쾌감이 느껴졌다. 그토록 거만하고 당당하던 대영도 죽음 앞에서는 아무것도 할 수 없는 무기력한 존재였다. 네가 죽으면 나는 죽지 않을 거라는 생각이 들며 왠지 모를 우월감도 느껴졌다.

너는 사는 방법을 알고 있다면서 왜 그러고 있는 거야.

규민은 대영의 처절한 모습을 보고 싶은 마음에 한 걸음 더 그의 앞으로 다가갔다. 순간 이상한 징후가 느껴졌다. 다른 감정이 스며들어 오는 기분이었다. 바로 대영의 감정이었다. 그가 지금 느끼는 간절한 바람이 규민 자신의 마음처럼 느껴졌다. 규민은 자신과 대영의 상황이 서로 연결되는 게 아닌가 생각했다.

그런 생각을 증명이라도 하듯 죽음의 기억에 무너지는 대영을 보며 그에게 품었던 증오심도 조금씩 수그러들었다.

규민은 다시 한걸음 움직였다. 규민의 의지가 아닌 걸음이었다. 호흡이 자연스러워지는지 먹이를 먹으려는 물고기처럼 벙긋거리며 탁한 숨소리를 내던 대영의 입에서 편안한 숨이 흘러나왔다.

목이 조여 오는 순간, 규민의 등장이 대영에게는 한 줄기 빛처럼 느껴졌다. 규민의 등장만으로 숨통이 트였기 때문이다. 바싹 조여 있던 나사가 풀리듯 목을 조르고 있는 족쇄가 조금씩 느슨해지고 있었다.

규민이 자신에게 다가올수록 대영도 다른 감정을 느꼈다. 자신을 조롱하고 있는 규민의 마음이었다. 대영은 그런 규민의 마음이 싫지 않았다. 숨을 쉴 수 있다는 것만으로도 고마웠다.

서인아가 박 원장에게 내가 죽는 지금 이 상황을 환영으로 남긴 이유가…… 나와 박 원장의 시간을 만나게 하는 거였어. 다른 시간과 연결되면서 나에게 있던 죽음의 저주가 사라지도록. 박 원장에게 남긴 기억이 이렇게 실현될 줄이야.

그런데 왜 서인아는 나를 도우려고 하는 걸까. 내가 하준의 그림자를 제거하고 그 자리에 들어가려고 하는 것을 알고 있었을 텐데. 이것을 서인아가 몰랐을 리가 없어. 그렇다면 그녀는 이것을 알고도 나를 돕는다는 건데. 그럼, 다음은 뭐가 기다리고 있는 걸까. 일단 이 상황에서 벗어나야 한다. 박 원장, 조금만 더, 조금만 더……

대영의 바람을 읽은 규민은 한 걸음 한 걸음 대영에게 다가왔다. 대영의 예상대로 목을 조여 오던 죽음의 그림자는 사라졌다. 정신을 차리고 주위를 둘러보니 다시 어둠이 가득했다. 규민은 사라지고 없었다.

대영은 어둠이 둘러싼 자신의 주변을 훑었다. 멀지 않은 곳에서 움직임이 느껴졌다. 자신의 목소리가 어둠 저편에서 흐릿하게 들렸다. 내 그림자다. 하준 안에 있던 내 그림자.

대영은 갈망하던 순간을 보게 될 생각에 가슴이 두근거렸다. 어둠이 눈에 익자 자신이 있는 공간이 농장 집이라는 것을 알게 됐다.

보인다. 저기에 내가 보인다. 내 그림자. 나를 이렇게 만든 놈.

대영은 어둠 속으로 뛰어갔다.

*

하준은 어둠을 뚫고 갑자기 달려든 대영을 보고 놀랐다. 분노에 찬 얼굴을 한 그는 허공으로 솟아오르는 잭의 다리를 붙잡았다. 잭을 잡은 대영의 발끝이 거실 바닥에서 살짝 떠올랐다.

"너 어떻게 여기 온 거야?"

허공에 뜬 잭이 대영이 잡고 있는 다리를 흔들며 소리쳤다.

"네 마음대로 될 거 같아!"

대영은 악착같이 잭의 다리를 붙잡았다. 그때 집 안에 다른 존재가 나타났다. 거실 가운데 교복을 입고 있는 한 소녀가 우두커니 서 있는 게 아닌가. 하준이 호수에 빠졌을 때 환영에서 보았던 소녀였다. 소녀 뒤로는 바람에 날리는 커튼처럼 빛이 하늘거렸다.

소녀의 등장과 함께 변화가 시작됐다. 집 안을 가득 채우고 있는 어둠이 조금씩 묽어지기 시작한 것이다. 변화는 하준에게도 있었다. 바닥에 꼼짝 못 하게 달라붙어 있던 마법이 서서히 풀렸다. 하준은 자리에서 일어나 현재 벌어지는 상황을 지켜보았다.

빛의 소녀는 잭과 대영이 있는 곳으로 걸어갔다. 소녀가 걸을 때마다 어둠의 영역은 빛이 차지했다. 빛이 잭과 대영이 있는 곳으로 스며드는 순간 허공에 매달려 있던 잭과 대영이 거실 바닥으로 떨어졌다. 그들도 느닷없이 등장한 소녀를 보고 놀란 표정이었다.

의문의 소녀는 현실의 하준이 매달려 있을 자리 아래에 섰다. 빛은 이제 농장 집 구석구석을 확인할 수 있을 정도로 가득했다. 소녀는 고개를 들어 어슴푸레한 천장을 올려다보았다.

무슨 일이 펼쳐질까, 하준은 숨을 죽이고 소녀를 바라보았다. 그때 허공에서 시커먼 물체가 소녀 앞으로 떨어졌다. 검은 실루엣만 보이는 존재가 소녀와 마주섰다. 검은 형체가 소녀가 아닐까 하는 생각이 들 정도로 둘은 닮아 보였다. 바닥에 있어야 할 그림자가 일어난 모습 같았다.

검은 형체의 등장과 함께 폭포수처럼 쏟아져 내린 어둠은 거실을 채우고 있던 빛을 빠르게 몰아냈다. 뒤섞이지 않는 물과 기름처럼 빛과 어둠은 마주하고 있는 두 소녀를 경계로 나누어진 채 대립하는 것처럼 보였다. 마주보고 있던 두 소녀가 하나로 엉켰다. 서로의 목을 움켜잡은 두 존재는 힘 싸움을 하는 것처럼 보였다.

두 존재의 움직임에 따라 어둠과 빛이 휘몰아치며 눈앞을 어지럽게 했다. 토네이도처럼 회오리바람을 일으킬 것 같은 빛과 어둠의 대결은 생각보다 빨리 마무리됐다. 어둠이 빛을 삼키며 끝나 버린 것이다. 농장 집은 순식간에 다시 어둠에 잠겼다.

어둠은 농장 집에 있던 존재들도 삼켰다. 어둠에 잠긴 하준은 붕 하니 허공에 몸이 뜨는 기분이 드는 것과 동시에 집밖에 켜 있는 헤드라이트 불빛이 조금씩 거실로 스며들고 있는 것이 느껴졌다. 현실로 돌아온 것이다. 그것을 인지하자마자 하준은 숨이 막혔다.

＊

설희는 미간을 찌푸리며 눈을 떴다. 조금 전 갑작스런 하준의 공격으로 설희는 난간을 타고 넘어 1층 거실 바닥으로 떨어졌다. 그때 바닥에 부딪힌 머리가 지끈거렸다.

몸을 일으킨 후 관자놀이를 손가락으로 누르며 주위를 둘러봤다. 거실에 앉아있는 사람들의 표정에서 사건이 종료되었음을 알 수 있었다.

정신이 돌아온 규민은 소파에 기댄 채 멍한 표정으로 몇 미터 떨어져 있는 대영을 바라보고 있었고, 대영은 1층 거실로 떨어질 때 발목이 접질렸는지 발목을 붙잡고 고통스러운 얼굴을 하며 누워있었다. 2층 천장에 매달려 있던 하준의 모습은 보이지 않았다.

설희는 자신의 손목시계를 보았다. 적지 않은 시간이 흐른 것 같았는데 기껏 10분 남짓 지난 후였다. 자리에서 일어난 설희는 서둘러 2층으로 올라갔다. 2층 거실 바닥에는 정신을 잃은 하준이 엇누워 있었다. 하준의 목에 걸린 빨랫줄의 끝을 보니 날카로운 칼이나 가위로 자른 게 분명했다. 제3자가 집에 들어온 증거다.

하준의 코끝에 손을 대보았다. 다행히 숨은 쉬고 있었다. 하준의 이름을 부르며 흔들었다. 정신이 돌아온 하준은 참았던 숨을 내쉬는 것처럼 격한 숨을 내뿜었다.

"괜찮아요?"

하준은 숨을 고르며 고개를 끄덕였다. 그때 구급차가 다가오는 요란스런 소리가 멀리서 들렸다.

잠시 후 구급차의 경보등 불빛이 도착을 알렸고, 구급대원이 현관문을 열고 들어왔다. 설희는 2층에서 1층 상황을 지켜보았다. 구급대원 뒤를 따라 들어온 조 형사가 집 안을 둘러보며 설희의 이름을 불렀다.

"선배님, 여기요."

조 형사는 2층 난간을 올려보며 괜찮냐고 물었다.

"예, 선배님. 여기는 어떻게 알고 오신 거예요?"

"어떤 여자가 경찰서로 전화를 했어. 여기에 유 형사가 있을 거라고. 위험하니까 빨리 가보라고 하더라고. 유 형사, 정말 괜찮은 거야? 왜 전화도 안 받아."

어떤 여자? 아, 내 휴대폰. 장식장에 놓아둔 휴대전화는 이미 사라지고 없었다. 구급대원은 다리를 다친 대영을 먼저 구급차에 실었고 이어서 규민과 하준도 구급차에 실려 갔다.

25

병원에서 나온 설희는 차에 오른 후 하준의 집을 향해 가속 페달을 밟았다.

설희는 방금 대영을 만났다. 농장 집에서 발목을 다친 대영은 입원 후 치료를 받았고 오늘 퇴원한다.

"장대영 씨가 기억하고 있는 거 이제는 말해줄 수 있지 않나요?"

진지하게 묻는 설희와 달리 페도라를 쓴 채 침대에 기댄 대영은 귀찮다는 표정이었다.

"형사님이 찾는 게 제 어떤 기억인가요? 제가 기억하는 건 우울한 제 과거의 기억밖에 없는데. 그거라도 말씀드릴까요?"

작정하고 딴소리를 하겠다는 듯 대영은 비꼬는 말투로 대답했다. 설희가 아무런 증거가 없다는 것을 알고 있는 대영은 한쪽 무릎에 걸쳐 올린 발을 까딱거리며 설희를 본체만체했다.

"그날 농장 집에서 김하준 씨를 정말 죽이려고 한 건가요?"

"하하하, 무슨 말씀이세요. 형사님, 저 그렇게 사악한 사람 아닙니다."

"그럼 왜 목줄을 서로의 목에 걸었던 거죠?"

"그날 저와 김하준 목에 걸려있던 줄은 다른 사람이 한 거라니까요. 제가 왜 제 목에 줄을 걸겠습니까, 죽을 생각도 없는데."

입원하기 전 조사에서 대영은 자신도 정신을 잃고 누군가에 납치되어서 농장 집으로 갔다고 뻔뻔하게 거짓말을 했다.

"형사님, 찾고 싶은 게 있으면 영장을 가지고 와서 제대로 털어 보세요."

대영은 이제 그만하자는 선을 그었다.

"농장 집에 또 다른 사람이 들어온 거 같은데 장대영 씨는 못 보셨나요? 누군가 줄을 끊었거든요."

"그래요? 글쎄… 모르겠습니다."

대영은 정말 모르는지 그 사람이 누구냐는 표정으로 설희를 쳐다보았다. 큰 기대를 하지 않았지만 부스러기 같은 진심이라도 내심 기대했던 설희는 질문을 포기하고 자리에서 일어나려는데 대영이 뜬금없는 질문을 던졌다.

"형사님, 혹시 최근에 이상한 기억 떠오른 게 없나요?"

"이상한 기억이요?"

"없으면 말고요."

대영은 께름칙한 웃음을 지은 후 계속 만지작대던 휴대전화로 시선을 돌렸다.

농장 집에서 다친 대영에게 적용할 마땅한 혐의는 없었다. 굳이 한다면 호텔에서 규민을 폭행한 폭행죄였다. 그마저도 규민이 별일이 아니라고 하는 바람에 떠들썩하게 보인 사건은 초등학생이 마트에서 절도를 한 사건보다도 허접한 사건이 되어버렸다.

설희가 위험하다며 공중전화로 신고를 한 여자도, 하준과 준식을 매달고 있던 줄을 끊은 사람도 누군지 모른다. 농장 집에 들어가며 촬영한 설희의 휴대전화도 감쪽같이 사라졌다. 줄을 끊은 사람이 휴대전화를 가져갔을 것이다. 대영의 거짓말을 반박할 증거가 하나도 없는 설희는 거짓말로 일관하는 대영을 추궁하기가 곤란했다.

농장 집 사건 후 설희는 하준과 규민, 대영을 조사하면서 이들의 얼굴에서 제각기 다른 소회를 느꼈다. 하준은 뭔가 찝찝함을 감추는 인상이었고, 규민은 홀가분해하는, 대영은 아쉽지만 괜찮다, 라는 느낌이었다.

세 사람의 공통점이라면 농장 집에서 일어난 일에 대한 질문에 입을 맞추기라도 한 듯 모른다, 기억이 나지 않는다는 대답으로 일관하는 점이었다. 설희는 다른 누구보다 하준의 태도를 가장 이해할 수 없었다. 그는 대영의 공격 타깃이었다. 가장 적극적으로 자신의 억울함을 토로해야 할 그가 왜 농장 집에 갔냐는, 사건의 시작이라 할 수 있는 질문에조차도 잘 모르겠다면서 대답을 얼버무렸다.

무슨 이유로 아무 일이 없던 것처럼 입을 닫은 걸까. 말할 수 없는 진실을 알게 된 것일까.

아무튼 농장 집에서 일어난 일은 결과적으로 아무 일도 아닌 게 되어버렸다. 죽은 사람도, 크게 다친 사람도 없다. 오히려 농장 집에 들어가기 전 금방이라도 죽을 것 같았던 규민은 이전의 건강한 모습을 되찾았다. 어떻게 다시 건강해졌냐는 설희의 질문에 규민은 자신도 모르겠다면서 히죽 웃었다.

세 사람 모두 꿍꿍이속이 있는 게 분명하지만 설희가 알아낼 방법은 없다. 설희는 수사 결과와 상관없이 나름대로의 결론을 내렸다.

하준과 준식이 언급한 다른 시간의 존재는 증명할 수는 없지만 가능성은 충분하다. 인아와 준식의 의문스러운 죽음이 그 증거다. 다른 시간의 정체가 무엇이고 어떻게 탄생했는지 알 방법은 전혀 없다. 현실에서 죽음이 생긴 과정 역시 직접 경험해 보지 않는 한 절대 알 수 없을 것이다.

인아와 준식, 하준의 노화 현상은 다른 시간에 존재하는 죽음에 가까워지는 흔적이리라. 죽음에서 해방된 하준과 규민은 그 흔적이 사라지며 건강을 되찾았고, 준식과 인아는 그렇지 못한 차이만 있을 뿐이다.

이제 준식의 사건도 인아 사건처럼 의문사로 마무리된다. 설희가 백방으로 뛰어다녔지만 이런 결과는 처음부터 예정되어 있었을지 모른다. 설희가 할 수 있는 것은 이제 없다. 해소되지 않은 의문이 한동안 설희를 괴롭힐 것이다. 인아와 준식의 두 사건과 어떤 연관이 있을 줄 알았던 불탄 시신은 설희의 꿈에 단골손님으로 등장할 것이고, 음성메시지에서 들은 내가 죽으면 타살이라는 준식의 목소리도 불쑥불쑥 튀어나올지 모른다.

인아가 말했던, 설희를 지키는 시간이라는 8시 30분의 의미역시 마찬가지다. 시계를 볼 때마다 인아가 한 말이 물음표와 함께 떠오를 것이다. 평생 괴롭힐 것만 같은 저 시간의 굴레에서 과연 자유로워질 수 있을까. 모든 해답은 정체 모를 다른 시간 안에 있을 텐데. 설희가 찾아낼 방법은 이제 없다.

＊

　도서관에서 나온 하준이 스쿠터에 오른 후 헬멧을 쓸 때 설희의 전화가 왔다.

　"예. 형사님."

　"이제 건강은 괜찮은 거죠?"

　"예. 현관문 열어놓고 다닐 일은 이제 없을 거 같네요."

　"지금 하준 씨 집으로 가려고 하는데 괜찮아요?"

　"그럼요. 언제든 오세요."

　설희와 통화가 끝나기가 무섭게 휴대전화가 이어서 울렸다.

　"어, 형. 지금 집에 가려고. 이삿짐은 다 옮긴 거야?"

　"짐이 별로 없어. 볼 일이 있어서 일단 짐을 마당에 내려놓고 나왔어. 돌아가서 내가 정리할 테니까 그냥 놔둬."

　전화를 건 경준은 하준이 도서관에서 공부를 하며 알게 된 사람이다. 자주 마주치다 보니 하준이 먼저 인사를 건넸고 금세 친해졌다. 경준은 하준처럼 수능을 준비하고 있는 나이 많은 수험생이다. 경준이 고시원 생활이 지겹다며 월세방을 구한다기에, 하준은 자신의 집에 방이 하나 남는데 고시원보다 싸게 해줄 테니 들어오라는 말을 반농담으로 건넸다. 경준이 기다렸다는 듯 당장이라도 들어가겠다고 하는 바람에 순식간에 구두계약이 이루어졌다.

　스쿠터를 타고 집으로 향하는 하준의 얼굴에서 죽음의 그림자는 사라졌다. 농장 집에서 경험한 신기한 사건 이후 하준은 자신과 연결된 그림자에서 완전히 해방되었다. 그렇다고 홀가분한 기분은 아니었다.

인아가 노트에서 말했던 그림자와 그림자 시간은 농장 집에서 경험한 사건으로 모든 것을 알게 되었다. 하준이 물에 빠져 허우적거리던 꿈과 준식이 추락하는 꿈, 어린 시절 인아의 가슴을 만졌던 꿈, 대영 아지트의 도어록 비밀번호가 떠오른 일은 그림자 시간의 존재가 하준과 가까워져 일어난 상황이라 정리했다. 하준에게 떠오른 미래의 기억 역시 그림자 시간을 통해서 전달되었고, 인아도 그림자 시간을 통해 지금 일어나는 일들을 알고 있었을 거라 추측했다.

호수에서 경험한 이상한 상황도 그림자 시간과 관련되어 있을 것이다. 미래에서 죽었을 또 다른 자신과의 만남. 그것을 통해 하준은 새로운 삶을 얻었다. 하준은 자신이 호수에서 경험한 상황은 다른 그림자 시간과 연관된 게 아닐까 생각했다. 죽음이 그림자 시간과 연결된 것처럼 삶과 이어진 다른 그림자 시간과 연결된 것이라면 가능한 일이 아닐까. 농장 집에서 보았던 빛의 소녀가 새로운 시간 속 존재라면 과도한 추측일까.

하준의 가장 큰 의문은 농장 집에서 본 소녀로 추측되는 검은 형체였다. 하준이 매달려 있던 천장에서 떨어지듯 내려온, 빛의 소녀를 닮은 검은 형체.

그 검은 형체 소녀도 분명 내 안에 존재하고 있었어. 하지만 나는 소녀의 존재를 느낀 적이 없는데. 그렇다면 그 소녀는 잭의 그림자였던 건가.

농장 집에서 검은 형체와 빛의 소녀와 싸움의 마지막을 본 하준은 어둠이 덮치며 다시 현실로 돌아왔다. 그 사건 이후, 그림자 존재의 느낌 없이 온전한 자신의 삶을 살고 있다. 분명 농장 집에서 있던 일로 그림자와 그림자 시간이 소멸된 것이다.

빛의 소녀와 내 안에 있었던 검은 형체의 소녀는 누굴까, 왜 두 존재가 함께 사라진 걸까. 인아 아줌마가 사진으로 남긴 세 장소의 의미 역시 여전히 의문이다. 소녀와 갔을 장소인데 전혀 의미를 모르겠다. 인아 죽음의 비밀을 알려주겠다며 문자를 보낸 사람과 규민을 구하고 호수에서 나왔을 때 느꼈던 세 가지 감정도 정리되지 않았다. 여전히 마음 한구석에 남은 의문들이 바람에 날리는 낙엽처럼 나뒹굴고 있다.

인생이란 게 궁금한 모든 것을 알 수는 없다. 해결할 수 없는 의문을 끝까지 부여잡고 있어봐야 제풀에 지쳐 다시 과거의 암울한 삶으로 회귀할 뿐이다. 그런 의문 몇 개쯤 품고 사는 것도 나쁘지는 않을 거라고 하준은 스스로를 위로했다.

이런 생각 때문에 하준은 경찰 조사 과정에서 설희에게 농장 집에서 일어난 일을 제대로 말하지 않았다. 설희가 사건의 진실을 알고 싶어 한다는 것은 잘 알고 있지만, 하준 자신도 정리가 되지 않은 일을 설명할 자신이 없었다. 내심 하준의 진술에 기대를 했던 설희는 이해할 수 없다는 듯 조사하는 도중 긴 한숨을 내뱉었다. 오늘 집에 오는 이유도 자신의 궁금한 부분을 묻기 위함일 것이다.

집에 도착한 하준은 대문을 열고 집 안으로 들어갔다. 마당 구석에 노란 상자 몇 개가 사이좋게 모여 있었다. 경준의 말대로 이삿짐은 별로 없었다. 차가 도착하는 소리가 들렸다.

"드릴 게 형사님이 전에 가지고 온 수박밖에 없네요."

하준은 소파에 앉아있는 설희 앞의 탁자에 자른 수박을 내려놓으며 설희 옆에 앉았다.

"고마워요. 오늘 온 이유는 하준 씨가 정말 감추는 게 없나 다시 확인하려고 온 거예요."

당황한 표정의 하준을 보며 설희는 피식 웃었다.

"그런데, 정말 농장 집에서 저를 발로 찬 거 기억 못 해요?"

하준은 말도 안 된다는 표정으로 고개를 가로저었다.

"하준 씨, 그곳에서 일어난 일 정말 말하지 않을 건가요? 허황된 내용이라도 좋아요. 무슨 이야기를 해도 믿고 들을 마음의 준비를 했으니까요."

설희는 수박을 베어 물며 하준의 입을 주목했다. 하준은 농장 집에서 자신이 경험한 것과 추측한 내용들을 말했다. 설희는 하준의 이야기 중간중간 믿을 수 없다는 듯 놀라는 표정을 지으며 하준의 말이 끝날 때까지 끼어들지 않고 듣기만 했다.

"하준 씨는 그 빛의 소녀와 검은 형체의 존재가 사라졌다고 생각하시는 거예요?"

하준의 이야기가 끝나자마자 설희는 가장 궁금한 부분인 듯 소녀에 대해 물었다.

"예. 제 느낌이 그렇거든요. 그런데 이상하기는 해요. 그때 본 검은 형체의 소녀는 내가 되려고 한 것 같긴 한데."

"음… 그러네요. 그렇게 쉽게 포기했다는 게 의문이 들기는 하네요. 들어올 때 보니까 마당에 상자들이 있던데, 무슨 상자에요?"

설희가 거실 창문 밖으로 고개를 돌리며 물었다.

"도서관에서 알게 된 형이 있는데 제 방에서 월세 살기로 했어요. 혼자 살기 심심하기도 하고 돈도 생기고 일석이조라서."

"믿을 만한 사람인가요? 하준 씨가 생각하는 것과 같은 생각을 그 사람이 할 거라고 생각하지 말아요. 나중에 후회하는 일이 생길 수도 있어요."

"걱정 안 하셔도 돼요. 심성이 선한 사람이에요."

"수능 준비는 잘 돼가요? 시험이 몇 달 남지 않았는데."

설희의 질문에 하준은 포기했다는 듯 두 손을 들어 보이며 미소를 지었다.

"올해는 힘들 거 같아요. 준비도 부족했고. 내년에 응시하려고요."

설희는 무슨 공부를 하고 싶은지 물었다.

"아줌마처럼 특수교육을 공부하고 싶어요. 저만큼 그들을 잘 이해할 사람도 없을 테니까요."

고개를 살짝 끄덕인 설희는 다시 사건을 건드리는 질문을 던졌다. 인아 사건의 진실을 알려준다는 문자에 대한 질문이었다.

"문자를 보낸 사람이 누군지 아직 모르죠? 서인아 씨 사건의 진실도."

잠시 밝았던 하준의 얼굴에 음울한 먹구름이 드리웠다. 하준은 자신이 잘못한 것처럼 대답 없이 고개를 숙였다.

"하준 씨, 서인아 씨 죽음에 대해 생각해 봤어요? 왜 익사로 사망했는지."

"그건…… 잘 모르겠습니다."

하준은 호수에서 죽은 미래의 자신이 인아의 그림자가 아닐까 하는 막연한 추측을 했었지만 설희에게 그 생각을 말하지 않았다. 자신이 생각해도 너무 터무니가 없어서다.

"방금 하준 씨가 말한 그림자 시간이 미래를 알려준 거라는 추측은 저도 했었어요."

"형사님도 제 생각에 동의하시는 건가요?"

"믿을 수는 없지만 그런 추측이 그나마 논리적이니까요. 사실… 전에 서인아 씨를 만난 적이 있어요."

우울함으로 흐릿했던 하준의 눈동자가 설희가 인아를 만났다는 말에 또렷해졌다.

"그래요? 언제요?"

설희는 경찰 시험 준비할 때 만났던 인아와의 인연을 말했다. 하준은 신기하다는 표정으로 설희의 말을 주의 깊게 들었다.

"서인아 씨가 하준 씨를 많이 아꼈나 봐요. 건강도 좋지 않고 다리까지 불편한 상태에서 하준 씨를 도운 걸 보면."

"아줌마 다리가 불편했다고요?"

하준의 표정은 말도 안 되는 말이라는 표정이었다.

"모르셨어요? 왼쪽 다리를 다쳐서 절뚝거리셨어요. 제가 만낮을 때도 그랬는데."

"저는 그런 거 못 느꼈는데."

하준은 설희의 말을 믿을 수 없다는 표정으로 혼잣말을 했다. 인아의 다리가 불편했다면 걸음걸이 소리를 통해 불편했다는 것 정도는 눈치챘을 것이다.

"아, 깜박했네. 서인아 씨 얼굴 보고 싶죠? 이 사진 한번 보세요."

설희는 들고 있던 휴대전화를 만지작거린 후 하준에게 건넸다. 호수를 배경으로 찍은 사진이었다. 사진을 보는 하준의 얼굴이 사진 속 인아의 웃는 표정을 따라하려는 듯 입가가 살짝 움직였다.

"박규민 원장 휴대전화에 있던 사진이에요. 그 사진을 복지관 하 팀장이라는 분에게 보여줬는데 그분은 복지관에 왔던 서인아 씨가 아니라고 하더군요."

휴대전화를 보던 하준의 놀란 시선이 빠르게 설희에게 이동했다.

"팀장 말로는 더 젊은 분이라고 했어요."

"그럼, 제가 같이 살았던 사람은⋯ 누구죠?"

"그건 저도 모르죠. 누굴까 저도 궁금하네요."

가라앉은 분위기를 바꾸려고 설희가 창밖을 바라보며 "여기 올 때마다 담에 앉아있던 고양이가 안 보이네요?"라고 물었다.

"⋯죽었어요. 제초제나 농약을 먹었나 봐요. 제가 텃밭에 묻어줬어요."

설희는 아, 하며 짧은 안타까움을 표했다. 분위기를 바꿔보려는 질문이었는데 두 사람 사이에는 칙칙한 분위기가 덧입혀졌다. 설희는 수박을 잘 먹었다면서 자리에서 일어났다.

"하준 씨, 공부 열심히 하세요."

"고맙습니다. 다음엔 제가 식사라도 대접할게요. 저 때문에 고생하셨는데."

"고생은 무슨… 제가 할 일인데요. 다음에 또 봐요."

두 사람은 현관문 앞에서 악수를 나눴다. 악수를 나누는 설희의 시선이 하준 뒤에 보이는 벽에 걸린 시계로 향했다.

"저 시계… 가고 있는 건가요?"

설희의 시선을 따라 하준의 시선도 벽에 걸려있는 시계로 움직였다.

"아뇨, 건전지 교체해야 하는데 아직 못했어요. 그런데 왜……"

멈춘 시곗바늘은 정확하게 8시 30분을 가리키고 있었다.

26

설희는 하준과 인사를 하며 손을 잡았을 때 뭔가 이상한 느낌이 전해졌다. 예전에 사귀던 남자와 처음 손을 잡을 때처럼 작은 설렘의 감정이 앙상한 하준의 손을 타고 전해왔다. 어이없다는 듯 엷은 미소를 지은 설희는 고개를 가로저은 후 차에 올랐다.

방금 전 나눈 대화에서 하준이 인아의 다리가 불편한 것을 몰랐다며 그런 말을 처음 들었다는 표정을 지었다. 분명 하준은 인아가 아닌 다른 여자와 살고 있었다.

하준과 함께 산 여자가 인아가 아니라는 설희의 의심은 처음 하준의 집에 갔을 때 시작됐다. 하준 방의 책장에 꽂혀있던 참고서가 그런 의심을 들게 했다. 다른 책들은 책 윗부분에 먼지가 내려앉아 있었는데 유독 참고서만은 그렇지 않았다. 최근 누군가 집에 온 것이 분명했다. 하준의 책상 위에 놓여있던 점자 노트도 마찬가지. 아마도 하준과 같이 살았던, 인아를 대신한 사람이 왔던 게 아닐까 추측된다. 인아 역할을 한 그 여자는 누굴까. 왜 그랬을까. 규민이 보았다는 인아 유령과 같은 사람일까.

하준의 집에서 나올 때 본 벽에 걸려있는 멈춘 시계. 우연의 일치인지 그 시계의 바늘도 8시 30분을 가리키고 있었다. 불탄 시신 현장을 촬영한 농장 집 사진 속 ─ 인아가 전에 말했던 ─ 시각인 8시 30분. 인아의 사망 추정 시각과도 겹친다. 설희는 자꾸만 그 시간의 굴레에 얽매이는 기분이 들었다.

설희의 차가 횡단보도 앞에 멈췄다. 몇 시간 전 병원에서 대영이 한 말이 떠올랐다. 이상한 기억이 떠오르지 않았냐는 말. 그 말을 하던 대영의 표정은 뭔가를 알고 있는 표정이었다. 그 말이 무슨 의미일까. 혹시 내게도……

"갑자기 왜 이렇게 춥지."

갑자기 몸이 움츠러들 정도의 서늘한 추위가 느껴졌다. 신호등이 바뀌고 설희가 가속페달을 밟으며 좌회전을 하려는 찰나 강한 충격이 설희를 덮쳤다. 유리파편이 우르르 차 안으로 쏟아져 들어왔고 안전벨트를 한 설희의 몸이 요동치며 흔들렸다. 다리에서 올라온 통증은 날카로운 비명으로 바뀌며 입 밖으로 튀어나왔다. 설희는 고통에 일그러진 얼굴로 뻥 뚫린 앞 유리 밖을 내다보았다.

눈앞에 어둠이 자욱했다. 어둠이 주위 풍경에 녹아든 것처럼 세상은 온통 흑백이었다. 흑백의 세상에서 하나의 실루엣이 또렷하게 보였다. 픽업트럭이었다. 방금 설희 차를 들이박은 차다. 바퀴가 설희의 차 높이 정도가 될 만큼의 압도적인 크기였다.

픽업트럭이 다시 설희의 차로 달려들 채비를 하는 듯 부릉부릉 하는 엔진 소리가 설희의 긴장감을 고조시켰다. 그때 운전석에 앉아 있는 남자와 설희의 눈이 마주쳤다. 비웃는 표정을 하고 있는 남자, 그는 장대영이었다. 대영의 얼굴에서 웃음이 사라지고 차가운 살기가 피어났다.

자리를 피하기 위해 설희가 밟은 가속페달은 헛바퀴만 돌렸다. 자리에서 빠져나오려고 허둥허둥하며 안전벨트를 풀려고 했지만 굳게 입을 다문 안전벨트 버클은 설희를 놓아주지 않았다.

다급한 설희의 마음은 또 한 차례 충격으로 무너졌다. 이후 몇 차례 더 운전석을 집중 공격한 픽업트럭은 설희 차가 뒤집어진 후에야 유유히 사건 현장을 떠났다.

몸 이곳저곳에 난 골절로 통증은 한계점을 넘었고 숨쉬기도 힘겨웠다. 설희는 뻥 뚫린 차 앞 유리가 있던 곳을 통해 간신히 밖으로 기어 나왔다. 자동차 밖으로 나온 설희는 도로 위에 드러누웠다. 도움을 청하고 싶지만 휴대전화가 어디 있는지도 모르겠고 몸도 움직일 수 없었다. 지나가는 차조차 보이지 않았다.

도로에 누운 설희는 힘을 잃어가는 호흡을 색색거리며 곧 호흡이 멈출 것이라는 불길한 생각을 했다. 분명 현실과 괴리가 느껴지는 꿈같은 상황이지만 깨어날 수가 없었다. 그때 아스팔트에 누워있는 자신을 내려다보는 시선이 느껴졌다. 경찰 시험 준비할 때 만났던 그 모습 그대로 인아가 설희를 내려다보고 있었다. 그때 입었던 파란색 원피스가 유난히 시원하게 느껴졌다. 지금 이 순간 오직 인아만이 흑백이 아닌 모습이었다. 설희는 자신을 내려다보는 인아의 등장만으로도 안도감과 함께 구원자가 나타난 것처럼 느껴져 눈물이 핑 돌았다.

살려… 주세요…….

설희는 눈빛으로 인아에게 사정했다. 맺힌 눈물이 시야를 가리며 인아의 모습을 일그러뜨렸다. 인아의 모습이 사라지면 자신의 삶도 사라질 것 같아 빠르게 눈을 깜박거리며 눈물을 밀어냈다. 어둠의 장막이 설희 눈앞을 조금씩 가렸다. 인아의 입이 뭐라고 중얼거리는 듯 움직였다. 그 모습을 마지막으로 시커먼 어둠이 설희를 덮쳤다.

어둠을 비집고 들리는 작은 소리가 들렸다. 휴대전화 벨소리였다. 작게 들리는 벨소리가 조금씩 커지더니 설희에게 '차렷'과 같은 구령처럼 들리며 정신을 환기시켰다.

그래, 이건 환영이야. 작게 울리던 벨소리가 급기야 설희의 정신을 흔들어 깨울 정도로 크게 울렸다.

눈을 떴다. 차 앞 횡단보도와 빨간색 신호등이 눈에 들어왔다. 멀쩡하게 차 안에 앉아있는 설희는 어리둥절한 표정으로 주위를 둘러보았다.

꿈이었던 거야? 졸리지도 않았는데 갑자기 이렇게 꿈을 꿀 수가 있나.

설희는 불과 몇 분 전, 꿈꾸기 직전의 기억을 되짚었다. 이상한 점이라고 해봐야 차가 멈췄을 때 몸이 서늘했던 느낌이 전부였다.

혹시… 이게 장대영이 말한 이상한 기억인가.

불길한 기억을 곱씹을 새도 없이 거치대에 고정된 휴대전화가 빨리 받으라고 재촉하는 듯 시끄럽게 계속 울렸다. 조 형사의 전화였다.

"유 형사, 어디야?"

"지금 경찰서로 돌아가는 중입니다."

"유 형사, 너 요즘 클럽 다녀?"

말투에서 조 형사의 웃는 얼굴이 그려졌다.

"클럽 갈 시간이 어디 있어요, 잘 아시면서. 잠잘 시간도 없다고요."

이어지는 조 형사의 말에서 왜 그런 질문을 했는지 알 수 있었다.

"어떤 멀끔한 젊은 남자가 경찰서에 왔는데, 너를 만나고 싶다고 하네."

"아, 그래요. 십여 분 후에 도착한다고 전해주세요."

남자가 나를? 설희는 자신을 만나러 왔다는 젊은 남자가 누굴까 궁금했다.

"아, 그리고……"

전화를 끊으려는 순간 조 형사가 다시 말을 이었다.

"아까 유 형사한테 전화한다는 걸 깜박했네. 장대영이란 사람의 누나가 점심시간에 경찰서에 왔었어. 유 형사를 찾더라고, 고맙다면서."

장대영의 누나가 고마워할 게 뭐가 있지?

"장대영 후배라는 사람이 와서는 장대영 부탁으로 왔다면서 꽤 큰돈을 건네고 갔다는 거야. 유 형사에게 고맙다면서 대접할 형편은 안 되고 분식점을 하는데 간식으로 먹으라고 김밥이랑 순대, 떡볶이를 한가득 가지고 왔더라고. 유 형사 덕분에 우리 팀원들 배부르게 먹었지. 그런데 유 형사는 무슨 일인지 모르는 거야?"

설희는 통화가 길어질 것 같아 잘 모르겠다고 말하고 전화를 끊었다.

장대영 그 인간이 갑자기… 그럴 리가 없는데.

설희는 가속페달을 밟았다. 경찰서로 가는 내내 방금 겪은 꿈일지 모르는 이상한 상황이 자꾸 신경에 거슬렸다.

설희의 차가 경찰서 입구로 들어가는데 오토바이 한 대가 설희의 차를 스치며 지나갔다. 주차장에 주차를 한 후 차에서 내린 설희는 건물 출입구를 바라보았다. 출입구 근처에 검은색 티셔츠를 입은 백팩을 멘 20대 초반의 키가 큰 남자 한 명이 서성이고 있었다. 설희가 출입구로 다가가자 그 남자가 설희에게 다가왔다.

"유설희 형사님 되시나요?"

조 형사가 말한 남자였다.

"예. 그런데 누구시죠?"

"안녕하세요. 저는 몇 년 전에 농장 집에서 발견된 불탄 시신을 신고했던 학생입니다."

뜻밖의 손님에 놀란 설희는 아, 예, 하며 인사를 받았다. 두 사람은 건물 밖에 있는 휴게공간의 벤치에 나란히 앉았다.

"그런데 무슨 일로 저를 찾아오셨나요?"

설희는 자판기에서 뽑은 캔 커피를 건네며 물었다. 남자는 옆에 내려놓은 가방 안에서 손목시계를 꺼내 설희에게 건넸다.

"다름이 아니라…… 형사님께 이 시계를 드리려고 왔습니다."

남자가 건넨 손목시계는 빨간색 가죽 줄이 달려 있는 여성용 손목시계로 설희가 몇 달 전 백화점에서 쇼핑을 할 때 보고 마음에 들었던 시계와 같은 시계였다. 새 물건이라고 할 정도로 상태는 말끔했다.

설희는 남자가 건넨 시계의 시간을 보았다. 멈춘 바늘이 가리키는 시각은 '8시 25분'

시계는 설희가 인아를 처음 만났던 순간으로 기억을 재빠르게 돌렸다. 그날 인아의 손목에 있던 시계. 분명 인아의 손목에는 빨간색 줄이 감겨있었다.

"이게 무슨 시계죠?"

"예전 불탄 시신을 발견했을 때 농장 집 2층에서 친구들과 술을 마시고 있었거든요. 1층에서 여자 비명 소리가 들려 1층으로 내려왔죠. 그런데 거실 가운데에 검게 탄 시신 같은 게 있는 겁니다. 아마 맨정신이었다면 기절초풍했을 텐데 술에 조금 취해서 그랬는지 그날은 신기했습니다. 그런 시신을 볼 일이 없잖아요. 그때 같이 있던 애들은 그걸 보자마자 놀라서 경찰에 신고한다며 밖으로 나갔는데 저는 멍하니 그 시신을 바라보았습니다. 시신 손목 옆에 있는 시계가 제 눈에 확 들어왔거든요. 저는 검게 탄 시신에 조심스레 다가가 시계를 주웠습니다. 제가 가지려고 한 건 아니고 그때 사귀던 여자 친구에게 주려고 시계를 훔친 겁니다. 철이 없었죠, 그런 물건을 여자 친구에게 주려고 하다니.

아무튼, 검게 탄 시신을 휴대폰으로 촬영하고 돌아서서 나가려고 하는데 연발로 총을 쏘는 것처럼 등판에 타다닥하며 충격이 가해졌어요. 약간 따가운 통증도 느껴졌고요. 술이 깰 정도로 깜짝 놀랐습니다. 놀란 저는 뒤도 돌아보지 않고 그대로 집 밖으로 뛰어나왔습니다. 나중에 경찰 아저씨들과 다시 들어갔을 때는 검은 가루만 남아있었어요."

남자는 커피를 마시며 설희를 힐끗 쳐다보았다. 허무맹랑한 자신의 이야기를 설희가 어떻게 받아들이는지 궁금해하는 표정이었다. 다행히 자신의 말을 진지한 표정으로 듣는 설희를 보고 마음이 놓였는지 남자는 다시 말을 이었다.

"음… 다음 날이 되니까 찜찜해서 그 시계를 여자 친구에게 도저히 못 주겠더라고요. 다시 경찰서로 찾아가 증거라고 돌려주기도 그렇고. 시계가 뭐 대단한 증거가 되겠어, 하는 생각도 있었고요. 그래서 어쩔 수 없이 그냥 책상 서랍에 넣어두었습니다. 까맣게 잊고 있었는데 며칠 전에 메모를 하나 받았습니다."

"메모요?"

"예. 도서관에서 공부를 하다 잠시 화장실에 다녀왔는데 책 위에 메모가 하나 있었습니다. 여기 경찰서에 근무하는 유설희 형사님에게 그 시계를 전해주라는 메모였습니다."

"그래요. 아무튼 이렇게 찾아와 주셔서 감사합니다."

"늦었지만 사건 증거물을 이렇게라도 형사님께 드릴 수 있어서 저도 마음이 개운합니다. 그리고 저……"

남자는 무슨 말을 하려는지 잠시 머뭇거렸다.

"사실… 전에 경찰 조사에서 그 시계 말고 말을 안 한 게 하나 더 있습니다."

남자의 말에 설희의 관심이 움찔거렸다.

"당시에는 경찰이 저를 미친놈 취급할 것 같아서 말을 하지 못한 건데요. 사실 제가 봐도 그럴 만한 내용이에요. 시계를 집어 들고 불탄 시신의 얼굴을 슬쩍 보았는데 눈동자가 보였어요. 그땐 정말 심장이 내려앉는 줄 알았습니다. 허공을 보는 것 같은데 분명 놀라는 눈빛이었어요."

남자가 한 말은 설희의 관심을 충분히 끌 만한 내용이었지만 이제 와 설희가 할 수 있는 건 없다. 불탄 시신의 정체가 누구다,

라고 확인되지 않는 이상, 불탄 시신의 표정이 어떠했는지 이제와 무슨 의미가 있겠는가.

말을 마친 남자가 자리에서 일어나려고 하는 순간, 설희는 잠깐만요, 하고 말한 후 휴대전화를 꺼내 자신의 등에 난 상처를 찍은 사진을 남자에게 보여줬다.

"전에 학생분 등에도 이런 상처가 났었죠?"

"예. 그런데 이건 누구 상처인가요?"

설희가 농장 집에 갔을 때 생긴 자신의 상처라고 말하자, 남자는 자신의 휴대전화로 검색을 하는지 설희 휴대전화와 자신의 휴대전화를 번갈아 보았다. 잠시 후.

"음… 이게 뭐지?"

남자는 혼잣말로 중얼거렸다.

"뭐가요?"

"그때 저도 등에 난 상처를 사진으로 남겼거든요. 제가 도서관에서 받은 메모에 제 등에 난 것과 비슷한 동그란 점들이 있었어요. 그게 점자라는 걸 메모를 보고 알았죠. 검색을 해보니 그 점자는 '유설희'였어요. 그때 제 등에 난 상처는 그 점자들이 여러 개 있던 거였어요."

설희는 놀란 눈으로 남자를 쳐다보았다.

"형사님 사진 속 점자는 '거울'입니다."

설희는 혼잣말하듯 '거울'이라는 단어를 여러 번 중얼거렸다.

"그럼, 이만 가보겠습니다."

자리에서 일어나 설희에게 인사를 하는 남자의 표정은 끙끙

대며 들고 온 짐을 내려놓은 것처럼 개운한 표정이었다. 반대로 경찰서를 나가는 남자의 뒷모습을 멍하니 바라보는 설희의 표정에는 고민이 가득했다.

그날 농장 집에서 난 상처가 점자라는 것이 놀라웠다. 점자는 분명 메시지일 것이다. 그런 메시지를 남긴 거라면 점자를 잘 아는 사람. 그렇다면 서인아가…… 그런데 왜 점자를 모르는 사람에게 저런 흔적을 남긴 걸까.

출입구 계단을 오르는데 건물 밖으로 나오는 조 형사와 마주쳤다.

"유 형사, 책상 위에 우편물 났다."

"우편물이요? 올 게 없는데."

"조금 전에 퀵서비스 직원인지 헬멧을 쓰고 들어온 남자가 유 형사 책상 위에 놓고 갔어. 간단하게 한잔하러 갈 건데 유 형사도 같이 갈래?"

설희는 경찰서에 들어올 때 스쳐가던 오토바이가 떠올랐다. 조 형사에게 나중에 하자고 둘러댄 설희는 곧바로 사무실로 뛰어들어갔다.

흰색의 서류 봉투가 설희의 책상 위에 반듯하게 놓여있었다. 보낸 사람 이름부터 확인했다. 보낸 사람은 서인아였다. 애타게 기다리던 택배 물건을 뜯는 설레는 마음으로 봉투를 뜯었다.

봉투 안에는 프린터로 출력한 A4용지와 농장 집에서 잃어버린 설희의 휴대전화가 들어있었다. 클립으로 물린 프린트한 용지의 양이 제법 되었다.

설희는 먼저 휴대전화의 전원을 켠 후 농장 집으로 들어갈 때 촬영한 동영상부터 확인했다. 다행히 농장 집에서 촬영한 동영상 파일은 그대로 남아있었다. 설희는 영상이 시작되기 전부터 영상의 마지막에 어떤 장면이 있을까 하는 궁금증으로 가슴이 두근거렸다.

영상을 실행했다. 그날 설희가 집 안으로 들어가면서 촬영한 영상이 흔들리며 등장했다. 천장의 상들리에 옆 허공에 매달려 버둥거리는 대영과 하준이 나타났고, 이어서 2층으로 올라가라고 소리치는 규민의 목소리가 작게 들렸다. 설희가 계단을 오르며 허공에 매달린 하준과 대영을 촬영한 상황이 이어졌다. 설희가 날카로운 물건을 찾으려고 장식장 위에 내려놓은 휴대전화가 촬영한 부분은 허공에 떠 있던 하준의 무릎 아래였다. 하준의 발은 비에 젖은 빨래처럼 축 처져있었다.

설희가 칼이나 가위를 찾으라고 규민에게 소리를 지른 후 1층 거실을 내려다볼 때 축 늘어져 있던 하준의 발이 까닥까닥 움직이기 시작했다. 줄에 묶여있지 않은 하준의 발 한쪽이 반등하려는 듯 몇 번 앞뒤로 움직였고 치켜올린 발이 몸을 돌리는 설희를 가격했다. 이후 하준의 발은 아무 일 없었다는 듯 다시 움직임을 멈췄다. 잠시 정적이 이어졌다. 정적을 깬 것은 누군가 계단을 올라오는 — 희미하게 들리는 — 삐걱거리는 계단 소리였다.

설희의 얼굴이 휴대전화 가까이 다가갔다. 예상치 못한 인물이 영상에 등장하자 설희의 눈이 휘둥그레졌다. 흰색 헬멧을 쓴 남자였다. 조금 전 우편물을 놓고 간 사람도 저 남자일 것이다.

저 헬멧은 도로에서 보았던 그 덩치! 저 사람이 왜 저기에.

커터 칼을 든 덩치는 거실에 있던 소파 위에 올라간 후 하준의 목에 감긴 줄을 잘랐다. 쿵하며 대영이 1층으로 떨어지는 소리가 작게 들렸다. 정신을 잃은 하준을 바닥에 눕힌 덩치는 한쪽 발목에 묶여있는 끈도 마저 잘랐다. 하준을 잠시 내려다보던 덩치는 장식장에 놓여있던 설희의 휴대전화를 들어 카메라를 껐다.

동영상을 확인한 후 곧바로 출력한 종이의 첫 장을 펼쳤다.

＊

하준은 설희의 차 뒤꽁무니가 시야에서 사라진 후에도 차가 사라진 곳을 바라보며 현관에 우두커니 서 있었다. 손에 남아 있는 것 같은 그녀의 체온이 하준의 시선을 움직이지 못하게 붙잡고 있었다.

현관에서 설희와 악수를 할 때 손에서 느껴지는 작은 떨림은 좀체 수그러들지 않고 가슴에서 계속 꿈틀거리며 하준의 마음을 살랑살랑 흔들었다. 처음 경험하는 기분 좋은 느낌이었다.

아줌마가 말한 사랑이라는 감정이 이런 감정일까. 호수에서 나왔을 때 느꼈던 감정 중에 이런 감정은 없었는데.

흐지부지 마무리된 사건에 아쉬움이 많은 듯 설희는 하준의 예상대로 자신이 궁금한 것을 물었다. 하준도 경찰 조사 때와는 달리 설희 질문에 편하게 대답했다. 설희가 한 말 중에서 하준의 관심을 끈 것은 두 가지였다. 인아가 경찰 시험을 준비하는 설희를 만났다는 것과 자신이 같이 산 사람이 인아가 아니라는 것.

아줌마는 왜 유설희 형사를 만날 걸까. 나와 같이 산 사람은 대체 누굴까. 그리고 형사님은 왜 저 시계의 시간을 물은 걸까.

소파에 앉은 하준은 벽에 걸린 시계를 다시 보았다. 8시 30분.

가만, 아줌마가 죽은 시간이 8시에서 9시 사이라고 했었던 거 같은데. 그것과 관련이 있나?

이런 생각을 할 때 "총각!" 하는 목소리가 집 밖에서 들렸다. 문을 열고 나가자 마을 입구에 있는 가게 아줌마가 파란색 점퍼를 손에 들고 대문 앞에 서 있었다.

"배달 가는 길에 잠깐 들렀어, 이 옷 건네주려고. 지난번에 오토바이 타고 돌아올 때 가게 앞에서 흘리고 갔나 봐. 총각 거 맞지?"

"예, 고맙습니다."

"얼굴 보니까 전보다 괜찮은 거 같네. 밥 제때 잘 챙겨 먹어. 갈게, 필요한 거 있으면 전화하고."

아줌마가 건넨 점퍼를 들고 다시 소파에 앉았다.

이걸 떨어뜨린 건 내 기억이 없을 때겠군. 그렇다면…….

피시방 영수증과 은행대기표가 생각난 하준은 소파에서 일어나 자신의 방으로 들어갔다. 방에 들어가자마자 책상 서랍을 모두 열었다. 그중 한 서랍의 필기구 아래 최근 새로 만든 것으로 보이는 통장이 하나 있었다.

통장을 꺼내 겉장을 넘겼다. 수차례 이체된 최종 금액을 본 하준의 눈이 휘둥그레졌다. 멍하니 통장을 뚫어져라 보며 마음 속으로 중얼거렸다. …만 십만 백만… 억… 십억.

하준이 알고 있는 돈의 개념을 뛰어넘는 액수였다. 현실에서 본 적도, 앞으로 볼 일도 없을 동그라미를 세면서 조금씩 벌어진 하준의 입이 햄버거를 크게 베어 문 것처럼 커졌다.

장대영이 말한 돈이 이거야. 내 그림자였던 잭이 한 일. 이 돈을 어떻게 하지? 당연히 그 남자에게 돌려줘야 한다. 분명 다시 찾아올 거다. 이 돈은 내 돈이 아니다.

엄청난 액수의 돈이 주는 두려움을 느끼고 있을 때, 더 두려운 소리가 슬금슬금 창문을 넘어 집 안으로 기어들어 왔다.

"카- 로롱, 카- 로롱."

길고양이 울음소리였다. 죽은 그 고양이 소리 같은데.

하준은 재빨리 마당으로 나왔다. 서쪽으로 바짝 기울어진 해가 만든 하준의 그림자가 마당 구석에 놓여있는 이삿짐 상자까지 길게 늘어졌다. 잠시 멈춘 고양이 울음소리가 다시 들렸다. 소리가 들리는 곳은 하준의 그림자 끝에 걸린 이삿짐 상자 뒤였다.

하준은 조심스럽게 상자 뒤로 갔다. 몸을 웅크리고 앉아있을 고양이를 기대했지만 고양이는 보이지 않았다. 대신 뭔가 들어있는 검은 봉지가 그곳에 있었다. 하준은 허리를 구부려 검은 봉지를 집었다. 봉지 안에는 흰색의 반투명 플라스틱병이 들어있었다. 제초제 병이었다.

이게 왜 여기에 있지? 세상을 떠난 고양이가 죽기 전 울어대던 소리가 귓가에서 다시 재생되었다. 고개를 이리저리 둘러봐도 고양이는 보이지 않지만 울음소리는 점점 더 크게 하준의 고막으로 스며들어 왔다. 울음소리가 마치 네가, 네가 나를 죽였잖아, 하면서 원망의 하소연을 쏟아내는 울음소리 같았다.

그럼… 그 잭이 고양이를 죽인 거야? 왜?

하준의 기억에는 마당에 누워있던 검은색 털이 섞인 고양이가 아닌 오래전부터 하준의 기억에 자리 잡고 있는 노란색 고양이가 그려졌다. 길고양이가 죽던 날 꿈에서 본 고양이였다. 동시에 그날 이불을 뒤집어쓰고 눈물을 흘리던 때의 감정도 다시 살아났다. 미안하고 안쓰럽고 죄책감으로 가득했던 그날의 슬픈 감정, 그것은 하준의 것이 아닌 잭의 감정이었다. 그는 그렇게 슬퍼했으면서 왜 고양이를 죽인 걸까.

고양이 소리가 현실의 소리가 아니라는 것은 이제 하준도 인지했다. 서늘한 추위가 하준의 살갗을 파고들었다. 곧 그림자 시간으로 연결되리라.

집 안으로 들어온 하준은 소파에 앉으며 벽에 걸린 시계를 보았다.

아줌마가 죽은 시간이 저 시간일 거야. 농장 집에서 발견된 불탄 시신도 같은 시간일까. 그렇다면 여기와 농장 집, 두 공간이 연관이 있다. 아줌마와 불탄 시신.

누군가 하준을 다시 호수에 떠미는 것 같은 기분이 들며 호수에서 죽던 기억이 다시 떠올랐다. 이어 대영의 아지트 기억도 등장했다. 소녀와 갔던 장소다. 아줌마가 사진으로 남긴 장소. 두 기억은 하준이 기억해 내는 것이 아니었다. 누군가 강제로 주입하듯 기억이 떠오른 것이다.

호수에 빠진 기억은 죽음으로 이어지는 기억과 다른 기억이었다. 바로 호수에서 깨어나는 기억이었다. 왜 갑자기 이 기억이 떠오르는 거지? 고양이 소리에 반응하도록 되어 있던 건가.

서늘한 추위가 하준의 피부를 다시 쓰다듬으며 다가왔다. 오돌토돌한 소름이 돋음과 동시에 집 안은 어둠이 녹아든 흑백의 세상으로 바뀌며 현실이 허물어지고 있었다.

그림자 시간이 사라진 게 아닌가. 하준의 눈에 자신이 있는 흑백의 집 안 모습에 농장 집 거실이 겹쳐 보이기 시작했다.

27

유 형사님은 지금 여러 가지로 혼란스럽겠죠. 이 글이 그런 유 형사님에게 도움이 될지 모르겠네요. 일단 제가 남긴 글은 모두 사실이니 믿어야 합니다. 그래야 제가 유 형사님을 만났을 때 한 말을 조금이나마 이해할 수 있을 테니까요.

내가 영혼을 보는 특별한 능력이 있다는 것을 자각한 것은 중학교 2학년 때다. 그전에도 영혼을 보는 일이 있었을 것이다. 그런 능력을 깨닫지 못했을 때니 내가 본 대상이 영혼인지 몰랐을 뿐.

특별한 능력을 처음 인지하게 된 것은 동네 세탁소 아줌마 사건이다. 당시 동네의 단골 세탁소 아줌마가 가출했다는 소문이 돌고 있을 때 나는 아줌마를 보았다. 정확히 말하자면 본 기억이 있었다.

세탁소 아줌마를 본 기억은 학원을 마치고 집으로 돌아가는 늦은 밤이었다. 세탁소 앞에 우두커니 서 있는 아줌마와 마주친 나는 인사를 했다. 아줌마는 나를 기다리고 있었다는 듯 내게 빙긋 미소를 지은 후 곧바로 세탁소로 들어갔다.

이런 기억이 생긴 후 며칠 뒤, 점심시간이 끝날 즈음 술에 취한 세탁소 아저씨가 학교에 왔다. 세탁소 아저씨는 운동장 벤치에 친구와 함께 앉아있던 나에게 부리나케 달려와 팔이 으스러질 정도로 붙잡고서는 다짜고짜 고래고래 소리쳤다.

"너, 내 마누라 만났지? 너 그년에게 무슨 짓을 했어? 어? 무슨 짓을 했냐고!"

무슨 영문인지 몰랐던 나는 왜 이러냐고 물었지만, 아저씨는 막무가내로 나를 끌고 학교 밖으로 나가려고 했다. 이 광경을 목격한 경비아저씨가 한달음에 달려왔고 발 빠른 친구의 신고로 결국 경찰까지 출동하며 한바탕 야단법석을 떤 후에야 세탁소 아저씨는 경찰과 함께 자리를 떴다.

나는 그날 경찰의 손에 끌려가는 아저씨 뒤로 늘어진 그림자를 보았다. 긴 치마를 입고 있는 여자의 그림자였다. 세탁소 아줌마는 긴 치마를 즐겨 입었다.

이 일이 있은 며칠 후 늦은 밤, 학원을 마치고 집으로 돌아가는 길이었다. 세탁소 근처에 도착했을 때 모르는 번호가 보낸 문자가 왔다. 뜬금없는 '고맙다'라는 짧은 문자였다. 누구지? 문자를 보낸 사람에게 전화를 할까 망설이며 걷다 멈춘 곳은 세탁소 앞. 무심코 고개를 돌려 세탁소 안을 흘끗 보았다.

세탁소 안에서는 내 눈을 휘둥그레지게 만드는 광경이 펼쳐지고 있었다. 덩치가 큰 세탁소 아저씨가 바람에 날아갈 듯 왜소한 아줌마에게 깔려 꼼짝달싹 못 한 채 누워있는 게 아닌가. 게다가 아줌마의 두 손은 아저씨의 목을 내리누르고 있었다.

두 사람의 시선이 나와 마주쳤다. 나를 바라보는 서로 다른 두 시선. 살려달라고 애걸하는 아저씨의 시선과 만족스러워하는 아줌마의 시선. 현실과 비현실의 이질적인 두 개의 시선이 꼬이며 나를 꼼짝 못 하게 옭아맸다. 입안의 침은 마르고 다리는 부들부들 떨렸으며 심장박동 소리는 내 고막을 때릴 기세로 크게 울렸다.

나는 굳은 채로 서서 세탁소 안을 바라보기만 했다. 아줌마에게 목이 졸린 아저씨는 격렬한 저항도 제대로 하지 못하고 축 늘어졌다. 아줌마는 나를 바라보며 씩 하는 웃음을 지은 뒤 순식간에 사라졌다. 환영의 흔적인 듯 아저씨의 얼굴과 손에는 검은 가루가 남아있었다.

세탁소 아저씨의 휴대전화 통화 내역을 확인한 경찰은 세탁소 아저씨가 보낸 문자의 내용을 물었지만 나는 고맙다, 라는 문자의 내용은 말하지 않았다. 며칠 전 학교에서 일어난 일을 사과한 문자라고 대답했다.

경찰은 세탁소 아저씨가 죽기 전에 남긴 메모를 통해 집 안에 암매장된 아줌마의 시신을 찾았다. 세탁소 아저씨가 살해했을 줄은 꿈에도 몰랐다. 세탁소 아저씨가 나를 찾아왔던 이유는 아줌마가 자신을 살해하는 기억에 내가 있었기 때문이었다. 아저씨는 아마도 내가 죽은 아줌마를 세탁소로 안내했다고 생각했던 모양이다. 어떻게 영혼이 현실의 존재를 죽일 수 있을까.

이 사건은 나를 뒤흔들었다. 내가 보는 것, 느끼는 것, 기억하는 것들을 다시 돌아보는 계기가 되었다. 나 자신을 돌아보다 떠오른 것이 있었다. 하나는 아빠를 먼저 저세상으로 보낸 교통사고였고, 다른 하나는 중학교에 입학한 직후 떠오른 남자의 기억이었다.

교통사고가 난 것은 초등학교 6학년. 사경을 헤매던 나를 찾아왔던 검은 형체가 있었다. 그것은 죽음의 시간을 타고 과거로 온 미래의 죽은 나였다. 죽음의 시간을 통해 과거의 나와 미래의 내가 만난 것이다. 미래 나에게 일어날 일을 알려주기 위해서.

또 다른 남자의 기억. 중학교에 입학한 직후 스물이 갓 넘은 미소년 같은 남자의 기억이 떠올랐다. 어느 날 갑자기 떠오른 남자의 기억은 내 사춘기 전체를 지배했다. 마치 연예인을 짝사랑하는 그런 감정이었다. 그는 학원 앞, 횡단보도 건너, 집으로 가는 길의 골목에서 나를 바라보았다. 그와 마주칠 때면 쏜살같이 그가 있는 곳으로 달려갔지만 그의 모습은 온데간데없었다.

고등학교 때 드디어 그 남자를 만났다. 내가 학원 옥상에서 정신을 잃은 채 발견된 그날이다. 그날은 시험 준비를 하느라 학원 자습실에서 늦게까지 공부를 하고 있었다. 집에 가려고 자습실에서 나왔는데 복도 끝에 그 남자가 서 있었다.

이번에는 놓치지 않으리라는 생각을 하며 비상계단으로 통해 옥상으로 올라가는 그의 뒤를 따랐다. 옥상에 올라가자 그는 옥상 가운데에 서서 나를 기다리고 있었다.

그를 보자마자 나는 당신은 누구냐고 물었다. 남자는 아무런 대답이 없었지만 표정에는 슬픈 뭔가를 담고 있었다. 불길함이 엄습한 것은 슬픈 남자의 표정이 뭔가 결심한 듯 바뀐 순간이었다. 살벌한 빛이 번뜩이는 핏발이 선 눈빛에 압도당한 나는 괜히 따라왔다는 후회가 들었다.

가만히 서 있던 남자의 한쪽 발이 움직였다. 절뚝거리는 그의 한쪽 발이 움직이자 다가오지 말라고 말하면서 나도 두어 발짝 뒷걸음 쳤다.

내 말에 아랑곳하지 않고 남자는 천천히 내게 다가왔다. 절뚝거리며 걷는 그의 모습이 기기하게 보였다. 뒷걸음질하던 나는 발이 엉키며 뒤로 자빠졌다.

나는 저리 가라고, 내게 왜 그러냐고 소리쳤다. 절뚝절뚝 내 앞으로 걸어온 남자는 우두커니 서서 나를 내려다보았다. 내려다보는 그의 표정이 다시 바뀌었다. 어찌할 수 없다는, 용서해 달라는 듯한 표정이었다.

남자는 손을 내밀었다. 두려움에 떨면서도 나도 손을 내밀어 그의 손을 잡았다. 왜 그랬는지 모른다. 마치 내 안의 다른 존재가 내 팔을 움직인 것 같았다.

남자의 손을 잡자 몸이 떠오르는 것처럼 바닥에 누워있던 내 몸이 스르르 일어났다. 내가 일어나는 순간 차가운 뭔가가 내게 스며드는 기분이 들었고 남자는 사라졌다. 곧이어 발바닥에서 움찔움찔하던 고통이 다리를 타고 올라왔다. 몸의 신경조직이 얼어붙는 것 같은 통증이 온몸을 휘감았다. 참을 수 없는 고통에 비명 소리를 질렀고, 다시 눈을 떴을 때는 병원이었다.

왼쪽 다리는 무릎부터 깁스를 한 상태였다. 자초지종을 묻는 엄마에게 나는 아무런 말을 하지 않았다. 내가 경험한 것을 그대로 말했다면 엄마는 정신과 치료를 받아야 한다고 했을 것이다. 경찰에 신고하려는 것도 말렸다. 감시카메라에 아무것도 남아있지 않을 테니까.

그때 옥상에서 만난 남자가 바로 하준이었다. 죽음의 그림자 시간에 존재하는 하준의 영혼. 내 왼쪽 다리를 이렇게 만든 것은 바로 그림자 하준이었다. 다리 상처는 그림자 하준이 내 그림자가 되면서 생긴 현실화의 증거였다.

이후 별다른 일은 없었다. 이전에 있었던 사건들이 무뎌지며 평온한 일상을 살고 있었는데 상상 임신을 하면서 새로운 기억들이 다시 나타났다.

기억은 현재에서 그리 머지않은 시간에 일어난 사건에 대한 것으로 하준과 내 죽음에 대한 것이었다. 돈이 필요했던 장대영과 강준식은 나를 납치했고, 남편에게 돈을 뜯어내려는 공모를 했다. 강준식은 농장 집에서 본의 아니게 나를 살해했고, 우연히 이것을 알게 된 하준은 장대영에게 살해당했다.

충격적인 내용에 정신을 차릴 수 없었다. 일어나지 않은 사건의 기억이었지만 얼마 되지 않은 과거의 일처럼 생생했다.

　나는 곧 죽는다. 고등학교 때 옥상에서 일어난 일이 죽음의 시작이다. 내 삶의 시간 속에 그림자로 있던 하준의 운명이 나에게 전이된 것이다. 나는 하준처럼 익사할 것이다.

　현실에서 일어나게 될 사건들, 그 사건은 다른 시간, 즉 그림자 시간에서 일어난 일로 죽음의 기억이 현실에서 재현된 것이다. 이것이 그림자 시간의 현실화다. 당연히 현실에서는 사건을 해결할 방법도 증거도 없다.

　이게 내가 겪은 일입니다. 믿기 어렵겠지만 모두 사실입니다. 이 글을 읽어도 내가 왜 시험 준비를 하는 형사님을 찾아가 그 시간을 언급했는지 형사님은 아직도 모르실 겁니다. 그 시간을 경험하지 않았으니까요. 형사님이 그림자 시간과 만난다면 이해할 겁니다.

　마지막으로 한 가지 더 말씀드릴 게 있습니다. 내가 죽던 날 농장 집에서 불탄 시신이 발견되었을 겁니다. 그게 지금 일어난 모든 일의 마지막입니다. 그림자 시간의 소멸을 위한 희생. 아마 형사님도 죽음의 기억이 생겼을 겁니다. 이 글을 읽은 즉시 농장 집으로 가세요.

28

병원에서 나온 잭은 대영의 아지트로 가기 위해 택시에 올랐다. 잭은 조금 전 유설희 형사를 만났다. 설희는 대영이 잭이라는 것을 눈치채지 못했다. 잭의 존재를 알지 못하니 당연히 알 수 없는 일이다. 알고 있다고 한들 대영과 같은 존재니 어찌할 방법도 없다.

황당한 사건에 시달린 여파 때문인지 그녀의 얼굴은 초췌했다. 농장 집에서 일어난 사건 역시 증거가 없어 골머리가 아픈 듯 보였다. 그녀가 본 것은 농장 집에 들어왔을 때 허공에 매달려 있던 하준과 대영이 전부다. 그마저도 다른 사람이 한 거라고 잡아떼면 그만이다.

하준을 풀어주려고 2층에 올라온 설희를 발로 찬 것은 정말 잘한 일이다. 만약 설희가 대영이 하준의 바지 주머니에 넣은 칼을 찾았거나 다른 도구로 줄을 끊었다면 잭의 계획은 패를 받기도 전에 파투가 났을 것이고, 지금 이렇게 존재하지 못했을지도 모른다.

잭은 설희의 질문에 안하무인격으로 답변했다. 그럼에도 설희는 반격하지 못했다. 그녀도 좌충우돌하며 알게 된 내용들이 있을 테지만 선뜻 입 밖으로 꺼내지 못하는 표정이었다. 증거로 말해야 하는 형사가 어쭙잖은 정황들만 주섬주섬 꺼내는 것은 스스로 형사의 자존심을 뭉개는 일일 테니까. 잭은 설희가 말한 것 중에 농장 집에 왔었다는 존재가 궁금했다. 누굴까, 줄을 끊은 그 사람은.

대화를 포기한 설희가 자리를 뜨려고 할 때, 잭은 이상한 기억이 떠오르지 않았냐고 물었다. 그게 뭐냐는 표정의 설희를 보니 아직까지 죽음의 기억이 떠오르지는 않은 듯했다.

잭은 농장 집 상황이 일어나기 전 마지막으로 설희에게 죽음의 기억을 남겼다. 설희는 하준과의 인연이 닿아있는 사람인 만큼 두고두고 자신을 괴롭힐 귀찮은 존재였다. 게다가 하준의 실체가 잭이라는 것을 알아낼 수도 있다. 설희는 잭이 하준이 되기 전에 반드시 제거해야 할 인물이었다. 이제 곧 그녀에게 죽음의 기억이 생길 것이고 그 기억이 현실에서 재현될 것이다.

잭은 설희뿐 아니라 규민과 자신인 대영에게도 죽음의 기억을 남겼다. 모두가 잭이 현실로 돌아오는 과정에서 그리고 돌아온 후 방해할 사람들이다. 규민은 인아의 흔적이 남아있을 대상이었다. 준식이 죽기 전 그를 부른 것도 인아의 의도라고 생각했다. 사전에 지워야 할 존재였다.

잭이 그림자 시간에서 하준에게 당한 것처럼, 그들의 영혼에 접근해 죽음의 상황을 남겼다. 하지만 규민은 농장 집에서 다시 살아났다. 그림자 시간이 소멸되며 그곳에 존재한 죽음의 기억이 사라진 것이다.

잭이 농장 집 거실 바닥에서 눈을 떴을 때, 발목이 꺾인 통증보다 예상에 없던 의문의 두 존재로 인해 자신의 계획이 실패했다는 허탈감에 더 가슴이 아렸다.

두 의문의 존재, 빛의 소녀와 검은 형체 때문에 하준의 영혼을 지워버리고 자신이 하준이 되려는 계획은 물거품이 되었다. 다른 존재가 있다는 이물감을 느껴본 적이 없던 잭은 자신 안에 또 다른 그림자가 있을 줄은 상상하지도 못했다.

서로 다른 시간에 존재하는 두 소녀의 충돌은 어둠과 빛의 싸움이었다. 어둠과 빛이 엎치락뒤치락하며 정신없이 흔들렸다. 빛과 어둠이 만든 이중주는 사이키 조명처럼 집 안을 휘저었다. 그 모습을 보고 있자니 환각제를 먹은 것처럼 정신이 몽롱했다.

이날, 잭은 충돌하는 두 존재의 마지막을 정확하게 목격했다. 검은 형체의 소녀가 빛의 소녀의 가슴에 시커먼 뭔가를 찔렀다. 그때 빛의 소녀 표정은 뭔가 잘못되고 있다는 듯 일그러졌고 공간은 요동쳤다. 어둠이 빛의 영역을 갉아먹으며 빠르게 세력을 확장했다. 모든 것을 쓸어버리려는 태풍처럼 어둠은 빛을 몰아냈다.

어둠이 집 안을 채워가는 상황에 잭이 느낀 단어는 '소멸'이었다. 어둠이 농장 집 전체를 채우는 순간 자신도 사라질 거라는 느낌이 본능적으로 들었다. 잭은 그림자이니 대영과 하준이 느끼지 못한 것을 느낀 것이다. 이런 결말은 생각하지 않았는데 잭은 어쩔 수 없이 한발 물러나야 했다. 그 방법은 현실의 자신인 대영이 되는 것, 그것밖에 없었다. 임시방편이지만 원하는 결과를 이루기 위해서 할 수 있는 최선의 선택이었다.

잭은 그림자 시간이 사라지기 전 대영을 보았다. 파티의 마지막 상황을 모르는 대영은 빛과 어둠이 휘몰아치는 환각 파티에 취해 넋을 잃고 있었다. 잭은 정신이 팔려있는 대영의 뒤에서 스며들어 그를 흡수했다. 하준의 경우와 달리 원래 자신이었기에 쉽게 대영이 되었고, 농장 집이 어둠에 완전히 잠기기 직전 현실로 돌아왔다.

그날, 그림자 시간으로 스스로 들어온 대영은 자신이 주인공이 될 거라고 생각했겠지만, 그는 조연도 아닌 엑스트라에 불과했다. 인아의 계획에 이용당한 것이다.

인아가 원한 것은 대영과 잭, 둘 다 제거하는 것이었다. 농장 집에서 그림자 시간이 소멸될 거라는 것을 알고 있던 그녀는 대영과 잭을 그림자 시간의 소멸이라는 열차에 같이 태우려 한 것이다. 그래야 하준이 무사할 테니까. 하준에게 존재하는 그림자가 사라졌으니 결과는 일단 성공이다.

잭이 어린 하준의 그림자로 현실에 돌아왔을 때 어떻게 된 일인지 곰곰이 생각했다. 현실로 오기 전 잭은 흑백의 세상에 있었다. 자신도 모르게 농장 집에 서 있었고 그것은 꿈일 거라 생각했다. 하지만 현실에서 다시 눈을 뜨게 되자 꿈이 아니라는 것을 깨달았다.

잭은 어떻게 자신이 농장 집에 갔는지 기억에 없었다. 어느 순간 자신이 그곳에 있었다. 그래서 꿈이라 생각한 것이다. 갑작스런 상황에 어리둥절해 하고 있을 때 하준이 농장 집으로 들어왔고, 잭은 저항 한번 제대로 하지 못한 채 하준의 공격을 받았다. 죽음의 순간 고양이 소리가 들렸고, 잭은 고양이 소리가 들린 곳으로 기어갔다. 이게 마지막 순간의 기억이다.

자신을 죽이려고 한 하준의 소년 시절 눈으로 보는 새로운 세상. 나를 죽이려고 한 녀석의 어린 시절로 다시 태어나다니. 이게 무슨 운명의 장난인가.

잭은 빨리 그림자 시간에서 벗어나 현실의 하준이 되고 싶었다. 살아있다는 기분을 느끼고 싶은 마음이 간절했다. 그래서 어린 하준이 잠을 잘 때 죽이려는 계획을 세웠다. 그러면 자신이 하준의 몸을 가질 수 있을 거라 생각한 것이다.

잠에 빠진 하준의 몸에 올라타 목을 졸랐다. 하준의 고통을 잭도 느꼈다. 그때 깨달았다. 그림자 시간의 규칙을. 주체와 다른 그림자는 자신의 주체를 절대 죽일 수 없다는 것을, 주체가 죽어야만 그 자리를 차지할 수 있다는 것을.

잭은 농장 집에서 자신을 죽이려고 한 하준에게 뭔가 작은 복수를 하고 싶었다. 그래서 하준이 친구들과 농장 집에 왔을 때 자신의 정체를 드러냈다. 계단에서 미끄러져 바닥에 누워있는 하준의 눈을 가렸다. 잭의 예상대로 그림자 시간에 잠시 연결되었던 하준은 현실로 돌아오며 앞을 보지 못하게 되었다.

시간이 흐를수록 잭은 하준의 상태를 민감하게 느꼈다. 하준의 생각, 감정, 몸의 상태까지. 잭이 쾌재를 부를 일이 일어나는 것도 알게 되었다. 하준이 점점 죽음의 시간으로 들어가는 것을. 하준의 마지막은 대영이 호수에서 하준을 살해한 순간과 닿아있었다.

그 사실을 알게 되자 새로운 목표가 생겼다. 우연히 얻은 새로운 삶. 실패한 삶을 반복하고 않고 멋진 인생을 살고 싶었다. 과거가 되어버린 미래의 자신이 돈 때문에 시달릴 때마다 상상하는 것만으로도 즐거웠던 그런 일들을 현실에서 이루고 싶었다.

잭은 원래 자신인 대영의 영혼에 접근해 미래 기억의 씨를 심었다. 로또 번호와 주식 관련 정보를. 현실에서 잭의 바람을 담은 탐스러운 열매가 가득 열리길 바라면서.

물론 잭은 원래 자신인 대영의 그림자가 될 수 있었다. 현실의 삶을 살 수 있는 가장 손쉬운 방법이었지만, 자신이 겪은 죽음의 상황이 기다리고 있을지 모르는 현실의 자신에게 돌아갈 수는 없었다. 그것은 자살행위였다.

하준은 할머니의 죽음 이후 한 여자와 함께 살았다. 잭은 그 여자를 보고 오랜만에 뜨거운 성욕을 느꼈다. 살아있었을 때보다 더한 욕정이었다. 그 여자와 며칠 동안 침대에서 뒹굴 수 있을 만큼의 에너지가 샘솟는 기분이었다. 삶의 욕망을 자극하는 욕정. 그 욕정을 현실에서 느끼려면 하준이 될 수 있는 기회를 반드시 잡아야 했다.

특이한 것은 하준은 그 여자를 인아 아줌마라고 불렀다. 잭이 기억하는 그 이름. 그녀 이름의 등장만으로도 불길했다.

하준과 같이 사는 여자가 바나나를 사온 날이었다. 바나나는 잭이 가장 좋아하는 과일이다. 그날 하준이 한입 베어 문 바나나는 잭의 본능을 현실로 끌고 왔다. 잭은 순식간에 바나나를 해치웠다. 그러더니 얼마 후 바나나가 들어간 김밥이 저녁으로 나왔다. 잭은 미친 듯이 바나나 김밥을 먹었다.

혀가 느끼는 쾌감은 잭의 몫이고, 소화불량으로 고생하는 것은 하준의 몫이었다. 바나나는 잭을 그림자가 아닌 하준의 모습으로 잠시 세상에 나오게 했다. 이 사실을 같이 사는 여자가 알았는지 하준이 호수에서 의문의 경험을 한 후 집에 돌아왔을 때 누군가 바나나 음식을 준비했다. 분명 인아가 죽기 전 누군가에게 이 사실을 남겼을 것이다. 잭을 불러내기 위한 영리한 계획이었다.

인아는 어디까지 알고 있고, 어떤 계획을 준비한 걸까, 잭은 그게 궁금했다. 자신의 복수를 꿈꿨을 인아. 현재 인아는 없지만 오히려 그게 더 두려웠다. 어딘가 다른 그림자로 살아있을 것만 같았다.

고등학교를 졸업한 하준은 빠르게 삶의 시간이 지워지고 있었다. 그러자 잭이 남긴 저주가 저절로 풀어졌다. 죽음이 현실로 가까워지자 그림자 시간의 영향력이 사라지며 다시 앞을 보게 된 것이다.

하준의 영혼이 사라지길 기다리고 있던 중, 예상하지 못한 일들이 하준과 준식, 규민에게 동시다발적으로 일어났다. 죽음의 기억이 생긴 준식은 자신을 죽이려는 기억 속 인물이 하준이라는 생각에 하준을 찾으려고 백방으로 애를 썼다. 게다가 죽기 전에 규민까지 찾아갔다. 살기 위한 몸부림에도 결국 현실의 준식은 그림자 시간 속 자신과 만났다.

준식에게 생긴 죽음의 기억은 누가 한 것일까. 내가 갑작스럽게 농장 집에 갔던 것처럼 누군가 그렇게 한 것이다. 그 사람은 서인아밖에 없다고 생각했지만 아니었다.

잭은 그림자 시간에서 학원 건물 난간에 매달려 있던 준식의 마지막을 지켜보았다. 준식은 죽기 전 자신을 지켜보고 있던 잭을 올려다보며 이상한 말을 했다.

'너는 대체 누구야?' 그가 한 말은 잭을 보고 한 것이 아니었다. 그 대상이 자신의 그림자였다는 것은 농장 집에서 등장한 검은 형체를 한 소녀를 보고 나서야 알게 됐다. 준식의 죽음은 소녀가 그랬다는 것을.

잭은 그의 죽음이 의아했다. 하준처럼 그림자가 연결된 것도 아닌 그가 왜 의문의 죽음을 당한 걸까. 잭은 미래 준식이 투신자살한 것을 알고 있었다. 그때 그의 죽음은 스스로 선택한 것이 아닐 수 있다는 생각이 들었다. 그렇다면 준식은 죽음의 기억이 그림자를 통한 것이 아니라 현실의 시간이 미래 시간이 되었을 때 저절로 생겼을 수밖에 없다. 그래서 준식은 사건의 기억은 없고 죽음의 기억만 있었던 것이다.

하준의 삶이 빨리 사라지기를 원하고 있는 잭의 신경을 거스르게 하는 일이 일어났다. 하준이 처음 호수에 빠진 후, 잭은 하준과 거리감이 느껴지기 시작하는 조짐을 감지했다. 눈앞까지 다가온 하준으로의 삶이 사라질까 잭은 조급해졌다. 하준의 영혼만 사라지면 끝날 거라는 안일한 생각을 치우고 본격적인 준비를 했다. 하준의 죽음을 기다리지 않고 외부 존재를 이용해 하준의 영혼을 제거하려 한 것이다.

잭이 하준이 되었을 때 가장 큰 장애물은 또 다른 자신인 대영이었다. 잭은 대영에게 로또와 주식의 횡재를 안기기 전부터 그를 제거할 계획을 준비했다. 계획의 시작은 대영의 이마에 흥터를 남기는 것이었다. 하준 안에 존재하는 자신의 정체를 드러내려는 목적으로.

대영은 자신의 돈이 사라진다면 하준을 제거하려고 물불을 가리지 않을 거라는 것을 잭은 누구보다 잘 알고 있었다. 거기에 죽음의 기억까지 있다면 미친 듯 달려들 것이다. 흉터는 대영만이 알고 있는 '킹콩'이라는 단어를 통해 하준의 그림자가 누군지 정확하게 대영에게 전해줬다.

잭의 계획대로 될 줄 알았는데 갑자기 등장한 의문의 두 존재로 와르르 무너져 버렸다.

대체 그 검은 형체와 빛의 소녀는 누굴까. 검은 형체는 어떻게 내 그림자가 된 걸까. 하준으로 연결될 때 나와 같이 연결된 걸까. 나와 같이 현실화가 되었다면 다시 태어나기 직전의 농장집 상황밖에 없다.

돌이켜 생각해 보면 다른 존재가 있는 게 아닐까 하는 의심을 한 적이 몇 차례 있었다. 하준이 감기에 걸려 아팠을 때였다. 하준이 약을 먹은 탓에 잭도 덩달아 졸음에 취했다. 그때 처음으로 낯선 기분을 느꼈다. 어슴푸레 잠결에서 뭐라 중얼거리는 소리를 희미하게 느꼈다. 분명 하준의 목소리가 아닌 여자의 목소리였다.

두 번째는 복지관에서 고등학생들과 싸움을 한 후였다. 버릇없는 고등학생 녀석들을 혼쭐낼 때 현실에서 에너지를 과하게 쓴 탓인지 정신을 잃었다. 그때 여러 장소를 다닌 기억이 희미하게 있었다. 잭은 하준의 꿈이라고만 생각했는데 그림자 소녀가 한 것이었다.

사라진 검은 형체의 소녀는 분명 나처럼 하준이 되려고 한 것 같은데, 왜 농장 집에서 빛의 소녀와 함께 사라진 걸까. 사라지기 직전 빛의 소녀가 지은 마지막 표정은 분명 자신이 원하는 것이 아니라는 표정이었다.

계획은 실패했지만 잭의 얼굴은 낙담한 패배자의 모습과는 거리가 멀었다. 오히려 자신이 원하는 바가 이뤄질 거라는 자신감이 가득했다. 아직 안 끝났어. 다시 시작하면 된다.

택시에서 내린 잭은 대영의 아지트 앞에 섰다. 이곳은 잭이 현실에 있을 때 운영했던 술집이다. 그 기억을 갖고 있던 대영이 구입한 후 자신만의 장소로 만들었다. 도어록을 풀고 문을 열었다. 탁자 위에 앉아있던 고양이가 잭을 바라보며 꼬리를 흔들었다.

아지트를 휙 둘러본 잭은 탁자 앞의 의자에 앉았다. 탁자 위에는 동남아시아 나라의 이민 관련 서류들이 가득 놓여있었다. 잭은 한심하다는 듯 헛웃음을 지었다.

기껏 한다는 게 나라를 떠나는 거였어? 한심한 인간.

주인의 손길이 그리웠는지 바닥에서 안아달라는 듯 울어대던 고양이가 잭의 품으로 올라와 안겼다. 머리를 쓰다듬자 고양이는 기분이 좋은 듯 눈을 감고 잭의 손에 몸을 맡겼다.

잭에게는 잊을 수 없는 고양이가 있다. 잭이 대영이던 시절의 고양이로 지금의 자신을 있게 한 바로 그 고양이다.

고양이와 인연은 대영이 초등학교 4학년 무렵으로 거슬러 올라간다. 울음소리가 특이해서 '카롱'이라고 이름을 지은 고양이는 친구에게 분양받은 노란색 털이 섞인 새끼 고양이였다. 둘은 금세 친구가 되었다. 카롱이와 함께한 시간은 2년 남짓이지만 정서적 교감을 시간으로 측정할 수 있다면 20년이라고 해도 과언이 아닐 정도로 대영이 카롱이를 생각하는 마음은 각별했다.

　　그러던 어느 날, 대영은 평상시처럼 카롱이를 앉고 텔레비전을 보고 있었다. 술에 취해 집에 들어온 아버지는 도박판에서 돈을 잃었는지 가만히 텔레비전을 보고 있던 대영에게 폭행을 가했다. 대영이 잘못한 게 없어도 작은 빌미를 잡아 가해지는 습관적인 폭행이었다.

　　그날 아버지의 폭행 이유는 공부하지 않고 텔레비전만 본다는 것이었다. 그날따라 흥분을 이기지 못한 아버지는 대영이 안고 있던 카롱이를 노려보다 울음소리도 재수 없고, 저놈이 집에 온 이후 되는 일이 없다면서 느닷없이 카롱이를 빼앗아 집 밖으로 던졌다.

　　집 밖으로 뛰어나간 대영은 길가에 움직임이 없이 널브러져 있는 카롱이를 들어 품에 안았다. 품에 안긴 카롱이는 죽기 전 자신을 사랑해 준 주인을 기억하기라도 하려는 듯 빤히 대영을 쳐다보며 숨을 거뒀다. 대영은 죽은 카롱이를 안고 펑펑 울었다. 처음으로 자신의 목숨과 같은 존재를 잃은 슬픔이었다.

　　이후 대영은 고양이를 키우지 않았다. 다른 고양이를 키우는 게 죽은 카롱이에 대한 의리가 아니라고 생각해서다. 시간은 흘렀고 카롱이에 대한 죄책감도 흐릿해져 갈 즈음 지금 이 고양이를 만났다. 아지트 주변을 배회하는 길고양이들 중 하나였는데 유독 노란색 털이 난 고양이가 대영을 따랐다. 그렇게 운명적으로 만난 고양이에게 카롱이라는 이름을 다시 붙여줬고 아지트에서 키우게 되었다.

잭은 죽은 카롱이를 만난 적이 있다. 하준이 시내를 다녀온 후 거실에서 기절하듯 잠을 자던 날, 잭은 하준의 몸을 빌려 피시방을 다녀왔다. 집으로 가는 길에 자신을 따라오는 길고양이가 있었다. 하준의 집 담 위에서 자주 보았던 고양이였다. 이때는 카롱이인줄 몰랐다. 거실 앞의 테라스 의자에 앉아있을 때 담에 앉아 있는 길고양이가 내려와 잭에게 슬금슬금 다가왔다.

잭은 어렸을 때 카롱이에게 했던 대로 손바닥을 고양이 머리 위에 띄웠다. 그러자 카롱이가 그랬듯이 길고양이가 앞다리를 들고 몸을 세우더니 머리를 잭의 손바닥에 비비는 게 아닌가. 카롱이의 습관을 길고양이가 하고 있었던 것이다. 게다가 일반 고양이의 울음소리와 다르게 카- 로옹, 카- 로옹 하는 울음소리가 들렸다. 기분 좋을 때 내던 카롱이의 울음소리. 현실이 아닌 그림자 시간에서 들리는 소리였다. 길고양이는 카롱이였던 것이다. 아마 죽음을 앞둔 길고양이의 그림자가 되었으리라.

그런데 어떻게 카롱이가 그림자 시간으로 들어왔을까. 하준으로 현실화가 될 때 들은 카롱이의 울음소리. 그것은 카롱이가 하준에게 머물고 있었다는 의미다. 아마도 그 시작은 인아를 통해서일 것이다. 인아를 통해 그림자 시간에 머물던 중 어린 하준을 만났을 테고, 어렸던 하준을 자신의 주인이었던 시절의 대영으로 착각했을 것이다.

그렇게 농장 집에서 카롱이의 소리를 따라간 잭은 하준의 그림자가 되었다. 카롱이가 잭을 구한 셈이다.

잭은 바로 그 과정의 반복을 준비했다. 자신의 계획이 잘못될지도 모른다는 불안감에 길고양이에게 제초제가 섞인 음식을 준비했고, 카롱이였던 그 길고양이는 그것을 먹고 죽었다. 이후 카롱이는 다시 하준의 그림자 시간에 머무르고 있다. 카롱이가 죽던 날, 잠을 자던 하준에게 달려든 고양이는 카롱이다.

자리에서 일어난 잭은 거울 앞에 섰다. 하준의 그림자로 살았던 탓인지 거울에 비친 자신의 얼굴이 어색했다. 거울 속 자신의 모습을 보자 쓸쓸한 미소가 번졌다.

이렇게 될 줄 알았더라면 이마에 상처를 남기지 말 걸 그랬어.

이런 푸념을 할 때, 거울 속에 다른 공간의 모습이 흐릿하게 보이기 시작했다.

29

이 내용이 정말 사실이란 말인가. 정말…….

믿을 수 없는 인아의 글을 읽은 설희는 멍하니 창밖을 내다봤다. 인아가 남긴 글을 정리하면 핵심은 두 가지다. 그림자 시간이란 것이 존재하고 그 시간에서 일어난 일이 현실에서 일어난다는 것. 설희가 말도 안 된다며 고개를 저었던 막연하게 상상했던 가설, 그 상상이 사실이었다.

서인아는 그림자 시간을 통해서 현재에서 일어날 일을 알고 있었을 거야. 불탄 시신이 지금까지 일들의 마지막이라고 했어. 그림자 시간의 소멸… 희생… 이라면 불탄 시신은 서인아다. 조금 전 남자가 건넨 시계가 그 증거다. 불탄 시신과 함께 현실화된 시계.

조금 전 찾아왔던 남자는 불탄 시신의 놀란 눈빛을 보았다고 했다. 원 형사는 불탄 시신이 둘이라고 했다. 그 표정을 지은 것은 누굴까. 왜 놀란 표정을 지었을까. 서인아가 아니면 다른 그림자인가. 그런데 불탄 시신은 이미 3년 전 사건이다. 지금 그 사건을 왜 언급한 걸까. 내가 어떻게 하길 바라고. 일단 서인아가 마지막 글에 남긴 대로 농장 집으로 가자.

주차장으로 뛰어간 설희는 차에 올랐다. 시동을 걸기 전 설희는 자신의 시계를 풀고 재킷 주머니에서 남자가 건넨 시계를 꺼내 손목에 찼다.

서인아가 남긴 글이 전부 진실이라면 또 다른 사건이 일어난다는 의미다. 그래서 내게 저 글을 남긴 것이다. 일어날 사건은 뭘까. 내가 할 일은 뭘까. 8시 30분이라는 시간과도 관련이 있을 텐데.

농장 집으로 가는 길, 교통사고 기억이 떠오른 반대 차선을 지났다. 몇 시간 전 반대편 차선에서 일어났던 사고 기억이 다시 떠올라 절로 미간이 찌푸려졌다.

교통사고의 기억. 그것은 그림자 시간에서 장대영이 만든 일이다. 그렇다면 내 마지막이 교통사고…… 인아는 내게 죽음의 기억이 생길 것을 알고 그림자 시간에 자신의 흔적을 남겼다. 농장 집에서 경험한 등판의 점자도 인아가 남긴 흔적이다. 내 등판에 있던 점자, 거울의 의미는 뭘까. 처음 그곳에 갔을 때 거울에 잠깐 보였던 의문의 여자가 있었다. 그 여자와 관련이 있나. 혹시 그 여자가 서인아인가. 멀리 농장 집이 보이기 시작했다. 설희는 설렘과 두려움을 동시에 느꼈다.

농장 집 앞마당에 주차를 한 후 차에서 내린 설희는 농장 집을 물끄러미 바라보았다. 저 안에 어떤 일이 기다리고 있을까.

계단을 오른 후 현관문 손잡이를 천천히 잡아당겼다. 예상할 수 없는 일이 기다리고 있을 곳으로 들어가려는 설희의 발이 머뭇머뭇하며 주저했다. 설희는 어금니를 꽉 깨물고 집 안으로 들어갔다.

어스러지는 노을의 붉은 기운이 물든 집 안 모습은 마치 다른 시간의 불길이 스며든 것처럼 느껴졌다. 거실 가운데에 선 설희는 거실 벽에 걸린 시계를 보았다. 멈춘 시곗바늘은 8시 25분을 가리키고 있다. 갑자기 서늘한 추위가 설희의 몸을 휘감았다.

교통사고 꿈을 꿨을 때도 이렇게 추웠던 거 같은데. 그리고… 교통사고 때처럼 보이는 흑백의 세상. 그림자 시간이다.

다시 경험하는 서늘한 흑백의 시간. 사건 수사를 하면서 생긴 의문의 답을 직접 찾을 수 있을 기회다. 설희는 모든 신경을 집중해서 그림자 시간을 느끼려고 했지만 흑백으로 보이는 시각 외에 다른 감각은 전혀 작동하지 않았다. 그때 2층에서 인기척이 느껴졌다.

＊

하준은 농장 집 거실 가운데에 서 있었다. 다시 연결된 그림자 시간. 이 시간과 연결될 수밖에 없는 운명의 시작을 보여주는 기억이 떠올랐다. 하준이 죽음을 맞이해야 했던 이유를 기억이 설명해 주었다.

미래 하준은 마트에서 배달 아르바이트를 하며 저녁에 인아가 운영하는 학원에 다닌다. 그러던 어느 날, 인아가 사는 아파트에 배달을 마치고 나오는 길에 아파트에서 나가는 인아의 차를 본다. 그 차를 미행하는 낯익은 또 다른 차도.

얼마 전 하준이 학원을 마치고 집으로 돌아가는 길, 인아가 하준을 집까지 태워준 적이 있었다. 그때도 인아의 차를 따라오는 차를 보았다. 일을 마친 하준이 학원에 가는 길에 퇴근하는 인아의 차를 따라가던 차 역시 같은 차다. 이런 경우가 우연일 수는 없다.

하준의 스쿠터는 두 차량을 뒤쫓기 시작한다. 앞서 달리는 인아의 차는 빌라가 모여 있는 한적한 주택가로 들어간다. 그 동네에서 누군가와 약속이 있는 듯하다. 인아의 차를 뒤따르던 차는 인아 차에서 멀찍이 떨어진 곳에서 멈춘다. 하준은 이 상황을 건물 모서리에 숨어 본다.

차에서 인아가 내리는 찰나 한 남자가 인아 차의 조수석으로 뛰어들어가고 그 차는 곧바로 그곳을 떠난다. 잠시 후 미행하던 차가 자리를 뜬다. 약간의 시간 차를 두고 하준은 그 차를 다시 따라간다. 인아의 차는 하준의 눈에 보이지 않는다.

차가 도착한 곳은 술집으로 보이는 곳. 술집 안으로 들어간 남자는 뭔가를 들고 곧바로 나온다. 문을 열어놓은 채 나온 남자는 근처 공터로 간다. 장대영이다. 그는 그곳에 모여 있는 길고양이들에게 밥을 준다. 그사이 하준은 재빠르게 술집 안으로 들어가 의자 밑으로 몸을 숨긴다. 이때 하준은 설희에게 전화를 한다. 인아가 납치되었다는 내용을 알리려고 했으나 설희는 회의 중이라며 다시 전화하겠다는 말을 하며 전화를 끊는다.

다시 술집으로 돌아온 대영은 전화를 받는다. 인아의 죽음을 알리는 전화다. 통화를 하는 대영은 크게 놀라지 않는다. 뜻하지 않게 원하는 바가 이루어진 듯 흡족한 미소를 짓는다. 자살로 위장하고 나오라고 한 후 곧바로 다른 사람에게 전화를 한다. 박규민 원장이다. 대영은 아내를 살해하는 조건으로 돈을 요구한다. 제안한 조건이 성사가 된 듯 두 사람은 만나기로 약속한다. 대영은 약속장소로 가기 위해 자리에서 일어난다. 그때 하준의 휴대전화 진동이 울린다. 주머니에 들어있는 휴대전화가 마룻바닥에 닿았는지 조용한 술집 안에 그 진동이 전해진다. 대영은 의자 밑에 숨어있는 하준을 찾아낸다.

대영의 손에 끌려 밖으로 나온 하준. 대영은 차 뒷자리로 하준을 밀어 넣는다. 대영은 청테이프로 하준의 입과 손, 발을 결박한다. 한참을 달려 두 사람이 도착한 곳은 호수가 보이는 곳이다.

어둠이 가득한 한적한 곳에 주차를 한 대영은 이곳으로 오는 내내 드르륵거리던 하준의 휴대전화를 확인한다. 전화한 사람은 유설희 형사. 뒷문을 열고 하준에게 얼굴을 들이밀며 어떤 관계냐고 물으려는 찰나. 하준이 대영을 밀치고 차에서 빠져나온다. 그곳으로 가는 동안 손톱으로 손을 결박한 테이프의 갈라진 틈을 긁어 자른 것이다. 이어서 하준이 기억하는 산속을 도망가는 기억으로 이어진다.

하준은 비로소 자신이 죽음으로 이어지는 모든 과정을 알게 되었다. 조금 전, 하준은 호수 기억과 대영의 아지트 기억이 떠올랐다. 호수의 기억은 자신이 눈을 뜨는 기억이고 이어 떠오른 아지트 기억은 거울을 바라보는 대영의 목을 소녀가 조르는 기억이다.

이제 하나의 기억만 남았다. 소녀가 안내했던 마지막 장소인 농장 집과 관련된 기억이 떠오를 것이다. 하준은 호기심과 두려움을 동시에 느끼며 지금 서 있는 흑백의 공간을 조용히 느끼고 있었다. 어떤 상황이 펼쳐질까, 아니 어떤 기억이 떠오를까.

기억을 기대하고 있었는데 기억보다 감정이 먼저 하준을 움직였다. 무르익어 곧 터져버릴 것 같은 증오와 분노가 하준을 휘어 감았다. 지금까지 하준이 느낀 적 없는 감정이었다. 증오와 분노는 날카로운 이빨을 드러낸 맹수의 포효가 연상되는 복수의 감정으로 이어졌다.

낯설고 이질적인 감정이지만 하준은 거부감 없이 받아들였다. 복수의 감정이 하준의 가슴에 가득 차올랐다. 포화 상태의 감정이 이곳에서 일어난 일을 상기시켰다. 하준은 또 다른 자신, 그림자 시간에 있던 자신의 기억이라는 것을 깨달았다. 그림자인 자신과 연결된 것이다. 그림자 시간 속 하준의 기억이 펼쳐지기 시작했다.

집 안 거실에 대영이 서 있다. 대영은 하준을 보고 놀란다. 마치 꿈이라고 생각하는 표정이다. 자신이 죽인 대상이 멀쩡하게 눈앞에 살아있으니 당연하다. 복수심이 부글부글 끓어오른 하준은 대영에게 달려든다. 하준보다 덩치가 곱절이나 큰 대영은 별다른 저항을 하지 못하고 하준의 무차별 공격에 당하며 거실 바닥에 쓰러진다. 그림자 시간의 주인이 누군지 명확하게 보여주는 장면이다.

하준이 대영의 몸에 올라탄다. 어느새 손에는 칼을 쥐고 있다. 복수심에 불탄 하준이 허공에 든 칼을 대영의 가슴에 꽂으려는 순간, 바닥에 누워있는 대영이 다른 사람으로 보인다. 소녀다. 눈을 질끈 감고 두려움에 떨고 있는 소녀. 대영에게 칼을 내리꽂으려던 하준은 소녀를 보고 놀라 대영의 심장을 빗겨 찌른다. 대영은 비명을 지른다. 고통을 담은 현실의 비명이 아니다.

꿈꿀 때 반응하는 정도의 가벼운 비명이다.

그때 하준의 등 뒤에서 고양이 소리가 들린다. 하준이 어렸을 때 들었던 기억이 있는 특이한 고양이 울음소리다. 하준을 밀치고 일어나 앉은 대영은 소리가 들리는 곳으로 미친 듯이 기어간다. 바닥에 주저앉은 하준은 초점 잃은 눈으로 대영의 뒷모습을 멍하니 바라본다. 그의 눈빛은 방금 본 소녀가 누굴까 하는 의문으로 가득하다.

엉덩이를 보인 채 기어가던 대영의 얼굴이 하준 앞에 나타났다. 지금부터는 기억이 아니다. 지금 하준에게 일어나는 일이다. 환희에 찬 표정을 한 대영이 하준에게 다가오고 있었다. 그의 눈빛은 오랜 시간 그리워한 존재를 향한 찬란한 눈빛이었다. 기어오던 대영이 하준을 덮치며 다시 어둠에 잠겼다.

*

2층에서 들린 인기척에 설희의 모든 신경은 계단 위를 향하고 있었다. 자신 외에 또 다른 누군가가 그림자 시간에 존재하고 있다는 사실에 긴장하며 2층으로 이어진 계단에 발을 내디뎠다.

두어 걸음 계단을 오르던 설희가 동작을 멈췄다. 자신의 다리가 다른 사람의 다리 같은 느낌이 들었기 때문이었다. 장딴지에 모래주머니가 달려 있는 것처럼 무거웠다. 마음도 마찬가지였다. 헤어 나올 수 없는 절망감에 빠져 걷잡을 수 없이 추락하는 감정이 기다렸다는 듯 설희를 끌어안았다. 바짝 마른 늦가을 낙엽처럼 부서지기 직전의 감정이 삶을 죄어오는 기분이었다.

다시 다리를 움직였다. 계단을 오르는 것이 아니라 억지로 끌려가는 것 같은 기분이었다. 한 발 한 발 힘겹게 내딛던 발이 마지막 계단을 밟고 2층 거실에 섰다. 예상과 달리 그곳에는 아무도 없었다. 눈에 보이지 않을 뿐 설희는 분명 누군가 이곳에 있다는 불길한 느낌을 지울 수가 없었다. 불길함을 느낌과 동시에 이상한 일은 곧바로 일어났다.

*

고양이 소리가 들린 곳으로 기어가던 대영이 눈을 떴을 때 그를 처음 맞이한 것은 벽에 걸린 반 고흐의 귀를 자른 자화상 그림이었다. 눈을 껌벅거리며 그림을 보던 대영은 주위를 둘러보았다. 흑백의 세상이 아닌 천연색의 세상. 누군가의 집인데 낯선 공간이다.

대영은 혼란스러웠다. 방금까지 어둠이 가득했던 농장 집에 서 있었는데 순식간에 다른 집에 서 있다. 모든 상황이 꿈처럼 느껴졌다. 자신이 농장 집에 있는 것도, 자신이 죽인 하준이 갑자기 그곳에 나타나 몸싸움한 것도 그랬다.

대영은 조금 전 카롱이 울음소리를 들었다. 자신을 기다리고 있었다는 듯 우는 울음소리에 이성을 잃고 소리가 들린 곳으로 미친 듯이 기어갔다. 이후 다시 눈을 뜬 곳은 낯선 집 안.

어리둥절한 대영의 표정이 거실 벽에 걸려 있는 거울에 비쳤다. 거울 앞으로 다가갔다. 거울을 보는 순간 어리둥절한 표정이 못 볼 것을 본 것처럼 놀라운 표정으로 바뀌었다. 거울 속에 자신의 얼굴이 아닌 방금 전 자신을 죽이려고 한 하준의 얼굴이 자신을 바라보고 있는 게 아닌가. 다른 사람의 얼굴을 통해 자신의 현재 느낌을 보는 기분이 묘하고 어색했다.

거울 앞에 서서 시선을 고정한 채 하준의 얼굴을 바라보았다. 도무지 이해할 수 없는 상황이다. 이상한 상황은 계속 이어졌다. 거울 속 하준의 얼굴이 페도라를 쓴 자신의 얼굴로 바뀌었고 뒤로는 흑백의 공간이 등장했다. 대영이 현실에 있을 때 운영했던 술집이었다.

거울에 비치는 다른 공간, 자신을 바라보고 있는 것 같은 거울 속의 또 다른 자신의 시선. 시각의 혼란을 멈추려고 하는 듯 촉각이 반응했다. 대영의 목에서 서늘한 기운이 감돌기 시작한 것이다. 그 서늘함을 만든 주인공이 거울에 등장했다. 소녀였다. 입꼬리가 살짝 올라간 미소를 짓고 있는 소녀. 기분 나쁜 미소를 짓고 있는 소녀는 대영의 뒤에서 두 손으로 목을 조르기 시작했다. 조금 전 농장 집에서 하준에게 당할 때처럼 대영은 자신의 목을 조르는 소녀에게 아무런 저항을 할 수가 없었다.

*

2층 거실에 서 있던 설희는 거울 앞으로 걸어갔다. 설희의 의지가 아니었다. 설희는 그제야 알았다. 이곳에 누군가 있다는 느낌, 그 존재는 다름 아닌 자신이라는 것을. 계단을 오를 때 느꼈던 절망의 감정이 자신의 감정이었다는 것이 믿기지 않았다. 머지않은 미래의 자신 같은데 그런 감정을 갖고 있는 자신이 의아했다. 왜 내가 이렇게 절망감에 빠져 있는 걸까.

깨진 거울에 자신의 얼굴이 비쳤다. 초점이 없는 멍한 눈빛과 초췌하고 생기가 느껴지지 않는 얼굴.

왜 자신이 저렇게 변했는지, 왜 이곳에 왔는지, 이곳에서 무슨 일을 하려는 것인지, 이런 의문은 바로 해소되었다. 거울에 비친 자신의 얼굴을 보면서 설희는 미래 자신의 감정에 동화되었다. 동화된 감정은 곧바로 기억으로 전환됐다.

미래의 하준과 설희는 연인 사이다. 경찰업무에 회의를 느끼던 시기, 정신을 놓고 운전을 하던 설희는 횡단보도에서 자전거를 타고 지나가는 하준과 가벼운 접촉사고를 낸다. 이를 계기로 둘을 가까워졌고 연인으로 발전한다. 어린 나이에 홀로 열심히 살아가는 하준을 보고 설희는 다시 마음을 다잡는다.

하준은 죽기 전 설희에게 전화를 한다. 인아를 납치한 범인을 알려주려고 한 전화였지만 때마침 회의가 시작된 설희는 조금 있다 전화를 하겠다고 말하고 전화를 끊는다. 그것이 하준과의 마지막 통화였다. 그때 통화를 했다면 하준은 죽지 않았을지도 모른다. 하준의 죽음이 자신 때문이라는 죄책감에 시달리던 미래의 설희는 결국 자신을 놓기로 한 것이다.

다른 변화도 감지했다. 시계가 움직이기 시작한 것이다. 설희는 자신의 손목을 내려다보았다. 미래 자신이 차고 있는 시계,

인아가 농장 집에 남긴 시계와 같다. 시계는 원래 미래 설희의 시계였다.

경찰 시험을 준비 중이던 자신을 찾아와 했던 인아가 한 말, 설희 자신을 지키는 시간이라고 했던 그 말은 설희의 죽음을 알리는 것이었다.

8시 30분은 미래의 내가 죽은 시간이었어.

상황을 파악하자 현실화라는 단어가 꼬리를 물고 떠올랐다. 그림자 시간을 통해 만난 미래의 자신. 죽음이 그림자 시간을 통해 현실화가 된다면 설희는 미래 상황처럼 현실에서 죽음을 맞이한다.

장대영이 내게 남긴 교통사고 기억도 현실화를 이용한 거야. 아무래도 내가 거추장스러운 존재일 테니까. 서인아가 교통사고 기억에 등장한 것은 그녀가 그림자 시간에 남긴 흔적이겠지. 이 집에는 그런 흔적들이 있어. 불탄 시신이 현실화되던 순간에 남겨진 걸 거야. 불탄 시신을 발견한 학생과 내 등에 생긴 점자도 그 흔적일 테고, 내가 여기 처음 왔을 때 거울에서 보았던 여자도 그 흔적이겠지. 당연히 그 여자는 나일 테고.

다시 미래 설희가 움직였다. 미래 설희는 준비한 줄을 들고 거실 한쪽에 있는 탁자 위에 올라갔다. 들고 있던 줄을 천장을 가로지르는 보에 건 다음 올가미를 만들었다. 목에 줄을 걸고 탁자를 발로 차면 모든 게 끝이다.

미래 자신의 절절한 감정이 느껴졌다. 그리움과 후회. 가슴 밑바닥에서 흐느적거리며 올라온 감정들이 죄책감이라는 감정으로 모였다. 떨칠 수 없었던, 그래서 삶을 피폐하게 만들었던, 결국 죽음을 선택하게 만든 감정. 미래 설희의 마지막 감정은 죄책감이었다.

하준을 한 번만 다시 만날 수 있다면 꼭 말하고 싶다. 미안하다고. 그 말 한마디만 할 수 있다면, 그 말 한마디만.

미래 설희는 이렇게 말하고 있었다. 그러지 말라는 설희의 간절한 바람은 미래 설희에게 전달되지 않는 듯 미래 설희는 아무런 반응이 없었다. 이미 정해진 과거, 그곳에 존재하는 생각과 감정은 전달되지 않는 것이다. 어떻게 해야 하지. 설희는 초조했다.

＊

잭이 아지트 벽에 걸린 거울을 보며 흉터를 괜히 남겼어, 하는 푸념을 늘어놓고 있을 때, 거울 속에 다른 공간이 흐릿하게 보였다. 잭은 거울로 한 걸음 더 다가갔다. 거울에 보이는 공간의 모습이 점점 또렷하게 보이기 시작했다. 흑백으로 보이는 하준의 집 거실이었다. 예상에 없던 일에 잭은 당황스러웠다. 더 당황스러운 것은 거울 속 상황을 잭과 같은 표정으로 바라보는 또 다른 존재가 있다는 느낌이 든 것이다. 그 존재의 느낌이 조금씩 잭에게 스며들었다.

지금 거울을 통해 이곳을 보고 있는 것은 나야. 내가 하준의 그림자가 되었던 그 순간. 그런데 왜 그 상황이 다시…… 왜 내가 다시 생긴 거지?

서로 다른 공간에 존재하는 두 명의 잭. 조금씩 스며들던 다른 시간의 존재와 교감이 이루어졌다. 거울을 보고 있는 다른 자신의 불길한 징후가 현실의 잭에게 전달되었다. 서늘한 기운이 목 뒤에서 느껴졌다. 꿈틀대는 실뱀이 목을 감아오는 느낌이었다. 현재가 아닌 그림자 시간에서 일어나는 일이라는 것을 잭은 바로 알아차렸다. 저항할 수 없는 죽음의 기운이 자신에게 연결되었음을 느끼자 가슴이 섬뜩했다.

왜 이런 일이 다시 일어났는지는 지금 문제가 아니야. 저 그림자 시간 속 존재에게 일어나는 일이 현실화가 되면 둘 다 모두 사라져.

카롱이 울음소리가 들렸다. 그림자 시간의 카롱이다. 혼란스러운 듯 이리저리 움직이던 잭의 눈동자가 탁자 위에 앉아있는 고양이에서 멈췄다. 잭은 뭔가 떠올랐는지 고양이를 바라보며 싱긋거렸다. 잭은 마음속으로 그림자 시간의 자신에게 소리쳤다.

'이봐, 정신 차리고 내 생각을 잘 기억해!'

거울을 멍하니 바라보던 그림자 시간의 대영은 또 다른 자신의 외침에 움찔했다. 현실에 존재하는 잭의 생각이 빠르게 그림자 시간의 대영에게 전송되어 왔다.

지금 현실의 잭이 처한 상황, 그동안의 과정과 그림자 대영의 마지막 상황까지. 대영은 아지트에서 전해오는 신호를 완전히 이해했다. 두 존재는 완전히 하나가 되었다.

목을 조이는 소녀의 힘이 점점 커졌다. 가녀린 손에서 전해오는 압박감이 굵은 밧줄로 꽁꽁 배틀며 조이는 것처럼 숨이 막혀왔다. 곧 숨이 넘어가며 다시 어둠의 시간으로 떨어지리라. 카롱이가 정말 다시 내 구원자가 될 수 있을까.

*

그림자 소녀는 자신의 계획대로 하준으로의 현실화에서 걸림돌이었던 잭을 제거했다. 술집의 기억은 잭이 사라지는 기억이다. 하준에게 남긴 그 기억이 하준의 그림자가 된 대영을 지워버렸다. 이제 그토록 바라던, 그림자가 아닌 진짜 인간의 삶이 시작된다.

호수에서 죽은 하준의 그림자로 탄생한 소녀는 그림자 시간에서는 하준으로, 현실에서는 하준의 그림자인 잭의 그림자로 살았다. 그림자 소녀의 선택이 아니었다. 그렇게 할 수밖에 없는 운명을 따라간 것뿐이었다. 그녀가 하준과 잭에게 배운 감정은 분노, 증오, 복수 같은 거칠고 잔인한 감정들뿐이었다.

그림자 소녀는 그림자 하준의 복수 대상인 잭, 즉 장대영을 농장 집에서 살해하는 상황을 만들었다. 대영의 영혼에 접근해 그의 그림자가 되어 그림자 시간으로 초대한 것이다. 애당초 현실에 존재하지 않아 누구의 그림자도 될 수 있는, 그림자 소녀만이 할 수 있는 방법이었다.

하준의 그림자로 태어난 그녀에게 하준의 계획은 곧 자신의 계획이었다. 하지만 막상 대영의 그림자로 마지막을 맞이하려고 하는데 사라지는 것이 두려웠다. 아마 그것은 대영의 감정이었으리라. 아이러니하게 자신이 제거하려고 한 대영 때문에 현실을 경험하는 기회를 얻었다.

하준을 통해서 느낀 현실이라는 새로운 세상. 그림자 시간과 달리 현실에서는 살아있다는 느낌이 강하게 들었다. 이곳에 머물고 싶다는, 온전한 인간으로 살고 싶다는 느낌을 갖게 된 것이다. 온전한 인간, 즉 하준이 되기 위해서는 잭과 하준을 지워야만 했다.

그런 계획에 가장 큰 문제가 있었다. 바로 자신을 찾아올 그림자 하준이었다. 그림자 소녀의 예상대로 농장 집에 그림자 하준이 나타났다. 자신과 같은 모습으로.

그림자 소녀는 빛의 소녀인 그림자 하준과 함께 사라졌다. 다시 그림자로 탄생할 기억을 하준에게 남긴 채. 하준의 기억으로 다시 현실화를 하는 그 누구의 방해도 받을 수 없는 완벽한 방법이었다.

지금 그것이 이루어졌다. 그런데… 이상한 조짐이 느껴졌다. 하준의 삶에 다른 그림자가 공존하고 있는 느낌이다. 그 느낌 중심에 소녀의 간절한 바람을 짓이기는, 탄내가 물씬 나는 쓰디쓴 향기가 있었다. 하준의 집 벽에 걸린 거울에 그 향기의 정체가 나타났다. 거울에 흑백의 농장 집 거실이 나타난 것이다. 게다가 거울에 비친 모습은 하준이 아닌 원래 자신의 모습이었다. 검게 변해가고 있는 자신의 모습. 현실이 아닌 그림자 시간의 자신이었다.

그림자 소녀는 예상치 못한 상황에 놀랐다. 완벽한 부활의 꿈을 이루자마자 소멸이라는 급류에 휩쓸려 버리게 되었다.

이게 어떻게 된 일이지? 김하준에게 왜 이런 이상한 흔적이 남아있는 거야? 지금은 지난번 농장 집 때와는 다르다. 나에게 다음의 기회는 없어. 이대로 사라지면 끝이다.

그림자 소녀는 더 이상 물러설 혈로가 없었다. 다시 올라올 수 없는 까마득한 낭떠러지 끝에 서 있는 꼴이었다. 어둠이 주위를 차지하기 시작했다. 눈앞이 아득해 왔다.

소녀는 다시 호수를 떠올렸다. 호수, 호수로 다시 돌아갈 수 있다면……

그림자 소녀는 하준의 그림자가 되던 그 순간으로 다시 돌아가고 싶었다. 하준이 되지 않고 하준의 그림자로 머물더라도 현실의 세상에 머물고 싶었다. 살아있다는 느낌, 그 느낌을 버릴 수는 없었다.

어둠 저편에 누군가 있음이 느껴졌다. 누굴까, 그림자 시간에 있을 존재는 없다. 어둠 사이로 한 사람이 보였다. 유설희 형사였다. 그림자 하준과 연인이었던 인물.

*

설희는 미래 자신의 죽음을 막을 방법을 아무리 생각해도 찾을 수가 없었다. 그 순간 떠오르는 것은 교통사고 기억에 등장했던 인아가 중얼거린 말이었다. 그림자가 된 설희는 비로소 그때 인아가 한 말을 알 수가 있었다.

'김하준을 불러요.'

김하준을 불러 어떻게 한다는 거지?

그때 다른 인기척이 느껴졌다. 몸을 돌리는 순간 소녀가 눈앞에 있었다. 얼굴이 시커멓게 변해가고 있는 소녀는 날카로운 눈빛으로 설희를 노려보았다. 굳은 표정이었던 소녀는 설희에게 희망을 본 듯 살짝 미소를 지었다. 미소 띤 입가에는 먹잇감을 발견한 맹수처럼 입맛을 다시는 끈적한 침이 흘러내릴 것만 같았다.

갑자기 등장한 소녀에 넋을 빼앗긴 설희의 가슴으로 뭔가 푹 들어왔다. 소녀가 들고 있던 검은 줄을 설희의 가슴에 꽂은 것이다. 소녀는 안도의 숨을 내쉬었다.

가슴에 검은 줄이 꽂혔지만 통증은 없었다. 다만 이질적인 기억이 설희에게 파고들어 왔다. 불탄 시신이 눈앞에서 아른거렸다. 설희는 직감적으로 소녀의 운명이 자신에게 연결되어 있음을 느꼈다.

이 소녀는 나에게 왜 이러지? 죽음을 피해 나를 선택한 건가. 나에게도 시간이 없는데.

어둠에 잠기는 설희는 생각했다. 시간이 없어, 시간이…….

＊

농장 집에서 대영이 하준을 덮친 후 하준은 어둠 속에 있었다. 방금 전 농장 집 상황은 하준이 어렸을 때 잭이 자신의 그림자로 연결되었던 상황이었다. 그때와 달리 지금 하준은 현실의 자신과 분리되었다. 하지만 잃어버린 기억을 다시 찾은 것처럼 하준은 온전한 자신이 된 느낌이 충만했다. 그림자 시간에 존재하는 자신을 만났기 때문이다.

새로운 느낌도 있었다. 예전 인아와 살았을 때처럼 그녀가 자신 가까이 있는 것만 같았다. 이런 느낌은 하준에게 두 가지의 기억을 떠올리게 했다.

하나는 다시 호수가 보이는 기억이고, 다른 하나는 설희가 식사하는 모습을 바라보는 기억이었다. 설희를 향해 뭐라 이야기한다. 인아에게 머물렀던 그림자 하준의 독백이다. 하준이 그림자가 되는 순간에 반응하도록 인아가 남긴 기억이다. 아줌마는 저 기억을 왜 남긴 걸까.

흐릿해진 어둠 속에서 다른 존재가 느껴졌다. 하나가 아닌 둘이다. 하준을 끌어당기는 인력이 작용하는 듯 하준의 발걸음이 다른 존재가 있는 곳으로 움직였다.

어둠 속에 소녀가 보였다. 전에 농장 집에서 보았던 소녀. 두 사람은 서로를 마주보며 섰다. 시커멓게 변한 소녀의 얼굴이 예사롭지 않았다. 자포자기한 듯한 표정의 그녀는 하준을 보자 구원자를 본 것처럼 미소를 지었다. 미소 짓는 그림자 소녀 뒤에 시커먼 형태가 보였다. 유설희 형사다. 그런데 왜 두 사람이 연결된 거지?

"나에게 왜 이래, 나는 김하준이야. 내가 김하준이라고! 이제 와서 나에게 왜 이러는 거야!"

자신이 소멸되는 순간이 다가오고 있음을 안 소녀는 하준의 멱살을 잡고 고래고래 소리 질렀다.

"나를 도와줘. 그냥 네 그림자로 조용히 살게 해줘. 아무것도 하지 않을게. 제발."

방금 나무라듯 호통치던 그림자 소녀는 간절한 목소리로 사정했다. 그럴수록 소녀는 더욱 검게 변해갔다.

– 두려워요. 제게 기억이 있어요. 저와 닮은 여자애와 같이 어둠으로 사라지는 기억이에요. 저는 죽는 건가요?

그림자 소녀의 입에서 다른 소녀의 목소리가 흘러나왔다. 그림자 소녀를 기다리고 있는 또 다른 소녀의 말이다. 농장 집에서 발견된 불탄 시신. 불탄 소녀가 지금 그림자 소녀의 그림자가 된 것이다. 아니, 그 반대인가.

자신의 마지막 결말을 예상한 그림자 소녀의 표정은 덫에 걸려 꼼짝할 수 없는 짐승의 표정이었다. 그림자 소녀가 놓치고 있던 것이 있었다. 그녀의 계획대로 그림자 시간이 다시 반복되면서 하준에게 다른 그림자 시간의 흔적이 남겨진 것을. 그림자 인아가 남긴 흔적, 바로 불탄 시신과 연결되는 흔적이었다.

"너희들이 날 이렇게 만들었잖아! 이제 와서 왜 이래!"

본인 뜻대로 되지 않았다는 불만과 곧 사라질 거라는 절망감

그리고 인아가 남긴 흔적을 받아들일 수 없는 소녀의 저항은 격렬했다.

예전의 하준이었다면 그림자 소녀의 간절함에 흔들렸겠지만 지금 하준은 그렇지 않았다. 그림자 소녀에 대한 증오의 마음이 본인도 어찌할 수 없을 정도로 가득했다. 하준은 호수에서 새 생명을 얻었을 때 느꼈던 세 가지 감정이 지금에서야 이해됐다. 소녀를 향한 증오, 인아에 대한 미안함, 설희를 향한 애틋함.

하준은 흔들림 없이 무심하게 그림자 소녀를 바라보았다.

소녀는 이제 더 이상 갈 곳 없는 퇴로에 막힌 상황이다. 입술을 버르르 떨며 소리치던 그림자 소녀는 하준을 바라보며 목소리를 다시 누그러뜨렸다.

"나는 너야, 나는 네 그림자라고. 그러니까 나를 버리지 말아 줘. 그냥… 네 그림자로 조용히 있을게."

소녀는 하준을 향해 간절히 사정했다.

─ 아니야, 잠시 쉬는 것뿐이야. 걱정하지 마. 내가 네 옆에 있어줄게.

인아의 목소리다. 인아가 사라지기 직전에 또 다른 불탄 시신인 소녀와 나눈 대화였다.

"김하준, 호수로 가자. 그렇지 않으면 이 여자도 나랑 같이 사라지는 거야."

그림자 소녀는 방금 전 간절하게 사정을 하던 얼굴이 아닌 분노가 가득한 얼굴로 말했다. 미래 하준의 연인이었던 설희를 이용하려는 마지막 카드이리라.

하준은 인아가 남긴 기억인 호수의 의미를 깨달았다. 완전한 결말을 위한 기억이었다. 호수를 생각하자 하준은 물속에 서 있었다. 하준의 뒤에서 다가온 시커먼 그림자 소녀가 하준에게 스며들어 오며 검은 줄을 하준의 가슴에 꽂았다. 하준의 배 밖으로 검은 줄이 튀어나왔다.

호수의 상황은 하준이 호수에서 경험한 것을 다시 떠오르게 했다. 농장 집에서 자신이 소녀를 내려다보던 상황의 기억을. 소녀가 모르는 하준만의 기억이다.

공간은 다시 농장 집. 그림자 소녀는 농장 집의 거실에 누워있었고 하준은 몇 발짝 떨어져 그 모습을 물끄러미 바라보았다. 하준이 호수에 빠졌을 때 본 환영이 재현되고 있었다. 하준이 호수에서 본 환영 속 소녀는 불탄 시신이었다. 그림자 소녀가 하준을 차지하게 될 상황을 예상한 그림자 인아가 하준에게 남긴 흔적이었다.

- 두려워요. 제게 기억이 있어요. 저와 닮은 여자애와 같이 어둠으로 사라지는 기억이에요. 저는 죽는 건가요?

조금 전 들었던 소녀의 목소리가 그림자 소녀의 입을 통해 밖으로 나왔다. 그림자 소녀는 불탄 시신이 되기 직전의 상황으로 완벽하게 들어왔다.

아- 악-

벗어날 수 없는 상황을 거부하는 그림자 소녀가 날카로운 비명을 질렀다. 바닥에 누워있던 그림자 소녀가 일어나 하준을 향해 기어왔다. 그림자 소녀는 검은 가루를 뒤집어쓴 것처럼 거무스름하게 변해가고 있었다. 하준 앞에 기어온 그림자 소녀는 하준의 발목을 잡고 올려다보며 말했다.

"제발, 살려줘. 나는… 너잖아."

"네가 아무리 벗어나려고 해도 네 마지막은 정해져 있어. 너는 이미 현실에서 소멸되었어. 그림자인 너는 당연히 따라야지."

하준은 냉정하게 말했다.

"그래, 할 수 없군. 우리 모두 이 어둠에 영원히 함께 있자. 그게 이런 상황을 만든 존재에게 복수라도 하는 거니까."

그림자 소녀는 시커멓게 변해가는 손을 뻗었다. 그녀의 손은 하준의 가슴을 뚫고 나온 검은 줄을 잡았다. 검은 줄을 당긴 그림자 소녀는 줄의 끝을 자신의 가슴에 박았다. 순간 하준에게 설희의 생각이 전해왔다. 세 존재가 하나로 연결된 것이다.

이제 그림자 소녀의 운명에 따라 모두가 소멸될 상황에 처하게 되었다. 하준은 그림자 시간 속 자신의 운명을 잘 알고 있다. 농장 집에서 자신이었던 빛의 소녀가 그랬던 것처럼 그림자 소녀와 함께 소멸하는 것을. 하지만 설희만큼은 살려야 한다.

'하준 씨 도와줘요.'

설희의 목소리가 들림과 동시에 설희가 보였다. 식사하는 설희를 바라보던, 인아의 그림자로 있던 그림자 하준의 기억이었다. 식사하는 설희를 보며 말하던 그림자 하준의 독백을 하준이 중얼거렸다.

'형사님 잘못 아니에요. 내가 없더라도 행복하게 지내세요.'

하준의 독백 이후 설희가 멀어져 가는 느낌이 들기 시작했다. 멀어지는 느낌 끝자락에 매달린 설희의 감정이 흐릿하게 하준에게 전해왔다. 고마워하는 감정이었다.

인아의 목소리가 다시 들렸다.

– 네 이름은 소윤이야.

그림자 소녀의 저항이 수그러들었다. 그녀는 수년 전 농장 집에서 검은 가루가 된 소녀의 마음을 느끼고 있을 것이다. 옆에 있는 인아의 위로를 받으며. 소멸의 순간만큼은 지금껏 느껴보지 못한 사랑의 감정을 느낄 것이고, 진짜 자신의 존재도 알게 될 것이다.

피지 못한 꽃망울이 검게 타고 있다. 꽃이 다시 피려면 새로운 계절이 돌아와야 한다. 그런 계절이 소녀에게 다시 오겠지.

하준도 그림자 소녀와 함께 검은 가루가 되어가는 것을 느꼈다. 소멸의 순간 하준은 그림자인 또 다른 자신과 분리되는 느낌이 들었다.

*

호수에서 다시 농장 집으로 오는 상황을 설희도 인지했다. 그림자 소녀가 불탄 시신으로 현실화되는 상황이었다. 그림자 소녀와 연결 후 설희는 미래 자신과는 교감을 할 수가 없었다. 그림자 소녀가 마지막 저항을 하며 하준과 연결되었을 때 설희는 하준의 존재를 느꼈다. 그림자 인아가 자신에게 말한 것을 마음속으로 외쳤다.

'하준 씨 도와줘요.'

설희의 다급한 요청 이후 변화는 곧바로 나타났다. 다시 미래 자신과 연결된 것이다. 소녀와 함께 소멸하는 그림자 하준의 현실화 기억이 설희를 분리한 것이다. 그림자 하준의 소멸 기억에 설희가 없어 가능한 것이었다.

미래 설희의 목에는 줄이 걸려있었다. 그 모습이 거울에 비쳤다. 발로 탁자를 밀치는 순간 허공에서 허우적거리는 상황이 현실로 이어진다. 시계는 8시 29분. 1분이 채 남지 않았다.

순간 하준의 목소리가 들렸다. 하준이 전해준 상황이 설희 눈앞에 그려졌다. 인아를 처음 만났을 때 식사를 하던 모습이었다. 인아의 시선으로 바라보는 상황에서 느껴지는 그림자 하준의 독백이 전해왔다.

내 기억은 교감하지 못하겠지만 다른 그림자의 기억은 느낄 수 있을 거야. 어떻게 전달하지? 아, 그래 점자. 거울이다.

설희는 거울을 보며 하준이 자신을 바라보고 있는 기억을 생각했다. 탁자를 차려고 주저하던 발이 움직임을 멈췄다. 미래 설희는 목에 줄을 건 채로 거울을 보았다. 설희가 느낀 그림자 하준이 남긴 기억을 미래 설희도 같이 느꼈다. 미래 설희는 미안함과 동시에 고마움을 느끼고 있었다.

줄에서 목을 뺀 후 탁자에서 내려온 미래 설희는 다리에 힘이 풀린 듯 그대로 주저앉았다. 미래 설희는 자신이 본 상황을 어떻게 생각하고 있을까. 환영을 보았다고 생각할까, 아니면 정말 하준의 영혼을 만났다고 생각할까. 하준은 어떻게 되었을까. 불탄 시신으로 현실화된 걸까. 정말 사라졌을까.

그림자 시간이 소멸하려는 듯 어둠이 차오르기 시작했다. 가득한 어둠 속에서 작은 빛이 보였다.

30

지인은 병원의 대기실 의자에 앉아 자신의 차례를 기다리고 있다. 얼굴에는 행복한 미소가 가득하다. 원룸 월세에서 해방되는 것만으로도 감지덕지했을 삶이었는데 지금은 상상조차도 사치라고 여겼을 화려한 삶을 살고 있다. 게다가 지인의 안에는 새 생명까지 자라고 있다. 현재 지인은 임신 5개월이다.

인아의 유령 역할을 하던 지인은 이제 유령이 아닌 진짜 인아의 자리를 차지했다. 인아 유령을 하면서 느꼈던 욕망과 현실의 괴리감에서 오는 절망도 사라졌다. 막연한 동경이 실제로 이루어진 것이다.

인아는 죽기 전 조만간 학원에서 사탐강사를 뽑으니 지원을 하라고 했고 지인은 면접을 통해 강사로 채용되었다. 면접 때부터 자신에게 호감을 보인 규민과는 연인 사이가 되었다. 아기는 규민과 함께 만든 사랑의 결실이다. 예상치 못한 임신으로 결혼식은 출산 이후로 미루고 혼인신고부터 한 후 규민의 집에서 동거를 시작했다. 아등바등 살던 구질구질한 과거와는 완전히 결별했다.

지인은 인아가 살아있을 때도, 지금도 왜 인아가 자신의 그림자 역할을 부탁했는지 궁금했다. 인아가 죽기 전 마지막 만남에서 인아는 지인에게 이렇게 말했다.

"그냥 운명이지. 그런 역할이 필요했던 때에 네가 내 눈에 보였던 것뿐이야."

쓸쓸하게 웃으며 이렇게 대답한 인아의 얼굴이 지금도 지인의 눈에 선하다. 정말 그 이유뿐이었을까.

인아를 처음 만난 것은 지인이 편의점에서 아르바이트를 하고 있던 때였다. 어려운 집안 형편에 휴학과 복학을 반복하며 힘들게 등록금을 마련하는 시기에 갑자기 편의점에 찾아온 인아는 지인의 명찰을 보며 물었다.

"지인 씨. 일 언제 끝나요? 혹시 새로운 알바 필요하지 않으세요? 생각 있으면 저기 앞에 있는 맥줏집으로 오세요. 기다리고 있을게요."

갑자기 나타나서는 뜬금없이 아르바이트를 제안하는 여자가 이상하기는 했지만 아르바이트가 무엇인지 궁금하기도 했고, 편의점 아르바이트 계약도 곧 끝나는 때라 다른 아르바이트를 찾고 있던 시기였다. 일을 마친 후 인아가 기다리는 맥줏집으로 갔다.

"쉬울 수도 어려울 수도 있는 아르바이트예요. 내키지 않으면 안 해도 돼요."

인아가 제안한 아르바이트는 그녀가 잘 알고 있는 시각장애인인 초등학생과 함께 생활하라는 것이었다.

"몇 년 동안 내 역할을 해줘요. 서인아로 살아달라는 거예요. 특별한 건 없어요. 그 애 등하교와 식사, 빨래 정도만 하면 되는 일이에요. 그리고 매일 저녁 그 아이에게 일어난 일을 나에게 보고하고. 지인 씨가 복학을 하면 졸업할 때까지 등록금을 내줄게요. 생활비도 걱정 말아요, 그것 역시 내가 부담할 테니까. 지켜야 할 게 하나 있는데 동네 사람들과는 어울리지 마세요. 밖에 다닐 때는 항상 선글라스를 착용하고. 아, 점자는 미리 배워둬요."

황당하면서도 솔깃한 제안이었다. 아르바이트 사이트를 백날 뒤져도 찾을 수 없는 최고의 조건이었다. 남자애와 같이 사는 게 마음에 걸리기는 했지만, 뜨거운 밥, 찬밥 가릴 처지가 아닌 지인에게 등록금과 생활비의 굴레에서 벗어날 수 있는 조건 하나만으로도 거부할 수 없는 매력적인 제안이었다.

"그런데 왜 제게 그런 제안을 하시는 거죠?"

지인으로서는 당연한 질문이었다. 잘 알지도 못하는 자신에게 왜 그런 좋은 조건을 제안하는지 궁금한 것은 당연한 일이다.

"지인 씨는 나를 기억하지 못하겠지만 전에 편의점에 왔을 때 지인 씨를 보았어요. 누가 좋을까 생각하는데 지인 씨가 생각나더라고요. 인상도 좋고 성격도 좋은 사람 같아서."

지인은 그 자리에서 인아의 제안을 수락했다. 보름 뒤 지인은 하준과 살 집으로, 인아는 지인이 살고 있는 원룸으로 거처를 옮겼다.

"저 아이야. 같이 살고 있는 할머니 건강이 좋지 않아. 머지않아 돌아가실 거야."

인아는 아이스크림을 핥으며 걸어가는 하준을 가리켰다. 아이스크림을 먹던 하준이 넘어지자 지금이 인사하기 좋은 기회라며 어서 가서 인사하라고 했다. 그렇게 지인은 하준과 처음 만났다. 하준에게 지인이 서인아로 인지되는 순간이었다.

예쁘장한 흰 얼굴의 마른 아이. 첫인상은 나쁘지도 좋지도 않았다. 그렇게 2주 정도 인아가 마련한 집에서 홀로 보내고 있을 때, 할머니가 하준과 동반자살을 시도하는 사고가 터졌다. 지인이 막 잠자리에 들려고 할 때, 그 사실을 어떻게 알았는지 다급한 목소리로 전화를 한 인아는 하준의 집으로 가라고 했다. 그렇게 하준을 구한 지인은 하준과 동거하는 이상한 아르바이트를 시작했다.

하준은 성격이 조용하고 얌전해서 특별히 힘든 것은 없었다. 등하교도 인아가 마련해 준 스쿠터 덕분에 수월했다. 취객이나 음흉한 추파를 던지는 아저씨들을 상대하는 편의점, 술집 아르바이트와는 비교되지 않을 정도로 힘든 일은 없었다. 그러던 중 첫 번째 이상한 일이 일어났다.

집으로 돌아오는 길에 바나나를 사 온 날이었다. 그날 하준은 소파에 앉아 바나나 한 꾸러미를 다 먹어치웠다. 소식을 하던 평소의 모습과 다른 식욕에도 놀랐지만 더 놀란 것은 그날 보인 하준의 태도였다.

설거지를 하던 지인이 무심코 고개를 거실 쪽으로 돌렸을 때, 소파에 앉아있는 하준은 중학교 1학년이라고 할 수 없는 눈빛과 표정으로 지인을 바라보고 있었다. 여자를 잘 알고 있다는 듯 끈적끈적하고 야릇한 눈빛을 한 채 묘한 미소를 짓는 얼굴로. 지인이 술집에서 아르바이트 할 때 자주 본 치근대던 아저씨들의 얼굴이었다.

순수한 얼굴에서 수컷의 본능이 뿜어져 나오는 이질적인 모습에 오싹한 소름이 돋았다. 그때 하준은 멀쩡하게 앞을 보고 있는 것 같았다.

지인은 이 사실을 인아에게 알렸다. 인아는 일주일 뒤 자신이 직접 음식을 준비했다. 그날 저녁, 하준은 인아가 준비한 바나나 김밥을 걸신이 들린 듯 정신없이 먹어치웠다. 하준이 평소 먹는 양을 초과하는 양이었다. 식사를 마친 하준은 자리에서 일어나 식탁 앞에 마주앉은 지인에게 다가와서는 으스스한 미소를 지으며 이렇게 말했다.

"이 게임이 너희 계획대로 되지 않을걸? 그리고 너 은근히 섹시한 게 마음에 든다. 후후후."

비아냥거리는 하준의 말투는 세상사를 알 만큼 알고 있는 어른의 말투였다. 하준 안에 다른 누군가 있는 것 같은 두려움에 지인은 더 이상 하준과 함께 있을 수 없을 것 같았다. 터무니없이 좋은 조건에는 분명 이유가 있었을 터, 인아의 제안을 받았을 때 신중해야 했다며 자신을 질책했다.

지인은 인아에게 하준이 말한 게임이 뭐냐, 언니는 이런 사실을 알고 있었냐고 물으며 더 이상 일을 못 하겠다고 말했다. 지인의 말에 인아는 처음이자 마지막으로 입술을 버르르 떨며 불같이 화를 냈다. 인아의 부라린 눈에서 폭발할 것 같은 분노가 느꺼졌다.

"너는, 너는! 이 일을 해야만 해! 알았어? 시작을 했으면 끝맺음도 네 몫이야!"

분노를 억누르는 듯 불그스름하게 달아오른 인아의 얼굴, 지인을 바라보던 이글거리던 눈빛. 지인이 알던 인아와 전혀 다른 모습이었다.

"하준이와 함께하는 시간이 그렇게 길지 않을 거야. 조금만 참아."

이후 하준에게서 능구렁이 같은 어른의 모습은 보이지 않았다. 몇 달 뒤 지인은 또 다른 경험을 했다. 이 일은 별일이 아니라고 생각해 인아에게는 보고하지 않은 내용이다.

그날은 감기에 걸린 하준이 약을 먹고 일찌감치 잠든 날이었다. 지인은 하준의 침대에 하준과 나란히 누웠다. 하준은 칭얼거리며 지인에게 몸을 돌리더니 지인의 가슴을 만졌다. 놀란 지인이 하준의 손을 떼어내려고 할 때 하준이 잠꼬대처럼 주절거렸다.

"그런데 왜 그런 생각을 했어?"

평소 하지 않던 반말로 하는 하준의 잠꼬대에 지인은 "무슨 생각?"이라고 장난삼아 맞장구쳤다. 잠을 자는 하준은 지인의 질문에 대화하듯 곧바로 반응했다.

"그렇게 되면 좋을 것 같아? 행복할 것 같아? 남의 자리를 차지하면."

하준은 아무 일 없었다는 듯 다시 몸을 돌리고 색색거리며 잤다. 하준의 말에 지인은 가슴이 뜨끔했다. 하준의 말은 지인의 마음을 꿰뚫어보고 하는 말이었다.

그런데 어떻게 알았을까, 정말 하준이 한 말일까?

지인은 인아가 말했던 학원과 아파트에 간 적이 있었다. 인아의 남편이 운영하는 대형학원과 고급 아파트를 올려다보며 지금처럼 인아를 대신해 자신이 그 자리를 차지하면 어떨까 하는 생각을 했다. 인아의 그림자가 아닌 진짜 인아가 되면 좋겠다, 라는 상상이었다.

하준의 말을 들은 지인은 저도 모르게 눈물이 흘러나왔다. 속마음이 들킨 것에 대한 창피함도 있었지만, 인아에 대한 죄책감과 비루한 인생의 서글픔이 섞여 있는 눈물이었다.

하준은 내 마음을 어떻게 알았을까, 그 말을 한 존재는 누굴까, 바나나 김밥을 먹었을 때 나타났던 능글맞은 존재는 아닌 것 같은데.

인아가 죽기 며칠 전 그녀는 지인을 원룸으로 불렀다.

"언니, 얼굴이 너무 안 좋아 보여요. 병원에 가보셨어요?"

"병원에서 치료할 수 있는 병이 아니야. 내가 오늘 지인이 너를 부른 건 이제 마지막 부탁을 할 때가 된 거 같아서야."

그날 인아가 한 말은 유언과 같은 말이었다. 첫 번째는 자신이 죽은 후 잠시만 자신의 유령이 되어달라는 부탁이었다. 그게 뭐냐는 지인의 물음에 나중에 알게 될 거라는 말만 했다. 다음으로 세 장의 사진을 건네며 하준의 생일에 준 앨범에 끼워두라는 부탁과 함께 자신이 죽은 후 절대 하준의 집에 가지 말라고 당부했다. 마지막으로 몇 년 후에 자신의 학원에서 사탐강사를 채용할 테니 그때 지원하라는 말을 한 후 둘은 헤어졌다.

인아를 마지막으로 만난 며칠 후, 인아가 죽던 날이다. 오전에 자신의 마지막 역할이라며 하준이 수업을 마치면 시내에서 하준과 식사를 하라는 전화를 했다. 그리고 한마디를 더했다.

"정확히 저녁 8시 30분까지 농장 집으로 가. 그 집 거실 바닥에 손목시계가 있을 거야. 그 시계를 잘 보관하고 있어."

하준에게 동네 아저씨가 운영하는 부동산 사무실 앞에서 기다리라고 한 후 지인은 서둘러 농장 집으로 향했다. 농장 집에 도착한 시각은 8시 25분. 집 안으로 들어갔을 때 2층에서 예상에 없던 남학생들의 목소리가 들렸다. 어스름한 거실을 둘러보았지만 바닥 어디에도 손목시계는 보이지 않았다. 2층에 있는 남학생들을 피해 방으로 들어가 몸을 숨겼다.

시간을 특정한 거면 8시 30분에 무슨 일이 있는 건가?

지인은 휴대전화로 시간을 확인했다. 29분 40초. 초조하게 휴대전화와 문틈으로 살짝 보이는 거실을 번갈아 보았다. 드디어 8시 30분이 되었다. 뭐야, 아무 일도 없잖아.

조심스레 문을 열고 거실로 나온 순간 시커먼 형체가 거실에 툭 나타났다. 지인은 자신도 모르게 짧은 비명을 질렀다. 지인의 비명 소리를 들었는지 2층에서 수군덕거리는 남학생들의 목소리와 함께 우당탕거리는 발소리가 들렸다. 현관을 통해 집 밖으로 나가기는 힘든 상황. 지인은 다시 방 안으로 들어갔다. 남학생들의 목소리가 들렸다.

"씨팔. 이게 뭐야? 시체야?"

"그런 거 같은데. 불에 탄 건가? 이게 왜 여기에 있는 거지? 들어올 때 이런 거 없었잖아. 그리고 방금 여자 비명은 뭐야? 이 시체가 지른 비명인가?"

"어떡하지?"

"뭘 어떻게 해! 야, 빨리 경찰에 전화해! 그냥 여기서 나갔다가 재수 없게 걸리면 우리만 좆 되는 수가 있어."

"경찰 조사 받으면 우리 술 마신 거 걸리잖아. 나 지난번에도 공원에서 술 마시다 담탱이한테 걸렸는데."

"씨팔, 이 새끼는 똥인지 된장이지 존나 구분을 못 하네. 지금 그게 문제야? 술 마시다 걸려 벌점 조금 받는 게 나아. 괜히 살인범으로 몰려 인생 조지기 싫으면 경찰에 전화해야 돼."

학생들은 현관을 나가면서 경찰에 전화를 했다.

어떡하지? 경찰이 오기 전에 집에서 나가야 되는데.

방 안을 둘러보던 지인의 눈에 반쯤 열린 창문이 들어왔다. 창문을 열고 얼굴을 내밀어 주위를 둘러봤다. 경찰에게 전화를 하며 지금 상황을 설명하는 학생들의 목소리만 들릴 뿐 학생들의 모습은 보이지 않았다. 결국 그날 지인은 창문을 통해 밖으로 나왔다.

그날 본 시커먼 형체의 의문이 한동안 지인의 머릿속을 떠나지 않았다. 며칠 후 농장 집에 다시 갔을 때 손목시계는 없었다.

시간은 흘러 인아가 죽은 지 3년 정도 지났을 때, 한 통의 전화가 걸려왔다. 굵고 투박한 남자의 목소리였다. 남자는 생전에 인아의 부탁을 받았다면서 지인에게 할 일을 알려주겠다고 했다. 바로 인아가 죽기 전에 말한 자신의 유령 역할을 하는 내용이 었다. 지인은 남자에게 누구냐고 물었지만, 남자는 자신의 정체를 드러내기가 싫은지 알 필요가 없다고 했다.

"서인아 씨의 마지막 부탁을 잊은 건 아니죠? 약속을 지켜야 합니다. 서인아 씨가 두 눈을 부릅뜨고 지켜보고 있으니까요."

남자는 예의 바르게 말했지만 지인에게는 거부할 수 없는 협박처럼 들렸다. 그는 지인의 원룸에 인아 이름으로 우편물을 보냈다. 할 일이 적혀있는 메모와 함께.

시작은 향수와 파란색 원피스를 규민의 집 드레스 룸에 갖다 놓으라는 것이었다. 이후 인아가 입던 옷을 입고 아기 옷이 담긴 상자를 거실 탁자에 놓은 것, 현관에 펜션 명함을 붙이는 것, 교복을 입고 학원 강의실 칠판에 한 낙서, 펜션에 간 규민에게 한 전화, 복지관에 어떤 여자가 갈 거라며 화장실에서 기다리다 나와서 그녀가 건네는 노트를 받으라는 것. 마지막은 농장 집에 있는 유설희 형사가 위험하다며 경찰서에 전화하라는 것이었다.

남자가 지시한 내용들은 규민에게 복수를 하는 것 같았고, 있지도 않은 아기의 존재를 규민에게 주입하려는 듯 보였다.

인아의 유령 역할을 하면서 전에 느꼈던 감정이 다시 강렬하게 지인을 흔들었다. 하준과 살았을 때 느꼈던 인아의 삶을 살고 싶다는 욕망이 다시 꿈틀대기 시작한 것이다. 넓고 화려한 규민의 집을 보면서 이 집의 주인이 내가 되면 어떨까, 인아 언니도 없는데. 그리고 규민에게 애틋한 감정도 싹트기 시작했다.

인아의 유령 역할을 하면서 딱 한 번 위험한 일을 경험했다.

페도라 쓴 남자에게 납치당한 일이다. 그전에도 이상한 일이 있기는 했다. 하준의 집에 다녀오는 길에 누군가 미행하는 기분이 들었다. 그 사람이 규민이라고 생각한 지인은 택시에서 내린 후 건물 모서리를 돌며 빠르게 몸을 숨겨 간신히 위기를 모면했다.

남자의 지시로 복지관에서 유설희 형사에게서 작은 노트를 받은 날, 복지관에서 나와 길을 걸을 때 한 남자가 따라오는 걸 느꼈다. 지인은 자신에게 지시를 하는 사람으로 생각하고 의심 없이 페도라를 쓴 남자의 차에 탔다. 하지만 그는 지인에게 지시를 하는 남자가 아니었다.

지인을 농장 집으로 데리고 간 남자는 지인을 거세게 몰아붙이며 채근했다. 알고 있는 게 있으면 모를까 아무것도 모르는 지인은 그가 원하는 대답을 할 수가 없었다. 그는 다시 오겠다면서 떠났고 잠시 후 덩치가 큰 남자가 나타났다. 헬멧을 쓰고 있어 얼굴을 제대로 확인할 수는 없었지만, 겉으로 보이는 분위기 자체만으로도 위압적이었다.

헬멧 쓴 남자는 부들부들 공포에 떨고 있는 지인을 풀어줬다. 고맙다고 말하는 지인에게 그는 아무런 말을 하지 않고 오토바이를 타고 떠났다. 지인은 그 덩치가 자신에게 지시를 한 남자가 아닐까 생각했다. 이후 농장 집에 있는 유설희 형사가 위험하다며 경찰서에 전화를 하는 것으로 인아 유령 역할은 끝났다.

지인은 인아가 하라는 모든 것을 했지만 자신이 죽은 뒤 하준의 집에 가지 말라는 인아의 부탁만큼은 지키지 못했다.

인아가 죽은 뒤에도 지인이 하준의 집에 몇 차례 찾아갔다.

하준이 안쓰럽다는 인지상정 때문은 아니었다. 정확한 이유를 정리할 수는 없지만 하준이 아팠을 때 등장한 존재, 같은 그림자라는 동질감 때문이었을까, 하는 우스운 생각이 그나마 합당한 이유였다. 놀랍게도 지인이 막연하게 생각했던 동질감은 사실이었다. 복지관에서 유설희 형사가 건넨 점자 노트를 읽고 그 사실을 알았을 때 놀랐다. 정말 그런 황당한 상상이 인아가 남긴 점자 노트에 있을 줄은 몰랐다.

하준에게 그림자가 존재하고 있었다면 누굴까. 여전히 궁금하기는 하지만 이제는 알 수도 없고 알 필요도 없다. 내 삶을 살기만 하면 된다.

진료를 마친 후, 지하주차장에서 나오는데 출입구 근처에 서 있는 한 남자가 지인의 눈에 크게 들어왔다. 지인이 납치되어 농장 집에 감금되어 있을 때, 지인을 구해준 인물과 ― 살이 빠져 그때보다 덩치는 줄어든 것 같지만 ― 분위기가 흡사했다. 모자를 눌러 쓴 남자는 지인과 눈이 마주치자 서둘러 몸을 돌렸다.

주차장 출입구 앞에 잠시 차를 세운 지인은 차에서 내려 남자가 있는 곳으로 뛰어갔지만 건물 모서리를 돈 남자의 뒷모습은 이미 사라진 후였다. 그때 나를 풀어준 남자와 비슷한 거 같은데.

지인의 차 뒤에 멈춘 차가 클랙슨을 울리는 바람에 더 이상 남자를 쫓지 못한 지인은 다시 자신의 차로 돌아왔다.

친구들과 약속한 곳으로 향하는데 규민의 전화가 왔다. 스피

커폰을 켰다.

"성별 확인했어? 뭐래? 딸이래?"

규민의 상기된 목소리가 차 안에 울렸다.

"예, 딸이래요."

딸이라는 말에 규민은 기분 좋은 웃음을 터뜨렸다.

"전부터 생각했었는데 아기 이름을 소윤이라고 하는 거 어때?"

규민의 입에서 나온 소윤이라는 이름에 지인은 잠시 말문이 막혔다.

"소… 윤… 이요? 이름은 천천히 생각해요. 오늘 저녁에 친구들이랑 약속 있어요. 조금 늦을 거예요."

"그래, 맛있는 거 먹고 와. 몸조심하고."

통화를 마친 지인의 표정이 쓸쓸했다. 인아가 세상을 뜬 후, 하준의 집 싱크대 문짝에서 보았던 그 이름. 규민에게 주입하려고 했던 그 이름.

왜 그 이름을 아기 이름으로 하려고 하지? 그 이름에 어떤 사연이라도 있는 걸까.

소윤이란 이름을 듣고 난 후 갑자기 심장이 두근거리기 시작했다. 운전대를 잡고 있는 손이 파르르 떨리며 불안감이 찾아왔다.

임신 사실을 알았을 때, 지인도 규민 못지않게 행복했다. 새로운 생명을 품었다는 경이감, 진짜 엄마가 된다는 흥분, 세상을 다 가진 기분이었다. 하지만 지인의 이런 행복을 시기하는 듯한 알 수 없는 불안감도 문뜩문뜩 찾아왔다. 지인은 처음 경험하는 임신 때문에 그런 거라고 치부했지만 이렇게 갑자기 닥치는 정체 모를 불안감이 좋을 이유는 없다.

지인은 친구들과 약속한 패밀리 레스토랑으로 들어갔다. 단짝 친구 세 명은 이미 도착해 수다를 떨고 있었다.

"오랜만이야, 애들아."

지인이 반갑게 인사를 하며 친구들이 앉아있는 테이블로 다가갔다.

"생각보다 배가 많이 안 나왔네."

"결혼을 제일 늦게 할 것 같던 얌전한 고양이가 부뚜막에 올라가서 제대로 사고를 쳤어. 호호호."

"얌전한 고양이가 사고 칠만 하지. 대형 학원장 사모님 자리인데."

친구들 중 가장 먼저 결혼을 앞둔, 게다가 결혼식도 하기 전에 임신까지 한 지인을 향해 농담을 시작한 친구들은 태동은 느껴지냐, 입덧은 하느냐, 임신을 하면 어떤 기분이냐, 결혼식은 언제 할 거냐, 언제 신혼집 보여줄 거냐는 등 질문을 쉼 없이 던졌다.

식사를 하는 내내 지인의 테이블에서는 웃음이 끝이지 않았다. 막 연애를 시작한 친구는 애인 자랑에 여념이 없었고, 애인이 없는 친구는 예전 자신을 따라다녔던 남자들이 생각난다면서 신세 한탄을 했다.

웩-. 수다로 왁자한 분위기가 지인의 헛구역질로 순간 조용

해졌다. 친구들은 입덧을 하는 거냐며 걱정스런 얼굴로 지인을
보았다.

"식사하는데 미안해. 잠깐 화장실에 좀 다녀올게."

지인은 자리에서 벌떡 일어나 화장실로 뛰어갔다.

*

지역 학원장들의 모임이 끝나자마자 규민은 지인에게 전화
를 했다. 아기의 성별이 궁금해 모임에도 집중하지 못했다.

통화를 마친 규민의 얼굴에는 미소가 가득했다. 인아와 결혼
했을 때부터 간절히 원했던 아기가 몇 달 뒤 세상에 나온다는 게
믿기지가 않았다. 아이 엄마가 지인이라는 것 역시 마찬가지.

사탐강사 채용면접에서 지인을 처음 보았을 때, 규민은 강한
끌림에 정신을 잠시 놓고 지인을 빤히 쳐다보았다. 오래전부터
알고 있었던 것 같은 친근함, 이미 몇 차례 잠자리까지 한 것 같
은 뜨거운 욕정도 느껴져 규민 자신도 당혹스러웠다.

지인은 강사로 채용됐고, 자신의 학원 직원과 연애하지 않겠
다는 다짐은 언제 그랬냐는 듯 흐물흐물 녹아 슬그머니 사라졌
다. 지인이 강사가 된 지 서너 달 정도 됐을 즈음, 규민은 퇴근하
는 지인을 차로 바래다주는 길에 사귀자고 고백했다. 진심을 담
은 고백이었다. 지인은 기다렸다는 듯 규민의 고백을 받아줬다.

그렇게 시작된 두 사람은 빠르게 연인 사이로 발전했다. 사
랑이 깊어질수록 규민은 지인과의 관계에 고민이 많았다. 연인

관계로만 지속할 수는 없는 일이었다. 인아와 결혼할 때와는 다른 상황이지만 또 다시 결혼이라는 울타리에 들어가는 것에 주저했다. 그런 고민을 하는 시기에 지인은 임신을 하게 되었다. 예상치 못한 임신은 앓고 있던 이가 빠진 것처럼 규민의 고민을 말끔하게 정리해 줬다. 결혼식은 출산 이후로 미루고 혼인신고부터 하고 동거를 시작했다.

불과 1년 전, 죽음의 목줄에 끌려다니던 처량한 신세였던 규민은 이제 완전한 새 인생을 시작하고 있다. 다시 돌아가고 싶지 않은 그 시간, 두 번 다시 그런 암울한 시간이 자신에게 오지 않을 거라는 생각을 하면서도 문득문득 떠오르는 찜찜함은 불청객처럼 규민을 찾아왔다. 여름이 시작되면서부터 더 그렇다.

1년 전, 설희와 함께 극도로 악화된 몸을 이끌고 농장 집으로 간 날, 설희의 차에서 내려 농장 집으로 걸어가는데 기분이 이상했다. 재킷을 여며야 할 정도로 날씨는 쌀쌀했고, 발에 밟혀 부서지는 낙엽의 버석대는 소리가 들리는 듯했고, 눈앞은 색이 바랜 흑백의 세상이었다. 현실이 아닌 다른 시간이라는 것을 온전하게 느꼈다. 그러자 목에 걸려있는 서늘한 죽음의 고리가 쏠리는 느낌이 들며 죽음이 정말 자신 옆에 왔다는 공포가 일었다.

집 안으로 들어갔을 때, 허공에 매달려 있는 하준과 대영을 보고 규민도 놀랐다. 저게 장대영의 계획이라니. 규민은 설희에게 2층으로 올라가라는 말을 마지막으로 정신을 잃었다.

정신을 다시 차렸을 때 규민은 짙은 어둠 속에 있었다. 현실이 아니라는 것은 직감했다. 어둠은 규민이 환영에서 본 상황으로 안내했다. 술집으로 보이는 공간에 있는 대영을 마주하는 순간 이상한 기운을 감지했다. 대영과의 경계가 허물어지는 기분이었다. 도움을 원하는 대영의 간절한 감정이 마치 자신의 감정처럼 느껴졌다.

그런 기분은 어둠에 잠기며 사라졌고 규민은 다시 현실로 돌아왔다. 현실로 돌아와 눈을 떴을 때, 농장 집 거실에 누워있던 규민은 눈앞의 뿌연 뭔가를 보았다. 허공에 매달린 남자였다. 눈을 몇 번 깜박이자 초점이 돌아온 눈에는 아무것도 없는 천장만 보였다.

몸을 일으켜 주위를 둘러보았다. 허공에 매달려 있던 대영은 거실 바닥에 떨어지며 발목을 접질렀는지 다리를 붙잡고 낑낑대고 있었다. 규민은 정신이 돌아올 때 본 허공에 매달린 사람이 대영이 아닐까 생각했다.

그날 이후, 목을 조여 오던 서늘한 죽음의 그림자는 감쪽같이 사라졌다. 또 하나, 규민이 겪은 이상한 일들의 비밀을 알고 있을 대영도 현실에서 사라졌다. 인아와 준식이 그런 것처럼 그도 의문만을 세상에 남긴 채 자신의 존재를 지웠다. 죽기 전 병원에 있던 대영은 규민에게 마지막 전화를 했다.

"어때? 새로운 삶을 사는 기분이. 죽음의 기억이 사라졌다고 마음 놓지 마. 언제 다시 박 원장을 찾아올지 몰라."

대영과 통화를 한 며칠 뒤 그가 사망했다는 소식을 학원에 찾아온 유설희 형사에게 들었다. 갑작스런 그의 죽음이 충격이었지만 자신의 어깨를 짓누르던 무거운 짐을 내려놓은 것처럼 홀가분한 기분이 더 컸다.

대영의 사망 소식을 전하러 온 설희는 그날 많은 이야기를 규민에게 전했다. 마치 자신이 그림자 시간을 경험한 것처럼 그녀는 모든 것을 꿰뚫고 있는 듯 보였다.

"장대영 씨가 엊그제 사망했습니다. 누군가 제게 전화를 했더라고요. 술집 같은 장소에 시신이 있을 거라고. 현실의 사인은 교살이에요. 아내분과 강준식 씨처럼 살해 증거는 전혀 없고요.

아내분께서 제게 꽤 긴 글을 남겼습니다. 쉽게 믿을 수 없는 이야기였죠. 현실이 아닌 그림자 시간이라는 게 존재하고, 그 시간에 일어난 사건이 현실로 현실화가 된다는 내용이었는데 지금도 믿기지는 않아요. 아내분은 영혼을 보는 능력이 있었다는데 아셨어요? 아, 모르셨어요. 원장님, 이제 이상한 기억 없으시죠? 다행이네요."

"제 아내가 죽은 게 정말 그 현실화 때문인가요?"

"확신할 수는 없지만 그렇다고 추측돼요. 요즘 저는 가끔 지금의 시간이 정말 현실일까 하는 생각을 자주 해요. 지금 살고 있는 게 나일까 아니면 내 그림자일까. 그림자 시간이라는 게 어쩌면 지금 우리가 하는 생각과 행동에서 비롯된 거 같아요. 그림자는 자신의 주체를 따라 하는 존재니까요."

설희는 커피로 입을 축인 후 잠시 뜸을 들이다 규민에게 질문을 던졌다.

"원장님 아내분이 상상 임신을 하신 적 있나요?"

"예, 그게 왜……"

"아내분께서 상상 임신을 했을 때, 아니 상상 출산이라고 해야겠군요. 그때 새로운 그림자 시간이 탄생한 거 같아요."

"새로운 그림자 시간?"

"아내분은 현실이 아닌 그림자 시간에서 임신을 했을 거예요. 그리고 그때 한 존재가 태어났죠, 그 존재의 탄생으로 새로운 그림자 시간이 만들어진 거 같아요. 즉, 아내분께는 두 개의 그림자 시간이 존재하고 있던 거죠. 하나는 죽음과 가까운 그림자 시간, 다른 하나는 현실과 가까운 그림자 시간."

"어떻게 그런 시간이 만들어진 걸까요?"

"저도 정확하게는 몰라요. 생명의 탄생과 관련되어 있는 게 아닐까 추측할 뿐이죠."

규민이 믿을 수 없다는 듯 고개를 살짝 가로젓는데 설희가 말을 이었다.

"전에 아내분 사건이 발생한 날 인근 농장 집에서 불탄 시신이 발견된 거 아세요? 사실은 시신이라기보다 검은 가루였지만요. 그때 두 구의 불탄 시신이 발견되었는데 그중 하나가 원장님 아내분의 가루 같아요."

규민은 그게 말이 되냐는 표정으로 설희를 바라보았다.

"원장님도 강준식 시신에서 검은 가루는 보셨죠? 그 검은 가루가 그림자의 흔적일 거예요. 그런데 이상하게 아내분 시신에서는 검은 가루가 발견되지 않았죠."

"그래서 제 아내의 가루가 그 농장 집에서 발견되었다는 건가요? 좀 억지스러운 추리 같은데요."

규민은 이해할 수 없다는 표정으로 말했다.

"제 생각이 그렇다는 겁니다. 물론 아닐 수도 있어요. 장대영 씨 시신에도 검은 가루는 없었으니까요."

"형사님도 그 그림자 시간을 경험하셨나요? 어둠이 가득한 흑백의 세상을."

"예, 경험했어요. 원장님처럼 제게도 죽음의 기억이 있었거든요."

"그래요? 그 죽음의 기억은 어떻게 사라진 거죠?"

"그림자 시간의 소멸로 사라진 것 같아요. 그곳에서 만들어진 기억이니까 그 시간이 소멸되면서 자연스럽게 사라졌을 거예요."

규민은 고개를 끄덕였다. 설희의 말 중에서 유일하게 공감되는 내용이었다.

설희는 '소윤'이란 이름을 아냐고 물었다. 규민은 주방에서 보았다는 말만 했을 뿐 딸이 태어나면 지어줄 이름이라는 말은 삼켰다. 소윤의 이름을 꺼낸 설희는 그다음 이야기는 하지 않았다. 말을 한다고 해도 규민이 제대로 이해하지 못할 거라는 생각을 하는 것인지, 다른 이유가 있는 것인지 알 수는 없지만 자신이 알고 있는 것을 감추고 있는 표정이었다.

잠시 말이 없던 설희가 다시 입을 열었다.

"원장님과 제가 경험한 그림자 시간의 끝은 현실의 끝과 닿아 있을 거예요. 원장님은 혹시 그 끝을 보지 않으셨나요?"

"현실의 끝? 혹시 죽음을 말씀하시는 건가요?"

"예. 저는 그 끝을 보았어요. 강준식도, 장대영도, 아내분도 그 끝을 보았을 거예요. 무서운 일이었지만 그림자 시간이 제게 준 선물인 거 같아요. 삶을 돌아보게 되었으니까요."

"형사님은 그림자 시간이 완전히 사라졌다고 생각하세요?"

규민이 가장 궁금했던 부분이었다. 대영이 죽기 전에 한 말도 있고, 그림자 시간이 사라지지 않았다면 다시 죽음의 올가미가 자신의 목을 옭아맬 수 있을지 모른다.

"장담할 수는 없지만 제가 아는 한 그런 거 같아요. 아내분이 원한 것도 그것이었어요. 그래서 자신을 희생하면서 그림자 시간을 소멸했죠. 아내분이 돌아가신 날 농장 집에서 발견된 불탄 시신이 그 증거죠. 자신을 희생한 증거."

사실 여부를 떠나 규민이 가장 두려웠던 부분을 형사가 그렇다고 하자 믿음이 갔다. 자기편을 들어주는 것 같았다.

"원장님은 다른 누군가의 그림자가 되고 싶다고 생각해 본 적 있으세요?"

설희의 질문에 규민은 나는 지금까지 아내의 그림자였다고, 이제야 비로소 아내의 그림자에서 탈피했다고, 누구의 그림자가 되고 싶지 않다고 말하고 싶었지만 입을 꾹 다물었다.

"그만 가봐야겠네요. 제가 학원에 오는 거 불편하셨을 텐데 이렇게 시간 내주셔서 감사합니다."

사무실을 나가기 전 설희는 고개를 돌려 규민을 향해 마지막 말을 전했다.

"금세 죽을 것 같던 분이 이렇게 멀쩡한 걸 보니 아내분이 원장님을 많이 사랑하셨나 봐요."

그날, 설희가 사무실을 나간 후에도 규민은 잠시 멍하니 앉아 설희가 한 말을 생각했다.

아내가 정말 나를 사랑했을까. 그래서 나를 살려줬을까. 내가 죽도록 미웠을 텐데. 그래서 아내 유령이 나타난 게 아닌가. 이제 나타나지 않는 의문의 아내 유령은 대체 누굴까.

＊

인아는 쏟아져 내리는 초여름의 햇빛을 받으며 길을 걷고 있다. 계절은 다시 돌아왔고 세상의 모든 것들은 원래 그러하듯 다시 제 역할을 하고 있다.

1년 전, 하준이 되려고 한 그림자 소녀는 불탄 시신으로 사라졌다.

현실에 미스터리한 사건들을 남긴 그림자 시간은 호수에서 탄생했다. 호수에서 죽은 미래 하준의 영혼 홀로 탄생한 것은 아니었다. 그곳에는 또 다른 죽음이 있었다. 애당초 세상에 존재하지 않았던, 그래서 그림자조차 없었던 존재인 아기 영혼이 있었다. 그 영혼이 하준의 영혼에 스며들며 그림자 시간이 탄생하였다. 아마도 자신을 살 수 있게 해줄 대상으로 착각했던 모양이다.

그렇게 하준의 그림자가 된 아기 영혼은 하준의 영혼과 하나가 되어 깨어났다. 죽은 하준의 영혼을 통해 죽음의 세상에서 그림자로 태어난 것이다. 그 시간은 아기 영혼의 시간이었고 동시에 하준의 시간이었다.

호수에서 깨어난 하준은 자신이 머무는 세상이 그림자 시간이라는 것을 알지 못했다. 그저 죽음의 시간이라고만 생각했다. 자신의 그림자인 아기 영혼의 존재 역시 몰랐다. 자신과 같은 존재였으니 다른 존재가 함께하고 있다는 이질감조차 없었다. 세상에 존재하지도 않았던, 순수의 결정체였을 아기 영혼이어서 가능했던 일이다.

그림자 시간에서 깨어난 하준의 마음속에는 자신을 이렇게 만든 이들을 향한 분노와 복수의 감정이 들끓었다. 하지만 할 수 있는 게 없었다. 눈앞에 보이는 것은 시커먼 어둠뿐이었다. 그런 어둠 사이로 멀리 누군가 보였다. 밤하늘의 별처럼 어둠의 세상에 빛나는 존재가 눈에 들어온 것이다. 바로 중학생이던 현실의 인아였다.

인아의 그림자로 존재하던 그림자 인아가 그림자인 하준을 부른 것이다. 하준에게 복수의 방법을 알려주겠다는 의미로.

교통사고를 당했던 초등학교 6학년 때, 사경을 헤매고 있던 인아를 내려다보던 검은 형체의 그림자 인아는 침대에 누워있던 어린 자신을 일으켜 세우며 현실 속 인아의 눈을 뜨게 했다. 그 검은 형체가 미래의 죽은 자신이었음을 어린 인아는 알지 못했고, 이미 이때부터 인아는 그림자 시간과 연결되어 있었다.

이후 인아가 설희에게 남긴 글에 있던 일들이 일어났다. 하준과 관련된 기억이 등장했고, 세탁소 아저씨 사건과 인아가 고등학교 때 학원 옥상에서 일어난 일까지. 모두 그림자 시간을 통해서 일어난 일들이었다.

그런 일들 가운데 세탁소 아저씨 사건은 그림자 하준에게 복수의 방법을 보여준 사건이었다. 그림자 인아는 현실의 아저씨에게 죽음의 기억을 남겼다. 검은 형체를 본 아저씨는 본인 스스로 검은 형체를 죽은 아내로 인지했다. 그렇게 아저씨의 기억에 아내가 살아났다.

아내를 살해했다는 죄의식이 자신의 기억 속에 아내를 만들었고, 아내가 자신을 죽이려고 한다는 두려움이 현실로 이어졌다. 세탁소 아저씨 스스로 아내와 죽음의 기억을 만든 것이다. 아저씨는 기억에 존재하는 자신의 아내에게서 아내의 그림자를 처음 만든 인아를 느꼈고 그런 이유로 인아가 다니던 학교에 찾아간 것이다.

그림자 하준은 연극공연의 관객처럼 세탁소 아저씨의 죽음 장면을 지켜보았다. 세탁소 아저씨 사건을 목격한 후 그림자 하준은 복수의 방법을 알게 되었다. 그들의 영혼에게 죽음의 기억을 남겨 현실화하는 방법을. 문제는 그들의 영혼에 어떻게 접근하느냐였다.

그 문제는 그림자 하준과 무관하게 해결되었다. 그들이 스스로 하준 앞에 나타난 것이다. 흑백의 공간에 처음으로 등장한 사람은 인아를 납치했던 사람 중 하나인 준식이었다. 그림자 하준은 그가 옥상에서 추락하는 상황을 세탁소 사장의 상황처럼 지켜보았다.

하준은 자신의 의도를 알고 있는 누군가가 이런 상황을 만들고 있다고 생각했다. 그 존재로 추정되는 인물이 준식이 추락한 건물의 옥상에 있었다. 교복을 입고 있는 소녀였다.

흑백의 공간은 다시 농장 집 앞으로 하준을 세웠다. 하준은 농장 집으로 들어갔다. 그곳에는 하준의 복수 대상인 대영이 기다리고 있었다. 하준을 본 그는 놀란 눈치였다. 자신이 죽인 존재가 멀쩡하게 자신 눈앞에 서 있으니 꿈이라고 생각하는 것 같았다.

대영을 보자 분노가 치민 하준은 대영에게 달려들었다. 거실 바닥에 대영을 자빠트린 후 그의 몸에 올라탔다. 그림자 하준은 대영의 심장으로 떨어질 칼을 허공으로 들었다. 그 순간 하준은 예상하지 못한 존재를 보았다. 소녀였다. 옥상에 있던 소녀. 두려움에 떨고 있는 소녀의 얼굴이 대영의 얼굴과 겹쳐 보인 것이다.

이 소녀는 누군데 장대영과 겹쳐 보이는 거지?

의문의 소녀를 보고 놀란 그림자 하준은 허공에 뜬 분노의 칼을 정확하게 대영에게 꽂지 못했다. 그때 하준의 등 뒤에서 고양이 울음소리가 들렸다. 그 소리에 대영은 재빠르게 반응했다. 악몽에서 벗어나려는 듯 하준을 밀친 대영은 고양이 울음소리가 들린 곳으로 빠르게 기어갔다. 하준은 어둠 속으로 사라지는 대영의 뒷모습을 넋을 잃고 바라보았고, 그날 대영은 현실에 있는 하준의 그림자가 되었다.

그림자 하준이 하려던 복수의 계획은 갑자기 나타난 소녀로 인해 실패했다. 그림자 하준은 대영의 그림자처럼 스며들어 있는 그 소녀가 누굴까 궁금했다. 그 의문을 해소하기 위해서는 이 이상한 시간에 처음 눈을 떴던 호수의 상황을 떠올릴 수밖에 없었다.

호수에서 눈을 뜬 그림자 하준이 한 것은 아무것도 없다. 자신을 죽인 존재에게 복수할 생각만 했고, 놀랍게도 그 복수의 대상들이 스스로 그림자 하준 앞에 나타났다.

이곳에서 나를 깨운 게 혹시 그 소녀일까.

그림자 하준이 소녀의 정체를 짐작할 수 있는 한계는 거기까지였다.

현실의 자신과 인아를 지키려고 했던 그림자 하준의 계획은 뒤죽박죽됐다. 미래 일어난 사건을 과거의 자신에게 알려줄 방법은 사라졌다. 더 큰 문제는 대영의 영혼이 미래의 기억을 갖고 과거인 현실로 가버린 점이다. 게다가 그는 하준의 그림자가 되어버렸다. 불을 끄려고 하다 기름을 부어버린 꼴이었다.

결국 그림자 하준이 선택한 방법은 인아의 그림자가 되는 것이었다. 그것 말고는 다른 방법은 없었다. 미래 일어난 일을 누군가에게는 알려야만 했고, 인아는 미래 사건의 피해자였다. 그렇게 그림자 하준은 인아가 고등학생이던 시기 그녀의 그림자가 되었다. 그날 그림자 하준이 내민 손을 잡은 것은 그림자 인아였다. 자신 때문에 죽은 그림자 하준의 계획을 돕겠다는 약속이었다.

길을 걷던 인아의 발걸음이 멈췄다. 멀찍이 학원이 보였다.

*

　사무실로 들어온 규민은 자리에 앉았다. 책상 위에는 식혜음료 하나가 놓여있었다.

　이걸 누가 갖다놨지?

　규민은 캔을 따서 한 모금 마신 후 서랍을 열어 사진을 꺼냈다. 인아가 죽기 전 사무실에서 찍은 — 준식이 죽음의 순간 들고 있던 — 사진이다.

　찝찝한 이 사진 이제는 버리자. 이 사진을 준식이 갖고 있던 이유가 궁금하긴 하지만 이제는 알고 싶지도 않고, 알 필요도 없다. 나를 사건에 끌어들여 제대로 골탕 먹이려고 한 목적이라면 보낸 사람은 아내밖에 없는데. 아니면 아내의 유령이거나.

　규민은 사진을 태워버릴 생각에 서랍 안쪽을 뒤져 빨간색 일회용 라이터를 꺼냈다. 라이터를 켜고 사진에 불을 붙이려는 순간 우르릉하는 천둥소리가 들렸다. 규민의 고개가 절로 창문 쪽으로 돌아갈 정도로 소리가 컸다.

　갑자기 날씨가 왜 이래. 오늘 소나기 온다는 예보는 없었던 거 같은데.

　사진을 책상 위에 놓고 자리에서 일어난 규민은 창가로 걸어가 밖을 내다보았다. 천둥소리와 어울리지 않는 맑은 날씨였다. 하늘을 올려보던 규민의 시선이 지상으로 내려왔다. 길 건너 서 있는 남자가 눈에 들어왔다. 그 남자는 규민의 건물을 올려다보고 있었다. 바로 규민의 사무실. 거리가 멀어 누군지 알아보는데 약간의 시간이 걸렸다.

가만, 저 사람은⋯ 신 일병?

신 일병은 식혜를 들고 있는 자신의 손을 규민에게 흔든 후 입으로 가져갔다. 순간 농장 집으로 가던 날처럼 서늘한 추위에 몸이 으스스했다.

문자가 왔다는 휴대전화 알람이 울렸다. 휴대전화가 놓여있는 책상을 돌아본 규민이 다시 창밖을 보았을 때 신 일병의 모습은 보이지 않았다. 책상으로 돌아와 휴대전화를 확인했다. 지인에게서 온 문자였다.

'원장님, 미안해요. 모두 제 잘못이에요.'

자기 잘못이라고? 뜬금없이 왜 이런 문자를 보낸 거야?

문밖에서 들리던 학생들의 수선스런 소리도 사라지고 불길함이 녹아있는 것 같은 고요한 적막이 사무실에 가득했다. 규민이 지인에게 전화를 하려는 순간 휴대전화가 울렸다. 유설희 형사 전화였다.

"원장님, 안지인 씨가 모든 것을 자백했습니다."

설희는 다짜고짜 지인의 이름을 꺼냈다. 유설희 형사가 지인을 알지 못할 텐데. 무슨 말을 하는 거지?

"뭘 고백했다는 거죠?"

설희는 규민의 말이 들리지 않는지 대답은 하지 않고 자신의 말을 이었다.

"조금 전 안지인 씨가 제게 문자를 보냈습니다."

설희가 말하는 도중 규민은 계속 형사님, 형사님 하다 대꾸가 없는 설희를 향해 결국 야! 라고 고함을 질렀다. 설희는 괘념치 않고 계속 말을 이었다.

"제가 그쪽으로 가겠습니다. 아, 아내분 국과수 부검결과 들으셨죠? 아내분이 임신한 상태였더군요."

설희의 전화가 끊어졌다.

대체 어떻게 된 일이야. 아내가 임신을 했었다니.

순간 현기증이 일었다. 규민은 책상을 짚고 머리를 좌우로 크게 흔들었다. 물컵에 가라앉아있던 가루가 올라오듯 떠오르는 기억. 방금 받은 문자와 전화의 이유를 설명하는 기억이었다.

인아의 부정을 잡기 위해 대영에게 의뢰하는, 인아가 납치되었다는, 대영이 아내의 살해를 제안하는, 자신이 그것을 수락하는 일련의 기억과 함께 인아가 죽기를 바라는 자신의 잔인한 마음이 지금 규민의 가슴에서 살아났다.

방금 지인의 문자와 유설희 형사 전화는 현실이 아니야.

땅으로 꺼지는 듯한 처절한 절망감과 함께 규민이 스스로 생을 마감하는 기억이 떠올랐다. 비가 오는 날, 경찰을 피해 사무실에서 나온 규민이 찾은 곳이 농장 집이었다. 1년 전 죽음의 목줄을 했던 기억이 살아나며 다시 목이 근질거렸다.

어떻게 된 거지? 유설희 형사는 그림자 시간이 소멸되었다고 했는데.

설희가 한 말이 생각났다.

'그림자 시간의 끝은 현실의 끝과 닿아있을 거예요. 원장님은 혹시 그 끝을 보지 않으셨나요?'

그럼, 그림자 시간을 통해 내 현실의 끝에 연결되었던 건가. 농장 집에서 깨어났을 때 보았던 허공에 매달려있던 존재가 장대영이 아니라 나였어?

사무실에 농장 집 거실의 모습이 겹쳐 보이기 시작했다. 그곳으로 가던 자신의 무거운 발걸음이 다리에서 느껴졌다. 다시 그림자 시간으로 들어간 것이다.

당장 여기를 벗어나야 해. 지인… 혹시 지인이도 위험한 게 아닐까.

지인에게 전화를 하기 위해 책상 위에 놓인 휴대전화를 집어드는 순간 휴대전화 옆에 있던 사진이 달라져 있었다. 아무도 없던 규민 옆에 다른 인물이 서 있는 게 아닌가. 교복을 입고 있는 여학생이 규민의 팔짱을 끼고 어색하게 웃고 있었다. 규민은 사진을 들어 미간을 찌푸리며 여학생의 얼굴을 유심히 보았다. 소녀의 얼굴에서 규민 자신의 얼굴이 보였다.

'아빠를 닮았구나.'

인아가 이 사진을 찍던 날, 사무실에 왔을 때 인아가 한 말이 귓가에 아른거렸다.

아내는 나를 살린 게 아니었어. 애당초 나를 살릴 의도가 없었어. 나를 이용한 거야. 목적은 아이였던 건가. 내가 살아있어야 현실에서 아이가 생기기 때문에.

강준식에게 사진을 보낸 것도 아내야. 강준식이 죽기 전 내가 알아야 할 게 있다고 전화한 이유도 이 사진 때문이야. 죽기 전에 사진 속의 소녀를 본 거야. 자신을 죽이려는 범인이 이 소녀라는 걸 내게 알려주려고.

규민은 책상 위에 놓여있는 식혜음료를 보며 방금 창밖에서 본 신 일병을 떠올렸다. 혹시 아내가 신 일병의 그림자?

사무실은 이제 농장 집 거실 모습으로 변했다. 2층 거실에 규민이 서 있다. 사무실을 벗어나려고 몸을 움직이려는 순간 규민의 몸이 허공에 떠오름과 동시에 목이 조여 왔다. 허공에 떠 있는 규민은 말도 안 되는 이 상황에서 벗어나려고 발을 버둥거렸다. 규민의 눈앞으로 죽음의 독을 품은 시커멓고 두터운 어둠이 어슬렁어슬렁 다가오고 있었다. 마지막 순간 규민의 눈에 보이는 존재는 인아였다.

여보, 미안해. 살려줘.

*

인아 뒤를 따라가는 우람한 그림자가 걸음을 멈췄다. 북받치는 감정을 진정시키기 위해 인아는 깊은 숨을 내쉬었다. 마침 걸음을 멈춘 곳은 여성의류 옷가게 앞. 쇼윈도에 서 있는 마네킹은 살짝 부는 입바람에도 하늘거릴 듯한 파란색 원피스를 입고 있었다. 그런 옷과 어울리지 않는 우락부락한 얼굴이 마네킹과 겹쳤다. 인아는 그 얼굴이 보고 싶지 않은지 고개를 돌리며 다시 발걸음을 옮겼다.

조금 전 규민이 세상에서 사라졌다. 그의 마지막 순간을 보지 않았지만 허공에서 버둥거리며 사정하는 모습이 선하게 그려졌다. 여러 감정이 교차했다. 사랑과는 먼 감정인 미움, 증오, 측은함, 아쉬움. 이런 감정들이 뒤섞이다 보니 사랑의 감정과 얼추 비슷해졌다. 어쩌면 이런 감정들이 사랑의 또 다른 모습인지도 모르겠다.

규민은 조금 전 미래의 자신을 만났다. 농장 집에서 깨어나기 직전에 보았던 허공에 매달린 자신을. 그림자 시간이 사라진 것일 뿐, 규민의 그림자가 사라진 것은 아니었다.

인아의 그림자가 되면서까지 하준이 바라던 그림자와 그 시간의 소멸은 1년 전에 마무리되었다. 그림자 하준이 원했던 방법은 아니었지만 그가 원했던 결과와는 같았다. 하준은 무사하고 인아도 이렇게 존재하고 있다.

인아의 그림자였던 하준은 자신이 알고 있는 머지않은 미래의 일들을 인아의 기억에 남겼다. 이뿐 아니라 할머니가 하준과 동반자살을 시도하는 상황도 그림자 하준이 알려주었다. 이후 새로운 그림자 시간을 통해 그림자 시간의 소멸이라는 자신의 계획을 준비했다. 그런 일이 가능했던 것은 바로 인아의 상상 임신이었다.

인아는 자신이 상상 임신을 한 이유를 상상 임신을 한 후에 알게 되었다. 미래 자신이 임신했었다는 사실 때문이라는 것을. 상상 임신은 인아의 그림자가 된 미래 인아가 현실의 인아에게 남긴 흔적이었다. 상상 임신은 현실이 아닌 그림자 시간에서 이루어졌다. 그래서 오직 인아의 눈에만 배가 불러오는 것이 보였다. 현실과 그림자 시간, 두 시간이 인아에게 공존하고 있어 가능한 일이었다.

상상 임신 기간에 인아는 어렸을 때부터 자신의 기억에 있던 하준을 만나기 위해 그가 살고 있는 동네를 찾아갔다. 그곳에는 앞을 보지 못하는 어린 하준이 있었다. 하준의 20대 모습만 기억하고 있던 인아는 어린 하준을 보고 있는 게 신기하기만 했다.

인아는 그림자와 그림자 시간의 소멸을 위한 계획을 시작했다. 먼저 지인을 만나 하준을 부탁했고, 지인의 원룸 침대에서 홀로 출산했다. 현실이 아닌 다른 시간에서 출산하는 것이었지만 출산의 고통은 지극히 현실적이었다. 온몸을 쥐어 누르는 듯한 고통이 지나가고 인아의 입에서 한숨 소리가 흘러나왔다. 출산을 알리는 소리였다. 죽음의 세상에서 탄생한 이전 그림자 시간과 달리, 현실에서 새로운 그림자 시간이 탄생한 것이다. 소멸의 운명을 갖고 그렇게 한 소녀가 탄생했다.

새 존재가 탄생한 순간 방 안은 날벌레의 날갯짓 소리까지 들릴 정도로 적막했다. 현실이었다면 아기 울음소리에 감격하며 젖도 물리고 아기의 배냇짓도 보며 출산의 행복을 만끽했겠지만, 인아가 출산한 존재의 시간은 현실이 아닌 그림자 시간이었다. 현실의 인아가 느끼는 거라고는 자신의 몸에서 뭔가 떨어져 나간 느낌이 전부였다.

기진맥진한 상태로 침대에 누워있던 인아는 고개를 들어 다리 아래를 내려다보았다. 침대 끝에서 꾸물꾸물 움직이는 시커먼 뭔가가 보였다. 축축하게 젖은 머리였다. 공포영화에서나 볼 듯한 장면이 인아의 다리 밑에서 일어나고 있었다. 말을 잊은 인아의 반쯤 벌어진 입은 비명을 대신하고 있었다.

알몸의 소녀가 침대 아래에서 일어났다. 창문으로 들어온 햇빛에 비친 소녀의 몸에 반드르르한 윤기가 흘렀다. 소녀는 몸에 흥건하게 묻어있는 물기도 닦지 않고 어디에 있었는지 모를 교복을 주섬주섬 입은 후 방문을 열고 홀연히 사라졌다.

인아는 그 모습을 침대에 누워 물끄러미 바라보기만 했다. 새로운 생명의 탄생이라는 거룩한 상황이건만, 탄생의 기쁨보다는 사라진 소녀의 뒷모습을 떠올리며 저 아이는 어떤 운명을 안고 태어났을까, 하는 의문만 가득했다.

출산 이후 인아의 건강은 급속히 무너졌다. 하준의 그림자와 연결되었을 때 그가 남긴 죽음의 상황이 꿈틀대기 시작한 것이다. 그림자 하준이 없었더라도 인아는 자신의 그림자인 미래 인아가 겪은 죽음의 상황을 맞이했을 것이다. 그림자 하준으로 인해 죽음의 기억만 바뀐 셈이었다.

인아는 죽기 몇 달 전, 규민의 사무실에서 자신의 몸에서 태어난 소녀를 만났다. 서로 다른 시간에 존재하는 두 사람은 생각으로 대화를 나눴다. 규민을 닮은 소녀, 그날 소녀는 인아가 고등학생 때 자신을 덮친 그림자 하준의 계획을 말했다. 그림자 하준의 계획은 자신을 희생해 현실과 연결된 그림자와 그림자 시간을 소멸하는 것이었다. 인아도 알고 있는 내용이었다. 그림자인 하준이 인아에게 남겼으니까.

인아는 자신의 그림자인 하준이 어디에 있냐고 물었다.

'그건 저도 몰라요. 아줌마의 마지막 순간에 농장 집에서 불 탄 시신이 발견될 거예요. 그게 제가 알고 있는 마지막이에요.'

이날 소녀가 한 말 중에서 인아가 놀란 것은 하준의 그림자 인 잭에게도 소녀의 그림자가 있다는 사실이었다. 그 그림자 소 녀가 그림자 시간을 탄생시킨 주인공이자, 그림자 하준이 제거 하려는 대상이었다.

이날 인아는 소녀의 눈빛을 보고 놀랐다. 인아가 소녀에게 물었던 그림자 하준의 행방에 대한 답은 소녀의 눈빛에 담겨 있 었다. 인아를 바라보는 흔들리는 눈빛, 분명 인아가 옥상에서 보 았던 그림자 하준의 눈빛이었다. 자신이 출산한 소녀가 자신 안 에 머물던 그림자였던 하준이라니.

그림자 하준도 처음에는 인아에게 그림자 인아가 있다는 사 실과 상상 임신을 할 거라는 것은 몰랐을 것이다. 인아의 그림자 가 된 후에야 알게 되었을 테고, 상상 임신을 통해 누구도 생각하 지 못한, 현재에서 새로운 그림자 시간의 탄생이라는 계획을 꿈 꾼 것이다.

새로운 그림자 시간의 하준은 자신의 계획을 시작했다. 그 시 작은 호수였다. 하준이 펜션에 간 날 호수에서 경험한 것은 미래 자신이 겪은 죽음의 순간이었다. 하준은 자신 안에 존재하던 그 림자 소녀 때문에 미래 죽음이 예정되어 있었다. 그림자 하준과 같이 태어난 소녀가 하준의 죽음을 간직하고 있었기 때문이다.

그림자 하준은 현실에 존재하는 자신의 죽음을 막기 위해 그 곳에 새로운 그림자 시간과 연결되는 상황을 남겼다. 죽음의 상황으로 들어온 하준이 새로운 그림자 시간과 연결되면서 죽음의 기억은 사라지게 되었다.

물에 빠진 남자의 환영을 보고 호수에 들어갔던 날은 인근 펜션 사장이 물에 빠진 하준을 구하면서 새로운 그림자 시간으로 완전한 연결을 하지 못했다.

하준과 같이 호수로 간 규민도 하준처럼 호수에서 새로운 그림자 시간에 연결되었다. 규민은 인아가 죽던 날 이미 그림자 시간에 연결되었다. 그날 보았던 소녀가 바로 그림자 인아였다.

그림자 인아의 계획은 규민에게 딸의 존재를 각인하는 것과 잭이 남긴 죽음의 기억을 지우는 게 목적이었다. 규민은 해야 할 일이 남아 있었다.

의심이 많은 규민의 마음을 흔들기 위해서는 딸이 존재하고 있었다는 것을 알리는 것보다 좋은 것은 없었다. 딸에 대한 마음을 절실하게 느끼게 하기 위해서 딸의 환영을 보여주었다. 덕분에 규민이 그림자 시간에서 본 딸은 살아있던 존재가 되었고, 미래 딸을 죽인 공범인 대영에게 증오를 갖게 되었다.

호수에서 하준과 규민에게 일어난 상황을 지켜본 대영은 인아가 자신에게 남긴 메시지를 완전하게 이해했다. 하준이 되려고 하는 그림자 잭과 그림자 소녀를 제거하기 위해서는 대영이 필요했다. 오래전부터 대영을 관찰한 인아는 그에게 일어난 일들을 알고 있었다. 대영이 손에 쥔, 잭이 남긴 행운의 최종 도착지가 하준이 될 거라는 것도.

하준 안에 존재하는 그림자 소녀를 제거하기 위해서는 먼저 잭이 사라져야 했다. 그래서 인아는 대영을 만나 살 수 있는 방법을 알려줬다. 잭이 대영에게 죽음의 기억을 남길 것은 불 보듯 뻔한 일. 그림자 인아가 남긴 대영이 죽는 환영을 본 규민은 대영에게 인아가 남긴 환영의 메시지를 전했다. 잭을 제거할 시점이라는 메시지를.

죽음의 기억에서 탈출하려고 한 대영은 호수에서 하준이 한 것처럼 스스로 그림자 시간으로 들어갔다.

그림자 시간이 처음 소멸된 날, 농장 집은 모여든 존재들의 욕망으로 가득했다. 하준이 되려고 하는 잭과 잭의 그림자 소녀와 대영. 거기에 그림자 시간을 소멸하려는 그림자 하준까지.

그곳에 있던 하준, 잭, 대영은 갑자기 등장한 빛의 소녀를 보았다. 그 소녀의 정체를 제대로 본 존재는 잭의 그림자였던 소녀뿐이었다. 그녀만이 거실에 나타난 소녀의 실체가 그림자 하준이라는 것을 알았다.

검은 형체의 소녀와 빛의 소녀가 농장 집에서 부딪친 그날, 잭과 대영을 그림자 시간과 함께 소멸하기 위한 인아의 계획은 안타깝게 잭이 대영을 통해 현실로 돌아오며 절반의 성공으로 끝났지만 그림자 시간은 소멸되었다.

검은 형체의 소녀는 그림자 시간을 소멸하려는 그림자 하준의 계획에 스스로 동참했다. 결과는 그림자 하준이 원하는 대로 되었지만, 이날 진짜 승자는 그림자 하준이 아닌 그림자 소녀였다.

애초부터 그림자 하준이 그림자 소녀를 소멸하려는 계획은 그림자 하준의 뜻대로 성공할 수 없었다. 그림자 소녀는 그림자 하준을 통해 그림자 시간에 등장했다. 당연히 그림자 하준의 복수심을 알고 있었다. 그림자 시간의 소멸을 위해 자신을 다시 찾아올 거라는 것도. 그래서 부활을 준비한 그림자 소녀는 빛의 소녀였던 그림자 하준의 소멸 계획에 기꺼이 동참한 것이다. 그림자 시간이 소멸되는 순간 빛의 소녀가 의아한 표정을 지은 이유다.

그림자 소녀는 누구도 방해할 수 없는 방법으로 자신의 부활을 준비했다. 하준이 중학교 시절 복지관에서 고등학생들과 싸움이 있던 그 날, 그 방법이 하준의 입을 통해 처음 등장했다.

고등학생들과 싸움한 직후 정신을 잃고 병원에 실려 온 하준은 정신이 돌아온 후 어떤 소녀와 함께 있었다면서 세 장소를 말했다. 호수와 술집 그리고 농장 집을. 하준은 장소만 기억난다고 했을 뿐, 그곳에서 무슨 일이 있었는지는 기억하지 못했다.

지인의 연락을 받은 인아도 병실에서 지인과 함께 하준의 말을 들었다. 인아 역시 꿈이겠지, 하며 대수롭지 않게 생각했다.

그 기억이 중요한 메시지라는 것을 알게 된 것은 규민의 사무실에서 만난 소녀가 하준의 그림자인 잭에게 또 다른 그림자 소녀가 있다는 것을 알려준 때였다. 인아는 예전 하준이 병실에서 말한 그 세 장소가 떠올랐다. 분명 그림자 소녀가 남긴 것이다. 그 기억을 남긴 이유가 있을 텐데, 그 기억이 무엇을 의미하는 것인지는 아무리 생각해도 알 수가 없었다.

인아는 그림자 시간이 처음 탄생한 상황을 생각했다. 하준에게 아기 영혼의 그림자가 처음 연결된 순간을. 그러자 얽혀있던 수수께끼가 풀리며 세 장소의 의미를 알게 되었다. 그림자 소녀가 그림자로 처음 탄생한 상황, 즉 다시 하준의 그림자가 되려고 하려는 상황을 반복하려고 한다는 것을.

호수는 그림자인 소녀가 하준의 영혼을 통해 처음 태어나는 장소이고, 농장 집은 그림자 소녀가 잭과 함께 하준으로 현실화 되는 장소다. 술집은 현실화를 통해 다시 등장할 잭을 제거하는 장소였다. 그 기억을 하준에게 남긴 것이었다.

완벽한 부활의 계획이었다. 그런 이유로 그림자 소녀는 농장 집에서 주저 없이 자신을 버릴 수 있었던 것이다.

그림자 소녀의 계획을 알았지만 인아가 할 수 있는 것은 없었다. 이때 인아를 도운 존재가 바로 인아의 그림자로 머물던 그림자 인아였다. 사실 인아가 현실에서 한 행동의 모든 것은 그림자 인아가 남긴 기억이었다.

대영을 만나 살 수 있는 방법을 알려준 것도, 지인에게 남긴 지시도, 하준에게 남긴 세 장의 사진도 그림자 인아가 인아에게 남긴 기억이었다.

세 장의 사진을 앨범에 남긴 이유는, 하준이 세 장소의 기억을 스스로 떠올린다면, 그림자 시간에서 만들어진 소녀의 부활 기억을 그림자 하준이 알게 될 것이고, 그림자 시간의 소멸 때 부활의 기억을 그림자 하준과 함께 사라지게 하려는 의도였다. 그래서 하준에게 복지관에서 만나자는 문자를 보냈다. 소녀의 기억을 떠올릴 수 있는 장소이니까. 하지만 하준 스스로 기억을 떠올리지 못했다. 소녀는 그 기억을 마지막에 떠오르게 했다. 잭의 부활 계획을 알고 있던 소녀가 고양이 울음소리에 맞춰 반응하도록 한 것이다.

그림자 인아는 현실의 다른 존재들에게도 흔적을 남겼다. 그림자 시간에 연결될 존재들을 위한 흔적들이었다. 농장 집에서 시계를 훔친 고등학생과 설희의 등에 생긴 점자, 설희가 농장 집의 거울에서 본 여자, 준식과 규민이 본 쇼핑몰로 가는 인아의 모습, 규민이 호수와 집에서 본 환영까지 모두 그림자 인아가 그림자 시간에 남긴 흔적이었다.

그림자 하준이 남긴 죽음의 기억이 인아에게 현실화되는 그 날이 되었다. 인아는 하준이 살았던 집에서 죽음을 기다렸다. 그림자 하준의 기억인 검은 호수가 출렁대며 인아에게 다가오고 있었다. 죽음의 순간 인아의 영혼은 농장 집에 있었다. 그렇게 움직였다. 인아의 의지가 아닌 그림자 인아가 남긴 흔적을 따라서 움직인 것이다.

농장 집의 거실에는 공포에 질린 얼굴을 한 소녀가 누워있었다. 인아가 상상 임신을 했을 때 하준과 바뀐 진짜 인아의 딸이었다. 소녀의 몸은 조금씩 검게 변하고 있었다. 그림자 인아가 소녀의 그림자가 되면서 생긴 죽음의 기억이었다. 바로 그림자 소녀와 함께 사라질 소멸의 기억. 그림자 인아가 소녀의 그림자가 된 이유다.

사실 불탄 시신이 된 소녀는 그림자 하준이 자신의 익사 기억이 남겨질 인아를 위해 준비한 생존의 대상이었다. 죽음의 기억이 없는 소녀가 인아의 그림자가 된다면 인아는 죽음의 기억에서 자유로워질 수 있었다. 하지만 그림자 인아가 그것을 거부했다. 자신의 딸이었을 소녀의 삶을 이용해 살 수는 없었다. 대신 딸과 함께 소멸을 선택했다.

인아는 소녀 옆에 나란히 누웠다. 함께 죽음을 맞이하는 두 존재. 죽음의 기억이 시작되는지 인아의 입에서 물이 흘러나왔다.

"두려워요. 제게 기억이 있어요. 저와 닮은 여자애와 같이 어둠으로 사라지는 기억이에요. 저는 죽는 건가요?"

"아니야, 잠시 쉬는 것뿐이야. 걱정하지 마. 내가 네 옆에 있어줄게."

"제가 누군지 궁금해요."

마지막을 앞둔 두 사람의 공간이 겹쳤다. 소녀의 옆에 나란히 누운 인아는 소녀의 손을 잡아들었다. 두 사람의 손이 뻗은 곳은 하준이 살고 있는 집 주방의 싱크대 문짝. 인아는 검게 변하고 있는 소녀의 손가락을 잡고 이름을 쓰며 말했다.

"네 이름은 소윤이야."

"그런데 누구세요?"

"나는 네 그림자란다. 너는 내 그림자이기도 하고. 걱정하지 마. 너는 그림자가 아닌 모습으로 다시 태어날 거니까."

소녀는 그림자 인아가 남긴, 자신과 닮은 소녀와 함께 불탄 시신으로 현실화되는 기억을 간직한 채 현실로 사라졌다. 이때 그림자 시간에서 작동하는 손목시계와 등판에 생길 점자도 농장 집에서 현실화되었다.

손목시계는 현실화가 되면 지인이 가져갈 계획이었다. 고등학생 등에 난 점자 상처도 원래 지인의 몫이었다. 지인이 설희에게 손목시계를 전하며 설희의 등에 난 점자도 알려줄 계획이었다.

소녀는 현실화될 때 놀란 표정을 지었다. 손목시계를 훔친 고등학생이 본 불탄 시신의 표정, 그것은 처음 현실이라는 곳을 느낀 놀라움이었다. 자신이 존재한다는 느낌이었을 것이다. 그 시각이 8시 30분이다. 그 시각으로 정한 것도 그림자 인아의 계획이었다. 설희의 마지막 순간을 알려주는 시각.

하준을 잃고 삶을 포기한 미래 설희는 농장 집에서 스스로 삶을 포기하려 했다. 그림자 인아는 잭이 설희를 제거하려는 의도를 알고 그림자 시간에 연결된 설희의 교통사고 기억에 등장하는 흔적을 남겼다. 그림자 시간에서 볼 수 있는 힌트를 남겼다. 그림자 인아는 자신 때문에 불행을 떠안은 하준과 설희를 구하고 싶었던 것이다.

그림자 인아는 현실의 자신에게 소멸이 아닌 탄생의 기억을 남겼다. 다른 존재의 그림자가 되는 기억이다. 죽음보다는 삶을 이어가라는 배려였다. 비록 그 몸이 신경준일지라도.

신경준, 즉 신 일병은 준식과 비슷한 시기 죽음의 기억이 현실화가 된 인물이다. 학원 건물 옥상에서 준식을 제거한 그림자 소녀가 신 일병도 그렇게 한 것이다. 소녀의 기억에는 자신이 머물고 있던 엄마를 죽인 두 사람이 또렷이 남아있었다. 소녀와 그림자 관계였던 인아가 남긴 기억이었다. 그림자 하준이 갖고 있던 복수심을 배운 그림자 소녀가 두 사람을 그림자 시간에서 그렇게 한 것이다.

그림자 소녀는 차에 있던 신 일병의 가슴에 칼을 꽂았다. 이런 상황이 기억으로 현실화가 되어 신 일병에게 전달되었다. 신 일병도 준식처럼 하준이 자신을 살해하는 기억을 갖게 된 것이다. 꿈같은 죽음의 기억이 반복되면서 신 일병도 준식처럼 고통스러워했다. 점점 현실에서도 같은 상황이 일어날 것 같은 예감에 경준은 기억 속에서 자신을 죽인 하준을 찾기 시작했고, 흐릿한 기억 속에 있는 농장 집을 갔다가 돌아오던 길에 버스에서 내리는 하준을 목격했다. 하준을 따라가기 위해 차 안에서 내리려는 찰나. 죽음의 기억이 현실화되었다. 그 순간 인아는 신 일병의 그림자에서 해방되었다. 그 덕분에 현실에서 하준을 도울 수 있었다.

준식과 신 일병은 그림자와 그림자 시간을 통해 기억이 생긴 것이 아니었다. 두 사람은 현실이 미래의 그 시간이 되면서 기억에 존재하는 그림자 소녀가 남긴 죽음의 기억과 자연스럽게 연결된 것이었다. 그래서 두 사람에게는 미래 사건의 기억은 없고 죽음의 기억만이 존재했다.

신 일병이 된 인아는 죽음을 앞둔 준식을 찾아올 규민에게 전할 사진을 준식에게 보냈고, 하준에게는 복지관에서 만나자는 문자와 점자 노트를 보냈다. 지인에게는 필요한 물건을 전하며 해야 할 일을 지시했다. 농장 집에서 시계를 훔친 학생을 찾아가 메모를 남긴 것도 신 일병이 된 인아가 한 것이다.

하준에게 남긴 세 장소의 기억을 통해 그림자 소녀가 다시 현실로 돌아왔다. 하준의 삶을 꿈꾸었던 그림자 소녀는 그림자 인아가 남긴 흔적 때문에 자신의 뜻대로 되지 않을 거라는 불안감을 느꼈다. 그것은 불탄 시신으로 연결되는 낯선 기억이었다.

하준이 호수에 빠졌을 때 환영으로 본 농장 집의 소녀. 그림자 인아는 불탄 소녀의 시신과 연결되는 기억을 갖고 있는 소녀를 하준의 기억에 남겼다. 당연히 하준이 된 그림자 소녀에게 그 기억이 살아났다.

그림자 소녀는 간과한 것이 있었다. 그녀가 알지 못했던 감정, 자신이 아닌 다른 사람을 위해 희생할 수 있는 이타심이었다. 그녀의 잘못은 아니었다. 호수에서 죽은 하준과 잭의 그림자였던 소녀가 배운 감정은 분노와 복수뿐이었으니까.

그림자 소녀에게 자신을 빼앗긴 하준의 영혼은 그림자 시간 속에 존재하는 자신과 만났다. 당연히 그림자였던 자신이 희생하며 하려고 한 것을 그대로 느꼈다.

바라던 삶을 놓치고 싶지 않은 그림자 소녀의 저항은 거셌다. 그녀가 원한 것은 누구의 삶이었을까. 자신의 정체성을 알지 못한 채 하준의 삶을 원한 소녀. 그림자 소녀는 결국 그림자이자 자신의 엄마였던 그림자 인아와 함께 소멸되었다. 하준도 같이 느꼈을 마지막 소멸, 그것은 그림자 하준의 현실화 기억이었기에 하준은 그림자 하준과 분리되어 현실로 돌아왔다.

그림자 인아는 자신의 아기 때문에 그림자 시간이 탄생하는 순간부터 모든 것을 알고 있었다. 아기와 연결된 그림자 하준과 잭 그리고 소녀까지. 세 존재의 생각을 모두 알고 있었기에 완벽한 준비를 할 수 있었던 것이다. 그런 그림자 인아가 남긴 마지막 흔적은 하나 더 있었다. 인아에게 마지막으로 남긴 기억으로, 그것은 고양이였다.

1년 전, 인아는 경찰서에 설희가 확인할 물건을 전달한 후 대영의 아지트 근처의 커피숍에서 초조하게 기다렸다. 신 일병이 된 후 그림자 시간과 단절된 인아가 할 수 있는 것은 간절한 기도를 하며 기다리는 게 전부였다.

8시 30분이 지난 후 잭의 죽음을 확인하기 위해 아지트 앞에 섰다. 그가 죽었다면 계획은 완성된 것이다. 떨리는 마음으로 도어록의 비밀번호를 누른 후 문을 열었다.

아지트 안의 모습을 본 인아는 안도의 한숨을 내쉬었다. 바닥에는 대영, 즉 잭이 쓰러져 있었고, 그 옆에는 웅크린 카롱이가 자신을 데려가라는 듯 인아를 바라보고 있었다. 하준의 두 번째 기억 장소인 술집은 잭의 제거를 위한 기억이 맞았다.

"카롱아, 이리와."

문 앞에 선 인아가 카롱이를 불렀다. 카롱이를 안고 주차장으로 향하며 하준에게 전화를 했다. 하준은 금방이라도 숨이 넘어갈 듯한 목소리였다. 하준은 살아있었다.

차에 오르며 마지막 남은 기억을 생각했다. 그림자 인아가 남긴 고양이와 어둠으로 사라지는 의문의 기억. 분명 소멸을 의미하는 기억인데 정확한 의미를 알 수가 없었다.

허름한 중고차에 오른 인아는 조수석에 카롱이를 내려놓은 후 시동을 걸려고 하는 순간 카롱이 목걸이에 말려있는 쪽지를 발견했다. 목걸이에서 빼낸 쪽지를 펼쳤다. 잭이 남긴 짧은 문장은 인아의 뒤통수를 후려치는 강렬한 메시지를 담고 있었다.

'예전에 본 고양이 기억나?'

예전 고양이…… 인아는 순식간에 과거의 한 장면으로 이동했다. 세탁소 아줌마를 만난 날 보았던 길고양이. 하준이 어렸을 때 자신의 기억에 있었다는 고양이. 그 고양이가 기억의 장막을 날카로운 발톱으로 갈기갈기 할퀴며 등장했다.

그럼… 그 고양이가 그림자였던 잭과 현실의 하준을 연결한 매개체였단 말인가.

가출했다던 세탁소에서 아줌마를 본 날이었다. 아줌마가 세탁소로 들어간 후, 세탁소 앞에 앉아있던 고양이가 인아에게 달려들었다. 인아에게서 뭔가를 느낀 것이다. 인아 뒤에 가려진 그림자 시간과 그 시간에 존재하는 존재를. 자신에게 사랑을 주었던 주인을 찾아다니던 고양이가 인아에게 뛰어든 것이다.

인아에게 뛰어든 고양이는 그림자 시간에 머무르며 주인이었던 대영의 흔적을 찾아 다녔으리라. 그러다 알게 된 어린 하준. 고양이는 자신이 죽던 때 대영과 비슷한 나이의 하준을 대영으로 생각했을지 모른다. 그 고양이는 하준에게 머물렀고 대영이 농장 집에서 현실화하던 순간 대영을 불렀다. 이후 하준의 그림자인 대영을 느끼며 하준의 집 주변에 머물렀을 것이다.

그제야 인아는 그림자 시간에 있던 대영이 어떻게 하준의 그림자가 되었는지 알게 되었다. 잭이 그것을 다시 반복하려는 것도. 하준의 집 마당에서 발견된 제초제가 그 증거였다. 불안감이 느껴졌다. 인아는 서둘러 가속페달을 밟았다.

잭은 사라지지 않은 건가. 그러고 보니 아지트에 누워있던 장대영 몸에는 검은 가루가 없었어.

죽음 기억이 현실화가 되었다면 분명 시신에 그림자의 흔적인 검은 가루가 남아있어야 한다. 대영에게는 그것이 없었다. 그렇다면 그림자 시간의 대영은 사라지지 않은 것이다. 그가 갈 곳은 어디일까. 그림자와 그림자 시간이 사라졌는데…… 아니, 그림자가 전부 사라진 것은 아니야. 내가 그림자야. 신 일병의 그림자. 고양이 영혼이 그림자를 찾아서 온다면… 그럼 나에게. 고양이는 이미 오래전 나를 만난 적이 있다.

그때 고양이의 울음소리가 귀청을 찢듯 들려왔다. 인아는 조수석의 카롱이를 보았다. 카롱이는 몸을 웅크리고 자고 있었다. 고개를 다시 앞으로 돌릴 때 눈앞으로 고양이가 달려들었다.

인아가 놀라는 바람에 핸들을 잡고 있던 손이 미끄러지며 차선을 넘었다. 반대편 차선에 차가 달려오고 있는 상황. 재빨리 핸들을 되돌리며 위험한 순간을 간신이 모면했다.

고양이가 달려든 후 변화는 바로 시작됐다. 갑자기 시야가 흑백으로 변했고 인아의 손과 발은 마비가 온 것처럼 움직일 수 없었다. 핸들을 조작할 수도, 브레이크 페달을 밟을 수도 없다.

'와- 우!'

잭이 환호성을 지르며 등장했다. 쾌재를 부르는 환호성이었다.

'이봐, 서인아. 나 아직 죽지 않았어. 신 일병이 서인아 당신일 줄은 정말 꿈에도 몰랐네. 서인아, 이제 그만 이 돼지 같은 몸뚱이에서 나오지그래. 어?'

잭의 목소리는 흥분과 설렘으로 들떠있었다. 인아는 잭의 의도를 눈치챘다. 교통사고로 현실의 인아가 죽은 후 자신이 인아가 되려고 하는 것을.

반대편 차선 멀리서 달려오는 트럭이 보였다. 지금 속도면 1분 정도 후 두 차는 충돌한다.

인아는 그제야 그림자 인아가 자신에게 남긴 고양이 기억의 의미를 알았다. 잭이 카롱이와 함께 사라지는 것을. 그림자 인아는 고양이와 잭이 그림자인 인아에게 갈 것을 알고 그런 기억을 남긴 것이다.

인아가 그것을 인지하자 갑자기 터널에 들어간 것처럼 어둠이 덮쳤다. 잭은 갑자기 덮친 어둠에 당황했다.

'뭐야, 이건 또 무슨 수작이야!'

고양이 울음소리와 함께 잭의 마지막 비명이 부서지는 가루와 함께 날아갔다. 어둠이 가루가 되어 사라지자 다시 앞이 보였다. 인아는 경적을 울리며 다가오는 트럭을 피한 후 다시 도로를 달렸다. 방금 상황에 놀란 듯 조수석 카롱이가 야옹거렸다.

하준의 집에 도착했다. 인아가 차에서 내려 집 안으로 들어갈 때 현관문이 열리며 설희가 나왔다. 초췌한 얼굴의 설희는 현관 앞의 계단을 내려와 인아 앞에 섰다.

"당신은 누구죠?"

설희는 뭔가 알고 있는 눈빛으로 인아를 빤히 바라보며 물었다. 인아가 대답을 하지 않자 다시 질문을 이었다.

"서인아 씨 알고 있죠?"

인아는 역시 대답하지 않았다. 입을 다문 것 자체가 설희에게는 이미 답을 한 것과 마찬가지리라.

"이것만은 대답해 주세요."

설희는 다시 질문을 던졌다.

"농장 집에서 발견된 불탄 시신 중 한 명이 서인아 씨가 맞나요?"

인아의 대답을 기다리는 설희의 표정은 또 다른 질문을 하고 있었다. 불탄 시신 중 한 명이 인아라면 당신은 누구냐는 질문을.

"형사님이 그렇게 느끼신다면 그런 거겠죠."

이게 1년 전 상황의 전부다. 그림자 시간을 경험한 설희는 상당 부분 자신의 의문을 해소했을 것이다. 그녀가 궁금한 것은, 아마도 이런 일이 어떻게 시작되었는지가 아닐까.

＊

지인은 화장실 거울에 비친 자신의 얼굴을 보았다. 새까만 가루가 한쪽 뺨에 거뭇하게 묻어있었다. 이게 뭐지?

손으로 만지자 물기 하나 없는 포삭한 가루가 흩날리며 사라졌다. 조금 전 헛구역질은 입덧이 아니었다. 음식이 목을 넘어가는 찰나 다른 이물질이 입안으로 들어오는 느낌이었다.

조금 전 그 느낌은 뭐지. 그리고 왜 이렇게 불안한 거야.

뭔가에 놀란 듯 심장의 떨림은 심호흡을 해도 좀체 진정되지 않았다.

"애들아, 미안. 나 먼저 들어가야 할 거 같아. 내가 계산할 테
니까 천천히 식사해. 미안."

친구들은 지인의 창백한 얼굴을 보며 괜찮은 거냐고 물으면
서 레스토랑 입구까지 배웅했다. 지인은 괜찮아, 미안해, 라는 말
을 반복하며 작별 인사를 하고 주차장으로 내려왔다.

올딱 게울 것 같은 메스꺼움은 사라졌지만 대신 몸이 옴칠옴
칠했고 추위도 느껴졌다. 서둘러 집으로 가야겠다는 생각을 하
며 가속페달을 밟았다.

차를 운전하고 가는데 갑자기 현기증이 핑 돌며 눈앞이 아뜩
했다. 갓길에 차를 멈춘 지인은 어지러움을 이겨내려 고개를 흔
들었다. 잠시 진정되는가 싶었는데 다시 서늘한 추위가 느껴졌
고, 방금 전 현기증과는 비교도 되지 않는 도발적이고 불길함이
물씬거리는 기억들이 쏟아져 내리며 지인의 정신을 요란스레 뒤
흔들었다.

눈앞의 풍경도 가뜩이나 정신없는 지인을 혼란스럽게 했다.
눈앞의 세상은 온통 흑백이었고, 흑백의 세상을 삼키려는 듯한
찰랑거리는 호수의 검은 물결이 지인의 눈앞으로 밀려오고 있
었다.

앞뒤가 맞지 않는 뒤죽박죽 섞인 기억들이 눈꺼풀의 깜박임
에 따라 조금씩 앞뒤가 맞춰졌다. 정리된 기억에서 지인도 놀랄
정도의 탐욕스러운 욕망과 극단적인 이기심이 느껴졌다. 그렇게
만들어진 기억의 시작과 끝을 차지하고 있는 하나의 얼굴이 크

게 떠올랐다.

바로 지인이 일했던 편의점 근처의 술집 직원이자 편의점 단골손님인 신경준이었다. 그는 차 안에서 펄펄 끓고 있는 분노를 내뿜으며 지인에게 소리를 지르고 있었다.

"나쁜 년, 네가 경찰에 신고한 거지? 언제는 나보고 그 여자를 죽이라고 하더니 이제 나에게 다 뒤집어씌우려고 경찰에 신고를 해!"

악에 받친 경준이 고래고래 소리를 지르는 모습이 바로 지금 차 안에서 일어나는 일처럼 사실같이 느껴졌다. 아리고 휘휘한 지인의 현재 감정을 비집고 들어온 기억들이 왜 경준이 저렇게 흥분하고 있는지 설명해 줬다.

기억 속의 지인은 규민과 연인 사이다. 규민은 입버릇처럼 아내와 이혼을 하겠다고 지인에게 약속을 하지만 규민의 미적지근한 태도에 지인은 지쳐간다.

기억 속 지인은 인아의 자리를 탐하는 욕망에 눈이 멀어있던 터라 물불을 가리지 않고 욕망에 충실한다. 인아의 자리를 차지하고 싶다는 욕망은 시간이 지나면서 점점 더 비틀어졌고 급기야 선을 넘는다.

두 사람이 모텔에 있을 때, 지인은 규민이 슬그머니 화장실로 들어가 누군가와 통화하는 내용을 듣게 된다. 인아의 뒷조사를 부탁하는 내용을. 이때 지인은 자신이 직접 인아를 제거할 계획을 세운다.

지인은 빚이 많아 돈에 쪼들리는 것을 알고 있는 경준을 만나 인아의 살인청부를 제안한다. 일이 성공하면 적지 않은 돈과 자신이 규민과 결혼하게 되면 학원 수입의 일정 부분을 수년간 떼어주겠다는 약속을 하면서. 빚에 쪼들려 이판사판이던 경준은 지인의 제안을 수락한다.

얼마 후 인아의 시신이 농장 집에서 발견된다. 인아는 경준이 아닌 준식이 살해한 것이지만 이 사실을 모르고 있던 지인은 경준이 일을 마무리한 것으로 착각한다.

이후 사건은 이상하게 돌아간다. 규민의 학원에 다니던 김하준의 시신이 발견되고, 경찰 수사가 조여 오는 압박과 죄책감에 시달린 준식은 경찰에 자신이 범인이라는 자수를 한 후 자살한다. 그렇게 준식이 범인으로 정리되려는 순간 지인은 준식과 공모한 사람이 신경준이라고 경찰에 제보한다.

굳이 경찰에 제보를 할 필요가 없는 지인은 경찰에 신고하겠다며 도를 넘는 경준의 협박에 못 이겨 제보를 한 것이지만, 사실은 이것도 지인의 계획이었다.

인아를 미행하던 준식에게 인아의 납치를 제안한 것은 지인이었다. 규민이 인아의 뒷조사를 부탁하는 통화를 들은 후, 인아를 미행하던 차량을 찾아낸 지인은 인아를 미행하던 그 차에 무작정 오른다. 차에 있던 사람은 준식. 지인은 준식에게 인아를 납치한 후 남편인 박규민에게 이런 제안을 하라고 말한다.

아내와 통화할 때 "몸값을 납치범에게 보내줄 테니 그 조건으로 자신과 이혼하자"라는 말을 하라고. 규민에게 이런 제안을 하면 그가 수락할 거라면서. 지인은 준식과 경준을 동시에 끌어들인 것이다.

지인은 경준에게 일을 부탁하기 전, 준식에게 자신과 규민의 데이트 장면과 모텔에 들어가는 사진을 찍어달라고 부탁한다. 그 사진은 경준을 이용하기 위한 것이었다. 만에 하나 계획이 잘못될 경우 지인이 살인을 사주했다는 혐의에서 벗어나기 위함이었다.

준식과 공모를 한 경준이 인터넷에 사진을 뿌리겠다면서 지인에게 인아를 살해하라는 사주를 했다는 증언을 하라고 협박받았다는 알리바이를 만들기 위해서였다. 지인도 어쩔 수 없이 그들의 계획에 동참하게 되었다는 상황을 만든 것이다.

오래전부터 알고 지낸 덕에 경준이 휴대전화에 잠금을 설정하지 않은 것을 알고 있던 지인은 경준을 만났을 때 그가 화장실에 간 사이 몰래 자신에게 협박 문자를 보내는 준비까지 했다.

이 사실을 몰랐던 경준은 지인이 준식과 경준이 공범이라는 제보를 한 후 경찰이 자신을 수사하려는 낌새를 눈치채고 지인을 납치한다.

"여기가 김하준이라는 놈이 죽은 곳이지 아마. 네가 자살할 장소로 제격이야. 내가 지금 무슨 일을 하려는지 알려줄까. 네 휴대전화로 김하준의 범인을 잡으려고 눈에 불을 켜고 다니는 그 여자 형사와 박 원장에게 문자를 보낼 거야. 모든 건 너와 강준식, 박 원장이 공모했다는 문자를."

이 말을 한 후 경준은 조수석에 앉아 있는 지인의 머리채를 잡고 창문에 수차례 부딪친다. 지인은 정신을 잃는다. 경준은 핸드백에서 지인의 휴대전화를 꺼내 문자를 보낸다. 경사로에 주차를 한 차에서 내린 경준은 차를 밀어 호수에 빠뜨린다.

기억을 모두 떠올린 지인은 기억의 내용이 터무니없다는 생각보다 그럴 수 있다는 생각에 더 무게가 실리는 자신의 마음이 슬펐다.

이 기억은 뭐지? 미래 기억인 거 같은데. 내가 인아 언니를 죽이라고 했다니… 언니는 이 사실을 알고 있었어. 그래서 나를 선택한 거야. 모든 일은 내게서 시작된 거야. 그런데 이런 것을 알고 있던 언니가 왜 학원에 채용공고가 날 거란 걸 내게 알려준 걸까. 왜 나와 원장님을 연결해 주려고 한 걸까.

자동차가 시커먼 호수 속에 잠기는 기억이 떠오르자 숨이 막혀오기 시작했다. 물이 차 안으로 들어오는 환영이 실제처럼 느껴졌다. 이제 현실은 무너졌고 지인은 환영에 완전히 잠겼다. 이런 상황을 아는지 배 속 아기의 심장 소리가 죽음의 성문을 여는 북소리처럼 고막을 울렸다. 동시에 자신의 안에서 다른 존재가 움트는 기분이 몸을 움직이지 못하게 옭아맸다.

환영이 조금씩 어둠에 녹아들기 시작했다. 어둠에 잠기기 전 지인의 눈에 마지막으로 보이는 것은 지인의 다리 사이에서 빠져나온 검은 형체였다. 눈앞에서 멀어지는 검은 형체 끝에 달린 줄이 꼬리지느러미처럼 흔들리는 모습이 흐릿하게 보였다.

어둠에 잠기는 지인에게 누군가 이제 너는 세상에 필요 없는 존재라고 하는 듯 지인의 기억들을 하나씩 지우기 시작했다. 지인은 배 속에 있는 존재만큼은 사라지지 않기를 마지막으로 기도했다. 마지막 삶의 경계를 넘기 직전 지인의 공포를 위로하는 환청이 들렸다.

'오랜만이네.'

인아 언니 목소리다.

"인아… 언니?"

힘겹게 인아의 이름이 입 밖으로 나왔다.

"언니, 지금… 이게… 무슨 상황이죠? 제가 죽는 건가요?"

'나를 원망하지 마. 지금 너를 덮친 어둠은 네가 만든 거야. 나도 어떻게 할 수 없어. 미안해.'

잠시 뜸을 들인 인아가 다시 말했다.

'그런데 왜 그런 생각을 했어? 그렇게 되면 좋을 것 같아? 행복할 것 같아? 남의 자리를 차지하면.'

예전 하준이 감기에 걸렸을 때 하준의 그림자가 한 말인데. 그럼 그 그림자와 인아 언니가 서로 그림자 사이였던 건가.

"미안해요, 언니."

껌벅이는 지인의 눈에 거무스레한 어둠이 가득 차올랐다. 지인은 기억 속 죽음의 순간처럼 마침내 시커먼 어둠에 잠겼다. 귀에 들리는 인아의 마지막 말이 이 순간 그나마 위로가 되었다.

'아이는 걱정하지 마.'

*

인아는 예전 대영이 아지트로 사용했던 곳 앞에 섰다. 우중 충했던 장소가 이제는 환한 커피숍으로 변했다. 인아는 커피숍 문에 오늘 쉰다는 푯말을 걸고 다시 나왔다. 갈 곳이 있다.

하준을 돌보던 지인은 매 순간 의문을 갖고 있었다. 그만두 려고 한 적도 있었다. 아마 지금도 왜 자신에게 하준을 돌봐달라 는 부탁을 했는지 궁금해할 것이다. 오늘 지인이 그 답을 찾는 날 이다.

그림자 인아가 자신을 희생하면서 진짜 하려고 한 것은 자신 의 아기를 살리는 것이었다. 처음부터 그림자 인아가 현실의 자 신만을 위해 규민을 만나지 않게 했다면, 인아는 고통 없이 지냈 을지도 모른다. 하지만 아기를 위해서 그렇게 할 수는 없었다.

농장 집에서 눈을 감은 미래 인아는 임신을 한 상태였다. 인 아의 영혼은 조금씩 생명이 꺼져가는 아기를 살리고 싶었지만 방법은 없었다. 인아는 죽음의 순간 지인이 떠올랐다.

인아를 납치한 준식은 끈으로 결박을 하면서 이런 말을 했다.

"그거 알아요? 저한테 사모님 납치하라고 한 사람이 있다는 걸."

준식은 히죽거리며 다시 입을 뗐다.

"처음에는 몰랐는데 사모님 학원에서 강의하는 강사더라고 요. 여자 강사. 원장님하고 그렇고 그런 사이 같던데, 모르셨어 요? 금방 풀어줄 테니까 걱정하지 마세요."

준식은 긴장한 듯 떨리는 손으로 인아의 팔과 다리를 줄로 연결해 결박했다. 금방 풀어줄 거라는 말이 사실인 듯 느슨하게 묶었다. 결박을 마친 준식은 탁자 위에 놓여있는 비닐봉지에서 소주를 꺼내 벌컥벌컥 들이켰다. 이런 일이 처음이라는 티가 역력했다. 소주 반병을 마신 준식은 휴대전화를 들고 전화를 하기 위해 방으로 들어갔고, 그 사이 인아는 앞으로 묶인 손으로 발목을 묶고 있던 줄을 풀었다. 손과 발을 연결해 결박한 발의 줄이 풀리자 긴 줄이 일어선 인아의 다리 사이에서 흔들거렸다. 계단을 향해 뛰어가는 인아를 본 준식이 멈춰! 라고 소리를 질렀고, 다급하게 뛰던 인아는 계단 앞에서 미끄러지며 엉덩이로 쿵쿵쿵 계단을 내려가다 중간쯤에서 멈췄다.

　　다시 일어서려는 찰나 계단 위에서 준식이 줄을 당겼다. 인아의 손목에 연결된 — 다리를 묶었던 — 긴 줄의 끝이 계단에 걸려있었고 그 줄을 준식이 당긴 것이다.

　　그 줄을 놓고 계단을 내려오면 되었을 일인데, 긴장한 준식도 줄을 놓치면 돈이 사라질 것 같은 미련한 생각에 줄을 놓지 않고 끌어당겼다. 준식이 줄을 당기자 손을 결박한 줄이 인아의 목에 걸렸다. 그렇게 준식은 인아를 2층까지 끌어올렸다. 준식의 미련한 욕심이 만든 어처구니없는 죽음이었다.

　　지인과 규민의 관계는 미래 인아도 진즉에 눈치는 채고 있었다. 인아가 납치된 날, 지인이 자신의 동네에서 만나자고 한 이유도 납치를 위한 유인이었다. 감시카메라의 사각지대였을 것이다.

　　영혼이 된 인아는 지인이 살고 있는 동네에 있었다. 통화를 하면서 계단을 오르는 지인이 나타났다. 지인을 보자 가슴에서 불타오르는 분노와 증오가 들끓었다. 친동생처럼 생각한 사람에게 당한 배신에 온갖 욕설과 저주를 퍼붓고 싶었지만 입에서 나오는 것은 오열하는 울음이 전부였다.

누군가와 통화를 하는 지인의 얼굴에는 미소가 가득했다.

"알았어요, 원장님. 다음 주에 시간 낼게요. 저… 원장님… 아니에요."

인아는 가로등 밑에 서서 통화를 하고 있는 지인을 바라보며 계단에 털썩 주저앉았다. 아기의 심장 소리가 금세라도 멈출 듯 흐릿하게 느껴졌다.

모든 것을 내려놓은 체념의 순간 놀라운 광경이 인아의 눈앞에 펼쳐졌다. 주저앉은 인아의 다리 사이에서 흘러나온 ― 꼬리처럼 검은 줄이 있는 ― 검은색의 무엇이 계단을 타고 흘러내려 가고 있었다. 일그러진 검은색의 작은 공 모양이 꿀럭꿀럭 계단을 타고 흘러내려 가더니 지인의 다리를 타고 올라간 후 사라졌다. 곧이어 멈출 것만 같았던 아기의 심장 소리가 다시 느껴졌다. 아기 영혼이 지인의 자궁에 들어간 것이다. 검은 줄은 탯줄이었다. 당시 지인은 임신을 하고 있었다. 규민과 통화에서 마지막에 하려고 한 말이 임신이었을 것이다.

규민과 통화를 마치자마자 곧바로 지인의 휴대전화가 울렸다.

"그래요, 수고하셨어요. 잔금은 곧 보내드릴게요."

통화를 마친 지인은 미소를 지었다. 인아가 알고 있는 미소가 아닌 살기가 넘치는 그런 미소였다.

갓길에 스쿠터를 멈춘 인아는 비상등을 켠 고급 승용차가 서 있는 도로 반대편을 보았다. 가로등 불빛 아래에 보이는 차 안에서 지인이 마지막 저항을 하고 있었다. 잠시 후, 죽음의 기억에 저항하던 지인이 축 처진 채 의자에 몸을 기댔다.

0

눈을 떴다. 지독하고 끔찍한 악몽에서 깨어난 기분이다. 운전석에 앉아 있는 나는 가로등 불빛이 켜지기 시작한 어둑어둑한 거리를 보았다. 본연의 색이건만 아주 잠깐 흑백의 세상이 아닌가 하는 착각을 했다.

정말 다시 돌아온 건가. 이런 생각을 하며 룸미러를 보았다. 지인의 얼굴에 검은 가루가 팩을 한 것처럼 묻어있었다. 티슈로 얼굴과 손에 묻은 검은 가루를 닦은 후 배를 어루만졌다. 태동이 느껴졌다. 정말 다시 돌아왔다.

방금 전 지인은 어둠 속으로 사라졌다. 마지막 넘어가는 숨을 참으며 간신히 버티던 지인은 아이를 걱정하지 말라는 내 말을 듣고 작은 위로를 느꼈을 것이다.

모든 것이 끝났다. 내가 임신한 시간으로 다시 돌아올 줄 상상도 하지 못했다. 내 아기가 지인의 다리 사이로 들어가는 장면을 목격하기 전까지는.

지인의 몸으로 이동했을 때도, 호수에서 하준의 그림자로 탄생했을 때도 아기는 죽지 않았다. 현실과 비현실의 경계에 있던 아기는 본능적으로 살기 위해 다른 존재를 찾았던 것뿐이다.

나는 지인의 임신을 기다렸다. 그래서 규민을 잠시 살려주었고, 현실의 나에게 지인에게 강사 채용까지 알려주라는 기억을 남겼다. 두 사람을 다시 만나게 하기 위해서.

만약 내 아기였던 그림자 소녀가 하준의 삶을 계속 살았다면 그녀가 유일하게 알고 있는 증오와 복수의 감정으로 세상을 짓밟는 사이코패스나 범죄자가 되었을 것이다.

아기 때문에 나도 그림자 시간에 연결되어 있었고 아기와 그림자 관계였던 나는 소녀가 된 아기의 모든 생각을 알 수 있었다. 잭의 계획도, 그림자 하준의 계획도 그림자 시간을 통해 모두 알 수 있었다.

지인이 그림자 시간과 연결된 것은 임신 때문이다. 임신 후 지인의 아기에게 내 아기의 그림자가 생기면서 지인에게 죽음의 기억이 생겼고, 동시에 아기와 연결된 나도 그림자로 등장했다.

지인은 사라지기 전 모든 사실을 알았다. 충격이었을 것이다. 자신의 아기였던 존재가 자기 삶을 지워버리는 역할을 할 줄은 상상한 적이 없었을 테니까.

길 건너에서 나를 바라보는 시선이 느껴졌다. 나를 보는 시선의 시작점에 빨간 스쿠터를 타고 있는 남자가 있다. 또 다른 나. 그의 얼굴에서 미소가 번졌다. 내가 계획한 일들이 모두 이루어진 미소다. 나도 웃었다.

이제 어디로 가야 하지? 학원으로 가볼까.

가속페달을 밟았다. 스쳐 지나가는 가로등 불빛들이 하나의
생각을 머릿속에서 계속 맴돌게 했다. 지인의 그림자로 있을 때
부터 생각했던 고민이다.

이 아기는 정말 완전한 내 아기일까.

그림자를 만나는 시간

초판 1쇄 인쇄 2021년 10월 26일
초판 1쇄 발행 2021년 11월 04일
지은이 이바하

펴낸이 김양수
책임편집 이정은
교정교열 이봄이

펴낸곳 휴앤스토리
출판등록 제2016-000014
주소 경기도 고양시 일산서구 중앙로 1456 서현프라자 604호
전화 031) 906-5006
팩스 031) 906-5079
홈페이지 www.booksam.kr
블로그 http://blog.naver.com/okbook1234
포스트 http://naver.me/GOjsbqes
인스타그램 @okbook_
이메일 okbook1234@naver.com

ISBN 979-11-89254-63-6 (03800)